T0246878

TRINCHERAS DE CABLE

JENNIFER CHIAVERINI

TRINCHERAS DE CABLE

Ellas también ganaron la guerra

Editado por HarperCollins Ibérica, S. A.
Avenida de Burgos, 8B - Planta 18
28036 Madrid

Trincheras de cable
Título original: Switchboard Soldiers
© 2022, Jennifer Chiaverini
© 2023, para esta edición HarperCollins Ibérica, S. A.
Publicado por HarperCollins Publishers LLC, New York, U.S.A.
© De la traducción del inglés, Isabel Murillo

Diseño de cubierta: Elsie Lyons
Imágenes de cubierta: Debra Lill; National Archives © Classic Picture Library/Alamy Stock Photo; © Shutterstock

ISBN: 978-84-9139-858-5

Para Marty, Nick y Michael,
con amor y gratitud

MUJERES JÓVENES DE AMÉRICA, ¡ATENCIÓN!

Tenéis ante vosotras la oportunidad de viajar a Francia para servir a nuestro país como parte de la Fuerza Expedicionaria del general Pershing, una ocasión única para ayudar a ganar la guerra y que es equiparable al esfuerzo que hacen los hombres de caqui cuando se lanzan al ataque desde las trincheras. El Tío Sam quiere que su sistema telefónico en Francia esté gestionado por las operadoras más eficientes del mundo o, lo que es lo mismo, por jóvenes norteamericanas. El Cuerpo de Señales del Ejército de los Estados Unidos ha solicitado a las compañías telefónicas del país que seleccionen para sus filas a las mejores «operadoras de guerra». Sin embargo, no penséis que por el hecho de ser o haber sido operadora telefónica podéis acceder fácilmente a uno de los puestos de esta fuerza operativa expedicionaria. El primer y excluyente requisito es hablar y leer tanto el francés como el inglés con fluidez y entender sin problemas el francés hablado a través de la línea telefónica. El sistema telefónico norteamericano en Francia no solo une los cuarteles generales del general Pershing con diversos puntos de vital importancia militar, sino que además conecta directamente con el sistema telefónico del Gobierno francés, de modo que a menos que vuestro francés sea excelente no os podréis considerar candidatas cualificadas. [...] Por lo tanto, si domináis el idioma francés igual que domináis el inglés, y os consideráis mujeres fiables, con recursos y, en caso necesario, capaces de «apañaros por vuestra cuenta», como dicen los soldados, cuando el curso de la batalla obligue a una acción individual y veloz para hacer frente a una situación grave, presentaos al puesto, sin dudarlo. Tenemos ya seleccionadas a casi un centenar de mujeres, y a juzgar por lo que nos dicen, esta unidad satisfará todos los requisitos para acabar convirtiéndose en una de las fuerzas más democráticas y representativas de los Estados Unidos en el extranjero. [...] En todos los sentidos y en todo momento, las jóvenes seleccionadas pasarán a ser soldados y estarán sometidas a las restricciones del régimen militar. La paga será de sesenta dólares mensuales para las operadoras, setenta y dos dólares para las supervisoras y ciento veinticinco dólares para las operadoras jefe, además de lo cual habrá una prestación para raciones y alojamiento cuando el Ejército no pueda proporcionarlos.

Las autoridades del Cuerpo de Señales quieren dejar claro que formar parte de esta fuerza operativa no es ni ir de viaje de placer ni a dar un paseo, que no es necesario llevar vestidos de noche en el equipaje y que las actividades sociales no están incluidas en el programa. Será un trabajo de guerra del carácter y la envergadura de los que apelan al talante de la mujer norteamericana para llevarlo a cabo y, para ello, el Cuerpo de Señales busca jóvenes equilibradas e ingeniosas, capaces de aplicar el sentido común en situaciones de emergencia y dispuestas a trabajar duro e incluso de soportar adversidades en caso de necesidad. [...] La información sobre cómo debe realizarse la solicitud puede obtenerse dirigiéndose al director de la compañía telefónica local o a través del formulario de solicitud que puede pedirse por correo al oficial jefe de Señales del Ejército, sala 826, Anexo Edificio Mills, Washington D. C., que se ocupa de los nombramientos para este puesto.

Bell Telephone News,
febrero de 1918

Prólogo

MARIE

Marie irradiaba orgullo y emoción cuando su madre ocupó su lugar habitual al lado del resplandeciente piano de cola instalado en el refinado salón de la casa, en Mount Auburn. Desde el otro extremo de la estancia, Marie vislumbró algunos destellos plateados en el cabello de color miel de su madre, quien lo llevaba recogido para la ocasión en un elegante moño y con unos pocos mechones sueltos que le enmarcaban las encantadoras facciones. Los volantes de encaje de la parte superior del vestido de popelina de seda rosa de su madre se agitaron con la brisa fresca que entraba por la ventana y arrastraba con ella el canto de los pájaros y el tenue aroma de las glicinias del jardín, a la vez que daba una tregua al calor y la humedad de la tarde de finales de verano. La madre de Marie era capaz de hacer que el salón pareciese tan majestuoso como un escenario y una sala de conciertos, y tan íntimo como una estancia de su casa. Era elegante y serena por naturaleza, increíblemente bella, además poseía una actitud que su hija mayor se esforzaba por emular, pero que no conseguía dominar aún. Y a menudo temía que jamás conseguiría dominar.

Su padre estaba sentado ante el piano, con los dedos largos y ágiles posados sobre las teclas. La luz del sol le capturaba los reflejos caoba del pelo castaño, algo más oscuro que el de Marie. A la espera de darle la entrada, miró a su esposa con la admiración que todos los allí presentes compartían con él y con el cálido e imperecedero cariño exclusivo de ellos dos. Un hilillo de sudor recorrió la espalda de Marie por debajo del vestido de muselina de color marfil —de manera invisible, esperaba—, pero como todos los presentes se mantuvo completamente inmóvil, embelesada por la imagen de su madre preparándose para que su voz levantara el vuelo. Encajada entre sus

11

dos hermanas menores, en un pequeño sofá colocado tras las sillas de los invitados, Marie esperó, con la respiración contenida, a que sonaran las primeras y exquisitas notas. Cuando la pequeña Aimée lloriqueó quejumbrosa y empezó a moverse para poder ver mejor, Marie le cogió la mano para calmarla. Asió también la mano de Sylvie, aunque con quince años Sylvie sabía comportarse correctamente durante un concierto, por desenfadado y entre amigos que fuera el de aquel día. Sylvie le presionó también la mano a modo de respuesta y esbozó una sonrisa rápida. Por muchas veces que oyeran cantar a su madre, nunca se cansaban de hacerlo.

Tampoco se cansaban los amigos de sus padres que se habían congregado allí para asistir a la velada musical semanal, en su mayoría colegas del conservatorio, amigos de siempre de la compañía de ópera de la ciudad o nuevos conocidos de la Orquesta Sinfónica de Cincinnati. Las reuniones del martes por la tarde se habían convertido en una tradición veraniega desde que la familia Miossec había llegado a los Estados Unidos hacía dos años, cuando el padre de Marie, un afamado pianista, compositor e historiador de la música, aceptó una cátedra en el conservatorio. El rector de la institución había endulzado la propuesta al ofrecerle a la madre un puesto como profesora de voz. Al padre de Marie le gustaba decir que lo que en realidad quería el rector era contar en sus filas con la aclamada diva Josephine Miossec y que a él lo había reclutado solo para poder contratar a su inaccesible esposa. Cuando comentaba estas cosas, la madre de Marie levantaba la mirada hacia el cielo, sacudía la cabeza y murmuraba objeciones; sin embargo, la calidez de la sonrisa ladeada con la cual obsequiaba a su esposo daba a entender a las tres hermanas que su padre la había conquistado una vez más.

Marie anhelaba poder encontrar algún día un amor como el de sus padres, y sabía que Sylvie también. Las dos hermanas se confesaban mutuamente sus esperanzas, aunque solo a las tantas de la noche, cuando Aimée ya dormía. Porque, a pesar de que Aimée era una preciosidad, era demasiado pequeña para entender aquellas cosas y podía acabar soltando algún secreto incómodo delante de sus padres o, peor aún, delante de sus vecinos o compañeras de clase.

Solo Sylvie sabía cuánto deseaba Marie ser como su madre, viajar por el mundo como había hecho ella en la cumbre de su carrera, cuando embelesaba al público en las salas de concierto más reconocidas de Europa y representaba papeles icónicos en los teatros de ópera más prestigiosos del mundo; cuando cosechaba impresionantes críticas a ambos lados del Atlántico e inspiraba a los grandes compositores de la época a crear canciones hechas a medida para su exclusivo timbre de voz. Sylvie, siempre leal, nunca había advertido a Marie de que bajara un poco sus expectativas, nunca había reconocido en voz alta lo que Marie había empezado a sospechar después de finalizar su primer año de estudios en el conservatorio de música de Cincinnati: que, efectivamente, tenía una voz encantadora, pero que, por muy fervientes que fueran sus esperanzas y por mucho que se esforzara en sus estudios, nunca conseguiría llegar tan lejos. Si insistía, a buen seguro mejoraría mucho con respecto a la joven de diecinueve años que era en aquel momento, ¿pero sería eso suficiente? ¿O todo lo que deseaba quedaría eternamente lejos de su alcance?

Cuando Sylvie volvió a presionarle la mano, Marie levantó la vista y vio que su hermana la examinaba con mirada inquisitiva. Marie consiguió esbozar una leve sonrisa y volvió deliberadamente la cabeza hacia su madre, que justo en aquel momento rompió el silencio expectante con las primeras notas de un *Lied* de Schubert, uno de los tres del programa de aquella tarde. Las agobiantes dudas de Marie desaparecieron al instante, arrastradas por un torrente de música. A su alrededor, percibió la liberación repentina de una tensión de la que no había sido consciente hasta entonces, como cuando contienes la respiración durante demasiado tiempo y por fin la sueltas.

Saboreó el momento, sabiendo que la tensión regresaría en cuanto cesara la música.

Las terribles noticias que llegaban de Europa llevaban todo el verano preocupando a la familia, desde aquel fatídico día de junio en el que el archiduque Francisco Fernando, el presunto heredero al trono del Imperio austrohúngaro, había sido asesinado en Sarajevo por un nacionalista serbio. Los desacuerdos entre rivales que llevaban tiempo cociéndose a fuego lento habían alcanzado el punto de ebullición y se habían desbordado cuando las naciones amigas reforzaron sus alianzas y cerraron filas contra los enemigos. La amada Francia de Marie se había aliado con Rusia, la cual a su vez tenía una alianza con Serbia; y en consecuencia, en un conflicto que iba cada vez a peor, su madre patria se había convertido en enemiga de Austria-Hungría y de Alemania, su aliada de siempre. Unas semanas

13

después del asesinato del archiduque, Austria había atacado a Serbia por dar cobijo a terroristas. Como respuesta, Rusia había trasladado tropas a la frontera que compartía con Alemania para disuadir al káiser Guillermo II de reforzar su posición como aliado. Desde entonces, diplomáticos de muchas naciones habían trabajado frenéticamente para restaurar la calma, pero Marie tenía la impresión de que sus voces habían sido acalladas por las acusaciones de traición y por las amenazas de aumentar las fuerzas militares que sobrevolaban por encima de sus cabezas.

Hacía justo tres días, el 1 de agosto, Alemania había declarado la guerra a Rusia. Al día siguiente, Alemania había enviado tropas a Luxemburgo y había exigido el paso sin impedimentos hacia Bélgica, el país neutral que se interponía entre los ejércitos del káiser y Francia. Entonces —¿de verdad que había sido solo la tarde de ayer?—, Alemania le había declarado la guerra a Francia. En cuestión de horas, Francia le había declarado a su vez la guerra a Alemania, aplastando por completo las esperanzas de los mediadores de obtener una solución diplomática al conflicto.

Francia estaba preparándose para enviar tropas a Alsacia-Lorena, provincias que había perdido a favor de Alemania en virtud del tratado que había dado por finalizada la guerra franco-prusiana hacía más de cuarenta años. Cuando el padre de Marie era joven, sus padres, tías y tíos habían abandonado sus casas y negocios en el territorio anexionado y se habían reubicado en Nancy, pues preferían seguir siendo orgullosamente franceses que cambiar de nacionalidad de manera legal y obligatoria y convertirse en alemanes. Ahora, las tropas alemanas se agrupaban de forma masiva en la frontera con Bélgica, y el Gobierno de Gran Bretaña, una nación comprometida con la neutralidad de Bélgica y la paz en Europa, había dejado de lado sus discrepancias partidistas para aliarse y oponerse a la agresión alemana. Marie entendía que aquello era un buen presagio para Francia, pero cuando pensaba en la familia y los amigos que tenía en su país, se le encogía el corazón de preocupación. No podía ni imaginarse el miedo que debían de tener y la ansiedad que debía de comportar estar a la espera de oír los primeros sonidos del fuego de artillería y de cañones.

Los padres de Marie habían pasado unos días muy tensos, hablando poco y siempre en voz baja, sin apenas sonreír, y, cuando por fin aparecía una sonrisa, se esfumaba rápidamente. Marie había dado por supuesto que cancelarían la velada musical; en cambio, por la mañana su madre les había pedido a ella y a sus hermanas que la ayudaran a arreglarlo y prepararlo todo como siempre, luego se había retirado a su cuarto para calentar la voz mientras se vestía y peinaba. «Hoy más que nunca necesitamos el consuelo de la música y la buena compañía», había oído Marie que su madre le decía a su padre momentos antes de que sonara el timbre anunciando la llegada de los primeros invitados.

Sus amistades debían de pensar lo mismo que su madre, puesto que aquel día el salón se llenó con casi tres docenas de invitados, una de las veladas más concurridas de todo el verano. Y aunque las sonrisas fueran un poco tensas y las risas fueran algo forzadas, todos parecían compartir el acuerdo tácito de no estropear el encuentro con especulaciones oscuras sobre acontecimientos que quedaban fuera de su control y se desarrollaban a miles de kilómetros de distancia.

La determinación de reunirse a pesar de sus preocupaciones se vio recompensada con la bella voz de soprano de Josephine Miossec.

Los amigos y la familia la escucharon, fascinados, hasta que terminó el tercer *Lied* con una nota final tan pura y resonante que permaneció flotando en el aire hasta quedar convertida en solo un recuerdo. Siguieron cálidos aplausos. La madre de Marie saludó con elegancia y su padre se levantó para inclinar la cabeza con modestia e indicar a sus amigos que guardaran silencio cuando decidió que la ovación estaba prolongándose en exceso, gesto que provocó carcajadas cariñosas. A continuación, llamó al escenario a un amigo y compañero docente, un destacado violoncelista, y, acompañándolo al piano, las notas delicadas e intensas de Saint-Saëns inundaron la sala.

Siguió un dueto de guitarras, después un trío de piano, flauta y violín, y así pasó una hora, luego algo más, hasta que la madre de Marie dio por finalizado el concierto invitando a todo el mundo a salir al jardín a tomar un refresco. Marie y sus hermanas, al reconocer al instante la indicación de su madre, saltaron del sofá y fueron corriendo a la cocina para ayudarla. Teniendo en cuenta el calor, sirvieron granizado de limón, vino frío y cerveza junto con un tentador surtido de sándwiches ligeros, delicada repostería, fruta fresca y quesos.

Con el papel bien ensayado, las hermanas Miossec hicieron circular las bandejas, recogieron copas vacías y miraron continuamente a su madre por si acaso las llamaba para darles más instrucciones. Alguien conectó el tocadiscos Victrola y las animadas notas de una melodía de Irving Berlin se filtraron hacia el exterior a través de las ventanas de la cocina, un alegre contrapunto al canto insistente de las cigarras y al lejano e intermitente sonido metálico del tranvía. Entre risas y conversaciones, bromas amistosas, chismorreo académico y discusiones ardientes sobre todo tipo de temas musicales, Marie captó de vez en cuando vestigios de especulaciones ansiosas sobre el conflicto de ultramar. En cada ocasión pasaba rápidamente de largo con su bandeja de dulces y exquisiteces, reacia a borrar la ilusión de que todo iba bien, aunque fuera solo allí y en aquel momento.

Incluso así, cuando volvió a entrar en la cocina para recoger una nueva bandeja, se detuvo a escuchar al oír la voz de su padre, urgente y seria, justo al otro lado de la ventana abierta. Un nombre le llamó la atención: Bertha Baur, la directora del conservatorio.

—Lo único que sabemos es que está de vacaciones en Alemania —estaba diciendo el padre de Marie—. Envió una carta desde Berlín, aunque de esto hace ya varias semanas.

—Yo lo último que sé es que estaba en Múnich —dijo otro hombre—. Su intención era pasar todo el verano en Alemania. Tal como están las cosas, a saber si podrá regresar a tiempo para empezar el semestre de otoño.

—Los alemanes no irán a detenerla, ¿verdad? —preguntó una mujer. Marie reconoció su voz: la flautista.

—No creo que tengan necesidad de hacerlo —dijo apesadumbrado uno de los guitarristas—. Les basta con hacer que la travesía del Atlántico resulte peligrosa.

—¿Y alguien tiene noticias de Louis Victor Saar? —preguntó el violoncelista.

Al oír mencionar el nombre de su profesor de teoría de la música, Marie se acercó un poco más a la ventana. A finales del semestre de primavera, el profesor había mencionado sus planes de ir a visitar Holanda, su país natal, en junio y luego pasar el resto del verano actuando y dando conferencias en Baviera.

—Recibimos una carta de él en julio —dijo el padre de Marie—. En aquel momento estaba en Múnich. Y no comentaba nada sobre sucesos políticos o militares.

—Es posible que los alemanes estén censurando el correo —sugirió el guitarrista—. Lo cual explicaría por qué tenemos tan pocas noticias de los colegas que están en el extranjero. Es imposible que todos estén tan ocupados que no tengan ni tiempo para escribir.

—No me imagino que a nuestros amigos les prohíban salir de Alemania, ni siquiera en el caso de que empiece la guerra —dijo el padre de Marie—. Excepto, quizá, a Kunwald y su esposa. Debo reconocer que estoy preocupado por ellos.

Los otros murmuraron mostrándose de acuerdo con él.

Marie conocía al doctor Ernst Kunwald, el director de orquesta austriaco que había abandonado la Filarmónica de Berlín hacía dos años para dirigir la Orquesta Sinfónica de Cincinnati. Unos meses atrás, había pasado también a gestionar el Festival de Mayo de Cincinnati, en el transcurso del cual había dirigido el estreno norteamericano de la *Sinfonía n.º 3* de Gustav Mahler. En los dos años que llevaba en la Ciudad Reina, había impresionado al público con sus brillantes ojos azules, su presencia imponente y su chocante elección de repertorio. Corrían rumores de que mantenía correspondencia regular con su compatriota Richard Strauss para garantizarse el estreno norteamericano de su nuevo poema musical, todavía inacabado y que llevaba años componiendo.

—Pero Kunwald no es alemán, ¿verdad? —preguntó la flautista—. Cuando terminó la temporada de conciertos, nos dijo que pensaba viajar a Viena para pasar el verano en casa. Austria no le ha declarado la guerra a nadie.

—Sí, pero teniendo en cuenta que Austria ha sido tradicionalmente aliada de Alemania, creo que es solo cuestión de tiempo —replicó el padre de Marie—. Kunwald se jubiló como lugarteniente y forma parte del Ejército de reservistas del Imperio austriaco. Podrían llamarlo de nuevo a filas.

—¡Espero que no! —exclamó la flautista, y todo el mundo dio su opinión.

Marie decidió que ya había tenido suficiente. Acabó de preparar la bandeja con los entremeses y salió, y al pasar por delante de su padre y su grupo de amigos notó que las voces habían bajado de volumen y sonaban en tono apremiante.

—¡Marie! —gritó su madre desde el otro extremo del jardín. Sonrió y le hizo señas para que se acercara.

Marie dejó la bandeja en la primera mesa que encontró y corrió hacia donde estaba su madre. Alborotó el pelo de Aimée cuando se cruzó con ella. Su madre estaba hablando con un hombre de pelo oscuro y bigote, de

17

unos cuarenta y cinco años. Sujetaba un puro con la mano izquierda y de la generosa barriga le colgaba un reloj de bolsillo con una cadena de oro que le desaparecía en el bolsillo del chaleco del traje gris claro.

—*Ma petite* —dijo la madre de Marie, cogiéndola de la mano y atrayéndola hacia ella—. Permíteme que te presente al doctor Stephen Brooks. Stephen, le presento a Marie, mi hija mayor.

El doctor Brooks inclinó levemente la cabeza a modo de saludo y le tendió la mano.

—Encantado de conocerla, *mademoiselle*.

—Un placer, señor —respondió Marie, estrechándole la mano.

—El doctor Brooks se incorporará al conservatorio este otoño como profesor invitado —explicó su madre—. La última vez que estuvo en Cincinnati fue con motivo del Festival de Mayo.

—Como le he comentado a su madre, la actuación del coro de cámara del conservatorio me dejó impresionado —dijo el doctor Brooks—. Imagínese cuál ha sido mi sorpresa al enterarme de que la hija mayor de Josephine Miossec era una de las sopranos.

—Oh. —Cuando el doctor Brooks y su madre la miraron sonrientes, Marie notó que le ardían las mejillas—. ¿Se lo ha mencionado?

—¿Por qué no? —dijo su madre—. Fue una actuación maravillosa y toda madre tiene la prerrogativa de poder jactarse de ello.

—Por supuesto que la tiene —dijo el doctor Brooks riendo—. Según tengo entendido, solo los mejores alumnos llegan a ser seleccionados para formar parte de ese conjunto.

Marie se encogió levemente de hombros y sonrió.

—La verdad es que la audición fue muy competitiva.

—*Ma petite* es muy modesta —explicó su madre protestando—. Fue la única estudiante de primer año que pasó el corte.

—¿Ah, sí? —Las cejas oscuras del doctor Brooks se enarcaron a la par que le daba una calada al puro—. Es impresionante, señorita Miossec. Estoy deseando escucharla como solista. ¿Tal vez en la velada de la semana que viene?

—Oh, es que…

Marie se esforzó por encontrar una excusa.

—Sí, me encantaría, pero…

Justo en aquel momento sonó el teléfono en la casa, un sonido débil pero inequívoco.

—Si me disculpan…

—No, quédate, *ma petite*. Ya lo atiende tu padre.

La madre de Marie hizo un gesto en dirección a la casa, y, efectivamente, Marie vio que su padre entraba por la puerta trasera y echaba a perder su excusa y sus esperanzas de poder escapar a toda velocidad de allí. Por suerte, su madre cambió de tema y Marie pudo evitar comprometerse a cantar la semana siguiente o tener que explicar por qué no quería hacerlo. ¿Cómo confesarle a un más que probable futuro profesor que no era aún lo bastante buena para cantar en aquella compañía, o que no había alcanzado el nivel que aspiraba obtener? No quería que los colegas de sus padres la consintieran como una niña precoz. Quería que la respetaran, si no como una igual, sí al menos como una aspirante a artista por derecho propio.

Perdida en sus pensamientos, Marie tardó unos instantes en darse cuenta de que su madre y el doctor Brooks habían dejado de hablar y que su atención se había desviado a algún lugar que quedaba por detrás de ella. Marie se volvió y vio que varios invitados se habían acercado a las ventanas de la parte posterior de la casa, donde se encontraba su padre, sujetando el teléfono candelabro con la mano izquierda de modo que la boquilla le quedara a la altura de la boca y sujetando con la mano derecha el auricular, que tenía pegado al oído. Estaba repitiendo la conversación para que pudieran escucharla los invitados, pero Marie estaba demasiado lejos como para captar otra cosa que no fueran las frases más importantes: Gran Bretaña había comunicado un ultimátum a Berlín. Si los alemanes no cesaban su actividad militar en la frontera de Bélgica, provocarían también la guerra con Gran Bretaña. El rey Alberto de Bélgica había realizado una solicitud formal de ayuda a Francia y a Gran Bretaña como garantes de su neutralidad por tratado internacional.

—*Mon dieu* —murmuró la madre de Marie.

Marie, con el corazón retumbándole en el pecho, notó la mano de su madre encerrando la suya y juntas corrieron a sumarse a los invitados apiñados junto a las ventanas.

—Alemania ha declarado la guerra a Francia y a Bélgica —repitió su padre, haciendo una pausa para poder escuchar bien entre frase y frase—. Es su tercera declaración de guerra en lo que va de semana, puesto que ha declarado ya la guerra contra Rusia y ha invadido Luxemburgo. Las tropas alemanas han entrado en Bélgica por tres puntos y han violado con ello su política de neutralidad. Informan de que ya hay un millón de efectivos franceses cerca de la frontera, pero Francia corre un riesgo muy grande debido a la invasión de Luxemburgo y Bélgica por parte de Alemania. Francia posee defensas muy limitadas en su frontera con Bélgica, lo que la hace vulnerable a un ataque por ese frente. —Una pausa larga mientras seguía a la escucha—. No lo dirás en serio… —Otra pausa—. Sí, oigo lo que me dices. No puedo creerlo, pero te escucho perfectamente. Gracias, Paul.

Colgó. Sacudió la cabeza y frunció el entrecejo en un gesto de preocupación.

—¿Qué pasa, *mon cher*? —preguntó la madre de Marie.

—Wilson ha proclamado de manera oficial que los Estados Unidos se mantendrán neutrales en el conflicto, «imparciales tanto en pensamiento como en acción».

—¿Y qué se supone que quiere decir esto exactamente? —preguntó el violoncelista.

—Lo que te imaginas creo que es tan acertado como lo que me imagino yo —replicó con tristeza el padre de Marie.

Se alejó de la ventana para devolver el teléfono a la mesa.

Marie captó varias palabrotas en diversos idiomas, proferidas en voz baja por los invitados para expresar su consternación, su rabia y su preocupación. Su padre reapareció en el umbral de la puerta, con los brazos cruzados sobre el pecho, e inspeccionó con expresión apesadumbrada a los invitados en busca de la madre de Marie.

De pronto dio la impresión de que a todo el mundo le habían entrado las prisas por regresar a casa. Marie sabía que, igual que sucedía con su propia familia, muchos de ellos tenían su verdadero hogar a miles de kilómetros y al otro lado del océano, en la línea de fuego o muy cerca de ella. Dos de las amigas de su madre se quedaron un poco más para ayudar a recogerlo todo, aunque su madre las despidió pronto, con un intercambio de sonrisas tensas, abrazos y garantías mutuas de que todo saldría bien.

En cuanto la familia se quedó sola, Aimée rompió a llorar.

—¿Y qué les pasará a *grand-mère* y *grand-père*? —preguntó con voz temblorosa mientras las lágrimas rodaban por sus mejillas—. A nuestra familia, a mis amigos. A nuestra casa. A mi colegio.

Su padre la abrazó.

—Tanto nuestros amigos como nuestros familiares son inteligentes y saben lo que se hacen —declaró, y le estampó un beso en la mejilla cuando ella descansó la cara en su hombro—. Estarán a salvo en todo momento, pase lo que pase. ¿Y quién sabe? A lo mejor esos alemanes deciden quedarse donde están. Cruzar toda Bélgica con un verano tan caluroso es complicado. ¿Por qué tendrían que abandonar sus casas y sus *biergartens* para ir a fastidiar a sus vecinos?

Sus palabras y tono de voz tranquilizaron a Aimée; sin embargo, Marie y Sylvie entendieron a la perfección la mirada que su padre le lanzó a su madre por encima de la cabeza de su hermana menor, una mirada ansiosa y alarmada. Sabían, por mucho que al parecer Aimée no lo hubiera adivinado, que los soldados irían allí donde sus altos mandos les ordenaran, aunque ellos prefirieran hacer otra cosa.

—¿Cómo es posible que los Estados Unidos hayan decidido mantenerse neutrales? —oyó Marie que su madre le decía quejumbrosa a su padre, ya por la noche, mientras Marie y Sylvie se encargaban de acostar a Aimée—. Valoran por encima de todo la libertad, la democracia y la justicia, o eso dicen al menos. Esta agresión alemana es una atrocidad. ¿Cómo puedes ser que los Estados Unidos se mantengan a la espera y no hagan nada cuando sus amigos internacionales se ven obligados a entrar en una guerra para defenderse?

—Los americanos no quieren formar parte de un conflicto que se desarrolla en Europa —replicó su padre—. Entienden que no es asunto suyo.

—¡Una actitud asombrosamente provinciana hoy en día!

—Nuestros continentes están separados por un océano inmenso. Y por eso cabe esperar cierto provincianismo, incluso en el siglo en que estamos. —El padre de Marie suspiró—. Intenta no preocuparte. Piensa que ese mismo océano está protegiendo a nuestras hijas, también a ti y a mí.

—¿Que intente no preocuparme? —La encantadora voz de la madre de Marie se entrecortó con las lágrimas—. ¿Cómo quieres que no me preocupe? Tal vez estemos seguros por el momento, pero todos nuestros seres queridos, todo lo que más queremos… Oh, Stephane…

—No grites, cariño. Las niñas aún no están dormidas.

Las voces se transformaron en susurros y Marie ya no oyó nada más.

1

Abril de 1917
Nueva York

GRACE

Se lo contaría a sus padres aquella noche, decidió Grace mientras esperaba en el andén el primer tren hacia Manhattan. Después de cenar, cuando sus padres y hermanos estuvieran agradablemente saciados y satisfechos gracias al delicioso asado con patatas que su madre preparaba los domingos, anunciaría su intención de abandonar su habitación de la infancia para mudarse a un apartamento en la ciudad.

Era un plan razonable a todas luces. Lo único que tenía que hacer Grace era ayudar a su familia a que lo viera también así.

Hacía ya meses que tres amigas del trabajo la habían invitado a irse a vivir con ellas, y Grace les debía desde hacía tiempo una respuesta. La cuarta compañera de piso de las chicas se casaba en junio y habían acordado de manera unánime que Grace era la persona ideal para cubrir la vacante. Unas semanas atrás, Grace había visitado el encantador piso de dos habitaciones emplazado en Chelsea, en uno de esos edificios de arenisca rojiza típicos de la ciudad, en un barrio seguro y a escasos minutos en tranvía de los cuarteles generales de la American Telephone and Telegraph Company. Había ventanales que dejaban entrar el sol, baño privado, una pequeña cocina y un salón espacioso donde poder divertirse y relajarse. Era absolutamente perfecto, y de no haber sido porque sus padres creían firmemente que las chicas no debían abandonar el hogar familiar hasta contraer matrimonio, Grace habría firmado el contrato de alquiler de inmediato. Pero no había podido, por supuesto, no solo porque quería y respetaba a sus padres y no deseaba hacerlo a sus espaldas, sino también porque la ley exigía la firma de un hombre a modo de aval.

Grace se colgó las asas del bolso en el codo y se subió un poco la manga del abrigo de paño de color verde salvia para consultar el reloj. Aunque faltaban todavía cinco minutos para que llegara el tren, miró igualmente las vías con la esperanza de verlo aparecer. Normalmente no trabajaba en domingo, por eso había calculado mal el tiempo y había llegado a la estación antes de lo necesario. Una de sus futuras compañeras de piso le había pedido si podía sustituirla aquel día, y a pesar de que Grace había ascendido y se dedicaba ahora a impartir cursos de formación, le gustaba mantenerse al día en el manejo de la centralita, por ello se había ofrecido a cubrirle el turno. Los domingos por la tarde solían ser ajetreados, sobre todo en lo referente a las llamadas de larga distancia, puesto que las familias del país se reunían para hablar por teléfono entre la misa matinal y la cena de los domingos.

Desde Chelsea, el desplazamiento hasta el lugar de trabajo le resultaría mucho más corto, y ese era el tipo de motivo pragmático que con toda probabilidad le serviría para convencer a sus padres. Gracias a su reciente ascenso, Grace podía permitirse sin problemas el precio del alquiler. Sus padres la habían animado a vivir en la residencia de estudiantes durante su estancia en Barnard College; les recordaría el crecimiento personal que le había aportado compartir alojamiento con otras chicas brillantes y ambiciosas y les haría entender que compartir apartamento sería una experiencia similar. Las futuras compañeras de piso de Grace eran tan responsables y sensatas como ella, operadoras telefónicas competentes con más de un año de experiencia profesional. Aquello debería ser carta de presentación suficiente, ya que todo el mundo sabía que AT&T poseía unos estándares extremadamente elevados en lo concerniente a la conducta de sus empleadas.

Grace estaba muy bien preparada para satisfacer dichos estándares, pues las expectativas de su familia los excedían con creces. Como todos los chicos Banker, Grace había sido educada para ser una persona responsable, buena ciudadana y buena hija, siempre digna de confianza, honesta y trabajadora. Se había graduado con matrícula de honor en una doble licenciatura en Historia y Filología Francesa. Tenía un trabajo que le apasionaba y con excelentes perspectivas profesionales. Pero la cuestión era la siguiente: Grace tenía veinticuatro años, veinticuatro y medio, para ser más exactos. Iba siendo hora de que echara a volar. ¿Acaso su padre no mencionaba a menudo lo orgulloso que se sentía del espíritu independiente de su hija? A buen seguro, tanto él como su madre entendían que era una mujer inteligente, capaz

23

y moderna, que podía cuidar de sí misma y no necesitaba de la protección benevolente de un padre o marido que se ocupara de sus asuntos. Y ni siquiera estaba pidiendo vivir completamente sola, puesto que viviría con amigas de confianza, chicas agradables de buena familia que conocían la ciudad y le enseñarían sus entresijos. Tal vez si sus padres las conocieran personalmente y comprobaran por ellos mismos que…

Grace suspiró y sacudió la cabeza para intentar pensar en otra cosa. En Barnard había participado en el club de debate y había hecho teatro; estaba segura de que era más que capaz de ingeniar un argumento mejor que el que se estaba representando mentalmente en aquellos momentos. El problema no se hallaba en encontrar las palabras adecuadas para demostrar lo sensato que era su plan, sino en exponerlo sin herir los sentimientos de nadie. Sus padres se llevarían un disgusto cuando se enteraran de que no se sentía feliz en casa. Y además se quedarían perplejos, puesto que su hermana mayor seguía viviendo con la familia aun teniendo un empleo muy bien remunerado como maestra. ¿Por qué Grace no podía hacer lo mismo?

Ella les explicaría, con toda la delicadeza que le fuera posible, que adoraba a su familia y que siempre querría a su hogar. Pero había llegado el momento de abandonar el nido, igual que su hermano menor, Eugene, pensaba hacer también muy pronto. Aunque, claro está, era de esperar que los hijos varones se fueran algún día de casa; era la trayectoria del hombre desde el momento en que nacía. Pero no las hijas, a menos que lo hicieran con una alianza en el dedo y un velo blanco de tul en la cabeza. Para la gente de la generación de sus padres, una joven bien criada salía de la casa de su padre para entrar en la casa de su esposo sin ninguna parada intermedia, con la posible excepción de una estancia temporal en la universidad, que seguía siendo un privilegio excepcional para las mejores y las más brillantes.

Grace hundió las manos en los bolsillos del abrigo mientras seguía planteándose sus opciones y se preguntaba por qué no habría empezado a preparar hacía ya meses a sus padres para cuando llegara el momento de emprender el vuelo. El silbato ronco del tren interrumpió sus pensamientos. Encontraría las palabras adecuadas para convencerlos, se dijo, mientras el tren se detenía junto al andén y ella subía al vagón. En cuanto hubieran superado la conmoción inicial, reconocerían que su plan tenía todo el sentido del mundo. Además, estaría a solo un corto viaje en tren de distancia y el teléfono serviría para aquellas conversaciones que no pudieran esperar hasta su siguiente visita.

Se instaló en un asiento junto a la ventanilla, se aflojó la bufanda y se desabrochó los dos botones superiores del abrigo. Hacía frío para ser ya mediados de abril y las nubes cenicientas presagiaban lluvia, pero aún había luz de sol suficiente para poder leer con comodidad. Las noticias, sin embargo, no eran reconfortantes, tal y como descubrió en cuanto sacó el periódico del bolso y leyó por encima los titulares. Y así venía siendo desde que había estallado la guerra en Europa, sobre todo después de que, dos años atrás, un submarino alemán hundiera el RMS Lusitania. Más de mil personas, incluyendo entre ellas a muchos ciudadanos norteamericanos, habían perdido la vida en las gélidas aguas de la costa sur de Irlanda. Como respuesta a la ira internacional, Alemania había insistido en que tenía todo el derecho a tratar aquel trasatlántico desarmado como si fuera un buque militar, puesto que, además de los muchos pasajeros civiles que llevaba a bordo, el buque transportaba también munición, desafiando con ello el bloqueo alemán de Gran Bretaña. Sin embargo, a pesar de que el Gobierno alemán no había reconocido su delito, su Armada no había vuelto a atacar buques de pasajeros desde entonces y había concentrado los ataques contra navíos verificablemente británicos. Durante casi dos años, la peligrosa tensión en el mar se había mantenido hasta que había acabado resquebrajándose hacía tan solo dos meses, cuando Alemania anunció su intención de seguir con la guerra submarina sin restricciones. En un discurso ofrecido a principios de febrero antes de una sesión conjunta en el Congreso, el presidente Wilson había declarado que, pese a que los Estados Unidos no deseaban un conflicto hostil con Alemania, si los alemanes hundían algún barco estadounidense, el país entraría en guerra. Con las relaciones diplomáticas entre ambas naciones totalmente interrumpidas, cada día aparecían noticias de Washington y Europa que daban a entender, al menos bajo el punto de vista de Grace, que su país avanzaba de forma firme e inexorable hacia la guerra.

El corazón se le encogía solo de pensarlo. Su hermano, Eugene, tenía la edad ideal para ser soldado, era valiente, inteligente, poseía una forma física envidiable y rebosaba de honor y amor por el país. Los hijos de los Banker habían sido educados con un fuerte sentido del patriotismo y el deber, pues sus antepasados habían llegado a América antes de la revolución y América había sido muy buena con ellos. Si el país entraba en guerra, Grace sabía que su hermano dejaría de lado la pluma de oficinista y tomaría las armas, pero ¿qué harían por la patria sus hermanas y ella?

Grace dobló el periódico sobre su regazo y miró por la ventanilla. El recorrido de una hora desde Passaic hasta Manhattan no era especialmente bonito, pero su familiaridad le daba cierto encanto. Incluso así, sus pensamientos estaban tan lejos de allí y le estaba prestando tan poca atención al paisaje, que bien podría haber viajado con las cortinillas cerradas.

Si llegaba la guerra, Grace suponía que las mujeres de su familia redoblarían sus esfuerzos para colaborar en las tareas de asistencia que ya estaban llevando a cabo. Desde el momento en que las descripciones de pueblos devastados y refugiados desesperados habían llegado a los Estados Unidos, los clubs de mujeres de todo el país habían organizado actos con el fin de recaudar fondos para las viudas y los huérfanos de Francia, Gran Bretaña y Bélgica. Las revistas femeninas ofrecían páginas de consejos sobre cómo poner en marcha un huerto o cómo preparar conservas de fruta, verduras y hortalizas. Otros grupos de mujeres se preparaban para la entrada de los Estados Unidos en guerra haciendo todo lo posible por impedirlo. Algunas de las compañeras de universidad de Grace se habían adherido al Partido de Mujeres por la Paz, que organizaba grandes desfiles, manifestaciones y convenciones para promocionar una plataforma que estaba incondicionalmente en contra de la guerra. «Como mujeres, debemos mantener un compromiso único con la paz —le había explicado una amiga para intentar atraer a Grace a la causa—. Como madres, y como futuras madres, debemos tener un interés muy especial en conseguir que nuestros hijos no mueran masacrados en el campo de batalla. Como ciudadanas de un país democrático, debemos defender a nuestras hermanas más vulnerables. Todos sabemos que las mujeres y los niños son siempre, sin lugar a dudas, quienes acaban más destrozados por las guerras».

Grace estaba de acuerdo con aquello, pero otras amigas implicadas en las iniciativas para la preparación de la guerra le habían expuestos otros puntos de vista que también eran válidos, y por ello le resultaba imposible ponerse totalmente a favor de un bando o del otro. Incluso el movimiento sufragista, unido como estaba en su deseo de conseguir el voto para la mujer, se hallaba dividido con respecto a la cuestión de si los Estados Unidos deberían entrar en guerra. Y cuanto más insistían los políticos y los hombres de negocios en que lo que le interesaba al país era mantenerse alejado del conflicto —en proporción inversa, al parecer, a lo desesperadamente que los necesitaban sus amigos en ultramar—, más dudas asaltaban a Grace.

Cuando el tren llegó a la estación, había empezado a lloviznar. Grace se ajustó bien el sombrero a la cabeza, se apeó y buscó el cobijo de un toldo del mercado mientras esperaba el tranvía para llegar al Bajo Manhattan. Se apeó en la parada más próxima al 195 de Broadway y echó a andar a paso ligero, con la barbilla protegida por el cuello del abrigo y las manos en los bolsillos para mantener el calor. Si se mudaba a Chelsea, el desplazamiento al trabajo quedaría reducido en dos terceras partes, reflexionó al cruzar la esquina con Fulton y correr hacia la entrada del Telephone and Telegraph Building, un rascacielos de veintinueve plantas. El edificio apenas tenía un año de antigüedad y lucía una impresionante fachada neoclásica construida en granito blanco de Vermont, resaltada por las columnas griegas en granito gris. En lo alto del tejado escalonado y mirando Fulton Street, se alzaba la estatua alada del «Genio de la Electricidad», una gigantesca escultura de bronce dorado que representaba una figura masculina alada posada sobre una esfera, envuelta en cables y con la mano izquierda elevada sujetando dos relámpagos dorados. El título original de la estatua era *Genio de la Telegrafía,* pero el presidente de AT&T le había cambiado el nombre después de que esta se separara de Western Union para combatir las demandas antimonopolio. Como la mayoría de sus compañeras de trabajo, Grace prefería el apodo gracioso que la escultura había acabado adquiriendo: «El chico dorado».

Grace hizo su entrada por el acceso de Fulton Street, se aflojó la bufanda y empezó a quitarse el abrigo a la vez que cruzaba el inmenso vestíbulo. Las botas de tacón bajo resonaron por el suelo de mármol gris, brillante bajo la luz cálida que proyectaban las lámparas de araña de bronce y alabastro que colgaban del techo de doce metros de altura, encofrado con un entramado de vigas pintadas en verde y dorado y soportado por columnas dóricas de mármol blanco.

Era domingo y tan temprano que en el vestíbulo no había ni un cliente, y solo algunos turistas, guías en mano, andaban de un lado a otro con miradas de admiración, por lo que Grace pudo llegar sin interrupciones al discreto pasillo reservado a los empleados. Intercambió breves saludos con los compañeros también preocupados que se cruzó de camino a la sala de las operadoras, donde colgó el sombrero y el abrigo, dejó el bolso en una taquilla y se paró un momento para mirarse en el espejo, ajustarse correctamente la lazada del cuello de la blusa y pasarse la mano por la media melena castaña para ahuecarse las ondas que le había aplastado el sombrero.

—Buenos días, Grace —canturreó una voz—. ¿Has hablado ya con tus padres?

Al volverse, Grace vio que era una de sus futuras compañeras de piso. Estaba sentada en el sofá de la esquina y se levantó al verla llegar. Vestía la misma blusa blanca y falda azul marino larga que Grace y llevaba el pelo negro peinado según los cánones de una perfecta «chica Gibson».

—Buenos días, Lily. —Al ver que su amiga la miraba con expectación, Grace añadió—: No, aún no les he dado la noticia, pero mi intención es hacerlo esta noche.

Lily descansó una mano en la cadera y le lanzó una mirada escéptica.

—Lo hare —dijo Grace con rotundidad—. Lo tengo todo más o menos planeado. Cuando llegue a casa, después de cenar…

—Oh, ya entiendo —dijo en tono de broma Lily—. Por eso has decidido renunciar a tu día libre y sustituir a Molly en la centralita. Para evitar a tus padres.

—No estoy evitando a nadie —replicó Grace, protestando y riendo—. No estoy retrasando nada. O no voy a retrasarlo más, mejor dicho, lo expondré esta noche.

—Lo que tú digas, señorita Banker. —Con una sonrisa, Lily le indicó que se acercara y le señaló unos panfletos que había en una mesita—. ¿Recuerdas cuando viniste a ver el apartamento y estuvimos hablando de que las chicas podríamos hacer algo más además de tricotar, cultivar un huerto y ahorrar calderilla para los huérfanos de guerra?

—Claro que lo recuerdo. —Grace se acercó a la mesa y cogió un panfleto—. «Escuela de Servicio Nacional» —leyó en voz alta—. Creo que Caroline, del equipo de taquígrafas, estuvo el mes pasado en uno de los campamentos que organizan.

Si la memoria no le fallaba, hacía cosa de un año que la Sección Femenina de la Liga Naval había puesto en marcha la Escuela de Servicio Nacional, una serie de campamentos de dos semanas de duración donde las jóvenes aprendían rutinas militares de ejercicio físico, a cocinar para los enfermos, a cambiar una cama de hospital y a preparar vendajes y apósitos quirúrgicos. A Grace y sus amigas les resultaban mucho más intrigantes las clases de operativa de radio y telégrafo. Pero Grace se sentía demasiado escéptica como para apuntarse, no solo porque todo el mundo sabía que la Sección Femenina de la Liga Naval estaba integrada en su mayoría por mujeres ultraconservadoras y antisufragistas, sino también porque sabía que AT&T no podía prescindir dos semanas de una instructora como ella y no quería consagrar su valioso tiempo de vacaciones a una iniciativa tan ambigua como aquella. Por lo que había oído comentar, una chica trabajadora como Caroline era una excepción entre las participantes, que solían ser jóvenes de la alta sociedad con padres indulgentes, todo el tiempo del mundo en sus manos y sin ninguna necesidad de ganarse la vida.

Con un suspiro, Grace dejó el panfleto encima de los demás.

—¿Estás pensando en apuntarte?

Lily se encogió de hombros y se inclinó para coger el panfleto que Grace acababa de dejar.

—No lo sé. —Estudió el panfleto, pensativa, miró de reojo los demás y cogió uno con un llamativo dibujo de una hermosa joven que sonreía con recato y sin levantar la vista mientras envolvía tela blanca en un rollo de vendaje—. Me gusta la idea de servir a mi país.

Grace miró el reloj y echó a andar hacia la puerta.

—Si de verdad quieres servir al país, apúntate a la Reserva Naval.

Lily arrugó la nariz con desagrado.

—¿Para trabajar como currante en una oficina y pasarme el día entero archivando y aporreando una máquina de escribir?

—Para que un marinero quede exento de ese trabajo y pueda embarcarse, claro.

—No me parece muy glamuroso.

—No creo que el glamur tenga aquí mucha importancia. —Grace se paró al llegar a la puerta—. Nos vemos luego al terminar. No llegues tarde a tu turno o tendré que escribir un informe.

—No serías capaz.

—Sería perfectamente capaz. —Grace sonrió por encima del hombro antes de salir—. No me tientes.

—Mover papeles en la oficina de la Marina creo que sería aún más aburrido que el trabajo que desempeño ahora —dijo Lily—. Quiero aventura, emoción. ¡Dime tú quién se alistaría en la Marina para aburrirse como una ostra!

—Se trata de servir al país, no de vivir aventuras —replicó Grace, corriendo ya por el pasillo.

Grace llegó al cambio de turno con minutos de sobra y el pulso acelerado al oír el delicioso sonido de las clavijas que tan familiar le resultaba y el murmullo de voces. Las hileras de operadoras llenaban la sala, dispuestas espalda contra espalda con pasillos intermedios para que pudieran sentarse cada una delante de su cuadro. En cuanto localizó su puesto, Grace intercambió un saludo con sus amigas, poco más que un gesto o una sonrisa si la operadora en cuestión estaba gestionando una llamada. Tomó asiento, se puso los auriculares, se ajustó correctamente el micrófono, examinó las filas y filas de bombillitas y clavijas numeradas para asegurarse de que todo estaba en orden y esperó la entrada de la primera llamada de la mañana.

No tardó mucho en llegar. Grace apenas se había acomodado en la silla cuando se encendió una luz, el aviso de una llamada entrante. Cogió rápidamente un cable flexible de color negro, localizó la clavija correspondiente entre las muchas dispuestas en filas en la parte inferior de la centralita y lo conectó con firmeza.

—¿Número, por favor? —preguntó con un tono de voz claro y profesionalmente cordial.

A las operadoras telefónicas se les pedía, de forma categórica, que fueran «la chica con una sonrisa en la voz», y lo que no salía de forma natural debía conseguirse a base de práctica y de ir puliendo matices.

—Sí, operadora, póngame enseguida con BA 5-7121, por favor —dijo un hombre.

—Sí, señor —respondió Grace.

Era fácil, una llamada dentro de la misma red de abonados. Grace conectó con destreza la clavija del extremo del cable con la toma correspondiente y tiró del gancho que hacía sonar el timbre del teléfono del destinatario. Cuando el receptor de la llamada descolgó, Grace se quedó en línea unos momentos para asegurarse de que estuvieran bien conectados, pero entonces se encendió otra bombillita y se vio obligada a seguir.

Esta vez, el cliente quería ponerse en contacto con alguien externo a su red de abonados, de modo que Grace tuvo que estirarse un poco y conectar la clavija en una toma situada enfrente de la operadora que estaba a su derecha. A menudo, se veían obligadas a extender todo el cuerpo y tirar de los cables para conectarlos aquí y allá, y en los días de mucho trabajo el intento de conectar las llamadas de forma rápida, eficiente y correcta, sin interferirse las unas a las otras y sin enmarañarse, acababa convirtiéndose en un auténtico ejercicio de acrobacia. Cada cierto tiempo, tenían que verificar las llamadas conectadas para ver si los clientes continuaban hablando; si habían terminado, la operadora desenchufaba los cables para liberar la toma. Pobre de la operadora que desconectara la clavija cuando los clientes habían hecho simplemente una pausa para poner en orden sus ideas. Una llamada de larga distancia era mucho más sofisticada, puesto que implicaba la intervención de múltiples operadoras de distintas centralitas situadas en una o más ciudades para establecer la transmisión entre emisor y receptor, un proceso que podía llevar horas.

La mayoría de los clientes eran simpáticos y amables, pero, por desgracia, los había también secos e impacientes, enojados e inseguros y rotundamente maleducados. A veces, un cliente proporcionaba un número incorrecto y reprendía a la pobre operadora que, sin tener culpa de nada, no conseguía ponerse en contacto con la persona solicitada. Otras, el receptor no cogía la llamada y el emisor descargaba su enfado sobre la operadora. A veces, un tipo insolente se quedaba intrigado con la voz encantadora que le atendía y se olvidaba de que quería hacer una llamada para quedarse charlando con la operadora, que, para frustración del cliente, tenía absolutamente prohibido revelarle su nombre. Y durante todo el proceso la operadora debía mantener la calma, mostrarse cortés y servicial, no perder nunca los nervios y jamás romper a llorar. Como instructora, Grace observaba a las novatas en su puesto de trabajo y a menudo, cuando las respuestas de la operadora daban a entender que la llamada se estaba complicando, Grace se colocaba tras la silla de la chica, descansaba una mano reconfortante en su hombro y le murmuraba palabras de ánimo o frases para que pudiera repetirlas como un loro al micrófono. Solo en muy raras ocasiones se había visto obligada a coger el auricular y con firmeza, pero con una cortesía irreprochable, poner en su lugar al cliente. Grace había oído rumores de ciertas supervisoras que no se andaban con chiquitas y gestionaban a los clientes ofensivos arrancando la clavija de la centralita y argumentando que el fulano en cuestión ya volvería a llamar cuando se le hubieran enfriado los ánimos; sin embargo, ella nunca había sido testigo de conductas tan poco profesionales por parte de sus colegas ni se imaginaba llegar a perder los nervios de un modo tan espectacularmente desastroso.

Sin la menor duda, el suyo era un trabajo vertiginoso y exigente, que requería mucha energía, agilidad y nervios de acero, y todo el mundo sabía que las mujeres eran mucho más adecuadas que los hombres para desempeñarlo. O al menos eso era lo que los ejecutivos de la compañía telefónica explicaban a la prensa siempre que se ponía en marcha una nueva centralita y necesitaban reclutar operadoras. Las mujeres eran más diplomáticas, estaban más dispuestas a apaciguar a los clientes furiosos antes que entablar una discusión con ellos, eran más ágiles en la centralita, más capaces de manejar varias tareas de forma simultánea y estaban más dispuestas a soportar el salario bajo, el ritmo acelerado, los horarios eternos y las condiciones estresantes, y todo ello con una «sonrisa en la voz».

Grace apreciaba esos elogios, pero veía con malos ojos la condescendencia fortuita. Nadie debería tolerar las invectivas rabiosas de ningún cliente, por mucho que durante el periodo de formación les hubieran enseñado a ser amables e ignorarlas. Si el trabajo era agotador y estresante, la directiva debería mejorar las condiciones, no buscar empleadas con menos salidas profesionales y que no se atrevieran a quejarse. Pero aquello eran objeciones nimias en comparación con las muchas cosas importantes que Grace adoraba de su trabajo. Era una profesión adecuada para su capacidad intelectual y su carácter, sobre todo desde que había sido ascendida a instructora, y, para su gusto, cuanto más veloz y estresante fuera el ritmo, más disfrutaba con el reto.

Incluso así, pasadas unas horas, se alegró de dejar de lado por un rato el auricular y volver a la sala de operadoras para la pausa de la comida. Se había traído de casa un sándwich y una manzana, y alguna de las chicas había tenido la gentileza de preparar una cafetera. Sentarse y charlar con las compañeras siempre era divertido, hasta aceptar las bromas simpáticas sobre si estaba aún en forma para realizar trabajo de centralita de verdad después de pasarse el día ganduleando en el Departamento de Formación desde que había sido ascendida.

—No he perdido ni una sola llamada en toda la mañana —replicó con indignación fingida—. La centralita de Detroit sigue en Ohio, ¿verdad?

Sus amigas estallaron en carcajadas y seguían riendo cuando regresaron a sus puestos.

La tarde pasó tan veloz como la mañana, y cuando terminó el turno, Grace se sentía agradablemente fatigada, con la sensación de logro que proporciona el trabajo bien hecho.

—Habla con tus padres —le recordó de nuevo Lily en la sala mientras Grace se ponía el sombrero, se miraba un instante en el espejo y ajustaba correctamente el ángulo del ala.

—Lo haré. —Grace se puso el abrigo y se envolvió la bufanda al cuello—. Te lo prometo.

—¿Esta noche?

—Esta noche —repitió Grace. Se colgó el bolso—. O quizá mañana por la mañana después de desayunar, o quizá el martes…

—Grace —protestó Lily.

—Bromeo —replicó Grace, tranquilizándola y riendo—. Hablaré con ellos esta misma noche, y, con un poco de suerte, la próxima vez que nos veamos traeré buenas noticias.

Lily la miró un instante con expresión dubitativa, pero luego sonrió.

—De acuerdo. Crucemos los dedos para que digan que sí.

—Crucemos los dedos —dijo Grace, haciendo el gesto.

Ficharon y salieron juntas; cuando emergieron a la esquina de Broadway con Fulton, descubrieron que por suerte había dejado de llover y el sol brillaba en el cielo azul y despejado.

—Un buen presagio —declaró Lily.

Y Grace se mostró de acuerdo. Por encima de los olores de la ciudad, le pareció captar la fragancia de las gardenias en flor, y su corazón se animó con la repentina brisa que le apartó las ondas de la cara. Lily y ella enfilaron Broadway y caminaron juntas varias manzanas antes de seguir caminos distintos: Lily en dirección a su encantador apartamento en Chelsea y Grace en busca del tranvía y el tren que la llevarían de vuelta a Passaic.

A bordo del tren, se acomodó en el asiento y ensayó en silencio su caso, organizando y reorganizando los puntos más destacados. ¿Qué haría si su madre ponía objeciones y si su padre se negaba a firmar la documentación? Pensativa, Grace miró por la ventanilla mientras el tren cruzaba el puente sobre el río Hackensack. Suponía que tenía dos opciones: o reagrupar ideas y volverlo a intentar con un argumento más potente, o aprender a vivir con la desilusión. Fuera como fuese, viviría bien. No podía quejarse ni lamentarse por verse obligada a permanecer en su confortable casa con su adorable familia cuando tantas chicas de su edad sufrían en Europa, habían perdido su hogar, pasaban hambre y no tenían absolutamente nada.

Suspiró, estaba cansada de darle vueltas al asunto. Cuando llegara a casa, su madre tendría la cena casi lista, pero dispondría todavía de tiempo para refrescarse, ponerse una bata y un jersey encima y ayudar a su hermana menor a poner la mesa. Después de cenar, la familia se reuniría en el salón para pasar el rato hasta que llegara la hora de acostarse. Grace se ofrecería a ayudar a Marjorie con los deberes. Su padre se instalaría en su sillón favorito a repasar el periódico y leería en voz alta a la familia las noticias más relevantes. Helen y su madre tomarían asiento al lado de la mejor lámpara y hablarían en voz baja mientras se mantenían ocupadas con la costura o las labores de punto. Eugene se tumbaría en el suelo y jugaría una partida de ajedrez contra sí mismo: su mejor oponente, como decía a menudo, acompañando el comentario con aquel fingido aire de superioridad que siempre acababa provocando risas y miradas desdeñosas. Y así pasarían otra tarde de domingo más, en paz y alegría.

Por mucho que deseara levantar el vuelo, le resultaría difícil dejar atrás todo aquello.

Cuando el tren entró en la estación de Passaic, se apoderó de ella una nueva y extraña ambivalencia. Confió en que pasara, en que fuera un caso momentáneo de miedo que la empujaba a echarse atrás; en cambio, la sensación no hizo más que intensificarse durante el recorrido a pie hasta su casa, también después, cuando cruzó el umbral y saludó dando voces y escuchó el eco de una alegre respuesta.

La velada se desarrolló tal y como había vaticinado que se desarrollaría. Sintió tentaciones de retrasar la conversación con sus padres hasta el día siguiente, pero le había prometido a Lily que aquella noche sería la noche y les debía una respuesta a sus amigas: debía aceptar su invitación o declinarla para que pudieran encontrar a alguien más antes de que hubiera que pagar el alquiler.

Grace se armó de valor.

—Mamá, papá… —Cuando todo el mundo levantó la vista para mirarla, todo el mundo excepto su padre, cuya mirada permaneció clavada en el periódico, hizo una pausa para toser un poco y aclararse la garganta—. Cuando mamá haya acostado a Marjorie, ¿podría hablar con vosotros? ¿A solas?

—Puedo acostarme sola, muchas gracias —dijo Marjorie, indignada. Levantó la vista de la madeja de lana que estaba balanceando delante de Patches, la gata tricolor de la casa—. De todos modos, no estoy cansada.

34

—Por supuesto, Grace, cariño —replicó su madre—. ¿Pasa algo malo?

—No, no pasa nada malo, pero me gustaría comentaros una cosa.

—¿Es sobre algún tío? —Eugene bostezó con pereza y le hizo jaque mate al rey blanco—. Porque si se trata de eso, hablad por favor en voz baja para que no oiga sin querer algo que no debiera oír.

Grace le dio un puntapié cariñoso.

—No es sobre ningún tío.

—Vaya alivio. Y entonces, ¿sobre qué es?

—No es asunto tuyo, hermanito.

Grace se volvió a su madre y descubrió que la dirección de su mirada había cambiado, que tanto ella como Helen estaban estudiando la expresión de su padre: había doblado el periódico sobre el regazo y miraba fijamente al suelo con una expresión de disgusto.

—¿Papá? —dijo Helen—. ¿Pasa algo?

Al captar el tono de preocupación de su voz, Eugene se recostó sobre los codos y se quedó mirando también a su padre.

—¿Papá?

—Es que… parece ser que mañana… —Hizo una pausa y respiró hondo antes de continuar—: Dicen en el periódico que mañana el presidente Wilson hablará en la sesión conjunta del Congreso para solicitar una declaración de guerra contra Alemania. Ha dicho que, si la paz del mundo está en un compromiso, la neutralidad no es ni factible ni deseable.

—Que Dios nos ayude —dijo la madre de Grace, sofocando un grito.

—Pues ya está —dijo Eugene. Se sentó y se pasó la mano por la mandíbula—. Ya estamos metidos.

—El Congreso podría rechazar la propuesta —propuso Helen con voz temblorosa—. Y de rechazarla, los Estados Unidos no entrarían en guerra. No podrían. ¿No es así, papá?

Este, perdido en sus pensamientos, no respondió nada.

El corazón de Grace le retumbaba en el pecho y escuchó la contestación en el silencio de su padre. El Congreso no se negaría. Eugene tenía razón. Después de años sin tomar la decisión, los Estados Unidos entrarían en guerra.

2

VALERIE

Algo la despertó de golpe, algo demasiado vigoroso y potente como para ser ignorado.

—Despierta, Valerie.

Se desperezó a regañadientes, cegada y deslumbrada por el sol que entraba por la ventana.

—¿Qué es? ¿Un terremoto? —preguntó con un bostezo y haciéndose oír por encima de aquel zumbido incesante, menos preocupada de lo que debería estarlo si de verdad había adivinado qué pasaba.

—No. —Hilde le dio un último zarandeo y le soltó el hombro—. Un día más no te enteras de que te está sonando el despertador. Acabarás despertando a toda la casa.

Aturdida, Valerie se sentó en la cama y comprendió que, efectivamente, su despertador estaba sonando en la mesita de noche. Al otro lado, la cama de Hilde ya estaba hecha, con las esquinas de las sábanas recogidas con la pulcritud de un hospital y las almohadas esponjadas. Valerie se recostó sobre los codos y habló levantando la voz para hacerse oír de nuevo:

—¿Y por qué no lo apagas en vez de despertarme y echarme la bronca?

La hermana de Valerie se llevó las manos a las caderas y la miró con exasperación. Con las mangas del vestido de estampado floral arremangadas hasta el codo, un delantal blanco inmaculado atado a la cintura y la melena castaña perfectamente trenzada y recogida en lo alto de la cabeza, parecía que llevase levantada desde el amanecer.

—Porque es tu despertador y tu responsabilidad, y porque si te dejara dormir y hubiera apagado el despertador, luego te quejarías de que llegas tarde al trabajo por mi culpa.

36

Tenía razón. Valerie dobló la esquina de la colcha de felpa fina, sacó las piernas por un lado de la cama, estiró los brazos e inspiró hondo para disfrutar de la fragancia de la buganvilia y del acompañamiento del canto de los pájaros que se filtraban a través de la ventana. Solo entonces, consciente de la impaciencia creciente de su hermana, palpó a su alrededor y aporreó el despertador para silenciarlo.

—Así está mejor —dijo, regalándole una sonrisa a su hermana.

Hilde la miró con exasperación y salió de la habitación, cerrando con cuidado la puerta a sus espaldas.

Liberada del peso de la mirada crítica de su hermana, Valerie saltó de la cama y corrió a lavarse y vestirse. Mientras se cepillaba la melena de largos rizos dorados y se recogía hábilmente el cabello en un moño bajo, pensó que, en comparación con la de Hilde, su cama parecía haber sido asolada por los vientos de Santana. Por desgracia, decidió a la vez que insertaba la última horquilla, no podía perder tiempo arreglándola.

Bajó corriendo y saludó alegremente a uno de sus nuevos realquilados al cruzarse con él en el descansillo. Contuvo la sonrisa al ver que el hombre se ruborizaba y replicaba con un tartamudeo, una mezcla de timidez y admiración. Al llegar a los pies de la escalera, Valerie viró con brusquedad y a punto estuvo de chocar con su hermano menor, quien salía corriendo de la cocina, poniéndose la americana y con una tostada untada de mantequilla en la boca.

—Henri —dijo sin aliento y estallando en carcajadas—. ¿Dónde vas con tantas prisas?

—Luego te lo cuento —respondió Henri, cubriéndose los rizos rubios con una gorra de lana de color gris a la vez que engullía el último mordisco de su veloz desayuno. Era delgado y elegante, como ella, como su padre, y Valerie no se había acostumbrado aún a tener que levantar la vista para mirar aquellos ojos azul oscuro—. Tengo que irme.

—Henri, pero ¿qué diantres…?

Sin embargo, Henri ya había cruzado la puerta que, sin querer y con las prisas, había cerrado con un sonoro portazo. Perpleja, Valerie miró la puerta cerrada unos instantes antes de sacudir la cabeza y continuar con lo suyo.

Su madre y hermana andaban ajetreadas entre el comedor y la cocina, lo recogían todo después de servir el desayuno a los realquilados. La cara de la madre de Valerie se iluminó cuando la vio llegar, mientras que

Hilde se limitó a esbozar un mohín y sacudir la cabeza en un gesto de exasperación.

—Buenos días, mamá —saludó Valerie.

Alargó el brazo por encima de la cabeza de su madre para sacar una taza del armario y se detuvo un momento de camino a la cafetera para darle un beso en la mejilla.

—Buenos días, cariño —replicó con calidez su madre, dándole unos golpecitos en la mejilla, un gesto y un acento que rememoraban su patria belga, la patria de todos ellos, por mucho que Valerie apenas recordara su vida allí.

Los recuerdos que tenía de su viejo país se inspiraban en fotografías familiares.

—Te has perdido el desayuno —dijo Hilde, que dejó sobre la encimera una montaña de platos sucios.

—No pasa nada —dijo Valerie mientras se servía una taza de café—. No tengo mucha hambre.

—Deberías comer algo —intervino su madre en tono de protesta y secándose las manos en el delantal—. Tenemos *brioche* de sobra y la mermelada de fresas que hice la semana pasada. Podría prepararte un plato.

—No te preocupes, mamá. Tú ya tienes bastante trabajo y yo no tengo tiempo. —Valerie localizó una naranja que había en la encimera, recogida a primera hora de la mañana del huerto que tenían en el jardín trasero de la casa. La cogió, la pasó de una mano a la otra y la evaluó con la mirada—. Es perfecta.

Se trasladó al otro lado de la cocina para no molestar, extendió una servilleta y peló y separó con habilidad los gajos de la fruta madurada al sol. Sin despegar un ojo del reloj, consagró un momento a aspirar la fragancia dulce e intensa de la naranja, a saborear el zumo mientras alternaba mordiscos apresurados con sorbos de café. Su madre y su hermana charlaban mientras se ocupaban de los quehaceres y organizaban la agenda del día, terminando la una las frases de la otra.

—¿Dónde iba Henri con tantas prisas? —preguntó Valerie, interrumpiéndolas y señalando con un gesto de cabeza la puerta de la casa—. Casi chocamos a los pies de la escalera.

—No lo ha dicho —respondió su madre—, pero cuando lo he visto pasar por la ventana me ha parecido que iba hacia la universidad.

—Seguramente habrá ido a recoger los horarios para el semestre de otoño —sugirió Hilde.

—Sí, imagino que ya los tendrán preparados. —Qué raro recordar aquel pequeño detalle y qué fastidioso que le doliese—. ¿Se ha llevado un talón para la matrícula?

La madre de Valerie respondió con un gesto negativo y su hermana la miró enarcando las cejas.

—¿Y quién se lo habría firmado? —preguntó Hilde—. La última vez que toqué el talonario sin tu permiso casi me cortas la cabeza.

—Fue porque te olvidaste de anotar la cantidad pagada y embarullaste con ello las cuentas. —Valerie tiró la piel de la naranja en la basura y dejó la taza en el fregadero—. Ojalá me hubiera dicho que pensaba ir al campus. De haberlo hecho, podría haberle llevado el pago al administrador y así se habría ahorrado un viaje.

—No pasa nada. —La madre de Valerie humedeció un trapo bajo el grifo y empezó a limpiar las superficies de la cocina—. Puede hacerlo mañana.

—Mañana es sábado —dijo Valerie, pensando en voz alta—. La oficina del administrador estará cerrada y la factura vence el lunes.

—Pues, en ese caso, puede pagarla el lunes —repuso Hilde impaciente—. De verdad que no entiendo cómo puedes recordar estas minucias y luego ser incapaz de apagar el despertador cuando suena a tu lado. No lo entenderé jamás.

—Tengo un talento especial para los detalles pequeños pero importantes. —Por lo visto, su hermana quería pelea, pero hacía una mañana preciosa y Valerie se negó a enzarzarse en una—. Ha estado muy bien, chicas, pero mejor que vaya saliendo o llegaré tarde al trabajo.

—No te olvides de la comida —dijo su madre, indicándole una pequeña bolsa de papel marrón que había en la mesita del vestíbulo, al lado del bolso—. Te he puesto unos cuantos albaricoques secos de esos que tanto te gustan.

—Gracias, mamá. —Valerie le dio un abrazo a su madre—. No me esperéis para cenar. Cuando termine el turno, iré a picar algo con las chicas.

—A picar algo —remugó Hilde, atacando el suelo con la escoba—. Más bien será que piensas ir a alguno de esos locales que hay en la playa a beber ginebra y bailar con tipos raros.

—Ahí es donde te equivocas. Mi amiga Cora tiene la exclusiva en cuanto a tipos raros se refiere, lo que significa que al resto solo nos quedan los hombres normales y corrientes. —Valerie guardó la comida en el bolso y se quedó un momento en la puerta, dubitativa y estudiando a su hermana. Siempre andaba ocupada y nunca se la veía contenta—. ¿Quieres…, quieres venir con nosotras?

Hilde paró con la escoba y miró un instante a su hermana antes de negar con la cabeza y ponerse a barrer de nuevo.

—No puedo. Tengo que acostarme pronto. Mañana tengo un día muy ocupado.

—¿Ocupado? ¿Con qué?

—Con la colada, para empezar. —La mirada de Hilde estaba decididamente fija en las migas acumuladas delante del recogedor—. Cambiar las camas cada sábado supone mucho trabajo, lavar sábanas, fundas de almohada y mantas, y luego volver a hacer las camas antes de que los realquilados lleguen por la noche…

—Para hacer todo eso que dices no es necesario levantarse al amanecer. A esas horas, los realquilados aún duermen. Y después yo puedo ayudarte, así avanzarías más rápido y…

—No. —Hilde aporreó el suelo con la escoba y se cuadró de hombros—. Eso no es lo que acordamos. Tu contribución a la casa es tu sueldo, la contabilidad y el pago de las facturas, ya que tienes facilidad para ello y no confías en nadie más que pueda hacerlo. Mamá y yo nos ocupamos de la pensión.

—Estaría encantada de colaborar con lo de la colada de vez en cuando si eso significa que puedas salir alguna noche por la ciudad.

—Escucha lo que te dice tu hermana, Hilde —dijo su madre, intentando convencerla—. Os merecéis un poco de diversión las dos.

—El sábado es el único día que ella tiene libre —le recordó Hilde a su madre, para mirar fijamente a Valerie a continuación—. Gracias, pero la ginebra y el baile no me interesan. Ese tipo de cosas son más para chicas de tu edad.

—Oh, por favor. No es tampoco que seas mucho mayor que yo. —Valerie sintió tentaciones de arrancarle la escoba a su hermana para darle con ella una buena azotaina—. Antes te encantaba la playa, bailar, y también los hombres. Además, siempre puedes tomar un refresco si lo prefieres a la ginebra…

—Llegarás tarde al trabajo —dijo Hilde, interrumpiéndola. Se agachó para barrer las migas y el polvo y ponerlo todo en el recogedor.

Valerie suspiró y miró a su madre, que, con impotencia, se encogió de hombros en silencio a modo de respuesta.

—Saldré, pues —dijo curiosamente decepcionada.

Hilde ni siquiera conocía a sus compañeras de trabajo y lo más probable era que no encajara con el animado grupo de chicas más jóvenes que ella, de modo que quizá era mejor que hubiera rechazado la invitación. Aun así, por un momento Valerie se había imaginado a su hermana riendo y sonriendo de nuevo, tal vez incluso aceptando la propuesta de baile de algún chico guapo. Hilde era cuatro años mayor que Valerie, pero ni siquiera había cumplido aún los veinticinco. No estaría encerrada en casa si no hubiera decidido encerrarse, y de quererlo podría salir de allí cuando le apeteciera.

Le habría gustado quedarse un rato más para rebatirla, pero habría sido gastar saliva inútilmente.

La discusión la había retrasado lo suficiente como para que llegar puntual al trabajo fuera todo un reto. Tuvo que recorrer a toda velocidad la última manzana para que no se le escapase el tranvía, una gesta considerable con falda larga y a pesar del tacón relativamente bajo de sus botas de media caña. Un tipo atractivo le regaló una sonrisa cuando subió a bordo, pero la escena de la cocina la había dejado sin ganas de entablar una charla ingeniosa, de manera que fingió no haberlo visto. Jadeante, se instaló en un asiento de la parte delantera del vehículo, contenta de haberse vestido con el traje de popelín azul claro y blusa en color crudo en vez de con un corsé con ballenas. Con el bolso en el regazo, contempló las palmeras del desierto bañadas por el sol, los eucaliptos, las encinas y los arbustos con flores que asomaban entre los edificios bajos construidos con madera decapada y estuco, aunque la escena, luminosa, animada y familiar, no sirvió para mejorarle el estado de ánimo.

Se recogió detrás de la oreja un mechón suelto de pelo y sofocó una minúscula punzada de culpabilidad antes de que le echara a perder la mañana. Imaginaba que podría colaborar más en la gestión de la pensión, pero la verdad era que después de una jornada entera en la centralita las tareas de la casa no ocupaban precisamente los primeros puestos de su lista de pasatiempos favoritos. Además, la división de tareas vigente había sido idea de su hermana. Hacía ya más de un año que habían decidido que una de ellas saldría al mundo para ganarse un salario mientras la otra ayudaba a su madre con la pensión; como hermana mayor, Hilde había tenido el privilegio de elegir la primera. Valerie había tenido la suerte de encontrar un trabajo que le gustaba, sobre todo después de que sus ambiciones de siempre se fueran al traste de un modo tan abrupto.

La muerte de su padre lo había cambiado todo, para todos.

Valerie tenía solo seis años cuando sus padres les dieron la noticia de que iban a dejar su casa en Bruselas para poner rumbo a los Estados Unidos con el fin de que su padre, un talentoso artista y fotógrafo, pudiera buscar fortuna en Nueva York. Una vez allí, no tardó en descubrir el cine de animación, la diversión de moda que cada vez gozaba de mayor popularidad. En pocos años, empezó a dominar con tanta maestría la nueva tecnología y a impresionar de tal modo a la gente adecuada, que le ofrecieron la oportunidad de su vida: colaborar en películas con estrellas como Douglas Fairbanks o Mary Pickford. Su nuevo trabajo lo obligaría a mudarse al otro extremo del país, pero, después de haber cruzado un océano, ¿qué importancia tenían unos cuantos miles de kilómetros más?

El sur de California resultó ser un paraíso de sol, brisas oceánicas y posibilidades infinitas, y no solo para el cabeza de familia. La madre hizo muchas amistades entre las esposas de los colegas de su marido y las mujeres que trabajaban como modistas y diseñadoras en los platós. Los niños empezaron a ir a la escuela, pero mientras que Valerie y Henri captaron rápidamente el inglés tan solo llegar a Nueva York y prosperaban en las aulas, para Hilde fue más complicado. Cuando dos años más tarde consiguió su diploma, declaró que su formación escolar había tocado a su fin. Dijo que estaría encantada de ayudar a su madre a llevar la casa y cuidar de sus hermanos, pero era evidente que su mayor felicidad y esperanza para el futuro era salir con un joven que había conocido en la iglesia, Edgar, un californiano de segunda generación y prometedor ejecutivo que trabajaba en la Southern Pacific Railroad.

Dos años más tarde, Hilde y Edgar estaban empezando a hacer planes de boda cuando los tanques alemanes irrumpieron en la frontera de la patria de los DeSmedt. Tremendamente angustiados por su familia y amigos, los padres de Valerie intentaron en vano ponerse en contacto con ellos por telegrama y a través de la Embajada belga. La familia sufrió con las noticias del implacable avance del Ejército alemán por el que en su día fuera un país pacífico, con los bombardeos de la artillería sobre las fortificaciones de Lieja, con el sitio y la caída de las fortalezas defensivas a lo largo del río Mosa y con la ocupación de Amberes y Bruselas. Un millón y medio de refugiados desesperados abandonaron sus hogares ante el avance inexorable de los alemanes por el corazón de Bélgica hasta llegar a Francia. El miedo de los DeSmedt se transformó en horror cuando se conoció la *Schrecklichkeit*, la política de terror que los alemanes implementaron en la nación conquistada: la represión brutal de la resistencia belga, la masacre de 674 civiles en Dinant, el incendio vengativo de la ciudad medieval de Lovaina, el encarcelamiento de rehenes, ejecuciones, más masacres de civiles, los incendios interminables de ciudades y pueblos enteros.

Las atrocidades acabaron conociéndose como la «Violación de Bélgica», una expresión que a Valerie le provocaba escalofríos. Durante aquella larga temporada de angustia, el único consuelo de la familia, mientras seguían buscando frenéticamente noticias de sus seres queridos, fue que ellos estaban sanos y salvos en California, a miles de kilómetros del conflicto. Confiaban en que el presidente Wilson anunciara que los Estados Unidos se sumarían pronto a los Aliados para expulsar a los agresores de Francia y de Bélgica; no obstante, sus esperanzas se quedaron en nada cuando la Casa Blanca siguió ofreciendo simples declaraciones de neutralidad, promesas vacías que satisfacían a muchos de sus vecinos, pero que rompían el corazón a los DeSmedt.

Junto con amigos solidarios y otros expatriados belgas y franceses, las mujeres DeSmedt recaudaron fondos para refugiados y colaboraron en campañas de la Cruz Roja, cuyo objetivo era enviar comida, productos esenciales y medicamentos a quienes sufrían directamente la guerra. Y aunque las mujeres tenían derecho a voto en California y Hilde y sus padres eran mayores de edad, no eran ciudadanos nacionalizados, por lo tanto no podían elegir representantes que rechazaran la política de neutralidad de Wilson. Pero hicieron todo lo posible para recaudar dinero y concienciar a la población, con el paso del tiempo la sensación de horror fue transformándose en otra de dolor constante y amortiguado. La vida continuaba, por mucho que a Valerie le pareciera mucho más frágil que antes.

Diez meses después de que Alemania invadiera Bélgica, Valerie se graduó en el instituto y, aquel otoño, entró en la universidad. Siempre le habían encantado las matemáticas, y en la Universidad de California Meridional aceptaban chicas, de modo que sus padres la animaron a seguir su vocación.

Durante un año emocionante, instructivo y maravilloso, Valerie disfrutó con el aprendizaje, con los desplazamientos al campus por la mañana, con la asistencia a clases, conferencias y prácticas durante el día, con la vuelta a casa con los libros por la tarde y con los trabajos académicos que tenía que realizar desde que acababa de lavar los platos hasta que apenas podía seguir con los ojos abiertos y su madre le ordenaba que se fuera a dormir.

Henri, justo un año y medio menor que Valerie, no se perdía detalle de todo lo que su hermana le contaba sobre la vida en el campus y, al otoño siguiente, decidió matricularse también en la misma universidad. Igual que Valerie, sentía inclinación por las matemáticas, pero prefería los temas mecánicos a los números y los teoremas plasmados sobre papel. Fantaseaba en voz alta sobre estudiar Física o Ingeniería, pero era un secreto a voces que su verdadera pasión era la fotografía y la filmografía. Había acompañado a su padre a las sesiones fotográficas desde que empezó a caminar y había experimentado con su cámara vieja desde que tuvo edad suficiente como para manejarla sin romperla. Él solo había transformado el armario de su habitación en un cuarto oscuro, y siempre que no estaba en la escuela, andaba detrás de su padre en los platós cinematográficos, observándolo todo, formulando preguntas, cargando con el equipamiento y sirviendo café a los miembros del equipo a cambio de lecciones improvisadas y consejos. A nadie de la familia le habría sorprendido que les hubiera propuesto trabajar como aprendiz con su padre en vez de ir a la universidad, pero en cuanto recibió su diploma, la madre de Valerie le confió a su hija que había sido un alivio, tanto para ella como para su padre, saber que Henri había decidido continuar con los estudios. «Siempre podrá dedicarse a la filmografía después de graduarse, si eso es lo que de verdad quiere —le había dicho su madre—. Pero con un título universitario, será mucho más probable que encuentre un trabajo bueno, estable y con un sueldo fijo. Por muy populares que empiecen a ser las películas, este tipo de seguridad escasea en el negocio del cine animado».

Como había sido decisión de Henri, Valerie se mostró de acuerdo. En cuanto a ella, no tenía ni la menor idea de las carreras profesionales a las cuales podía aspirar una chica con un título en Matemáticas, pero confiaba en poder encontrarlas cuando llegara el momento. Entretanto, aprendía muchísimo, sacaba notas excelentes y se lo pasaba de maravilla. A pesar de la guerra que se desarrollaba al otro lado del océano y del desacuerdo cada vez más evidente que se plasmaba en su país de adopción entre defensores de la preparación para entrar en guerra y aislacionistas, Valerie tenía todas las razones del mundo para confiar en que su futuro, y el de su familia, seguía siendo totalmente prometedor.

Y entonces, la tragedia hizo añicos la ilusión de que todos estaban realmente sanos y salvos.

El padre de Valerie estaba filmando en un plató localizado en las montañas de Santa Mónica cuando empezó a quejarse de un hormigueo en el brazo izquierdo y cayó repentinamente al suelo. Su afligida familia fue informada de que no había sobrevivido al sinuoso trayecto por carretera que lo había conducido hasta el hospital más cercano. El padre de Valerie siempre había querido contratar un seguro de vida; sin embargo, jamás se habría imaginado que iba morir de un infarto antes de los cincuenta y había dejado unos ahorros muy reducidos, tal y como Valerie y su madre descubrieron al repasar los libros de contabilidad. Edgar se ofreció a pagar parte de las deudas pendientes, pero, aunque su generosidad conmovió tremendamente a la madre, Valerie y Hilde acordaron que no era correcto aceptar dinero de un pretendiente, por mucho que lo calificaran eufemísticamente de préstamo. Hilde intentó encontrar trabajo, pero su acento y su escaso dominio del inglés escrito le dejaban pocas opciones aparte del servicio doméstico o clases particulares de francés y alemán, con las que era imposible mantener a la familia.

Había que tomar decisiones rápidamente. La madre de Valerie invirtió parte de sus preciosos ahorros en remodelar la casa para poder acoger realquilados: dividió la buhardilla en dos dormitorios pequeños para sus hijos y se instaló un camastro para ella en el cuarto de la costura. Valerie y Henri colgaron anuncios en el campus de la universidad ofreciendo alojamiento y comida, además de clases de francés y alemán para quien las quisiese por un cargo adicional. A principios de agosto, las habitaciones y el salón transformado quedaron alquilados a varios estudiantes y un profesor visitante.

La segunda decisión de su madre fue un golpe aún más fuerte para Valerie, y le exigió un sacrificio mucho mayor que abandonar su habitación e instalarse en la abarrotada buhardilla, que tenía un tejado tan inclinado que era imposible ponerse totalmente en pie si no era en la parte central.

Supo que algo se tramaba cuando una tarde de mediados de agosto su madre la invitó a salir al jardín para charlar y se encontró a Hilde, que ya estaba esperándolas, sentada en el banco, a la sombra del naranjo y el limonero.

—¿Qué sucede? —preguntó, poniéndose de inmediato a la defensiva e intentando, sin conseguirlo, que su tono de voz sonara despreocupado.

Su madre le indicó con un gesto que tomara asiento, en cambio Valerie no se movió, de modo que, con un suspiro, su madre se sentó en el banco al lado de Hilde.

—Llevas las cuentas de la casa desde que falleció tu padre —la madre de Valerie hizo una pausa para, temblorosa, inspirar hondo—, de modo que conoces bien el precario estado de nuestras finanzas.

Valerie asintió, cambió el peso del cuerpo hacia la otra pierna, se cruzó de brazos y se quedó a la espera, temiendo las palabras que oiría a continuación.

—Solo podemos permitirnos una matrícula universitaria —dijo Hilde—. Imagino que ya lo habrás imaginado.

A Valerie se le formó un nudo en la garganta.

—Sí, lo he pensado —consiguió decir.

—Esperamos..., espero que estés dispuesta a renunciar a tus estudios por el bien de Henri —anunció la madre de Valerie, implorándole con la mirada que lo entendiera—. Ya sé que no es justo, después de lo duro que has trabajado y de lo bien que te ha ido, pero Henri es hombre.

—Llegará un día en que tendrá que mantenerse a él y a su familia —intervino Hilde—. Henri necesita tener una formación universitaria mucho más que tú.

—Lo entiendes, ¿verdad, cariño? —Su madre la miró fijamente, aunque abriendo y cerrando los puños sobre el regazo, aborrecía tener que decir aquello tanto como Valerie odiaba tener que escucharlo—. Para Henri, un título universitario podría significar la diferencia entre el éxito y el fracaso, pero para ti... no es lo mismo. Cuando te cases, dejarás de trabajar. Tu esposo os mantendrá a ti y a vuestros hijos.

Valerie contuvo el deseo de destacar que la inesperada incapacidad de su padre para mantenerlos a todos era lo que los había abocado a aquel momento tan infeliz. Pero sabía que nada de lo que pudiera decir serviría para algo. Sabía que podían permitirse a duras penas pagar una única matrícula universitaria y que pagar dos era impensable. ¿Cómo negarle aquella oportunidad a su hermano menor cuando la pura verdad era que

ninguna compañía aspiraba a emplear chicas matemáticas? Fuera cual fuese el trabajo que alguien pudiera acabar ofreciéndole, lo conseguiría igualmente con su diploma del instituto y una carta de recomendación. Henri,
por otro lado, no llegaría nunca a ingeniero o físico si no era con años de
estudio y un título universitario.

Además, el dinero pertenecía a su madre y era evidente que ya había
decidido cómo gastarlo. La única decisión a la que de verdad se enfrentaba Valerie era a la de si aceptar su decepción con elegancia altruista o renunciar con amargura y hacer que una situación infeliz e injusta fuese
absolutamente desgraciada para todo el mundo.

—Lo entiendo, por supuesto —dijo—. Tenéis razón. Es lo mejor para
todos.

Esperó una semana por si acaso les caía milagrosamente del cielo una
buena cantidad de dinero, pero, como eso no sucedió, se borró de la universidad. Al principio, sin embargo, insistió en que nadie le dijera nada a
Henri hasta que el cheque de la matrícula del primer semestre estuviera
descontado y ya no hubiese marcha atrás. Pero cuando Henri descubrió
que Valerie pretendía sacrificar su formación universitaria por él, se sintió
muy dolido por la injusticia y rabioso por haber sido ignorado por completo en la toma de la decisión. Cuando argumentó que seguramente podrían convencer al administrador para que transfiriese el pago de la
matrícula de su nombre al de su hermana, Valerie se echó a reír, le alborotó los rizos rubios y le dijo en tono de broma:

—Podríamos hacer eso o podrías darme las gracias y prometerme que
siempre seré tu hermana favorita. Creo que me lo he ganado.

—Gracias, Valerie —dijo Henri en tono solemne y avergonzado. Le
cogió las manos y la miró fijamente, con aquellos ojos azul oscuro que eran
iguales que los de su padre—. Te prometo que te sentirás orgullosa de mí.

—Por supuesto. —Lo abrazó y pestañeó para ahuyentar las lágrimas
antes de que nadie las viera—. Ya estoy orgullosa de ti.

De modo que Henri fue a la universidad y Valerie se puso a buscar
trabajo. Gracias a un soplo de una vecina a cuyos niños cuidaba a menudo y a la que solía hacer recados, pronto consiguió una entrevista con la
Pacific Telephone and Telegraph Company. Sabía que sus credenciales
eran impresionantes, que siempre se había defendido muy bien en cualquier tipo de conversación y que sabría desempeñar a la perfección su

papel, de modo que no le sorprendió en absoluto que le ofrecieran un puesto en el acto. «Es usted el ideal de joven con una sonrisa en la voz», le dijo entusiasmada la supervisora de operadoras, extendiendo la mano por encima de la mesa para estrechársela con fuerza. Dos días más tarde, Valerie empezaba a aprender los secretos del puesto de operadora en una de las centrales con más trabajo de Los Ángeles, los nuevos cuarteles generales de la compañía en South Hill Street.

Poco después, justo cuando los DeSmedt empezaban a levantar cabeza, Edgar recibió una propuesta de ascenso que le exigía el traslado a los cuarteles generales de Southern Pacific Railroad, en San Francisco. Le pidió a Hilde que lo acompañara como su esposa.

Valerie estaba emocionada por su hermana y se llevó una sorpresa tremenda cuando Hilde lo rechazó.

—Pero si quieres mucho a Edgar —dijo Valerie, mientras su madre entre lágrimas le suplicaba a Hilde que reconsiderara su postura.

—Aquí me necesitáis —replicó Hilde, aturdida pero firme—. Mamá no podría gestionar la pensión sin mí.

—Yo cuidaré de mamá —dijo Valerie—. ¿A quién le importa ahora la pensión? Te casarás con Edgar, venderemos esto y compraremos una casa más pequeña y asequible. No puedes sacrificar tu futura felicidad por nosotros.

—Bien que tú lo hiciste.

—Lo mío fue distinto. Cambié una carrera profesional por otra. ¡No renuncié al hombre que amaba!

Pero Hilde había tomado su decisión y nada que Valerie y su madre pudieran decirle sirvió para disuadirla. Con el corazón destrozado, Edgar se mudó a San Francisco, y aunque al principio escribía a Hilde a menudo, Valerie no sabía si su hermana llegó a responderle alguna vez. Al final, dejaron de llegar cartas.

A Valerie le parecía que era echar a perder un amor tontamente y, aunque nunca quiso herir los sentimientos de su hermana diciéndoselo, estaba convencida de que había sido un sacrificio innecesario. El plan de Valerie para economizar habría sido suficiente para mantenerlos a flote hasta que Henri se graduara y empezara a traer un sueldo a casa. Y si Hilde, en un gesto de nobleza, había abandonado lo que más quería en el mundo por el simple hecho de que Valerie también lo había hecho, era justo que sufrieran por un igual…, aunque en realidad era una estupidez. Valerie apenas sufría. A veces se preguntaba qué carrera profesional habría podido tener con la ayuda de las matemáticas de haber sido distinta su situación, pero cuando aquellos pensamientos empezaban a calentarle la cabeza, los dejaba de lado. Después de un año en Pacific Telephone and Telegraph, podía afirmar con total sinceridad que le encantaba su trabajo, y solo muy de vez en cuando sentía una punzada de rencor por no haber conseguido el título universitario. ¿Qué otro trabajo podía ser más emocionante que el de operadora telefónica, un puesto en el que el ritmo nunca bajaba, donde hasta el último segundo contaba y donde no había ni el más mínimo margen para el error? ¿Y dónde habría encontrado compañeras de trabajo y amigas tan animadas, divertidas e inteligentes como las chicas con las que compartía centralita? Algunas eran inmigrantes, como ella, o hijas de inmigrantes; otras habían nacido y se habían criado en el Golden State; pero todas eran jóvenes independientes, rebosantes de ambición, esperanza y coraje, y Valerie encajaba con ellas a la perfección.

Cuando Valerie se apeó del tranvía y caminó la última manzana y media hasta alcanzar el edificio de seis plantas de estilo italiano, construido en hormigón y acero, que albergaba la centralita de Pac-Tel, estaba mucho más animada. Saludó a algunas conocidas que llegaban al mismo tiempo que ella, y juntas cruzaron el vestíbulo y dejaron bolsos y sombreros en la sala de operadoras, que se hallaba en la primera planta, justo detrás de las oficinas de administración. Luego, con minutos de sobra, se dirigieron a sus puestos en las centralitas, que llenaban la segunda, la tercera y la cuarta planta del edificio. Los dos pisos superiores estaban consagrados íntegramente al equipamiento electrónico.

Las horas pasaron con rapidez, impulsadas por oleadas continuas de llamadas. Valerie no tuvo ni un momento para charlar con las amigas o discutir sus planes a la salida del trabajo, lo cual no quería decir que de haberlo tenido se hubiese permitido apartar la atención de las luces y las clavijas y dejado un desafortunado cliente llamando en vano. Y mucho menos estando la señora Johnson supervisando aquel turno. A diferencia de la señora Clark, que había quedado encandilada con la «sonrisa de su voz», la señora Johnson interpretaba la actitud risueña de Valerie y su contagiosa sonrisa como señales de una cabeza frívola. Y seguramente, los rizos rubios de Valerie, sus ojos azules y su afición a los vestidos bonitos no hacían más que

49

sumar a sus prejuicios. Pero lo más probable era que si la señora Johnson supiera lo mucho que Valerie adoraba la elegante perfección de una buena demostración geométrica y que pasaba el tiempo de espera en línea repasando en silencio la secuencia Fibonacci, se habría desmayado de puro asombro. En verdad, a Valerie le importaba un comino lo que su amargada jefa pensara de ella, excepto en lo relativo a su rendimiento en la centralita. Y ni siquiera la señora Johnson podía encontrarle un fallo en este sentido.

La pausa que hizo a mitad del turno fue su primera oportunidad para ponerse al corriente con Cora y las demás chicas. Pasaron a recoger la comida que habían dejado en los bolsos y se instalaron en la pequeña zona de césped al lado del edificio para poder comer, charlar y disfrutar del sol. Tras analizar a fondo todos y cada uno de los detalles de una cena a la que había asistido Mabel en casa de su enamorado más reciente, la conversación se trasladó hacia la preocupante posibilidad de que el chico en cuestión tuviera que alistarse, y de allí hacia todos los jóvenes que conocían que habían respondido a la llamada a las armas del presidente Wilson. Al parecer, no había suficientes jóvenes alistados, puesto que en mayo el Congreso había aprobado una nueva Acta de Servicio Selectivo. Así, si bien cualquier varón entre los dieciocho y los cuarenta años podía presentarse voluntario para servir en el Ejército, todos los ciudadanos hombres de entre los veintiuno y los treinta años, ambos inclusive, estaban ahora obligados a registrarse para ser llamados a filas. El Departamento de Guerra había aprendido las duras lecciones de la guerra civil y esta vez ya no estaba permitido comprar una exención o contratar un sustituto para luchar en lugar de nadie. Los hombres que trabajaban en determinadas ocupaciones esenciales para la guerra se hallaban exentos del reclutamiento, pero no los estudiantes universitarios, ni tampoco los hijos de viuda, como muchas familias esperaban. Valerie habría estado desesperadamente preocupada por Henri de ser el caso, pero con diecinueve años quedaba a salvo de la llamada a filas, aun habiéndose convertido en ciudadano nacionalizado después del fallecimiento de su padre. Además confiaba en que la guerra terminara con una victoria decisiva para los aliados antes de que su hermano cumpliera los veintiuno.

—Los hombres se quedan con todas las aventuras —se lamentó Irene, mientras se enroscaba distraídamente en un dedo un mechón de grueso pelo castaño rojizo y soltaba acto seguido el rizo transformado en un muelle de forma espiral—. Ojalá las chicas también pudiéramos hacer nuestra aportación al país.

—Podemos hacerlo y lo hacemos —replicó Cora, recogiéndose detrás de la oreja un mechón de la melena negra, corta y ondulada—. Las enfermeras de la Cruz Roja ya están allí montando hospitales.

—Jamás podría ser enfermera. —Irene se estremeció—. Solo ver sangre y me pongo enferma.

—De todas maneras, eres demasiado joven para eso —dijo Mabel—. Mi hermana se presentó. Es enfermera colegiada, pero la rechazaron. Por lo visto, solo quieren mujeres maduras, de veinticinco años para arriba, matronas sensatas que no distraigan a los soldados de sus deberes.

Irene esbozó una mueca.

—¿Y se han tomado la molestia de preguntar a los soldados qué quieren ellos?

—Hay chicas sirviendo en el Ejército de Salvación, en la Asociación Cristiana Mundial de Mujeres Jóvenes y en la Asociación Cristiana de Jóvenes —explicó Valerie, comiendo el último bocado del sándwich de mermelada de fresa y queso fresco que le había preparado su madre—. ¿Podrías servir café y pastas? ¿Preparar una sala de lectura confortable? ¿Jugar partidas interminables de damas? ¿Estar guapa con un traje de color caqui?

Irene asintió, pensativa.

—Sería perfectamente capaz de hacer todo eso.

—No es necesario ir «Allí» para cooperar con la causa —dijo Mabel—. Ni siquiera es necesario encontrar un nuevo tipo de trabajo. La señora Johnson me comentó que están buscando operadoras para trabajar en las centralitas de los campamentos de formación del Ejército que se han construido para los nuevos reclutas en el Medio Oeste y la Costa Este.

—¿En serio? —preguntó Cora.

Mabel movió la cabeza en un gesto afirmativo.

—Se comenta que han entrenado a soldados para hacer el trabajo, pero que no son tan buenos como nosotras.

Las operadoras rieron a carcajadas, encantadas.

—Oh, pobrecillos —exclamó Cora—. Necesitarán un poco más de práctica, solo eso.

—Seguramente se sienten mal teniendo que hacer un trabajo de mujeres —sugirió Valerie, que acababa de seleccionar el albaricoque seco más rojo y más grande de entre los varios que le había puesto su madre con la comida—. A lo mejor piensan que si lo hacen lo bastante mal, los reasignarán a otro puesto.

—Oh, qué irónica eres —dijo Mabel—. ¿Insinúas que preferirían pasarse el día fregando letrinas o pelando patatas?

—Pues yo estoy segura de que los chicos lo hacen lo mejor que pueden —dijo Irene con determinación—. Lo que pasa es que no pueden evitar que las chicas seamos…, ¿cómo lo diría yo?, ¡mejores!

Las amigas volvieron a estallar en carcajadas.

—Por mal que funcione el servicio telefónico en los campamentos de instrucción del Ejército, he oído comentar que «Allí» funciona aún mucho peor —dijo Mabel—. Se ve que cuando el general Pershing llegó a Francia en junio, se quedó horrorizado al ver el equipamiento tan anticuado que tenían. Están trabajando con auténticas antigüedades, incluso en París, además las operadoras francesas son espantosas. Les da igual trabajar con una sonrisa en la voz y parece ser que no entienden el significado de la palabra «eficiencia». También dicen que, si no entablas una conversación frívola con ellas antes de pedirles que te conecten, te mandan a paseo y, acto seguido, desenchufan la clavija.

—No creo que se atrevan a hacer eso —dijo Cora con los ojos como platos—. ¿No? Estamos en guerra. Una llamada fallida podría llegar a costar muchas vidas.

Mabel se encogió de hombros.

—Solo os estoy contando lo que he oído decir. Que el servicio telefónico francés es el peor del mundo. —Miró de reojo a Valerie—. Sin ánimo de ofender.

—Y no me has ofendido. Soy belga. —Valerie recogió lo que le había sobrado de comida, se levantó y se sacudió de la falda las migas, dejándolas caer en la hierba—. ¿Seguimos quedando para cenar a la salida? Podríamos coger la Línea Roja hasta Venice Beach e ir a algún café de los que hay por allí.

—Me apunto —confirmó Mabel.

Las demás asintieron rápidamente, con la excepción de Irene, quien tenía que entrar muy temprano al día siguiente y necesitaba un sueño reparador. Conscientes de la hora que era, marcharon corriendo a la sala de operadoras, se acicalaron por turnos delante del espejito que había encima del lavabo y se reincorporaron a sus respectivas centralitas.

Ahora que tenía planes tan tentadores esperándola al acabar el turno, la tarde le pasó a Valerie más despacio que la mañana. Y cuando conectó la última llamada y pasó su centralita a otra chica, descubrió que la señora Johnson estaba esperándola en el pasillo.

Ante las miradas de curiosidad de sus amigas al pasar por su lado, la señora Johnson le hizo entrega a Valerie de una hoja de papel doblada.

—Le recuerdo que las operadoras no deben recibir llamadas personales durante su turno —dijo con delicadeza—. He tomado nota del mensaje. Y esta vez no le pondré una falta porque al parecer se trata de una emergencia.

Se le vino el mundo encima.

—Gracias —murmuró Valerie.

Desdobló el papel mientras seguía caminando hacia el vestíbulo. La señora Johnson solo había escrito frases vagas, pero el significado estaba muy claro: Hilde la necesitaba enseguida en casa.

Su hermana estaba lo bastante bien como para poder hacer una llamada, pensó Valerie, al tiempo que aceleraba el paso. Lo cual significaba que la emergencia estaba relacionada con su madre, o con Henri, o con ambos. Con el corazón aporreándole el pecho, irrumpió en la sala, recogió el bolso y el sombrero y, con la respiración entrecortada, se excusó con sus amigas y echó a correr para coger el primer tranvía en dirección sur. La espera se le hizo interminable, el trayecto aún más, pero por fin llegó a su parada, a su manzana y a la puerta de su casa. Entró disparada a tal velocidad que dos de los realquilados que estaban jugando al ajedrez en el salón se quedaron asustados. Miró a su alrededor en busca de su familia y corrió hacia la cocina. Allí encontró a su madre, sentada a la mesa y secándose las lágrimas; Hilde en una silla a su lado, rodeando los hombros de su madre con un brazo; y Henri caminando nervioso de un lado a otro, con las manos hundidas en los bolsillos y una expresión soliviantada y avergonzada.

—¿Qué sucede? —preguntó Valerie.

El bolso se le deslizó del hombro al suelo, superada por la sensación de alivio al ver que estaban todos vivos y aparentemente ilesos.

Su madre levantó la vista, la miró con los ojos llenos de lágrimas, desolada, y sacudió la cabeza.

—Henri se ha alistado —dijo Hilde apesadumbrada.

Valerie se quedó unos instantes sin poder ni respirar.

—¿Qué?

—Cuando esta mañana se fue de casa, no iba al campus a recoger su agenda —dijo su hermana con la mirada apagada y la voz temblorosa—. Sino que fue directo a la oficina de reclutamiento. Se ha alistado a las Fuerzas Expedicionarias de los Estados Unidos.

—Pero… —Valerie cerró los ojos, se llevó una mano al corazón e intentó serenarse. Solo entonces se atrevió a mirar a su hermano—. Pero ¿por qué? Te has librado del reclutamiento obligatorio. Las clases empiezan la semana que viene. No tenías por qué hacerlo.

—Soy lo bastante mayor como para poder presentarme voluntario. Quiero hacer mi aportación —dijo con mirada suplicante—. Los alemanes están haciendo pedazos nuestro país, están expulsando a nuestra gente de sus casas…, están hambrientos, desesperados, se están muriendo. Ahora soy norteamericano, pero también soy belga, y eso hace que quiera luchar por los míos como el primero. —Hizo una pausa y apretó la mandíbula. Valerie se dio cuenta entonces de que su hermano esperaba una reacción muy distinta a una noticia que para él era tan emocionante; sorpresa, sí, pero seguida de abrazos de alegría y elogios por su coraje patriótico—. Pensé…, pensé que os sentiríais orgullosas de mí.

Su madre siguió llorando y se cubrió la boca con el pañuelo.

—Nos sentimos orgullosas de ti —se obligó a decir Valerie. Cruzó la cocina para ir a abrazar a su hermano—. Por supuesto. Pero nos ha pillado por sorpresa, eso es todo.

Henri se apartó para poder mirar a su hermana.

—¿De verdad?

Valerie cerró la boca con fuerza, esbozó una sonrisa fingida y asintió, incapaz de hablar.

Su hermano sonrió, aliviado, y la estrechó tan fuerte que la levantó del suelo. Valerie cerró los ojos y le devolvió el abrazo, conteniendo las lágrimas y deseosa de regañarlo, de zarandearlo, de obligarlo a deshacer lo que acababa de realizar, como si Henri pudiera hacerlo, como si no fuera a considerarlo una traición devastadora si se lo pidiera.

3

Noviembre de 1917
Cincinnati

MARIE

O bien el doctor Kunwald había olvidado su cita, o bien había sufrido alguna calamidad imprevista y, sin que Marie fuera consciente de ello, la audición se estaba desarrollando en aquel mismo momento. Quizá, en vez de ir con cuarenta minutos de retraso, el director de orquesta la estaba observando en secreto entre bambalinas y estaba evaluando su postura y su adaptabilidad ante lo inesperado. Aunque un truco de aquel calibre le parecía altamente improbable en un maestro tan digno y puntilloso como él, un profesional consumado y buen amigo, además, de sus padres.

¿Dónde estaría entonces?

Marie podría pensar que se había equivocado al anotar la fecha en su calendario, pero el director del coro había llegado puntual. El señor Nichols estaba sentado en la parte central de la segunda fila del famoso Emery Theater, hojeando una carpeta de partituras y mirando de vez en cuando el reloj. Su ralo cabello rubio y sus gafas con montura metálica le hacían parecer mayor de los cuarenta y pocos años que tenía. El músico acompañante también había hecho acto de presencia y estaba sentado al piano detrás de Marie, un poco hacia la derecha del escenario. Debía de ser de la edad de Marie, un estudiante del conservatorio tal vez, y los rizos oscuros le caían sobre la frente mientras repasaba las canciones elegidas y precalentaba los dedos. Y en cuanto a ella, había llegado con antelación, había calentado entre bastidores y había llevado a cabo los pequeños rituales que la ayudaban a sosegar los nervios antes de un concierto importante. Y ahora estaba sentada en el escenario, en la silla plegable que el señor Nichols le había acercado cuando el doctor Kunwald llevaba tan solo un cuarto de hora de retraso, y esforzándose por no realizar movimientos nerviosos, poner mala cara o mostrarse llorosa y desanimada a medida que los minutos iban pasando.

Seguro que estaba de camino. En cualquier momento, el doctor Kunwald aparecería por el pasillo, se disculparía de forma exagerada y le pediría que cantara para él. Cuando hubiera acabado, su profundo bochorno por haberla hecho esperar le empujaría a invitarla de inmediato a incorporarse al coro sinfónico. Marie preferiría ser aceptada simplemente por los méritos de su talento, pero después de una desalentadora temporada de audiciones en verano estaba dispuesta a aceptar el puesto, independientemente de cómo fuera a conseguirlo.

Cambió de postura en aquella silla tan incómoda y cuando el señor Nichols la miró, Marie le dirigió una sonrisa con la esperanza de parecer más tranquila de lo que en realidad estaba, por mucho que su elegante vestido de noche escotado de tafetán de seda azul y cola de volantes empezara a arrugarse bajo el peso, tuviera los nervios crispados y notara sus cuerdas vocales cada vez menos elásticas. Su cabello castaño oscuro, recogido en un moño inspirado en la Grecia clásica y adornado con perlas y cintas de satín del mismo color que el vestido, le parecía ahora una gravosa extravagancia. Si la audición no empezaba pronto, llegaría tarde al trabajo, por mucho que el tranvía hiciera el recorrido desde Over-The Rhine a Hartwell en tiempo récord. Si el doctor Kunwald no aparecía, le partiría el corazón.

—Lo siento en el alma, señorita Miossec —le dijo el señor Nichols desde su asiento, con cara de lástima—. El doctor Kunwald suele ser muy puntual. Debe de haberse demorado sin poder evitarlo, puesto que sé con toda seguridad que su intención era estar aquí. ¿Le importaría volver a calentar?

—Sí, creo que debería hacerlo. —Se levantó, se alisó el vestido y ocupó su lugar en el centro del escenario. Le dijo entonces al músico acompañante—: El libreto de Vaccai, por favor, página cuatro.

Había acabado prácticamente el segundo de los dos ejercicios cuando se abrió una puerta de la parte posterior del teatro e hizo su aparición el doctor Kunwald, aún con el abrigo y portando un maletín. Marie siguió cantando mientras él se acercaba con prisa al escenario, pero se dio cuenta enseguida de que tenía la boca tensa y el pelo erizado, transmitía la imagen de un hombre tremendamente incómodo.

El corazón le dio un vuelco, pero cuando la voz le falló, el doctor Kunwald le ofreció una leve sonrisa y le indicó con un gesto que continuara.

—Siga, querida, por favor. Estaré con usted en un momento.

Dejó el maletín en el pasillo y se quitó del abrigo. Sacó entonces un pañuelo del bolsillo y se limpió con vigor las manos, primero una y luego la otra. Marie vio de refilón que tenía las puntas de los dedos con manchas oscuras.

—¿Qué ha pasado, Kunwald? —le preguntó el señor Nichols, arrugando la frente con preocupación.

—¿Que qué ha pasado? —El doctor Kunwald meneó la cabeza en un gesto de pura exasperación—. Esta mañana, estaba disfrutando de un café y un *strudel* en una cafetería próxima al conservatorio cuando una pareja de policías municipales me ha pedido que los acompañara a comisaría. Una vez allí, junto con otros dos caballeros que se encontraban también en la cafetería, me he visto obligado a registrarme como extranjero no nacionalizado. —Dobló el pañuelo, lo guardó de nuevo en el bolsillo y, con una mueca de desagrado, levantó la mano derecha—. Me han tomado las huellas dactilares y me han hecho una *polizeifoto*. —Gesticuló mientras intentaba dar con la palabra en inglés—. Una foto para la ficha policial, como si fuese un delincuente común.

—¡Santo cielo! —exclamó el señor Nichols—. Pero si usted es austriaco. Con Austria no estamos en guerra.

—Tal vez fuera por ignorancia, pero se ve que no saben apreciar la diferencia. O, lo más probable, que ni siquiera les importe entenderla. Al fin y al cabo, hablo alemán, y antes de venir a Ohio estuve muchos años viviendo en Alemania.

—Incluso así, somos un Estado de derecho —dijo el señor Nichols, indignado—. Tiene que haber una causa probable. No habrá violado sin querer el Acta de Sedición, ¿no?

—No, claro que no. Sé perfectamente bien que ante desconocidos no hay que criticar al presidente ni quejarse por la llamada a filas. Aunque supongo que alguien debe de haberme delatado por comentarios que pueda haber oído cuando yo creía estar hablando con amigos solidarios. —Se serenó, miró a Marie y el músico acompañante y les dirigió un brusco saludo. Y dirigiéndose de nuevo al director del coro, añadió—: Tal vez me hayan reconocido. Mi origen austriaco no es un secreto para nadie. O tal vez alguien viera el texto de Goethe, cargado de sospechosas diéresis y palabras interminables. —Murmuró para sus adentros en alemán, se instaló en un asiento próximo al pasillo y miró a Marie con expectación—. Bien. Pongámonos a trabajar. Le ruego que me disculpe por el retraso, señorita Miossec. Confío en que haya calentado y esté lista para deleitarnos. —Dirigió una mirada al señor Nichols—. ¿Puede empezar usted?

Y así dio comienzo la audición. Cuando el director de coro le dio el aviso, cantó en primer lugar *Ici-bas!* de Gabriel Fauré, seguido por *Nacht und Träume* de Schubert. El Emery Theater era famoso por su magnífica acústica y estaba considerada en este sentido la mejor sala del país después del Carnegie Hall. Marie aprovechó al máximo esta circunstancia, emocionada al ver cómo su voz se transportaba desde el escenario. Recordó la aparición más reciente de su madre allí y los ensordecedores aplausos y gritos pidiendo un bis que inundaron luego la sala. El público reducido de Marie se mostraba mucho más reservado, sonreía levemente y le daba las gracias a la conclusión de cada pieza, pero, por lo demás, no revelaba nada. Después, el señor Nichols le pidió que realizara una serie de escalas y a continuación se sentó al piano para poner a prueba su memoria total. Finalmente, el doctor Kunwald le pasó a Marie dos hojas de la parte intermedia de una partitura para que cantase sin preparación, mirando tan solo las notas; a pesar de que no constaba el título, Marie lo reconoció al momento como el *Aleluya* del *Exsultate, jubilate* de Mozart. Y aunque nunca había cantado aquella pieza, su madre sí que lo había hecho, y la familiaridad, por escasa que fuera, fue suficiente para calmarle los nervios y permitirle elevar la voz.

Cuando hubo terminado, entrelazó recatadamente las manos detrás de la espalda y esperó la evaluación.

—¿Sigue usted en el conservatorio, señorita Miossec? —preguntó el doctor Kunwald.

—Me gradué en mayo.

Los dos hombres asintieron. Hablaron entre ellos un momento, en voz tan baja que a Marie le resultó imposible discernir qué decían.

—Gracias, señorita Miossec —dijo por fin el señor Nichols—. Pronto le comunicaremos alguna cosa.

Se había acabado. Marie inspiró hondo, saludó y les dio las gracias, dio también las gracias al músico acompañante. Cuando hubo recogido todas sus partituras, los dos directores estaban tan enfrascados en su conversación que le dio la sensación de que ya se habían olvidado de su presencia.

—Buena suerte —le dijo el músico acompañante por lo bajo—. Has estado brillante.

—Gracias —replicó Marie, animada, aunque no tenía tiempo para disfrutar del cumplido.

Se recogió la cola del vestido, salió corriendo del escenario, tiró del asa de la mochila que había dejado escondida detrás de la cortina y voló hacia el camerino para ponerse algo más adecuado con lo que ir a trabajar.

Seguro que llegaría tarde, se lamentó en silencio cuando cerró la puerta del camerino con el pie. Se quitó su encantador y caro vestido de noche, que envolvió con cuidado en papel de seda para proteger el delicado tejido de cualquier desgarrón. Solo se había puesto aquel vestido, un generoso regalo de graduación de sus padres, en una ocasión, con motivo del recital de fin de estudios en el Music Hall. Para las diversas audiciones a las que se había presentado desde entonces, se había decantado por unos menos glamurosos, pero ya que todas habían terminado con resultado negativo, aquella mañana había decidido ponerse el vestido de seda azul para tener mejor suerte. Sacó de la mochila la ropa para ir a trabajar, guardó con cuidado el vestido junto con las partituras, se vistió a toda prisa con un traje chaqueta gris claro y una blusa blanca y cambió los elegantes zapatos de tacón por un par de botas con botonadura. Se retiró del cabello perlas y cintas, pero como no podía perder tiempo peinándose con un estilo más sencillo, dejó el resto tal y como lo llevaba. Cuando se puso el abrigo, se le desprendió un mechón del moño; al ver que se le quedaba colgando del modo más inconveniente por delante del ojo izquierdo, se lo recogió detrás de la oreja, acabó de ponerse el abrigo, se encasquetó el sombrero, cogió la mochila y salió corriendo en dirección a la parada del tranvía.

Cuando subió a bordo, con una mano sujetándose el sombrero y sosteniendo con firmeza la mochila con la otra, una fría ráfaga de viento le cortó la respiración. Le costó mantener el equilibrio al ponerse el tranvía en marcha y ella aún en el pasillo. Se dejó caer en el primer asiento vacío que localizó, se apoyó la mochila sobre el regazo y contuvo una carcajada de tristeza. Había tenido audiciones peores. De no haber sido por el mal humor del doctor Kunwald y su desconcertante retraso, se habría sentido bastante optimista de cara a sus posibilidades. Aunque seguía sin poder silenciar las agobiantes dudas con respecto a si no tenía tanto talento ni tan buena formación como había creído en su día, o si el único motivo por el que seguían ofreciéndole audiciones era para hacerles un favor a sus admirados progenitores.

Independientemente de lo que acabara pasando, sabía que debía animarse por saber que lo había hecho lo mejor que había sabido bajo circunstancias muy alejadas de lo ideal. Por lo que había oído, la mañana del doctor Kunwald había empezado mucho peor que la de ella y el hombre tenía todo el derecho del mundo a estar enfadado y sentirse indignado.

La proclama más reciente del presidente Wilson contra los «extranjeros enemigos» era de hacía apenas una semana, pero Marie ya notaba sus problemáticas consecuencias. Su familia no se veía afectada, puesto que procedía de una nación aliada; sin embargo, los inmigrantes varones alemanes que no se presentaban voluntarios estaban sufriendo redadas en sus casas y puestos de trabajo para poder quedar fichados, como le había sucedido aquel mismo día al doctor Kunwald. Los alemanes ya no estaban autorizados a convertirse en ciudadanos de los Estados Unidos y estaban sujetos a una infinidad de nuevas restricciones que les prohibían, por ejemplo, entrar en el distrito de Columbia, subir a un avión o viajar por vía marítima o fluvial a no ser que lo hicieran en un transbordador público, así como muchas otras prohibiciones que Marie no recordaba. Le sorprendía que millones de personas de origen alemán que llevaban años viviendo en paz en los Estados Unidos se hubieran convertido, de la noche a la mañana, en sospechosos de ser espías y saboteadores.

Perdida en sus pensamientos, fue cobrando poco a poco conciencia del hombre sentado detrás de ella, que hablaba con voz fuerte mientras el tranvía circulaba en dirección norte.

—Oye, chica —vociferó de repente, con una voz tan potente que despertó a Marie de sus ensoñaciones—. Te estoy hablando.

Marie miró por encima del hombro y por un breve instante se sintió aliviada al comprobar que no se dirigía a ella, sino que se había girado en su asiento para reprender a la mujer que tenía detrás.

—Oye, tú —le espetó cuando la chica, una mujer rubia que tendría pocos años más que Marie, lo miró con cautela—. ¿Acaso no *sprechen zee* inglés?

La mujer se ruborizó.

—Hablo perfectamente bien el inglés —replicó la chica con firmeza y sin ningún rastro de acento extranjero, le pareció a Marie—, pero intento evitar cualquier conversación con desconocidos maleducados.

—Chorradas —dijo el hombre en tono burlón—. ¿De dónde eres?

Marie instó en silencio a la chica para que no respondiera, pero la chica dijo:

—De Price Hill.

—No, me refiero a de dónde eres de verdad. —El hombre extendió el brazo por encima del respaldo del asiento y cogió el periódico que ella tenía en la falda—. ¿Qué haces leyendo este panfleto alemán si eres una norteamericana de bandera roja, blanca y azul?

Indignada, Marie miró hacia la parte delantera del tranvía con la esperanza de que el conductor interviniese, aunque lo más probable era que no hubiera oído nada entre el traqueteo de las vías y el tráfico. La chica intentó recuperar el periódico, pero el hombre lo mantuvo fuera de su alcance y empezó a moverlo hacia un lado y hacia el otro. Algunos pasajeros observaban la escena y sonreían con suficiencia, pero la mayoría miraba expresamente por las ventanillas y mantenía la mirada fija en sus periódicos, con fingida ignorancia.

Marie percibió una llamarada de rabia prendiéndole en el interior del pecho. Sin pensarlo, se colgó la mochila, se levantó y tomó asiento al lado de la rubia.

—Hola —dijo animadamente, como si estuviera saludando a una vieja amiga. Y, antes de que al hombre le diera tiempo a reaccionar, le arrancó el periódico de la mano—. ¿Ha terminado con esto? Muchas gracias. —Se lo devolvió a la chica—. Creo que es tuyo.

—Gracias —dijo la chica, incrédula.

—De nada. —Marie miró de reojo la cabecera y leyó el título escrito en negrita: *Tägliches Cincinnatier Volksblatt*, un periódico local muy popular—. ¿Puedo preguntarte qué estabas leyendo antes de ser interrumpida con tan mala educación?

La chica dudó, pero finalmente pasó unas cuantas páginas y señaló una columna.

—Esto.

Marie no dominaba el alemán a la perfección, pero sí lo bastante.

—¿Anuncios matrimoniales?

La chica asintió.

—Oye —dijo de nuevo el hombre, interrumpiéndolas.

Marie le hizo caso omiso.

—¿Alguien que conozcas? —preguntó a su compañera de asiento.

—La novia es prima mía —respondió, señalaba el párrafo justo encima del doblez del periódico—. Le prometí a mi tía que le guardaría el periódico para su álbum de recortes de prensa.

—Oye —espetó de nuevo el hombre—. ¡Te estoy hablando!

—¿Sí? —dijo Marie, con una sonrisa—. ¿En qué puedo ayudarlo?

—Puedes ayudarme quemando ese periodicucho alemán. —El hombre plantó sus manos rollizas en el respaldo del asiento y las miró furioso—. Estamos en América. Y aquí solo queremos periódicos americanos.

—No lo entiendo. —Confusa, Marie señaló la palabra *Cincinnatier* en el título—. Esto se imprime río arriba, en Covington. Es un periódico americano.

—Me parece que tú eres muy listilla. Tu amiga es una asquerosa alemana. Y tú lees asquerosos periódicos alemanes. Lo cual te convierte también en una asquerosa alemana.

—Mi pasaporte dice lo contrario, pero ¿cómo contradecir una lógica tan irrefutable? —Marie le regaló una sonrisa infantil de impotencia—. Señor, es usted tan inteligente como encantador.

La chica sentada a su lado se llevó una mano enguantada a la boca para disimular su sonrisa; el hombre, que miraba con mala cara a Marie, no se dio ni cuenta.

—Gracias —dijo por fin, aunque con inseguridad.

—De nada —dijo Marie—. De verdad, no es nada.

—Ya llega mi parada —murmuró la chica.

Marie se levantó para dejarla pasar, pero, pensándoselo mejor, se apeó con ella, por si acaso el hombre decidía seguirla.

—Gracias —dijo la chica cuando estuvieron en la acera y el tranvía continuó su viaje—. Has sido muy amable.

—Jamás he tolerado a los acosadores. —Marie le tendió la mano—. Me llamo Marie.

—Y yo, Ursula. —Le estrechó la mano—. Eres francesa.

—Sí.

Ursula se quedó dubitativa.

—Debo decírtelo…, antes he mentido.

—¿Sí?

—Nací en Bremen. Mis padres me trajeron a los Estados Unidos de pequeña. Soy alemana.

Marie resopló y se encogió luego de hombros.

—¿Y? Es normal que no te sintieses segura revelándole la verdad a ese tipo.

—Pero quería que tú lo supieras. —Ursula se quedó mirándola—. Espero que no te arrepientas de haberme defendido.

—En absoluto. —Marie se subió la manga del abrigo y miró el reloj—. Pero ahora debo irme. Cuídate mucho. *Auf Wiedersehen*.

Ursula sonrió.

—*Au revoir*.

Marie dio media vuelta dispuesta a marcharse, en cambio algo la llevó a detenerse y mirar por encima del hombro mientras Ursula cruzaba la calle y seguía caminando, una necesidad de asegurarse de que todo iba bien. Le parecía increíble la velocidad y la perfidia con la que el miedo y el odio de guerra habían empezado a transformar su ciudad de adopción. No se atrevía ni a imaginarse hasta qué nivel empeorarían la paranoia y la desconfianza hasta que todo hubiera acabado.

Cualquiera que creyese que un océano podía proteger a los Estados Unidos de los nefastos terrores de la guerra era un bobo. Lo más probable era que eludieran la peor parte, pero los gélidos dedos del conflicto los alcanzarían incluso allí. Porque ya estaba pasando.

Marie se había apeado a dos manzanas de su parada habitual y tuvo que acelerar el paso para llegar a tiempo. Ya iba cinco minutos tarde y, dependiendo de quien estuviera de guardia como supervisora, acabaría con una amonestación en el expediente. Sería una mancha en un historial, hasta el momento, sin tacha. Porque a pesar de que apenas llevaba cinco meses trabajando en Cincinnati Telephone and Telegraph, había pasado de aprendiz a operadora antes de lo que le correspondía después de haber impresionado a sus superiores con su tono melodioso, sus modales impecables, su prototípica «sonrisa en la voz» y su notable capacidad para descifrar el acento de los clientes, por complicados y poco nítidos que fueran, un activo importante en una ciudad con una población inmigrante tan cuantiosa y diversa. Marie atribuía ese talento tanto a su formación musical como a su ascendencia francesa, cosa que nunca había considerado como don remarcable hasta que vio que sus conocidas nacidas en los Estados Unidos se quedaban maravilladas con ello.

Sus padres se habían mostrado contrarios a que se pusiese a trabajar tras la graduación. En particular, su madre le había recomendado centrarse en la música, seguir estudiando por su cuenta e irse presentando a audiciones para formar parte de coros y compañías de ópera. Pero incluso eso era una revisión significativa del plan original de Marie, que consistía en graduarse en el conservatorio, acompañar a su madre en una larga gira por el Reino Unido, Escandinavia y Europa, realizar audiciones para las docenas de compañías de ópera que encontrara por el camino y luego aceptar la oferta más prometedora. La guerra había destruido su sueño. Cincinnati no tenía una compañía de ópera permanente, tampoco la tenía ninguna otra ciudad del Medio Oeste. No había superado la audición para entrar en una compañía itinerante con sede en Chicago y su impresionante pedigrí le había proporcionado una carta muy cordial en respuesta a la solicitud que había dirigido a la Metropolitan Opera de Nueva York, aunque la misiva no incluía ninguna invitación para presentarse a una audición. Pasadas unas semanas, desanimada, pero sin haber perdido por completo las esperanzas, Marie había decidido buscar trabajo para poder contribuir a los gastos de la casa mientras continuaba investigando nuevas posibilidades.

—Tu trabajo es la música —había protestado con enfado su madre—. Forzarás la voz si te pasas el día entero hablando por teléfono.

A diferencia de muchas chicas menos afortunadas que ella, Marie no necesitaba ganarse la vida. Sabía que sus padres seguirían manteniéndola como siempre habían hecho; era su deber y su disfrute, puesto que lo único que deseaban era verla feliz. Sin embargo, Marie no soportaba ser una carga, por muy querida que fuese en su casa, y estaba decidida a ganarse un sueldo. El puesto de operadora telefónica apareció en el momento oportuno, y como entre las chicas podían intercambiarse los turnos, podía gestionar sin problemas su asistencia a audiciones, las cuales, a decir verdad, eran cada vez más escasas y más espaciadas.

Cuando Marie llegó a Valley Exchange, en Hartwell, uno de los edificios más nuevos de la zona, construido hacía muy pocos años para albergar el incremento de servicio telefónico que implicaba la expansión de los barrios del norte de la ciudad, lo hizo con un cuarto de hora de retraso. A toda velocidad, pero sin atraer más atención de la necesaria, Marie cruzó las oficinas de la administración, dejó las cosas en la sala de operadoras y fue corriendo a fichar, pero cuando llegó al casillero descubrió que su ficha no estaba donde la había dejado. Una investigación rápida le confirmó que una compañera muy amable la había pasado por la máquina de fichar por ella, justo un minuto antes de la hora en que debía estar sentada delante de su centralita. Si Marie conseguía llegar a su puesto sin que nadie la viera, la supervisora no se enteraría de la tardanza.

Por primera vez en lo que llevaba de día, la suerte parecía estar de su lado.

—Eres un ángel —le murmuró a su amiga Ethel cuando ocupó su lugar en el asiento contiguo a ella, se puso el auricular y se ajustó el micrófono.

—Habrías hecho lo mismo por mí —replicó Ethel, a la vez que tiraba de la clavija de una llamada terminada y miraba con sorpresa el elegante peinado que lucía Marie—. ¡Dios mío, pero mírala! Y eso que estamos en un turno de tarde normal y corriente. Las francesas sí que tenéis estilo, la verdad.

—Debo poner de mi parte para mantener nuestra reputación a nivel internacional —dijo Marie, y respondió de inmediato al parpadeo de una luz insertando una clavija en la toma correspondiente—. Número, por favor.

Pasó media hora antes de que Ethel y ella pudieran volver a hablar.

—Tenía razón con respecto a lo del servicio telefónico «Allí» —dijo Ethel en voz baja—. ¿Recuerdas que hace unas semanas te dije que había alguna cosa en proceso con el Ejército?

—¿En proceso? —repitió Marie, perpleja.

Todas las operadoras sabían que cuando el general Pershing había llegado a Francia en junio, se había quedado muy preocupado al conocer el estado del servicio telefónico de aquel país: el equipamiento estaba anticuado, las centralitas estropeadas, apenas quedaban tendidos y postes intactos y las operadoras de talla profesional escaseaban. Al parecer, el Ejército había intentado formar a soldados, antiguos operadores de telegrafía, para que gestionasen las centralitas, pero se decía que eran lentos, ineficientes y poco precisos, lo cual frustraba a los oficiales, que esperaban contar con el servicio rápido y sin fallos de los Estados Unidos. Pero eso eran noticias pasadas, y era imposible que fueran lo que encendía esa chispa de emoción que iluminaba los ojos de Ethel.

—¿Te refieres a que los chicos del Cuerpo de Señales en la Reserva van a zarpar hacia Francia? —quiso saber Marie.

—No, no me refiero a eso. Me refiero al cartel. ¿No has visto el aviso que han colgado en nuestra sala?

Marie hizo un gesto negativo.

—Iba con tanta prisa que solo he tenido tiempo de… —Parpadeó una luz; cogió un cable e insertó la clavija—. Número, por favor.

Después de eso, las llamadas entraron tan seguidas que no hubo ninguna pausa lo bastante larga como para que Marie pudiera pedirle más explicaciones a Ethel. ¿A qué podría referirse que no fuera al trabajo del Cuerpo de Señales en la Reserva? Ya en enero, incluso antes de que los Estados Unidos se incorporaran a la guerra, ejecutivos del más alto nivel de American Telephone and Telegraph, su compañía matriz, habían establecido una alianza con el Ejército con el objetivo de organizar a sus trabajadores técnicos más cualificados en batallones de reserva que estarían preparados para ir a la guerra en cuanto fuera necesario. Aquel trabajo de previsión había sido muy valioso, pues en cuanto el general Pershing había descubierto lo obsoleto que estaba el sistema telefónico que estaba obligado a pedir prestado a los franceses, había comprendido que necesitaba construir un sistema completamente nuevo sirviéndose de tecnología norteamericana, una red telefónica que recorriera centenares de kilómetros por toda Francia y conectara los cuarteles generales con los puestos de avanzadilla y las bases más esenciales. A principios de otoño, dos batallones de las Fuerzas Expedicionarias habían iniciado la construcción de dicho sistema, además habían instalado postes para el cableado sirviéndose de ramas de árbol o vallas de casas allí donde no había posibilidad de obtener postes, también habían tendido cables en el interior de las trincheras excavadas para ese fin en las zonas más cercanas al frente. Era un trabajo extremadamente peligroso, que dejaba a los operarios expuestos al fuego de los francotiradores mientras trabajaban en lo alto de los postes y los árboles, o que les exigía reptar para adentrarse en tierra de nadie y reparar las líneas cortadas por el enemigo.

No fue hasta que Ethel y ella dejaron las centralitas para la pausa de la cena cuando Marie pudo preguntarle a su amiga al respecto.

—El Ejército nos necesita —dijo Ethel con seriedad, y enlazó el brazo de Marie en cuanto salieron de la sala de operadoras—. O, mejor dicho, te necesita a ti, porque, por mucho que a mí me encantaría presentarme, no tengo uno de los requisitos esenciales que piden.

—¿Qué requisito? —preguntó Marie.

A modo de respuesta, Ethel guio a Marie hacia un pequeño y sencillo cartel que estaba colgado junto a la puerta del vestuario, elegante letra negra sobre fondo blanco, sin ninguna ilustración.

—«El Ejército busca mujeres que quieran servir como operadoras de guerra».

Marie leyó en voz alta el título. Perpleja, hizo una pausa y se volvió hacia Ethel, quien sonreía y gesticulaba para que siguiera leyendo.

El Ejército de los Estados Unidos estaba reclutando, con carácter de urgencia, operadoras telefónicas cualificadas que dominaran el francés para su incorporación al Cuerpo de Señales como parte de las Fuerzas Expedicionarias de los Estados Unidos en Francia. Para desempeñar en ultramar aquel trabajo de guerra tan esencial, el Cuerpo de Señales buscaba jóvenes equilibradas, ingeniosas, capaces de aplicar el sentido común en situaciones de emergencia y dispuestas a trabajar duro e incluso a soportar adversidades en caso de necesidad. Las solicitantes que pasaran el primer filtro iniciarían una etapa de formación intensiva y deberían superar después exámenes de francés y de gestión de centralitas para incorporarse como operadoras telefónicas al Cuerpo de Señales. Las «operadoras de guerra» disfrutarían de la misma categoría y privilegios que las enfermeras, vestirían los uniformes especificados por la Academia Militar y en todos los sentidos serían consideradas como soldados; es decir, estarían sometidas a las restricciones del régimen militar.

—¿No te parece emocionante? —Ethel suspiró, pensativa—. Por desgracia, yo no cumplo todos los requisitos.

Marie se había quedado con los ojos clavados en el cartel.

Ethel le dio un codazo.

—No, tonta. Lo digo porque yo no hablo francés. Pero tú sí.

—Sí, claro que lo hablo.

Marie volvió a leer el aviso con más atención y tomó mentalmente nota de los requisitos, el proceso de solicitud, la paga, las advertencias, las llamadas al orgullo y al patriotismo. Poseía todo lo que con tanta urgencia necesitaba el Ejército. Era justo lo que estaban buscando…, y era la primera vez en todos aquellos largos y decepcionantes meses de audiciones que se sentía capaz de decir eso.

Cada vez que pensaba en el terror y el sufrimiento que estaban infligiendo los alemanes a su amada Francia, le dolía el corazón. La guerra comenzaba a cambiar su ciudad de adopción para convertirla en una versión más triste y cruel de lo que era, y el miedo, el recelo y la rabia enfrentaban cada día más a los vecinos.

El destino le brindaba un medio para hacer algo distinto, para ayudar a los aliados en la guerra, para acelerar el final de aquella violencia y aquella destrucción tan horripilantes, para restaurar la paz en el mundo.

¿Cómo ignorar aquella llamada?

4

Diciembre de 1917-Enero de 1918
Passaic, Nueva Jersey y Nueva York

GRACE

A los pocos días de que los Estados Unidos declararan la guerra contra Alemania, el hermano de Grace se alistó, tal y como cabía esperar. Poco después, cuando Eugene fue llamado a filas, las sonrisas de orgullo de sus padres cuando fueron a despedirlo a la estación y lo vieron tan impaciente por empezar a aportar a la causa y luchar por la democracia se volvieron irremediablemente temblorosas. Una semana más tarde, Eugene les escribió para contarles que había sido destinado al 77.º Regimiento de Artillería de Campaña y que estaba realizando la instrucción en Fort Ethan Allen, Vermont. Explicaba que las jornadas eran largas y el trabajo agotador, pero que había hecho buenas amistades entre los hombres de su tropa, chicos sanos, cordiales y ansiosos por liberar Bélgica y Francia. Los barracones eran más confortables de lo esperado y la comida peor, razón por la cual estaría más que agradecido con cualquier producto de elaboración casera que pudieran enviarle.

A principios de otoño, el 77.º fue trasladado a Camp Green, cerca de Charlotte, Carolina del Norte, donde quedó incorporado a la 4.ª División del Ejército regular. Se desplazaron hasta el campamento oficiales franceses y británicos que habían servido en las trincheras con el objetivo de formar a los reclutas sobre lo que se encontrarían «Allí». Eugene continuaba sin tener ni idea sobre cuándo estaba previsto que su regimiento zarpara. Los había que decían que era cuestión de semanas, otros de meses, y la mayoría refunfuñaba diciendo que no deberían partir tan apresuradamente.

«Estoy de acuerdo en que tenemos mucho que aprender antes de poder considerarnos listos para entrar en batalla —escribió Eugene—. En el funcionamiento de la artillería pesada hay más matemáticas y física de la que cabría esperar. ¡Y anda que no suena fuerte! Después de disparar, los zumbidos en los oídos se prolongan durante horas».

En casa, la familia se animaba con el tono optimista de Eugene, pero para Grace sus palabras evocaban imágenes desgarradoras de trincheras embarradas, cráteres provocados por la caída de proyectiles, nubes de gas y alambradas cubriendo paisajes desolados. Siempre había cuidado de su hermano menor, los dos hijos medianos habían sumado fuerzas para que ninguno de los dos se sintiese ignorado, pero ahora era incapaz de ayudarle y la sensación le resultaba insoportable.

Tampoco soportaba la idea de abandonar a sus padres para irse a vivir con sus amigas cuando era evidente que, a pesar del buen humor forzado del que hacían gala, echaban tremendamente de menos a su hijo y la casa parecía muy vacía sin él. A la vez tampoco pasaba nada, pues en el apartamento de Chelsea ya no había una vacante. Kathleen, la chica cuyo lugar debía de haber ocupado Grace, se había casado en junio tal y como estaba planeado, pero su esposo se había alistado y había recibido órdenes de presentarse a la instrucción solo una semana después de la celebración de la boda. Los recién casados habían decidido que les resultaría más económico, y mucho mejor para que ella sobrellevara mejor la soledad, esperar a instalarse en su nuevo hogar hasta que él regresara de «Allí». Las amigas de Grace se habían disculpado con ella después de retirar la invitación y ella les había asegurado que no se sentía en absoluto menospreciada. Con su flamante esposo a miles de kilómetros de distancia durante todo el tiempo que durara la guerra, Kathleen necesitaría del consuelo de unas buenas amigas para superarlo. Grace tenía a sus padres, sus hermanas y su trabajo.

Uno de los puntos positivos de seguir en casa era que el trayecto desde Passaic a Manhattan le proporcionaba tiempo de sobra para leer los periódicos. Seguía las noticias de la guerra con asiduidad, desde los preparativos que se llevaban a cabo en los Estados Unidos hasta las batallas que se libraban tan lejos. El regimiento de Eugene no era más que uno de los muchos que estaban acuartelados en las bases que el Ejército tenía repartidas por todo el país, donde los soldados se entrenaban para el combate en el frente o aprendían a dominar las importantes habilidades técnicas que necesitarían en las bases de apoyo más próximas a la retaguardia. El Ejército de los Estados Unidos no se había enfrentado aún con el enemigo en el campo de batalla, pero las divisiones de las Fuerzas Expedicionarias ya habían sido despachadas a Gran Bretaña y Francia, donde estaban construyendo la infraestructura que el general Pershing necesitaba para lanzar con éxito un ataque por tierra. Con respecto a la Marina de los Estados Unidos, algunos de sus destructores y otros buques escolta habían sido reubicados a las islas británicas, y parte de ellos se habían sumado en el mar del Norte a la Marina Real británica en el bloqueo de la Hochseeflotte alemana. La Marina de los Estados Unidos había conseguido su primera victoria en el mar a mediados de octubre, cuando el destructor USS Cassin se había enfrentado a un submarino alemán en las costas de Irlanda, atacándolo con cargas de profundidad y forzando su retirada. Un mes más tarde, dos destructores norteamericanos que escoltaban un convoy que navegaba en dirección este hundieron el primer submarino alemán, rescataron de las gélidas aguas del océano a treinta y nueve supervivientes y los declararon prisioneros de guerra.

Los civiles tenían también un papel que jugar en la guerra, menos emocionante, seguro, pero igualmente de suma importancia. A diferencia de los británicos, el Gobierno no había impuesto medidas de racionamiento a los norteamericanos, pero se incentivaba a las amas de casa a cultivar huertos, conservar lo que se cosechara, servir menos carne para que soldados y marineros tuvieran más alimentos, ofrecer raciones más reducidas en las comidas y no desperdiciar nada de nada. A los hombres que no podían servir en la milicia se los animaba a adquirir bonos Liberty a través de anuncios publicitarios que a menudo lanzaban veladas calumnias sobre la hombría de todo aquel que no estuviera dispuesto a abrir su cartera. Cuando la cantidad de hombres que renunció a su puesto de trabajo para alistarse al Ejército fue tan grande que empezó a dificultar la tarea de encontrar mano de obra, las mujeres los sustituyeron en todas aquellas oficinas, fábricas y granjas dispuestas a contratarlas. Muchos varones quedaron exentos de la llamada a filas porque su trabajo era esencial para la guerra, y Grace se sentía orgullosa, ya que sabía que su trabajo era tan esencial como el de ellos. Incluso así, le habría gustado poder contribuir de forma más directa a una victoria rápida y decisiva de los aliados.

Un domingo de primeros de diciembre estaba pasando una tarde tranquila leyendo el periódico cuando le llamó la atención el titular de un artículo escrito a una sola columna: «La guerra pide mujeres». Le seguían dos subtítulos: en primer lugar, «Las mujeres sustituyen a los hombres en muchos puestos», y a continuación «Centenares de ellas trabajan en el Departamento de la Marina como conductoras de tranvía en Nueva York, como carteras postales en Chicago, como obreras en los aserraderos del sur». El primer párrafo del artículo detallaba la llamada del Departamento de Guerra, que necesitaba con urgencia enfermeras graduadas para servir con las Fuerzas Armadas, pero Grace apenas había empezado a leerlo cuando vio de refilón más abajo una frase familiar que captó toda su atención:

EL EJÉRCITO NECESITA OPERADORAS TELEFÓNICAS

El Gobierno requiere también ciento cincuenta operadoras telefónicas, con dominio excelente del francés y el inglés, para entrar a servir de inmediato en Francia.

Las operadoras, que permanecerán alistadas durante todo el tiempo que dure la guerra, recibirán las prestaciones de alojamiento y raciones acordadas para las enfermeras, además de una paga, y vestirán también el mismo uniforme.

Las jóvenes en buen estado físico y con dominio del francés y el inglés que deseen optar a estos puestos deberán dirigir su solicitud por correo postal al oficial jefe de Señales del Ejército, sala 826, Anexo Edificio Mills, calle 17 y Pennsylvania Avenue NW, Washington D. C.

Grace miró fijamente la página, atónita. No se imaginaba una forma más perfecta de realizar su aportación al país. Era una operadora telefónica con experiencia, con habilidades tan excepcionales que había sido ascendida a instructora. Y a pesar de que el francés no era su idioma materno, sí lo hablaba con fluidez gracias a sus estudios universitarios.

La extrema insatisfacción del general Pershing con el estado del servicio telefónico «Allí» era un secreto a voces; sin embargo, su insatisfacción no era con los valientes soldados del Cuerpo de Señales que se jugaban la vida a diario con las tareas de la construcción de la red y del mantenimiento de las líneas, sino con los destinados a conectar las llamadas. Si el líder de las Fuerzas Expedicionarias de los Estados Unidos no podía contactar con éxito con sus homólogos de los Ejércitos aliados, con sus propios generales destacados en otras bases o con sus oficiales en el campo de batalla, era imposible que pudiera dirigir las tropas a la velocidad necesaria, revocar órdenes dadas con anterioridad, alertar de las maniobras del enemigo o recibir información de alto secreto que le permitiera alterar los planes de ataque para adecuarlos con rapidez a los cambios de circunstancias. Grace dedujo que la realidad debía de ser bastante peor de lo que se estaba sacando a la luz, pues, de no ser este el caso, el Ejército no habría tomado la decisión de reclutar mujeres. Estas habían demostrado una y otra vez que eran superiores a los hombres ante una centralita, pero el Ejército, siempre recalcitrante, solo podía estar dispuesto a reclutarlas como último recurso.

La primera idea de Grace fue que debería presentarse a aquel puesto. Su país la necesitaba y ella quería alistarse. Pero ¿qué pensarían sus padres de enviar un segundo vástago «Allí», y una chica, además? Esperó un día para ver si su interés decaía después de la explosión inicial de entusiasmo; en cambio, no hizo más que aumentar. Cuantas más vueltas le daba, más segura estaba de que, como poseedora de ese raro conjunto de habilidades que el Cuerpo de Señales exigía, estaba obligada a responder.

Cuando por fin, dos días más tarde, les enseñó el artículo a sus padres, se quedaron pasmados de entrada y consternados después. Ansiosos, empezaron a presentar una objeción tras otra, las penurias a las cuales tendría que enfrentarse, los peligros que tal vez no había considerado. Grace los escuchó con voluntad y paciencia, consciente de que si protestaban era por amor y porque lo único que les preocupaba era su seguridad. Así continuaron hasta que llegó un momento en que se quedaron sin argumentos razonables y sin voz, y Grace pudo por fin exponer su caso. Les recordó las necesidades urgentes del país, el sentido del deber que era algo intrínseco en ella, y el tremendo bien que podría hacer si apoyaba a los soldados y contribuía a acelerar el final de la guerra.

—Directa o indirectamente, tal vez incluso podría ayudar a nuestro Eugene —dijo.

—Tal vez. —Su padre carraspeó para eliminar la ronquera, se quitó las gafas y las limpió con un pañuelo, intentando evitar la mirada de su hija—. O tal vez podrías conectar la llamada que dé la orden que lo envíe a la muerte. ¿Cómo lo llevarías después?

Grace sintió una fuerte presión en el pecho y se quedó unos instantes sin habla. Se dio cuenta entonces de que los ojos de su padre brillaban por las lágrimas no derramadas y comprendió que le había asestado aquel golpe tan poco amable en un último y angustiado intento por mantenerla sana y salva en casa.

—Eugene eligió luchar en el campo de batalla igual que yo elijo servir en el Cuerpo de Señales —respondió Grace con voz firme—. Eugene jamás me condenaría por acatar órdenes si es por un bien final superior.

Con las lágrimas cayéndole por las mejillas, la madre de Grace dirigió a su esposo una mirada implorante y resignada.

—Es una buena chica, William. Es capaz de tomar sus propias decisiones. De ser un hombre, no habrías dudado en dejarla marchar.

—De ser un hombre —dijo Grace con una risa temblorosa—, no me querrían, al menos delante de una centralita.

Su padre intentó sonreír, pero lo único que consiguió fue esbozar una mueca de tristeza. Pero más tarde accedió, en su papel de custodio legal, a redactar una carta concediéndole a su hija permiso para alistarse.

A la mañana siguiente Grace escribió al general George Squier, oficial en jefe del Cuerpo de Señales, para presentarse al puesto. «Me gustaría alistarme por un año, con el privilegio de poder prorrogar mi servicio una vez finalizado ese periodo —escribió—. De no ser posible, me alistaré para todo el tiempo que dure la guerra. Domino tanto el francés como el inglés y poseo altos conocimientos de telefonía». Introdujo en el sobre la nota de su padre y envió la carta, pensando que le habría gustado más poder entregarla a mano para asegurarse de que no se perdiera.

Luego esperó.

Pasó un mes. La guerra prosiguió. Nevó, llegaron y pasaron las Navidades y empezó un nuevo año. Grace iba a trabajar, ayudaba en casa, enviaba alegres cartas a Eugene, recaudaba fondos para ayudar a las viudas y huérfanos de guerra y controlaba a diario el buzón. No recibió ninguna respuesta a su carta.

La primera semana de enero Grace llegó al trabajo y se encontró con una cantidad excepcional de actividad alrededor de los montacargas. Habían instalado cordones de protección para impedir el paso a los empleados mientras un grupo de trabajadores fornidos transportaba lo que parecían centralitas desmontadas de todo tipo hasta una sala vacía de la planta situada justo encima de donde trabajaba Grace. Sin poder contener la curiosidad, Grace preguntó qué pasaba y se llevó una sorpresa al enterarse de que los empleados de AT&T del Cuerpo de Señales en la Reserva iban a instalar allí un centro para formar y poner a prueba a las operadoras telefónicas que habían superado la criba inicial para incorporarse al Ejército. El primer grupo de candidatas llegaría a mediados de mes.

A Grace se le cayó el alma a los pies. Por lo visto, otras solicitantes ya habían sido invitadas a participar en la siguiente fase del proceso de evaluación, mientras ella continuaba sin tener noticias. Le dolía imaginar que aquellas chicas valientes y afortunadas se prepararían para desempeñar su servicio en el extranjero justo en su mismo lugar de trabajo; en cambio, ella proseguía con las tareas de siempre. Cabía incluso la posibilidad de que la asignaran a darles la formación.

En tal caso, tendría que mantener la barbilla bien alta, dejar de lado la envidia y enseñarles lo mejor que pudiera. Todo —la vida de los soldados, la victoria de los aliados— dependía de que las chicas del Cuerpo de Señales llegaran a Francia preparadas para desempeñar su papel con excelencia.

El 7 de enero, un mes después de enviar aquella primera carta, Grace escribió de nuevo al general Squier, preocupada por la posibilidad de que la hubieran pasado por alto y sin estar dispuesta a perder las esperanzas. «Si mi solicitud no ha sido aceptada para el proceso actual, ¿podría ser elegible para una segunda unidad si acaso llegara a constituirse? —preguntó—. Agradecería más información al respecto, puesto que debo organizar en consecuencia mis planes para el futuro».

Envió la carta y se preparó para otra espera ansiosa e interminable, pero unos días después apareció en el buzón un sobre grueso con la dirección del Anexo del Edificio Mills en el remitente. Con el pulso acelerado, abrió el sobre y encontró un formulario en el que se le solicitaba más información sobre sus estudios, experiencia profesional e historial médico. Le pedían además que una supervisora escribiera una carta de recomendación y que les remitiera también una fotografía formal o «una instantánea que guarde parecido con la realidad».

Reunió enseguida todos los documentos solicitados. No había tiempo para hacerse un retrato formal de estudio, pero Grace recordó que en otoño su hermana Helen le había hecho una fotografía para el noticiario del Barnard College. Pidió una copia adicional de la imagen y confió en que fuera suficiente. Había posado en el jardín de detrás de su casa, con un vestido largo de satén color azul aciano con cuello blanco, sin sombrero, y con el cabello castaño recogido en un moño. Manos entrelazadas con recato a la espalda, miraba directamente a la cámara con expresión tranquila y serena.

—Yo te contrataría —dijo Marjorie amablemente mientras observaba con atención la foto que Grace había dejado en la mesa del comedor junto con los demás documentos: la carta de solicitud, el currículo, una transcripción del expediente académico de Barnard College, una declaración jurada de su médico y una breve pero favorable nota de recomendación firmada por Louise Barbour, la instructora jefe de AT&T.

«La señorita Banker es miembro del Departamento de Formación de la American Telephone and Telegraph Company desde hace dos años —había escrito la señorita Barbour—. Sentiré perder sus servicios». Cuando le entregó la nota a Grace, le había confesado que también estaba planteándose presentarse.

Grace tenía por lo general los fines de semana libres, razón por la cual no se encontraba presente el sábado, 12 de enero, cuando el primer grupo de candidatas a convertirse en operadoras de telefonía del Cuerpo de Señales se presentó en el edificio de AT&T para iniciar su formación. Grace sabía que había más solicitantes de otras regiones que habían sido destinadas a centros de formación en Chicago, San Francisco, Filadelfia, Jersey City, Atlantic City y Lancaster, Pensilvania. ¡Cómo le habría gustado estar entre ellas! A lo largo del día se sorprendió más de una vez pensando en su solicitud y preguntándose dónde habría fallado. ¿La habrían rechazado porque en la primera carta se había ofrecido a servir solo durante un año con la posibilidad de reengancharse? En aquella misma frase, les había dicho que, si aquella opción no era posible, estaría en servicio durante todo lo que durara la guerra, pero quizá aquella minúscula y engañosa sugerencia de que no estaba incondicionalmente comprometida con el servicio al país hubiera sido suficiente para expulsarla de la carrera.

—Aún es posible que recibas noticias —dijo Helen, que sorprendió a Grace a última hora de la tarde con una taza de chocolate caliente, mientras estaba sentada junto a la chimenea, acariciando a Patches y con un libro abandonado en el sofá a su lado—. Piensa que, al menos, no te han escrito rechazando la solicitud.

—Cierto —replicó Grace, que en aquel mismo momento decidió no desanimarse de forma tan evidente.

Había oído decir que para cubrir aquellos ciento cincuenta puestos habían llegado miles de solicitudes de todo el país; era posible que el personal de la oficina del jefe de Señales estuviera aún clasificándolas y que la suya no hubiera alcanzado la parte superior de la pila. En un boletín informativo de su compañía, había leído que el Ejército había iniciado también la campaña de reclutamiento en las zonas de habla francesa de Luisiana e incluso en Canadá, puesto que no había restricciones en cuanto a la nacionalidad de las candidatas. Tal vez las operadoras de esas regiones tuvieran prioridad y a Grace no le quedara más remedio que armarse de paciencia y esperar a que le llegara su turno. Como le había sugerido Helen, hasta que no recibiera una carta oficial de rechazo, debía pensar en positivo.

Cuando el lunes por la mañana llegó al trabajo, le pareció detectar una sensación novedosa de emoción y determinación en la sala de operadoras y en las centralitas, aunque también era posible que no fueran más que imaginaciones suyas. Con la excepción de la señorita Barbour, ninguna de las amigas que tenía Grace en los cuarteles generales de AT&T hablaba francés, en consecuencia, ninguna de ellas había solicitado una plaza en la nueva unidad femenina del Cuerpo de Señales; era bien comprensible que no estuvieran tan ávidas como Grace por conocer detalles sobre las recién llegadas. Grace no se cruzó con ninguna cara desconocida por los pasillos, aunque tampoco su trabajo la llevaba a la planta donde las futuras reclutas realizaban su formación. Y aunque no hubiera sido elegida para ser una de ellas, cuando recordaba lo extraordinario que era que el Ejército de los Estados Unidos estuviera reclutando mujeres, sentía una punzada de orgullo en nombre de todas las elegidas.

Luego, ya en casa, Marjorie y ella estaban poniendo la mesa para cenar cuando sonó el timbre. Helen corrió a abrir y regresó rápidamente con sus hermanas al comedor con el sobre amarillo de un telegrama en la mano.

Su madre se asomó a la puerta de la cocina.

—Santo cielo —murmuró blanca como el papel—. ¿Será de Eugene?

—No creo —dijo al momento Helen—. Es para Grace.

La madre exhaló un suspiro de alivio y Grace recuperó también el ritmo normal de la respiración. Un telegrama del Ejército relacionado con Eugene estaría dirigido a buen seguro a sus padres. Grace cogió el sobre y extrajo del interior un papel muy fino: «En virtud de la autoridad otorgada al secretario de guerra Baker en fecha 7 de abril de 1917 —leyó en voz alta—, se presentará usted en Nueva York el 15 de enero de 1918 para ser entrevistada para el puesto de operadora telefónica, dirigiéndose a su llegada al señor R. F. Estabrook, American Telephone & Telegraph Co., 195 de Broadway. La organización del viaje es primordial en el servicio militar. Deberá presentarse al intendente a efectos de transporte. Firmado: Squier, oficial en jefe del Cuerpo de Señales».

Grace levantó la vista, atónita.

—Tengo una entrevista.

Marjorie lanzó gritos de alegría, Helen aplaudió y su madre se llevó una mano al corazón mientras los ojos le reflejaban el asombro y la preocupación que sentía.

—Eso es mañana —murmuró Grace, leyendo el telegrama con más atención—. «Deberá presentarse al intendente a efectos de transporte». Supongo que iré en tren, como siempre.

—Supongo que sí —dijo su madre, que seguía desconcertada—. ¿Conoces a ese tal señor Estabrook?

—No hemos sido presentados formalmente. Está en el Departamento de Tráfico de AT&T, uno de los hombres de arriba. El despacho lo tiene en Nueva York, pero trabaja por todo el país. —Grace inspiró hondo para serenarse—. Tengo una entrevista.

—Eso ya lo has dicho —dijo Marjorie, bromeando, y a Grace no le quedó más remedio que reír.

A la mañana siguiente, cogió muy temprano el tren con destino a Manhattan para llegar al trabajo mucho antes de que empezara su turno. Fue enseguida a buscar a la señorita Barbour y le explicó por qué no podría sentarse en su centralita de inmediato.

—La sustituiré yo misma —dijo con una sonrisa la señorita Barbour—. Buena suerte.

Grace le dio las gracias y marchó corriendo al despacho del señor Estabrook. La secretaria tomó nota de su nombre, le ofreció una silla, desapareció unos instantes detrás de una puerta cerrada y regresó para hacerla pasar.

En cuanto entró, el señor Estabrook, un hombre delgado, con gafas, barbilla con hoyuelo y entradas pronunciadas, se levantó y la observó con sincero interés.

—Señorita Banker —dijo cordialmente, y le indicó con un gesto que tomara asiento en una silla situada delante de la mesa de despacho de madera de caoba—. Gracias por presentarse esta mañana.

—Gracias, señor.

En cuanto Grace se sentó, su mirada fue directa al oficial militar que estaba de pie al lado del señor Estabrook, con los brazos cruzados sobre el pecho y una sutil sonrisa que le daba un aire desenfadado a pesar del inmaculado uniforme. Era un capitán, si Grace había sabido leer correctamente su insignia, y era más joven que el señor Estabrook, de poco más de treinta años.

—Permítame que le presente al capitán Ernest Wessen, del Cuerpo de Señales del Ejército de los Estados Unidos —añadió el señor Estabrook—. Será el encargado de realizarle la entrevista.

Grace unió las manos sobre el regazo y miró con expectación al capitán Wessen.

—Encantada de responder a cualquier pregunta que pueda tener, señor —dijo.

—Gracias, señorita Banker —replicó el capitán, inclinando la cabeza. E inició la entrevista.

Las primeras preguntas fueron fáciles, una simple comprobación de los detalles que había incluido en la solicitud. Cuando le pidió a Grace que le describiera una situación en la que se hubiera visto obligada a soportar adversidades físicas, ella le habló sobre salidas de *camping* y excursiones de las que había disfrutado con sus compañeros de la universidad. A continuación, el capitán le planteó situaciones hipotéticas relacionadas con conflictos en el trabajo y le pidió que le explicara cómo las resolvería; Grace supuso que era para poner a prueba su buen criterio y capacidad de liderazgo.

De vez en cuando, el capitán Wessen hacía alguna referencia a su solicitud, pero de pronto miró el contenido de una carpeta con documentos que Grace no reconoció.

—Su hermano, Eugene Armstrong Banker, está sirviendo en el Batallón C del 77.º Regimiento de Artillería, ¿verdad?

—Sí, señor —respondió Grace, esperaba que aquello no fuera para poner a prueba su capacidad de hacerse la tonta si se le pedía algo con lo que pudiera divulgar información militar.

—Supongo que le habrá contado lo dura que es la vida en un acuartelamiento militar.

—Ha compartido con nosotros historias muy interesantes. Y también algunas realmente graciosas. —Grace dudó unos instantes—. Jamás se le ocurriría preocupar a nuestros padres quejándose de las penurias. Estoy segura de que la vida allí es mucho más exigente de lo que nos cuenta. Y sé que «Allí» será mucho más dura incluso y que se espera de mí que suporte condiciones muy difíciles e incluso peligrosas. Es algo que acepto.

—Me alegro de que sea consciente de que no va a ser una ruta turística por las grandes capitales europeas —replicó el capitán con ironía—. Pero sabiendo que habrá peligro, ¿por qué quiere alistarse al Cuerpo de Señales? Su hermano está obligado a viajar a Francia para servir a su patria. Usted no. ¿Por qué desea correr este riesgo?

—Mi hermano no estaba obligado a ir a Francia —destacó Grace—. Se presentó voluntario. Y en cuanto a mí, creo que las mujeres tienen el mismo deber que los hombres de servir a su patria.

—Me parece de lo más encomiable, pero usted ya es una trabajadora esencial aquí, en este mismo edificio. ¿Por qué desplazarse «Allí» cuando podría seguir trabajando como operadora aquí, apoyando de forma admirable la guerra sin dejar de disfrutar de las comodidades de su casa?

Grace articuló su respuesta con sumo cuidado.

—He presentado la solicitud al Cuerpo de Señales porque creo firmemente que, si resulto seleccionada, podré servir a mi país mejor de lo que lo estoy haciendo hoy. —Cambió la trayectoria de su mirada para dirigir la respuesta a ambos hombres—. A pesar de que mi puesto actual es de gran responsabilidad, estoy segura de que existen más candidatas cualificadas para el mismo que para el puesto al que aspiro. Entiendo que sería poco patriótico por mi parte no presentarme voluntaria.

El capitán Wessen sonrió, se volvió hacia el señor Estabrook y dijo:

—He oído todo lo que necesitaba oír. Me siento muy satisfecho.

—Sabía que se sentiría así. —El señor Estabrook se levantó y extendió el brazo por encima de la mesa para ofrecerle la mano a Grace—. Felicidades, señorita Banker. Su solicitud queda aprobada.

Grace se levantó rápidamente y se la estrechó.

—Gracias, señor Estabrook.

—Esto no es más que el principio —la alertó el capitán Wessen, estrechándole también la mano con una sonrisa—. El programa de formación empieza con unas prácticas en una centralita privada, pero confiamos en que no tendrá ninguna dificultad para superarlo. A continuación, será trasladada a una de las bases y trabajará en la centralita telefónica de un cuartel para familiarizarse con la terminología militar. Habrá entrenamiento diario y formación sobre los métodos militares y los deberes del Cuerpo de Señales, en particular. Tenga presente que lo único que ha hecho ha sido superar el primer obstáculo. Todas las reclutadas serán sometidas a formación adicional y evaluación antes de que se lleve a cabo la selección final.

—Entendido, señor —dijo Grace, incapaz de contener una sonrisa a pesar de la solemnidad de aquellas palabras.

—Empezaremos con el juramento de lealtad al Ejército, si está dispuesta a llevarlo a cabo.

—Lo estoy, señor —replicó Grace sin dudarlo un instante.

Repitiendo las palabras del capitán, Grace levantó la mano derecha y juró apoyar y defender la Constitución de los Estados Unidos contra todos sus enemigos, fueran extranjeros o locales. La importancia de aquel juramento pesó sobre sus hombros no como una carga, sino como una capa de honor.

Pero tal y como el capitán Wessen le había advertido, el juramento no era más que el primer paso. Antes de convertirse en una auténtica operadora de guerra, le quedaba aún por delante ganarse un lugar en el Cuerpo de Señales.

5

Diciembre de 1917-Febrero de 1918
San Francisco

VALERIE

Tan pronto como Henri llegó al cuartel de reclutamiento de Fort Mac-Arthur, en la ciudad costera de San Pedro, escribió para decir que había sido destinado al 91.º de Infantería, una división integrada por reclutas procedentes de California y otros estados de la Costa Oeste. Su entusiasmo y orgullo quedaban patentes en su descripción de los barracones, sus compañeros de habitación y el vigoroso entrenamiento físico que lo dejaba dolorido y agotado, pero también visiblemente más en forma y fuerte. «Lo que nos dan en la cantina no es ni de lejos tan sabroso como la comida casera, pero he ganado casi cinco kilos de músculo desde que me visteis por última vez —decía—. Ni siquiera me reconoceríais».

—Me gustaría poner a prueba esa teoría —dijo Valerie e hizo una pausa en la lectura de la carta que estaba leyendo en voz alta a su madre y a su hermana—. El cuartel está a poco más de treinta kilómetros de casa. Podríamos coger el tranvía y espiarlo a través de la verja. Porque estoy segura de que la base militar debe estar protegida con una verja.

—Ni se te ocurra pronunciar nunca más la palabra «espiar» en la misma frase en la que has dicho «base militar» —le advirtió Hilde, que miró por encima del hombro como si esperara encontrar un vecino suspicaz acechando desde el otro lado de la ventana.

Su madre sacudió la cabeza con melancolía.

—Por mucho que me encantaría poder ver a nuestro chico, no querría nunca ponerlo en una situación tan embarazosa delante de sus compañeros.

—La verdad es que las dos tenéis razón —dijo Valerie, y contuvo un suspiro. Su familia no solía entender muy bien su sentido del humor.

Continuó leyendo la carta en voz alta y se le formó un nudo en la garganta cuando se enteró de que, en cuestión de muy pocas semanas, Henri sería enviado a Camp Lewis, cerca de Tacoma, Washington, para recibir un entrenamiento más avanzado en formación física, puntería y preparación para el combate. Mientras su hermano siguiera en California, Valerie podía casi imaginarse que no estaba preparándose para ir a la guerra, pero la noticia de su inminente traslado echaba de forma brusca por tierra aquella ilusión. Por mucho que geográficamente no estuviera cerca de los campos de batalla franceses, el traslado a dos mil kilómetros al norte de donde vivían lo enviaba metafóricamente casi «Allí».

Unos días más tarde, Henri envió otra carta en la que anunciaba un cambio de planes. El Ejército se había enterado de su dominio de la técnica de la fotografía y de las películas de animación y lo había reasignado a la Sección Fotográfica del Cuerpo de Señales. «Cuando recibáis esta carta —escribía—, estaré ya rumbo a Nueva York, donde me incorporaré a la nueva Escuela de Fotografía Terrestre que el Ejército ha puesto en marcha en la Universidad de Columbia. Me habría gustado poder veros a todas una vez más antes de partir; sin embargo, ha sido imposible. Os mandaré mi nueva dirección en cuanto la sepa».

Valerie estaba tan desconcertada que apenas si pudo pronunciar tartamudeando las últimas palabras de cariño y consuelo que había escrito su hermano. Henri debía de estar en aquellos momentos cruzando el país, alejándose a toda velocidad de ellas a bordo de un tren rumbo este, sin que nadie se hubiera enterado de que había partido de California. Habían imaginado que le darían un día de permiso para poder pasar la Navidad en casa con la familia, pero no sería así.

—Buenas noticias, ¿no? —dijo su madre, mirando a Valerie y a Hilde—. Se dedicará a hacer fotografías, no a luchar en las trincheras. ¡Para un joven como Henri es mucho mejor empuñar una cámara que un arma! Será mucho menos peligroso.

Valerie y Hilde intercambiaron una mirada.

—Suena más seguro, sí —dijo Hilde con cautela—. E imagino que ese trabajo le gustará mucho más que todo lo otro.

—¿A que sería emocionante que lo destinaran al séquito personal del general Pershing? —preguntó Valerie—. Imagináoslo viajando por toda Francia y tomando fotos del general en sus visitas a lugares culturales y reuniones con presidentes y dignatarios.

Al ver que su madre se animaba, Valerie pudo perdonarse el pequeño engaño. Muchos hombres de la Pacific Telephone and Telegraph se habían alistado al Cuerpo de Señales y la revista mensual de la compañía solía publicar cartas de los soldados junto con relatos que hablaban sobre los deberes esenciales que realizaban y los peligros a los que se enfrentaban. Henri no estaría en primera línea del frente, por supuesto, ni se dedicaría a avanzar con la infantería para instalar los cables que conectarían los puestos de avanzada con los cuarteles generales, pero Valerie sabía que todas las divisiones disponían de su propia unidad fotográfica, integrada por un fotógrafo, un operador de imagen y varios asistentes. Y por mucho que su hermano tuviera ganas de ver acción, Valerie confiaba en que lo destinaran a revelar imágenes en un cuarto oscuro de la retaguardia.

Durante las semanas siguientes, Valerie descubrió otro motivo por el cual alegrarse de haber permitido que su madre creyera que servir en el Cuerpo de Señales entrañaba pocos peligros.

Un frío y lluvioso día de finales de diciembre, Valerie estaba comiendo con algunas de sus compañeras en una de las mesas para seis personas de la sala de operadoras, hablando sobre sus planes para los días festivos, cuando Irene entró corriendo y dijo:

—¿Habéis visto esto? —Dejó sobre la mesa el último número de *Pacific Telephone Magazine* y lo aplastó para que quedara abierto por la página que le interesaba—. Aquí tenemos la forma de aportar nuestro granito de arena. Encaja a la perfección con nosotras y no menciona nada sobre requisitos de edad.

Desde el lado de la mesa en el que estaba sentada Valerie no podía leer nada, aunque observó con apremiante curiosidad la cara de las chicas mejor situadas que sí podían leer el artículo.

—No hay requisitos de edad, pero hay que dominar el francés —dijo Mabel, señalando una línea del primer párrafo—. Lo cual me deja fuera, e imagino que también a la mayoría de nosotras.

—Yo estudié francés en el instituto —explicó Irene radiante—. Y en el último curso fui presidenta del club de francés.

—¿Quién necesitará gente que hable francés? —preguntó Valerie—. ¿Y para qué?

Mabel empujó la revista hasta la mitad de la mesa y Valerie la arrastró hacia ella hasta tenerla delante. Las chicas sentadas a su lado se acercaron para poder leer también el artículo. Valerie escuchó con claridad gritos contenidos de satisfacción al comprender que el Cuerpo de Señales del Ejército de los Estados Unidos estaba reclutando operadoras telefónicas de habla francesa para incorporarse de inmediato y prestar servicio en Francia.

—¿Chicas en el Ejército? —dijo con incredulidad alguien que estaba leyendo por encima del hombro de Valerie, pero ella no le prestó atención.

Empezó a notar un picor extraño en la nuca que no era un síntoma de miedo, sino una sensación de identificación insólita. Los requisitos para el puesto encajaban tan perfectamente con ella que era casi como si hubiera sido diseñado a su medida.

—Necesito la revista —dijo Irene con el brazo extendido por encima de la mesa para recuperarla—. Pienso presentarme.

—Y yo también —dijo Cora, a la izquierda de Valerie.

—No hablas francés —dijo una de las chicas sentadas en el otro lado de la mesa.

—Sí que lo habla —dijo Valerie—. Con un acento un poco extraño, pero...

—No es extraño —replicó Cora, dándole un codazo en plan de broma. Y dirigiéndose a las demás, añadió—: Mi madre es canadiense francesa. De pequeña, pasaba los veranos en la granja de mis abuelos, en Quebec.

Valerie hurgó en los bolsillos en busca de un lápiz y algún papel; al no encontrar nada, le pidió prestado un lápiz a Mabel, arrancó un trozo del papel de embalar que su madre utilizaba para envolverle el bocadillo y copió las instrucciones para presentarse al puesto. Cora siguió su ejemplo, pero con una pluma y un bloc de notas que llevaba en el bolso. Dos chicas más tomaron nota de todos los detalles hasta que, finalmente, la revista volvió a manos de Irene.

—Que gane la mejor —exclamó Mabel, miraba a todas las reunidas alrededor de la mesa.

—No somos competidoras —dijo Irene en tono de protesta—. Todas deseamos lo mismo, que las operadoras mejores y más cualificadas viajen a Francia para ayudar a los aliados.

—Por supuesto, eso es lo que todas queremos —dijo Valerie, mirando el reloj y empezando ya a recoger sus cosas—. Siempre y cuando una de esas operadoras sea yo.

En cuanto llegó a casa una vez finalizado su turno, Valerie redactó una carta en la que describía sus cualificaciones de forma breve pero pertinente y solicitaba un impreso para presentarse al puesto. Unos días más tarde, recibió un sobre de las oficinas principales de Pac-Tel que contenía un formulario de solicitud e instrucciones adicionales. Durante los días siguientes, Valerie reunió los documentos que le pedían y reservó para el final la parte más complicada. Como mujer soltera menor de treinta años, necesitaba obtener la firma de su padre o de su tutor. Podría habérselo pedido a Hilde y no haberle comentado nada a su madre hasta ser aceptada en el programa, pero sabía que Hilde no cooperaría.

Su madre se quedó perpleja.

—¿Que quieres alistarte al Ejército, dices?

—Al Cuerpo de Señales —respondió Valerie, después añadió—: Es el mismo grupo de Henri.

La madre de Valerie se enderezó en el asiento y su expresión se iluminó con esperanza.

—¿Estarías con él?

Valerie sintió tentaciones de responder con una afirmación rotunda, consciente de que su madre estaría más dispuesta a firmar de ser ese el caso; sin embargo, vio que Hilde se había quedado en el umbral de la puerta, de brazos cruzados y con el entrecejo fruncido en señal de advertencia.

—Supongo que es poco probable —dijo al final Valerie—. Imagino que a mí me tocaría pasarme el día en una centralita mientras que él a buen seguro estará siempre haciendo fotos o filmando.

Le pasó a su madre el formulario y una pluma, que aceptó sin siquiera mirarlos porque tenía la mirada fija en la cara de Valerie.

—¿Pero estarías a salvo?

Valerie no necesitaba la mirada penetrante de su hermana para saber que debía elegir sus palabras con cuidado.

—Tomaré todas las precauciones posibles, pero si me aceptan, tendré que viajar a Francia, donde se libra la guerra. Es peligroso de por sí, pero… —Hizo una pausa, entonces sus palabras salieron en tropel—: Estaré más a salvo de lo que lo están nuestros familiares y amigos en Bélgica en estos momentos. La gente corriente de Bélgica y Francia está resistiendo la ocupación alemana. Si puedo hacer alguna cosa, lo que sea, para ayudarlos, creo que debería hacerlo. Creo que debo hacerlo.

Su madre se quedó mirándola sin decir nada, con los ojos llenos de lágrimas. Pestañeó para contenerlas, suspiró levemente y firmó el formulario.

Valerie envió la solicitud a la mañana siguiente. Dos días más tarde, recibió un telegrama con una invitación para realizar una entrevista en las oficinas principales de Pac-Tel el lunes de la otra semana. Charlando con sus amigas durante la pausa para la comida, se enteró de que Cora e Irene habían recibido un telegrama idéntico y decidieron quedar en la parada del tranvía e ir juntas.

Cuando llegó el día, Valerie se alegró de poder disfrutar de la compañía de sus amigas y de su apoyo.

Llegaron a la parada y recorrieron a pie la manzana que las separaba de las oficinas principales animándose mutuamente, arreglándose la una a la otra el cuello de la blusa, recogiéndose cualquier mechón de pelo que pudiera quedar suelto. Un empleado las recibió en el vestíbulo y las acompañó hasta una sala donde estaban esperando ya otras cuatro jóvenes, tan acicaladas y profesionales como ellas, que repasaban las notas que llevaban preparadas u hojeaban distraídamente ejemplares antiguos de la revista de la compañía. Después de tomar asiento las tres juntas, y mientras charlaban en voz baja, Valerie observó de reojo a las demás candidatas. Una secretaria llamó a dos de ellas y las hizo pasar a un despacho, una veinte minutos después de la otra, pero ninguna volvió a la sala espera. Debían de salir por otro lado, pensó Valerie, tal vez para que no compartieran información con las demás candidatas. Entre susurros, comentó a sus dos amigas lo que había observado y quedaron para reunirse junto a la fuente que había delante de la entrada principal una vez finalizadas las entrevistas. Instantes después, Cora fue llamada al despacho, luego una chica que había llegado antes que ellas y finalmente Valerie.

El despacho era pequeño, con mobiliario escaso pero moderno, con papeles pulcramente apilados y sin cachivaches ni fotografías en las mesas o estanterías. Dos hombres aguardaban con expectación: el primero vestido con traje de color gris antracita y sentado detrás de la mesa de despacho y el otro con uniforme militar y sentado en una de las dos sillas tapizadas en piel que había delante. Ambos se levantaron cuando Valerie entró, se presentaron respectivamente como el señor Connors y el teniente Ryan y le ofrecieron la silla contigua a la del teniente.

Empezaron con las preguntas de rigor sobre su experiencia como operadora telefónica y a continuación la interrogaron acerca de su nacionalidad, sobre cuándo y por qué se había trasladado a los Estados Unidos y sobre si se sentía una norteamericana auténtica. Dio la impresión de que quedaban satisfechos con las respuestas y no se mostraron en absoluto preocupados por el temblor rabioso de su voz cuando les explicó lo ansiosa que estaba por poder ayudar a que los aliados expulsaran a los alemanes de su país natal.

Luego, el teniente extrajo de su expediente varios papeles que Valerie reconoció enseguida como sus certificados académicos.

—Se graduó en el instituto aquí en California y luego estuvo un año estudiando en la Universidad de Carolina Meridional, ¿es correcto?

—Sí, es correcto. Hice una especialización en matemáticas.

El teniente arqueó las cejas.

—*Vous n'avez pas étudié le français?*

—*Non, je me suis spécialisée en mathématiques.* —Se quedó un momento pensando, y para ser más exacta añadió—: *J'ai étudié d'autres sujets aussi, mais pas le français.*

—*Mais pourquoi pas?*

Valerie lo miró con perplejidad. ¿Acaso no la había estado escuchando?

—*Je suis belge* —le recordó—. *Je sais déjà parler français. Je le parle toujours avec ma famille, chez nous.*

El teniente hizo un gesto de asentimiento.

—Entiendo.

Valerie se sentía incómoda al tener que esforzarse sin convicción por justificar las asignaturas que había elegido para cursar una titulación que no había podido finalizar.

—Mi horario estaba tan apretado con clases de matemáticas y asignaturas generalistas, que me habría resultado imposible encajar clases de francés.

El teniendo esbozó una leve sonrisa.

—Ni se le ocurrió.

—Bien, la verdad es que no, no se me ocurrió.

El señor Connors intervino entonces con algunas preguntas sobre su resistencia y forma física; entonces, sin que Valerie se diera ni cuenta, la entrevista llegó a su fin, los hombres se levantaron, le dieron las gracias por haber venido, le estrecharon la mano, le dijeron que se pondrían nuevamente en contacto con ella y la acompañaron hacia la puerta, una puerta distinta a la que había utilizado para acceder al despacho y que daba directamente al exterior, a un pasaje.

Aturdida y desinflada, Valerie siguió el pasaje hasta llegar a la parte delantera del edificio, donde encontró a Cora sentada en un banco junto a la fuente.

—¿Qué tal te ha ido? —preguntó Valerie, al tiempo que también tomaba asiento.

—Creo que me ha ido bien, aunque… —Cora puso mala cara— tal vez me he dejado llevar un poco cuando ese oficial me ha preguntado por qué quería ir «Allí».

—¿En serio? ¿Por qué?

—Creo que he dicho algo así como que me apetecería darle un bofetón al káiser, y que como el Ejército no me permite portar un rifle, lucharé contra los alemanes con el teléfono.

Valerie contuvo una carcajada al visualizar la imagen de su siempre comedida compañera aporreando a un desconcertado soldado alemán herido de guerra con un auricular negro.

—No me cabe la menor duda de que valorarán tu entusiasmo —la tranquilizó—. Seguro que los has dejado impresionados, a diferencia de lo que he hecho yo.

—Oh, pobrecilla. ¿Qué ha pasado?

Pero antes de que Valerie pudiera empezar a explicarse, llegó Irene por el pasaje, con lágrimas en los ojos y los hombros caídos, totalmente derrotada.

—Qué desastre —se lamentó—. He respondido perfecto a todas las preguntas hasta que me han pillado por sorpresa con esa prueba. He fracasado terriblemente.

—¿Prueba? —repitió Cora—. ¿Qué prueba?

—Ya sabéis, la parte en la que ese oficial te empieza a hablar en francés para cazarte desprevenida y ver si eres capaz de entenderlo y responderle también en francés.

Cora se quedó desconcertada.

—¿Te refieres a la conversación?

Valerie se dio en la frente con la palma de la mano.

—¡Una prueba! ¡Pues claro que era una prueba!

—¿No te has dado cuenta? —se extrañó Cora—. ¿Significa eso que la has superado o has fracasado?

—Oh, seguro que la he superado —dijo Valerie con alegría—. Tal vez les haya parecido una boba, pero al menos he quedado como una boba que habla francés. —Se contuvo al ver la expresión de tristeza de Irene—. Aunque lo más probable es que eso solo haya sido una pequeña parte de la evaluación.

—Una parte minúscula, seguro —intervino Cora—. Nadie es más rápida y más precisa en la centralita que tú, Irene. Y eso segurísimo que cuenta.

Irene consiguió esbozar una débil sonrisa.

—Eso ya lo veremos.

El sábado 19 de enero, la madre y la hermana de Valerie estaban haciendo la compra cuando Valerie llegó a casa al finalizar su turno de media jornada, de modo que fue uno de los realquilados quien le dijo que tenía un telegrama esperándola en la mesa de la cocina. Con el corazón acelerado, corrió a abrir el sobre amarillo.

«En virtud de la autoridad otorgada al secretario de guerra Baker en fecha 7 de abril de 1917, se presentará usted en San Francisco, Calif., dirigiéndose a su llegada a L. S. Hamm, Pacific Telephone and Telegraph Co., 835 Howard Street, para un trabajo temporal —decía el telegrama—. Deberá presentarse al intendente o al oficial de reclutamiento más próximo a efectos de transporte. La organización del viaje es primordial en el servicio militar. Los gastos de viaje le serán abonados tal y como queda prescrito en la normativa militar para las enfermeras del Ejército. Mientras esté realizando este trabajo temporal en San Francisco, Calif., recibirá una paga diaria de cuatro dólares durante los primeros treinta días».

Se dejó caer en la silla. Estaba dentro…, o si no dentro del todo, sí un paso más cerca. Durante la cena, cuando se quedaron solas las tres en la cocina después de que hubieran servido la cena en el comedor a los realquilados, Valerie dio la noticia a su madre y a su hermana.

—Es posible que no supere las pruebas y que me envíen de vuelta a casa —añadió, confiando suavizar de este modo el golpe.

—No seas ridícula —la reprendió su madre—. Jamás en la vida has suspendido un examen. Estarían locos de no aceptarte.

—Mamá tiene razón —coincidió Hilde, a la vez que se encogía de hombros mientras untaba su pan con mantequilla—. Probablemente estés entre las mejores operadoras de habla francesa dispuestas a servir en el Ejército.

—Gracias —replicó con sequedad Valerie.

Cora recibió un telegrama similar, pero Irene no. Cuando entre las dos corrieron a consolarla, Irene restó importancia a su decepción y se volcó en felicitarlas.

—Vosotras os habéis ganado el puesto y yo no —dijo—. En pocos años tendré la edad suficiente para presentarme como voluntaria a través de la Asociación Cristiana de Mujeres Jóvenes. Y acabaremos viéndonos «Allí».

Valerie y Cora se alegraron al descubrir que el intendente les había reservado pasaje en el mismo tren a San Francisco, el Southern Pacific 75, el «Lark», que partía de Los Ángeles a diario a las 19:40 y llegaba a San Francisco a las 09:30 de la mañana del día siguiente. Valerie se reunió con su amiga en el andén y entregaron los equipajes al maletero.

—No sabía muy bien si preparar la maleta para pasar unas pocas semanas en el norte de California o varios años en Francia, así que he optado por una solución intermedia —dijo Cora, con la voz entrecortada por la emoción, cuando subieron a bordo y localizaron sus literas contiguas en el coche cama.

—Los anuncios decían que las chicas del Cuerpo de Señales tendrán que vestir de uniforme —comentó Valerie—, de modo que he cogido ropa solo para San Francisco. Supongo que nos entregarán los uniformes antes de zarpar.

Valerie no mencionó que de entrada había preparado una segunda maleta para Francia, pero que por la mañana, cuando había bajado de su habitación cargada con las dos maletas, su madre, que la observaba desde abajo, se había puesto muy nerviosa al comprender que era probable que Valerie estuviese ausente mucho tiempo. Sintiéndose culpable, Valerie había hecho una broma y había dicho que siempre exageraba con las maletas, y había decidido dejar la primera maleta en el descansillo y devolver la segunda a su habitación. Siempre podía pedirle a Hilde que se la enviara más adelante.

Después de guardar las pertenencias, Valerie y Cora hicieron una cena ligera en el vagón restaurante, por la simple novedad que ello comportaba, regresaron al coche cama y se instalaron en sus respectivas literas. Y a pesar de que el tren traqueteó y se zarandeó toda la noche, Valerie durmió sorprendentemente bien y se despertó revitalizada. Se aseó, se vistió y persuadió a una perezosa Cora para que saliera de la litera e hiciera lo mismo.

Tuvieron tiempo para poder disfrutar de un desayuno rápido con huevos revueltos, tostada con mantequilla y café antes de que el Lark hiciera su entrada en Third and Townsend Depot. Cuando se apearon del tren y se reunieron con sus acompañantes, descubrieron que por el camino se les habían ido sumando más candidatas. Y que había aún más en la sala de espera de las oficinas principales de Pac-Tel, en la zona nordeste de la ciudad. Fueron presentadas al señor L. S. Hamm, un hombre alto de pelo rubio, con acento del Medio Oeste y porte serio, quien les explicó cuál sería el alarmantemente riguroso programa de formación y evaluación al cual estarían sujetas en el transcurso de las semanas siguientes. Apenas había absorbido Valerie todo aquello cuando una enfermera delgada, sonriente, con gafas y el pelo canoso recogido en un moño suelto, subió al escenario y las informó acerca de su alojamiento: compartirían habitaciones en un establecimiento cercano de la Asociación Cristiana de Mujeres Jóvenes, donde también comerían, disfrutarían de actividades sociales y utilizarían las diversas salas comunes para prepararse para los exámenes.

Agotadas después del largo viaje, Valerie y Cora, encantadas al ver que las habían emparejado como compañeras de habitación, decidieron acostarse temprano. El cuarto era pequeño pero muy limpio, con dos camas individuales, una mesita de noche con una lamparita, un armario y una única silla con respaldo de barrotes de madera en una esquina. El baño compartido en el otro extremo del pasillo era amplio y limpio, con una ventana alargada que ofrecía una vista de la bahía de San Francisco si la observadora ladeaba la cabeza correctamente. A la mañana siguiente, durante el desayuno, Valerie oyó que varias chicas murmuraban sorprendidas sobre lo pequeñas y espartanas que eran las habitaciones. Y se imaginó lo que algunas de sus compañeras pensarían del cuarto en la buhardilla que compartían Hilde y ella en casa.

—Ya verás tú cuando nos instalemos en los barracones del Ejército —le comentó en voz baja a Cora, recordando las cómicamente lamentables descripciones de Henri.

Pero no tardó en descubrir que la mayoría de las chicas eran divertidas, animadas, inteligentes y que no se quejaban por nada, que estaban dispuestas a servir a la patria desde «Allí» y que experimentaban todo tipo de grados de nerviosismo con respecto a las pruebas y exámenes que les esperaban. Todas temían la idea de tener que volver avergonzadas a casa, por ello se zambullían en la formación con una energía y un compromiso que habría llenado de terror el corazón del káiser de estar al corriente de ello. Las mañanas empezaban con calistenia y otros ejercicios físicos, seguidos por horas de formación intensiva sobre centralitas de todo tipo, desde sistemas PBX hasta dispositivos con imanes accionados con manivela, pasando por las habituales centralitas con baterías. Asistían a clases de francés con dictados y traducciones, a clases de terminología militar, sobre la historia y los deberes del Cuerpo de Señales y sobre la estructura de la cadena de mando militar. Oficiales del Cuerpo de Señales les impartían conferencias sobre la importancia de la comunicación en la guerra moderna, mientras que mujeres cirujanas les hacían presentaciones sobre higiene personal. Hubo entrevistas y revisiones médicas, y a veces Valerie acababa tan agotada al final de la jornada que se habría quedado dormida en la cama justo después de cenar de no ser porque tenía que seguir despierta para estudiar la geografía de Francia o memorizar la versión francesa de la terminología telefónica en inglés.

Por suerte, todas se llevaban bien y siempre encontraban tiempo para divertirse un rato por las noches y los fines de semana. Valerie adoraba vivir en la Asociación Cristiana de Mujeres Jóvenes junto con otras chicas brillantes y alegres: compartir comidas con ellas, estudiar en grupo, compadecerse por las desventuras de un día duro, reír para liberarse de la nostalgia del hogar, hablar durante horas seguidas, compartir fotografías de novios y familiares. Desde el principio, Valerie y Cora entablaron amistad con dos hermanas guapas y encantadoras, Louise y Raymonde LeBreton, cuya familia había emigrado a San Francisco desde Nantes, Francia, no hacía ni siquiera cinco años. Las hermanas conocían todos los rincones de la ciudad y siempre estaban dispuestas a recomendar alguno de sus restaurantes favoritos, con platos sabrosos y consistentes pero también asequibles, una cafetería con un café y unas pastas deliciosas capaces de volver loca a cualquier chica, los parques con las mejores vistas de la bahía y el puente Golden Gate, además de las mejores atracciones turísticas de la ciudad.

Valerie y Cora coincidían en pensar que era maravilloso tener unas guías de la ciudad tan simpáticas y entendidas, aunque a veces las hermanas parecían más inocentes e impulsivas de lo que cabría esperar, incluso para jóvenes de solo veintiún y diecinueve años. En una ocasión, estando Valerie y Louise, la pareja de más edad, solas en la habitación de las hermanas estudiando jerga militar, Louise mencionó que su hermana se había enterado de que el Ejército necesitaba operadoras gracias a un artículo que había leído en el *Daily Cal*, el periódico estudiantil de la Universidad de California en Berkeley, donde estaban matriculadas en un programa especial de inglés para inmigrantes.

Algo en la entonación de Louise picó la curiosidad de Valerie.

—¿Cuántos años tenéis tu hermana y tú? —preguntó.

Louise se encogió de hombros con indiferencia.

—Yo tengo veintiuno y Raymonde diecinueve.

—No, en serio —dijo Valerie, estudiándola—. Dime la verdad. Yo no cumplo los veintiuno hasta junio, y sé que soy mayor que tú.

Louise se quedó dudando.

—¿Me prometes que no se lo dirás a nadie?

—Te lo prometo.

—Yo tengo diecinueve y mi hermana diecisiete —le confesó Louise en voz baja y mirando por encima del hombro para asegurarse de que no pasara nadie por el pasillo, ya que la puerta estaba abierta—. Mentimos sobre nuestra edad. Sabíamos que si no lo hacíamos no nos permitirían alistarnos, y no sería justo. Nuestros conocimientos como operadoras son tan buenos como los de cualquier chica de veintitrés años que corra por aquí.

—Y mejores que los de la mayoría —reconoció Valerie. Louise, en especial, era envidiablemente rápida y ágil en la centralita.

Y como si divulgar un secreto hubiese abierto la caja de Pandora, Louise le reveló un auténtico torrente de secretos que sirvieron para llenar vacíos y corregir las medias verdades que había contado antes. Cuando había explicado que su familia había emigrado a los Estados Unidos desde Nantes, no había mencionado que un año antes de eso, su padre, ingeniero, había fallecido como consecuencia de la fiebre amarilla en Panamá, donde formaba parte del equipo francés que estaba intentando construir un canal. Su madre, al quedarse viuda, había decidido trasladarse con sus cuatro hijas —había otras dos más jóvenes que Louise y Raymonde— a California, que según había oído era la tierra de la abundancia, y ahora gestionaba una pensión para estudiantes en Cal Berkeley.

—Raymonde y yo ayudábamos a *maman* a llevar la casa, pero —Louise infló las mejillas y levantó la vista hacia el techo— el trabajo era tan tedioso y degradante que me resultaba insoportable. Mi madre accedió a que buscara empleo fuera.

Y eso había hecho. Hasta que presentó la solicitud para incorporarse al Cuerpo de Señales, Louise había dividido su tiempo entre las clases en la universidad, el trabajo como operadora telefónica y un segundo trabajo a tiempo parcial como secretaria en el consulado francés.

Sorprendida por la similitud que guardaban sus experiencias, Valerie no pudo evitar sentirse impresionada por la ambición y la diligencia de Louise. Naturalmente, jamás se le ocurriría revelar la insignificante mentira de su amiga con respecto a su edad. ¿Cómo privar al Cuerpo de Señales de una candidata de tanta categoría?

Pero le aconsejó a Louise que en el futuro guardara para sí las inexactitudes de su formulario de admisión porque, como solía suceder con cualquier grupo de chicas que vivían y trabajaban juntas, a algunas les gustaba compartir historias que no tenían por qué contar. Valerie se había enterado —no por sus propias observaciones ni por la implicada en sí, sino por las chicas de la habitación del otro extremo del pasillo— de que otra candidata de San Francisco, Inez Crittenden, era divorciada. El escandaloso secreto de la alta y seria mujer de pelo castaño y treinta años hacía que los engaños de las hermanas LeBreton fueran una tontería en comparación, aunque no siguió siendo un secreto durante mucho tiempo. Distante, ambiciosa y singularmente centrada en su trabajo, Inez no mostraba mucha inclinación a hacer amigas, lo que animaba a las demás chicas a chismorrear sobre ella. Valerie sabía que no debía sumarse a aquella actividad, aunque en una ocasión, cuando se preguntó en voz alta si Inez se habría hecho operadora telefónica para poder sustentarse económicamente después de su divorcio, las hermanas Le-Breton le brindaron con ganas la respuesta, y algunas cosas más.

—Es operadora desde los catorce años —dijo Louise, mirando por encima del hombro para asegurarse de que Inez no la oyera—. Sus padres se divorciaron y tuvo que dejar la escuela y ponerse a trabajar para sustentar a su madre y hermanos.

—Por lo que se ve, lo de divorciarse le viene de familia —intervino Raymonde con las cejas arqueadas.

—Quería salir adelante, y eso significaba continuar con sus estudios, de modo que se apretó el cinturón, ahorró y consiguió pagarse un profesor particular —prosiguió Louise—. Y así es como aprendió francés.

—Con los años, fue ascendiendo profesionalmente hasta que dejó la compañía telefónica para trabajar como secretaria ejecutiva para los hermanos Armsby. —Raymonde hizo una pausa para permitir que Valerie se sintiera impresionada, pero al ver que se limitaba a sacudir la cabeza y encogerse de hombros, Raymonde añadió—: James y George Armsby, ¿sabes? De la California Packing Corporation. Los de «La tierra de las frutas del sol».

—Ah, sí —asintió Valerie al reconocer el eslogan—. Parece un puesto de prestigio. Debió de ser duro dejarlo para casarse.

—Pues no lo sé, la verdad —dijo Louise—. Los Crittenden son una familia adinerada de la alta sociedad de San Francisco, Inez, por lo tanto, hizo un buen matrimonio. Lo más probable es que pensara que estaría muy bien considerada durante el resto de su vida.

—Poco se lo imaginaba... —dijo Raymonde.

—Cuando en junio pasado presentó la demanda de divorcio contra Nathaniel Crittenden acusándolo de abandono, salió en todos los periódicos —dijo Louise—. Desde entonces vive con su madre.

—Ah, no lleva mucho tiempo divorciada.

Valerie no podía ni imaginarse cuál habría sido el detonante de aquella acusación contra el marido de Inez. No le extrañaba que hubiera decidido alistarse al Cuerpo de Señales. Era una manera de dejar atrás el desamor y el escándalo, y cuando Inez regresara de «Allí», su servicio a la patria sería suficiente para borrar el estigma del divorcio y empezar de nuevo.

Por complacida que se sintiera de haber satisfecho su curiosidad con respecto a Inez, Valerie no difundió el chismorreo. En las clases de protocolo del Ejército, habían advertido a las operadoras del peligro de divulgar secretos militares en el transcurso de conversaciones intrascendentes. ¿Acaso no debería aplicar aquel mismo principio de silencio prudente a la vida privada de sus compañeras?

Después de tres semanas de formación intensiva, las candidatas fueron destinadas a centralitas telefónicas situadas en distintos núcleos de la bahía para poder evaluar sus habilidades en el mundo real. Valerie y las hermanas LeBreton fueron destinadas a Richmond, a una distancia de un corto viaje en transbordador por la bahía de San Francisco desde la terminal de Market Street. A Cora y otras chicas las informaron de que seguirían sus estudios en San Francisco.

—El problema es mi francés, lo sé —dijo con inquietud Cora mientras Valerie y ella se preparaban para acostarse la noche antes de que se iniciara la nueva fase de formación—. Entiendo todo lo que me dicen, pero tengo que traducir mentalmente antes de responder. Y cuando los instructores me evalúan, me pongo nerviosa y se me olvidan todos los términos técnicos en francés.

—Aprenderás —le garantizó Valerie—. Solo hay que seguir insistiendo. En las últimas semanas has hecho grandes progresos.

—Pero no los suficientes. —Cora dudó—. Mira, Valerie. Algunas chicas están comentando dejar la Asociación Cristiana de Mujeres Jóvenes para irse a vivir con familias francesas de la ciudad.

A Valerie se le encogió el corazón.

—Me parece una idea magnífica. Nada va mejor para adquirir fluidez rápido que una inmersión en el idioma.

—Creo que yo también debería intentarlo. Lo siento mucho, de verdad. Has sido la mejor compañera de habitación imaginable.

—No pasa nada. No te preocupes por mí. —Cuando Valerie vio que a su amiga se le llenaban los ojos de lágrimas, saltó de la cama para ir a abrazarla—. Tú aprende francés y a lo mejor conseguimos volver a ser compañeras de cuarto cuando estemos «Allí».

Aunque hasta que eso sucediera, Valerie echaría de menos a Cora, la única amiga que había estado con ella desde el inicio de aquella aventura.

Después de una semana en la centralita de Richmond, Valerie recibió la orden de presentarse en el despacho médico de las oficinas principales de Pac-Tel para someterse a otra revisión médica, la más concienzuda hasta la fecha, por mucho que le garantizara al médico que su salud no había cambiado en nada desde la pasada semana. A última hora de la tarde, una instructora la acompañó, junto con una docena de candidatas más, hasta la tercera planta de las oficinas principales y ordenó a las chicas que se colocaran en fila india en el pasillo, delante de una puerta cerrada. Sin ofrecer más explicaciones, la instructora hizo entrar a la sala a la primera chica y cerró la puerta. Después de un intervalo breve, la instructora reapareció, cerró la puerta y se quedó con la espalda pegada a ella y mirando al frente. Unos veinte minutos más tarde, llamaron a la puerta desde el otro lado. La instructora hizo pasar a la segunda chica y reapareció menos de un minuto después. La primera candidata no regresó al pasillo.

Raymonde, que precedía a Valerie en la cola, murmuró por encima del hombro:

—Todo esto resulta muy inquietante.

—Debe de haber otra salida —replicó Valerie.

La situación le recordaba la entrevista a la que había sido sometida en Los Ángeles y se preguntó qué estaría pasando. No les habían dado más instrucciones que esperar en silencio —una regla que Valerie y Raymonde acababan de quebrantar— y entrar en la sala cuando fueran invitadas a hacerlo. A medida que fue pasando el tiempo, la silenciosa espera de pie empezó a volverse tediosa y la incertidumbre intimidatoria, lo cual, imaginó Valerie, era justo el efecto que andaban buscando.

A Valerie le habría gustado desearle buena suerte a Raymonde antes de que entrara en la sala, pero con la instructora delante no se atrevió. Y lo que hizo, en cambio, mientras iban pasando los minutos, fue regalarse un silencioso discurso motivacional. La llamada en la puerta llegó por fin y la instructora hizo pasar a Valerie.

Se encontró en un despacho pequeño y tenuemente iluminado con una puerta cerrada en la pared opuesta. En el centro de la estancia había una mesa, una silla y un teléfono.

—Siéntese, por favor —dijo la instructora.

Cuando Valerie tomó asiento, la instructora ya había desaparecido después de cerrar con firmeza la puerta.

Sonó el teléfono.

Por instinto Valerie miró por encima del hombro, aunque, naturalmente, no había nadie para ayudarla y aconsejarla. Era evidente que debía responder la llamada, y eso hizo.

—¿Diga?

—Hola —saludó un hombre con voz ronca y acento norteamericano—, le habla el oficial ayudante, 10.ª División, desde Pont St. Vincent, Francia. El oficial al mando, el general Jones, quiere hablar con el coronel La Roux de la 18.ª Brigada, del 5.º Cuerpo del Ejército francés, que se encuentra en Vouxiers. El general Jones no habla ni entiende el francés y el coronel La Roux no habla ni entiende el inglés. Deberá traducir al francés el mensaje del general Jones y al inglés la respuesta del coronel La Roux. ¿Lista?

—Lista —respondió Valerie con el pulso acelerado.

Apenas había pronunciado la palabra, el mismo hombre dijo:

—Hola, le habla ahora el general Jones.

Con un inglés rápido y entrecortado, describió los movimientos de las tropas norteamericanas a lo largo del río Mosa y preguntó acerca de las trincheras francesas en el departamento del Aisne. Cuando hubo terminado, Valerie tradujo el mensaje lo mejor posible para el coronel La Roux, que era el mismo hombre, pero hablando en francés. A su vez, el coronel La Roux especificó un mensaje en francés para el general Jones, el cual Valerie tradujo al inglés. Le habría gustado que le hubiesen permitido tomar notas, pero no le habían dado ni papel ni lápiz y, de todos modos, la conversación iba a tanta velocidad que posiblemente tampoco habría podido apuntar nada.

La llamada finalizó, y cuando el hombre del otro extremo de la línea desconectó, Valerie colgó el teléfono. Se abrió entonces la puerta del otro lado y asomó la cabeza un nuevo instructor.

—¿Podría, por favor, llamar a la otra puerta? —dijo, señalando la puerta por la que Valerie había entrado—. Después, venga conmigo rápidamente.

Valerie obedeció y abandonó la sala antes de que entrara la siguiente candidata.

—Buen trabajo —dijo el segundo instructor, indicándole con un gesto que lo siguiera por el pasillo—. Esto es todo por hoy. Se le concede permiso, pero no se aleje mucho de las oficinas durante los próximos días.

—Sí, señor —replicó Valerie, preguntándose qué estaría pasando.

De vuelta a la Asociación, las demás candidatas estaban también muertas de curiosidad. Cora y las chicas de su grupo no habían sido incluidas en aquel examen sin previo aviso, lo cual Cora asimiló como un muy mal presagio para todas ellas.

—Hasta que no te manden a casa, sigues en la carrera —le recordó Valerie, pero Cora solo consiguió encogerse de hombros a modo de respuesta.

Dos días más tarde, llegó un mensajero con cartas para varias candidatas remitidas por el Departamento de Guerra a la atención del señor C. B. Allsop, en las oficinas principales de Pac-Tel. Valerie era la destinataria de una de ellas, igual que las hermanas LeBreton, Inez Crittenden y cinco chicas más que habían traducido la conversación telefónica entre el general Jones y el coronel La Roux.

Cora no recibió ninguna carta, pero sus ojos brillaban de emoción cuando le pidió a Valerie que leyera la suya en voz alta.

—«En virtud de la autoridad otorgada al secretario de guerra Baker en fecha 7 de abril de 1917 —leyó Valerie casi sin aliento—, viajará usted a Nueva York y se presentará a su llegada ante el señor R. F. Estabrook, American Telephone & Telegraph Co., 195 de Broadway, para su formación y preparación final para servir como operadora telefónica en el Cuerpo de Señales de los Estados Unidos. La organización del viaje es primordial en el servicio militar. Los gastos de viaje le serán abonados tal y como queda prescrito en la normativa militar para las enfermeras del Ejército. Deberá presentarse al intendente a efectos de transporte. Firmado: Squier, oficial en jefe del Cuerpo de Señales».

—¡Te han admitido! —Cora levantaba los brazos y daba saltos—. ¡Lo has conseguido! ¡Te han admitido!

Se oían gritos similares por todos lados. Valerie se sintió inundada por una oleada de alegría y alivio y sonrió y saltó con Cora hasta que las carcajadas les cortaron la respiración.

—Lo único que deseo ahora —dijo Valerie jadeando— es que tú…

—No lo digas —le pidió Cora, y, a pesar de que sonreía, Valerie se dio cuenta de que tenía los ojos llenos de lágrimas—. Nos veremos «Allí». Resérvame un lugar en la centralita a tu lado.

—Lo haré —le prometió Valerie, cogiéndole las manos y presionándoselas con fuerza para demostrarle cuánto lo deseaba.

Al día siguiente, Valerie, las hermanas LeBreton, Inez y las otras cinco candidatas aprobadas hicieron el juramento militar de lealtad delante de un coronel del Ejército y de sus orgullosos instructores en el vestíbulo de las oficinas principales de Pac-Tel. Desde allí, ellas y sus equipajes, consistentes en una bolsa y una maleta por persona, cruzaron la bahía hasta Oakland Pier, donde subieron a bordo del Overland Limited y pusieron rumbo hacia Chicago.

Desde Chicago, proseguirían viaje hacia Nueva York, y poco después, hacia Francia.

6

Febrero de 1918
Chicago y Nueva York

MARIE

Millicent tiró de la correa de la maleta para cerrarla, la levantó de la cama y, con un golpe sordo, la depositó al lado de la puerta de la habitación de la pensión que Marie y ella compartían.

—Más te vale darte un poco de prisa o te perderás la comida o, peor aún, el tren a Nueva York.

—Una última frase —le aseguró Marie, quien estaba acabando la carta para sus padres, que se apresuró a firmar.

La convocatoria del Departamento de Guerra para presentarse en Nueva York había llegado tan de repente que no había tenido ni tiempo para escribir antes a casa. Confiaba en que su familia recibiera la noticia de que había jurado oficialmente lealtad al Cuerpo de Señales con menos lágrimas y mayor elegancia de lo que lo había hecho hacía dos semanas, cuando había sido aceptada para participar en la segunda ronda del proceso de selección y le habían ordenado desplazarse para trabajar de forma temporal en Chicago.

En diciembre, cuando les había dicho a sus padres que quería presentar su solicitud, se habían mostrado reacios a darle su bendición, por mucho que compartieran con ella el deseo de salvar a su querida Francia de los horrores de la guerra, horrores que también ellos habrían experimentado de no haberse ido a vivir años antes a los Estados Unidos.

—Como inmigrantes, tenemos una obligación especial de demostrar nuestra lealtad al país que nos ha dado refugio —les había dicho Marie con voz suplicante, puesto que sin la firma de su padre no podía presentar la solicitud—. Y ya que no tengo hermanos, el deber recae sobre mí.

—¿Y qué pasará con tu música? —había protestado su madre—. Te vas a perder la etapa más importante de tu carrera.

Marie había contenido un suspiro. ¿Qué carrera? No había tenido ni una sola audición desde que había cantado para el doctor Kunwald y el señor Nichols en el Emery Theater, y ni siquiera había tenido noticias de ellos.

—Seguiré calentando la voz —prometió—. Practicaré siempre que pueda. Pero no nos adelantemos a los acontecimientos. Es muy posible que el Cuerpo de Señales no acabe seleccionándome. Estoy segura de que la mayoría de las candidatas tendrá más experiencia que yo.

—Te elegirán —dijo su padre resignado—. Se considerarán muy afortunados de tenerte, y tendrán razón.

Una semana más tarde, Marie había recibido un telegrama por el que se la convocaba a una entrevista en las oficinas centrales de Cincinnati Bell. Estaba tan acostumbrada a las audiciones que ni siquiera sintió un cosquilleo nervioso cuando el ejecutivo de la compañía telefónica y el oficial del Ejército le formularon preguntas relacionadas con su experiencia como operadora, su lealtad a los Estados Unidos o sobre si le había sorprendido el estallido de las hostilidades.

—¿Sorprendida de que Alemania y Francia hayan entrado en guerra? —dijo Marie perpleja ante la pregunta—. Supongo que no puedo afirmar que fuera una sorpresa. Mi abuela vivió la guerra de 1870 y a menudo nos decía de pequeños: «Hemos perdido Alsacia y Lorena, pero las recuperaremos». Pero no esperaba que la guerra estallara cuando y como lo hizo, así como tampoco esperaba que los Estados Unidos fueran a entrar en guerra después de que el presidente Wilson declarara la neutralidad.

Los dos hombres intercambiaron una mirada cargada de significado.

—¿Estaba usted de acuerdo con la postura del presidente? —preguntó el oficial.

—No —dijo sin dudarlo, mirándolos a los ojos. Que la acusaran de violar el Acta de Sedición, si era eso lo que querían, pero había prometido responder a las preguntas con sinceridad y se consideraba una mujer de palabra—. Entiendo por qué quería que los Estados Unidos se mantuvieran neutrales, pero creo que fue un error muy costoso. Me alegro de que haya cambiado de idea.

—¿Quería que los Estados Unidos acudieran al rescate de Francia? —preguntó el ejecutivo de la compañía, con una débil sonrisa asomando por debajo de un bigote pulcramente recortado.

Marie se permitió sonreír también.

—Igual que Francia acudió al rescate de los bravos colonos que lucharon por su libertad y su independencia del rey Jorge III.

El oficial del Ejército emitió un sonido gutural, como si intentara disimular una carcajada con una tos.

—Da la sensación de que tiene usted un agravio personal con los alemanes —dijo entonces, serenándose.

Marie reconoció que lo tenía, y cuando se le pidió que desarrollara su respuesta, le costó controlar sus palabras mientras, de forma rápida y escueta, enumeraba los amigos y familiares que sabía que habían muerto, los muchos de los que hacía años que no tenía noticias, los primos que seguían combatiendo en las trincheras, los lugares queridos que la artillería alemana había devastado, el insulto insoportable a la soberanía francesa.

—Una chica puede colaborar en el esfuerzo de la guerra sin alistarse al Cuerpo de Señales —destacó el ejecutivo de la compañía—. Puede adquirir Bonos Liberty, preparar conservas, enrollar vendajes para la Cruz Roja…, todo ello sin poner en peligro su vida.

Que aquel hombre desestimara sus habilidades tan a la ligera y saber que el general Pershing las necesitaba de forma apremiante desencadenaron la rabia de Marie. Se levantó de repente de la silla y plantó con fuerza las manos sobre la mesa.

—¿Sigue sin poder entender por qué necesito ir a Francia, después de todo lo que le he contado que los alemanes han hecho a mi país natal y a mis seres queridos? Le digo una cosa, ¡me alistaría mil veces para ir a Francia, aun sabiendo que el primer día en que pusiera mis pies en suelo francés fuera a ser mi último!

Sorprendidos, los hombres se quedaron observándola en silencio.

—Si fuese usted hombre —dijo por fin el oficial—, le daría un arma.

Marie levantó la barbilla, inspiró hondo y se acomodó de nuevo con elegancia en la silla. Pensó, pero no se atrevió a expresarlo en voz alta, que de haber sido hombre ya tendría un arma en las manos, puesto que se habría alistado muchos meses atrás.

Marie estaba segura de que aquel estallido de rabia había echado por tierra su candidatura; sin embargo, poco después llegó a su casa un telegrama del Departamento de Guerra ordenándole presentarse en la escuela de la Chicago Telephone Company para recibir una formación avanzada y ser sometida luego a una evaluación. Ese mismo día recibió una carta de la Orquesta Sinfónica de Cincinnati invitándola a incorporarse a su coro.

Había reído a carcajadas atormentada por la ironía.

—Si esta carta hubiera llegado hace dos semanas —les dijo a sus padres, negando con la cabeza—, nunca habría presentado la solicitud al Cuerpo de Señales.

—Estoy seguro de que la decisión se ha retrasado debido a la dimisión del doctor Kunwald —explicó su padre—. No deberías interpretarlo erróneamente como una falta de interés.

—Por supuesto.

Esa había sido la última de sus preocupaciones por lo que a la repentina marcha del director de orquesta se refería. A finales de noviembre, la Orquesta Sinfónica de Cincinnati había viajado a Pittsburgh para dar un concierto en la mezquita siria. Horas antes de que el concierto empezara, el director de Seguridad Pública había anulado el permiso con el argumento de que jamás habría dado su aprobación de haber sabido que el director de la orquesta era ciudadano de Austria y además oficial en la reserva del Ejército austriaco. El doctor Kunwald había podido demostrar que no tenía ninguna conexión con la milicia austriaca desde 1910, aunque su nacionalidad austriaca había sido justificación suficiente para retener el permiso. Al no poder encontrar un director sustituto, se había cancelado el concierto, se había devuelto el importe de las entradas al público y los músicos se habían encolerizado y se habían sentido humillados.

Poco después del regreso de la orquesta a Cincinnati, el doctor Kunwald había presentado su dimisión a la junta directiva. «Mi destino está en las manos de ustedes —había explicado luego a los padres de Marie—. No quiero que la orquesta sufra por ser yo austriaco. Lo que sucedió en Pittsburgh puede suceder en cualquier parte. Y lo que es más, he oído rumores de que muchos abonados de toda la vida han decidido no renovar el carné para la temporada próxima porque no están de acuerdo en que su orquesta esté dirigida por un ciudadano de las Potencias Centrales. De todos modos, si la junta me apoya y se niega a aceptar mi dimisión, continuaré aquí encantado y agradecido».

Las circunstancias del doctor Kunwald se habían vuelto más precarias si cabe después de que los Estados Unidos declararan la guerra a Austria el 7 de diciembre. Al día siguiente, había sido arrestado por el Cuerpo de

Alguaciles de los Estados Unidos, acusado de violar el Acta de Sedición con comentarios contra el Gobierno y el presidente Wilson. A falta de cualquier prueba de tal delito, había sido puesto en libertad al día siguiente, pero el arresto fue el golpe definitivo. Unos días después, la junta directiva de la orquesta aceptó su dimisión.

Marie sabía que sus padres querían que rechazase la convocatoria del Cuerpo de Señales y se incorporase al coro de la orquesta, pero ¿cómo pasar por alto la oportunidad de servir a los aliados y luchar por Francia?

Tras una despedida de sus padres y de sus hermanas bañada con lágrimas, su madre depositó en su mano una llave de latón.

—Espero que no tengas que ir tan al este como para poder visitar a la familia de papá en Nancy —dijo—. Preferiría saberte más a salvo en Burdeos, cerca de mis parientes. Pero si te destinan a París, ¿irás a ver qué tal sigue nuestro piso? Tal vez el Ejército te daría permiso para alojarte allí en vez de en los horripilantes barracones que tengan pensado.

—No creo que me lo den, de ser el caso —replicó Marie, guardándose la llave en el bolsillo—, pero por supuesto que me pasaré por allí si puedo.

—Nunca fue nuestra intención estar tanto tiempo lejos de Francia, pero la guerra... —Su madre gesticuló con elegancia e impaciencia—. ¿Cómo íbamos a someter a nuestras hijas a tantos peligros y penurias? Pero ya ves, has decidido igualmente ir allí y...

—Todo irá bien, *maman* —dijo Marie, después abrazó a su madre y le dio un beso en cada mejilla—. Cuanto antes ganen los aliados, antes podremos regresar a casa. ¿Entiendes ahora por qué tengo que aportar mi granito de arena?

Luego, el padre de Marie la había acompañado a la estación de tren, y después de otra conmovedora despedida y de más promesas de escribirse, Marie había subido a bordo del Daylight Express con destino a Chicago, vía Indianápolis y Logansport. A su llegada, se había presentado en la Chicago Telephone School, donde apenas si había tenido tiempo de dejar la maleta antes de empezar su formación. Tras unas semanas de instrucción militar, de prácticas en todo tipo de centralitas, desde antiguas a modernas, de un periodo en la centralita de un cuartel militar y de múltiples exámenes, Marie había sido seleccionada como una de las ocho operadoras telefónicas del Medio Oeste que viajarían a Nueva York con el fin de prepararse para dar servicio en ultramar.

Siempre y cuando, como acababa de recordarle su compañera de habitación, no perdiera el tren.

Millicent, que seguía en el umbral de la puerta, ya con el abrigo, dio unos golpecitos a su reloj y Marie finalmente cerró la carta, le pegó el sello, se envolvió el cuello con una bufanda y se puso también abrigo, sombrero y guantes. Maleta en mano, siguió a Millicent dos tramos de escalera hasta llegar al vestíbulo de la pensión, donde las esperaban ya sus compañeras del Cuerpo de Señales, jóvenes brillantes y sonrientes que charlaban emocionadas a la espera de las instrucciones de la instructora jefe que iba a acompañarlas. La casera accedió a ocuparse de enviar la carta de Marie, y después de que Marie le confiara el sobre, la instructora jefe dio unas palmadas para reclamar la atención de las chicas.

—Dejen las maletas en los carros que hay fuera —dijo, alzando la voz para hacerse oír sobre los murmullos que no habían acabado todavía—. Se encargarán de llevárselas a la estación mientras nos reunimos con el contingente de San Francisco en el hotel LaSalle para comer. Chicas, por favor.

Haciéndoles señas con ambas manos, las guio hacia el exterior y hasta el final de la manzana, donde subieron a un tranvía que las llevó hasta el Loop y el famoso hotel LaSalle, un lujoso edificio de veintidós plantas construido en estilo Beaux Arts, situado en la esquina de LaSalle con Madison. Las chicas de San Francisco estaban esperándolas en el vestíbulo, un espacio amueblado con opulencia, suelos de mármol, mesitas, esculturas y con elegantes alfombras y cortinajes en verdes y dorados. Las candidatas del Medio Oeste habían llegado a primera hora de la mañana y habían ido directamente al hotel LaSalle para descansar un poco y refrescarse antes de proseguir viaje hacia el este.

Una de las chicas de más edad de su contingente, Inez Crittenden, había sido nombrada jefe del grupo; era evidente que tenía experiencia como supervisora y que se sentía muy a gusto al mando. Pasó a encargarse de los dos grupos y pidió a las chicas que la siguieran hasta la Sala Holandesa, el comedor menos formal del hotel. Antes de que ocuparan las mesas, Inez les aconsejó mezclar los dos grupos para irse conociendo. Apenas había acabado de hablar, cuando Millicent enlazó por el brazo a Marie.

—Sigamos juntas, para no quedarnos aparte —murmuró, y señaló entonces a una joven rubia muy guapa que estaba hablando con otra chica

106

más mayor, bajita y corpulenta, con pelo y ojos castaños—. Esas tienen buena pinta. Invitémoslas a sentarse con nosotras.

Millicent tiró de Marie para avanzar entre la multitud de chicas y alcanzar la pareja que había seleccionado y con una sonrisa de oreja a oreja se presentó y presentó a Marie. La guapa rubia —Valerie, una chica belga que dijo que vivía en Los Ángeles— aceptó encantada la invitación y su compañera hizo un gesto de asentimiento. Una vez sentadas, dos chicas más jóvenes —guapas, gráciles y tan similares en aspecto que Marie imaginó al instante que eran hermanas— reclamaron los dos asientos libres que quedaban en la mesa.

Las dos hermanas eran francesas, algo que Marie también había imaginado, y mientras disfrutaban de una comida deliciosa consistente en sopa de tomate, filete de lenguado, patatas con eneldo y pan con mantequilla, Millicent y Marie conocieron detalles sobre sus compañeras, que ya se conocían bien entre ellas después de varias semanas de formación juntas. La chica de pelo castaño se llamaba Berthe Hunt y era una de las candidatas de más edad, con treinta y tres años; era graduada por Berkeley y californiana de primera generación, hija de inmigrantes franceses. A Marie le sorprendió enterarse de que Berthe había sido maestra en la escuela pública y que no había trabajado nunca con una centralita hasta que se personó en las oficinas centrales de Pacific Telephone para iniciar su formación.

—No fue sencillo, la verdad —dijo Berthe haciendo una mueca y revelando un destello de la energía que escondía su porte tranquilo—. Me resultaba mucho más fácil dar clases a niños de séptimo.

Marie se quedó más sorprendida si cabe al enterarse de que Berthe estaba casada. Marie no conocía otras reclutas que lo estuvieran y solo una, Inez, que lo había estado en su día. El marido de Berthe, Reuben, había pasado muchos años sirviendo como médico en el buque de guerra de la Marina de los Estados Unidos McArthur, pero cuando contrajo matrimonio dejó la milicia para trabajar como médico residente en una población costera del norte de California. Cuando los Estados Unidos declararon la guerra a Alemania, se había incorporado de nuevo a las fuerzas navales y estaba actualmente sirviendo como oficial médico a bordo del USS Moccasin.

La mayor de las dos hermanas tuvo que contener un grito.

—¿Que tu marido es oficial? —susurró, inclinándose hacia delante para hacerse oír y sin quitar los ojos de la supervisora, que estaba sentada a dos mesas de distancia de ellas—. Las esposas de los oficiales no están autorizadas a servir en el Cuerpo de Señales.

Valerie la miró de reojo.

—No eres la más indicada para dar lecciones a nadie sobre la normativa, Louise.

—No estoy dando lecciones a nadie. —Louise se ruborizó—. Ni voy a decírselo a Inez. ¿Qué me importa a mí? Más fuerza tendrás, Berthe, si puedes salir adelante a pesar de esto.

Marie miró entonces a Berthe e interpretó la inquietud repentina que se esforzaba por disimular.

—Tal vez esta norma solo se aplica a los oficiales del Ejército —dijo Marie, encogiéndose de hombros—. A lo mejor, como su marido está en la Marina, Berthe queda exenta.

—O a lo mejor han hecho una excepción con ella porque su francés es perfecto y es muy buena en su trabajo —intervino Millicent. Y después de dirigirle una sonrisa amistosa a Berthe, añadió—: Porque doy por sentado que es así.

Berthe asintió para darle las gracias, pero mantuvo una expresión solemne.

—Jamás me habría presentado para el puesto de haber pensado que podría defraudar a alguien «Allí».

—Por supuesto —dijo Valerie—. Y tampoco habrías llegado tan lejos de no estar cualificada para ello. Ninguna de nosotras habría llegado. Así que ánimos. Ahora somos camaradas. Debemos cuidarnos mutuamente, pase lo que pase.

Mientras todas murmuraban palabras de asentimiento, Berthe ofreció a Valerie, Marie y Millicent una leve sonrisa de agradecimiento. A pesar de que no lo había confesado, no exactamente, Marie estaba segura de que Berthe había optado al Cuerpo de Señales para estar en el mismo lado del mundo que su marido y pensando en la minúscula posibilidad de que pudieran reunirse durante algún permiso. Y Marie no podía culparla por querer estar cerca del hombre que amaba, aunque ello significara ir a la guerra.

Terminada la comida, Inez las llamó a todas al orden al ponerse en pie y dar dos únicas y bruscas palmadas, tras lo cual las informó de que debían reunirse en el vestíbulo para partir hacia la estación de LaSalle Street, un paseo de diez minutos, o cuatro manzanas, por Clark Street. Marie se quedó a la altura de Millicent, cerca de la cola del grupo, detrás de Berthe y Valerie y justo delante de las hermanas LeBreton. El viento gélido que corría entre los edificios altos que flanqueaban la calle levantó un extremo de la bufanda de Marie hasta que quedó volando detrás de ella como la cola de una cometa. Sin embargo, a ninguna de aquellas chicas les importaba el frío ni el viento ni el par de centímetros de nieve que cubrían la acera. Porque todas entendían que su aventura consistía en ser tremendamente aventureras, y ni siquiera las más reservadas eran capaces de disimular su excitación.

Se asemejaban tanto a un grupo de universitarias despreocupadas que iba de vacaciones que atrajeron más de una mirada de reojo y de sorpresa durante el recorrido hasta la estación de tren. Al entrar, un grupo de soldados vestidos de caqui, con las bolsas y los macutos apilados a sus pies, interrumpieron su conversación para verlas pasar.

—¡Señoritas! —gritó un chico alto, pelirrojo y sonriente—. ¿Adónde se dirigen? Ojalá fuera yo también allí.

—Pues es muy posible —le respondió en broma una de las chicas de delante—. Nos vamos a Francia.

—¿A Francia? —repitió el pelirrojo con incredulidad—. ¿La Francia de Europa?

Las chicas rieron.

—¿Acaso existe otra? —dijo Valerie en tono irónico.

—Bueno, existe París, en Texas —replicó otro soldado, liderando a los que estaban más cerca de ellas—, luego Bayona, en Jersey.

—Vamos a Francia —dijo con refinamiento Raymonde—. *La République française.*

Otro soldado, en la parte posterior del grupo —alto, de pelo oscuro y ojos oscuros—, las estudió con curiosidad.

—Imagino que sabéis que Francia no es últimamente un lugar muy seguro para hacer turismo, ¿no?

—Por supuesto —respondió Marie en un tono tal vez más cortante de lo que la pregunta se merecía—. Justo esa mañana hemos leído en los periódicos que hay una… ¿Qué era lo que había, chicas? Ah, sí, una guerra.

Miró a los ojos al soldado, desafiante, y le ardieron las mejillas al ver que él no apartaba la vista.

—Vamos a Francia por la misma razón que vosotros —dijo Louise—, para luchar por la libertad y la democracia.

—Servimos en el Cuerpo de Señales —dijo Raymonde, levantando con orgullo la barbilla—. El general Pershing en persona ha solicitado nuestra presencia.

Los soldados las miraron con un respeto novedoso, incluso el moreno del fondo, cuyos ojos seguían clavados en los de Marie hasta cuando ella intentaba evitarlos.

—¡Sois las «chicas hola»! —exclamó un rubio fornido—. Mi hermana también es una «chica hola» en casa, en Milwaukee.

El pelirrojo estaba encantado.

—¿Estáis insinuando que cuando estemos allí vamos a tener «chicas hola» norteamericanas ocupándose de nuestras llamadas?

—Vuestros oficiales las tendrán, eso seguro —respondió Inez, que apareció de repente de la nada con los billetes en la mano—. Venid, chicas. Y mostrad decoro. No habéis sido debidamente presentadas a estos... caballeros.

Antes de que las reclutas se dirigieran al andén, Valerie les lanzó un beso a los soldados.

—¡Cuidaos mucho «Allí»! —les dijo—. No os metáis en problemas y volved a casa sanos y salvos.

Los soldados sonrieron.

—¡Lo haremos por vosotras! —respondió uno de ellos.

—Adiós, chicos —canturreó Louise, y se despidió de ellos agitando la mano y con una sonrisa.

Marie también volvió la cabeza hacia atrás y sintió un extraño cosquilleo en el pecho cuando se dio cuenta de que el soldado de pelo oscuro seguía mirándola con expresión de curiosidad, como si la hubiera reconocido, pero le fuera imposible recordar dónde o cuándo habían coincidido.

C'est rien. Daba igual. Nunca más volvería a verlo.

Caminaron por la famosa alfombra roja y subieron a bordo del 20th Century Limited, y cuando llegaron a los coches cama, descubrieron con satisfacción que su equipaje ya estaba esperándolas. Marie eligió una litera alta, encima de Millicent y al otro lado de Valerie, que tenía a Berthe debajo. En el pasillo se oían conversaciones y risas, que se transformaron en vítores cuando sonó el silbato y la locomotora a vapor empezó a tirar del tren para abandonar lentamente la estación y coger luego velocidad. Una de las chicas sugirió averiguar dónde estaba el vagón para relajarse un rato antes de la cena, y todas se mostraron de acuerdo excepto Inez, que quería descansar, y Berthe, que quería acabar de escribir una carta para su marido.

El vagón salón era casi totalmente para ellas, pues solo estaba ocupado en aquel momento por una pareja de mediana edad con un niño muy pequeño que no paraba quieto y dos viudas que miraron a las chicas con indulgencia cuando hicieron comentarios sobre los paneles de madera de nogal y los confortables asientos de piel.

—Solo nos faltaría un piano para animar todo esto un poco —observó Millicent. Entonces, tomó a Marie por el brazo y con la cara iluminada de repente añadió—: Canta para nosotras, ¿quieres? —Las chicas de Chicago secundaron rápido su súplica y acabaron con las objeciones de Marie—. Tiene una voz preciosa —explicó Millicent al contingente de California—. En la pensión teníamos un piano y, si lo pedíamos correctamente, una de nosotras tocaba… Bueno, yo tocaba, y ella nos ofrecía un concierto digno del Carnegie Hall. Es una cantante de ópera famosa.

—Yo no diría exactamente «famosa» —la interrumpió Marie.

Del mismo modo que tampoco podía afirmar ser una cantante de ópera. Para ello, ¿no debería ser miembro de alguna compañía o, como mínimo, cantar arias en concierto con cierta regularidad? Como mucho, era una aspirante a cantante de ópera, nada más.

—Algún día lo serás —declaró Millicent—. ¡Estás a punto de iniciar tu primera gira europea! ¿No podrías ofrecernos, por favor, algunas canciones para que luego podamos contar a nuestros nietos que te oímos cantar en tus comienzos?

Marie se echó a reír con tantas ganas que le resultaba imposible cantar, pero acabó accediendo e indicó a sus compañeras que se sentaran mientras recuperaba el ritmo de la respiración. Habría preferido actuar con un acompañante, pero estaba segura de que a su simpático público no le importaría. Observándolas mientras calentaba la voz, decidió que les gustaría escuchar temas populares, así que empezó con *Send Me Away with a Smile* y siguió con *Love Will Find a Way*.

Después de que Marie saludase ante los entusiastas aplausos, Millicent dijo:

—¿Por qué no nos cantas esa de aquella ópera en la que representas a un chico? Démosles un poco de cultura a estas chicas.

Rieron a carcajadas y la chica que Millicent tenía más cerca le dio un empujón en broma.

—Somos todas muy cultas —protestó, fingiendo indignación.

—¿Seguro que quieres esa canción? —Marie disimuló una punzada de preocupación.

Sabía muy bien a qué tema se refería Millicent, pero, a pesar de que el aria era en italiano, el compositor era austriaco, un hecho que sabría de sobra cualquiera que reconociera a Mozart. Muchas ciudades habían prohibido la música alemana y se había vetado la enseñanza de literatura alemana e idioma alemán en escuelas y universidades. En Cincinnati y en Chicago había visto carteles de restaurantes y etiquetas en el mercado editados para cambiarle el nombre a la *sauerkraut* y llamarla «col de la libertad» y «salchicha de la libertad» al *bratwurst*. Si ahora desafiaba aquella tendencia de fervor patriótico, ¿aparecería algún desconocido agraviado dispuesto a acusarla de deslealtad?

Pero era música, una música maravillosa. Era Mozart. Mozart no tenía nada que ver con el káiser ni con la guerra. El aria era en italiano. Siempre podía fingir ignorancia y afirmar que pensaba que el compositor era Salieri.

—Dedicada a ti, Millicent —dijo.

Cogió aire y empezó a cantar *Voi che sapete*, de *Las bodas de Fígaro*. Aunque el papel lo representaba tradicionalmente una soprano, el personaje era un chico adolescente, Cherubino, que se sentía perplejo, intrigado y alarmado ante sus primeras punzadas de amor y deseo. Marie desconocía cuánto italiano sabía su público, pero se sintió agradecida al ver que la briosa aria las complacía.

Estaba a punto de terminar, cuando vio por el rabillo del ojo un movimiento que le llamó la atención. Volvió ligeramente la cabeza y observó a dos soldados que estaban mirando a través del cristal de la puerta del vagón. Uno era el pelirrojo que se había dirigido a ellas en la estación y el otro su compañero, el moreno de ojos oscuros.

El corazón le empezó a latir con fuerza, pero Marie no falló ni una nota. Dirigió de nuevo la mirada a su embelesado público, se imaginó que los soldados no la estaban mirando y terminó el aria sin un solo fallo. Las chicas del Cuerpo de Señales, así como los pasajeros presentes que no habrían esperado nunca encontrarse en un concierto, la recompensaron con generosos aplausos. Marie miró hacia la puerta mientras saludaba a las chicas con una cómica reverencia y notó que se ruborizaba al ver que el soldado moreno sonreía y también estaba aplaudiendo.

—*Encore!* —gritó Millicent, provocando las risas de todas las chicas.

—Tendrá que cantar otra —replicó Marie, rechazando la invitación a un bis—. La diva necesita un receso.

Y cuando abandonó el improvisado escenario, dirigió una nueva mirada furtiva hacia la puerta del vagón. El pelirrojo ya no estaba, pero el soldado moreno seguía mirándola y seguía sonriendo. Entonces, el chico inclinó la cabeza para indicar el vagón de detrás de él, enarcó una ceja en una expresión interrogativa y se apartó del cristal.

Marie se quedó inmóvil y con la mirada fija en el cristal mientras las demás chicas empezaban a charlar o a admirar el paisaje.

—Necesito beber un poco de agua —le susurró a Louise, que era la que estaba sentada más cerca de ella.

Sin concederse tiempo para pensar qué estaba haciendo, se encaminó hacia la puerta, descansó la mano en el pomo y pasó al siguiente vagón.

Se encontró en otro salón, este más lleno de pasajeros que el que habían hecho suyo las chicas del Cuerpo de Señales. Lo recorrió con la mirada, pero, aunque vio a dos soldados con uniforme caqui jugando al ajedrez en una mesa de una esquina, ninguno de ellos era a quien andaba buscando. Con cuidado, balanceándose con el movimiento del tren, cruzó el vagón entero y pasó al siguiente, que resultó ser un vagón comedor. Superando el traqueteo de las ruedas sobre las vías, oyó detrás de una partición voces pertenecientes a personas que no podía ver y un débil sonido de platos. En una mesa contigua, un caballero anciano leía un periódico mientras una taza de café, aromático y embriagador, humeaba delante de él.

Entonces vio al soldado moreno en el pasillo, observando el paisaje a través de la ventanilla. Al oír la puerta, se volvió, la descubrió y sonrió. Sus cálidos ojos castaños exhibieron alivio y satisfacción, como si esperara que ella lo siguiera, pero no confiara en que lo hiciese.

Sin decir palabra, tomaron asiento a ambos lados de una de las mesas, cubierta con un mantel blanco, pero no lista aún para que se sirviese la cena.

—Hola —dijo el soldado, después de que guardaran silencio unos instantes, se instalaran bien en sus respectivos asientos, miraran por la ventana e intercambiaran sonrisas dubitativas.

—Hola —replicó Marie.

Tenía el pelo denso y ondulado, tan oscuro que era casi negro, más largo en la parte frontal, justo al límite de la longitud que marcaba el reglamento, pero recortado en los laterales.

—Tienes una voz muy bonita.

Marie unió las manos sobre el regazo.

—Gracias.

—Oí música en el otro vagón y tenía que averiguar quién estaba cantando tan bellamente en mi idioma. —Su sonrisa se hizo más generosa y reveló un hoyuelo en la mejilla izquierda—. Pensé que me encontraría con una chica italiana. Pero… ha sido una sorpresa muy agradable. No esperaba volver a verte.

Aquella sonrisa animó a Marie.

—¿Te gusta la ópera?

—A mis padres les encanta y me transmitieron el amor que sienten por ella. Se sienten muy orgullosos de que la mayoría de las mejores óperas del mundo sean en italiano. —Puso mala cara un instante—. Aunque Mozart…

—Era austriaco. Sí. —Marie dudó—. ¿Piensas delatarme a las autoridades?

—Por supuesto —respondió, fingiendo una actitud solemne—. Ahora mismo voy a ir corriendo a ver al inspector del tren.

Marie se echó a reír, una risa un poco temblorosa.

—¿Y puedo decir algo que te haga cambiar de idea?

El chico se encogió de hombros.

—Podrías contármelo todo sobre ti. Si logras distraerme lo suficiente, tal vez consigas que olvide por completo mi misión.

—En ese caso —Marie se acomodó en el asiento y se cruzó de brazos—, supongo que debería decantarme por la versión extendida.

Y le contó todo lo que había que contar sobre su vida desde la llegada de su familia a los Estados Unidos, que había estudiado música, que había empezado a trabajar para la compañía telefónica, que había decidido alistarse en el Cuerpo de Señales. Cuando el soldado le preguntó al respecto, le explicó más cosas sobre su familia, su infancia, la decepción que se había llevado con su temporada de audiciones, el miedo de llegar a Francia y descubrir que todo lo que tanto amaba de su país natal había quedado irreparablemente destrozado.

114

—Y debería mencionar asimismo —añadió al darse cuenta de que aún no se lo había dicho— que me llamo Marie.

—Yo, John —dijo el soldado. Extendió el brazo por encima de la mesa para estrecharle la mano a Marie. Sus dedos eran largos y elegantes, como los de un pianista—. Giovanni, de hecho, Giovanni Rossini. Aunque, por mucho que le duela a mi padre, no guardo ningún parentesco con el compositor.

Marie sonrió.

—Encantada de conocerte. —Dejó la mano entre la de él, percibiendo su calor y su fuerza, durante todo el tiempo que se atrevió a hacerlo. Entonces la retiró, entrelazó los dedos y dejó descansar las manos sobre la mesa—. Ahora te toca a ti, cabo Giovanni Rossini, del 307.º de Infantería. —Se había fijado en su insignia en el transcurso de la conversación, cuando sostenerle la mirada le había resultado excesivo y había sentido la necesidad de descansar los ojos en otra parte—. ¿Vives en Chicago o solo estabas de paso? ¿Qué te espera en Nueva York?

—Otro tren hasta Long Island y luego un autobús —respondió—. Estoy destinado a Camp Upton, en Suffolk County. Estaba en Chicago de permiso para una boda. —Algo en la expresión de Marie debió de revelar su repentina turbación, puesto que se apresuró a añadir—: La boda de mi hermana.

—Entiendo.

—Y para responder a tu otra pregunta, Chicago sigue siendo mi casa, pero en los últimos años, mientras he estado estudiando en la universidad, he vivido en Nueva York. —Su sonrisa se volvió triste—. Me gradué en Columbia en mayo y me llamaron a filas solo unos meses después.

—Y si no te hubieran llamado, ¿te habrías alistado?

Dudó unos instantes.

—No lo sé. Mis padres no querían que me fuera. Estuvieron ahorrando durante años para poder enviarme a la universidad con la idea de que luego encontrara trabajo y pudiera colaborar en sacar adelante a mis cuatro hermanos y hermanas menores. Me encantaría impresionarte con mi valentía y mi patriotismo y decirte que fui el primero en responder a la llamada de mi país, pero...

—Me impresiona más la sinceridad que un alarde vacío de patriotismo.

—Me alegro. Jamás sabré qué habría hecho, porque al final el Ejército decidió por mí. —Se señaló el uniforme—. Y aquí estoy.

Tenía más cosas que contar sobre el Ejército, sobre el trabajo de sus sueños en una firma de ingeniería civil que confiaba en que le guardaran para cuando volviera de la guerra, sobre su familia en Chicago y sobre otras cosas, tanto insignificantes como irrelevantes. Pasaron las horas, y cuando los camareros uniformados de blanco comenzaron a aparecer a preparar las mesas para la cena, Marie comprendió, a regañadientes, que tenía que irse. Millicent y las demás chicas estarían esperándola y preguntándose por qué no había vuelto después de ir a buscar su vaso de agua. En cualquier momento, Inez se pondría a buscarla como una loca por todo el tren.

Giovanni había entendido también que tenían que despedirse.

—A lo mejor nos vemos «Allí» —dijo, levantándose y tendiéndole la mano.

Marie se la aceptó y se puso en pie.

—O nos oímos por teléfono. A lo mejor soy la chica que conecta tu llamada.

La acompañó hasta el vagón donde había estado cantando para sus amigas, que habían desaparecido y habían sido reemplazadas por otro grupo de viajeros. Y justo cuando Marie se disponía a despedirse, él la atrajo contra su cuerpo y, por un instante vertiginoso, ella pensó que iba a besarla..., y lo hizo. Sus labios estaban cálidos, el beso fue tierno e intenso, y por un momento Marie no pudo hacer otra cosa que quedarse allí, cerrar los ojos y contener un suspiro en la garganta, hasta que una sensación repentina de urgencia la empujó a presionar la boca con más firmeza contra la de él y a hundir los dedos entre los rizos gruesos e inesperadamente suaves de su nuca para que su cara no se separara de la de ella.

El tren dio una sacudida. Conteniendo un grito, Marie se apartó, sin soltarle la mano, y miró por encima del hombro. El corazón le iba a mil, pero nadie miraba. Nadie la había visto.

—Marie...

—Digas lo que digas a continuación —ella lo interrumpió—, que no sea una disculpa.

Se quedó tan sorprendido que rompió a reír.

—Bueno, si insistes. No me disculparé.

—No lo siento, pero no... —Gesticuló, ruborizada y en busca de palabras—. Normalmente no me dedico a besar a alguien que acabo de conocer.

La expresión de él se suavizó.

—Ni yo.

—Tengo que irme.

—¿Puedo volver a verte?

Marie rio de forma temblorosa, y notó el corazón latiéndole con fuerza y el calor subiéndole a las mejillas.

—Estamos en el mismo tren. Creo que será casi inevitable.

—Lo tomo como un sí. —Giovanni sonrió, le apretó la mano y la soltó—. Pero en el caso de que nuestros caminos no volvieran a cruzarse, no te metas en problemas mientras estés «Allí». Vuelve a casa sana y salva.

—Y tú también —replicó Marie, prácticamente sin aliento.

Giovanni sonrió, inclinó la cabeza y dio media vuelta. Marie lo observó a través del cristal de la portezuela hasta que desapareció en el vagón siguiente.

Regresó al coche cama, donde sus compañeras estaban preparándose para ir a cenar.

—¿Dónde estabas? —preguntó Valerie, empleando un tono de clara insinuación.

—Viendo el mundo pasar —respondió alegre Marie mientras revolvía el bolso en busca de su cepillo—. Charlando con un pasajero.

Valerie arqueó las cejas.

—¿Con alguien en particular? —Al ver que Marie se limitaba a encogerse de hombros, Valerie sonrió, bajó la voz y dijo—: No diré nada, pero no permitas que la señorita Crittenden te vea conversando con un caballero a quien no has sido debidamente presentada.

Marie contuvo una carcajada y le dio las gracias por la advertencia.

Esperaba ver a Giovanni en el vagón comedor, pero ninguno de los soldados apareció mientras sus compañeras y ella estuvieron allí. Tampoco lo vio a la hora del desayuno a la mañana siguiente. Confiaba en que acudiera a buscarla al salón, pero no llegó, o al menos no vino durante el rato que ella permaneció allí. El tren no es que fuera enorme, se dijo enojada y decepcionada. Sus caminos tendrían que haberse cruzado de nuevo.

Era como si Giovanni hubiera bajado del tren o como si nunca hubiera subido a bordo.

Veinte horas después de salir de Chicago, el 20th Century Limited entró en la estación Grand Central de Nueva York. Tras bajar junto a sus compañeras, Marie se detuvo un momento en el andén, maleta en mano, para examinar con la mirada a los grupos de soldados en busca de Giovanni. Por dos veces, a lo lejos, vio a un soldado uniformado de caqui que le aceleró el corazón con esperanza, para perderla rápidamente al percatarse de un color de pelo distinto, de una estatura más baja.

Confiaba, casi esperaba, que Giovanni estuviera también buscándola en el andén. Tal vez disponía de muy pocos minutos para conectar con el tren que iba a Long Island y había esperado todo lo posible a que ella apareciera antes de tener que marcharse corriendo. O tal vez ni siquiera se le hubiera ocurrido intentar localizarla. Durante el tiempo que había pasado, Marie había dado por sentado que su improbable encuentro, sus horas de conversación y aquel maravilloso e inesperado beso habían significado para él lo mismo que habían significado para ella. Aunque también era posible que estuviera equivocada.

Le habría gustado poder despedirse de él.

—¡Marie! —gritó Berthe, que estaba haciéndole señas.

Marie miró hacia allí y se dio cuenta de que se había quedado rezagada con respecto a las demás chicas del Cuerpo de Señales, quienes seguían a Inez por el andén en dos filas de a dos. Tras lanzar una última mirada de impotencia por encima del hombro, aferró con fuerza el asa de la maleta y echó a correr para darles alcance.

Su destino estaba aproximadamente a un kilómetro de distancia, siguiendo Madison Avenue: el lujoso edificio de catorce plantas de estilo Beaux Arts que albergaba el hotel Prince George, en la calle 28.

—¿Verdad que es increíble que hayan decidido alojarnos aquí? —dijo Millicent, maravillada.

Inez encabezaba la comitiva por el gigantesco vestíbulo, decorado con paneles de madera de roble y columnas trabajosamente esculpidas. Y la incredulidad fue a más cuando, después de recoger las llaves, se repartieron en las diversas habitaciones y descubrieron que les habían asignado una *suite* por pareja, todas con cuarto de baño privado.

Marie fue emparejada con Berthe. Les concedieron unos minutos para ver las habitaciones y refrescarse antes de presentarse de nuevo en el Salón de Té, donde se reunieron con otro grupo de reclutas procedentes de la Costa Este. Las chicas de aquel grupo habían recibido las semanas de formación en las oficinas principales de AT&T y al final de la tarde, cuando todas subieron al tranvía para dirigirse al edificio de Telephone and

Telegraph del 195 de Broadway, ya se habían convertido en unas guías turísticas simpáticas y expertas.

A su llegada, las condujeron a una sala de conferencias. Una vez sentadas, subió al escenario un oficial que se presentó como el capitán Ernest Wessen y les dio la bienvenida a Nueva York.

—Hoy conocerán a sus operadores jefe y recibirán instrucciones para los próximos días —anunció, y señaló un pequeño grupo de hombres y mujeres que formaban fila detrás de él—. Serán jornadas muy intensas durante las cuales nos prepararemos para zarpar, pero tendrán también tiempo para explorar la ciudad mientras reúnen todo su equipo y uniformes. —Su expresión cobró seriedad—. Debo advertirles, sin embargo, de que no deben hablar libremente de su misión con desconocidos. Cualquiera puede ser un simpatizante del enemigo o un espía de las Potencias Centrales. Así pues, igual que han jurado no divulgar nunca cualquier información que puedan oír a través de las líneas telefónicas, deberán guardar solo para ustedes las órdenes que reciban y sus posiciones. Detalles que podrían parecerles insignificantes pueden llegar a ser de gran valor para el enemigo.

Se oyeron murmullos, pero Marie se sintió incapaz de emitir el más mínimo sonido cuando de repente notó un escalofrío que le recorrió el cuerpo entero. Había hablado con total libertad con Giovanni, había confiado en él implícitamente. Y luego, se había esfumado…

Inspiró hondo para serenarse. No podía permitir que su imaginación se desbocara. Nada de lo que le había comentado podía ser de alguna utilidad para el káiser. Ni siquiera conocía el nombre o el número de la unidad a la que sería destinada cuando llegara «Allí». Tampoco creía que Giovanni Rossini, con aquellos ojos tan cálidos y comprensivos, pudiera ser un espía.

Incluso así, decidió que nunca jamás hablaría con tanta libertad con un hombre al que apenas conocía, al menos hasta que la guerra estuviera ganada.

7

Febrero-Marzo de 1918
Nueva York

GRACE

Cuando las reclutas del Medio Oeste y los estados del oeste llegaron a Nueva York, Grace se llevó la grata sorpresa de ser nombrada operadora jefe de la Primera Unidad, Primer Grupo, integrado por las treinta y tres operadoras telefónicas que se convertirían en las primeras chicas del Cuerpo de Señales en ser enviadas a Francia. Cuando leyó la lista con los nombres que tendría a su cargo, vio que provenían de grandes ciudades y pequeños pueblos repartidos por todo el país y que sus edades estaban comprendidas entre los diecinueve y los treinta y cinco años. Las más jóvenes, a quienes había observado trabajar en centralitas y se decía que eran muy habilidosas, no le preocupaban, pero tenía sus recelos con las de más edad, a las que no había conocido todavía.

—Treinta y cinco años —se lamentó ante Suzanne Prevot, una compañera neoyorquina que se había convertido en su mejor amiga de entre todas las chicas—. ¿Cómo pretenden que ejerza de jefa de una mujer de esa edad? Siempre he oído decir que la gente mayor ya tiene su propia forma de hacer las cosas. ¿Por qué iban a obedecer a alguien diez años menor?

—Porque eres su superior —respondió razonablemente Suzanne—. Una mujer madura entiende la necesidad de autoridad y disciplina mejor que una joven. Creo que deberías preocuparte menos por esa chica en concreto que por la más joven, Louise LeBreton. Todo el mundo sabe que las chicas del oeste son tercas e independientes y que odian que la gente les diga lo que tienen que hacer, y ya se ve que esa tiene todo eso y más y es una adolescente rebelde.

—Tiene veintiún años. La que es una adolescente es su hermana, Raymonde.

—Ese es su problema, de todos modos —dijo con escepticismo Suzanne—. No juzguemos a la de treinta y cinco años antes de conocerla.

—Me parece correcto.

En el fondo, Grace sabía que sus preocupaciones no tenían seguramente ninguna base. Su puesto de supervisora en el Departamento de Formación de AT&T la había preparado bien para aquel ascenso al liderazgo, y, por lo que había observado hasta el momento, todas las reclutas estaban comprometidas al cien por cien con el Cuerpo de Señales y al servicio a la patria. Estaba segura de que ninguna pondría en peligro su puesto en la unidad con algún tipo de desafío a la autoridad de Grace, y muy en especial si se ganaba la lealtad de las chicas con palabras y hechos.

Una de sus primeras responsabilidades como operadora jefe era comprobar que las treinta y dos operadoras que tenía a su cargo estuvieran bien equipadas para el servicio en ultramar. El Ejército había facilitado a cada recluta un pequeño maletín rígido y una lista de material que debían adquirir y que incluía vendajes, un kit de costura, bicarbonato sódico, limpiador Lysol, tintura de yodo y otros productos esenciales que serían difíciles de encontrar en una Francia devastada por la guerra.

Las operadoras también debían comprar sus uniformes, los cuales, puesto que a las mujeres se les había concedido la categoría de oficiales, debían de ser confeccionados de forma individual. Grace se sentía orgullosa de su nuevo uniforme y le gustaba acompañar a pequeños grupos de chicas a una sastrería de la ciudad para que adquiriesen el suyo: una chaqueta de cuello alto y una falda confeccionadas con sarga de color azul marino, una blusa entallada en paño color azul Palm Beach, guantes de cuero marrón, botas de media caña con cordones, gorra cuartelera y un sombrero de ala ancha de fieltro azul adornado con el cordón oficial en naranja y blanco del Cuerpo de Señales. En la manga izquierda de la chaqueta, una insignia en cordón trenzado o en ante exhibía el rango de su portadora. Un receptor telefónico bordado en un brazal blanco indicaba que la uniformada era operadora, mientras que el añadido de una corona de laurel debajo del brazal significaba que era supervisora. La insignia de Grace incluía también un rayo por encima del brazal, lo que la distinguía como operadora jefe. Consciente de que las mujeres se encontrarían con caminos y carreteras embarradas, la academia militar había diseñado las faldas de tal manera que el dobladillo se elevara veintitrés centímetros por encima del suelo, una longitud audazmente corta, por mucho que las botas de las mujeres ocultaran las medias de lana. Ante la posibilidad de que una ráfaga de viento pudiera revelar una cantidad de pierna inesperada, el Ejército había sumado al uniforme unos calzones de satén negro para preservar el pudor de las operadoras. Incómodos y turbadoramente anticuados, era la única parte del conjunto que las operadoras odiaban.

—A mí esos calzones me dan igual —le confesó Inez a Grace una mañana mientras esperaban que las reclutas se reunieran en el vestíbulo del Prince George para ir luego andando hasta las oficinas principales de AT&T—. Al menos son de satén y no de lana gruesa y rasposa. Lo que me molesta es la ausencia de cualquier cosa que indique nuestro rango.

—Luciremos la insignia en la manga izquierda —le recordó Grace.

Inez negó con la cabeza.

—No me refiero a eso. La insignia indica nuestro papel, no nuestro rango. Porque si se nos concede categoría de oficiales, como se nos ha asegurado repetidamente, ¿por qué no darnos también el rango correspondiente? Entre un teniente y un general hay un mundo. ¿Dónde encajamos nosotras en la escala jerárquica?

Tenía razón, y era un punto que Grace no se había planteado hasta el momento.

—No lo sé, pero supongo que estaríamos más cerca del teniente que del general.

Inez soltó una carcajada.

—Una apuesta segura, pero el Ejército podría evitar mucha confusión y ambigüedad haciéndolo oficial. Las mujeres de la Marina tienen un rango específico, guardia real…

—Guardia real F, de «femenina».

—Cierto. Lo que me pregunto es por qué el Ejército no sigue el mismo ejemplo. Podrían decir que soy una «teniente F», si tanto les importa dejar claro que soy una mujer, pero que me den un rango, un rango de verdad, como los hombres.

Grace reflexionó sobre el tema mientras las últimas operadoras se apresuraban a presentarse en el vestíbulo cuando quedaban apenas segundos para que fuese la hora acordada.

—Tengo la sensación de que la mayoría está más que satisfecha con el título de operadora —dijo en voz baja—. No creo que les importe tener un rango militar concreto, mientras consigan servir «Allí».

Inez frunció el ceño un instante.

—No estoy convencida de que se les haya pasado por alto y no creo que sea un buen augurio.

Sin decir nada más, llamó al orden a las operadoras. Instantes después, salían con destino a la sesión de formación.

En cuanto los uniformes estuvieron listos, las operadoras recibieron la orden de enviar a casa toda su vestimenta civil, con la excepción de la ropa interior y los pijamas.

—Ahora están en el Ejército —les dijo otro de los instructores del Cuerpo de Señales, el teniente Hill, con una expresión que dejaba claro que no pensaba tolerar ningún tipo de persuasión para poder conservar una blusa favorita o un par de medias de seda—. La ropa de calle no está permitida.

A Grace le dolió separarse del suave suéter de cachemira de color gris paloma que su hermana Helen había tejido para ella. Le gustaba ponérselo en su habitación al final de una larga jornada de instrucción e incluso se acostaba con él, pero las órdenes eran las órdenes y, como operadora jefe, debía dar el mejor ejemplo. Mientras las chicas preparaban sus cajas, Grace percibió la corriente de emoción y anhelo que circulaba entre ellas, la sensación de que estaban guardando los accesorios de su antigua vida y de que a partir de ahí se sumergirían por completo en el Ejército. Era una suerte que —con la excepción de los calzones— todas adoraran sus uniformes, algo que indicaba que eran miembros de pleno derecho de las Fuerzas Expedicionarias de los Estados Unidos. Y las chicas erguían aún más la espalda y levantaban la barbilla con orgullo cuando veían que el uniforme despertaba la atención, la curiosidad y el respeto de los transeúntes siempre que realizaban el trayecto entre su alojamiento y las oficinas principales de AT&T en Broadway. Fue allí, en una azotea que dominaba las calles de Manhattan, donde todos los grupos posaron para la fotografía oficial. Las treinta y tres mujeres de la Primera Unidad, Primer Grupo, posaron formando dos filas, con Grace ocupando el puesto central de la fila de delante y el Chico Dorado resplandeciendo bajo el sol por encima de ellas.

Durante su primer día de incorporación total, les tomaron las huellas dactilares y les hicieron la fotografía para el pasaporte, además de iniciar una serie de vacunaciones contra el tifus y otras enfermedades.

—¿Tiene alguno de los síntomas de la gripe? —le preguntó la enfermera a Grace mientras limpiaba con alcohol una zona del hombro de Grace—. ¿Escalofríos, fiebre, cansancio, tos?

—No —dijo Grace, apartando la vista cuando la enfermera le acercó la jeringa y esforzándose por no moverse cuando le clavó la aguja en la piel—. ¿Por qué lo pregunta?

—No es nada por lo que preocuparse —respondió rápidamente la enfermera mientras le colocaba un vendaje sobre la zona afectada—. Se han producido unos pocos casos de gripe en las bases del Ejército, aunque en ninguno de los acuartelamientos donde están recibiendo instrucción las chicas. —Dirigió un gesto a otra recluta—. ¿La siguiente, por favor?

Un día típico incluía prácticas rigurosas con las centralitas, incluso con centralitas trucadas con las que los instructores simulaban diversas calamidades que las operadoras debían solucionar para conectar las llamadas con éxito. Las reclutas asistían a conferencias ofrecidas por oficiales del Cuerpo de Señales, incluyendo el capitán Wessen y el teniente Hill, donde se las instruía acerca del protocolo del Cuerpo de Señales, las comunicaciones en la guerra moderna, la absoluta necesidad de secretismo y seguridad y las condiciones que podían esperar encontrarse durante la travesía oceánica y el despliegue en Francia.

Varias veces por semana, recibían conferencias adicionales sobre salud e higiene que impartían los mismos médicos que les realizaban las revisiones médicas.

«Señoras, tal y como el presidente Wilson exige a nuestros hombres uniformados, deben ustedes estar en "plena forma y correctas en todos los sentidos, y puras y limpias en profundidad"», les dijo en una de esas conferencias el doctor Richter, deambulando de un lado a otro del escenario con las manos unidas en la espalda y vestido con una bata blanca cegadoramente inmaculada. Las alertó sobre propasarse con el alcohol y les prohibió el uso de drogas, que consideraba veneno. La conferencia le pareció a Grace un poco insultante. Las reclutas llevaban meses formándose con diligencia y habían demostrado con creces lo muy en serio que se tomaban sus responsabilidades y lo comprometidas que estaban con el servicio. ¿De verdad que alguno de sus superiores pensaba que iban a echar por la borda todo aquello por una copa de ginebra y un pitillo?

La doctora Mann recibió el poco envidiable encargo de ofrecer una conferencia que resultó tan dolorosamente incómoda para las reclutas como para ella misma. Recorriendo el escenario a grandes zancadas y deteniéndose de vez en cuando para señalar con un puntero diversas ilustraciones de gran tamaño, les explicó los principios básicos de las relaciones sexuales. «Doy por sentado que vuestras madres os habrán hablado ya de ello —empezó diciendo—, pero yo abordaré el tema desde una perspectiva médica». Grace vio que muchas de las chicas intercambiaban miradas de alarma y perplejidad mientras la doctora Mann les explicaba en términos vagos cómo se concebían los bebés y afirmaba que la única forma de impedirlo era practicando una muy atenta abstinencia. Las alertó además contra las «enfermedades sociales», sin explicar qué eran ni cómo se contraían. Grace había leído a Dickens y a Hugo y había estudiado Biología en Barnard, por lo que creyó entender lo más básico, pero no se atrevía a decir lo mismo con respecto a las chicas más jóvenes.

Aquella misma tarde, Berthe Hunt, una de las operadoras de California que había sido destinada al Primer Grupo, le pidió a Grace si podían hablar a solas. Se aislaron en un rincón, alejadas de las demás, y Grace esperó con paciencia a que Berthe, nerviosa y con cara de preocupación, empezara a hablar.

—Señorita Banker —dijo—, como debe ya saber, estoy casada.

—Sí —respondió Grace, sonriendo para que Berthe se sintiese cómoda—. Estoy al corriente.

—Con referencia a la conferencia que nos ha dado la doctora Mann sobre sexo... —Berthe dudó—. Ha estado bastante bien, pero no ha sido muy contundente y me temo que ha dado muchas cosas por sentadas. No ha dicho nada que no fuese correcto, pero tampoco ha dicho todo lo que debería haber dicho.

—Entiendo.

—Una mujer casada, y muy en especial la esposa de un médico, como es mi caso, conoce cosas que una chica soltera desconoce, a menos que su madre haya sido muy franca, y me parece que la mayoría de las madres no lo son.

Grace se preguntó si su madre caería en esa categoría. ¿Estaría Grace dentro de las inocentes desinformadas? Era evidente que no conocía lo que desconocía.

—¿Crees que deberíamos pedirle a la doctora Mann que nos diese una segunda conferencia?

Berthe levantó las manos y movió la cabeza en sentido negativo para descartar esa posibilidad.

—Oh, no, eso no. Yo solo pretendía ofrecerme como voluntaria, en el caso de que alguna de las chicas tenga preguntas. Si alguna… se ve metida en problemas o si se siente confusa y necesita consejo, podría dirigirla a mí. Estaré encantada de hablar con quien sea, dentro de la más estricta confidencialidad, por supuesto.

—Me parece muy buena idea.

—Inez Crittenden también estuvo casada. No puedo hablar por ella, pero tal vez estaría dispuesta a asesorar a las chicas del Segundo Grupo.

—Se lo preguntaré —dijo Grace, aunque no estaba segura de si debía hacerlo.

Durante el breve tiempo que llevaban juntas, había llegado a la conclusión de que la recientemente nombrada operadora jefe del Segundo Grupo, integrado por cuarenta y dos chicas, era muy competente, segura de sí misma y estaba comprometida del todo con su trabajo, pero también había oído murmullos de desaprobación en boca de chicas de ambos grupos sobre los modales autoritarios de Inez y su férrea adherencia a la ley escrita. Inez tal vez no fuera la sustituta ideal de una hermana mayor para una joven perpleja que se encontraba muy lejos de casa.

Inez tenía una actitud controladora y autoritaria que encajaba a la perfección con el Ejército, creía Grace, y eso le funcionaba muy bien con la instrucción militar diaria de las reclutas. Por las tardes, hiciera sol, viento o nevara, se reunían todas en la azotea del edificio de Telephone and Telegraph para marchar en formación a veintinueve pisos de altura con respecto a la acera, los tranvías y los ignorantes peatones. Respondiendo a las órdenes de un comandante, entrenaban hasta acabar dominando «las órdenes elementales de la enseñanza de un soldado», según palabras del teniente Hill, y marchaban hasta que el sudor les empapaba el uniforme y empezaban a tiritar bajo el gélido aire de febrero. «Esto las preparará bien para la situación en el norte de Europa», les dijo con tenacidad el teniente un viernes por la tarde mientras el sol se ponía en el cielo invernal. En posición de firmes, Grace observó con orgullo que sus compañeras reclutas no dejaban entrever ni una pizca de disconformidad o consternación, que se comportaban como auténticos soldados, que estaban entrenadas con disciplina y preparadas para soportar sin quejarse cualquier tipo de adversidad.

Solo en una ocasión, después de que se diera por finalizada la sesión de instrucción y corrieran todas adentro, escuchó Grace un lamento que ascendía por el hueco de la escalera. «Pero ¿por qué en la azotea?», preguntó una de las chicas, con más perplejidad que petulancia. «¿Acaso no hay a nivel del suelo algún parque agradable donde podamos hacer la instrucción?». Otra de las reclutas emitió una risilla y el resto la silenció, y eso fue lo último que Grace oyó decir sobre el tema.

Las chicas se sintieron mucho más libres para expresar su opinión la última semana de febrero, cuando el Primer y el Segundo Grupo recibieron órdenes de levantar el campamento en el encantador hotel Prince George y trasladarse a Hoboken, Nueva Jersey, con el fin de prepararse para el traslado a Francia.

Al principio, mientras arreglaban sus pertenencias para el corto viaje a través del río Hudson, apenas si hablaron de la emoción y el sentimiento de anticipación que las embargaba. Que se trasladasen tan cerca del puerto significaba que la partida hacia «Allí» era inminente. Algunas de las chicas más impacientes ya habían visitado el puerto en su tiempo libre, curiosas por conocer más cosas sobre el misterioso muelle número dos, al que nadie sin un pase militar tenía permiso para acercarse, y desde donde estaba previsto que zarparían. Y aunque Hoboken no era tan excitante como Manhattan, seguía habiendo buenos restaurantes y agradables tiendas que descubrir…, además de especulaciones que hacer sobre las idas y venidas de los soldados por el puerto, maniobras que parecían envueltas en secretismo.

Las operadoras esperaban ser alojadas en un hotel similar al Prince George, aunque a buen seguro no tan majestuoso. Por eso, Grace se quedó tan estupefacta como todo el mundo al descubrir que su nuevo alojamiento era una sala única, grande y de forma rectangular, situada encima de una vieja taberna, con paredes desnudas y sin enlucir, sin calefacción, sin ventanas con la excepción de dos pequeños ventanucos a cada extremo y sin otro mobiliario que los camastros dispuestos en fila donde se esperaba que durmiesen.

—Vaya cuchitril —exclamó Valerie, soltando su maleta y su maletín y dejando que cayeran al suelo con sendos golpes sordos.

—¿Dónde está el radiador? —preguntó Louise, tiritando e inspeccionando la sala de arriba abajo—. ¿O la chimenea?

—Por lo que se ve, no hay nada de todo eso —dijo Berthe, que estaba evaluando el espacio con las manos en las caderas—. Por lo menos está limpio.

Eso era cierto. Las viejas tablas de madera del suelo estaban barridas y fregadas y los camastros se hallaban preparados con sábanas blancas almidonadas, mantas de lana gris y una almohada para cada una. Pero seguía siendo un lugar frío y triste, poco iluminado, inundado por olores de origen dudoso que se filtraban desde la taberna a través de las grietas del suelo.

—Que cada una elija una cama —dijo Grace, subiendo la voz para hacerse oír por encima del murmullo de voces angustiadas y consternadas—. No es el hotel Prince George, pero tampoco es una trinchera embarrada en Francia, de modo que mejor será que nos sintamos agradecidas por estas pequeñas comodidades mientras podamos disfrutarlas.

Las quejas se apaciguaron a medida que las reclutas se dividieron entre los grupos habituales de amigas para elegir camastros próximos. Grace eligió uno cerca de la escalera para poder controlar mejor las idas y venidas de sus soldados y colocó debajo su maleta y su maletín. Suzanne se adueñó del camastro situado a un lado del de Grace y Berthe del otro. La moral no mejoró cuando Grace intentó localizar los baños que mencionaban las instrucciones y regresó para anunciar que en la primera planta, en la parte posterior del edificio, al final de un pasillo que por suerte no pasaba por la taberna, disponían de dos inodoros, dos lavabos y una ducha. Unas pocas reclutas la recompensaron con una débil sonrisa cuando añadió que, excepto cuando estuvieran en la formación en las oficinas principales de AT&T, comerían en un pequeño restaurante que había en la esquina.

—Aún no lo he visto —reconoció—, pero casi puedo garantizar que tendrá calefacción. Ya lo averiguaremos en cuanto vayamos todas juntas a comer allí en un cuarto de hora. Después de eso, confío en que podáis encontrar solas el camino para volver hasta aquí.

Aquella noche, la mayoría de las chicas siguió el ejemplo de Grace y durmió con el pijama y un gorro de lana para mantener el calor, aunque hubo también unas pocas que no se cubrieron la cabeza, como Louise, que temía que un gorro ceñido le aplastase el pelo. La estancia estaba oscura por completo, con la excepción de un haz de luz de luna que se filtraba a través del ventanuco que daba al sur. Y mientras Grace tiritaba bajo su manta de lana y confiaba en entrar pronto en calor y quedarse dormida, oyó el leve traqueteo de otros camastros, provocado por el temblor de sus ocupantes, algún que otro suspiro de infelicidad y los cálidos ronquidos de una feliz afortunada que era capaz de dormir a pesar de las incomodidades. Y pensó en lo mucho que le gustaría tener esa suerte.

A la mañana siguiente se despertó con la mínima luz del día y la nariz helada. Por lo que podía oírse, muchas de las chicas estaban ya despiertas, aunque ninguna se había atrevido por el momento a salir de debajo de la calidez relativa del camastro para comenzar la jornada. Grace miró el reloj, que había dejado en el suelo al lado de su calzado, y vio que eran casi las siete de la mañana, hora de levantarse y prepararse si querían desayunar antes de partir hacia Manhattan e iniciar la primera sesión de formación del día.

A veces, reflexionó, era mejor zambullirse en un lago helado para superar el primer golpe antes que prolongar la agonía y alejarse poco a poco de la orilla para sumergirse pasito a pasito en el agua. Grace retiró la manta, cogió la ropa y las cosas que necesitaba y bajó corriendo para asearse con la esponja. Sorprendida, descubrió que Inez ya se encontraba allí alisando las arrugas invisibles de su uniforme azul marino.

—Buenos días —saludó Inez con una luminosa sonrisa—. ¿Crees que deberíamos sacar bruscamente a esas chicas de la cama y enviarlas directas a desayunar?

—Me parece que hoy necesitan un despertar delicado —replicó Grace—. Ahora, cuando suba…

—No, tómate tu tiempo —le instó Inez—. Ya me ocupo yo.

Cuando la otra operadora jefe dio media vuelta y se encaminó hacia la puerta, le dijo Grace:

—Un despertar delicado, recuérdalo.

Visualizó mentalmente una escena inquietante en la que Inez volcaba un camastro, hacía caer al suelo a la impotente chica que lo ocupaba y anunciaba con un sonsonete que era hora de espabilar y levantarse. Pero no tenía por qué haberse preocupado. Cuando Grace regresó al dormitorio, todos los camastros estaban en su debido lugar y las reclutas habían abandonado obedientemente el calor de las mantas y se estaban preparando para iniciar la jornada.

Sin embargo, iban tan lentas que Grace les ordenó agruparse para hacer unos cuantos ejercicios sencillos de gimnasia con el fin de entrar en calor antes de bajar a desayunar. En los días que siguieron, aquello pasó a convertirse en una parte esencial de la rutina matutina, hasta que Grace lo colocó como el primer punto de la agenda y pasó a conocerse como la «instrucción en pijama». Cada día, se levantaban muertas de frío y lo primero que hacían era ejercicio para activar la circulación de la sangre, luego bajaban tiritando a lavarse, se ponían el uniforme para cubrirse la piel de gallina y después recargaban de energía el cuerpo con café, tostadas, huevos revueltos y beicon en el restaurante de la esquina antes de poner rumbo a la ciudad para proseguir con la formación.

Teniendo en cuenta las comodidades tan rudimentarias de las que disponían, era de entender que al final de la jornada la mayoría de las reclutas prefiriera quedarse en Manhattan para ir a visitar un museo o disfrutar de una cena caliente antes de volver a su gélido y triste alojamiento, que una de las chicas había bautizado como Hobo House[1]. A Grace le hizo gracia el nombre cuando lo conoció, pero Inez temía que el capitán Wessen y otros oficiales del Cuerpo de Señales llegaran a enterarse y la Primera Unidad cayera en desgracia. «Diremos que es una abreviatura de Hoboken», dijo Grace, pero Inez no se quedó muy tranquila.

En las horas sin programa de formación, las operadoras tenían permiso para ir a explorar la ciudad, aunque con advertencias. Antes de partir, estaban obligadas a informar a su operadora jefe acerca de dónde tenían pensado ir y con quién, y la operadora jefe podía denegar el permiso si lo consideraba oportuno. Estaban además obligadas a ponerse en contacto con Hoboken a cada hora por vía telefónica, por si acaso su unidad hubiera recibido órdenes de hacerse a la mar y tuvieran que regresar corriendo para los preparativos. Finalmente, tenían órdenes de comportarse en todo momento con dignidad y de no hacer nada que pudiera deshonrar el uniforme o poner en situación incómoda al Cuerpo de Señales.

Grace subrayaba este último punto a las mujeres a su mando siempre que iban a salir.

---

[1] Hobo House podría ser, efectivamente, una abreviatura de Hoboken, y entenderse entonces como «la casa de Hobo», pero en realidad el nombre tenía otra intención, puesto que *hobo* significa «indigente» o «vagabundo». (*N. de la T.*)

—Somos las primeras mujeres que sirven en el Ejército —les recordaba—. Nos han reclutado única y exclusivamente porque nuestras habilidades son muy necesarias. Si queremos que después de nosotras puedan incorporarse más mujeres, debemos demostrar a diario que el general Pershing y el Cuerpo de Señales acertaron en su apuesta por nosotras. Si no nos comportamos con honor y dignidad en todo momento, será nuestra ruina, y no solo nuestra, sino también la de todas las niñas que quieren ser como nosotras cuando sean mayores.

El discurso nunca fallaba en su intención de ponerlas serias justo en el momento en que salían a divertirse, razón por la cual Grace siempre añadía:

—Diviértanse. Y recuerden que si van en grupo siempre estarán más seguras. No hagan nada que yo no haría.

Las sonrisas reaparecían y partían en parejas o en pequeños grupos, y siempre habían regresado sanas y salvas y mucho antes de la hora requerida.

Un miércoles por la tarde, cuando las integrantes del Primer Grupo empezaban a dispersarse después de salir del 195 de Broadway tras un día especialmente duro de ejercicios de marcha en la azotea bajo una fina nevada intermitente, Grace despidió a la última de sus chicas, y se disponía a visitar su bistró favorito en la ciudad en compañía de Suzanne, cuando la abordó una de las operadoras del Segundo Grupo, Valerie DeSmedt, alta, delgada y elegante en su uniforme, como recién salida de un anuncio animando a alistarse.

—Señorita Banker —empezó a decir Valerie con expresión seria cuando siempre estaba alegre—, ¿podría hablar un momento con usted en privado, por favor?

—Esperaré en la esquina —dijo Suzanne inclinando la cabeza en esa dirección.

Grace descansó la mano en el brazo de Valerie y la guio hacia detrás de las altas columnas de mármol para protegerse de la nieve que estaba cayendo.

—¿Puedo ayudarla en alguna cosa? —preguntó, esperando fervientemente que no se tratase de un tema más adecuado para Berthe.

—Sí, o al menos, espero que pueda. —Valerie enderezó la espalda—. Mi hermano menor, Henri, es soldado y está destinado a la Sección Fotográfica del Cuerpo de Señales. En estos momentos se encuentra en la Escuela de Fotografía Terrestre de la Universidad de Columbia.

—¿Ah, sí? —dijo Grace—. No queda muy lejos de aquí.

—A unos quince kilómetros, según el mapa que me mostró el teniente Hill. Pero Henri no estará allí por mucho tiempo. En pocas semanas, en cuanto el clima mejore, lo transferirán a la Escuela de Fotografía Aérea de la Eastman Kodak, en Rochester. —La voz de Valerie bajó hasta quedarse reducida a un murmullo—. Y como bien sabe, nosotras zarparemos cualquier día de estos.

Grace asintió, aunque el Segundo Grupo no partiría hasta que el Primer Grupo hubiera llegado al mar del Norte; según sus cálculos, que podían variar en un segundo como consecuencia a las exigencias de la guerra, Valerie disponía al menos de otra semana en Nueva York y Hoboken, tal vez más.

—Entiendo que le gustaría ver a su hermano antes de que los dos se marchen de la ciudad.

—Exactamente —dijo Valerie exasperada—. Creo que no es una petición estrambótica.

—Pero no lo entiendo. ¿Se niega el superior de su hermano a permitir que lo vea, aunque sea para una visita muy breve?

—El problema no es ese. Henry podría conseguir fácilmente un permiso de medio día. El problema es la señorita Crittenden. Se niega a concederme permiso. Millicent Martin se ha ofrecido a acompañarme para que no tenga que recorrer la ciudad sola e indefensa. —Esbozó una mueca—. Pero la señorita Crittenden no quiere cambiar de opinión.

—¿Le ha comentado por qué se niega?

—Dijo que está demasiado lejos para ir, considerando que las órdenes de embarque pueden llegar en cualquier momento y que podría no estar de vuelta a tiempo. Pero el Segundo Grupo no se embarcará hasta que zarpe el Primer Grupo, ¿no?

—Así es. —Grace se paró un momento a pensar—. ¿Quiere que hable con ella?

Valerie se enderezó, dejando colgar ambos brazos hacia los costados, y su mirada se volvió desafiante.

—Esperaba de verdad que me concediera usted misma el permiso. Podría ir a ver a mi hermano mañana por la tarde y estar de vuelta en Hobo House mucho antes de nuestra hora límite.

—Estoy segura de que entiende por qué no puedo hacer lo que me pide —replicó con amabilidad Grace—. La señorita Crittenden y yo tenemos el mismo rango, y usted está en su grupo. No puedo contradecir las instrucciones que le haya dado.

Valerie exhale un suspiro, desconsolada.

—Temía que fuera a decirme esto. Es una estupidez. Podría haberle dicho simplemente que me iba a dar un paseo por Central Park e ir tan tranquila a ver a mi hermano. No se habría ni enterado.

—Pero no lo ha hecho —dijo Grace, arqueando las cejas—, porque ha hecho un juramento de lealtad al Ejército y no se le ocurriría nunca hacer algo que pudiera quebrantarlo o sortearlo de algún modo.

Valerie se quedó dudando.

—No, por supuesto que no.

—Hablaré con ella —dijo Grace, descansando la mano en el hombro de Valerie—. Estoy segura de que conseguiré que entre en razón. Entretanto, ¿le apetece venir a cenar con Suzanne y conmigo? Nunca he estado en el sur de California y me encantaría que me explicase cosas sobre ese lugar.

Valerie consiguió esbozar una sonrisa melancólica.

—Claro, parece un buen plan.

Durante la cena, Grace descubrió que Valerie era una chica simpática, con un gran sentido del humor, excepcionalmente brillante y muy comprometida con su misión, impresiones que compartió aquella misma noche con Inez, cuando la invitó a pasar con ella a la pequeña habitación de la planta baja donde estaba instalado el único teléfono. Cuando le expuso el caso de Valerie, se saltó la parte en la que esta había recurrido a ella para evadir a Inez y le dio a entender que el tema había salido a relucir durante la cena. Como Grace se esperaba, Inez se mostró de entrada un poco ofendida al ver cuestionadas sus decisiones, pero al final reconoció que lo más probable era que el Segundo Grupo no zarpara hacia Francia en los próximos dos días, y confirmó que una operadora cumplidora como Valerie debía tener la oportunidad de despedirse de su hermano.

—A mí también me encantaría ver a mi hermano una última vez —admitió Grace—. Pero es imposible, ya que está en Camp Green, Carolina del Norte. Tampoco tengo ni idea de cuándo partirá.

Inez sorprendió a Grace cuando de repente le posó ambas manos en los hombros.

—No pienses así, no digas eso de «una última vez» —dijo muy seria—. No es necesario que lo veas ahora, aunque es natural que te gustase hacerlo. Los dos regresaréis a casa sanos y salvos. Y ya lo verás entonces.

Grace notó un nudo en la garganta.

—Sí, claro. Tienes razón.

—A lo mejor incluso lo ves «Allí».

—O un día conecto una llamada y de pronto me encuentro a Eugene en la línea.

Lo cual no era nada probable, lo sabía. Durante los meses o años venideros, lo más seguro era que solo pudieran comunicarse por carta. Pero si ella no podía ver a su hermano, sí podía ayudar a que una compañera viera el suyo.

A la mañana siguiente, cuando los dos grupos se reunieron para empezar la formación, Valerie paró un momento a Grace en la puerta antes de entrar.

—No sé qué le dijo a la señorita Crittenden, pero gracias —le comentó en voz baja y sonriendo de oreja a oreja—. Mañana voy a ir a ver a mi hermano.

—Maravilloso —exclamó Grace—. Me alegro mucho por usted.

Y se alegraba también por Inez, quien al parecer había aprendido a atemperar sus opiniones mediante el sentido común. Grace creía que, mientras se mantuvieran dentro de los mandatos de la normativa militar, era mejor satisfacer las peticiones personales de las chicas a menos que hubiera un motivo muy convincente para no hacerlo. Si Inez había empezado a ver las ventajas de esa forma de abordar las cosas, Grace estaba segura de que se vería recompensada con unas operadoras con la moral más alta y más leales.

Por la tarde siguiente, tanto Grace como Inez se quedaron en Hobo House mientras la mitad de las operadoras iba a la ciudad, algunas para cenar y otras para asistir a un baile vespertino.

—Una última velada de frivolidad en la ciudad antes de poner rumbo «Allí» —dijo una de las chicas al marcharse y tras prometerle a Grace seguir todas sus advertencias.

Grace estaba arriba trabajando en cuestiones de papeleo, sentada en su camastro, envuelta en una manta y con el gorro de lana cubriéndole la media melena para mantener el calor, mientras que Inez se había quedado abajo, en el despacho con calefacción, para estar cerca del teléfono cuando las chicas llamaran para sus controles horarios.

Grace había acabado casi con su trabajo y estaba planteándose dar un paseo nocturno por el puerto si conseguía encontrar a alguien que la acompañara, cuando de repente oyó un sonido de botas subiendo por las escaleras. Instantes más tarde, irrumpieron en la habitación cinco de las operadoras del Primer Grupo, jadeantes, con los ojos abiertos por una excitación que se transformó en confusión al mirar a su alrededor y comprobar que no había prácticamente nadie.

—¿Qué pasa? —preguntó una de las chicas, Marie, la brillante francesa propietaria de una bellísima voz—. ¿Por qué no está todo el mundo haciendo la maleta?

Grace dejó a un lado los papeles y se movió hasta dejar las piernas colgando por un lado del camastro.

—¿Las maletas para qué?

—Para nuestra partida mañana a primera hora. —Marie estudió la expresión de Grace mientras sus compañeras intercambiaban miradas de perplejidad—. ¿No han llegado nuestras órdenes?

—No, que yo sepa.

Y Grace se habría enterado si hubieran llegado. Cada vez más recelosa, dejó la manta y buscó las botas. Acababa de abrochárselas cuando llegó Inez.

—Señorita Crittenden —dijo una de las compañeras de Marie—. ¿Dónde está todo el mundo? ¿Se han ido ya hacia el barco sin nosotras?

Marie se acercó a ellas, clavó una mirada en Inez y, empleando un tono que rayaba en la insubordinación, dijo:

—Cuando hemos llamado para el control, nos ha dicho que el Primer Grupo había recibido órdenes de partir y que debíamos volver de inmediato.

—¡¿Qué?!—contestó Grace.

Marie se volvió hacia ella.

—¿Así que no era cierto?

—Considérenlo un ensayo general —dijo Inez sin alterarse—. Quería ver cuánto tiempo les llevaría volver a nuestras instalaciones desde la ciudad cuando de verdad entre la orden, y por eso las he cronometrado. —Dio unos golpecitos a su reloj—. Treinta minutos desde que han colgado hasta que las he oído subir por las escaleras. No está mal, pero creo que podría mejorarse.

Mientras las cinco chicas se removían inquietas, con cara de enfado y jadeantes aún después de la carrera que habían hecho, Grace cerró los ojos y contuvo un quejido.

135

—Hemos dejado en la mesa una cena deliciosa a medio comer —murmuró una de las chicas—. Pagada y todo.

Grace abrió entonces los ojos.

—Gracias, Denise. Ya es suficiente —dijo, quizá con excesiva dureza. Denise asintió, apartó la mirada y se cruzó de brazos—. El restaurante de la esquina sigue abierto si tienen todavía hambre. —Abrió el maletín, extrajo de él un talonario de vales, contó cinco y los distribuyó entre las infelices chicas—. Invito yo…, o mejor dicho, invita el Cuerpo de Señales.

Le dieron las gracias y se marcharon, fulminando con la mirada a Inez al pasar por su lado, un detalle que ella no vio o que tal vez ignoró.

—Treinta minutos —observó Inez cuando se hubieron marchado—. Creo que deberían rebajarlo a veinte, aunque ello signifique no adentrarse tanto en la ciudad como a ellas les gustaría.

Grace suspiró, se quitó el gorro y se pasó la mano por la cabeza.

—Es bueno saber lo rápido que pueden volver las chicas en caso de necesidad, pero te animaría a no llevar a cabo más pruebas sin previo aviso. Recuerda aquello de «¡Que viene el lobo!».

Inez se quedó mirándola, desconcertada.

—Los soldados deben seguir las órdenes, con rapidez y sin cuestionar a sus líderes. Cuando estén «Allí», nuestras chicas se enfrentarán a pruebas mucho más duras que la interrupción de una cena.

—Por supuesto —respondió Grace, con un gesto de asentimiento—. Razón de más para que ahora nos encarguemos de generar confianza y lealtad.

Inez se quedó reflexionando y, aunque su expresión traicionaba su escepticismo, accedió y dijo que en la siguiente ocasión seleccionaría aleatoriamente un grupo de chicas y les ordenaría regresar a la base para poder cronometrarlas, pero que antes les explicaría que era solo un simulacro. Dijo que sabía que no les gustaría que les cortaran de pronto la diversión, pero que entenderían la necesidad de estar preparadas.

Grace suponía que Inez consideraba que poner a prueba a las operadoras era adecuado no solo por la información que obtuviera sobre el tiempo de respuesta, que sin duda alguna era valioso, sino también porque las operadoras jefe se veían sometidas con frecuencia a pruebas improvisadas sobre los protocolos a seguir. Y a menudo no les decían que estaban siendo puestas a prueba hasta después de los hechos. Teniendo esto en cuenta, Grace no podía culpar a Inez por lo que había hecho, sino solo por cómo lo había hecho. Confiaba en que aquella fuera la última vez que Inez tomaba una decisión tan cuestionable.

Resultó ser una esperanza satisfecha solo irónicamente, porque, aunque Grace no fue testigo presencial de los acontecimientos que acabarían siendo conocidos como «el incidente Hoboken», sí le tocó luego lidiar con las consecuencias.

Hobo House estaba solo a veinte kilómetros de la residencia de los Banker en Passaic, a menos de media hora de viaje en el tren que Grace solía coger a diario para ir a trabajar. Un sábado, Grace y Suzanne obtuvieron un permiso de medio día para visitar a la familia. Los padres y las hermanas de Grace admiraron sus uniformes; la cena que preparó su madre, consistente en pollo asado con puré de patatas, guisantes y zanahorias y bollos de mantequilla fue deliciosa y encantadora. Era maravilloso volver a estar en casa. Si Eugene hubiera podido sumarse a la visita, la felicidad habría sido completa.

Cuando Grace y Suzanne regresaron a Hoboken a última hora de la tarde, encontraron a las operadoras enojadas y furiosas. Al preguntar Grace por Inez, le dijeron que su homóloga del Segundo Grupo estaba en el despacho de abajo, redactando un informe. Varias chicas de ambos grupos hablaron a la vez, ansiosas por explicarle a Grace qué había pasado, muchas de ellas buscando evidentemente compasión y reparación, otras buscando defenderse.

Por lo que Grace fue capaz de entender, un grupo de operadoras que no tenían ni tiempo ni dinero para ir a la ciudad encontraron una tienda vacía a una manzana de allí, en River Street, empujaron contra las paredes el mobiliario que quedaba en el interior, instalaron un tocadiscos Victrola que alguien le había prestado a una de ellas y montaron un baile. El sonido de la música y las risas habían intrigado a varios oficiales que pasaban por delante. Los hombres habían asomado la cabeza por la puerta y, sin invitación previa ni presentaciones de por medio, habían entrado y habían preguntado a las chicas si podían sumarse a la fiesta. Estas habían accedido encantadas, ellos las habían ayudado a empujar las mesas para ampliar la pista de baile y, durante un rato, se lo habían pasado todos en grande. Entonces, quiso la suerte que Inez oyera también la música y se acercara a investigar. Horrorizada ante tanta ausencia de decoro, silenció la música de inmediato, regañó a los oficiales y obligó a las operadoras a volver rápidamente a casa.

—A las señoritas de este servicio no les importaría, en muchos casos, conocer, social e indiscriminadamente, a todos y cada uno de los oficiales —le dijo indignada a un oficial antes de marcharse.

—La señorita Crittenden es responsable de la reputación del Segundo Grupo —dijo Grace a las contrariadas operadoras—. Y no ha tenido más remedio que intervenir si consideraba que allí estaba sucediendo algo inapropiado.

—Jamás haríamos nada que deshonrara el uniforme —protestó Valerie—. Todo fue de lo más inocente. Simplemente estábamos bailando con algunos oficiales del Ejército, igual que otras chicas bailan con otros soldados en los locales de la Asociación Cristiana de Jóvenes tanto aquí como «Allí».

—Si la Asociación Cristiana de Jóvenes hubiera organizado y supervisado este baile —explicó Grace, sabiendo que Valerie era capaz de ver la diferencia—, dudo que la señorita Crittenden se hubiera enfadado tanto.

Las chicas murmuraron entre ellas, enojadas e inquietas, preguntándose qué estaría escribiendo la operadora jefe en su informe y qué consecuencias podría haber. Por mucho que Grace intentara tranquilizarlas, todas las chicas que habían asistido a aquel improvisado baile temían ser despedidas del Cuerpo de Señales.

En el transcurso de los días siguientes, Grace descubrió con alivio que el capitán Wessen y el señor Estabrook se habían alarmado menos que Inez por el incidente del baile, un asunto que, sin embargo, había planteado importantes preguntas sobre cuestiones de protocolo que antes ni se les habían ocurrido. ¿En qué lugar de la cadena de mando se ubicaban las operadoras del Cuerpo de Señales? ¿Tenía derecho a dirigirse a ellas cualquier oficial o recluta sin haber sido presentado de manera formal? ¿Qué debían hacer las operadoras si se encontraban por la calle con un oficial o un recluta? Si se reconocían, ¿quién debía saludar primero?

Solicitaron a Grace e Inez que colaboraran con ellos en hallar las respuestas, que las reflexionaran bien, pero se dieran cierta prisa, debido a lo inminente de la partida. El señor Estabrook era de la opinión de que las operadoras habían de tener la misma categoría que los cadetes, por encima de los hombres alistados, pero por debajo de los oficiales de rango. A Grace no le sorprendió que Inez aprovechara la oportunidad para plantear si las mujeres deberían tener rangos militares reales, igual que cualquier otro soldado.

El capitán Wessen dudó.

—No creo que el Ejército tenga intención de hacerlo.

—Utilizar los rangos normales serviría para que todo el mundo tuviera claro cuál es el estatus de las operadoras —argumentó Inez—. Eliminar ambigüedades innecesarias ayudaría a mantener el orden.

Los dos hombres intercambiaron una mirada.

—Lo comunicaré a la cadena de mando —dijo el capitán Wessen—, pero no alberguen muchas esperanzas.

De todos modos, se fijó Grace, Inez parecía muy esperanzada, triunfante incluso, cuando asintió y volvió a su silla. Y su sonrisa no desapareció ni siquiera cuando el señor Estabrook dejó claro que, hasta que no se tomara una decisión al respecto, todo el mundo seguiría dirigiéndose a las operadoras por su cargo profesional y su apellido, o por los habituales «señorita» o «señora».

—No se tolerará ninguna falta de respeto por parte de oficiales y hombres —les aseguró—. Cuando estemos «Allí», no habrá ni «cariños» ni «nenas» en uniforme. Y más de uno tendrá que aprender esta norma a las duras.

Todo lo cual los condujo hacia el tema más delicado de las interacciones menos oficiales entre mujeres y hombres uniformados. Inez recomendó encarecidamente que si un oficial quería conocer a una mujer del Cuerpo de Señales, debería primero solicitarlo a su operadora jefe. Si el oficial superior del peticionario se mostraba dispuesto a responder por él, dicho oficial superior presentaría el peticionario a la operadora jefe de la joven, que a su vez, si su buen criterio así lo aconsejaba, presentaría el peticionario a la joven.

Aunque Grace no lo expresó en voz alta, consideraba el plan de Inez para que dos personas se conocieran como un proceso innecesariamente complicado y arcaico. Aun así, coincidía con el capitán Wessen en que era inevitable que pudiera haber jóvenes mujeres y hombres que acabaran sintiendo un interés mutuo y que, en ausencia de padres y de las limitaciones habituales al cortejo, había que establecer políticas que protegieran el honor de las damas. Después de mucha discusión, acordaron que las mujeres del Cuerpo de Señales limitarían al máximo sus relaciones tanto con reclutas como con oficiales y que deberían «rechazar e informar debidamente» de cualquier gesto de familiaridad indebido o molesto. Luego, al abandonar Inez la sala unos instantes, el señor Estabrook pidió a Grace y al capitán Wessen que se acercaran hasta él y les dijo en voz baja:

—En resumen, nada de bailes delante de la señorita Crittenden mientras sigamos en Hoboken.

—Eso ténganlo por seguro —dijo Grace—, siempre y cuando nos hagamos pronto a la mar. —Los hombres la miraron con ironía, sin revelar sus pensamientos—. Por intentarlo que no quede —añadió Grace con una sonrisa—. Tarde o temprano tendrán que acabar comunicándome la agenda.

Grace estaba empezando a pensar que se enteraría del momento de zarpar justo cinco minutos antes de partir.

Los hombres intercambiaron una mirada. El señor Estabrook se encogió de hombros y el capitán Wessen hizo un gesto de asentimiento.

—Lo que voy a decir ahora es estrictamente confidencial —dijo el señor Estabrook, inclinándose hacia delante y bajando aún más la voz—. No informe de nada a sus operadoras, ni siquiera a la señorita Crittenden.

—Entendido —murmuró Grace.

—La salida del Primer Grupo es inminente —dijo el capitán Wessen—. Puede ser cualquier día de estos. Si no ha puesto todavía todos sus asuntos en orden, hágalo de inmediato.

—Sí, señor. El Primer Grupo estará listo.

Inez reapareció en aquel momento. Sin perder ni un segundo, dijo el capitán Wessen:

—Ah, señorita Crittenden. Justo estábamos diciendo, en relación con la fraternización, que se espera de las operadoras jefe que den ejemplo a sus operadoras con una conducta de la máxima discreción y contención.

—Por supuesto —respondió la señorita Crittenden al tiempo que tomaba de nuevo asiento—. Sería inapropiado que una operadora jefe iniciase algún tipo de noviazgo mientras estemos «Allí». Nada distraerá nuestra atención de nuestros deberes y de las chicas que tenemos a nuestro cargo. ¿Coincide conmigo, señorita Banker?

—Naturalmente que sí —respondió Grace, sorprendida ante la vehemencia de Inez.

Aunque estaba de acuerdo con ella. Se había alistado al Cuerpo de Señales para servir a su país y derrotar al káiser, no para encontrar marido.

Finalizada la reunión, Grace, cada vez más nerviosa, regresó a la sala guardando totalmente el secreto de su partida inminente. A la mañana siguiente, intentó disimular la emoción mientras lideraba la sesión matutina de gimnasia en pijama. Se limitó a picotear un poco el desayuno, pues las mariposas que notaba en el estómago le hicieron imposible tragar más que un pequeño bocado. Pero en vez de llamar la atención hacia su falta de apetito, le dijo a Suzanne que las esperaba fuera; salió del restaurante y paseó por el muelle para liberarse de la energía que le generaban los nervios. Se detuvo un momento para observar el misterioso muelle número dos y se preguntó si el barco que había allá atracado era el buque de transporte de tropas que trasladaría al Primer Grupo a Francia.

Mientras asimilaba la escena, se acercó un capitán del Ejército que Grace no reconoció.

—Un barco formidable —dijo el capitán, ladeando la cabeza hacia la embarcación.

—Así es, señor —replicó Grace—. Se ve muy marinero.

—¿Cuándo tienen planificado zarpar usted y sus chicas?

Grace se encogió de hombros y abrió mucho los ojos en una ignorancia fingida.

—No lo sé.

El capitán echó la cabeza hacia atrás y rio.

—Por supuesto que lo sabe —dijo, y señalaba la insignia de Grace—. Es usted operadora jefe. Lo sabe, igual que yo también lo sé. Por lo tanto, puede decírmelo. Y bien, ¿cuándo zarpan?

—Si ya lo sabe —replicó Grace—, no existe ninguna necesidad de que yo se lo diga.

Le ofreció entonces una sonrisa por encima del hombro y echó a andar hacia el restaurante de la esquina para reunirse con las demás.

Más tarde, cuando Grace fue al despacho del censor para entregar el correo saliente de la Primera Unidad y conseguir autorización de emisión, se llevó una sorpresa al ver en el pasillo a aquel mismo oficial.

—Capitán —saludó.

—Señorita Banker —dijo él, regocijándose con la cara de sorpresa que puso ella al ver que sabía su nombre—. Estoy con el G2 —continuó, sorprendiéndola de nuevo. La división de inteligencia—. Ha estado muy bien que no respondiera a mi pregunta esta mañana a primera hora. Me enviaron para ponerla a prueba.

—¿Y puedo entender que la he superado?

—Y con excelencia. Siga así. Es usted un buen soldado, para ser una chica.

Perpleja, Grace asintió y continuó su camino. Una lástima que el capitán no se hubiese ido antes de socavar el resultado con aquel cumplido.

El 5 de marzo las mujeres del Primer Grupo fueron sometidas a una nueva revisión médica: peso, medidas, pruebas y preguntas sobre síntomas como irritación de garganta, fiebre, tos y dolor de cabeza. Después, se presentaron ante el capitán Wessen y realizaron el juramento militar, todas ellas como mínimo por segunda vez. Les ordenaron a continuación volver a Hoboken, con instrucciones explícitas de informar cada media hora en caso de que fueran a salir de las instalaciones.

A última hora de la tarde, Grace recibió la noticia de que embarcarían en el buque de transporte de tropas a la mañana siguiente. Convocó a sus treinta y dos operadoras, les dio instrucciones y les recordó que no debían comentarlo con nadie. «Intentad dormir bien —añadió—. Os alegraréis de haberlo hecho».

En cuanto a ella, la excitación le impidió dormir. Permaneció despierta en el camastro durante horas, con los ojos cerrados, repasando mentalmente la lista de todas las tareas que tenía que llevar a cabo antes de zarpar.

Llegó la mañana. Una sesión de gimnasia en pijama más, un aseo rápido más en el pequeño cuarto de baño, un último desayuno en el restaurante de la esquina. Y entonces, impecablemente vestidas con sus uniformes, con todo el equipo perfectamente guardado, bajaron bolsas y maletines por la escalera y salieron a la calle, donde dos soldados cargaron las pertenencias a un carro que puso rumbo enseguida hacia el muelle número dos.

Grace llamó a las chicas al orden, y en dos filas de dieciséis, con Grace en cabeza, pusieron rumbo hacia el muelle para subir a bordo del RMS Celtic, uno de los famosos «Cuatro Grandes», los primeros barcos de más de veinte mil toneladas. Elevándose como un gigante sobre el muelle, con el casco camuflado por un sinfín de confusas formas angulosas pintadas en diferentes tonalidades de verde, azul y beis, no se parecía en nada al antiguo trasatlántico de la naviera White Star que había sido antes de la guerra.

Justo en el momento en que el grupo acababa de cruzar la cubierta y se cobijaba bajo techo, empezó a caer una gélida llovizna gris. Grace dirigió a las chicas hacia los camarotes que tenían asignados, todos ellos en el lado de la embarcación que daba al puerto. Tras guardar bolsas y maletines, la mayoría se acercó a los ojos de buey para mirar. Miles de soldados

142

uniformados de caqui formaban en los muelles a la espera de embarcar, con cascos en la cabeza y macutos a la espalda. Desde aquella distancia, la silenciosa escena estaba envuelta de solemnidad, a pesar del aparente buen humor de los hombres y de algún que otro destello de sonrisa.

Fue como si pasaran horas hasta que el último regimiento subió a bordo, y la señal que Grace esperaba llegó por fin, un estruendoso toque de sirena que alertó a la tripulación de que era casi hora de zarpar.

—¡Bajad las cortinillas! —ordenó Grace, mientras la reverberación de la sirena sonaba aún por encima de sus cabezas.

Las chicas se apresuraron a cubrir los ojos de buey. No estaban autorizadas a mover ni un milímetro de aquella tela opaca, ni siquiera para echar un vistazo rápido al exterior, hasta que el capitán declarara que era seguro hacerlo. Grace verificó que todos los ojos de buey estuvieran correctamente tapados y charló con las chicas al pasar de camarote a camarote, les ofrecía palabras de ánimo que para nada necesitaban, pues todas estaban emocionadas ante la perspectiva de zarpar por fin.

La sirena volvió a sonar, con más potencia y por más tiempo. El sonido de los motores se intensificó. Una leve sacudida y, con un movimiento regular de avance, el Celtic se separó del muelle, se adentró en el río Hudson, siguió navegando por la bahía en dirección sur y se hizo a la mar.

Acababa de cruzar el Rubicón, pensó Grace al mirar las caras de las jóvenes que tenía a su mando y notar el peso de la responsabilidad sobre los hombros. Ya no había vuelta atrás. Navegaba rumbo hacia «Allí» y no regresaría a casa hasta que hubieran ganado la guerra.

Si Dios quería, las chicas y ella volverían a casa.

8

Marzo de 1918
Hoboken, Halifax y en alta mar

VALERIE

Durante los primeros días de marzo, Valerie anhelaba hasta tal punto estar en el Primer Grupo que acabó desarrollando la terrible costumbre de presionar la mandíbula cada vez que pensaba en ello, tanto que hasta le dolían los dientes. No era solo porque se veía como una osada pionera más que como una seguidora, la primera en saltar a la piscina más que la chica dubitativa que antes que nada probaba el agua con un dedo del pie, aunque eso ciertamente también tenía algo que ver. Tampoco era porque no soportara a su operadora jefe y prefiriera estar a las órdenes de Grace Banker. Eso podía haber sido cierto en su día, pero Inez Crittenden y ella habían llegado a una tregua amistosa después de que Inez hubiera dado marcha atrás en su decisión de prohibir a Valerie visitar a su hermano en la Universidad de Columbia.

«Viéndolo en retrospectiva, mis objeciones fueron exageradamente cautas —le había dicho Inez cuando por fin le concedió a Valerie el medio día de permiso—. Sabemos con casi total seguridad que no zarparemos hoy ni mañana, ni siquiera pasado mañana».

Valerie podría haberle dado un abrazo, pero un agradecido y respetuoso «gracias» le pareció más apropiado. Admiraba a la gente capaz de reconocer sus errores y rectificar sin dar excusas ni echar la culpa a otros. Y a pesar de que algunas de las chicas se quejaban por el tipo de liderazgo que ejercía Inez, Valerie no recordaba ninguna ocasión en la que su operadora jefe hubiera actuado por ignorancia, malicia o incompetencia. Inez solo seguía las reglas y esperaba de sus chicas que hicieran lo mismo. Por lo que Valerie había visto, e incluso cuando las decisiones de Inez fastidiaban a las operadoras del grupo que comandaba, su superiora nunca actuaba por intereses egoístas, sino por el bien de la unidad, del Cuerpo de Señales y de la victoria en la guerra. Inez conocía la normativa del Ejército, la seguía y esperaba que sus operadoras siguieran su ejemplo. ¿Cómo podía una persona sensata criticar eso? Si Inez hubiera quebrantado las normas en beneficio propio, Valerie se habría encolerizado; sin embargo, Inez nunca había pedido a las chicas nada que ella se hubiera negado a hacer.

En aquella ocasión, lo único que Valerie pretendía era obtener permiso para ir a visitar a Henri, pero Inez se había disculpado luego y le había regalado unos vales para que invitara a su hermano a cenar. No era necesario, aunque Valerie había agradecido el gesto. Después de aquello, y atesorando los recuerdos de la encantadora velada que había pasado con su hermano menor, Valerie había empezado a defender a la operadora jefe cuando las demás chicas se quejaban de ella a sus espaldas, a menos que las quejas estuvieran justificadas, en cuyo caso, Valerie siempre intentaba mediar.

Así que no era que Valerie siempre tuviera que ser la primera de la fila o que deseara huir de Inez Crittenden. Era que no soportaba seguir varada en Hoboken —despertarse temprano para la sesión de gimnasia en pijama, tiritar mientras se lavaba con esponja a menos que fuera el día que tenía turno para la ducha, engullir comida poco apetitosa en el pequeño restaurante de la esquina y pasar el día con instrucción, formación y sometida a exámenes de garganta y tomas de temperatura llevadas a cabo por enfermeras inexplicablemente tensas— mientras otras chicas del Cuerpo de Señales partían para vivir la aventura de su vida.

—¿Por qué no podríamos habernos marchado todas a la vez? —se lamentó Valerie la gris y húmeda mañana del 6 de marzo mientras veía desde el muelle, en compañía de las demás chicas del Segundo Grupo, cómo el Celtic abandonaba lentamente el puerto y se perdía en la neblina.

Tenían el plan de formar filas en el puerto y despedirse de sus amigas agitando pañuelos blancos, pero en cuanto los marineros habían iniciado las maniobras para zarpar, los ojos de buey habían quedado cubiertos con cortinillas opacas. El Primer Grupo no se había enterado de que las operadoras del Segundo Grupo habían ido a despedirlas y estas estaban desanimadas porque su cariñosa despedida se había quedado en nada.

Inez ladeó la cabeza y estudió a Valerie, como si intentara decidir si era o no una pregunta retórica.

—No podemos ir todas en el mismo barco —respondió—. Tienen que dividirnos entre varios buques para aumentar la probabilidad de que al menos algunas lleguemos «Allí». ¿Qué pasaría con el general Pershing si todas cruzáramos el océano en el primer barco, un submarino alemán lo hundiera y, con él, perdieran la vida todas las operadoras?

Valerie hubiera preferido no visualizar la imagen con tanta claridad.

—Pues que el general estaría en un grave aprieto —consiguió decir.

—Y habría perdido varias docenas de operadoras telefónicas de primer nivel —añadió Inez—. Difíciles de sustituir, además.

—Y estaríamos todas muertas en el fondo del mar —dijo Millicent, enlazando por el brazo a Valerie—. Sois unas morbosas. Vámonos de aquí. Protejámonos de esta lluvia antes de que pillemos todas la gripe.

—La gripe no se pilla con la lluvia —replicó Inez, pero echó a andar también hacia Hobo House.

—Ya llegará nuestro turno —dijo Millicent para consolar a Valerie, y le presionó el brazo—. Tendremos que calentar la silla en Nueva Jersey un poco más, pero seguro que de aquí a un mes estamos ya en París.

Era una idea alentadora. Ninguna de ellas tenía voz y voto para decidir su destino, pero, por lo que Valerie había observado y oído, el deseo de todas las chicas de la Primera Unidad era tener un puesto lo más cerca posible del frente. Por importantes que fueran las unidades de suministro de la retaguardia —algo que nadie negaba, puesto que todo el mundo sabía que una guerra podía ganarse o perderse dependiendo de la entrega correcta de municiones, equipamiento y comida—, todas querían estar cerca de la batalla, trabajar en las centralitas donde absolutamente todas las llamadas fueran importantes, donde cada segundo contara, donde cada conexión tuviese que ser impecable y cada traducción perfecta. Y Valerie no era distinta a las demás; esperaba ser destinada a la unidad del general Pershing y conectar las llamadas más trascendentales de la guerra. Aunque tampoco le disgustaría que su servicio incluyera un par de meses en la Ciudad de la Luz. El romanticismo, la belleza, el arte, la moda, los cafés, los atractivos franceses..., todo sería un consuelo mientras sus amigas más afortunadas, apostadas más cerca de los campos de batalla, salvaban el mundo para que triunfara la democracia.

En cuanto entraron en Hobo House, Valerie se quitó el abrigo azul marino y sacudió con la mano las gotas de lluvia antes de colgárselo del brazo para subir las escaleras. Era una suerte que el Cuerpo de Señales hubiera incluido un abrigo de lana en el conjunto, no solo por el calor que proporcionaba, también porque servía para proteger el uniforme. Valerie se sentía orgullosa del uniforme, excepto de aquellos horripilantes calzones, y teniendo en cuenta que vestirían de uniforme a diario mientras durara la guerra, quería cuidar muy bien el que le habían asignado. Las operadoras habían tenido que pagar su uniforme y su equipamiento, y el conjunto de Valerie estaba valorado en trescientos dólares. Ella solo tenía doscientos, cantidad que había ahorrado trabajando para Pacific Telephone y que había llevado consigo por si acaso se presentaba alguna urgencia. No había sido la única operadora que había llegado falta de dinero. Por suerte, AT&T había prestado la diferencia a todas aquellas chicas que no habían podido permitirse la totalidad del importe, un dinero que les iría siendo descontado en pequeñas cuotas del sueldo que percibieran del Ejército. Como operadora, Valerie ganaba sesenta dólares mensuales —menos de lo que ganaba en Pacific Telephone—, las supervisoras se llevaban setenta y dos dólares al mes, y las operadoras jefe, la respetable cantidad de ciento veinticinco dólares mensuales. Pero Valerie no era la única chica del Cuerpo de Señales que había aceptado un recorte de salario a cambio de servir a su patria, y confiaba en ser ascendida tarde o temprano.

Sin las chicas del Primer Grupo, la nave parecía más tranquila y más espaciosa, pero corrían rumores de que pronto llegaría un Tercer Grupo para sustituirlas. Valerie esperaba que Cora estuviera entre las nuevas, pero, por mucho que deseara ver de nuevo a su amiga, confiaba también en que el Segundo Grupo zarpara antes. Inez no podía o no quería decirles cuándo calculaba que zarpasen. Lo único que les comentaba era que debían seguir formándose y en estado de alerta. Y cada noche, antes de acostarse, preparaban bolsas y maletines por si acaso la orden llegaba sin previo aviso mientras dormían.

Pasó una semana, luego otra.

Una mañana, Valerie se despertó al notar la presión de una mano en el hombro, de alguien que la zarandeaba para que despertase.

—Señorita DeSmedt —le dijo una voz al oído, bajito pero en tono urgente—. Despierte.

—¿Hilde? —respondió adormilada.

Se obligó a abrir los ojos. Estaba todo negro, excepto por el haz de luz de una linterna que por suerte no la enfocaba directamente a la cara, sino al suelo, justo al lado de su camastro. Su camastro… Hobo House. Claro.

Su hermana jamás se habría dirigido a ella como «señorita DeSmedt» ni la habría despertado con tanta delicadeza.

—Señorita Crittenden —la corrigió la operadora jefe—. Son las cinco de la mañana. Ayúdeme a despertar a todo el mundo. Disponemos de media hora para asearnos y vestirnos, después de lo cual debemos presentarnos en el muelle.

Valerie, con la sensación de sueño evaporada como por arte de magia, retiró la manta.

—¿Cuándo zarpamos?

—A las seis en punto.

—*Merde* —murmuró Valerie por lo bajo.

Se encargó de despertar a las chicas de una fila de camastros, avisándolas de que no había tiempo que perder, mientras Inez se ocupaba de la otra mitad. Algunas la miraron primero sin entender nada antes de saltar a toda velocidad de los camastros; otras contuvieron un grito, echaron las mantas a un lado y corrieron a asearse y vestirse.

Si Inez no les hubiera ordenado hacer la maleta cada noche antes de acostarse, jamás habrían estado listas a tiempo, pero a las cinco y media en punto se hallaban todas vestidas, espabiladas y esperaban delante del salón con las bolsas y los maletines. Mientras una pareja de marineros se ocupaba de las pertenencias, las operadoras formaron dos filas para que les pasaran revista. Inez les dio rápido el visto bueno, hizo un gesto de aprobación y les ordenó que la siguieran en silencio. Bajo la pálida luz del amanecer de una mañana de principios de primavera, emprendieron camino hacia el muelle número dos sin más ruido que el del crujido de las botas sobre la gravilla.

Delante de ellas, alzándose en la penumbra, divisaron el RMS Carmania, un trasatlántico de Cunard Line adaptado para servir en tiempos de guerra, primero como buque mercante armado y recientemente para transporte de tropas. Cuando Valerie miró hacia arriba, muy arriba, atraída por el sonido amortiguado de voces, vislumbró figuras en movimiento que debían de ser los soldados de infantería que llenaban las cubiertas y observaban desde los ojos de buey. Inez aceleró el paso cuando se aproximaron a la pasarela, cruzaron por encima del agua y subieron a bordo del barco.

—No digan nada a nadie que no sea del grupo —les ordenó cuando se reunieron todas a su alrededor en cubierta, en voz tan baja que Valerie tuvo que esforzarse para poder oírla por encima de los sonidos metálicos y los chillidos de las aves.

Inez las guio bajo cubierta, les indicó sus camarotes y verificó todos los ojos de buey para asegurarse de que las cortinillas se hallaban cerradas. A continuación, les ordenó quedarse en los camarotes hasta que volviera para decirles que ya podían salir.

—¿Cuánto tiempo creéis que tardará? —preguntó Millicent en cuanto la operadora jefe se hubo marchado y cerrado la puerta. Valerie y ella compartían un estrecho camarote de cuatro literas con dos chicas más, una de Colorado y la otra de Wisconsin—. Si no podemos pasear por las cubiertas, mirar por las ventanas o hablar con nadie, será un viaje largo y tedioso.

—Seguro que nos soltará en cuanto hayamos salido de puerto —dijo Valerie—. En algún momento querrá que hagamos ejercicio, y tenemos que comer, además.

—¿Y por qué tanto secretismo y silencio? —preguntó Martina, la chica de Green Bay, hija de inmigrantes belgas—. El Primer Grupo zarpó a plena luz de día, con fanfarria y aplausos. ¿Por qué nosotras marchamos como si no quisiéramos pagar la mensualidad al casero?

—¿Para evitar espías y saboteadores? —apuntó Kathleen, una guapa pelirroja de Denver que llevaba los rizos sujetos en la nuca con una cinta.

Martina y ella intercambiaron entonces una mirada de inquietud.

—Me parece poco probable —dijo Valerie, fingiendo estar más segura de lo que en verdad estaba—. Lo más probable es que hayan querido zarpar temprano por algún tema de mareas, corrientes o vientos, imagino, y que lo del silencio haya sido para no despertar al vecindario, que aún está durmiendo.

Los rostros de las chicas se liberaron un poco de la tensión, pero cuando Millicent se tumbó en una de las literas de arriba, la mirada que lanzó a Valerie fue tremendamente escéptica.

Se instalaron y empezaron a adaptarse a la extraña e incómoda situación de que se encontraban a la vez bajo cubierta y flotando. Sonó la sirena, un sonido intenso y emocionante.

—Eso va para el vecindario —dijo Millicent, y bostezó—. Esto despierta a cualquiera y alerta a todos los posibles espías y saboteadores.

—¡Me parece que ya nos movemos! —exclamó Martina, sujetándose en el borde de la litera de Valerie en el momento en que todas notaron una extraña sacudida y percibieron, más que oír, el sonido grave y metálico de la turbina a vapor.

—Me habría gustado poder ver la estatua de la Libertad al pasar por delante —confesó Kathleen—. ¿Creéis que pasará algo si me asomo un poquitín?

—Yo, de ser tú, no lo haría —le aconsejó con simpatía Valerie—. La señorita Crittenden te hará fregar la cubierta desde el momento en que salgamos de aquí hasta que lleguemos a…, adonde quiera que vayamos. —De hecho, nadie les había dicho si iban a Gran Bretaña o a Francia.

—Ya la verás cuando volvamos, después de que hayamos ayudado al general Pershing a ganar la guerra —dijo Millicent, dejando caer el brazo por el lateral de la litera para darle a Kathleen unos golpecitos de consuelo en la cabeza. Kathleen se echó a reír y la apartó de un manotazo.

Siguieron charlando y bromeando sobre lo felices que estaban de alejarse de una vez por todas de Hobo House, también especularon sobre si la operadora jefe compartiría camarote con tres chicas más o tendría un camarote de primera clase solo para ella. No se habían decidido aún con respecto a esta última duda, cuando Inez llamó a la puerta y la abrió sin esperar respuesta.

—Los chalecos salvavidas —anunció. Entregó a cada una de ellas un artilugio de lona y corcho, con correas y aberturas para pasar los brazos y el nombre del barco grabado en un lateral en letras mayúsculas de color negro—. Pónganselos y no se los quiten. En cuanto los lleven puestos, pueden salir libremente a explorar las cubiertas, aunque solo en parejas o en grupo, nunca solas.

—¿Podemos pasear por las cubiertas con un oficial a modo de escolta? —preguntó Millicent, examinando con expresión dubitativa el chaleco salvavidas.

—Siempre y cuando la acompañe también otra chica, sí, por supuesto. —Inez les ofreció una fugaz sonrisa—. El capitán se ha ofrecido a hacer un *tour* con el Segundo Grupo por todo el barco a las once. El punto de partida es la cubierta B, así que las esperamos si están interesadas. Y vengan con el chaleco salvavidas puesto —les recordó antes de irse.

Las cuatro compañeras de camarote, hartas de estar encerradas, decidieron explorar un poco por su cuenta antes de incorporarse a la visita. Valerie rio a carcajadas cuando salió al pasillo y vio que el resto de las chicas del Segundo

Grupo también había salido corriendo de los camarotes, ansiosas como ella por respirar la brisa marina y ver la costa de lejos, si aún era visible. Al emerger a la cubierta B, descubrió que lo único que se veía era una línea azul verdosa hacia el noroeste, y que hacia el este solo había mar abierto.

La visita fue interesante, aunque no exhaustiva. El capitán les enseñó el puente, las cubiertas superiores, los comedores y los salones, pero no las salas de máquinas, las cuales Valerie imaginaba fascinantes, por ensordecedoras que pudieran ser. La visita terminó en el salón principal, donde fueron presentadas a varios oficiales, en su mayoría tenientes primeros o segundos integrados en la 302.ª Compañía de Ingenieros y el batallón de Transmisiones adjunto a la misma. Era una delicia que las operadoras pudieran disfrutar de compañeros tan encantadores y galantes durante su travesía oceánica, de jóvenes guapos y elegantemente uniformados, sinceramente felices y aliviados al saber que las «auténticas chicas hola norteamericanas» gestionarían las centralitas del Ejército a partir de entonces.

Después, Inez y un oficial del Cuerpo de Señales, el coronel Hertness, las acompañaron al comedor para el almuerzo. Todo el mundo comería allí, informaron a las chicas, cada grupo en el turno que tuviera asignado, y las operadoras telefónicas ocuparían unas mesas especialmente reservadas para ellas. Siempre que fuera dentro de esa sección del comedor, podrían sentarse donde les apeteciera, ocho chicas por mesa, y no podrían invitar a ningún hombre a que se sentara con ellas ni tomar asiento entre los soldados. La primera comida consistió en un guiso de conejo con patatas, pan integral y café, tolerable, pero no para felicitar al chef, pensó Valerie.

—*Navire anglais, cuisiniers anglais, la cuisine anglaise* —dijo Albertine, una de las chicas, poniendo mala cara y apartando el plato con la punta de los dedos.

—Deberías comer algo —le recomendó Martina—. Vamos a tener cocineros ingleses y cocina inglesa durante todo el viaje. En Francia y en Bélgica se sentirían muy agradecidos de poder comer esto.

Albertine resopló.

—Pues se lo regalo.

Pero cogió igualmente el tenedor y consiguió comer algunos bocados.

Pasaron la tarde relajadas, paseando por las cubiertas, avistando de vez en cuando la costa, que el Carmania iba siguiendo en dirección norte, y haciendo especulaciones sobre los dos pequeños barcos escolta que iban intercambiando posiciones en los flancos, en proa o siguiendo la estela del buque. Algunas chicas se aferraron a las barandillas, con la cara desencajada por el mareo, mientras que otras se retiraron a los camarotes para descansar o escribir cartas a casa. La cena fue muy similar al almuerzo, y, con poco más que hacer, las chicas se acostaron temprano incentivadas por la advertencia de Inez, que las informó de que, a pesar de que después del embarque tan temprano el día había transcurrido tranquilo, el siguiente estaría lleno de trabajo.

Valerie esperaba que las despertasen antes del amanecer, pero no fue hasta las siete cuando Inez, o alguien que ella hubiera designado, las despertó aporreando la puerta del camarote. Pasarían lista en la cubierta B a las 07:45, aunque se retrasaron un poco, pues todas las operadoras que se habían olvidado el chaleco salvavidas en el camarote tuvieron que volver corriendo a buscarlo. El desayuno, consistente en huevos fritos, tostada con mermelada y café, empezó a las ocho, y a las nueve en punto volvieron a reunirse en la cubierta para informar de cualquier posible problema médico. Inmediatamente después, recibieron la orden de quedarse en blusa y calzones para iniciar la sesión de gimnasia que, según fueron informadas, sería una actividad diaria lloviera o hiciese sol. El coronel Hertness se encargó de someterlas a una serie de extenuantes ejercicios, mucho más complicados que cualquier cosa que hubieran practicado en la azotea de AT&T o en las sesiones en pijama.

—Y yo que pensaba que el viento que soplaba en la azotea del 195 de Broadway era malo —dijo Millicent cuando el barco rompió una ola inesperadamente grande y las operadoras se tambalearon y tuvieron que hacer un auténtico esfuerzo para mantenerse en pie.

Valerie se había quedado sin aliento y no pudo ni responderle. Cuando finalizó la hora de ejercicio, los músculos le temblaban de agotamiento. Jadeante y sudorosa, como el resto de las chicas del Grupo Dos, lo único que deseaba en aquel momento era recuperar el ritmo de la respiración, lavarse y ponerse un uniforme limpio, pero cuál fue su sorpresa cuando vio aparecer varios camareros con bandejas de plata y tazas de caldo. Conteniendo la risa, las chicas se reunieron en pequeños grupos y bebieron a sorbitos aquel caldo soso y caliente.

—Es como si estuviéramos en la hora del té —dijo Kathleen, enarcando las cejas y mirando a sus compañeras por encima del borde de la taza.

Acto seguido, les dieron permiso para ir a lavarse y vestirse, tras lo cual Inez las acompañó en grupo a uno de los salones para hacer prácticas de francés, poniendo especial énfasis en la jerga telefónica y militar. Después llegó el almuerzo, en el que les sirvieron una versión más salada del guiso del día anterior, pero con pastosos trozos de zanahoria amarilla en vez de patatas.

En una jornada típica, las informó Inez, tendrían una segunda sesión de prácticas de francés después de comer, pero, al tratarse del primer día en alta mar, el capitán había ordenado instrucción sobre su labor en los botes salvavidas. Inquietante pero necesario, pensó Valerie, mientras las dividían en grupos de cuatro y les asignaban botes salvavidas numerados, donde debían ocupar un asiento concreto entre los hombres. Con los músculos aún doloridos por el ejercicio matutino, Valerie practicó la subida a bordo del bote salvavidas con sus compañeras, sintiéndose torpe e incómoda por culpa de la falda larga y el voluminoso chaleco.

Cuando el marinero responsable del bote declaró que las consideraba adecuadamente preparadas, tuvieron el resto de la tarde libre. Valerie, Millicent y la mayoría de las chicas volvieron cansadas a sus camarotes para descansar y masajearse extremidades y espaldas. A las cuatro de la tarde, se ordenó retirada a todos los ocupantes del barco.

—¿Retirada? —cuestionó Valerie.

Las chicas salieron de nuevo de los camarotes al pasillo y emergieron a la luz de día. Valerie se imaginó al capitán vociferando la orden, un marinero tirando de una palanca y las turbinas empujando al buque para que, con un gran estruendo de metal, diera media vuelta y navegara en sentido contrario.

—Entiendo que se trata de ensayar lo que tendríamos que hacer si nos atacara un submarino —comentó otra de las chicas.

—Claro —consiguió replicar Valerie, a pesar del nudo que se le había formado en la garganta.

El simulacro de retirada empezó para el Segundo Grupo cuando Inez pasó lista en la cubierta correspondiente al pasillo de sus camarotes. A continuación, el coronel Hertness les impartió la formación; entonces, cuando sonó la señal de retirada, tanto ellas como el resto de los ocupantes del barco marcharon hacia los botes salvavidas que tenían asignados. Valerie se esforzó por memorizar el recorrido, pues el coronel las acompañaría esta vez, pero, en caso de emergencia real, no podría guiarlas. Después de que todo el mundo hubiera formado en la cubierta C, se situaron al lado de los botes salvavidas y una banda del regimiento interpretó *The Star-Spangled Banner,* el himno de los Estados Unidos, supuestamente para sumar más dignidad a la práctica o para transmitir la sensación del tiempo que estaba pasando, aunque por un momento Valerie se imaginó huyendo de un barco naufragado con un acompañamiento musical y tuvo que contener una risilla histérica. Confiaba en que, de llegar aquel espantoso momento, supiera mantener la calma, localizar su bote y conseguir subir a bordo. A lo largo de su vida había sufrido adversidades y pérdidas, pero nunca se había enfrentado a un peligro inminente con elevada probabilidad de acabar muriendo. Quería creer que, llegado el momento, sería valiente, pero era imposible saberlo con total seguridad. Aquel periplo oceánico, con la amenaza de tormentas por arriba y submarinos alemanes por abajo, tal vez sería la primera prueba para conocer cuál era su verdadero nivel de valentía.

Sonó una sirena que la despertó de repente de sus ensoñaciones. Era hora de vestirse para ir a cenar.

Después de otra cena sin nada que destacar, las chicas fueron al salón de oficiales, donde una banda tocaba música en vivo, y muchas de ellas bailaron. Las dos actividades, la retirada y el baile, resultaban tan incongruentes que Valerie empezaba a encontrarlo todo un poco surrealista. Pero le encantaba bailar, e Inez les había dicho que, si asistían al baile, podrían estar en pie hasta medianoche; de lo contrario, tenían órdenes de volver a los camarotes y acostarse a las nueve, de modo que la del baile era la elección más clara. Ninguna se quedó sin pareja ni un solo baile, a menos que decidieran lo contrario, y los oficiales se mostraron tan encantadores y estaban tan guapos con sus uniformes, que Valerie casi consiguió olvidarse de la guerra o, como mínimo, empujó la guerra hasta un rincón recóndito de su cabeza durante el resto de la velada.

El cuarto día después de zarpar de Hoboken, el Carmania arribó a Halifax, Nueva Escocia, donde el ambiente frío y húmedo y los fuertes vientos forzaron a Valerie a hacer que sus paseos por cubierta fueran más breves y rápidos y la obligaron también a valorar algo más, aunque a regañadientes, aquellos odiosos calzones de satén. El paisaje era bello por su austeridad, con colinas que llegaban hasta el borde del agua y bosques cubiertos por el primer tul verde claro de la primavera. Durante horas, mientras las chicas hacían ejercicio, estudiaban y comían, los estibadores y la tripulación del barco cargaron carbón y suministros, más carbón y más suministros, una cantidad de carga tan asombrosa que Valerie se preguntó si incluso un buque tan grande como el *Carmania* tendría espacio suficiente para todo aquello. Pero había que tener en cuenta que sus aliados europeos llevaban tres años en guerra, que todo su material estaba agotado, destruido y necesitaban desesperadamente de todo.

Aquella tarde, el simulacro de retirada se llevó a cabo de un modo algo distinto al del primer día. En vez de quedarse en formación mientras sonaba el himno nacional, subieron a los botes salvavidas y fueron descendidos hasta las oscuras y gélidas aguas del puerto de Halifax. Mientras los soldados practicaban el remo, Valerie y las tres operadoras que la acompañaban a bordo de su bote se apiñaron para entrar en calor y apartarse por instinto de las olas que las salpicaban por todos lados. Nadie ofreció a las chicas un remo, lo cual a Valerie le pareció bien, teniendo en cuenta que aún le dolían los brazos de la sesión de gimnasia a la cual las había sometido el coronel Hertness.

—Para ser soldados, la verdad es que estos chicos son buenos marineros —dijo Millicent con la boca pegada al oído de Valerie—. Creo que podemos fiarnos de que harán todo lo posible por salvarnos, llegado el momento.

Valerie sonrió, asintió y se presionó el chaleco salvavidas contra el pecho. Pero ¿hacia dónde remarían aquellos jóvenes valientes si el *Carmania* era torpedeado en medio del océano? ¿De qué le serviría el chaleco salvavidas si el bote volcaba y caía a las gélidas aguas del mar del Norte? Pensó en toda la pobre gente que, solo seis años antes, había naufragado con el *Titanic* y que no había muerto ahogada, sino congelada en el mar antes de poder ser rescatada. Y seguro que los alemanes debían de buscar supervivientes entre los restos de los barcos que hundían. ¿Sería una suerte o una desgracia ser hecha prisionera?

Se alegró de verdad de poder abandonar por fin el bote salvavidas y sentirse protegida por la seguridad ilusoria de aquel gigantesco transporte de tropas.

A la mañana siguiente, la sesión de gimnasia del coronel Hertness fue mucho más fácil de soportar, puesto que el balanceo del barco en el puerto apenas era perceptible en comparación con lo que habían experimentado en alta mar. Durante la comida, corrió de mesa en mesa el rumor de que durante el control médico de la mañana se habían encontrado algunos casos de gripe entre los alistados de la compañía 302.ª de Ingenieros.

—Pobres chicos —dijo Valerie.

Kathleen se encogió de hombros.

—No es más que la gripe.

—Ya, pero incluso así —replicó Valerie, que puso mala cara ante aquella falta de empatía—, ¿te imaginas un lugar peor para tener la gripe que en una litera de tercera clase de un transporte de tropas?

Aquella tarde embarcaron más tripulación y más pasajeros, y poco antes de la cena el Carmania zarpó de Halifax. Las chicas que se habían llevado una decepción con la ausencia de fanfarria en Hoboken descubrieron satisfechas que esta vez la partida no era ningún secreto para nadie. Barcas de pesca y embarcaciones de recreo los despidieron desde el puerto haciendo sonar sus sirenas; en el muelle, una banda interpretó melodías animadas como *For Me and My Gal* y *La marsellesa*; mayores y niños llenaron el muelle y el paseo marítimo, lanzaban vítores y agitaban banderas de Canadá y los Estados Unidos. Sin embargo, el estado de ánimo se volvió más triste cuando la música y los gritos fueron perdiendo intensidad y salieron a mar abierto acompañados por su escolta. El buque de guerra británico King Alfred lideraba el convoy, integrado por el Carmania y cinco embarcaciones más: dos vapores mercantes, un destructor y dos naves más pequeñas, con el nombre que tenían antes de la guerra oculto con un deslumbrante camuflaje. Valerie sabía que podían considerarse afortunados por tener dos barcos de guerra protegiéndolos. Los buques escolta andaban tan escasos que muchos transportes de tropas zarpaban de los Estados Unidos sin ellos y solo tenían escolta, si es que llegaban a tenerla, cuando se aproximaban a las islas británicas.

Cuando el sol se puso por popa, iluminando las nubes desde abajo con unas maravillosas bandas moteadas en tonalidades escarlata, dorado y amarillo, se puso en marcha la disciplina de luz estricta. Fumar en cubierta estaba prohibido; a todas las chicas les habían lanzado la aterradora advertencia de que en una noche despejada en alta mar el resplandor de un cigarrillo podía divisarse casi desde un kilómetro de distancia. Las cortinas opacas cubrían ojos de buey y ventanas, incluso en el comedor, lo que proporcionaba al ambiente una fuerte sensación de confinamiento. Cuando Valerie y sus compañeras volvieron al camarote, circularon por las cubiertas y los pasillos bajo la luz de pequeñas y discretas bombillas azules, que según decían eran menos visibles desde lejos.

A la mañana siguiente, ver el sol fue como una bendición y la brisa refrescó a las chicas mientras el coronel Hertness guiaba la sesión de gimnasia matutina. Valerie tenía la sensación de que su cuerpo estaba aclimatándose al ejercicio, de que los músculos se le estaban poniendo más fuertes, las articulaciones más flexibles, de que los pulmones aguantaban mejor. Aquella mañana el mar estaba bellamente en calma y el sol resplandeciente iluminaba las olas hasta convertir la superficie en una pieza inmensa de seda brillante.

De pronto, una sacudida zarandeó el barco, tan potente que las chicas se tambalearon y rodaron por la cubierta. Valerie cayó de bruces en el suelo, aturdida, y los gritos de sorpresa de sus compañeras le retumbaron en los oídos. Siguió luego una segunda sacudida, más fuerte que la primera. Valerie meneó la cabeza para despejarse, consiguió ponerse en pie, corrió a sujetarse a la barandilla y avanzó lo suficiente como para ver la columna de humo negro que se elevaba desde el crucero que navegaba justo delante de ellos.

Sonaron las alarmas. Tripulación y soldados echaron a correr en todas direcciones, gritaban instrucciones y advertencias. Por las frases incoherentes que consiguió captar, Valerie llegó a la conclusión de que un submarino, o tal vez más de uno, había atacado el convoy. Miró por encima del hombro y vio que las chicas del Segundo Grupo se estaban incorporando, se sujetaban las unas a las otras para mantener el equilibrio y se dirigían rápidamente hacia las escaleras que conducían a los camarotes.

—¡Valerie! —dijo Martina, un grito apenas audible entre aquel caos.

Martina le indicó con un gesto que las siguiera, pero Valerie se aferró a la barandilla y siguió caminando hacia popa, atraída por la imagen de aquella débil columna de humo negro. No tardó en comprender que el vapor mercante que llevaban justo detrás había recibido un impacto y estaba hundiéndose.

El capitán debía de haber dado orden de avanzar a toda máquina, puesto que el Carmania se había puesto en movimiento y dejaba atrás el barco afectado. La mayoría del convoy seguía su ritmo, pero los dos barcos más pequeños y más veloces empezaron a dar media vuelta. Docenas de soldados que no tenían ningún papel que jugar en la defensa del buque corrieron a la cubierta C, justo debajo de donde Valerie estaba, ansiosos por averiguar qué había sucedido. Un marinero pasó corriendo entonces por su lado, tan cerca que Valerie consiguió agarrarlo por el brazo.

—¡Tenemos que parar para ayudarlos! —le gritó. El viento transportó el sonido de su voz; los gritos de alarma eran tan potentes que sofocaban incluso la voracidad del viento—. ¡Tenemos que decirle al capitán que no pueden seguir!

—¡Lo sé, señorita! —respondió el marinero, soltándose—. Pero no podemos parar. Va en contra de las órdenes vigentes. Recoger supervivientes es trabajo de los cazadores de submarinos. Nuestro trabajo consiste en mantenernos cerca del King Alfred y alejarnos del peligro lo más velozmente que podamos.

Acto seguido, se marchó corriendo.

«Cazadores de submarinos». Eso era lo que debían de ser aquellos dos barcos de menor tamaño. Con el corazón acelerado, Valerie se sujetó con firmeza a la barandilla con las dos manos y observó el crucero que llevaban delante —dañado, pero menos que el barco de atrás—, la columna cada vez más gruesa de humo que se elevaba a sus espaldas, la embarcación más pequeña, que se movía siguiendo un patrón imposible de descifrar, y la removida superficie del océano. Esperaba ver aparecer en cualquier momento la imagen de una torreta rompiendo las olas o una V de espuma blanca avanzando hacia ellos y anunciando la llegada de un torpedo.

Pasaron los minutos. Valerie se preparó para otra sacudida similar a las que se habían producido antes; en cambio, no pasó nada. El Carmania fue reduciendo distancia con el crucero, lo adelantó lentamente y, para alivio de Valerie, el crucero dañado siguió con el convoy. Las alarmas se silenciaron por fin, la tripulación reemprendió poco a poco las actividades que habían quedado interrumpidas e incluso la columna de humo de detrás de ellos se perdió de vista.

Con piernas temblorosas, Valerie bajó al camarote, donde encontró a sus tres compañeras inmersas en una acelerada conversación. Gritaron aliviadas al verla.

—¿Por qué has ignorado la orden de la señorita Crittenden de volver a los camarotes? —preguntó Kathleen.

—No me he enterado —respondió Valerie.

Cuando le imploraron que les contara qué sabía sobre el ataque, les explicó todo lo que había visto. Se quedaron blancas y la expresión de todas se volvió solemne cuando les describió lo del barco que se había quedado atrás.

—¿Y el King Charles no ha lanzado cargas de profundidad? —preguntó Martina—. ¿Sabes si sigue acechándonos ese submarino?

—No lo sé. —Valerie se dejó caer en la litera inferior; se sentía tan agotada que era incapaz de subir a la suya—. No he visto nada que sugiera que hayan alcanzado algo, pero si encontraran un blanco y apuntaran…

Se estremeció y, con las manos entrelazadas sobre su regazo, movió la cabeza con inquietud.

A última hora, después de una cena que a duras penas Valerie consiguió engullir, Inez las reunió en la cubierta B y les dio la noticia que había llegado a través del telégrafo. El crucero había recibido un impacto en la hélice izquierda, como consecuencia habían muerto doce personas. El vapor se había hundido poco después de quedarse rezagado con respecto al convoy. Habían fallecido todos sus ocupantes.

—Estamos en la zona de peligro —les explicó Inez, y su mirada firme y segura se posó en la cara de todas, de una en una—. Y hasta que pase este peligro, debéis ir uniformadas a todas horas, despiertas y dormidas, por si acaso el capitán llama a retirada.

Valerie esperaba escuchar un murmullo de insatisfacción, pero no hubo ni la más mínima queja. Aquella noche no habría baile, tampoco estaba nadie de humor para ello. Las chicas se retiraron a los camarotes e intentaron distraerse charlando, escribiendo cartas o leyendo hasta que se apagaron las luces.

A la mañana siguiente, después del habitual control médico, se enteraron de que en el convoy se había producido otro fallecimiento, el del soldado Walter Little, de la 302.ª de Ingenieros, que había caído víctima de una neumonía repentina. Valerie recordó un detalle y experimentó un gélido escalofrío de preocupación; estaba segura de que aquel chico era uno de los primeros casos de gripe de los que se había informado. El capitán había dado órdenes de celebrar un entierro formal en el mar que tendría lugar al día siguiente.

Cuando las chicas del Segundo Grupo se reunieron en el salón para las prácticas de francés, todas habían oído ya rumores de que había cuatro soldados más postrados en cama por culpa de la gripe.

Al amanecer del día siguiente, las operadoras se congregaron en la cubierta B para asistir al solemne funeral de aquel joven soldado que había fallecido antes de pisar un campo de batalla. En posición de firmes, se situaron entre los oficiales, mientras los reclutas guardaban perfecta formación en la cubierta inferior. El capitán dirigió el funeral, pero el viento soplaba con tanta fuerza que Valerie no pudo entender nada de lo que decía. Una guardia de honor disparó una salva de tres cañonazos mientras el ataúd envuelto en la bandera descendía hacia el Atlántico.

«Pobre chico», oyó Valerie que decía con un suspiro una de las chicas. No sabía cuál. Las lágrimas le empañaban la visión y sus pensamientos no paraban de dar vueltas entre el joven cuyos restos habían sido entregados al mar y su querido hermano, Henri, que pronto surcaría también aquellas aguas traicioneras.

Después de comer, cuando se reunieron para la segunda sesión de prácticas de francés de la jornada, Inez llegó tarde y cargada con una gran caja de cartón llena de paquetitos de tela de lona blanca y algodón. Cuando la depositó en su mesa, Valerie vio que en el interior de los paquetes había hilos, agujas de costura, alfileres y tijeras.

—Quiero que cada una de ustedes se confeccione dos mascarillas —anunció Inez. Sacó entonces del bolsillo algo que a Valerie le pareció que era un pañuelo, hasta que la operadora jefe lo desplegó—. Esto es un ejemplo que me ha pasado el oficial médico jefe. Dejaré una en cada mesa para que les sirva de modelo.

Se levantó una mano.

—No sé coser, señorita Crittenden.

—Ya te enseñaré yo —dijo otra de las chicas.

—Las que sepan, que enseñen a las que no saben —ordenó Inez—. Deberán llevar mascarilla siempre que salgan de los camarotes, excepto mientras comen. Eviten el contacto con cualquiera de los reclutas. Sí, ya sé que es lo que deberían hacer siempre de todos modos, pero a partir de ahora quiero que vayan con más cuidado si cabe. La mascarilla deberá cubrirles nariz y boca, y estar atada con la tensión suficiente como para evitar que quede espacio entre la cara y la tela.

Empezó a distribuir las mascarillas, una por mesa. Valerie la cogió y la examinó.

—Parece sencillo —le dijo en voz baja a Millicent.

—A lo mejor deberíamos confeccionar algunas más para la tripulación y los oficiales —replicó también en voz baja Millicent—, si hay tela suficiente.

Valerie asintió descorazonada. Había oído rumores vagos sobre brotes de gripe en los campamentos del Ejército, sobre las terribles fiebres y la neumonía que podían atacar a un regimiento entero en cuestión de días. Kathleen había infravalorado la enfermedad diciendo que no era más que una simple gripe, pero la gripe estacional solía acabar únicamente con la vida de los niños muy pequeños, los ancianos y los que ya sufrían una enfermedad. ¿Qué tipo de gripe sería aquella, capaz de acabar con chicos jóvenes y fuertes?

—No se trata de una cuestión de decisión personal, moda o comodidad —declaró Inez, mirándolas muy seria a todas—. Están ustedes en el Ejército, y esto es una orden. Lleven la mascarilla o enciérrense en el camarote a partir de ahora y durante todo lo que dure la travesía.

—Ya la habéis oído —dijo Valerie a las chicas de su mesa. Se levantó para acercar la caja—. Pongámonos manos a la obra.

Millicent y ella se encargaron de distribuir el material mientras Inez iba de mesa en mesa para enseñar cómo debían cortar la tela y confeccionar las mascarillas. Martina salió corriendo y regresó enseguida con periódicos y lápices, que utilizó para crear un patrón. Kathleen la ayudó a hacer varias copias, y en nada estuvieron todas dibujando, cortando o cosiendo, hablando en apenas en murmullo y básicamente para pasarse las herramientas que compartían o pedir ayuda ante alguna dificultad. En cuanto Valerie tuvo terminada su primera mascarilla, se la puso, ajustó las cintas y empezó con otra, distraída por la sensación desconocida de tener una tela pegada a la cara, la humedad de la respiración y las voces amortiguadas de las compañeras que también habían empezado a ponérselas una vez terminadas. Pero cuando pensó en todas las penurias y peligros que los soldados tenían que soportar en las enfangadas trincheras de Francia, y en las engorrosas máscaras que estaban obligados a llevar para proteger los pulmones de los ataques con gas que les lanzaban los alemanes, un pedazo de tela le pareció una nimiedad por la que no merecía la pena quejarse. Y se sintió orgullosa al ver que ninguna de sus camaradas tampoco se quejaba.

A partir de aquel día, las operadoras dedicaron todo su tiempo libre a confeccionar mascarillas para las tropas y la tripulación. Cuando se quedaron sin tela, un contramaestre les facilitó sábanas de algodón, que cortaron en tiras y colocaron en capas antes de cortarlas a partir del patrón, para de este modo compensar el escaso grosor del tejido.

Cada día se sentían más incómodas por la obligación de dormir vestidas y las mascarillas que les cubrían toda la cara excepto los ojos, y el corazón les daba un vuelco cada vez que durante el control médico se informaba de más casos de gripe, que se había propagado desde los Ingenieros al batallón de Transmisiones. Las operadoras no daban abasto confeccionando mascarillas, aunque Valerie tampoco estaba convencida de que aquella barrera fuera suficiente para impedir la propagación de la enfermedad en un espacio tan estrecho como el de un barco. Sin embargo, hasta el momento, ninguna chica había caído enferma, aunque todas se encogían de miedo cada vez que una compañera de camarote estornudaba. Durante las prácticas de francés, que habían reanudado, las jóvenes solían pedirle a alguna compañera que les tocara la frente para ver si tenían fiebre. Y siempre, además, preparadas para escuchar una posible sirena que alertase de que el enemigo rondaba cerca.

Falleció un segundo soldado, que también fue enterrado en el mar. ¿Cuántos más chicos, o chicas, acabarían cayendo?

El viaje empezaba a ser aterradoramente interminable. La sirena del barco sonaba en los momentos más insospechados para indicar un simulacro con botes salvavidas. El capitán ordenó que no solo había que vestir en uniforme en todo momento, sino que también era obligatorio estar calzado día y noche. Valerie y Millicent se dieron cuenta de que el convoy navegaba en zigzag, «para evitar las minas», les explicó Inez, confirmando sus sospechas.

—¿Estamos ya cerca? —preguntó Valerie al coronel Hertness una mañana después de la sesión de gimnasia, manteniendo las distancias aun estando al aire libre, donde supuestamente el viento dispersaba los miasmas de la enfermedad.

—Estaremos cerca cuando lleguemos al mar de Irlanda —respondió el coronel, con la voz amortiguada por la mascarilla—. Lo sabrá por el agua, la más verde que haya visto nunca.

—Pues será un alivio verla —dijo Valerie.

El coronel se cuadró de hombros y a Valerie le dio la impresión de que, detrás de la mascarilla, ponía mala cara.

—No me malinterprete, señorita DeSmedt. Pero llegar al mar de Irlanda significará que estaremos más cerca de un puerto seguro, pero también que es la parte más peligrosa de la travesía. Los submarinos alemanes están a la espera de la llegada de convoyes como el nuestro, pues están decididos a impedir que nuestras tropas y suministros alcancen suelo británico. Una escolta de torpederos británicos nos recibirá cuando lleguemos allí, pero no son infalibles y es evidente que cualquier submarino puede esquivarlos.

—Entiendo —dijo Valerie, incapaz de impedir que le temblara la voz—. Gracias por su franqueza.

Comprendió entonces que no estarían a salvo de ataques hasta que desembarcaran en Liverpool, y que incluso allí, cuando estuvieran en tierra, correrían otros peligros. Tenía la sensación de estar acechada por enemigos siniestros, invisibles y letales, por todas partes, tanto por debajo de la superficie del agua como por el aire que respiraba.

Y nada había para remediarlo. Estaba a merced del enemigo, de la enfermedad y del implacable mar que envolvía aquel gigantesco y frágil buque durante kilómetros y kilómetros en cualquier dirección.

9

Marzo de 1918
Liverpool, Southampton y El Havre

MARIE

Cuando Marie desembarcó del Celtic al arribar a Liverpool, incluso los olores intensos del puerto, las voces roncas de los estibadores y los chillidos de las aves marinas le parecieron bañados en luz y calidez. Agradecía estar de nuevo en tierra firme, aunque seguía notando el vaivén del barco y tenía la sensación de que el muelle se balanceaba como las olas del mar.

En el sentido más amplio del término, el Celtic había topado con tierra firme a última hora de la tarde del día anterior. Después de doce días en alta mar —soportando los vientos gélidos y el duro oleaje, esquivando las minas y los submarinos alemanes—, cuando el barco navegaba cerca de New Brighton, allá donde el río Mersey desembocaba en el mar de Irlanda, había encallado con un banco de arena. Sorprendidas por el impacto, las chicas del Primer Grupo habían salido rápidamente de sus camarotes para subir a cubierta, donde se habían agarrado a la barandilla para mantener el equilibrio y habían observado la alarmante escena.

—Ahora sí que somos un blanco perfecto para los submarinos, varados bajo la luz de la luna —había murmurado Grace.

—¿Lo dice en serio, señorita Banker? —había preguntado Raymonde, pensativa—. ¿Cree que los submarinos podrían atacarnos incluso aquí?

—Estoy segura de que es improbable —había respondido rápidamente la operadora jefe—. ¿No han visto todos los torpederos que nos han escoltado en cuanto hemos entrado? Confiemos en que sabrán mantener alejado al enemigo y en que podremos liberarnos antes de que los alemanes se den cuenta de que estamos varados.

Raymonde y su hermana habían sonreído, más tranquilas, pero Marie había intercambiado miradas de inquietud con algunas de las chicas.

Entendían, por mucho que las hermanas LeBreton no lo hicieran, que si su operadora jefe no les había prometido que estarían seguras, era simplemente porque no podía prometerlo.

Cuando una complicada maniobra de marcha atrás siguió sin conseguir desencallar el barco, un par de cruceros grandes intentaron remolcarlo, sin lograrlo tampoco. Frustrados, los cruceros abandonaron el Celtic sin que pudieran llegar a avistar Liverpool —ni siquiera si Liverpool hubiera estado libre de las restricciones que ordenaban apagar todas las luces de la ciudad y en el barco hubieran tenido iluminación para poder verla— y escoltaron los mercantes hasta el puerto. Se habían convertido en un blanco tentador para los alemanes, varados, impotentes y cargados de tropas y material.

Después de que cayera la noche y las operadoras regresaran a los camarotes, Marie permaneció despierta en su litera durante horas, inquieta y nerviosa, hasta que finalmente el sueño pudo con ella. A la mañana siguiente, fue un alivio descubrir que, mientras dormía, el barco se había desencallado por sí solo gracias al cambio de marea. El Celtic navegaba por el Mersey y faltaban escasos minutos para que atracaran en Liverpool.

Con todas las tropas y todos los suministros que había que descargar de modo prioritario, las operadoras del Cuerpo de Señales no pudieron desembarcar hasta mediodía. Antes de cruzar la pasarela, un miembro de la tripulación entregó una cajita con el almuerzo a cada una de ellas, que las chicas guardaron bajo el abrigo o bajo el brazo o en precario equilibrio sobre el maletín y la bolsa, lo que dificultaba el descenso al muelle. Allí fueron recibidas por el teniente Brunelle, un oficial del Cuerpo de Señales que había sido asignado para acompañarlas hasta Francia. Con el teniente en cabeza y su operadora jefe en segundo lugar, marcharon hacia la estación de tren con piernas titubeantes, asimilando los paisajes y los sonidos de lo que, para muchas de las chicas, era su primera impresión de un país distinto al suyo.

Marie había estado en Gran Bretaña hacía años, acompañando a su madre en una gira, pero no había visitado Liverpool. Y aunque se había preparado mentalmente para los desastres de la guerra, la cogió desprevenida la falta de hombres en buena condición física y las muchas mujeres que los sustituían como conductoras, mecánicas, oficinistas y otras ocupaciones que en su día habían sido territorio exclusivo de los hombres. Las gorras de color caqui y los abrigos largos con cinturón las identificaban como miembros del Cuerpo Auxiliar de Mujeres del Ejército, aunque, por lo que Marie entendió, habían sido «reclutadas para entrar en servicio» y no habían hecho el juramento militar, como era el caso de las chicas del Cuerpo de Señales. Marie observó a las mujeres del WAAC al pasar por su lado —trabajando alegremente, esforzándose sin la más mínima queja— y se sintió indignada en su nombre. Una mujer que hiciera el trabajo de un soldado merecía el rango y el reconocimiento de un soldado. Algunas de las británicas levantaron la vista con interés al ver pasar el grupo, y cuando les sonrieron y las saludaron con la mano, las chicas del Cuerpo de Señales les devolvieron el saludo. Fue como si un entendimiento silencioso discurriera entre ellas, un sentimiento compartido de orgullo. Estaban haciendo algo que ninguna otra mujer había hecho antes que ellas, o que ni tan siquiera se le había permitido hacer, y a partir de allí el mundo no volvería a ser el mismo.

Marie y sus compañeras dejaron el equipaje en la estación, donde vieron a más miembros del WAAC ocupadas en distintas tareas, hasta que llegara la hora de embarcar en el tren que las llevaría a Southampton. Cuando volvieron a salir para buscar un lugar agradable para comer su pícnic, dos mujeres del Servicio de Cantinas Británico les ofrecieron una taza de café caliente. Marie lo agradeció, puesto que a pesar de que había detectado un débil aroma a primavera entre el olor a creosota y a vapores de carbón, el día era fresco y el cielo estaba encapotado, razón por la cual la taza logró calentarle las manos a través de los guantes.

Pero el calor era lo único bueno de aquel café. En cuanto se sentaron en una zona de césped que estaba seca, Marie probó la bebida y no pudo evitar una mueca de desagrado, aunque se obligó a tragarla y no escupirla. Solo el aroma debería de haberle advertido de que aquello era sucedáneo de café, una mezcla de cebada tostada, sacarina y otros ingredientes de dudoso origen, una combinación comestible pero apenas tolerable. Marie tenía sed porque, de lo contrario, habría derramado discretamente aquel líquido marrón en la hierba, como vio que estaban haciendo muchas de sus compañeras. La caja con el almuerzo era más sustanciosa: una loncha de queso entre dos rebanadas de pan negro y una manzana. Marie se comió hasta la última miga. Empezó a pensar que era más que probable que aquella ración del barco fuera a ser la mejor comida que iba a disfrutar en una temporada.

166

La salida del tren no estaba programada hasta casi las cuatro de la tarde, así que decidieron dividirse en grupos para estirar un poco las piernas por el paseo marítimo antes de regresar a la estación. Una vez de vuelta, encontraron que el andén se hallaba lleno de soldados norteamericanos y británicos listos para embarcar, hablando y bromeando entre ellos o seriamente perdidos en sus pensamientos, con los macutos a la espalda o en el suelo, a sus pies. Las conversaciones se interrumpieron en cuanto hicieron su entrada las treinta y tres mujeres, y a Marie no le pasaron por alto las miradas de asombro y admiración de ellos. Las coquetas habituales del Primer Grupo les lanzaron sonrisas cautivadoras, aunque otras se quedaron estudiando el tren con cierta preocupación.

—¿Es solo impresión mía —dijo Cordelia, la única del grupo originaria de Dakota del Sur—, o este tren es más pequeño que los que tenemos en casa?

—Es más pequeño —le confirmó Marie, ya que, si no fuera porque tenía más vagones, le recordaba un tranvía de los que circulaban por Cincinnati.

—Es pintoresco —comentó Louise con cautela—. No creo que sea para distancias muy largas.

—A lo mejor es el tren que nos llevará hasta otro tren de verdad —dijo Esther, que era neoyorquina.

—Jamás conseguiría cruzar los Alpes —dijo Raymonde, moviendo la cabeza con preocupación.

—Ni las Rocosas —dijo la única miembro del grupo que era de Colorado.

—Ni tiene por qué hacerlo —dijo Grace—. Es nuestro tren y nos llevará sin problemas, aunque con poco estilo, hasta Southampton.

—¡Cuidado! —gritó la voz de un hombre en el andén, un poco más allá de donde estaban ellas. Por instinto, Marie se volvió hacia el sonido y vio un robusto sargento norteamericano enfrentado a un soldado agazapado junto a un vagón—. ¿En qué estás pensando, soldado, apoyándote en ese vagón? ¿Acaso quieres tumbarlo?

Alarmado, el soldado se puso firme y el resto de los chicos que había a su alrededor rieron a carcajadas. Instantes después, el soldado agachó la cabeza con timidez y sonrió cuando el soldado le dio una palmada en el hombro en plan de broma.

Sonó entonces un silbato y un revisor recorrió el andén para pedir a todo el mundo que subiera a bordo. El teniente Brunelle guio a las chicas del Primer Grupo hacia una puerta próxima a la cola. Una de las chicas que caminaban más adelante, tal vez Louise, exclamó algo con consternación antes de quedarse de repente callada. Marie no tardó en descubrir la causa de aquella queja involuntaria: estaban subiendo a bordo de un abarrotado vagón de tercera clase donde varias docenas de soldados británicos ocupaban ya la mayoría de los duros asientos de madera. Los hombres cedieron rápidamente los asientos a las chicas del Cuerpo de Señales, pero el vagón seguía siendo un espacio muy apretado y con el ambiente cargado de humo de tabaco, sudor y ropa sucia. De pronto, los murmullos recorrieron el pasillo y cuando la noticia llegó a Marie, no era buena: no había servicios, de modo que, si tenían que hacer sus necesidades, o volvían corriendo a la estación con la esperanza de estar de vuelta antes de que el tren se pusiera en marcha, o se aguantaban hasta llegar a Southampton y rezaban para que durante el viaje no hubiera muchas sacudidas.

Fue una suerte que ninguna se atreviera a apearse, pues el silbato que anunciaba la salida inminente sonó muy poco después. El tren traqueteó, dejó atrás el andén y cobró velocidad en cuanto dejó atrás la ciudad por el este y puso luego rumbo hacia el sudeste, cruzó el Mersey y se sumergió en la campiña inglesa. Apretujada entre Cordelia y Suzanne, Marie observó el paisaje y charló con sus compañeras de asiento, pero estaba cansada y con dolor de cabeza de haber dormido poco y lo único que deseaba era poder recostarse sobre el hombro de Cordelia y dormitar para que fueran pasando las horas. En la parte posterior del vagón, unas cuantas chicas habían entablado una animada conversación con los soldados y reían a carcajadas de vez en cuando.

Marie oyó un suspiro en el asiento de detrás de ella.

—La verdad es que esto no tiene nada que ver con el 20th Century Limited —se lamentó en voz baja Louise a su hermana.

Y no lo era. Marie intentó adaptar la espalda a la presión de las duras láminas de madera del asiento y recordó los mullidos asientos de cuero del salón del 20th Century Limited y, con una punzada de añoranza tan repentina que casi le corta la respiración, recordó también los cálidos ojos castaños, las manos fuertes y la boca sensual del hombre que había sido su compañero de viaje durante unas breves horas en aquel trayecto entre

Chicago y Nueva York. Se preguntó dónde estaría ahora Giovanni. Si seguiría su formación en Camp Upton, Long Island, si estaría en alta mar o si habría llegado ya «Allí». ¿Por qué no la habría estado buscando después de que se despidieran? ¿Por qué no la había esperado en el andén de la estación Grand Central, aunque fuera solo para un último adiós? ¿Y por qué seguía pensando en él, cuando a buen seguro la había olvidado hacía muchas semanas, y probablemente antes incluso de que llegaran a Nueva York? Si se acordaba de él era simplemente porque su mala educación la había ofendido, se dijo con firmeza. Y los insultos solían perdurar más tiempo que otras cosas en la cabeza, igual que un moratón en la piel.

Decidió no pensar en él nunca más.

Horas más tarde, tras un viaje que se hizo interminable, el tren hizo su entrada en la estación central de Southampton. Antes de desembarcar, la operadora jefe les asignó alojamiento por orden alfabético y las informó de que en las casas de huéspedes donde dormirían les darían comida, aunque si querían comer fuera y tenían dinero para ello, podían hacerlo.

—Pero no se alejen muchas manzanas de su alojamiento —les aconsejó—. Desplácense en parejas o en grupo e informen siempre a un supervisor antes de irse.

—¿Zarparemos mañana hacia Francia, señorita Banker? —preguntó Raymonde.

Grace le lanzó una mirada que transmitía tanto buen humor como una advertencia.

—De saberlo, ¿crees que lo anunciaría en un tren rodeada de desconocidos?

Avergonzada, Raymonde hizo un gesto negativo con la cabeza. Louise le cogió la mano y le murmuró al oído algo que llevó a su hermana a presionar los labios, asentir y bajar la vista.

Recogieron las pertenencias, se despidieron alegremente de los soldados con quienes habían compartido vagón y se apearon del tren. Había anochecido y la oscuridad era tan completa que Marie apenas pudo ver nada de la ciudad portuaria durante el recorrido hacia su alojamiento, un par de casas de huéspedes a ambos lados de una calle adoquinada, a escasas manzanas de la estación. El ambiente olía a salmuera, pescado podrido y brea, y la humedad de la sal marina se notaba en la cara, pero poco se veía más allá de la espalda de la chica que caminaba delante de ella, los bordillos de las aceras y algún que otro obstáculo que había sido embadurnado con pintura luminiscente por razones de seguridad.

Marie se reunió con su compañera de habitación —Minerva Nadeau, de Denver— en el vestíbulo de la casa de huéspedes mientras dejaban el equipaje en recepción. Después de un aseo rápido, las dieciséis operadoras bajaron al comedor, revitalizadas ante la perspectiva de poder disfrutar de una comida caliente. La anfitriona, una mujer de cabello blanco, las trató como si fueran dignatarias en visita oficial.

—Esto es extraordinario —exclamó, mostrándoles sus asientos—. ¡Chicas soldado llegadas hasta aquí desde América!

Les sirvió sucedáneo de café, que todas fingieron paladear con agrado, sopa de pescado y un panecillo por cabeza. La sopa estaba insípida, espesada con cebada y sazonada con unas ramitas de romero, pero el pan estaba tan duro que no podía ni morderse y se vieron obligadas a cortarlo a trocitos con el cuchillo y remojarlo en el café para conseguir masticarlo.

—¿De qué está hecho este pan para que esté duro como el granito? —se preguntó en voz alta Louise.

—Mejor no preguntes —dijo Marie, dirigiendo un gesto amable a la casera, que las observaba expectante desde la puerta de la cocina—. Limítate a comerlo.

Marie estaba segura de que aquella era la mejor comida que su anfitriona podía ofrecerles. Después de cuatro años de guerra, era todo un logro tener algo que dar a los huéspedes, incluso para unos aliados que habían cruzado un océano para luchar junto a ellos.

Las habitaciones eran pequeñas pero inmaculadas, y estaban amuebladas con camas estrechas y cómodas con sábanas almidonadas.

—Casi había olvidado lo maravillosa que puede llegar a ser una cama de verdad —dijo Minerva, suspirando al meterse debajo del grueso edredón de plumas.

Marie, que ya estaba casi dormida, murmuró para decirle que sí.

A la mañana siguiente se despertaron bajo una niebla espesa y con el sonido de fondo de los gritos de las gaviotas.

—Con este tiempo no zarparemos —predijo Marie cuando se lavaban y se vestían.

Así fue. Mientras desayunaban un cuenco de gachas con sacarina, más pan duro y sucedáneo de café o té aguado, Grace llegó procedente de la otra casa de huéspedes y les confirmó que la niebla les impedía moverse. Después de la sesión de instrucción, podrían pasar la jornada como les apeteciera, aunque deberían volver corriendo a la casa de huéspedes si acababa despejando.

—Dice el teniente Brunelle que hay una cabaña de la Asociación Cristiana de Jóvenes donde ofrecen actividades recreativas para los soldados —añadió—, y aunque están pensadas para hombres, han accedido a dejarnos entrar también. No queda lejos, y tal vez merezca la pena ir a echar un vistazo.

Por la tarde, tras la instrucción y la comida, cuando Marie, Minerva y algunas compañeras fueron a caminar por el paseo marino y a mirar tiendas, viendo que no había más diversión, decidieron acercarse hasta la Asociación Cristiana de Jóvenes y ver cuál era su oferta. El viejo edificio de piedra, alto y estrecho estaba al final de una calle, detrás de una zona ajardinada. En el césped habían levantado una tienda de campaña, que tenía los laterales abiertos, donde se habían instalado hileras de sillas plegables y una pantalla hecha con una sábana blanca. Un cartel en un caballete anunciaba la proyección de la película *The Silent Man*, en una sesión vespertina gratuita para cualquier miembro de las fuerzas armadas aliadas; un calendario anunciaba también las fechas y los horarios de otras películas.

Dentro del edificio, una sonriente voluntaria les dio la bienvenida y les ofreció una taza de chocolate caliente, que olía como el cielo y sabía divinamente. El espacio parecía un almacén reacondicionado. Había una chimenea en cada extremo, una cantina junto a la entrada donde otra voluntaria estaba sirviendo café, chocolate caliente y rosquillas a un grupo de agradecidos soldados, y mesas y sillas dispuestas para crear espacios más reducidos con diversos propósitos: una modesta biblioteca, un lugar donde sentarse a escribir cartas y mesas con juegos, ocupadas todas ellas por algunos soldados. Cerca de la pared del otro extremo, había cuatro filas de sillas plegables dispuestas en semicírculos concéntricos alrededor de un piano vertical y un pequeño escenario construido con madera contrachapada clavada a una plataforma hecha con cajas vacías de verdura y fruta. Un soldado norteamericano estaba sentado al piano y tocaba la melodía de *Oh! How I Hate to Get Up in the Morning*, mientras un público compuesto por media docena de soldados de infantería lo abucheaba y se reía. Uno de ellos incluso se había tapado los oídos.

El soldado aporreó las teclas hasta emitir un sonido desafinado.

—No os quejéis a menos que podáis hacerlo mejor.

—Tú sí que podrías hacerlo mejor —le dijo Minerva a Marie, dándole un codazo.

—Oh, sí —dijo Cordelia—. Marie, por favor. Hace años que no nos das un concierto.

—Fue hace pocos días, a bordo del Celtic —le recordó Marie, protestando y riendo.

—Si, pero de salmos de la misa del domingo. Necesitamos música de verdad.

Marie contuvo un grito, fingiendo indignación.

—¡Sacrilegio! Aquello fue un repertorio clásico.

—Por favor, Marie —le imploró Minerva, dirigiendo la cabeza hacia los soldados que tan mala cara ponían ante el desventurado pianista—. Un regalo para los chicos.

Las amigas de Marie la siguieron y se acercaron al soldado que estaba tocando con dos dedos una esforzada versión de lo que podría haber sido *Yankee Doodle*.

—Disculpe —dijo Marie—, ¿puedo pedirle prestado su piano?

El soldado miró por dos veces a las jóvenes uniformadas y esbozó una sonrisa de oreja a oreja.

—No es mi piano y, por lo tanto, no puedo prestárselo, señorita —dijo, levantándose e indicándole el banco—, pero ¿le parece bien si nos turnamos?

Marie sonrió a modo de agradecimiento, se alisó la falda para poder sentarse y acercó el banco al instrumento. Habría sido estupendo que Millicent hubiera estado allí para tocar, pero su amiga había quedado asignada al Segundo Grupo. Daba igual. Marie era mejor cantante que pianista, pero había empezado a tomar lecciones con su padre desde muy pequeña y con el tiempo se había convertido en una acompañante más que decente. Recorrió las teclas con los dedos y puso mala cara al descubrir una nota que sonaba especialmente plana, pero, por lo demás, estaba bastante bien afinado. Cuando necesitara aquella nota, cantaría un poco más fuerte y tocaría un poco más bajo, con suerte nadie se daría ni cuenta.

Empezó con *It's a Long Way to Tipperary*, que atrajo a todos los soldados y cosechó apasionados aplausos, para seguir con *Good-bye Broadway,*

Hello France, que los británicos conocían menos, pero que pareció gustarles igualmente. Cantó luego unas canciones tradicionales francesas y, cuando hubo terminado la tercera, vio que había congregado una buena cantidad de público. Concluyó con una animada interpretación de *Over There*, animando a los chicos a cantar con ella y sonriendo cuando dieron palmas y patearon el suelo al ritmo de la música.

Marie se levantó y saludó con elegancia, agradablemente sorprendida por aquel entusiasmado rugido de vítores y aplausos, escandalosos en comparación con los recatados aplausos de las veladas musicales de casa de sus padres. Sus amigas se sentían orgullosas y estaban aplaudiendo tan alocadamente como los chicos, e incluso las camareras de la Asociación Cristiana de Jóvenes hicieron una pausa en su trabajo para aplaudir. Minutos después, cuando Marie y sus compañeras se disponían a marcharse, la camarera que les había ofrecido chocolate caliente las paró antes de que cruzaran la puerta.

—¿Podría acercarse otra vez mañana a última hora de la tarde, por favor? —le preguntó a Marie—. Después de cenar siempre viene mucha gente y sé que a los chicos les encantaría escucharla.

—No sé si seguiré en Southampton —respondió vagamente Marie, porque incluso decir aquello era como divulgar demasiado acerca de la misión del Primer Grupo.

—Estará aquí si puede —declaró Minerva, esta rodeaba los hombros de Marie con el brazo—. Ya nos encargaremos de que así sea.

Y cuando todas las chicas se lo garantizaron, la camarera sonrió y les prometió hacer correr la voz sobre la posibilidad —solo la posibilidad, sin prometer nada— de la celebración de un concierto especial.

La mañana siguiente amaneció con un tiempo aún peor que el del día anterior, lo que las obligó a seguir prolongando la estancia en Southampton. Las operadoras estaban ansiosas por llegar a Francia, peo aprovecharon bien el tiempo dedicándose a la colada y la costura, practicando el francés, haciendo repasos de la terminología militar, estudiando artículos escritos por corresponsales de guerra publicados en prensa y escribiendo cartas a casa. Por la tarde, Marie volvió a la Asociación Cristiana de Jóvenes, esta vez acompañada por Grace Banker y el resto de las integrantes del Primer Grupo, que habían oído la excelente crítica que Minerva había hecho del primer concierto y estaban decididas a no perderse el segundo. Al llegar, Marie se llevó una sorpresa al ver que más de la mitad de las sillas plegables ya se encontraban ocupadas. Sus compañeras se apresuraron a hacerse con las que quedaban libres.

Marie alteró un poco el programa con respecto al del día anterior, manteniendo las animadas canciones de guerra que tanto habían gustado a los soldados, intercalando algunas melodías folclóricas inglesas y atreviéndose con una pieza barroca de Henry Purcell. Por el rabillo del ojo vio que la música atraía la atención de peatones curiosos que, una vez allí, al ver el entusiasmo del público, acababan entrando. Si la Asociación Cristiana de Jóvenes hubiera elegido aquel momento para pasar la gorra y obtener donaciones, habría obtenido buenos ingresos. Terminado el concierto, muchos soldados quisieron conocerla y sus compañeras recibieron también una atención similar.

—¿Regresará mañana? —volvió a preguntarle esperanzada la camarera a Marie antes de que se fuera, y Marie le respondió de nuevo con vaguedad.

La niebla y la lluvia les impidieron zarpar durante tres días más. Marie sabía que Grace Banker y el teniente Brunelle se reunían con el capitán de los barcos de transporte varias veces al día y sopesaban el riesgo de una travesía peligrosa con respecto a no satisfacer la apremiante necesidad que tenía el general Pershing de contar con operadoras telefónicas cualificadas. «Estén preparadas —advertía Grace a las chicas durante las comidas y las sesiones de instrucción—. Zarparemos hacia Francia en el momento en que el tiempo mejore».

Seguían con el equipaje a punto y nunca se alejaban más de un kilómetro y medio de sus alojamientos. Por las tardes Marie cantaba en la cabaña de la Asociación Cristiana de Jóvenes y atraía cada vez más público. A veces, cuando saludaba, reconocía entre la multitud caras de chicos que habían asistido a sus anteriores conciertos, aunque en su mayoría cada tarde había soldados totalmente distintos.

Cuando le comentó esto a la camarera encargada —o secretaria, como era mejor llamarla—, la mujer madura asintió y le confirmó que no eran imaginaciones suyas.

—Por el puerto pasan muchos soldados —le dijo—. A menudo no se quedan más que un día, el tiempo justo de tomarse un chocolate caliente y enviar una postal a casa. Si últimamente hay tantos por aquí, es solo por la niebla.

De pronto, a Marie se le ocurrió una idea.

—¿Y cree que prácticamente todos los soldados se pasan por la Asociación Cristiana de Jóvenes durante su estancia?

—Oh, yo no diría que todos —replicó con modestia la secretaria—. Pero imagino que sí un número más que respetable. Saben que estamos aquí para ellos por si quieren cualquier cosa, desde un refresco hasta jugar una partida de damas, pasando por un lugar tranquilo donde poder leer un rato. Aquí en Southampton, los soldados tienen también otros lugares a los que poder ir: *pubs*, restaurantes, iglesias para los que sientan esa necesidad…, de todo. «Allí», por otro lado, sucede a menudo que nuestros barracones son el único entretenimiento en muchos kilómetros a la redonda.

—Y por casualidad… —Marie eligió con cautela sus palabras—, ¿no recordaría si el 307.º de Infantería ha pasado por Southampton?

—No creo. —La secretaria se quedó pensando—. Esos están con la División 77 de Infantería, ¿verdad?

—Sí, así es.

Se quedó pensando, arrugando la frente, hasta que finalmente hizo un gesto negativo.

—No recuerdo haber visto esas insignias, lo cual no significa que no hayan viajado «Allí». Porque eso es lo que estaba preguntando en realidad, ¿no?

Marie asintió.

La secretaria sonrió, entendiéndola claramente.

—¿Un novio o algún hermano?

—Un amigo —respondió enseguida Marie—. O mejor dicho, un conocido.

—Pero que yo no recuerde haberlos visto no significa que el 307.º no haya pasado por Southampton. A veces, los soldados van directamente del barco a la estación de tren, sin ni siquiera detenerse en Camp Romsey. A veces, tampoco me doy cuenta o no recuerdo todas las insignias que veo. Y, por mucho que sea orgullosa miembro de este club —sonrió y miró a los soldados y a las chicas del Cuerpo de Señales, quienes seguían charlando o jugando a las cartas a la espera de que Marie acabase su pausa—, no todos los regimientos vienen a vernos.

—Ellos se lo pierden —dijo Marie, consiguiendo esbozar una sonrisa—. Tengo que seguir.

¿Por qué le temblaban las manos cuando, rodeada de aplausos, volvió a sentarse al piano? ¿Por qué habría preguntado? Si Giovanni hubiera querido volver a verla, la hubiera esperado en el andén de Grand Central. O podría haber dirigido una carta a su atención a las oficinas centrales de AT&T, ya que ella le había dicho que estaría allí trabajando temporalmente.

Intentó dejar de lado todos aquellos pensamientos y concentrarse en los soldados que tenía delante, jóvenes que lo único que querían era olvidar por unas horas la añoranza del hogar y todas las preocupaciones. Funcionó, casi, en cuanto la música volvió a fluir y unió a todos los presentes, todos tan lejos de casa y todos sin saber lo que el mañana les traería.

Al terminar la velada, la secretaria corrió para detener a Marie antes de que llegara a la puerta.

—¿Puedo hablar un momento con usted, señorita Miossec? —preguntó.

Marie dudó unos instantes; la mayoría de las chicas del Primer Grupo ya se habían ido y no quería desobedecer las órdenes y regresar sola a la casa de huéspedes.

—Te esperamos —dijo Cordelia, miraba a Minerva para que diera su confirmación. Esta asintió.

—No tardaré —les aseguró Marie.

Entonces la secretaria la guio hacia un pequeño despacho contiguo a la cantina.

—Voy a ir al grano —empezó la secretaria. Cerró la puerta y los sonidos del exterior se amortiguaron—. Todas las semanas llegan tropas a Southampton y a los oficiales al mando de los campamentos les gustaría que pudiéramos ofrecerles más entretenimiento musical. ¿Podría plantearse la posibilidad de quedarse aquí y trabajar a sueldo como directora de programación de la Asociación Cristiana de Jóvenes? Nos encantaría que continuase con sus conciertos varias noches por semana y organizar además otras actuaciones para los días que tuviera que descansar la voz: bandas locales, coros infantiles…

—Gracias por la oferta —dijo Marie sorprendida—, pero me temo que debo declinarla.

—Piénseselo, al menos —le instó la secretaria—. Reforzar la moral es absolutamente esencial para la victoria. Usted y su personal no actuarían tan solo para los soldados que están de paso hacia «Allí», también para los que están de regreso, los heridos en fase de recuperación, los que han recibido la invalidez permanente, los pobres desgraciados que sufren neurosis de guerra. Sería un servicio a la causa muy importante.

—No tengo la menor duda —dijo Marie—, pero, con todos mis respetos, considero que mi perfil como operadora telefónica bilingüe es más esencial para la guerra que mis dotes como cantante. Y, por otro lado, no tengo libertad para renunciar al Cuerpo de Señales. Me he alistado en el Ejército para todo lo que dure la guerra.

—Entiendo —dijo la secretaria visiblemente decepcionada—. Pues sentiremos muchísimo perderla. ¿Puedo, de todos modos, seguir contando con usted mientras continúe en Southampton?

—Por supuesto —dijo muy seria Marie—. He disfrutado de estas veladas más de lo que puede llegar a imaginarse.

Y recordando que sus compañeras la esperaban en la puerta, le dio las gracias a la secretaria, le deseó buenas noches y se marchó corriendo.

—¿Qué quería? —preguntó Cordelia, ya de camino de vuelta a la casa de huéspedes.

—Es todo de lo más absurdo —respondió Marie, que consiguió soltar una pequeña y temblorosa carcajada—. Después de meses de audiciones decepcionantes, acabo de rechazar mi segunda oferta de cantar profesionalmente a cambio de continuar trabajando en una centralita. Debo de estar loca.

—Tonterías —dijo Minerva, enlazando el brazo con el de Marie—. Has hecho un juramento para servir a tu patria desde el Cuerpo de Señales. El general Pershing no podrá ganar esta guerra si tú no estás.

—No podrá ganarla si no estamos todas nosotras —la corrigió Cordelia, agarraba a Marie por el otro brazo.

Marie sonrió, animada por las amables palabras de sus compañeras. Ni por un momento se había planteado la posibilidad de dimitir, pero estaba obligada a reconocer que la oferta había resultado halagadora después de tantos rechazos. Había sentido un breve instante de duda —si seguía en Southampton, tal vez vería a Giovanni cuando el 307.º pasara por allí—, aunque la había sofocado enseguida. Al final, en un día o en una semana, pondría rumbo a Francia para servir allí donde era más necesaria y de la mejor manera que podía hacerlo. Eso era lo único importante.

A la mañana siguiente, cuando Marie se despertó, la tenue luz del sol se filtraba a través de las cortinas, algo tan excepcional a aquella hora que al principio pensó que se había quedado dormida. La niebla empezó a levantar y al mediodía se había disipado casi por completo. En todo el día, nadie se aventuró a alejarse de la casa más de una manzana, y a la hora del té empezaron a circular en las dos casas de huéspedes un par de rumores muy creíbles: en primer lugar, que los alemanes habían lanzado una nueva ofensiva en el Somme con el objetivo de derrotar al Ejército británico antes de que las tropas de los Estados Unidos pudieran reforzarlo; en segundo lugar, que el Primer Grupo zarparía hacia Francia a última hora de aquella misma tarde.

Al cabo de unas horas, Grace Banker confirmó la veracidad del segundo rumor.

Después de una cena rápida, las operadoras formaron filas con el equipaje y emprendieron la marcha hacia el muelle, donde embarcaron en un pequeño paquebote llamado Normania para cruzar el Canal. Eran ya las siete de la tarde, pero, incluso con la luz crepuscular y las neblinas que empezaban a cubrir la costa, Marie vislumbró que las cubiertas superiores estaban abarrotadas de soldados belgas, franceses y británicos, así como de civiles franceses desesperados por volver a casa. Una azafata las acompañó a sus camarotes, dos cubiertas más abajo, a través de una estrecha escalera, llena también de soldados, y luego por pasillos donde más civiles franceses se acurrucaban en el suelo con sus pertenencias e intentaban dormir. Marie y sus compañeras se abrieron paso entre un amasijo de extremidades, maletas y mantas, tropezando de vez en cuando y disculpándose en francés cuando las maldecían por pisar alguna mano o algún pie.

—La semana pasada mi compañera se hundió en su paquebote —oyó Marie que le comentaba con tristeza la azafata a Grace Banker, quien caminaba por delante de ella y quedaba medio oculta por la penumbra—. Seguramente esta vez lo conseguiremos.

Marie inspiró hondo para serenarse, se cambió de hombro la correa de la bolsa y sujetó con más fuerza el asa del maletín. El ambiente era sofocante, apestoso y apenas corría la brisa marina para refrescarlo un poco. La azafata las repartió entre varios camarotes que ya estaban llenos, viéndose obligadas a compartir literas.

—No estaremos mucho tiempo a bordo —les recordó Grace—. Intenten dormir. La travesía es corta y si la niebla se mantiene alejada, es posible que estemos en Francia antes de que se despierten.

Marie y sus compañeras de camarote le desearon buenas noches y se instalaron en las literas.

—Cuando estemos sanas y salvas en Francia, lo agradeceré —murmuró adormilada una chica.

A lo que otra replicó con sorna:

—Estaríamos más seguras en Francia, por mucho que esté devastada por la guerra, que en esta bañera.

El comentario provocó alguna carcajada irónica, pero el oscuro camarote se quedó muy pronto en absoluto silencio. El último pensamiento de Marie antes de caer dormida fue la esperanza de que la sirena que anunciaba que zarpaban no la desvelara.

Se despertó al cabo de un espacio de tiempo indefinido, desorientada. Vio que el camarote se hallaba solo un poco más iluminado que antes, que el barco apenas se balanceaba y oyó que las planchas de madera del techo crujían por el peso de las pisadas en cubierta. El paquebote estaba tan quieto, pensó mientras bajaba con cuidado de la litera para no despertar a su compañera, que ya debían de haber cruzado el Canal y atracado en El Havre.

Se vistió rápido, pensaba en lo mucho que le gustaría tener un poco de agua para poder lavarse, abrió la puerta del camarote y vio que los civiles franceses seguían tumbados en el suelo, dormitando. Inquieta, recorrió el estrecho pasillo, subió las escaleras y salió. Para su consternación, descubrió que la cubierta continuaba llena de soldados y civiles, dando vueltas o acurrucados bajo las mantas. Era difícil ver hasta muy lejos, puesto que el barco estaba sumido en un banco de niebla. Pero el idioma y el acento de las voces que llegaban hasta ella desde el oscuro muelle le dieron a entender que no habían llegado a zarpar de Southampton.

Marie cerró los ojos e inspiró hondo para contener la exasperación. ¡Pensar que con tanta tecnología moderna seguían aún a merced de los caprichos de la meteorología! Volvió al camarote, donde sus compañeras, adormiladas, estaban vistiéndose. Se quejaron con ganas cuando Marie les dio la noticia de que no estaban ni mucho menos cerca de Francia.

—Nos sentiremos mejor después de desayunar —dijo—. Vayamos a buscar a la señorita Banker para que nos cuente cuál es el plan.

Encontraron a la operadora jefe en cubierta, acompañada ya por otras chicas del grupo, y no tardaron nada en estar reunidas de nuevo las treinta y tres. El teniente Brunelle se presentó entonces y las guio hacia el comedor, donde varios oficiales y unos cuantos reclutas estaban haciendo cola delante de la puerta. Las chicas del Primer Grupo se pusieron también a la cola, hablando en voz baja sobre aquel condenado tiempo, comentando con sorna que a buen seguro todo era por culpa del káiser y preguntándose qué habría en el menú. A Marie le pareció oler a salchichas, pero no podía estar del todo segura hasta que no se situaran más cerca de la entrada.

Entonces Marie oyó la voz del teniente, potente y enojada, retumbando en la cabecera del grupo.

—¿Qué quiere decir con eso de que no se les permite entrar?

Marie estiró el cuello y vio que el teniente estaba delante de la puerta, enfrentándose a un hombre con chaquetilla blanca y gorro de cocinero. No alcanzó a oír la respuesta de este, pero vio que levantaba los brazos, que los cruzaba y los extendía para mantener a raya al teniente y a las mujeres, y que iba sacudiendo la cabeza para enfatizar sus palabras. Estuvieron discutiendo un buen rato, pero el hombre de blanco se mantuvo en sus trece. Al final, Grace se apartó de la cola e indicó con un gesto a las operadoras que la siguieran hacia la proa.

—No permiten el paso de mujeres norteamericanas en el comedor —dijo apesadumbrada—. Y como no hay otro servicio de comida a bordo, estamos en una situación complicada.

—No se marchen muy lejos —dijo el teniente Brunelle, exasperado—. Voy a hablar con el capitán.

Le desearon suerte y lo vieron desaparecer entre la niebla. El ambiente era frío y húmedo, pero a ninguna le apetecía regresar al camarote, por lo que decidieron apiñarse las unas contra las otras para entrar en calor y hacer chistes irónicos sobre los posibles motivos de la prohibición, en francés y en voz baja, para no ofender a nadie y empeorar aún más las cosas. Al cabo de lo que les pareció más de una hora, el teniente llegó con una cesta con pan y queso.

—Me ha sido imposible localizar al capitán —dijo—, pero no podemos permitir que las chicas pasen hambre y he conseguido sacar esto de la cantina.

Le dieron las gracias e hicieron circular la cesta entre ellas; había bastante para todas, aunque raciones justas. Mientras comían, Marie se fijó en que Grace se apartaba del grupo para hablar con el teniente y se aproximó con cautela para intentar escuchar qué decían.

—Es inconcebible —estaba diciendo sin levantar la voz la operadora jefe furiosa—. Nuestras chicas tienen que comer y me niego a que pasen otra noche encerradas bajo cubierta, en ese nido de ratas.

El teniente, cruzado de brazos, iba haciendo gestos de asentimiento y frunciendo el entrecejo.

Poco después, Grace llamó a las chicas del Primer Grupo y les dijo que se pusieran todo lo cómodas que les fuera posible «sin abandonar el Normania», añadió con ironía. Entonces, el teniente y ella se marcharon en dirección al puente.

Marie, Cordelia y Minerva decidieron dar un paseo por la cubierta superior para tomar el aire y hacer un poco de ejercicio en aquel barco abarrotado y envuelto por la niebla. Después de unas cuantas vueltas, Cordelia comentó que la niebla parecía menos densa que antes y que el sol brillaba algo más. Marie y Minerva confirmaron que también se habían percatado de aquel pequeño cambio, y confiaron en que no fueran simples imaginaciones suyas.

Era casi mediodía cuando volvieron a la cubierta principal, donde encontraron a varias de las otras chicas reunidas alrededor de Grace y el teniente, quienes al parecer acababan de mantener una larga y acalorada discusión con el capitán.

—El capitán ha transigido —anunció Grace, con una leve sonrisa de triunfo que daba a entender la dura batalla que habían tenido que librar para convencerlo—. A partir de ahora, seremos bienvenidas en el comedor y el capitán nos ha invitado a trasladarnos a los camarotes de primera clase de la cubierta superior. Decídselo a las demás, id a buscar vuestras cosas e instalaos lo más rápidamente posible arriba.

Hubo algún que otro chillido de alegría, enseguida silenciado, y se apresuraron a obedecer.

—¿Así que han tenido todo este tiempo esos camarotes de primera vacíos y han permitido que el pasaje duerma por el suelo y las escaleras? —dijo Cordelia con incredulidad cuando llegaron a la intimidad del camarote.

—Tenemos que estarle agradecidas a la señorita Banker por lo bien que cuida de nosotras —dijo Marie, cerrando el maletín y echándose al hombro la cinta de la bolsa.

Se marcharon a toda velocidad, decididas a ocupar los camarotes de primera antes de que el capitán cambiara de idea. El servicio de almuerzo para los oficiales estaba a punto de terminar cuando llegaron, pero agradecieron la carne de ternera curada, los panecillos y el té aguado que les sirvieron en el comedor que hasta aquel momento habían tenido prohibido.

181

A media tarde, y aunque la niebla no se había levantado por completo, el Normania levó finalmente anclas y zarpó de Southampton para adentrarse en el estrecho de Solent y emerger a mar abierto en Portsmouth. Después de cenar, Marie y las demás chicas volvieron a la cubierta superior para admirar el paisaje, emocionadas por estar de nuevo en alta mar, pero la niebla había vuelto a descender con la caída de la noche y resultaba imposible ver algo que estuviera más allá de un metro de su cara. Marie oía sirenas de otros barcos, oscurecidos por la oscuridad y la niebla, y confió en que aquellos sonidos fueran suficientes para evitar una colisión.

—Marie —dijo Cordelia—, ¿querrías cantar para nosotras?

—Nada de canciones —gruñó un marinero que pasaba en aquel momento por su lado, sobresaltándolas a todas—. Nada hay que se escuche mejor en el mar que la música.

Marie notó una presión en el pecho. Estaba tan preocupada con la posibilidad de chocar contra otro barco británico entre aquella niebla espesa, que casi se había olvidado de que por debajo acechaban los submarinos.

A medida que la noche fue haciéndose más fría, las chicas fueron retirándose a los camarotes, aunque Marie y varias más, demasiado nerviosas para meterse ya en la cama, se apiñaron junto a una de las chimeneas para entrar en calor. Grace y el teniente Brunelle se les sumaron.

—¿Ven aquel bote salvavidas? —preguntó el oficial, señalaba el más próximo, un bote cubierto con lona de color gris y sujeto con correas a la barandilla—. Será el punto de encuentro en caso de sufrir un ataque. ¿Entendido?

Todas asintieron muy serias.

—Comuníquenselo a las demás —dijo Grace, esbozando una sonrisa para tranquilizarlas.

Descansó levemente la mano sobre el hombro de Cordelia al pasar por su lado y se dirigió hacia Suzanne y otro grupo de chicas, que estaban recostadas en la barandilla.

A pesar de que era tarde, del frío que hacía y de la imposibilidad de ver nada que no fueran las sombras de las caras de sus compañeras, Marie permaneció en cubierta, sin ganas de retirarse al relativo calor y confort de la litera. Tras tantos años en el extranjero, estaba casi en casa y, si la niebla se levantaba y la luz iluminaba la costa de su amada Francia, no quería perderse la primera oportunidad de vislumbrarla.

Grace y Suzanne se apartaron finalmente de la barandilla y pasaron por delante de la chimenea donde permanecían Marie y sus compañeras.

—Es medianoche, así que me despido por hoy —anunció Grace—. Intenten dormir un poco, ¿lo harán?

Le prometieron que así lo harían y desearon buenas noches a Grace y a Suzanne.

—Creo que tienen razón —dijo Cordelia con un bostezo en cuanto se fueron—. Por la mañana lo lamentaremos si no…

De pronto, el barco se sacudió y paró los motores. Las chicas se miraron entre ellas, alarmadas, pero antes de que cualquiera pudiera decir alguna cosa, vieron alzarse hacia el cielo bengalas fosforescentes y emerger de las aguas oscuras unos postes marrones cubiertos de algas y cieno. Cordelia gritó, agarró a Marie por el brazo y señaló; volviéndose, Marie se quedó horrorizada al contemplar la sombra imponente que acechaba entre la niebla y se aproximaba con rapidez, unos contornos que acabaron definiéndose como la forma de un buque gigantesco que avanzaba hacia ellos. En el último momento, el destructor consiguió revertir la marcha de sus motores, sin poder evitar el impacto contra el Normania, aunque reduciendo la gravedad del golpe. Marie y Cordelia se abrazaron, tambaleantes, pero consiguieron mantenerse en pie.

Cayó sobre ellos entonces, desde el destructor, una auténtica lluvia de gritos, imprecaciones y órdenes en francés. Cuando la alarma y la confusión se apaciguaron, se enteraron de que el Normania había quedado atrapado en una red para submarinos y que un patrullero francés, creyendo haber capturado un barco enemigo, había salido a toda máquina a por ellos. La tripulación francesa estaba enojada al descubrir que lo que había caído en su trampa era un paquebote británico que estaba ahora enredado, inmóvil e incapaz de avanzar o dar marcha atrás hasta que un buzo consiguiera liberarlo. A Marie se le cayó el alma a los pies al oír que un marinero le decía a otro que el buzo cualificado no podría saltar al agua hasta que se levantara la niebla.

Comprendió que aquella noche no vería aún la costa de su amada Francia.

Temblando de frío y también como consecuencia del miedo que habían pasado, Marie y las pocas compañeras que se habían quedado en cubierta se retiraron por fin a los camarotes con la esperanza de que el destructor francés permaneciera con ellos, para ahuyentar a los submarinos alemanes, hasta que pudieran proseguir la travesía del Canal.

A pesar de disponer de una litera solo para ella, a Marie le resultó muy incómodo tener que pasar otra noche vestida, temblando debajo de una fina manta de lana y sin poder sumergirse en un sueño plácido por culpa de la opresiva preocupación de saberse atrapada en medio del Canal, a merced de la climatología y del enemigo. Pero, al final, el agotamiento pudo con ella y cayó dormida.

Cuando se despertó, la luz del sol se filtraba por el ojo de buey y percibió enseguida la sensación de movimiento y el sonido de unos cencerros a lo lejos. Con el corazón acelerado por la emoción, abandonó la litera, corrió hacia el ojo de buey y vislumbró, por fin, la costa verde de Francia.

Estaba en casa.

10

Marzo de 1918
El Havre, París y Chaumont

GRACE

Cuando el Normania atracó en el puerto de El Havre, los civiles que viajaban a bordo corrieron hacia la pasarela con una determinación tan gélida que Grace les dijo a las chicas que esperaran con sus equipajes hasta que la cubierta quedara despejada. Y hasta entonces no dio a sus operadoras la orden de seguirla por la pasarela hacia el muelle. Marcharon todas con un porte orgullosamente militar que no dejaba ver ni ropas arrugadas ni pelos despeinados. Se habían despedido del teniente Brunelle a bordo del barco y fueron recibidas en tierra por su nuevo acompañante, el capitán del Cuerpo de Señales William Vivian, un hombre alto y rubio de unos cuarenta años, cuya cara ancha y de mandíbula cuadrada quedaba infantilizada por las pecas que la poblaban.

—El tren no sale hasta la tarde. Les hemos reservado habitaciones para que puedan descansar mientras esperan —las informó el capitán mientras las guiaba por una calle ancha y adoquinada que seguía la costa primero y se adentraba luego en la ciudad portuaria—. ¿Es su primera vez en Francia?

—Para mí, sí —dijo Grace—, pero tenemos chicas que nacieron aquí.

Grace había visto el conflicto de emociones que reflejaban los rostros de las chicas cuando el barco se había ido aproximando a puerto, y podía imaginarse lo extraña que debía de ser aquella vuelta a casa, alegre pero melancólica. Por mucho tiempo que hiciera que hubieran salido de su país natal, independientemente de que hubieran pasado dos años o veinte alejadas de él, estaban regresando a una Francia muy distinta a la que recordaban.

—Si a usted o a cualquiera de sus chicas les apetece una visita por la ciudad, me ofrezco como su guía —dijo el capitán Vivian, con una sonrisa modesta—. No es probable que se pierdan si van por su cuenta, pero yo podría enseñarles las calles más bonitas y las mejores vistas y estar sin problema de vuelta a la estación a tiempo de coger el tren.

—Me apunto encantada —dijo Grace—, y estoy segura de que más chicas también. ¿Pero podría darnos antes un poco de tiempo para refrescarnos?

—Por supuesto. Entiendo que ha sido un viaje exigente.

—Nada que mis chicas no puedan gestionar —replicó Grace, con una sonrisa y pensando que, si el capitán permanecía el tiempo suficiente con ellas, acabaría comprobándolo por sí mismo.

El hotel estaba a solo una manzana del puerto, y mientras esperaban a que el propietario distribuyera las llaves de las habitaciones, Grace anunció la agenda del día. Algunas de las chicas asintieron con ganas cuando mencionó lo de la visita a la ciudad, pero parecían distraídas y su mirada se desviaba continuamente hacia el posadero y el tablero con llaves que tenía a sus espaldas. Tan deseosa de lavarse y cambiarse como todas las demás, Grace aceptó agradecida la llave de la habitación que compartiría con Suzanne y dos chicas más. Sería estupendo, después de dos días y dos noches a bordo de un paquebote abarrotado de gente, dormir con ropa adecuada, sentir el agua limpia sobre la piel, eliminar la suciedad acumulada durante el viaje y ponerse un uniforme limpio.

Las camas mullidas y las almohadas de plumas resultaban tentadoras, pero Grace no pudo resistir la tentación de la curiosidad.

—No he venido hasta tan lejos para encerrarme en una habitación —dijo Suzanne cuando bajaron, y así era como se sentía exactamente Grace.

En poco rato, la práctica totalidad del Primer Grupo estaba reunido en el vestíbulo junto al capitán Vivian, refrescadas y con ganas de explorar.

Volvieron a salir a la calle adoquinada. A partir de allí, siguieron al capitán por callejuelas estrechas y serpenteantes flanqueadas por casas y tiendas encantadoras, algunas nuevas y recién pintadas, y otras antiguas y castigadas por la brisa marina. Escucharon, fascinadas y entretenidas, las historias que el capitán les iba contando sobre los diversos puntos de interés por los que pasaban, historias que había conocido a través de un tabernero, un soldado francés o cualquier otro vecino que «casi siempre» era una fuente de información fiable. De no ser por la gran cantidad de soldados y marineros aliados que pululaban por todas partes, por los carteles omnipresentes que exhortaban a todo el mundo a preservar la comida y a vigilar lo que se decía en presencia de desconocidos, y por los escaparates dispuestos ingeniosamente para disimular la escasez de productos, Grace casi habría sido capaz de olvidar que estaba en un país en guerra.

La visita turística liderada por el capitán Vivian las llevó luego hacia el noroeste, hacia los acantilados, desde donde contemplaron el canal de la Mancha con el viento azotándoles cabello y faldas y obligándolas a sujetarse los sombreros en la cabeza si no querían perderlos para siempre. Llegaron finalmente a Sainte-Adresse, un barrio costero del que se decía que era como la Niza de El Havre. Claude Monet había creado más de una docena de bellas pinturas de la ciudad y sus paisajes marinos, les explicó el capitán, y la famosa actriz Sarah Bernhardt se había hecho construir allí una villa.

—Sainte-Adresse fue en su día la joya de la corona de los centros vacacionales de Normandía, pero la guerra puso fin a la diversión y la frivolidad. —El capitán Vivian señaló un gran edificio de ladrillo que se veía a lo lejos—. ¿Ven esa imponente construcción neoclásica? Es el Immeuble Dufayel, un antiguo hotel y hogar del Gobierno belga en el exilio desde 1914.

Marie observó el edificio unos instantes antes de mirar fijamente al capitán.

—¿Quiere decir que el rey Alberto de Bélgica ha estado gobernando su país desde ese hotel desde que empezó la guerra?

—No, no es lo que he querido decir —replicó el capitán—. Después de la invasión de los alemanes, el primer ministro belga y su gabinete huyeron de Bruselas e instalaron su gobierno aquí. Por lo que al rey se refiere, se dice que consideraba inconcebible que un soberano huyera de su país en el momento de mayor peligro.

Marie enarcó las cejas.

—¿Y se quedó allí?

—Sí, y como comandante supremo de las fuerzas armadas, lideró personalmente el Ejército belga cuando combatió el avance alemán. Pero al final, tanto él como todo su séquito se vio obligado a retirarse a la única zona de Bélgica que permanece sin ocupar, una pequeña región al oeste del río Yser, en la ciudad de Veurne.

Marie asintió, satisfecha.

—Me parece muy bien por su parte, quedarse en su país para luchar.

Pero Grace no estaba tan segura. Sin duda alguna, era impresionante que el rey Alberto se hubiera quedado cuando otros habían decidido huir, que hubiera elegido arriesgar su vida junto con la de sus tropas antes que huir a un lugar seguro en el extranjero, pero qué golpe habría sido para el pueblo belga que hubiera acabado capturado o asesinado. Ella no era nadie para decir si había tomado la decisión correcta, pero su coraje era ciertamente de admirar.

Al mediodía, el capitán Vivian las condujo de nuevo hacia el hotel, pero por otro camino, para que de este modo pudieran ver más rincones de El Havre, sus pintorescos jardines, sus históricas iglesias y sus mercados al aire libre. Cuando llegaron, el resto del grupo los estaba esperando en el comedor del hotel, y al instante se sintieron atraídas por cautivadores aromas que esperaron que no fueran cruelmente engañosos. Pero esta vez no hubo decepción. Los gritos de alegría fueron inevitables cuando en las distintas mesas les sirvieron unos platos humeantes de un guiso de mejillones y pescado, con un fondo cremoso de mantequilla, sidra de manzana, y finas rebanadas de pan crujiente acompañadas por queso camembert. No habían comido tan bien desde hacía semanas, y aquello no se lo esperaban.

—Uno de los beneficios de estar tan lejos de las grandes ciudades y del frente —comentó el capitán Vivian, que se había sentado al lado de Grace y se mostraba orgulloso como si hubiera preparado él mismo la comida—. Pescar en aguas del Canal es peligroso por culpa de los alemanes, pero los pescadores más tercos siguen arriesgándose. —Se inclinó hacia Grace y añadió, bajando la voz—: Y hablando de riesgo, debo informarle de que esta nueva ofensiva alemana no ha cesado; de hecho, es más bien al contrario. París está siendo bombardeada continuamente. La vida allí no tiene nada que ver con El Havre. Las bombas alemanas no discriminan entre soldados, mujeres y niños. En el instante en que su tren salga de la estación, usted y sus chicas irán directas hacia una zona de grave peligro, y no habrá vuelta atrás.

A Grace le retumbó la cabeza, pero no lo demostró.

—Sabemos que desde el momento en que juramos lealtad al Ejército ya no habría vuelta atrás —le recordó al capitán—. Nunca hemos esperado una protección especial por el hecho de ser mujeres.

—En Bélgica los alemanes no perdonaron la vida ni a niños ni a mujeres —intervino Marie, desde el otro lado de la mesa, sosteniéndole la mirada al capitán—. No somos ingenuas. Cuando nos alistamos, conocíamos los riesgos que correríamos. Piense en nosotras como soldados primero y, luego, en segundo lugar, como mujeres. —Y pasados unos instantes, añadió—: Señor.

—Nuestras chicas están ansiosas por estar allí donde se desarrolla la acción, capitán —dijo Grace—. Todas han solicitado estar destinadas lo más cerca posible del frente.

—Es bueno saberlo. —El capitán Vivian asintió, pensativo, y miró a todas las chicas sentadas a la mesa—. Tengan en cuenta que será imposible que todas ustedes sean destinadas a los cuarteles del general Pershing. Se necesitan operadoras tanto en París como en las bases de Servicios de Suministros de la retaguardia. Cuando lleguen a París, conocerán sus destinos. —Sonrió, y añadió—: Me alegro de que la decisión no dependa de mí.

—Serviremos lo mejor que podamos, sea cual sea nuestro destino —le garantizó Grace, y todas las chicas sentadas a la mesa movieron la cabeza en un gesto de asentimiento.

Por la tarde, cuando las operadoras subieron a bordo del tren con destino a París, Grace percibió una tensión en el grupo completamente novedosa, inquietud por la información sobre los bombardeos, seguro, pero con una corriente subterránea de excitación, de la emoción que comporta el peligro. La mayoría no había estado nunca en París y las chicas estaban ansiosas por experimentar la ciudad que hasta entonces solo conocían a través de fotografías, relatos y libros de texto. Grace se sentía orgullosa de comprobar que, incluso así, las conversaciones giraban en torno a cuál sería su destino o cuánto faltaba para empezar a trabajar. Entendían lo necesarias que eran y el retraso que habían sufrido en Southampton las había impacientado.

El tren tuvo que hacer frecuentes paradas y cambios de vía para dejar paso a los transportes de tropas que se dirigían al frente, y no fue hasta entrada la noche cuando llegaron por fin a París y se apearon en la Gare du Nord, en el X Arrondissement. Siguiendo las advertencias del capitán Vivian, Grace se había mentalizado, y había preparado a las chicas, para la posibilidad de tener que llegar en pleno bombardeo, pero en la ciudad reinaba un siniestro silencio. Cargadas con el equipaje, siguieron al capitán Vivian por las calles de París, envueltas en la oscuridad que ordenaba el protocolo, y caminando bajo la tenue iluminación de farolas con luz azul enfocadas directamente hacia el suelo para que fueran menos visibles desde arriba. Los escasos destellos que Grace alcanzó a ver de la ciudad le revelaron el perfil de

189

iglesias, establecimientos y estatuas rodeados con sacos de arena, una protección muy débil contra la devastación que podía llegar a causar una bomba alemana, o al menos eso le parecía a Grace. La poca gente que se cruzaron por el camino las miró con recelo, pero las dejaron pasar sin ningún impedimento.

Más de media hora después, llegaron a su destino, un hostal de la Asociación Cristiana de Jóvenes montado en el hotel Petrograd, en el 33 de Rue de Caumartin. Solo de verlas, el personal del establecimiento se percató de que estaban agotadas y hambrientas y las acompañaron a sus habitaciones, cinco plantas más arriba. Después de dejar sus cosas en el cuarto que compartiría con Suzanne, Cordelia y Marie, Grace bajó al vestíbulo de nuevo, llamando por el camino a las puertas para asegurarse de que todas las operadoras estuvieran bien e instaladas. E incluso antes de que acabara la ronda, el personal empezó a repartir una sencilla cena fría a base de pan, queso, uvas y vino tinto. Cuando Grace volvió a la habitación, sus compañeras ya se habían aseado, puesto el camisón y habían empezado a comer. Siguió rápidamente su ejemplo, agradecida de poder contar con agua caliente y jabón de lavanda, un lujo del que pensaba disfrutar mientras lo tuviera a su alcance.

Poco después, saciadas y cansadas, Grace y sus compañeras de habitación apagaron la lámpara y se acostaron. Las cortinas tupidas impedían incluso el paso de la tenue luz de la luna, haciendo que la oscuridad fuera total. Grace bostezó, colocó la almohada en una posición que le resultara más cómoda, cerró los ojos y empezó a pasar mentalmente lista de todo lo que tenía que hacer el día siguiente, aunque cayó dormida antes de llegar al final. De pronto, un sonido agudo y ensordecedor sacudió la oscuridad.

Grace se sentó de repente en la cama, desorientada. Alguien aporreaba la puerta.

—Alerte! Alerte! —chillaba una voz, apenas audible por el estrépito de la sirena.

—Es un ataque aéreo —murmuró Suzanne, adormilada.

—Un ataque aéreo —repitió Grace, saltando de la cama—. ¡Levántate, Suzanne! —dijo, zarandeándola, antes de acercarse a tientas a la otra cama y despertar a Cordelia y a Marie—. Venga. Tenemos que irnos.

No había tiempo para vestirse, apenas para calzarse. Salieron corriendo al pasillo, donde encontraron a sus compañeras que salían en camisón de las habitaciones, bostezando y desperezándose, con las criadas del establecimiento dándoles prisas frenéticamente, empujándolas hacia la escalera y ordenándoles que se apuraran, que bajaran corriendo al sótano.

El terror que reflejaban los ojos de las criadas despertó de golpe a las chicas. Bajaron a toda velocidad las escaleras, algunas deslizándose incluso por las barandillas para ir más deprisa. Grace acababa de llegar al tercer piso cuando oyó el retumbar lejano de una explosión; y había llegado casi al primero cuando una explosión tremenda detonó tan cerca que por instinto se agachó sobre los peldaños, se cubrió la cabeza y enlazó con un brazo un pilar de la barandilla para no caer. Las ventanas traquetearon, las chicas gritaron y el polvillo del enlucido de las paredes cayó sobre ellas. Las sirenas seguían sonando, el lamento angustiado de una bestia gigantesca y terrible.

—¡No os detengáis! —gritó Grace.

Las chicas aceleraron y corrieron escaleras abajo, avanzando a trompicones en la oscuridad, abajo y abajo, hasta que notaron en la cara la humedad fría del sótano. Grace esperó hasta que la última chica hubiera entrado en el refugio antiaéreo y solo entonces entró también. Dos de las criadas llevaban quinqués, y bajo su sutil luz amarillenta, Grace vio que contra las paredes del espacio rectangular habían colocado bancos y que la parte central estaba ocupada por dos filas de sillas, con un estrecho pasillo alrededor. Los asientos estaban ocupados en su práctica totalidad. Grace intentó recuperar el ritmo de la respiración, se retiró el pelo que le caía en los ojos y rápidamente se puso a contar cabezas, el resultado no le cuadró y volvió a contar, asegurándose de incluirse también a sí misma. Y las dos veces contó treinta y una. Faltaban dos chicas.

—Voy a pasar lista —dijo Grace, aunque su voz quedó ahogada por el estruendo de una nueva explosión, no tan cerca como antes, pero igualmente muy cerca—. Paso lista —repitió, subiendo el volumen de voz—. Audet.

—Presente.

—Boucher.

—Presente.

—Son Charlotte y Agnes —dijo Suzanne, con voz temblorosa—. Charlotte y Agnes no están.

Grace inspiró hondo.

—Bien —dijo, con más serenidad de la que en realidad sentía—. Iré a buscarlas.

Haciendo caso omiso de las protestas del personal del hostal, Grace salió como una flecha del refugio antiaéreo y echó a correr escaleras arriba mientras se esforzaba por recordar qué habitación se les había asignado a las chicas que faltaban y si estaban juntas o separadas. La sirena seguía sonando mientras ella subía a oscuras hasta el tercer piso, hasta el cuarto y entonces, al llegar al descansillo del quinto piso, chocó contra Charlotte, que corría a tientas hacia la escalera en camisón y con las botas aún por atar.

—¿Has visto a Agnes? —preguntó Grace, tosiendo por la polvareda.

Charlotte negó con la cabeza y miró a Grace con los ojos muy abiertos.

—N-no, no he visto a nadie, pensaba que era un simulacro…

Grace miró por el pasillo a su izquierda, luego a su derecha, confiando en vano en poder ver a Agnes emergiendo de la oscuridad.

—Baja corriendo al sótano.

—Pero si Agnes está…, la ayudaré a buscarla.

En vez de perder tiempo discutiendo, Grace hizo un gesto de asentimiento y le señaló hacia la derecha mientras ella echaba a correr hacia la izquierda. Aporreó puertas, las abrió a empujones, miró en su interior y siguió con la siguiente. De pronto, al fondo del pasillo, se abrió una puerta y se asomó una cara pálida coronada con rizos oscuros.

—¿Señorita Banker? —dijo una voz temblorosa, tensa y asustada—. ¿Qué sucede?

—¡Un bombardeo! —respondió a gritos Grace, justo cuando la sirena empezaba a disminuir de intensidad, como una máquina espantosa que lanza sus últimos estertores, hasta que se quedó en completo silencio. Pensó en que debería haber preguntado al personal del hostal o al teniente Vivian acerca del protocolo en caso de ataque aéreo, si el silencio significaba que el peligro había pasado o si debían esperar una señal de vía libre. ¿Por qué no se le habría ocurrido? ¿Por qué no lo habría planificado correctamente?

Oyó pasos y al volverse vio que era Charlotte, que llegaba corriendo.

—¡La ha encontrado! —dijo Charlotte, jadeando—. ¿Estás bien?

—Estoy bien —respondió temblorosa Agnes. Miró por un momento a Grace, con sentimiento de culpa, y enseguida apartó la vista—. No era mi intención causar un problema.

—No debería haber tenido que venir a buscarte, a ninguna de las dos, de hecho —dijo Grace, mirando de una cara arrepentida a la otra—. Luego, tendremos una charla sobre cómo comportarse durante un ataque aéreo. Esta vez habéis tenido las dos mucha suerte. Pero la próxima, podría no ser así.

—Sí, señorita Banker —respondieron ambas sumisamente, al unísono y avergonzadas.

Las guio hacia el sótano por si acaso el peligro no había pasado, pero se encontraron con el resto del grupo que subía ya por la escalera. Grace imaginó que el personal les había dicho que ya podían volver a las habitaciones con seguridad, pero buscó igualmente a la encargada de la Asociación Cristiana de Jóvenes para confirmarlo.

—Sus chicas me han dejado muy impresionada con su conducta —dijo la encargada, después de asegurarle a Grace que, si la historia podía considerarse como un precedente, era poco probable que los aviones alemanes volvieran a aparecer aquella misma noche—. Han evacuado las habitaciones de forma ordenada, sobre todo teniendo en cuenta que era la primera vez que vivían un ataque aéreo. Y mientras usted no estaba, han permanecido sentadas a oscuras y sin moverse, manteniendo la serenidad y la paciencia, absolutamente todas.

«No todas», pensó, pero le dio igualmente las gracias a la encargada y volvió a su habitación. Se preguntó si podría volver a conciliar el sueño con la cabeza dándole vueltas sin cesar, entre el alivio de saber que habían escapado sanas y salvas del ataque y los reproches por no haber estado mejor preparada. Al final, sin embargo, el agotamiento pudo con ella y cayó dormida.

El ataque se había producido poco después de medianoche, pero Grace se despertó igualmente con la luz del amanecer. Según las órdenes del capitán Vivian, tenía que despertar a las chicas a las seis de la mañana y bajar enseguida a desayunar. Estaban ya reunidas en el vestíbulo cuando llegaron el capitán y un fotógrafo del Cuerpo de Señales para acompañarlas a las oficinas del Cuerpo.

—La bienvenida a París que tuvieron anoche no fue de lo más agradable —dijo el capitán Vivian, estudiando la reacción de Grace—. ¿Resisten bien sus chicas?

—Por supuesto que están bien —respondió Grace, algo sorprendida—. A nadie le gusta que lo saquen de la cama con una sirena de alarma, pero todas hemos conseguido dormir bien después de la interrupción.

Los dos hombres intercambiaron una mirada.

—¿Han salido ya esta mañana? —preguntó el capitán, arrugando la frente.

—No, sus instrucciones fueron que nos encontraríamos aquí. —Grace miró a los dos oficiales—. ¿Por qué? ¿Qué pasa?

A modo de respuesta, el capitán le pidió a Grace que llamara ya al orden a las chicas y, con el capitán en cabeza y el fotógrafo en segundo lugar, salieron en fila del edificio y echaron a andar por la acera. Grace se paró en seco, pasmada. El edificio contiguo había quedado reducido a un cráter de escombros.

—Eso explica la polvareda —dijo con voz temblorosa y el corazón acelerado. Detrás de ella, las chicas contuvieron gritos y murmuraron alarmadas entre ellas—. Ya pensé que la segunda explosión había sonado terriblemente cerca.

—Un poco más cerca y habría sido el final de la función para usted y sus chicas —comentó el fotógrafo, que se llevó la cámara al ojo y tomó algunas instantáneas.

—Cabo —dijo el capitán, amonestándolo levemente. Y dirigiéndose a Grace, añadió—: Antes de acudir a las oficinas centrales, nos han pedido que hagamos una fotografía para conmemorar la llegada a París de las primeras mujeres operadoras telefónicas del Cuerpo de Señales de los Estados Unidos. El cabo Gillespie ha localizado un lugar ideal justo a la vuelta de la esquina.

—Por aquí, señoras —dijo el cabo, lanzándoles una alegre sonrisa por encima del hombro.

Doblaron la esquina y llegaron a la plaza de la Ópera Louis Jouvet, en cuyo centro se alzaba una impresionante estatua de bronce de un hombre a lomos de un caballo alado, colocada en un pedestal de mármol sobre una base ovalada.

—*Le Poète chevauchant Pégase* —anunció Cordelia, leyendo en voz alta la placa de bronce que había en el pedestal.

—No es el *Golden Boy*, pero servirá —dijo el capitán Vivian.

El fotógrafo empezó a colocar a las operadoras en tres filas delante de la estatua. El primer grupo se situó encima de la base ovalada, el segundo grupo delante de ellas. El cabo entró entonces en una cafetería y pidió prestadas tres sillas. Las colocó delante de las chicas y le pidió a Grace que, como operadora jefe, ocupara la silla del medio, donde quedaría flanqueada por los dos supervisores.

—Espero conseguir una copia para mi álbum —murmuró Suzanne por detrás, y Grace contuvo una carcajada justo en el momento en que sonaba el disparador.

La caminata hasta las oficinas centrales del Cuerpo de Señales, en el hotel Élysées Palace, fue bastante larga, aunque a nadie le importó, puesto que se convirtió en un encantador paseo por la plaza de la Concordia, el jardín de las Tullerías y los Campos Elíseos, con el Arco de Triunfo al fondo. Cuando llegaron al sofisticado edificio estilo Beaux Arts, de seis plantas de altura y que ocupaba la totalidad de la manzana, el capitán les hizo cruzar el elegante vestíbulo y las acompañó hasta una sala de reuniones, donde se presentaron varios oficiales del Cuerpo de Señales y les dieron la bienvenida a París. A continuación, un teniente dio un paso al frente, y al notar que Suzanne la agarraba de repente por el brazo, Grace comprendió que el documento que el oficial tenía en la mano era el listado con sus destinos.

—Han sido ustedes divididas en tres grupos —anunció el teniente—. El primer grupo permanecerá en París. El segundo será despachado a Tours, una de nuestras bases más importantes de Servicios de Suministros. Y el tercer grupo será enviado a los cuarteles generales de la Sección de Avanzada, en Chaumont, Alto Marne.

Chaumont. Grace sintió un escalofrío de impaciencia cuando el nombre empezó a circular en un murmullo entre las chicas. Recordó los mapas que había estudiado durante su formación y visualizó un cruce de carreteras y líneas de ferrocarril en una ciudad situada a unos doscientos cincuenta kilómetros al sudeste de París. Allí era donde se desarrollaba la acción, donde todas querían estar. Entrelazó las manos y asumió una expresión de sereno interés. Todos los puestos eran esenciales, se recordó. Daba igual dónde acabara sirviendo, lo único importante era hacerlo con honor.

—Señorita Grace Banker, señorita Louise LeBreton, señorita Suzanne Prevot —empezó a decir el teniente, y leyó ocho nombres más—. Mañana, partirán ustedes hacia Chaumont.

Embargada por un sentimiento de alivio y euforia, Grace apenas pudo oír los once nombres que se anunciaban para ir a Tours y los once que se quedarían en París. La habían destinado a los cuarteles generales, allí donde estaba el general Pershing, en el meollo de la acción, justo lo que ella esperaba. A su alrededor escuchó exclamaciones de alegría y vio también algunas sonrisas tensas y gestos de aceptación.

195

El oficial al mando las despidió con la orden de pasar el día en París como más les apeteciera, con la advertencia de hacer caso a las sirenas que alertaban de ataques aéreos y de estar de vuelta en el hostal antes de la hora del toque de queda. Cuando el grupo empezó a dispersarse, Suzanne, que estaba radiante, agarró por el brazo a Grace.

—Nos vamos a la zona de las bombas —murmuró con voz temblorosa por el esfuerzo de contener su júbilo. Era demasiado buena como para regocijarse delante de las chicas a las que habían asignado puestos en la retaguardia, mucho menos emocionantes.

Pero antes de que a Grace le diera tiempo a decir algo, oyó que la llamaban por su nombre y notó que le tiraban de la manga. Al volverse, vio a Louise y Raymonde delante de ella, cogidas del brazo, con los ojos brillantes por culpa de lágrimas no derramadas.

—Señorita Banker, ha habido un error terrible —dijo Louise, mientras Raymonde tragaba saliva y asentía—. A mí me han destinado a Chaumont y a Raymonde le han asignado Tours.

—Nuestra madre nos dio permiso para alistarnos con la condición de que siempre estuviéramos juntas —dijo Raymonde, cuyo labio inferior no paraba de temblar.

—Me cambiaré con cualquiera que esté destinada a Tours —dijo Louise—. Estoy segura de que muchas preferirían ir a Chaumont.

—Todas, me imagino —dijo Suzanne.

Grace suspiró.

—Veamos qué puedo hacer.

Las hermanas hicieron un gesto de asentimiento y la miraron con expresión suplicante y esperanzada a la vez.

Grace localizó al teniente que había anunciado los destinos justo cuando se marchaba. Le explicó la situación, omitiendo la parte sobre la señora LeBreton, pero incluso antes de que terminara, el teniente ya estaba negando con la cabeza.

—Le sorprendería saber la gran cantidad de parejas de hermanas que han sido aceptadas en el Cuerpo de Señales —dijo—. Todas piden servir juntas, pero igual que sucede con las chicas LeBreton, acabarán separadas.

—¿Puedo preguntar por qué, señor? —dijo Grace. Le parecía extrañamente desagradable negar una petición que haría tanto para subir la moral.

El oficial dudó y puso mala cara.

—Señorita Banker, no es necesario que le recuerde que estamos en guerra. Su grupo ha sobrevivido a un ataque. Pero habrá más. Si ya sería terrible, y Dios no lo quiera, tener que pedir a una familia que sacrifique una hija, imagínese tener que sacrificar dos, y el mismo día, como resultado de la misma desgracia.

—Entiendo —dijo Grace, disgustada—. Se lo explicaré en estos términos.

El teniente saludó secamente y se marchó. Grace volvió con Louise y Raymonde, que se pusieron muy tristes cuando les explicó la razón por la cual era mejor que estuvieran separadas. Había imaginado que tendría que esforzarse más para hacérselo entender, pero, por suerte, reconocieron que era una medida prudente, por el bien de su madre. Y si se enojaba al ver que le enviaban cartas desde remitentes distintos, le dirían con sinceridad que habían solicitado un destino conjunto, que el Ejército se lo había denegado y que debían obedecer órdenes.

—Aprovechad al máximo el tiempo que tenéis hoy para estar juntas —les aconsejó Grace, y le aseguraron que así lo harían y que irían a visitar a familiares y amigos que tenían en la ciudad, siempre y cuando no hubieran sido evacuados.

Grace sabía que otras chicas francesas tenían planes similares. Marie Miossec, parisiense de nacimiento, llevaba consigo la llave del apartamento de sus padres en Rue de Naples, en el VIII Arrondissement, y sus ojos brillaban con anticipación cuando se marchó para allí. En una ocasión, Grace había oído a Marie mencionar que la intención de sus padres siempre había sido trabajar en Cincinnati solo unos años, y que la guerra los había obligado a prolongar su estancia. Por lo visto, el conserje del edificio había convenido cuidar de la vivienda durante su ausencia, pero Marie no podía pasar por alto la oportunidad de visitarla personalmente. Grace entendía sus prisas. Marie había sido destinada a Tours y era muy posible que aquella fuera la única oportunidad, hasta que acabara la guerra, de volver a ver su antiguo hogar.

Grace pasó el día paseando por París en compañía de Suzanne y Cordelia, admirando sus pintorescas escenas y maravillándose con la belleza que perduraba a pesar de la evidente huella de la guerra. Volvieron al hotel Petrograd mucho antes de la hora del toque de queda, y se quedaron sorprendidas al ver que estaban entre las últimas en llegar. Todas estaban ansiosas ante la posibilidad de otro ataque, supuso Grace, y el hostal de la Asociación Cristiana de Jóvenes parecía el lugar más seguro donde poder estar.

—Los rayos no suelen caer dos veces en el mismo lugar —comentó animadamente Cordelia.

—Pero en realidad pueden hacerlo, y lo hacen —dijo Suzanne—. En el edificio de Telephone and Telegraph de Nueva York han caído varias veces.

—¿Qué? —dijo Cordelia, alarmada—. ¿Y aun sabiendo eso nos obligaban a entrenar en la azotea?

—Nunca si había tormenta —dijo Grace.

—Solo durante un par de nevadas, eso sí —añadió Suzanne, encogiéndose de hombros.

Pero, a pesar de aquellas bromas frívolas, cuando Grace miró a Suzanne, supo que su amiga temía tanto como ella la llegada de la noche, la posibilidad de un nuevo bombardeo, el zumbido de los aviones alemanes, el retumbar de las armas de largo alcance.

Solo hubo una operadora que no consiguió llegar a tiempo, Marie, que entró corriendo diez minutos después de la hora del toque de queda, jadeante y preocupada, y que ofreció una disculpa sincera y convincente antes de que Grace pudiera regañarla. Cuando Marie había llegado al apartamento de su familia, explicó, había descubierto que estaban viviendo allí su tía y su tío —la hermana mayor de su padre y su esposo— y sus dos hijos.

—Se quedaron tan pasmados y felices al verme entrar como yo al verlos a ellos —dijo, desanudándose con elegancia la bufanda—. Se ve que hace un año abandonaron Nancy, cuando la vida diaria en aquella ciudad se volvió desgarradora, y lo primero que se les ocurrió fue instalarse en nuestra casa, pues sabían que nosotros seguíamos en los Estados Unidos. El conserje los reconoció y supuso, correctamente, que mis padres habrían querido que los autorizase a entrar.

—Dios mío —dijo Grace, imaginándose la escena: Marie abriendo la puerta, entrando en casa y encontrándose a sus parientes, la sorpresa y la alegría mutuas—. ¿Y sus padres no lo han sabido durante todo este tiempo?

Marie hizo un gesto de negación.

—Huyeron de su casa tan rápidamente que ni siquiera pensaron en apuntar nuestra dirección. Lo único que recordaba mi tía era que mis padres eran miembros del profesorado de un conservatorio en el Medio

Oeste, y enviaron varias cartas al American Conservatory of Music…, que está en Chicago.

—Y las cartas fueron devueltas al remitente —adivinó Grace.

—Sin abrir. —Marie puso mala cara—. Discúlpeme que me jacte de esto, pero la verdad es que mis padres son gente conocida, y el mundo de la música clásica en los Estados Unidos es bastante reducido. Alguien debería haber pensado en enviar las cartas de mi tía al conservatorio de Cincinnati. —Inspiró hondo y levantó la barbilla—. *C'est rien.* Mi tía, mi tío y mis primos están sanos y salvos, el apartamento está bien cuidado y la familia podrá volver a ponerse en contacto.

—Me alegro mucho por usted —dijo Grace, sonriendo con sinceridad—, pero eso no explica por qué ha llegado más tarde de la hora del toque de queda.

—Por supuesto que no lo explica, y no quiero convertirlo en una excusa, pero lo que sucedió fue que, después de llenarme de besos y abrazos, y de lamentar verme con un atuendo tan poco elegante, con este uniforme rígido y oscuro y estos horrorosos calzones, mi tía insistió en llamar a todos los demás parientes que se han ido instalando en París. Les ordenó presentarse enseguida en casa para darme la bienvenida y, sin que me diera ni tiempo para asimilarlo, me encontré con que el apartamento estaba lleno hasta los topes de gente, haciéndome preguntas, algunos elogiándome y otros reprendiéndome. Podría decirse que estaban prácticamente divididos entre los que admiraban mi valentía y los que me calificaron de *imbécile complète* por haber vuelto a Francia en un momento tan peligroso como este.

La sonrisa de Grace se acentuó.

—¿Así que su tía llamó a toda la familia?

Marie dudó un momento.

—Sí —dijo, avergonzada—. En casa tenemos teléfono. Debería haberla llamado al ver que llegaría tarde. Pero es un error que no repetiré jamás, se lo juro.

Y lo juró con tanta pasión, que Grace tuvo que contener una carcajada.

—Estoy segura de que no se repetirá. Y ahora, ande, a la cama.

Marie asintió y se fue corriendo.

Con todas las operadoras en casa, Grace decidió acostarse también. Le costó dormirse, pero, por suerte, la noche transcurrió en paz y por la mañana se despertó descansada y fresca, impaciente por el día que tenía por delante. Las chicas estaban también de buen humor, tanto las que hacían la maleta para viajar a Tours y Chaumont, como las que se quedaban en París y estaban ansiosas por comenzar su primera jornada de trabajo en las centralitas de los cuarteles generales de los Estados Unidos. Grace no había anticipado las lacrimosas despedidas que se produjeron en el vestíbulo del hostal cuando llegó la hora de irse hacia la estación, pero era natural, teniendo en cuenta el tiempo que llevaba junto el Primer Grupo y lo mucho que habían soportado y compartido. Resultaba extraño e inquietante ver la facilidad y la arbitrariedad con la que un grupo podía dividirse y dispersarse, pero los buenos soldados acataban siempre las órdenes sin quejarse.

Las operadoras que abandonaban París se desplazaron hasta la Gare de l'Est y se separaron en el andén; once embarcarían en el tren que ponía rumbo hacia el sudoeste, mientras que las otras once, Grace incluida, esperarían el que las llevaría hacia el sudeste. Estaban solas por primera vez. El capitán Vivian se había quedado con Marie, Raymonde y las demás chicas destinadas a Servicios de Suministros; después de acompañarlas hasta Tours, partiría hacia El Havre para recibir al Segundo Grupo, que les pisaba los talones como consecuencia de la estancia prolongada del Primer Grupo en Southampton. Durante la ausencia del capitán, Grace, como operadora jefe, era ahora la oficial con rango responsable de las chicas de Chaumont, aunque no pensaba que necesitara darles ninguna orden durante el viaje. Sus diez operadoras eran inteligentes, equilibradas y capaces de cuidarse solas. Incluso Louise, que tanto había llorado el día antes, se había reconciliado con la ausencia de su hermana menor y parecía tan decidida como cualquiera a cumplir con orgullo con su deber.

Subieron al tren, a un vagón que ya estaba abarrotado de soldados y civiles franceses. Solo había posibilidad de viajar de pie, de modo que las chicas almacenaron su equipaje como pudieron y cuando sonó el silbato y el tren salió de la estación, se sujetaron a cualquier correa o barra que tuvieran a su alcance y estiraron el cuello para poder ver el paisaje, conteniendo gritos y risas siempre que una sacudida especialmente fuerte las zarandeaba de un lado a otro.

El tren circuló por la campiña francesa, entre colinas y pastos, entre granjas y pueblos pintorescos. Hizo pocas paradas, pero siempre que quedaba algún espacio libre, las chicas corrían a hacerse con él, y al final todas consiguieron encontrar asiento, aunque ello significara apretujarse cuatro en el sitio de tres.

Varias horas y doscientos cincuenta kilómetros más tarde, el tren disminuyó la velocidad hasta detenerse en la estación de Chaumont-sur-Haute-Marne, que, por lo que habían visto desde las ventanillas, parecía un pueblo encantador en lo alto de una colina, con impresionantes vistas sobre los preciosos valles del Suize y del Marne. Las once operadoras recogieron su equipaje, se apearon y se reunieron en el otro extremo del andén. Inspeccionaron expectantes la muchedumbre en busca de su acompañante y saludaron a los soldados que les lanzaban miradas de curiosidad y sonrisas de asombro al pasar por su lado. Antes, tanto en Liverpool como en El Havre, las había recibido un oficial del Cuerpo de Señales, que las había identificado enseguida por los uniformes y por ser un grupo de mujeres allí donde nadie esperaba que estuvieran. En ambas ocasiones, el oficial acompañante se había acercado rápidamente a ellas, se había presentado y las había guiado hacia la siguiente etapa de su viaje, pero ahora Grace solo tenía el nombre de un oficial y no veía a nadie que pudiera ser aquel hombre. Tal vez hubiera entendido mal las instrucciones y el oficial no tenía que venir a recibirlas a la estación, o tal vez su intención hubiera sido ir a recibirlas y una emergencia se lo había impedido. Fuera como fuese, el oficial no estaba y Grace tendría que buscarlo.

Miró a su alrededor y vio un cabo que tenía aspecto de simpático.

—Disculpe, soldado —dijo—. ¿Dónde podríamos encontrar al teniente Riser?

—¿A esta hora? En el cuartel, en la oficina del Cuerpo de Señales, supongo. —El soldado señaló el edificio de la estación y luego a la derecha—. Salgan por el edificio y luego colina arriba. Todas las oficinas del Ejército norteamericano están en el cuartel, en los viejos barracones de piedra, dispuestos en tres alas alrededor de un patio rodeado por una verja alta de hierro. No pueden perderse.

—Gracias.

—Espere, señorita —dijo el cabo, cuando Grace se volvió para hablar con las chicas—. ¿Son ustedes nuestras «chicas hola»?

Grace le dirigió una sonrisa por encima del hombro.

—Somos operadoras telefónicas, sí.

En el caso de que llegara a captar la educada corrección, su amplia sonrisa no dio a entender que se sintiera ofendido.

—Oh, no tienen ni idea de cómo se va a alegrar todo el mundo de verlas. ¡Será un verdadero alivio tener «chicas hola» de verdad en las centralitas!

—Gracias, soldado —dijo Grace, conmovida—. Estamos muy contentas de estar aquí.

Cuando se volvió hacia las chicas, vio que ya habían formado dos columnas y estaban esperando su orden para ponerse en marcha. Evidentemente, no era la única que se preguntaba por qué no había ido a recibirlas nadie o en decidir que no había que darle mayor importancia. Habían superado rigurosos exámenes, habían soportado una formación exhaustiva y habían cruzado un océano con tal de poder dar su aportación. Por lo tanto, se ubicarían sin problemas en un pueblecito francés para presentarse ante el oficial al mando.

Salieron de la estación a una calle adoquinada, mirando al frente, conscientes de las miradas, de las caras de sorpresa y de las sonrisas de asombro de los muchos soldados de todas las ramas de las Fuerzas Expedicionarias de los Estados Unidos, que llenaban calles y aceras, y corrían de un lado a otro para ocuparse de importantes asuntos militares. Naturalmente, el teniente Riser no podía perder su valioso tiempo yendo a recibirlas a la estación. Grace decidió que el hecho de que el teniente no hubiera considerado necesario ir a buscarlas era una señal de la confianza que tenía depositada en ellas.

Incluso con aquella gran presencia militar, Chaumont era un pueblo tan encantador como parecía desde el tren, con edificios pintorescos dispuestos alrededor de placitas muy bien cuidadas y calles adoquinadas, bañado por la luz del sol que se filtraba a través de nubes blancas y esponjosas dibujadas en un cielo azul perfecto. Grace localizó los antiguos barracones de piedra gris que el cabo le había descrito. Había un pequeño grupo de soldados realizando instrucción en el patio y guardias apostados en la impresionante entrada principal.

—Esperad aquí —les dijo a las chicas.

Asintieron, dejaron el equipaje en el suelo y observaron la escena con la mirada iluminada por el interés, algunas de ellas masajeándose los hombros y el cuello para aminorar la rigidez de la musculatura. Grace se adelantó hasta los guardias, se identificó y les dijo que tenía órdenes de presentarse ante el teniente Riser. Le dijeron dónde encontrarlo, no en la pequeña sala de teléfonos de la primera planta, donde las chicas y ella pasarían a ocuparse muy pronto de las centralitas, sino en su despacho, en la segunda planta.

Grace fingió no darse cuenta de las miradas de sorpresa de los guardias cuando se encaminó hacia la escalera y subió hasta la segunda planta. Unas placas de latón en cada puerta identificaban a los distintos ocupantes de los despachos. La puerta correspondiente al despacho del teniente Riser estaba abierta, y cuando Grace asomó la cabeza vio dos oficiales enfrascados en una conversación, uno de ellos sentado sobre la mesa con los brazos cruzados y en actitud desenfadada, y el otro de pie.

Grace carraspeó un poco y llamó a la puerta.

—¿Teniente Riser? —preguntó.

Los dos hombres se volvieron y el que estaba sentado en la mesa se levantó.

—¿Sí? —dijo de mala gana el teniente, un hombre alto y atlético de unos cuarenta y pocos años, con cabello castaño claro rizado.

Su compañero, un capitán, era algo más bajo, debía de tener unos cinco años menos que el teniente, pelo moreno ondulado, ojos azules y una sonrisa simpática y curiosa a la vez, en claro contraste con el entrecejo fruncido de su compañero. La camisa de color caqui, el pantalón de montar y el sombrero de ala ancha lo identificaban como australiano. Intrigada, Grace descansó la mirada en él unos instantes. ¿Sería uno de los héroes de Gallipoli? Por lo que había oído, los australianos tenían fama de informales y despreocupados. Probablemente no le importaría que le preguntase al respecto, aunque no era precisamente el momento.

Volvió enseguida la atención al teniente.

—Soy la señorita Grace Banker —dijo—, operadora jefe de la Primera Unidad, Primer Grupo de operadoras telefónicas del Cuerpo de Señales de los Estados Unidos. Tenía instrucciones de presentarme ante usted a mi llegada.

—Adelante, pues —dijo el teniente, con un gesto de impaciencia.

Grace entró, sacó las órdenes escritas que llevaba en el bolsillo del abrigo y se las entregó. El teniente las miró por encima, poniendo mala cara y sacudiendo la cabeza.

—¿Pasa algo, señor? —preguntó Grace.

—¿Que si pasa algo? —murmuró, casi para sus adentros y con la mirada clavada en los papeles—. ¿Por dónde quiere que empiece?

203

El capitán miró con perplejidad al teniente y miró luego a Grace encogiéndose de hombros.

—Bienvenida a Chaumont, señorita Banker —dijo, con un acento relajado y encantador—. Creo que eso es lo que quería decir el teniente Riser.

—Sí, bienvenida —dijo el teniente. Suspiró con resignación y dejó los documentos de Grace en la mesa—. Lo mejor que pueden hacer ahora es ir a instalarse en su alojamiento. La Asociación Cristiana de Jóvenes ha preparado una casa para ustedes en Rue Brûle. Siga la calle principal en dirección sur y cuando llegue casi al final del pueblo, verá el cartel. El personal del establecimiento se encargará de sus comidas. Y mañana por la mañana a las siete en punto, preséntense ante el cabo Farmer, el operador jefe del turno de noche. Lo encontrarán en la sala de teléfonos de la primera planta.

Grace unió las manos a sus espaldas.

—Si le parece correcto, señor, mis operadoras están listas y ansiosas por ver enseguida las centralitas.

—Me parece muy bien, pero tendrán que esperar —replicó el teniente en tono cortante—. En estos momentos tenemos soldados cualificados haciendo ese trabajo y no pienso retirarlos en mitad de un turno y alterar toda la operativa en una de las horas más ocupadas del día.

—Entendido, señor —dijo Grace, aunque no había sido su intención interrumpir nada—. Quedamos pues a las siete en punto mañana por la mañana.

El teniente ya había dado media vuelta y estaba ocupado con unos documentos que tenía en la mesa.

—Instálense bien —dijo, señalando vagamente en dirección sur—. Coman alguna cosa. Dejen que su belleza descanse. Hagan lo que quiera que hagan las chicas del Ejército cuando están fuera de servicio. Puede retirarse.

Por dentro, Grace estaba furiosa, pero mantuvo una expresión impasible.

—Sí, señor.

Saludó educadamente al capitán australiano, dio media vuelta y abandonó el despacho. Una vez estuvo fuera y a solas, inspiró hondo e hinchó las mejillas para resoplar. ¡Suerte que el cabo había vaticinado que todo el mundo se alegraría mucho de verlas!

Suzanne la vio cruzando el patio y se separó del resto de las chicas para ir a su encuentro.

—¿Qué tal ha ido? —preguntó con cautela en cuanto la alcanzó.

Grace soltó una carcajada.

—Me parece que al teniente no le gustan mucho las mujeres.

—A lo mejor solo es que no le gusta que haya mujeres en el Ejército.

—Imagino que será eso. —Al acercarse a las chicas, Grace levantó la mano para capturar su atención—. He conocido al oficial al mando y nos da la bienvenida a Chaumont. Entiende que estemos ansiosas por empezar, pero no nos necesitará en las centralitas hasta mañana por la mañana, así que lo que debemos hacer ahora es instalarnos tranquilamente. —Cuando oyó un murmullo de decepción y sorpresa, intentó restarle importancia y sonrió—. Lo sé, lo sé, pero órdenes son órdenes. Disfruten de su tiempo libre mientras puedan. Dudo que tengamos mucho más en los días venideros.

Recogieron su equipaje, formaron dos filas y dejaron atrás los barracones. Apenas habían enfilado la calle principal, cuando un vehículo que llegaba desde atrás las adelantó y se detuvo junto a la acera. Se abrió entonces la puerta del lado del acompañante y salió el capitán de pelo oscuro.

—Buenos días, señorita Banker —dijo—. ¿Necesitan transporte? El recorrido es largo para ir tan cargadas.

Grace observó el furgón.

—Muy amable por su parte, pero no creo que quepamos todas. ¿Pero podría cargar con el equipaje mientras nosotras vamos a pie?

—Eso está hecho —respondió alegremente el capitán. Después de intercambiar unas palabras con el chófer, cargaron entre los dos los maletines y las bolsas de las operadoras y, cuando el chófer se marchó, el capitán se sumó a Grace para encabezar la columna e ir andando con el grupo—. Wilberforce MacIntyre —dijo, extendiendo la mano, que Grace estrechó, notando una palma grande y callosa—. Los amigos me llaman Mack.

—Encantada de conocerle, capitán Mack —replicó Grace, sin sentirse aún preparada para dejar de lado todas las formalidades.

—No tenga en cuenta lo del teniente —dijo—. No siempre es tan huraño. Con que desempeñen bien su trabajo y acaten las reglas, verá cómo enseguida les coge cariño a usted y a sus chicas.

Grace confiaba en que fuera así.

—Gracias por el consejo. —Miró entonces la insignia del capitán—. ¿Está usted con la Primera Fuerza Imperial Australiana?

—Así es. Soy el oficial de enlace con las Fuerzas Expedicionarias. —Cuando el furgón se detuvo varios metros por delante de ellos, señaló una casa de tres plantas situada en un pequeño promontorio y rodeada de tilos y castaños—. Aquí la tienen, su casa de campo en Francia. Por lo visto, la acondicionaron para albergar a los oficiales de las Fuerzas Expedicionarias, con bastantes comodidades, según me han dicho. Mis barracones, al lado, son una vergüenza.

—Es preciosa —dijo Grace—. Espero que no desalojaran a nadie por culpa nuestra.

—No pierda el sueño por ello. Podría ser perfectamente que los antiguos residentes se mudaran a un lugar mejor. —El capitán Mack volvió la cabeza hacia la dirección por la que acababan de venir—. Tal vez al *château*, con el general Pershing.

Grace se echó a reír.

—Espero que sea así.

Se preguntó si tendrían la casa solo para ellas. Había más operadoras de camino, por supuesto, pero la elegante residencia le parecía excesivamente grandiosa y lujosa para tiempos de guerra.

El capitán y el chófer descargaron todo el equipaje y aceptaron de buen grado el agradecimiento de las operadoras.

—Hasta muy pronto, señorita Banker —dijo el capitán, y subió de nuevo al furgón.

Grace sonrió y le dijo adiós. Esperaba que la simpatía del capitán fuera la norma entre los oficiales de Chaumont, y la sequedad del teniente, una anomalía.

Mientras las otras chicas entraban sus cosas, Suzanne se plantó delante de Grace y la miró arqueando las cejas, en un gesto cargado de intención.

—Muy interesante.

Grace se pasó la correa de la bolsa por el hombro.

—¿El qué es interesante?

—«Hasta muy pronto, señorita Banker».

—No seas tonta. —Grace notó que le ardían las mejillas—. Simplemente intentaba ser amable.

—Tal vez. —Suzanne se encogió de hombros, con el maletín apoyado contra la cadera—. Yo creo que más bien era una promesa.

¿Podría haber sido eso? Agradablemente aturullada, Grace esbozó una mueca, fingió sentirse exasperada y entró en la casa. Las operadoras estaban contemplando con admiración el formidable vestíbulo y se maravillaban de la buena suerte que habían tenido, puesto que en su mayoría esperaban tener que alojarse en una versión francesa de Hobo House. La encargada de la Asociación Cristiana de Jóvenes, la cocinera y dos criadas salieron a recibirlas y mientras las criadas acompañaban a las chicas a sus habitaciones, la responsable guio a Grace por las distintas zonas comunes: la cocina, el comedor, la biblioteca y el salón, donde había un piano.

—Para conseguir este premio hubo que regatear un poco —dijo con orgullo la responsable. La señora Ivey era una mujer morena, menuda y regordeta de unos cincuenta años, con mejillas sonrosadas y brillantes ojos castaños—. ¿Toca?

—No, pero algunas de las chicas, sí.

—Dicen que en Chaumont hay un total de cinco bañeras, y aquí tenemos tres de ellas. —La señora Ivey dudó unos instantes, antes de añadir—: Sí, a veces hay cortes de agua, pero cuando la hay en abundancia, uno puede disfrutar de un buen baño caliente al final de la jornada.

Habían tenido una suerte increíble, pensó Grace. Dio las gracias a la responsable, recogió sus cosas y subió dos pisos para llegar a la habitación que le habían asignado, un dormitorio limpio y luminoso con dos camas individuales y una mesita de noche entre ellas. Suzanne ya se había tumbado en una de las camas, tenía una almohada de plumas abrazada contra el pecho y suspiraba de pura satisfacción.

Las chicas pasaron la tarde deshaciendo el equipaje, lavando ropa y explorando los alrededores, para reunirse luego en el comedor a la hora de la cena. Aunque las raciones eran pequeñas, la comida era sabrosa y las sació lo suficiente: pollo con salsa blanca, col guisada, quesos y pan crujiente. Por la mañana, el desayuno fue también delicioso, pero una vez hubieron acabado, la señora Ivey llamó a Grace y le comentó que las raciones variaban de semana en semana y que, a pesar de que la cocinera era muy creativa, las chicas y ella no podían esperar comer tan bien a diario.

—Lo entendemos perfectamente —le aseguró Grace—. Agradeceremos cualquier cosa que puedan prepararnos y no desperdiciaremos ni un bocado.

Al cabo de un rato, Grace convocó a las chicas para poner rumbo a los barracones de piedra. Por el camino, pasaron por delante de docenas de soldados que dejaron de hacer lo que estuvieran haciendo al verlas pasar; algunos las miraron con admiración o asombro, otros con claro escepticismo. Resultaba difícil no tensarse al saberse objeto de tanto escrutinio, pero Grace caminó en todo momento con la vista puesta al frente y la cabeza bien alta, confiando en que las chicas siguieran su ejemplo. Todas eran conscientes de que tenían mucho que demostrar, no solo sobre sí mismas y su profesión, sino también como representantes de todas las mujeres cuyo servicio había sido desestimado por ser consideradas demasiado débiles, demasiado emocionales, demasiado frívolas o demasiado tímidas como para poder contribuir a una causa tan abrumadora y relevante como la victoria en la guerra.

Cruzaron la verja, luego el patio, pasaron por delante de los guardias, cruzaron entonces la puerta principal y llegaron finalmente a la sala de teléfonos a las seis y media en punto. Llegar media hora antes había sido idea de Grace, un detalle que habría discutido con el teniente Riser el día anterior si no la hubiese despedido tan imperiosamente. Ni las operadoras ni Grace tenían idea de cómo estaban dispuestas las centralitas, ni tan siquiera de qué tipo de equipamiento había allí instalado. Grace había ordenado a cada una de las chicas que eligiera un operador del turno de noche y lo observara en su puesto de trabajo para familiarizarse con la centralita y observar cualquier singularidad o debilidad antes de pasar a ocupar su puesto. Esta preparación serviría para realizar una transición más tranquila entre turno y turno y reduciría la probabilidad de que quedaran llamadas desatendidas, retrasos o conexiones erróneas. Era un plan prudente, y Grace confiaba en que el operador jefe del turno de noche se mostrara de acuerdo.

Pero antes de localizar al cabo Farmer, justo entró en la sala de teléfonos y se tropezó con el teniente Riser, que estaba plantado en la puerta.

—Señorita Banker —dijo, sorprendido—. Llega pronto.

—Espero que no sea ningún problema, señor —replicó Grace, desconcertada—. Quería que mis chicas tuvieran tiempo para observar el trabajo de los operadores del turno de noche antes de empezar a las siete en punto.

El teniente se cruzó de brazos y se quedó mirando a Grace, sin el más mínimo indicio de sonrisa reflejado en su cara.

—De hecho, el cambio de turno es a las ocho. Cuando le dije que llegaran a las siete, lo hice para que sus chicas tuvieran un tiempo para observar el trabajo de nuestros operadores.

—Entiendo. —Grace notó que le ardían las mejillas—. Muy bien. Noventa minutos para observar es incluso mejor que treinta.

—Aun así, podrían haber dormido un poco más de haber seguido mis órdenes.

Lo habría hecho, de haberlo sabido y si él teniente hubiera considerado adecuado decírselo.

—Estamos perfectamente descansadas, señor, e impacientes por empezar a trabajar.

La mirada del capitán pasó a las otras diez mujeres, que ya se habían repartido entre los distintos puestos de trabajo y estaban estudiando las centralitas.

—Ya lo veo. —Se volvió hacia Grace—. Supongo que podríamos habernos ahorrado este problema si ayer les hubiera permitido observar las centralitas. Imagino que eso era lo que en realidad pretendía pedirme que hiciera.

—Así es, señor, pero no creo que sea un mal al que no pueda ponérsele remedio.

El capitán carraspeó con exageración, como si intentase disimular la risa.

—Estoy de acuerdo con usted, señorita Banker. Adelante. Si usted o alguna de sus chicas tiene alguna pregunta, no duden en formularla.

El teniente se marchó por el pasillo abierto entre las centralitas, caminando con las manos enlazadas a la espalda. Se había referido a las operadoras como «sus chicas», pensó Grace con rabia, mientras que los hombres del turno de noche eran «nuestros operadores». Confiaba en que no siguiera insistiendo mucho tiempo más en esas distinciones.

A las ocho en punto, Grace se acercó al cabo Farmer.

—Vengo a relevarle —dijo.

El cabo sonrió, se levantó, se sacó los auriculares y se los pasó.

—Quedo sustituido. Felicidades, señorita.

Grace sonrió y le dio las gracias. Ocupó el puesto del cabo, se puso los auriculares, se ajustó correctamente el micrófono y examinó las hileras de bombillitas y de enchufes y clavijas numeradas. Apenas tuvo tiempo de mirar a su alrededor para asegurarse de que las demás operadoras estaban en sus puestos cuando se iluminó una de las bombillas de la centralita, indicando una llamada entrante. Con rapidez, cogió un cable negro flexible, localizó el enchufe correspondiente en una de las filas inferiores del tablero y conectó la clavija.

—¿Número, por favor? —preguntó. No obtuvo respuesta. Oyó un sonido débil, como un grito entrecortado, lo suficiente para darle a entender que la comunicación seguía allí—. ¿Número, por favor? —repitió, más fuerte esta vez.

—Disculpe, señorita —respondió un hombre, con voz ronca—. Pero cuando ha dicho «¿Número, por favor?», me he quedado sin habla. Se me ha formado un nudo en la garganta. Por un momento he pensado que volvía a estar en casa, en Albany.

Grace sonrió.

—Pues por lo que veo en el panel de mi centralita, le aseguro que usted no está allí, señor. Pero, aparte de eso, ¿en qué puedo ayudarle?

—Sí, claro, vayamos al grano.

La voz del hombre tembló ligeramente cuando le dio el número. Grace conectó rápidamente la llamada, se quedó un momento a la escucha para asegurarse de que las dos partes estaban bien conectadas y dejó la llamada justo en el momento en que se encendía otra luz en el tablero.

Otro cable, otra clavija.

—¿Número, por favor?

Otro cliente pasmado, que tartamudeó levemente cuando le proporcionó el número al que quería llamar y que dijo, después de que Grace conectara la llamada:

—Que Dios las bendiga, chicas.

A su alrededor, las otras chicas no paraban de conectar llamadas, aceptando con elegancia el agradecimiento de los atónitos y aliviados soldados, eficientes y profesionales en todo momento, asegurando a los soldados que sí, que «las chicas hola de verdad» estaban haciendo un trabajo que dominaban a la perfección.

Grace experimentó una oleada de gratitud por haber podido llegar hasta allí, hasta Francia, hasta Chaumont, hasta el lugar donde era más necesaria.

Se había convertido en una auténtica operadora de guerra.

11

Abril de 1918
El Havre y París

VALERIE

Cuando el barco del Segundo Grupo atracó por fin en Liverpool, Valerie se sintió tan agradecida de pisar suelo británico que se le llenaron los ojos de lágrimas. A pesar de que el coronel Hertness la había avisado de que el mar de Irlanda sería la parte más peligrosa del viaje, para alivio de todo el mundo a bordo, el Carmania había surcado sus aguas de color verde esmeralda sin que los submarinos alemanes lo perturbaran en ningún momento. No había habido más víctimas de la gripe después de aquellas dos muertes trágicas, pero varios de los soldados afectados, que solo unos días atrás estaban perfectamente sanos, habían sido desembarcados en camilla del barco y transferidos de inmediato a un establecimiento donde pasarían la cuarentena. Ninguna de las operadoras había caído enferma, pero la insistencia constante de la señorita Crittenden en cuanto a llevar en todo momento la mascarilla, junto con sus amenazas de emitir sanciones a las que llevaban la mascarilla floja, había acabado crispando los nervios de muchas de las chicas. Por eso, en cuanto cruzaron la pasarela y pisaron Liverpool, algunas de las operadoras se arrancaron la mascarilla de la cara e inspiraron hondo para llenar los pulmones como hacía tiempo que no habían podido hacerlo y lanzaron miradas furtivas a la señorita Crittenden, queriendo retarla a exigirles llevar también la mascarilla en tierra. Pero la señorita Crittenden no mordió el anzuelo, ni siquiera cuando algunas de las chicas tiraron las mascarillas en el primer cubo de la basura que encontraron.

—Yo no lo haría, de ser tú —le dijo Valerie a una de las operadoras que se disponía a desechar la suya.

—¿Por qué no? —replicó la otra chica—. Ahora ya no las necesitamos. Hemos dejado la gripe atrás, en ese barco.

—Eso nadie lo sabe con completa seguridad.

Pero la chica se limitó a esbozar una mueca despectiva y tiró la mascarilla a la basura. Valerie se había quitado la suya y la había guardado con su ropa de recambio. Esperaba no tener que volver a utilizarla nunca, pero ¿por qué tirar tanto trabajo de costura, por qué tentar a la suerte?

Poco después de desembarcar, las recibió en el muelle el mayor Chandler, el oficial del Cuerpo de Señales asignado para acompañarlas por Inglaterra. Durante el largo e incómodo viaje en tren hasta Southampton, el mayor Chandler charló unos minutos con todas y cada una de las chicas para interesarse por sus necesidades y ofrecerles su ayuda cuando mencionaban algún tipo de problema. A Valerie le pareció un hombre agradable, hasta que ella le describió el ataque que había sufrido el Carmania y él le confió que creía que las operadoras habían arriesgado su vida en vano, puesto que la guerra ya estaba perdida.

—No hay la más mínima esperanza para los aliados —le dijo el mayor, taciturno—. Alemania no tardará mucho en alzarse con el triunfo y Gran Bretaña quedará borrada del mapa.

—Supongo que nuestros chicos tendrán algo que decir al respecto —replicó Valerie, que cambió de posición en el asiento y se quedó dándole la espalda.

El mayor intentó explicarle que simplemente exponía los hechos tal y como él los había observado, pero Valerie se sintió tan ofendida que no quiso seguir escuchándolo. ¿Cómo se atrevía a difundir un discurso tan derrotista y desmoralizante justo cuando estaban a punto de zarpar hacia Francia? Si aquel hombre seguía así, el káiser acabaría poniéndolo en la nómina de los *boche*.

Valerie se alegró de perder de vista al mayor Chandler después de que acompañara al grupo hasta la casa de huéspedes donde se alojarían. Las operadoras dejaron su equipaje en las habitaciones y se encontraron de nuevo para almorzar en el comedor, donde Valerie tuvo que hacer esfuerzos para engullir la que a buen seguro era la peor comida que había tragado en su vida: hojas de diente de león hervidas, sucedáneo de café, un trozo de pan duro como una piedra y un postre raro y aguado endulzado con sacarina. Después, la señorita Crittenden les dio permiso para explorar Southampton hasta la hora del toque de queda, y Valerie, Millicent y algunas chicas más fueron hasta un local de la Asociación Cristiana de Jóvenes, donde un ángel disfrazado de camarera de la Asociación les ofreció rosquillas y tazas de chocolate caliente, sabroso y humeante. Unos cuantos soldados jugaban distintos juegos de mesa en un rincón y leían libros en otro, pero el piano que estaba al fondo de la sala estaba desocupado. Animada por sus amigas, Millicent hizo unos ejercicios de flexión de manos, se sentó al teclado y los soldados empezaron a cantar mientras ella tocaba las canciones de guerra más conocidas: *Over There*, *It's a Long Way to Tipperary* y *Keep the Home Fires Burning*.

—No hace mucho, pasó por aquí otra chica del Cuerpo de Señales —le dijo la secretaria de la Asociación Cristiana de Jóvenes a Valerie cuando volvió a la cantina para que le sirvieran un poco más de chocolate—. El paquebote de su grupo se quedó una semana retenido por culpa de la niebla, y venía por aquí casi cada noche para entretener a los soldados. Tenía una voz maravillosa.

Valerie sonrió.

—Marie Miossec, supongo.

—¡Caramba, sí! —exclamó la secretaria, pasmada, y se echó a reír—. Aunque creo que no debería de estar tan sorprendida. Imagino que todas las chicas del Cuerpo de Señales se conocen entre ustedes.

—Las del Primer y el Segundo Grupo, sí. Hicimos la formación juntas en Nueva York.

—¿Y cree que volverá a ver a Marie cuando estén «Allí»?

Valerie se encogió de hombros.

—Es posible. Si nos destinan al mismo lugar, seguro, pero no tengo ni idea ni de dónde está ni de dónde estará.

—Bueno, pues si la ve… —La secretaria dudó unos instantes—. La noche antes de zarpar hacia Francia, me preguntó si sabía si el 307 de Infantería había pasado por Southampton.

—Oh, ¿eso le preguntó? —dijo Valerie, recordando al guapo soldado moreno que se había marchado con Marie después de aquel improvisado concierto en el vagón del tren.

—Sí. —La secretaria se permitió esbozar una sonrisa de complicidad—. Dijo que tenía un conocido en esa división, pero sospecho que el chico debe de ser algo más que eso. Si la ve, dígale que no han pasado todavía por Southampton, y que he estado pendiente.

—Se lo diré —le prometió Valerie, entonces se le ocurrió una cosa—. ¿Podría también estar pendiente de otro soldado por mí? Se trata de mi hermano, Henri DeSmedt. Está en la Sección de Fotografía del Cuerpo de Señales. No sé a qué unidad lo destinarán cuando termine su formación, pero... —Sacó del bolsillo del pecho un pequeño estuche que había confeccionado con cartulina para guardar a salvo y cerca del corazón las fotos que más quería. Extrajo de su interior el retrato de Henri y lo miró unos instantes antes de pasárselo a la secretaria—. No sé exactamente qué me gustaría que hiciera, si pasa por aquí. Dígale... —«Dígale que lo quiero y lo echo muchísimo de menos», pensó—. Dígale que su hermana mayor ha llegado a Francia antes que él.

—Me temo que ya llega tarde para poder decirle eso —replicó la secretaria, que estaba estudiando la foto con la frente arrugada—. Porque ya está «Allí».

Valerie se quedó mirándola, sin entender nada.

—No, no está aún. Está todavía en el estado de Nueva York, formándose en la escuela de fotografía aérea.

La secretaria miró a Valerie y luego miró otra vez la fotografía que seguía en su mano.

—Lo que es seguro es que no sé a qué lugar de «Allí» habrá ido —dijo la secretaria, devolviéndole a Valerie la foto—, pero lo que sí sé es que no está en Nueva York. Pasó por Southampton con una unidad del Cuerpo de Señales hará menos de quince días. Ha dicho que se llama Henry, ¿no?

—No. —Sintiéndose un poco tonta, Valerie la corrigió—. Henri, de hecho.

—Por lo que me pareció oír, entre sus compañeros lo llamaban Henry. —La secretaria sonrió al recordar—. Y a veces lo llamaban también «Hollywood Hank».

—¿Hollywood Hank?

—Un apodo simpático. Me parece muy adecuado para alguien que está en el mundo de la filmografía. Iba siempre cargado con una cámara. —La secretaria miró a Valerie, pensativa—. ¿Es de Hollywood su familia?

—De Los Ángeles —respondió Valerie, cuyo corazón iba acelerado—. Antes, de Bruselas y Nueva York.

Los detalles —el nombre del soldado, su ciudad natal— diferían lo suficiente como para sugerir que se trataba de dos soldados distintos, pero ¿qué probabilidades había de que ambos hubieran sido destinados al Cuerpo de Señales y de que la fotografía de uno pudiera confundirse con la cara del otro? Para la mente matemática de Valerie era demasiado improbable como para ignorarlo como pura coincidencia.

—No lo entiendo —dijo, hablando casi para sí misma—. Cuando vi a Henri en Nueva York, me dijo que iban a transferirlo a la escuela de fotografía aérea. ¿Cómo es posible que zarpara antes que yo? ¿Por qué no me lo dijo?

—Tal vez porque la orden de partir llegó tan de repente que no le dio ni tiempo a escribir —dijo la secretaria—. O tal vez sí escribió, pero usted zarpó antes de que llegara su carta.

Valerie visualizó un sobre maltrecho abandonado en el suelo de Hobo House, con su nombre escrito con la caligrafía de su hermano, con la tinta corrida si lo había salpicado la lluvia, con restos de huellas sucias que sugerían un recorrido agitado por el servicio de correos.

—Durante todo este tiempo había dado por sentado que seguía sano y salvo.

—Oh, no piense en eso ahora. —La secretaria le cogió la mano y se la presionó para animarla—. Su hermano tal vez no esté donde usted imaginaba que estaba, lo cual no significa que no esté sano y salvo. ¿Y no estará más seguro filmando desfiles en París que formándose para luego dedicarse a la fotografía aérea? Imagino que eso de volar sobre territorio enemigo para tomar fotografías de las trincheras debe de ser increíblemente peligroso.

Valerie experimentó un escalofrío al imaginarse un frágil avión con su hermano a bordo volando por encima de tierra de nadie y un artillero alemán visualizándolo en su diana. Por supuesto que no quería que Henri volara en cielo enemigo convertido en un blanco indefenso; lo que quería era que estuviera de nuevo en Rochester, formándose para un papel que nunca tendría que desempeñar si la guerra acababa antes de que estuviera cualificado para ello.

—No creo que recuerde en qué unidad estaba ese tal Hollywood Hank —dijo Valerie, consiguiendo esbozar una débil sonrisa.

—Lo siento, pero no. —La secretaria suspiró y le dio unos golpecitos cariñosos en la mano—. Pero seguro que pronto tendrá noticias de él. Sus cartas acabarán llegándole, siempre y cuando usted permanezca en un solo destino el tiempo suficiente.

Eso esperaba Valerie. Se tranquilizó con la idea de que incluso en el caso de que aquella hipotética última carta a Hobo House hubiera acabado en una mesa de cartas no entregadas, Henri habría escrito también a su madre y a Hilde y ellas le darían noticias.

Le dio las gracias a la secretaria y volvió al piano justo cuando Millicent daba por terminada una versión especialmente animada de *Good-byeee!* En aquel mismo momento, un cabo se aproximó y descansó el codo sobre el piano.

—¿Podría tocar algo de *ragtime*, señorita? —preguntó, con expresión lastimera—. ¿Qué se escucha últimamente en los Estados Unidos?

Millicent se quedó pensando unos instantes y empezó a tocar *When Alexander Takes His Ragtime Band to France*. Sonrió al soldado, enarcando las cejas y esperando otra sonrisa a modo de respuesta.

Pero el cabo puso mala cara e hizo un gesto negativo.

—No, esa no. ¡Esa ya es vieja! La oí hace justo dos semanas.

Se marchó, enojado, pero Millicent se limitó a hacer un gesto de indiferencia y seguir tocando. Cuando acabó, separó las manos del teclado e hizo girar el taburete para mirar a Valerie.

—Tengo la sensación de haberme desacreditado tremendamente por lo que a ser una chica norteamericana a la última moda se refiere.

—No le hagas caso. —Valerie ladeó la cabeza en dirección al público, cuyos aplausos apenas habían perdido aún intensidad—. A todos los demás les ha encantado.

Algunos soldados pidieron una canción más, pero Millicent declinó la invitación. Las horas había pasado con rapidez y, si las operadoras no se apresuraban, no llegarían a la casa de huéspedes a tiempo para cenar antes del toque de queda.

La señorita Crittenden las estaba esperando en el vestíbulo con noticias.

—Si han deshecho el equipaje, ya pueden volver a hacerlo —les dijo—. Si el buen tiempo se mantiene, zarparemos hacia Francia mañana por la mañana, justo después de desayunar.

Millicent gritó de emoción y se agarró al brazo de Valerie.

—Estaremos listas —dijo Valerie, pensando que estaría encantada de saltarse el desayuno, y también la cena, si la comida era similar a aquel almuerzo casi incomible, pero no lo expresó en voz alta.

La mañana amaneció despejada, fresca y soleada, un tiempo ideal para cruzar el Canal, aunque sin ninguna nube o niebla que pudiera camuflarlos de los aviones alemanes. El robusto paquebote —lleno a rebosar de operadoras, población civil francesa, soldados aliados y personal de la Cruz Roja— zarpó de Southampton de la forma más sigilosa posible, aunque bajo un sol brillante. Valerie no sabía si sentirse impresionada o muerta de miedo cuando un miembro de la tripulación le contó con orgullo que el barco había hundido un submarino alemán en su última salida, y fue un alivio ver que un avión de la Royal Air Force empezaba a escoltarlos después de que pasaran por Portsmouth.

Después de tantas aventuras a bordo del Carmania, Valerie y sus compañeras se habían preparado mentalmente para otro viaje de nervios, pero la travesía se desarrolló por suerte sin problemas y llegaron a El Havre sanas y salvas. Un oficial del Cuerpo de Señales, el capitán William Vivian, las recibió en el puerto, y después de escoltarlas hasta un hotel encantador para que comiesen, se ofreció para acompañarlas a realizar una visita turística por la ciudad costera.

—Me siento como si estuviéramos en una excursión escolar —murmuró Millicent mientras el capitán las guiaba por las calles adoquinadas e iba señalando los diversos puntos de interés.

Valerie contuvo una carcajada, pero la visita le estaba gustando y, sin duda alguna, le gustaba mucho más el simpático y cortés capitán Vivian que el mayor Chandler, aquel profeta de la fatalidad.

El capitán Vivian las acompañó a la estación para coger el tren que las llevaría a París, que partía de El Havre por la tarde.

—¡París! —exclamó Drusilla, suspirando y trasmitiendo en una sola palabra el sentimiento de anticipación que Valerie y sus compañeras experimentaban ante la proximidad de la Ville Lumière.

Charlaron con emoción mientras el tren las conducía hacia el sudeste a través de la campiña francesa y compartieron cada una de ellas lo que más ganas tenían de conocer: la Torre Eiffel, los animados teatros, los encantadores bulevares y jardines, la espléndida arquitectura, las pintorescas tiendas y mercados. Al oírlas de pasada, el capitán Vivian se detuvo y les dijo:

—Recuerden que París está siendo bombardeada continuamente. En estos momentos no tiene nada que ver con la ciudad que han podido admirar en las postales, y tampoco somos nosotros un grupo de turistas de vacaciones. Durante la primera noche que pasaron allí, sus compañeras del Primer Grupo escaparon por los pelos del impacto de una bomba alemana.

Algunas de las chicas intercambiaron miradas de alarma, pero Millicent declaró:

—Con bombas o sin bombas, París sigue siendo París.

Y al ver que otras chicas le daban su aprobación, el capitán Vivian sonrió aun sin quererlo, meneó la cabeza y siguió circulando por el pasillo.

—Espero que lleguemos antes de que anochezca —dijo Drusilla—. ¿Verdad que sería maravilloso ver por primera vez París con la puesta de sol, con los azules del cielo de última hora de la tarde y los dorados y los rojos del sol reflejándose sobre el Sena?

—Sí —replicó Millicent, con ojos brillantes—. ¡Y con la Torre Eiffel brillando bajo los últimos rayos de sol y alzándose sobre la ciudad como un centinela que protege a sus habitantes!

Todas estaban de acuerdo en que sería glorioso, pero a medida que pasaron las horas y la oscuridad se apoderó de ellas, se hizo evidente que no llegarían hasta mucho después de que anocheciera. A las once y media de la noche, la oscuridad era tan completa que solo el cambio de velocidad del tren las avisó de que estaban llegando a su destino. Cuando bajaron al andén, miraron con incredulidad a su alrededor. De no ser por las minúsculas bombillas azules que iluminaban la entrada del edificio de la estación, podrían estar perfectamente en medio del campo, no en el corazón de una ciudad.

—Con tanta vida nocturna como se aprecia, es como si estuviéramos en Waterloo, Iowa —se lamentó Drusilla.

Se oyeron risillas.

—El protocolo manda apagar todas las luces de noche —declaró Inez, acallando las risas—. Ya admirarán la ciudad mañana, cuando salga el sol.

Justo en aquel momento, emergió de entre las sombras un hombre, que las asustó hasta que se acercó más y lo reconocieron por el uniforme del Cuerpo de Señales. Se presentó como el teniente Highland, su escolta hasta su alojamiento. El capitán Vivian caminó a su lado, cruzaron toda la estación y salieron a la calle, donde la oscuridad era tan cerrada que Valerie, Millicent y Drusilla enlazaron los brazos para sentirse más seguras.

Había varios automóviles aparcados junto a la acera, que, gracias a una fina capa de pintura luminiscente, Valerie consiguió ver antes de tropezar y caer de bruces en la calzada. Subió a bordo del primer vehículo con Millicent, Drusilla y dos chicas más, y después de asegurarse de que estaban todas, el teniente Highland se sentó al volante y el vehículo empezó a circular lentamente por el *arrondissement* desierto.

Valerie estaba agotada después de la larga jornada de viaje y sus compañeras igual, según daban a entender sus bostezos contenidos y sus ojos entrecerrados, pero el teniente Highland estaba perfectamente despierto y no paraba de hablar. Después de preguntarles por el viaje, empezó a explicarles por dónde iban pasando, como si fuese un guía turístico.

—Aquí es donde cayó el Big Bertha la semana pasada, acabando con la vida de sesenta y ocho personas —dijo animadamente, señalando por la ventanilla hacia la oscuridad.

Por instinto, todas volvieron la cabeza para mirar, pero les resultó imposible vislumbrar nada más allá de la punta del dedo del teniente.

—¿El Big Bertha? —preguntó una de las chicas, con voz temblorosa.

—Un obús alemán gigantesco, que lleva ese nombre en honor a la esposa del fabricante —respondió el teniente con un entusiasmo inquietante—. Es capaz de disparar proyectiles de casi dos toneladas de peso a una distancia de prácticamente diez kilómetros. El proyectil favorito de los alemanes utiliza un detonador de acción retardada. Puede atravesar doce metros de hormigón y piedra antes de explotar y, si me permiten que les diga una cosa, si una cosa de esas impacta en las cercanías, lo notas de verdad.

—Es…, es impresionante —consiguió decir Valerie.

Drusilla le tiró de la manga.

—¿Crees que el Cuerpo de Señales nos dará cascos? —le preguntó en voz baja.

—No creo que un casco sirva para mucho si nos cae un obús de esos encima —replicó también en voz baja Millicent.

Valerie se encogió de hombros y forzó instintivamente el oído con la intención de captar el posible sonido de fuego de artillería a lo lejos, no porque fuera capaz de reconocer el zumbido de un obús aproximándose o de saber adónde huir para ponerse en lugar seguro en una ciudad desconocida.

El capitán continuó con su animada y desgarradora narración hasta que llegaron al hotel; el cansancio y la inquietud habían sustituido casi por completo las emociones de antes. Después de que le entregaran su llave, Valerie subió el equipaje a la habitación del tercer piso que compartiría con Drusilla, se aseó, se desnudó rápidamente y se derrumbó en la cama.

Durmió profundamente toda la noche, hasta que un rayo de sol asomó por debajo de las cortinas opacas y la despertó. Lo cual le dio a entender dos cosas: en primer lugar, que no había corrido correctamente las cortinas opacas, porque si la luz podía filtrarse hacia el interior a través de aquella rendija, también podía filtrarse hacia el exterior, y en segundo lugar, que ya era de día y en pocas horas conocerían por fin cuál era su ansiado destino. Confiaba en poder quedarse en París, no solo porque estuviera cansada de tanto viajar, sino también porque quería sentarse sin más demora delante de una centralita y empezar a ofrecer sus servicios para ganar la guerra.

Despertó a Drusilla, que se quejó adormilada hasta que Valerie subió la voz y la zarandeó, un intercambio de papeles que habría dejado pasmada a su hermana mayor. Se lavaron, se peinaron, se vistieron con los uniformes más limpios que tenían y bajaron al comedor para reunirse con el resto de las chicas del Segundo Grupo y desayunar tostada, mermelada o miel y sucedáneo de café con leche. Después, Inez las acompañó por el pasillo hasta una sala donde esperarían la llegada del oficial del Cuerpo de Señales que estaba viniendo desde los cuarteles generales de las Fuerzas Expedicionarias con sus destinos.

La sala rebosaba de expectación, nervios y especulaciones. Valerie intentó relajarse deambulando por el elegante espacio, admirando la arquitectura rococó y el mobiliario antiguo, mirando desde la ventana la gente que pasaba por la calle: las chicas tan guapas a pesar de estar en plena guerra; las señoras mayores con sus cestas de la compra; los soldados aliados, algunos sonrientes, de permiso a buen seguro, estirando el cuello sin cesar, ansiosos por verlo todo antes de volver a la batalla; otros concentrados y serios de camino a cumplir con su deber. El edificio de piedra blanca de enfrente de aquella calle estrecha parecía otro hotel, seis plantas y un frontispicio decorado con esculturas de querubines. Estaba preguntándose si el hotel donde se alojaban ellas tendría también una fachada tan sofisticada, cuando hizo su entrada en la sala un teniente del Cuerpo de Señales con un fajo de papeles. Inez corrió a saludarlo y, mientras ellos hablaban un momento en voz baja, las operadoras se dispusieron en cuatro filas de siete a la espera de recibir órdenes.

El corazón empezó a latirle con fuerza cuando Inez les presentó al oficial como el teniente Baker. El teniente hizo una breve introducción, durante la cual les dio la bienvenida a París y les dio las gracias por presentarse voluntarias para cumplir un servicio tan importante como aquel. Valerie estaba tan impaciente, tan ansiosa por que empezara a leer la lista que tenía en la mano, que apenas escuchó qué decía. Finalmente, después de unos minutos que se hicieron interminables, el teniente empezó a leer nombres. Valerie, reconfortada al ver que estaba siguiendo el orden alfabético y que, por lo tanto, no tendría que esperar mucho tiempo, esperó conteniendo la respiración hasta que llegó su turno.

París. Exhaló un prolongado suspiro de alivio y luego inspiró hondo y cerró los ojos, la debilidad pudiendo con ella. Había sido destinada a París. Igual que Millicent y Drusilla, e igual que Inez, que seguiría siendo su operadora jefe, aunque Martina había sido destinada a Tours y otras chicas a Chaumont. Apenas tuvieron tiempo para despedidas, puesto que las operadoras que dejaban París fueron enviadas enseguida a sus habitaciones a recoger sus pertenencias y el contingente de París tuvo que marcharse con el teniente Baker a las oficinas centrales del Cuerpo de Señales en el hotel Élysées Palace. Tal y como Valerie esperaba, empezarían a trabajar de inmediato.

Fue un paseo maravilloso, con el sol resplandeciente y la delicada brisa transportando la fragancia de las flores primaverales; los únicos recordatorios de que estaban en guerra eran el ir y venir de soldados, los sacos marrones que protegían los edificios y algún que otro solar lleno de escombros. Pasaron por detrás del palacio del Elíseo, el edificio clásico construido en el siglo XVIII que era la residencia presidencial y vieron de no muy lejos el Arco de Triunfo y la Torre Eiffel. El hotel Élysées Palace era una maravilla de estilo Beaux Arts, con su belleza empañada por los sacos de arena del exterior y las cortinas opacas del interior. Valerie y sus compañeras estaban ansiosas por conocer las salas de los teléfonos.

Llegaron justo antes del cambio de turno, momento en el cual las mujeres profesionales ocuparían el puesto de soldados más lentos y menos experimentados que trabajaban en el turno de noche, que siempre era más fácil. En los escasos momentos que tuvieron antes de incorporarse a las centralitas, Valerie y sus compañeras disfrutaron de un feliz encuentro con sus amigas del Primer Grupo, una reunión llena de risas, abrazos y noticias compartidas.

Valerie estaba encantada de volver a ver a Cordelia.

—¿Y Marie Miossec? ¿Está en París? —preguntó Valerie, después de abrazar con cariño a Cordelia—. Tengo un mensaje para ella.

Cordelia negó con la cabeza.

—No, la destinaron a Tours.

—¿A Tours? —Valerie miró de reojo la centralita—. Supongo que podría llamarla.

—Las centralitas solo pueden utilizarse para temas oficiales del Cuerpo de Señales —le explicó Cordelia—. Si te pillaran haciendo una llamada personal, te echarían.

—En ese caso, supongo que podría cumplir… o ser rápida.

Justo cuando Cordelia contenía un grito de sorpresa, Inez dio unas palmadas para llamarles la atención.

—Un poco de decoro, por favor —dijo exasperada—. Recuerden que son soldados, no colegialas, y que todo el mundo nos observa.

Avergonzadas, murmuraron unas palabras de disculpa y se prepararon para sentarse en sus puestos. Valerie se llevó una agradable sorpresa al ver que las centralitas parecían recién salidas de fábrica, que eran modelos con la tecnología más avanzada y que brillaban incluso de nuevas que eran. ¡Qué emoción sustituir a un soldado agotado en su puesto, ponerse los auriculares y el micrófono y empezar a conectar llamadas! Los intendentes de la ciudad querían ponerse en contacto con sus homólogos en Servicios de Suministros, oficiales de inteligencia de los cuarteles generales de las Fuerzas Expedicionarias necesitaban ponerse en contacto con coroneles de la Sección de Avanzada de Chaumont, y así sucesivamente, una llamada tras otra en rápida sucesión.

—Número, por favor —dijo Valerie, cuando llevaba ya varias horas trabajando.

—¡Oh! —exclamó un hombre de voz grave—. ¡Gracias a Dios que ya están ustedes por fin aquí! —Pidió hablar con el embajador norteamericano y Valerie lo conectó rápidamente—. Que Dios la bendiga —añadió el hombre, antes de que ella se retirase de la llamada.

Reacciones de este tipo eran lo más habitual, y era imposible no sonreír. Se alegraba de estar de nuevo conectando clavijas en una centralita, de servir a su país —a sus países, de hecho, a los Estados Unidos y también a Bélgica— en un momento de crisis tan profunda. Ahora que había empezado a aportar su granito de arena, los peligros y los momentos duros del viaje quedaban muy atrás. Todas las llamadas eran importantes, todas las operadoras estaban trabajando con eficiencia y precisión, la sala zumbaba de actividad y la nueva centralita funcionaba a las mil maravillas.

No fue hasta horas más tarde, durante la pausa de treinta minutos para la comida, que las operadoras realizaban por turnos, cuando Valerie se enteró de que las nuevas centralitas eran una incorporación reciente, necesaria y muy bienvenida.

—Llevamos menos de una semana en este edificio —le explicó Cordelia mientras estaban sentadas en un banco de un parque cercano, comiendo tranquilamente, pero siempre controlando el reloj—. Antes, trabajábamos desde los cuarteles generales de los Estados Unidos en el hotel Méditerranée, con centralitas antiguas magnéticas, de las que se instalaron para la Exposición Universal de 1900. Algunas eran tan engorrosas, que a veces incluso teníamos que encaramarnos a una escalera para establecer la conexión.

—Eso lo dirás en broma —dijo Valerie atónita.

—Te juro que es la pura verdad —dijo Cordelia.

—Supongo que eso explica por qué las operadoras francesas son mucho más lentas que nosotras, si esos rumores son ciertos y han sido injustamente calumniadas.

—A ver, ¿cómo podría decirlo sin ofender a nadie? —Cordelia hizo una pausa para pensar—. Las chicas francesas…, bueno, digamos que tenemos diferencias filosóficas y culturales en nuestra manera de abordar el trabajo. Algunas de ellas llevan décadas como operadoras telefónicas y tienen una forma de hacer muy asentada. Y se mostraron extremadamente descontentas cuando aparecimos nosotras para sustituir a algunas de ellas. Las que fueron despedidas montaron un verdadero escándalo, con gritos y exigencias para seguir en su puesto de trabajo incluso después de cruzar la puerta. Las que siguieron, nos guardan rencor por lealtad a sus amigas. Se niegan en redondo a aprender de nosotras. Te lo digo por experiencia personal: pobre de la chica americana que anime a su nueva compañera francesa a ser más eficiente y a incorporar una sonrisa en su voz.

Valerie puso mala cara.

—Tal vez sería mejor dejar que sean las operadoras jefe las que se encarguen de animarlas en este sentido.

—Sí. La lección la tengo más que aprendida. —Cordelia suspiró—. Una cosa es segura, en Dakota del Sur jamás se toleraría esa conducta, ni allí ni en ningún otro lugar de los Estados Unidos. Nuestras oficinas son lugares tranquilos y profesionales, pero las francesas levantan la voz a sus clientes y gesticulan como locas cuando hablan, además de pasarse el día hablando y discutiendo entre ellas.

—¿Durante el turno de trabajo? ¿Mientras están en su puesto?

—Desde el momento en que se sientan hasta el momento en que se quitan los auriculares. Hay tanto ruido que hasta me da dolor de cabeza.

—¿Y cómo se lo hacen para conectar las llamadas?

—Ahí está el problema. No lo hacen. Cometen errores y son lentas. Cuando compartíamos espacio en el hotel Méditerranée, vi cómo las chicas se gritaban entre ellas y seguían gritando incluso cuando llamaba alguien. *J'écoute! J'écoute!*, recuerdo oír que le gritaban a un pobre médico que intentaba hacer un pedido de férulas y vendajes.

Consternada, Valerie no pudo evitar reírse ante la cómica descripción de Cordelia.

—Seguro que te alegras de no tener que compartir más el espacio de trabajo con ellas.

—Sí, pero no nos queda otro remedio que continuar trabajando con esas chicas, razón por la cual seguimos obligadas a andar de puntillas e intentar esquivar sus caprichos y sus pataletas. —Cordelia se llevó la mano a la frente y sacudió la cabeza—. La mayoría de las llamadas de larga distancia tienen que pasar a través de las líneas francesas, y pronto te darás cuenta de lo complicado que puede llegar a ser. En primer lugar, tienes que conectarte con la línea francesa y decir *J'écoute*. Y luego, después de más o menos un cuarto de hora, alguien te responde y tienes que iniciar un intercambio de comentarios amables: «Buenos días, ¿qué tal estás?», «¿Qué tal la familia?», «¿Llueve por ahí?», «¿Has comido bien?». Y luego: «Si pudieras, por favor, me gustaría conectarme con…». Y solo entonces puedes decir el nombre de la ciudad con la que quieres hablar. Y todo eso, si no quieres acabar incluso antes de empezar, hay que decirlo en tono meloso. Y si consigues llegar hasta aquí, es posible que la *mademoiselle* en cuestión te diga «*Ah, oui*», así, en tono lánguido, como si tu llamada no tuviera ningún tipo de urgencia y la chica decidiera por fin ocuparse de ella, puesto que no tiene nada mejor que hacer en ese momento.

—Me parece imposible que puedan llegar a ser tan indiferentes —dijo Valerie, riendo.

—Pronto lo comprobarás personalmente. Además, si pides la misma conexión con frecuencia, se enfadan y pueden llegar a gritarte algo así como «¡Eres insoportable, llamas demasiado, me estás poniendo nerviosa! *Je coupe!*», y ¡pum!, te desconectan la llamada y se acabó.

—Espero de verdad que exageres —dijo Valerie. Miró el reloj y recogió sus cosas—. En la Primera Unidad tenemos chicas francesas y no se comportan así. Marie, Louise, Raymonde…

—Sí, pero la diferencia es que nuestras chicas nacieron en Francia, pero se formaron en los Estados Unidos.

Cordelia se levantó y corrió para ponerse a la altura de Valerie y volver al hotel Élysées Palace.

—A lo mejor nuestras chicas francesas podrían hablar en nuestro nombre con estas operadoras —sugirió Valerie—. Podrían actuar como diplomáticas y abordar a las operadoras francesas con un espíritu de amistad y cooperación.

—Podrían intentarlo —dijo Cordelia dubitativa—. Personalmente, a mí me daría miedo empeorar las cosas. Hasta la fecha, siempre que alguna de nosotras las ha abordado para intentar hacer las paces, nos han rechazado. Piensan que las culpables somos nosotras, que somos secas, antipáticas y maleducadas. No consideran que tengan que hacer ningún cambio, ni ser más eficientes y profesionales.

—A lo mejor, la pipa de la paz resultaría más atractiva si la ofreciera una mensajera francesa —dijo Valerie—. Sobre todo si nuestras sugerencias se expresaran con más tacto.

Cordelia se encogió de hombros.

—Podrías ser tú nuestra diplomática. Al fin y al cabo, eres belga, ¿no? Eres imparcial y lo harías pensando en el bien de todas.

Valerie no pudo evitar una carcajada.

—Llevo un uniforme del Cuerpo de Señales de los Estados Unidos. Creo que todo el mundo entenderá que he elegido bando.

Pero alguien tenía que hacer algo. La animosidad entre operadoras norteamericanas y francesas no podía traer nada bueno. Si querían ganas la guerra tendrían que aprender a trabajar juntas.

12

Abril de 1918
Tours

MARIE

Marie llevaba tres semanas en Tours cuando por fin le llegó su correo. No tenía noticias de su familia desde Hoboken, y el fajo de cartas fue una sorpresa muy bienvenida. Parecía casi un milagro que aquellas frágiles hojas de papel hubieran sobrevivido el difícil viaje transoceánico que ella había realizado y que, con toda la perturbación que conllevaba la guerra y la logística implícita en mover material y hombres del puerto tal al campamento cual, las Fuerzas Expedicionarias hubieran dedicado recursos a entregarle las tan esperadas y cariñosas noticias de casa.

Los soldados destinados en el extranjero debían de dar por sentado que recibirían correo, pero a Marie ni se le había ocurrido. Durante el breve tiempo que llevaba en la base de Servicios de Suministros, había aprendido mucho sobre envíos y cargamentos…, y sobre todo lo que podía salir mal con ellos.

Para el grupo de Marie, el solo hecho de llegar hasta Tours había sido todo un reto. Años atrás, había visitado la encantadora ciudad medieval a orillas del Loira, conocida como *le Jardin de la France*, pero no recordaba que el viaje desde París hubiera sido tan largo y complicado. Tan ilimitada era su alegría por estar de nuevo en Francia, por mucho que fuera en una Francia en guerra, que por alguna razón esperaba que el viaje fuese rápido y confortable, sobre todo teniendo en cuenta que se estaban alejando del frente, a diferencia de las chicas destinadas a Chaumont, que iban alegremente directas hacia el peligro.

El capitán Vivian había acompañado al grupo de once chicas a bordo del tren que las había conducido a doscientos cuarenta kilómetros al sudoeste de París, aunque no habían seguido una ruta veloz y directa. El tren había sufrido diversos desvíos, se había visto obligado a detenerse en una estación y a quedar retenido allí durante horas para ceder paso a trenes médicos urgentes que transportaban hacia París heridos de proyectiles de distinta consideración. En varias ocasiones, se habían cruzado con locomotoras que viajaban en dirección contraria, con trenes de carga lentos que llevaban suministros a las ciudades y bases situadas más hacia el este y con otros trenes de carga —no de pasajeros— llenos hasta arriba de soldados norteamericanos rumbo al frente. Y cada vez, las operadoras habían saludado y vitoreado a los chicos, y algunas incluso había ondeado banderitas de los Estados Unidos por las ventanillas. Los soldados siempre devolvían el saludo, sonreían, silbaban y agitaban las gorras. Y también cada vez, Marie había buscado un par de ojos oscuros y cálidos muy conocidos, pero los trenes pasaban tan rápido que era imposible distinguir la cara de un hombre de la del que viajaba a su lado.

Llegaron finalmente a Tours a las once de la noche, pero, igual que en París, el protocolo de oscuridad era tan estricto que solo iluminaban el lugar algunas bombillas azules, pintura fluorescente y la débil luz de las estrellas. Cargadas con su equipaje, temblando como consecuencia de un frío inesperado y confiando en la guía del capitán Vivian, habían recorrido con cautela y dudosas toda la ciudad hasta llegar a la entrada de un convento. A la derecha de las monumentales puertas dobles había una campana; el capitán Vivian tiró de la cuerda y la puerta se abrió al poco rato con un gemido. Una anciana monja, portando una lámpara de aceite antigua, emergió de la oscuridad. Saludó a las chicas en francés, las hizo entrar rápidamente, dio las buenas noches al capitán y cerró la puerta, dejándolo plantado en el umbral. Algunas de las chicas rieron nerviosas al ver que el oficial que las había acompañado durante tantos cientos de kilómetros era despedido de forma tan imperiosa, pero ninguna abrió la puerta para decirle adiós de un modo más respetuoso. Se apiñaron alrededor del círculo de luz que proyectaba la lámpara y siguieron a la monja escaleras arriba, hacia su alojamiento.

Su residencia en Tours resultó ser un dormitorio de gran tamaño con paredes de piedra, sin adornos de ningún tipo, con la excepción de un único crucifijo al fondo. Cortinas opacas cubrían las ventanas altas, y varias camitas estrechas, dispuestas en dos filas, estaban atractivamente cubiertas con mantas gruesas de lana y mullidas almohadas. Demasiado agotada como para andarse con exigencias, Marie se adueñó de la primera cama vacía que encontró y colocó debajo la bolsa y el maletín. Cansadas y congeladas para entretenerse a charlar, las chicas se asearon en las jofainas que había en la pared del fondo, se desnudaron rápidamente y se metieron en la cama, temblando, hasta que entraron en calor y se quedaron dormidas.

A la mañana siguiente, Marie se despertó con el sonido que hizo una pesada puerta al abrirse y con los rayos de sol que iluminaban el contorno de las cortinas opacas. Accedió entonces al dormitorio una monja menuda y de edad avanzada, inmaculadamente vestida con hábito negro y toca blanca, cargada con una bandeja con tantos platos que Marie se quedó sin entender cómo podía con tanto peso. La monja vio que Marie la estaba mirando y sonrió, pero antes de que a Marie le diera tiempo a salir de la cama y correr a ayudarla, la monja depositó la bandeja en una mesa que había junto a la puerta.

—Buenos días, niña —dijo cariñosamente la monja.

Le sirvió a Marie un tazón de chocolate humeante y un plato con dos rebanadas de pan y una buena porción de cremosa mantequilla. Pasmada, Marie le dio las gracias. De pronto, estaba hambrienta y recordó entonces que la noche anterior no había cenado.

Despiertas con la tentación de aquellos deliciosos aromas, las demás chicas se sentaron en la cama, se frotaron los ojos y se quedaron boquiabiertas al ver que la dulce y sonriente monja les servía el desayuno en la cama. Disfrutaron de aquella primera y deliciosa comida en Tours, aunque se vieron obligadas a comer con rapidez y apenas saborearla, puesto que su primer turno empezaba a las nueve en punto.

Se lavaron, se vistieron y bajaron al vestíbulo del convento, donde el capitán Vivian las esperaba para acompañarlas hasta los cuarteles generales del Cuerpo de Señales. Y mientras circulaba por las callejuelas, mientras pasaba por delante de los edificios con estructura de madera vista de *le Vieux Tours*, y de las numerosas casas construidas con sillares de piedra y tejados *ardoise*, de pizarra azulada, Marie se sintió abrumada por la sensación de haber vuelto a casa. El Cuerpo de Señales tenía sus cuarteles generales instalados en un antiguo almacén textil, con salas grandes y abiertas en la planta baja y oficinas de menor tamaño en la planta superior. Cuando el capitán Vivian les enseñó la sala de teléfonos, las operadoras descubrieron con alivio que había centralitas tan modernas y actualizadas como las que utilizaban en los Estados Unidos. La formación

228

las había preparado para cualquier cosa que pudieran encontrarse, desde centralitas antiguas hasta las más modernas, y temían que el Servicio de Suministros, en la retaguardia, se hubiera quedado con los modelos antiguos que funcionaban a manivela, que eran ideales cuando no había electricidad, pero que resultaban mucho más lentos, engorrosos y proclives a causar problemas con las conexiones.

Marie y su grupo habían estado observando el trabajo de los hombres que terminaban el turno de noche, para familiarizarse con las centralitas, y luego habían elegido sus puestos. Cuando llegó el turno de sustituir a los hombres, el soldado que Marie había estado observando le hizo entrega de su auricular, sacó cómicamente el polvo de su silla e hizo un gesto como si fuera un *maître* indicándole su asiento en un restaurante elegante.

—Todo suyo, y encantado de cedérselo —declaró—. Soy operador de telégrafos y creo que lo de destinarme a este trabajo fue una broma de alguien. ¿Cómo se lo hacen para aguantar las quejas, las exigencias y el mal carácter de los clientes, día sí, día también?

—Al final, una se acostumbra —replicó Marie, alisándose la falda para tomar asiento—. En estos casos, va muy bien recordar que el que pierde los nervios es el que pierde también el control de la situación. Y que el que mantiene la calma es el que controla el resultado.

El soldado asintió, pensativo, pero un zumbido y el destello de una lámpara en el panel de Marie terminaron abruptamente la discusión. Marie conectó rápidamente la llamada de un intendente de Tours que quería hablar con un empleado de El Havre. En cuanto se retiró de la conexión, entró otra llamada, y luego otra, una oleada incesante de urgencias. La primera vez que conectó una llamada con un soldado situado en el frente, se llevó una sorpresa al oír el ruido de fondo de las explosiones, pero no tardó en acostumbrarse a aquel espeluznante sonido. A veces, las otras chicas y ella se vieron obligadas a gritar al micrófono para hacerse oír por encima del sonido de artillería que se escuchaba al fondo. Cuando acabó su primer turno, Marie había conectado llamadas de soldados que servían en todos los eslabones de la cadena de suministros, desde puertos a almacenes, desde puestos de control hasta divisiones del frente.

Durante los días siguientes, Marie y sus compañeras descubrieron que la base de Servicios de Suministros era una curiosa amalgama de campamento militar, ciudad industrial y hospital de rehabilitación, situada al lado de una pintoresca ciudad francesa. En algunos casos, las plantas de producción, almacenes y oficinas de las Fuerzas Expedicionarias se instalaban en edificios preexistentes, pero cuando no había locales disponibles, se construían nuevos edificios en las afueras de las ciudades, siguiendo un estilo directo, funcional y novedosamente norteamericano que quedaba tremendamente fuera de lugar al lado de la arquitectura francesa del entorno.

Los habitantes de Tours en aquellos momentos eran también una combinación de lo más inusual. La mayoría de los hombres que trabajaban en Servicios de Suministros habían sido destinados allí por sus talentos profesionales. Muchos habían dejado su puesto de trabajo en el mundo civil para enrolarse en el Ejército después de que hubiera una llamada pidiendo trabajadores de determinados sectores y ocupaciones. Podían hacer el mismo trabajo que hacían en su país, pero al alistarse, podían además aportar su granito de arena en las Fuerzas Expedicionarias, conocer Francia, luchar contra el káiser y batallar por el establecimiento de la democracia en el extranjero. A diferencia de los reclutas de las unidades de infantería, que idealmente debían tener una edad comprendida entre los dieciocho y los treinta años, aquellos soldados tenían todos de treinta para arriba, y había incluso hombres de mediana edad, todos con experiencia en campos de una variedad sorprendente, al menos para Marie. Era evidente que el Ejército necesitaba mecánicos y estibadores, pero jamás se le habría pasado por la cabeza que también necesitaran especialistas en compras, contables y jefes de almacén. Después de unos cuantos días en la base, Marie comprendió lo vitales que eran los hombres con aquellos perfiles profesionales.

Imaginaba Marie que el general Pershing y sus asesores habían partido de un supuesto similar en cuanto a contar con operadoras telefónicas experimentadas, hasta que habían llegado a Francia y se habían encontrado ralentizados y frustrados por la tecnología anticuada y el mal servicio.

Una diferencia importante que Marie observó enseguida entre las operadoras telefónicas y los soldados varones que servían en Tours era que las mujeres, sin excepción, se sentían orgullosas de su papel y valoradas por su trabajo, pero la moral de los hombres era mucho más variada. Los reclutas que nunca habían querido combatir se sentían aliviados por el hecho de estar destinados a trescientos treinta kilómetros del frente, de dedicarse a gestionar inventarios o reparar motores sin miedo a perder la vida. Pero los que habían anhelado ganar la gloria en el campo de batalla se sentían frustrados porque sus ambiciones no se habían cumplido y preocupados por que la gente pusiera en duda su valentía. Se les tenía que recordar a menudo que el servicio que prestaban era tan honorable como el que más y absolutamente esencial para la victoria.

El último grupo, el más desafortunado, estaba integrado por oficiales que habían sido transferidos al Servicio de Suministros, conocido por todos como el SOS, después de haber tenido algún fracaso en el frente: liderazgo inefectivo, conducta temeraria, capacidad peligrosamente escasa para la toma de decisiones. A veces, se rumoreaba que un oficial había «sucumbido a la presión física del frente», lo que podía significar que había tenido que combatir con el insomnio, que había contraído laringitis histérica porque ya no soportaba seguir dando órdenes que enviaran a sus chicos a la muerte, o simplemente había caído por culpa del agotamiento y el estrés. Aquellos pobres hombres veían su nuevo destino como una desgracia y un castigo, y no había manera de convencerlos de lo contrario, en parte porque se negaban rotundamente a hablar del tema.

Y había una división del trabajo que inquietaba y enojaba a Marie más que cualquier otra. Llevaba más de dos semanas en Tours cuando descubrió que en el Ejército de los Estados Unidos también servían hombres negros; sin embargo, solo se ocupaban de las tareas más bajas y en destinos donde apenas nadie los veía. Fue un descubrimiento puramente casual. Durante una de sus tardes libres, Marie y algunas de sus compañeras salieron a caminar por el bosque y se tropezaron con un grupo de leñadores que estaban haciendo una pausa para merendar. Marie los saludó en francés, pero enseguida se dio cuenta de que eran norteamericanos; la mayoría se había despojado de la camisa por el calor y se había cubierto rápidamente al ver llegar las mujeres. Algunos de los hombres las miraron con cautela y devolvieron el saludo con un simple gesto, pero unos pocos sonrieron y las saludaron en inglés o en un francés bastante aceptable.

—En nada nos pondremos de nuevo a talar árboles —dijo uno de los hombres, señalando un grupo de árboles que habían sido marcados con tiza—. Asegúrense de volver por donde han venido y de mantenerse alejadas de esta zona.

—Gracias por la advertencia —dijo Marie—. Les pedimos disculpas por habernos entrometido en su camino.

Las chicas desanduvieron sus pasos y comentaron sobre el encuentro.

—¿Creéis que hemos hecho bien hablándoles? —preguntó Martina.

—¿Por qué no habríamos hecho bien? —replicó Raymonde, en tono cortante—. ¿Porque son negros?

—No —dijo Martina ofendida—. Lo digo porque son reclutas del Ejército. Y supuestamente no debemos confraternizar con ellos, solo con los oficiales.

—Tenemos permiso para hablar con los reclutas —dijo Marie, haciendo crujir las hojas bajo sus pies y liderando el grupo—. Lo que no podemos hacer es bailar con ellos, aceptar invitaciones para ir a cenar y cosas de ese estilo.

Pensó entonces que nunca había visto ningún hombre negro en los establecimientos de la Asociación Cristiana de Jóvenes, ni en los bailes que montaban, ni en ninguna cafetería o restaurante de Tours, ni tan siquiera circulando por las calles de la ciudad. ¿Sería posible que en el Ejército de los Estados Unidos hubiera tanta segregación racial como en muchas ciudades y estados del país? ¿Habrían los norteamericanos llevado hasta Francia su odio irracional hacia aquella raza, junto con sus soldados y su tecnología telefónica avanzada? De ser así, no tardarían mucho en descubrir que los franceses no compartían su intolerancia.

Marie confiaba en que sus amigas norteamericanas se sintieran como mínimo turbadas, y a poder ser encolerizadas, por la hipocresía de su presidente, que proclamaba a viva voz estar luchando por la democracia en el extranjero mientras que en su propio país se la negaba a muchos, no solo a los negros, que no tenían ciudadanía de pleno derecho, sino también a las mujeres, que no tenían derecho a voto.

Le habría gustado poder investigar las circunstancias de los soldados negros, pero tenía poco tiempo para ello. Porque desde el momento en que las chicas del Cuerpo de Señales habían empezado a prestar servicios, habían trabajado sin cesar, siete días por semana, animadas por el agradecimiento que los clientes les expresaban cuando hablaban con ellas y por la promesa de sus supervisores de que, en cuanto llegaran las operadoras adicionales del Segundo Grupo, podrían disfrutar de un día libre a la semana. Pero a pesar de lo apretado de su agenda, Marie y sus compañeras tenían siempre algo de tiempo para explorar Tours, que había conservado gran parte de la belleza y el encanto que Marie recordaba aun a pesar de la abrumadora presencia militar. Asistían a bailes y al cine en el local de la Asociación Cristiana de Jóvenes, disfrutaban de paseos a orillas del Loira o del Cher si hacía buen tiempo, visitaban iglesias y jardines botánicos y frecuentaban las tiendas y las cafeterías que permanecían tercamente abiertas a pesar de la escasez de productos esenciales y de lujo de cualquier tipo.

Marie, Raymonde y las otras chicas francesas pasaban gran parte de sus horas libres intentando localizar a familiares y amigos con los que habían perdido el contacto después de la invasión alemana. Marie se había visto con varios parientes en su apartamento de París, durante su breve estancia en la ciudad, y con la ayuda de la Cruz Roja, había podido encontrar las nuevas direcciones de los que habían huido del territorio ocupado. Había escrito a todos sus familiares y esperaba recibir noticias rápidamente, y cuando la tercera semana de abril recibió un fajo de cartas, imaginó que se trataba de eso. Pero, para su sorpresa, vio enseguida un matasellos de Cincinnati y reconoció la caligrafía de su madre en el primer sobre y en dos de los cuatro que había debajo. Era un mes entero de noticias de casa, y en cuanto acabó su turno y la cena con sus compañeras, volvió corriendo al convento y se acurrucó para leer las cartas en un pequeño cuarto con una ventana alta con paneles traslúcidos en forma romboidal. La lluvia empezó a salpicar el cristal mientras ordenaba los sobres en orden cronológico y abría el primero.

¡Qué maravilloso era oír la voz de su madre a través de sus palabras escritas y qué consuelo saber que sus padres y sus hermanas estaban sanos y salvos! La primera carta contenía noticias de la familia y el vecindario, así como el recuerdo constante de que fuera prudente y consciente del peligro, recomendaciones para que cuidara la voz y evitara los infames salones parisinos, en caso de que recibiera una invitación para acudir a alguno de ellos. «París es una ciudad bella y sensual, pero también puede ser frívola y decadente —le alertaba su madre—. La aristocracia paga por nuestro tiempo y nuestro talento, pero las cantantes no debemos atrevernos a adoptar sus costumbres indulgentes y autodestructivas».

Marie no pudo evitar reír a carcajadas al leer aquello. Había dejado atrás París y no se imaginaba a nadie del *beau monde* dignándose a invitarla a un salón, fuera o no infame, y, de todas maneras, tampoco habría tenido tiempo ni ganas de asistir a uno de ellos. Pero los consejos de su madre rebosaban cariño y el amor y la preocupación por su bienestar que los respaldaba eran claramente reconocibles.

La segunda carta era de sus hermanas y estaba llena de chismorreos de colegialas, de preguntas sobre la vida en el Ejército y de garantías de que rezaban por ella a diario. Marie tenía que escribirles diciéndoles que su casa de París estaba a salvo y que sus tíos, tías y primos les enviaban recuerdos y todo su amor.

La tercera carta, fechada una semana después de la primera, tenía un tono más sombrío y contenía noticias inquietantes. La familia estaba bien, se apresuraba a decirle su madre, pero los prejuicios y la paranoia contra los alemanes iban en aumento en los Estados Unidos. El doctor Kunwald había sido arrestado en virtud del Acta de Enemigos Extranjeros y tanto él como su esposa estaban encarcelados en Fort Oglethorpe, Georgia. Nadie sabía con exactitud de qué se les acusaba. Amigos mutuos con conocimientos legales creían que el doctor Kunwald había sido acusado de dirigir música alemana y demostrar públicamente su orgullo por su Austria natal, todo lo cual no explicaba por qué su esposa había sido también detenida. Y su madre explicaba asimismo que, a primeros de abril, el ayuntamiento de Cincinnati había aprobado una ordenanza por la que se cambiaba el nombre de catorce calles con nombres de raíz alemana.

«Acostumbrarse a estos cambios será tan fastidioso como difícil de digerir —había escrito su madre—. Berlin Street pasará a llamarse Woodrow Street, en honor al presidente norteamericano. Bremen Street pasará a llamarse República, y Frankfort Avenue será a partir de ahora Connecticut Avenue. Schumann Street será Beredith Place, aunque no tengo ni idea ni de quién es ese tal señor Beredith ni de por qué merece un honor mayor que el del gran compositor». Quedaba por ver, añadía la madre de Marie, si el barrio conocido como Over-the-Rhine seguiría conservando aquel cariñoso apodo. Y en cuanto al porqué de la implementación de aquellos cambios, la madre de Marie citaba la explicación que un concejal había dado al *Cincinnati Enquirer*: «Las victorias norteamericanas no las consiguen solo los ejércitos, sino unos ejércitos respaldados por el espíritu nacional —había declarado un tal señor Murdock—. Los concejales podemos aportar nuestro granito de arena librando a Cincinnati de todo aquello que recuerde la propaganda alemana. Todas las calles y todas sus esquinas deberían tener nombres que sean una inspiración para niños y adultos, y no nombres que recuerden a los alemanes y sus malévolos actos y ardides».

Marie habría sentido náuseas de no haber añadido su madre que otro concejal había rechazado los cambios de nombre como una tontería inútil y una pérdida de tiempo. Si los Estados Unidos tuvieran un altercado con Irlanda a la semana siguiente, o con los Países Bajos la semana después, ¿habría que cambiar más nombres de calles? «Los alemanes de Cincinnati son patriotas —había declarado un tal señor Mullen—. Se han suscrito libremente a programas de adquisición de Bonos Liberty, apoyan la Cruz Roja y otros fondos de guerra. Muchos de ellos son mejores norteamericanos que los nacidos en este país».

Marie suspiró, guardó la carta en el sobre y se preguntó cómo habría superado la censura. Tal vez debería avisar a su madre de que fuera más contenida ante el riesgo de quedar etiquetada como simpatizante alemana. Al fin y al cabo, los franceses habían hecho cambios similares en las calles de París: Avenue de l'Allemagne se llamaba ahora Avenue Jean-Jaurès, y Rue de Berlin se había convertido en Rue de Liège. Pero igual que se le había ocurrido aquello, lo desestimó. Cambiar los nombres de las calles era una cosa, pero perseguir a inmigrantes de ascendencia alemana era muy distinto. Jamás le pediría a su madre que guardara silencio si era testigo de alguna injusticia, porque ella tampoco ignoraría jamás una injusticia.

La siguiente carta fue una alegría. Era una animada misiva de su amiga Ethel, repleta de anécdotas jugosas sobre sus compañeras de trabajo en la centralita Valley, en Hatwell. Incluía además una cómica narración del despido de una chica nueva en su primer día de trabajo, por haber entrado a hurtadillas un café en la sala de teléfonos y haberlo derramado sin querer sobre una centralita. «Tuvimos suerte de no acabar todas electrocutadas», comentaba Ethel, y Marie imaginó que simplemente exageraba.

Seguía con una sonrisa en la cara cuando guardó la carta de Ethel en su sobre y cogió la quinta y última misiva, deteniéndose antes un momento para reflexionar sobre su caligrafía desconocida. El matasellos era de Nueva York; tal vez fuera de uno de los profesores de las oficinas principales de AT&T que le escribía para ver qué tal iba todo. Con curiosidad, abrió el sobre, extrajo una única hoja de papel, la alisó, leyó la primera línea y no pudo contener un grito.

Bonjour, Cherubino!, decía su autor a modo de saludo.

La mirada de Grace se desplazó a toda velocidad hacia el final de la hoja, y la firma sirvió para confirmarle lo que ya sabía. Después de semanas de silencio, Giovanni le había escrito.

Era una carta breve, cariñosa y divertida, aunque también una carta de disculpa. Le había gustado mucho conocerla en el tren, escribía. La bella voz de Marie y su conversación interesante habían hecho que los kilómetros le pasaran a toda velocidad. «Sentí mucho no poder verte de nuevo para despedirme como correspondía y pedirte permiso para escribirte —decía—. Tal vez recuerdes a mi compañero Charles, el pelirrojo que me acompañaba cuando estuvimos espiando tu concierto desde el otro lado de la ventanilla del vagón salón. Siento decirte que sufrió un ataque de apendicitis aquella misma noche —ya está bien, no temas—, pero no podía dejarlo tirado, de modo que en cuanto el tren se detuvo, tuvimos que correr con él, esquivando a todo el gentío, y buscar un taxi para llevarlo al hospital. A partir de allí lo acompañó otro colega para que yo pudiese volver al andén, pero ya era demasiado tarde. No estabas por ningún lado».

Con el corazón acelerado, Marie se llevó la mano a la boca. Era la explicación lógica que había estado esperando. Giovanni no había desaparecido de repente, ni la había olvidado, y con casi total seguridad no era un espía alemán.

Era demasiado discreto para mencionar lo del beso, y Marie se lo agradeció. No era un momento que le apeteciera compartir con los censores.

«No es probable que vuelvan a darme permiso tan pronto después de haber ido a Chicago —continuaba—, pero si tenemos tiempo en la ciudad antes de zarpar, me gustaría volver a verte, si quieres, y si te autorizan a poder hacerlo. He intentado llamarte por teléfono a las oficinas principales de AT&T, pero la chica que me atendió me dijo que no estaba autorizada a decirme si estabas trabajando en aquel momento. Me dio la impresión de que estaba dispuesta a decir algo más, pero de pronto apareció otra chica en la línea y con voz muy estirada me dijo que, bajo ninguna circunstancia, una operadora podía aceptar llamadas personales durante su turno de trabajo, y que si yo hacía un segundo intento, informaría de lo sucedido a mis superiores. Desconectó la clavija sin que me diera ni tiempo a disculparme. Lo único que me salva es que no tuve oportunidad de darles mi nombre, solo el tuyo. Espero no haberte puesto en problemas».

Marie inspiró hondo y cerró la boca con fuerza; la indignación se estaba apoderando de ella. El secretismo era la política oficial; la operadora que había cogido la llamada había quebrantado las reglas al decirle a Giovanni lo poco que le había revelado. Una de las operadoras jefe debía de haberla oído y había cortado la llamada. ¿Pero quién? Grace Banker era cumplidora y responsable, pero también razonable y bondadosa, y nadie la describiría como una mujer estirada. La que le había colgado a Giovanni debía de haber sido Inez Crittenden, que nunca le había comentado a Marie nada acerca de aquella llamada. De haberlo hecho, Marie habría sabido quién era aquel hombre anónimo y sus preocupaciones no habrían tenido razón de ser si la señorita Crittenden hubiera considerado conveniente…

Resignada, sacudió la cabeza para ahuyentar la rabia. Lo hecho, hecho estaba. Era evidente que había sido la señorita Crittenden la que se había negado a responder la petición de Giovanni; a aquella mujer jamás se le ocurriría hacer una excepción a ninguna regla. Si la reacción de la señorita Crittenden al Incidente Hoboken sirviera como antecedente, lo más probable era que hubiera pensado que estaba protegiendo a Marie de una atención masculina no deseada. Considerándolo en retrospectiva, habría sido prácticamente imposible verse con Giovanni en la ciudad antes de que el Primer Grupo partiera hacia Francia, razón por la cual no podía condenar a la operadora jefe por haberle negado esa posibilidad. Al menos, ahora sabía que Giovanni había intentado ponerse en contacto con ella y que quería volver a verla.

Podía escribirle, ahora que sabía que agradecería sus cartas. Estaba estrictamente prohibido informar sobre el lugar al que estaba destinada, pero si le mencionaba que su madre estaría encantada si supiese lo lejos que estaba del frente, Giovanni podría delimitar los posibles destinos. Y si se atrevía a mencionar que era la Operadora Cuatro, y si Giovanni de algún modo conseguía acceder al teléfono de su unidad, tal vez podría llamarla, aunque tampoco quería que hiciese nada que pudiera ponerle en problemas. Las cartas capaces de superar el escrutinio del censor tendrían que bastar por el momento. Tal vez en un futuro habría otra oportunidad de reencontrarse, aunque por el momento era imposible imaginar cómo, cuándo o dónde.

Marie seguía perdida en sus pensamientos, con la carta contra su corazón, cuando de pronto, algo pequeño y veloz pasó corriendo justo por delante del rincón donde se había instalado; oyó pasos sobre la piedra, el crujido de la muselina, un grito entrecortado en boca de alguien que la había visto y que había salido corriendo antes de ser visto. Marie recogió rápidamente las cartas, salió de su escondite y miró arriba y abajo del pasillo. Y vislumbró lo que parecía el bajo de una falda segundos antes de que desapareciera al doblar la esquina del pasillo.

Picada por la curiosidad, Marie salió en su persecución. Siguió el sonido de unos pasos ligeros y dobló la esquina a tiempo de ver una figura menuda cruzando una puerta coronada por un arco de medio punto. La cruzó también y se encontró en una pequeña capilla, donde la luz del sol se filtraba a través de un par de ventanas con vitrales que describían escenas de la vida de santa Úrsula. Las paredes estaban adornadas con tapices, y cuando Marie se situó en el centro de la estancia y giró lentamente sobre sí misma, vio dos zapatitos y dos calcetines blancos que asomaban por debajo de uno de aquellos trabajos en tela, que se abultaba sospechosamente.

Marie se acercó y contuvo una carcajada al ver que el tapiz empezaba a temblar. Se recogió la falda y se sentó en el frío suelo de piedra.

—*Bonjour, ma petite* —dijo cariñosamente.

El tapiz permaneció inmóvil.

—*Je m'appelle Marie. Comment t'appelles-tu?*

No hubo respuesta, aunque uno de los pies se movió un poco.

Volvió a intentarlo.

—*Au clair de la lune* —cantó suavemente—, *mon ami Pierrot, prête-moi ta plume pour écrire.* —Hizo una pausa—. *Prête-moi ta plume pour écrire... pour écrire...*

—*Prête-moi ta plume pour écrire un mot* —cantó una vocecita dulce, amortiguada por el tapiz.

Despacio y con cuidado, Marie levantó el tapiz por un lado. Era una niña de unos cuatro años; estaba con la espalda pegada a la pared y tenía unos ojos castaños y grandes que miraban con solemnidad a Marie. Llevaba un mandil gris encima de una blusa blanca y su cabello castaño claro estaba peinado en dos trenzas, una de las cuales estaba sujeta con una fina cinta blanca. La otra no tenía cinta y se estaba deshaciendo.

—Oh, pero ¿qué tenemos aquí? —dijo Marie en francés, y señaló la trenza deshecha. La niña bajó la vista hacia los mechones de pelo que caían sobre su hombro, luego miró de nuevo a Marie; le temblaba el labio inferior—. ¿Quieres que te lo arregle? —Cuando la niña respondió con un gesto de asentimiento, Marie hurgó en sus bolsillos, pues acababa de recordar una hebra de hilo que se había guardado después de remendar una media aquella misma mañana. Sujetó la hebra entre el pulgar y el índice y tendió la otra mano hacia la niña, instándola a acercarse—. ¿Te acercas un poquitín, por favor? Desde aquí no llego.

La niña dudó unos instantes, pero finalmente aceptó la mano de Marie y permitió que tirara de ella para sacarla de detrás del tapiz.

—Será solo un momento —dijo Marie, peinando con los dedos las puntas del cabello, trenzándolo de nuevo y haciendo un lazo con el hilo para sujetarlo—. Ya está. Hecho. ¡Estás preciosa!

La niña sonrió con timidez, pero no dijo nada.

Marie cogió a la niña por las dos manos.

—Seguro que en estos momentos alguien que te echa de menos y estará preguntándose dónde te has metido —dijo—. Deberíamos ir a decirle que estás sana y salva y que no hay de qué preocuparse. ¿Podrías llevarme hasta allí?

La niña se quedó pensando y finalmente asintió.

—Estupendo —dijo Marie—. Y una cosa más. ¿Podrías ayudarme a incorporarme?

Con una sonrisa, la niña tiró de Marie. Marie refunfuñó entre dientes y se incorporó lentamente. Y cuando estuvo en pie, se tambaleó un poco.

—Eres muy fuerte —declaró—. ¡Por suerte que estás aquí! Sin tu ayuda, me habría quedado sentada en el suelo toda la eternidad.

La niña rio y negó con la cabeza.

Marie le soltó una mano y le presionó la otra.

—¿Vamos?

La niña asintió y tiró de Marie, primero por un pasadizo y luego por otro, adentrándose en una parte del convento que Marie desconocía por completo. Se oían a lo lejos voces de niños riendo y charlando. Y los sonidos felices fueron subiendo de volumen hasta que llegaron a una sala rectangular espaciosa y con techos altos, con la luz del sol filtrándose a través de ventanas altas, amueblada con varias mesas largas con bancos. Varias monjas controlaban el juego de un par de docenas de niños y niñas, algunos saltando a la cuerda, otros hojeando libros, otros más tirándose una pelota y unos cuantos acunando muñecas o jugando con camioncitos de madera sobre el suelo de piedra.

Una de las monjas, la hermana Agnès, levantó la cabeza hacia ellas, se sorprendió y se aproximó rápidamente.

—¡Veo que nos trae a Gisèle! —exclamó—. Dos de nuestras hermanas están todavía buscándola.

—Me ha traído ella a mí —dijo Marie, sonriéndole a la niña—. Así que te llamas Gisèle. Un nombre encantador para una niña con una voz encantadora.

La monja miró unos instantes a Marie, perpleja, pero rápidamente volvió de nuevo la atención en Gisèle.

—Anda, ve a jugar con tus amigos, pequeña —le dijo con amabilidad—. Como ya he dicho antes, mañana, cuando deje de llover, ya saldremos a jugar fuera.

La niña hizo pucheros, pero al instante le dijo adiós tímidamente a Marie y marchó corriendo.

—No sabía que en el convento había niños —dijo Marie, cuando se quedó a solas con la monja y Gisèle se sumó a las niñas que saltaban a la comba—. Me sorprende no haberlos oído nunca.

—Han llegado hace apenas unas horas y han cenado aquí —replicó la hermana Agnès, señalando las mesas largas—. Son huérfanos y refugiados que estaban alojados en un convento de Château-Thierry. Pero desde que empezó la Kaiserschlacht, era demasiado peligroso que siguieran allí y las hermanas nos pidieron que los acogiéramos nosotras.

—Pobrecillos —murmuró Marie, recorriendo con la mirada la estancia. Eran muy pequeños, tanto que probablemente ni siquiera habrían conocido una Francia sin guerra—. ¿Dónde están sus padres…, de los que no han quedado huérfanos, me refiero?

—Tenemos nombres y algunas direcciones, pero salvo contadas excepciones, no lo sabemos. Confiamos simplemente en que el Señor los guíe de nuevo hacia sus hijos una vez terminada la guerra. —La hermana Agnès suspiró y evaluó con una mirada a Marie—. No entiendo por qué ha dicho que Gisèle tiene una voz encantadora. Seguro que se ha dado cuenta de que no habla.

—Tal vez no hable, pero sí canta —dijo Marie, sorprendida—. Imaginaba simplemente que era tímida en presencia de desconocidos.

La monja negó con la cabeza.

—No ha pronunciado ni una palabra desde su llegada, o al menos ni mis hermanas ni yo la hemos oído pronunciarla. —Arrugó la frente y estudió con atención a Gisèle unos momentos antes de volver a dirigirse a Marie—. ¿Podría hacerme un favor? ¿Podría animarla a cantar otra vez?

—Por supuesto.

Cruzaron la sala y se quedaron un rato mirando a las niñas saltando a la comba. Cuando hicieron una pausa para intercambiar sus puestos, dijo Marie.

—Gisèle, se me ha olvidado otra vez la letra de nuestra canción. ¿Me ayudas, por favor? —Y frunció el entrecejo, como si estuviera haciendo un esfuerzo para recordar—. *Au clair de la lune, mon ami Pierrot…*

Gisèles se sumó y entonces cantaron juntas:

—*Prête-moi ta plume pour écrite un mot.*

—Eso es —dijo Marie, elogiándola con una sonrisa.

—La has recordado sola —dijo Gisèle—. Eres muy buena cantante.

—Gracias, Gisèle. Y tú también.

La hermana Agnès unió las manos en posición de oración y movió en silencio los labios.

—Pero eso es muy fácil —declaró la niña que sujetaba un extremo de la cuerda, sacudiendo sus rizos rubios—. Esa canción la conoce todo el mundo.

Se puso a cantar, y su voz tenía el hermoso tono de una contralto. Gisèle se le sumó y rápidamente, uno a uno, casi todos los demás niños. Al parecer se sabían toda la letra y, para sorpresa de Marie, dejaron de lado juguetes y juegos para acercarse, seguir cantando y formar un semicírculo irregular alrededor de Marie y la hermana Agnès.

Si hubieran estado en un escenario, pensó Marie, podrían haber sido perfectamente un coro, muy joven y sin ensayos, pero un coro de verdad.

—¡Cantemos otra! —gritó un niño cuando hubieron terminado—. *J'ai vu le loup!*

—Excelente elección —dijo Marie.

Y después de tararear la primera nota, los acompañó en la canción. Prácticamente todos los niños conocían la melodía, y los que eran demasiado pequeños como para cantar poco más que unas cuantas frases repetidas dieron palmas o saltaron al ritmo de la música. La escena le evocó a Marie a sus hermanas —cuando eran mucho más pequeñas, claro—, una sensación agradable, pero que también acentuaba el dolor de la ausencia.

Una canción llevó a otra, hasta que la hermana Agnès dio una palmada para reclamar la atención y les dijo a los niños que era hora de rezar sus oraciones y acostarse. Alicaídos, los niños asintieron a regañadientes.

—Demos las gracias a *mademoiselle* Marie por haber venido a cantar con nosotros esta tarde —dijo la hermana Agnès, volviéndose de los niños hacia Marie y mirándola con una sonrisa esperanzada—. ¿Le pedimos si puede volver a venir?

Todos los niños gritaron alborozados para pedirle que volviera. Algunas de las niñas incluso se abalanzaron sobre ella para cogerle las manos, como si quisieran retenerla allí, y la pequeña de los rizos rubios la abrazó incluso por la cintura. Gisèle se quedó rezagada, con su timidez impidiéndole adelantarse a los demás, pero miró a Marie esperanzada, con ojos brillantes.

—Por supuesto que volveré —dijo Marie, y rio sorprendida al ver que los niños la vitoreaban.

Algo abrumada, miró por encima de la cabeza de los niños a la hermana Agnès y a las otras monjas, que sonrieron y le dieron su aprobación.

Por lo visto, había viajado a Francia para convertirse en la directora de un coro infantil. ¿Y por qué no? Vivían todos bajo el mismo techo, por lo que ejercer aquella actividad no le suponía ninguna molestia, y sería además una manera de recompensar un poco a las hermanas por su generosa hospitalidad. Su madre estaría encantada de saber que iba a cantar con regularidad, por mucho que no fuera su repertorio habitual.

Marie solo esperaba que a través de la música pudiera ayudar a los niños a encontrar consuelo —y alegría también, por esperar que no quedara— en medio de todas las miserias de la guerra.

13

Abril-Mayo de 1918
Chaumont

GRACE

Cuando las operadoras del Segundo Grupo llegaron a Chaumont, Grace ya se había acostumbrado a la rutina de los cuarteles generales del Primer Ejército del general Pershing. La visión de las trincheras y de los refugios antiaéreos ya no inspiraba en ella un sentimiento de turbación ni ideas desalentadoras sobre los peligros que habían hecho necesarias aquellas instalaciones. Durante el trayecto de cinco kilómetros por la carretera enfangada que recorría a diario para ir desde su alojamiento hasta la sala de teléfonos del cuartel, ya no le daba muchas vueltas al tema si se cruzaba con alguna columna de prisioneros de guerra alemanes, desconsolados o desafiantes, en marcha hacia su trabajo —cavar zanjas, limpiar escombros, cargar paladas de carbón—, tareas extenuantes y esenciales que no eran excesivamente peligrosas y que no daban a los prisioneros la oportunidad de poner en riesgo la campaña bélica. Sin embargo, ver los transportes de tropas cargados de soldados aliados de infantería cruzar Chaumont de camino al frente aún la invitaba a pararse a reflexionar, aunque se había resignado a la triste realidad de que algunos de ellos regresarían gravemente heridos, mientras que muchos no regresarían jamás. Seguía encogiéndose de miedo si una bomba perdida alemana explotaba inesperadamente cerca, y se despertaba, jadeante y con el corazón acelerado, cuando la sirena de alarma antiaérea sonaba en plena noche, pero más que nada porque sus sentidos se sobresaltaban. De todos modos, perderle el respeto a la artillería alemana, por mucho que se hubiera familiarizado con la devastación que un ataque podía llegar a causar, sería de locos.

La mayor parte del tiempo estaba demasiado ocupada para reflexionar sobre el peligro que corría su seguridad, su vida incluso. Porque desde el momento en que comenzaba su turno por la mañana hasta que acababa a última hora de la tarde, tanto ella como sus compañeras trabajaban sin cesar conectando llamadas, estableciendo transmisiones de larga distancia, traduciendo del inglés al francés, y viceversa, para aquellos clientes que de lo contrario no podían entenderse, y en muchas otras tareas que debían llevar a cabo. Todas las órdenes de ataque o de retirada, todas las órdenes de trasladar las tropas desde un flanco determinado hacia una línea determinada, todos los informes procedentes del frente, todos los mensajes urgentes con inteligencia vital destinados a los comandantes que estaban en el campo de batalla, absolutamente todas las llamadas pasaban a través de las centralitas instaladas en los viejos barracones de piedra. Cuando terminaba su turno, Grace se sentía a la vez agotada y eufórica, consciente de que, con cada llamada que conectaba, estaba rompiendo una lanza a favor de los aliados y acercándolos un poco más a la victoria.

Pero por mucho que Grace creyera firmemente en que los aliados acabarían triunfando, los informes clasificados que escuchaba a través de las líneas telefónicas revelaban discordancias inesperadas entre los generales de los países aliados, desacuerdos que procuraban esconder tanto del público como de las tropas. Apenas unos días antes de que el grupo de Grace llegara a Chaumont, el mariscal francés Ferdinand Foch había sido designado como comandante supremo de las fuerzas aliadas, y unas semanas más tarde, había sido nombrado comandante en jefe de los Ejércitos aliados. Los franceses consideraban que el inexperto Ejército de los Estados Unidos era un «activo débil», y el mariscal Foch creía que las tropas de las Fuerzas Expedicionarias deberían repartirse entre los Ejércitos francés y británico con el fin de reforzar divisiones más maduras, cuyos efectivos habían ido menguando como consecuencia de las numerosas bajas. Y mientras que el general Pershing había permitido que algunas unidades estadounidenses rotaran entre las fuerzas francesas y británicas para obtener experiencia, se resistía con terquedad a la propuesta de utilizar sus tropas única y exclusivamente para cubrir los vacíos de los regimientos aliados. En su mayor parte, el Ejército de los Estados Unidos seguía concentrado y entrenándose en Lorena, a unos trescientos setenta kilómetros al este de París, cerca de la frontera alemana. Y por lo que Grace entendía, la intención del general Pershing era seguir preparando a sus soldados hasta reunir una fuerza de un millón de hombres y acudir al campo de batalla como un Ejército estadounidense unificado e independiente, capaz de lanzar una ofensiva aplastante para destruir las defensas alemanas.

Todo ello, sin embargo, no significaba que los soldados norteamericanos no estuvieran todavía prestando servicio en el frente. Las tropas anexadas a las divisiones aliadas estaban luchando y muriendo en las trincheras junto con los soldados franceses y británicos. Las unidades del Cuerpo de Señales de los Estados Unidos llevaban casi un año trabajando en el frente, siendo víctimas de ataques directos mientras tendían las líneas telefónicas y construían a toda velocidad una red de comunicaciones desde El Havre hasta Marsella, y desde el frente hasta Burdeos. Grace seguía aún obsesionada por una llamada que había conectado recientemente y a través de la cual un sargento informaba a los cuarteles generales de las Fuerzas Expedicionarias de que la unidad del Cuerpo de Señales que comandaba había sido atacada por agentes químicos alemanes mientras estaba reparando cables telefónicos en los límites de la tierra de nadie. Durante dieciséis horas, los soldados habían trabajado con las máscaras antigás puestas, reparando una línea tras otra mientras también un hombre tras otro caía en el embarrado terreno, con la piel cubierta de ampollas como consecuencia del gas mostaza.

La Kaiserschlacht —la terrible ofensiva de primavera, cuyo lanzamiento había coincidido con la llegada del Primer Grupo a El Havre— había marcado un cambio significativo de estrategia con respecto a la guerra de trincheras de los cuatro años anteriores. La artillería pesada alemana y sus unidades aéreas habían bombardeado salvajemente las líneas británicas, creando huecos a través de los cuales las unidades de asalto Sturmtruppen del káiser habían avanzado rápidamente, sirviéndose de morteros, ametralladoras ligeras, granadas y lanzallamas para capturar posiciones por detrás de las líneas aliadas, con el objetivo de separar las fuerzas británicas de las francesas. A veces, el Ejército alemán avanzaba a tanta velocidad que aventajaba incluso a sus líneas de suministro y se veía obligado a retroceder hasta posiciones más defendibles. Miles de soldados de ambos bandos perdían la vida o resultaban heridos a diario. La población civil huía desesperada hacia el oeste en busca de una seguridad relativa, mientras que los ciudadanos de París, agotados por el implacable bombardeo de los Big Bertha y los Paris Gun, se preparaban para ser invadidos.

Grace y sus operadoras se habían estado formando durante meses para poder trabajar en aquellas condiciones, pero ahora que estaban de verdad allí, era difícil aseverar que las conferencias y las clases hubieran podido prepararlas por completo para aquello. Lo que era evidente era que las chicas estaban haciendo todo lo que se les pedía y que las había que incluso rendían más allá de las expectativas más optimistas del Cuerpo de Señales. El teniente Riser había necesitado tan solo una semana para entusiasmarse con ellas, tal y como el capitán Mack había predicho que acabaría sucediendo, y desde entonces se había convertido en uno de sus admiradores más leales y en uno de sus defensores más acérrimos.

—Cuando me informaron de que tendría bajo mis órdenes un grupo de operadoras femeninas, me enojé, la verdad —confesó el teniente un día, mientras Suzanne, Grace y él se dirigían a la cantina para comer—, pero debo de reconocer, señoras, que han cambiado mi opinión por completo.

Grace y Suzanne intercambiaron una mirada, disimularon una sonrisa y le dieron las gracias. Ambas se habían percatado ya de su cambio de actitud; nunca había intentado disimular sus expresiones de irritación ni suavizar sus comentarios irónicos, pero cuando había ido aflojando gradualmente, el entorno de trabajo se había vuelto mucho más agradable. La tarde anterior, el teniente había estado a punto de explotar de orgullo cuando un coronel que estaba de visita en el cuartel había recorrido los pasillos de la sala de teléfonos, había observado el trabajo de las mujeres y había comentado: «Sus operadoras tienen mucha vitalidad. Son soldados regulares».

—Simplemente hacemos nuestro trabajo, teniente —dijo Grace—, como cualquier otro soldado.

El teniente resopló y la miró de reojo.

—Ambos sabemos que aquí de simple no hay nada, sobre todo si se tropiezan con intransigentes gruñones como yo.

A Grace no le quedó otro remedio que reír. Por suerte, cada vez era más infrecuente tener que enfrentarse con escépticos y detractores, puesto que habían demostrado ser mujeres diligentes, capaces y equilibradas en momentos de crisis. Su rendimiento hablaba por sí solo, puesto que el volumen de llamadas conectadas a diario era cada vez mayor y la precisión del servicio era significativamente superior al que prestaban sus homólogos masculinos. Incluso podría decirse que los hombres a los que habían sustituido se sentían más bien aliviados que insultados. De hecho, y de un modo inesperado, Grace y sus operadoras tenían menos interferencias por parte de los críticos chauvinistas que por parte de soldados en exceso entusiastas. Había clientes que, sorprendidos al escuchar una voz femenina en la línea, intentaban prolongar la conversación y le preguntaban a la operadora su nombre y dónde estaba destinada, detalles que estaba estrictamente prohibido divulgar por razones de seguridad. En una ocasión, Grace tuvo que ocuparse de una llamada cuando vio que una de sus chicas empezaba a discutir con un soldado que estaba tan encantado de escuchar una voz femenina y con un acento familiar, que se olvidó por completo de cuál era el asunto urgente que le había empujado de entrada a llamar por teléfono.

—Me ha preguntado si era americana, y le he dicho que sí, y entonces le he vuelto a repetir «Número, por favor» —le explicó después Esther a Grace, exasperada—. Y de pronto el chico ha empezado a gritar a alguien que habría por allí: «¡Ven aquí, Jim, estoy hablando con una mujer norteamericana de carne y hueso!». Han insistido tanto que les he dicho: «¡Juro ante Dios que soy norteamericana!», entonces han aparecido más voces de soldados al otro lado de la línea y he tenido que volver a repetirlo para ellos. Luego han empezado a formular preguntas todos a la vez: que cómo me llamaba, dónde estaba destinada, si querría presentarlos a mis amigas. Y entonces es cuando ha intervenido usted y ya conoce el resto de la historia. —Esther levantó las manos y las dejó caer de nuevo sobre su regazo, claramente frustrada—. Parecía imposible que dejara de hablar y me dijera con quién quería conectarse. ¿Qué tendría que haber hecho? ¿Desconectar la clavija?

—Tentador, pero no. Eso va en contra del protocolo.

Todas las respuestas verbales aceptables y todos los procesos a seguir para cada escenario estaban claramente establecidos en un manual titulado *Reglamento telefónico militar*, que todas las reclutas habían recibido al iniciar el curso avanzado de formación. Los procesos del Cuerpo de Señales eran muy similares a los que utilizaban las compañías telefónicas domésticas, razón por la cual las operadoras experimentadas no habían tenido gran problema en aprenderlos, por mucho que se hubieran hecho adaptaciones importantes con fines militares. Como siempre, se pedía a las operadoras que «cultivaran un tono de voz nítido, claro y alegre» y que utilizaran únicamente las frases específicas estipuladas para las distintas peticiones, como decir «Número, por favor», o *J'écoute* en francés, para dar comienzo a cualquier llamada. Tanto los tiempos de espera como el número de tonos de llamada estaban estrictamente regulados; cuando una operadora intentaba establecer un contacto, los tonos de llamada debían durar dos segundos, y si no respondía nadie, tenía que seguir intentándolo cada diez segundos durante un periodo de noventa segundos. Las operadoras debían ser concisas al hablar con sus clientes, aunque los clientes no lo fuesen. Y a diferencia de sus homólogas francesas, las operadoras norteamericanas tenían prohibido desconectar cualquier llamada antes de que ambas partes dejaran de hablar, a menos que fuera el general Pershing en persona el que quisiera hacer una llamada y todas las clavijas y cables estuvieran ocupados. Solo entonces podía la operadora coger aire y desconectar otra llamada en marcha, confiando fervientemente en que por un golpe de suerte hubiera elegido la conversación menos importante de toda la centralita.

Grace ya había comprobado que las operadoras francesas no se andaban con tantos escrúpulos. Si alguna de ellas, o alguna amiga, necesitaba una línea libre, desconectaban cualquier clavija sin pensárselo dos veces. Su respuesta era la misma siempre: que tenían la sensación de que las operadoras norteamericanas estaban ocupando sin necesidad sus circuitos. En términos generales, las *mademoiselle*, término que utilizaban las chicas norteamericanas para referirse a sus homólogas francesas, incluso a las que ya tenían sus años, eran impacientes, temperamentales y exasperantes. Y a pesar de que Grace se esforzaba por admirar su fácil despreocupación, cuando había que conectar sin demora llamadas urgentes, su gélida indiferencia le resultaba desconcertante.

Aunque no todos los operadores franceses abordaban su trabajo con aquella actitud. Los oficiales franceses que se ocupaban de las transmisiones cerca del frente siempre conectaban con rapidez las llamadas de las chicas norteamericanas, tal vez porque comprendían a la perfección lo que una diferencia de unos poco minutos podía llegar a significar.

Grace tranquilizó a Esther diciéndole que había gestionado la situación tal y como debía, no solo porque había resistido la tentación de desconectar la llamada presa de un ataque de ira, sino porque además se había negado a divulgar su nombre, su localización o si tenía amigas en otros lugares de Francia. Porque aun en el caso de que fuera un oficial superior el que quisiera conocer el nombre de la chica que le estaba conectando la llamada, la operadora solo tenía permitido identificarse con su número de placa. Les habían insistido con la absoluta importancia de la confidencialidad desde el primer día de formación. El enemigo podía aprovecharse de cualquier detalle, por mucho que a simple vista pareciese trivial, bien fuera una descripción del tiempo que hacía al otro lado de la ventana, bien un comentario de pasada sobre el excepcional número de llamadas que se habían conectado con una determinada ciudad en un día determinado.

Y el peligro de abrir una brecha de seguridad no estaba limitado solamente a las personas que estaban en línea. Si en el transcurso de su avance los alemanes se encontraban por casualidad con una línea tendida por el Cuerpo de Señales, podían acceder al cable, escuchar en secreto y obtener inteligencia trascendental, todo lo cual podría tener consecuencias desastrosas para los aliados. Las operadoras habían sido entrenadas para prestar atención a un posible sonido amortiguado en las líneas, un sonido muy especial que podía indicar que habían sido interceptadas. Para dificultar la labor de los espías y ocultar los movimientos de tropas, las localizaciones se identificaban con nombres en clave, que además se cambiaban con frecuencia. Una determinada ciudad se llamaba Podunk un día y Wabash al siguiente; una división podía llamarse Nemo y otra Waterfall. Todas las comunicaciones se gestionaban con máximo secretismo, porque la vida de miles de soldados y el resultado de la guerra podían depender de la discreción de las operadoras. «Debemos mantener la boca cerrada, no formular preguntas y no discutir nunca nada», les recordaba de vez en cuando Grace a las chicas que tenía a su mando para destacar las verdades más sencillas y esenciales de aquella sección en concreto del *Reglamento telefónico militar*. Cualquiera de ellas, Grace incluida, podía acabar sometida a un consejo de guerra si divulgaba información relativa a las comunicaciones a cualquiera que no fueran las autoridades competentes y a través de los canales militares designados. Grace estaba absolutamente segura de que ninguna de sus chicas violaría jamás aquella norma de forma intencionada. De ella dependía formarlas y supervisarlas adecuadamente para que tampoco lo hicieran nunca sin querer.

Con el paso de las semanas, Grace observó que las chicas se adaptaban muy bien a la vida en Chaumont, que habían adquirido una rutina y que su confianza iba en aumento al ver que sus logros las estaban convirtiendo en mujeres muy respetadas. Incluso así, muchas añoraban su hogar y otras luchaban a diario para combatir la fatiga provocada por las largas jornadas laborales o el estrés que implicaban sus tremendas responsabilidades. Las más sensibles tenían que lidiar con los tres factores. Sin llamar la atención hacia los problemas de ninguna chica en concreto, Grace siempre estaba allí para ofrecer un hombro sobre el que llorar o un oído dispuesto a escuchar. Le gustaba ver cómo las chicas se cuidaban entre ellas, cómo se animaban mutuamente, cómo mantenían la moral siempre alta. Y por lo que a ella se refería, el agotamiento era su mayor enemigo. La mayoría de los días tenía la sensación de no haber hecho nada más que trabajar y trabajar, gestionar y gestionar, y por las noches caía en la cama tremendamente agotada.

Pero no sería completamente sincera si no reconociera que también sentía de vez en cuando una punzada de añoranza de su casa, sobre todo los domingos por la tarde, cuando podría estar con su familia disfrutando de la tradicional cena, del suculento pollo asado que preparaba su madre con toda su guarnición. Las cartas de sus padres y sus hermanas eran un auténtico consuelo, y la transportaban en espíritu a su casa, la acercaban a sus seres queridos, a sus amigos y a sus lugares favoritos. Le habría gustado tener noticias más frecuentes de su hermano, pero imaginaba que la agenda de Eugene debía de ser tan implacable como la suya y debía de tener muy poco tiempo libre para escribir cartas. Lo último que había sabido de él era que seguía con la instrucción en Camp Green, Carolina del Norte, y que desconocía cuándo embarcaría su división. Pero de eso hacía ya varias semanas; era posible que en aquel momento estuviera cruzando el océano o que incluso estuviera ya en Francia como ella. Confiaba en que las cartas que le estaba escribiendo acabaran llegándole donde quiera que estuviera.

A pesar de que la llegada de los refuerzos del Segundo Grupo no alivió la añoranza que Grace sentía de su casa y su familia, sí que mejoró otras cargas. Las chicas del Primer Grupo se reencontraron felizmente con las amigas que habían hecho en Nueva York y lanzaron vítores de alegría cuando el teniente Riser les anunció que, al ser ahora un grupo más numeroso, los turnos serían más cortos y podrían disfrutar de vez en cuando de un día libre. Igualmente bienvenida fue la noticia de que un Tercer Grupo perfectamente entrenado había zarpado ya de Nueva York y se esperaba que llegase a Liverpool la primera semana de mayo.

Grace decidió aprovechar al máximo sus días libres, una prebenda que en su país habría aceptado como su derecho, pero que en Chaumont, donde el trabajo de la guerra no se acababa nunca, parecía una indulgencia. Lo primero que hizo durante aquel nuevo tiempo libre fue recuperar el sueño, y después, conocer mejor Chaumont. En compañía de Suzanne y Esther, exploraron los museos de la ciudad, sus tiendas y sus cafeterías, donde se enamoraron de una exquisitez local, el *idéal chaumontais*, un pastel de merengue con almendras y crema de praliné. Visitaron la basílica de Saint-Jean-Baptiste, una magnífica iglesia gótica del siglo XIII situada en la parte más antigua de la ciudad, y admiraron las vistas del valle del río Suize desde la vía peatonal del Viaduc de Chaumont, un puente ferroviario construido en el siglo XIX con arcadas de piedra distribuidas tres pisos y con una altura de cincuenta y dos metros. Visitaron el Torreón, lo único que quedaba en pie del castillo medieval de los condes de Champagne, y pasaron horas agradables disfrutando de los encantos de la Place de la Concorde. Pensando en la seguridad que les daba moverse en grupo, además de por compañerismo, invitaron a más chicas a sumarse a ellas en las caminatas a orillas del Marne y por los senderos que se adentraban en los bosques de los alrededores. Si hacía buen tiempo y las armas de los alemanes estaban tranquilas, y si tenían un día entero libre para ellas, Grace y sus amigas alquilaban o pedían prestadas bicicletas y pedaleaban por la bella campiña francesa, admirando los valles llenos a rebosar de flores primaverales y las pintorescas granjas que se erigían en medio de campos recién sembrados.

Además de las salidas con sus amigas, Grace pasaba también tiempo con el capitán Mack, que iba a su encuentro en cuanto llegaba del frente. El capitán no le comentaba prácticamente nada sobre las misiones que a menudo lo mantenían ausente durante semanas, y ella sabía que era mejor no fisgonear. A pesar de que el primer día el capitán Mack le había comentado que era un oficial de enlace con las Fuerzas Expedicionarias, había ido pasando el tiempo y no le había explicado a Grace en qué consistía su trabajo, razón por la cual ella sospechaba que era muy posible que trabajara para la inteligencia militar. Y aunque no lo quería reconocer en voz alta —ni siquiera ante Suzanne, cuya mirada no pasaba nada por alto—, la verdad era que Grace le había cogido cariño. Era increíblemente atractivo, con cabello castaño, espaldas anchas y unos ojos azules que no paraban de sonreír. Su carácter, sencillo y simpático, resultaba encantador, y su heroico historial de guerra daba fe de su valentía y su fortaleza.

Con Suzanne o Esther como acompañantes, el capitán Mack invitaba a Grace a realizar unas excursiones únicas por la zona de guerra, en la que le mostraba campos de gas experimentales o la llevaba a un aeródromo para ver cómo despegaban los nuevos aviones. Grace se emocionaba cuando él le daba la mano para ayudarla a superar cualquier obstáculo que pudieran encontrarse en el camino, una sensación que se intensificaba de forma vertiginosa cuando formaban pareja en los bailes de la Asociación Cristiana de Jóvenes. Una tarde especialmente placentera, estuvieron cabalgando por una zona segura del Marne, donde Grace había disfrutado de la potente elegancia de los veloces caballos, del viento enredándole el pelo, del bello paisaje, con colinas bañadas por el sol y bosques con todo su verdor y, por supuesto, de la compañía del capitán. A veces, la invitaba a cenar al Hôtel de France o al club de los oficiales, y le contaba historias sobre su infancia en Melbourne, donde un día de verano perfecto significaba explorar el parque nacional Yarra Range o navegar por el estrecho de Bass.

Un día, cuando estaban paseando solos por las afueras de Chaumont, explotó muy cerca un mortero, y cuando la metralla y los escombros llovieron sobre ellos, el capitán la estrechó instintivamente contra su pecho y la protegió con el brazo, despojándola sin querer del sombrero, y la retuvo así hasta que pasó el peligro. Cuando Grace percibió el ritmo de la respiración del capitán junto a su mejilla y bajo la palma de su mano, cuando inspiró su aroma a cuero, a lana y a jabón de afeitar, fue como si la atravesara una corriente chispeante y abrasadora. No se atrevía a moverse para no romper el hechizo y recordarle al capitán que no deberían estar prácticamente abrazados en un lugar donde cualquiera podía verlos, pero al final no pudo resistir la tentación de levantar la mirada para intentar leer su expresión. La estaba mirando con una intensidad y una calidez que Grace no había visto nunca en los ojos de un hombre, y mientras ella lo observaba e intentaba pensar en algo inteligente y agradable que decir, él la besó. Durante una fracción de segundo, Grace se quedó rígida, pero al instante se fundió con él, cerró los ojos, presionó los labios contra su boca y entrelazó los brazos por detrás de su nuca hasta que, sin aliento y como si de golpe se hubiera zambullido en agua fría, se apartó rápidamente y se llevó la mano a los labios.

—Lo siento —dijo él con voz ronca y expresión de preocupación—. Pensé que querrías…

—Sí. —Dejó caer la mano hacia el costado—. Sí. Pero…, no aquí.

¿Dónde, entonces? Deseó fervientemente que él no se lo preguntara, pues no tenía ni idea de dónde. No podía permitirse que la vieran besándolo ni haciendo nada que pudiera sugerir que le permitía que la besara cuando nadie estaba observándolos.

Grace inspiró hondo para serenarse y cuando se dio cuenta de que el capitán estaba estudiándola y que una sonrisa de perplejidad asomaba por las comisuras de su boca, consiguió sonreír también y sugerirle que continuaran el paseo. Y eso hicieron, pasearon con el capitán esforzándose por mantener una distancia respetuosa entre ellos. Grace casi habría preferido que se acercara más, pero mientras charlaban e intercambiaban alguna que otra mirada y los ojos de él la invitaban a aproximarse, ella no se atrevió a estrechar la distancia.

En Nueva Jersey, jamás un joven la había cortejado de un modo tan inusual, si acaso el capitán Mack estaba cortejándola. Porque no estaba segura del todo de que estuviera haciéndolo, igual que tampoco estaba en absoluto segura de cómo respondería si él dejaba claras sus intenciones de cortejarla. En Nueva York, tanto el capitán Wessen como el señor Estabrook habían dejado bien sentado que las operadoras jefe debían ser un ejemplo de máxima discreción y contención en lo que a la confraternización se refería. Grace se había mostrado totalmente de acuerdo con ellos, y con Inez Crittenden, en que había que evitar cualquier relación romántica. Pero ahora ya no estaba tan segura. ¿Tenía ya una relación? De eso tampoco estaba segura.

Decidió que sería una tontería intentar evitar al capitán Mack mientras ponía en orden sus sentimientos, así que siguió aceptando sus invitaciones para ir a cenar y de excursión por el campo. Lo veía también en las fiestas organizadas por la Asociación Mundial Cristiana de Mujeres Jóvenes en las residencias de las mujeres, o en las de las distintas unidades del Ejército u otras organizaciones. El uno era para el otro su pareja favorita en los bailes que la Asociación Cristiana de Jóvenes organizaba casi cada fin de semana para los oficiales, las operadoras y las enfermeras destinadas en Chaumont. Los bailes estaban escrupulosamente vigilados, contaban con mucha asistencia, y eran tan divertidos que Grace asistía siempre a ellos con sus compañeras incluso cuando sabía que el capitán Mack no podría estar presente. Siempre había muchísimos más hombres que mujeres y por eso se pedía a las mujeres que dividieran por la mitad un baile, a veces incluso en cuatro partes, para que así todos los hombres tuvieran oportunidad de bailar un poco, aunque no fuese por la duración de toda una canción.

Fue en uno de aquellos bailes cuando Grace oyó por primera vez el rumor de que las enfermeras del Ejército aborrecían a las chicas del teléfono.

—¿Las hemos ofendido en algo? —preguntó Grace cuando una operadora le mencionó el tema.

Grace había incitado el comentario de Esther al expresar en voz alta sus pensamientos, después de observar que las enfermeras acostumbraban a marcar su territorio en un lado de la sala, se mezclaban libre y alegremente con los oficiales en la pista de baile y en la zona de la mesa de los refrescos, pero se mantenían claramente alejadas de los lugares donde se congregaban las operadoras.

—¿Que si las hemos ofendido? —replicó con sequedad Esther, cruzándose de brazos—. Imagino que sí, por el simple hecho de venir también a Francia.

—No puede ser —dijo Grace, aunque en el mismo momento en que pronunciaba aquellas palabras le vinieron a la cabeza diversos encuentros de lo más peculiar que había tenido con enfermeras durante el tiempo que llevaba Chaumont.

A los pocos días de su llegada, se había cruzado por la calle con un grupo de enfermeras y las había saludado, pero las enfermeras ni siquiera se habían parado un momento para presentarse, lo cual le había parecido de lo más antipático teniendo en cuenta las poquísimas mujeres norteamericanas que había en la ciudad. No lo había tomado como una ofensa, porque había asumido que las habría interrumpido de camino a solventar algún problema médico urgente, y tampoco le había dado mayor importancia.

A la semana siguiente, Grace y la responsable de su Asociación Cristiana de Mujeres Jóvenes habían ido a visitar a las enfermeras a la residencia de la Asociación donde se alojaban y por delante de la cual pasaban a diario las operadoras al ir y volver del trabajo. La señora Ivey había sugerido que las operadoras invitaran a las enfermeras a tomar el té para de este modo conocerse y con la esperanza de que las enfermeras, que llevaban más tiempo en Chaumont, compartieran con las recién llegadas detalles sobre la vida en los cuarteles generales del Primer Ejército. La responsable de la Asociación Cristiana de Mujeres Jóvenes de las enfermeras las había recibido encantada en su salón, pero solo se les habían sumado tres de las docenas de enfermeras que residían allí. Y a pesar de todos los intentos de Grace de demostrar simpatía, la conversación había sido muy forzada y las enfermeras se habían limitado a responder con evasivas a la invitación de ir a tomar el té.

—La mejor forma de conocer una nueva ciudad es explorándola cada uno por su cuenta —había comentado la enfermera jefe, y sus compañeras habían movido la cabeza en un gesto de asentimiento.

—No creo que haya sido una negativa total —le había dicho dubitativa la señora Ivey durante el camino de regreso a la casa de Rue Brûle—. Tal vez no sepan quién estará de servicio ese día y quién podrá atender y tienen pensado enviar más adelante una nota para confirmar qué invitadas asistirán.

—Es posible —había dicho Grace.

Pero cuando pasó una semana y seguía sin haber noticias de las enfermeras, Grace llegó a la conclusión de que estaban demasiado ocupadas para asistir al té y que se les había pasado por alto declinar formalmente la invitación. Se sintió frustrada, pero tampoco se lo tomó como una ofensa. Grace no era mujer rencorosa y le costaba imaginarse a alguien que mereciera más perdón por un error social involuntario que las enfermeras del Ejército en tiempos de guerra.

Las dos responsables de las Asociación Cristiana de Mujeres Jóvenes debieron de hablar en privado, puesto que a pesar de que los planes para tomar el té cayeron en el olvido, unas semanas más tarde, varias enfermeras visitaron la residencia de las operadoras, una cortesía superficial para devolver la visita de Grace. E incluso entonces, a Grace le chocó el ambiente extrañamente frío y formal que rodeó la visita, y se quedó pasmada cuando, exactamente cuatro minutos y medio después de su llegada, las enfermeras se despidieron.

Tal vez Grace hubiera ignorado los signos que durante todo aquel tiempo había tenido delante de sus narices, pero el seco comentario de Esther era la primera sentencia concreta que oía sobre el malestar entre operadoras y enfermeras.

—No lo entiendo —dijo—. ¿Por qué no les gustamos? Que yo sepa, no les hemos hecho nada, y estamos aquí para servir a nuestra patria, igual que ellas.

Raymonde suspiró y se llevó una mano a la cadera.

—Debe de ser porque nosotras somos más jóvenes y más guapas —aseguró, haciendo un gesto de asentimiento para subrayar sus palabras mientras estudiaba a las enfermeras desde una distancia de seguridad.

—Eso es imposible —dijo Winifred, la operadora mayor de todas ellas, que Grace había pensado de entrada que sería más inflexible y resistente a la autoridad debido a su edad. Unas preocupaciones que ahora le parecían absurdas.

—Se creen mejores que nosotras —dijo Esther—. Ellas son damas cultivadas que se dedican a la enfermería porque nobleza obliga, dicen, y nosotras no somos más que humildes chicas trabajadoras.

Algunas de las chicas asintieron, pero Grace no era de esa opinión.

—Muchas de nosotras somos también universitarias, y estoy segura de que entre ellas las hay que antes de la guerra se dedicaron a la enfermería para ganarse el pan.

—Lo que está claro es que no son imaginaciones nuestras —intervino otra chica—. Yo se lo he oído comentar directamente a algunos de los soldados heridos que han pasado por la ciudad una vez les han dado el alta en el hospital. «Hay que ver cómo os odian esas enfermeras», dijo uno de ellos, palabras textuales.

Varias chicas más asintieron.

—A lo mejor fue así como empezó todo —dijo Suzanne—. Podría ser que uno de los soldados hiciera en algún momento un comentario fuera de lugar, por el mero hecho de hacerse el graciosillo o el listo, y nuestras chicas se lo tomaran como una ofensa. Y que después de eso, cuando un grupo de operadoras se cruzó con un grupo de enfermeras, nuestras chicas pasaran por completo de ellas y las enfermeras llegaran a la conclusión de que somos unas maleducadas con las que no merece la pena entablar amistad.

Era una explicación factible, de hecho, aunque Grace sabía que era prácticamente imposible encontrar el origen de la rivalidad para arrancarla de raíz. Lo mejor que podía hacer era intentar limar diferencias.

—Démosles a las enfermeras el beneficio de la duda —dijo, empleando un tono de voz que daba a entender que aquello era una orden—. Hay que tener en cuenta que ellas presencian a diario horrores que no podemos ni tan siquiera imaginarnos. ¿Podemos acaso culparlas de que sientan envidia de la vida relativamente fácil que nosotras tenemos aquí?

—¿Y de nuestra juventud y nuestra belleza? —añadió Raymonde.

—Hagamos lo éticamente correcto —dijo Grace, dirigiendo el comentario a Raymonde, pero hablando para todas las chicas—. Si las enfermeras nos hacen algún desaire o nos miran con mala cara, se lo devolveremos con palabras amables y sonrisas simpáticas. Y al final, acabaremos ganándonoslas.

Las chicas se quedaron dubitativas, pero accedieron a intentarlo.

Grace confiaba en lograr un cambio con aquella actitud. Todas las que estaban allí —operadoras norteamericanas, operadoras francesas, enfermeras— corrían el mismo peligro, y no tenía sentido perder el tiempo con rivalidades estúpidas. Eran mujeres aliadas que trabajaban por una misma causa justa, y deberían apoyarse mutuamente para hacer realidad objetivos comunes y valores compartidos. Grace no veía otra forma de ganar la guerra que no fuera estando todos unidos.

14

VALERIE

Las operadoras que trabajaban en las centralitas del hotel Élysées Palace estuvieron felices cuando una sección de chicas del Tercer Grupo se sumó a ellas a mediados de mayo. Con más operadoras, podrían incrementar el volumen de llamadas a la vez que la carga de trabajo individual disminuiría, lo cual habría sido suficiente para complacer a Valerie; sin embargo, poco después se enteró de que más cantidad de operadoras significaba tener que nombrar una supervisora adicional, e Inez Crittenden la recomendó para el puesto.

—¿Yo? —cuestionó Valerie cuando su operadora jefe le regaló un parche de tela con una corona de laurel para incorporar a la insignia de la manga izquierda de su abrigo—. ¿Quiere que yo sea supervisora?

—¿Por qué no? —replicó Inez, sonriendo y perpleja—. Ya lleva tiempo haciendo este trabajo: sé que anima constantemente a todo el mundo a seguir trabajando, que resuelve problemas, que siempre está allí cuando alguien necesita ayuda. Es mejor que disfrute del cargo y del aumento de sueldo correspondiente. A bordo del Carmania, por ejemplo, cuando ordené al grupo que llevara siempre mascarilla, usted se puso la suya, nunca se la sacó y jamás le oí la más mínima queja. Lo valoré mucho, y no lo he olvidado.

—Si quiere que le sea totalmente sincera —dijo Valerie—, no fue por obediencia. Sino por puro interés. No quería ponerme enferma y morir.

—Sea por lo que fuera, el caso es que lo hizo, que animó a las otras chicas a seguir su ejemplo y que a buen seguro su actitud salvó vidas. —Inez se quedó mirándola, desconcertada—. Quiero recompensarla con un ascenso, pero solo si lo quiere.

—Quién soy yo para convencerla de lo contrario —dijo Valerie.

Aceptó el parche de tela. Se sentía agradecida por el ascenso y el aumento de sueldo, e imaginaba que, efectivamente, era de las que siempre daban un paso al frente y tomaba las riendas en caso necesario, pero el elogio de Inez la había pillado totalmente desprevenida. Los puestos de supervisión estaban más enfocados hacia gente como su hermana, Hilde —responsable, seria, un poco estricta—, no para chicas amantes de la diversión como ella. Tal vez hubiera otras formas aceptables de ser un líder, reflexionó Valerie, o a lo mejor tal vez fuera que ya no era tan frívola como antes.

El oficial al mando prefirió mezclar los distintos grupos para que las recién llegadas aprendieran todos los entresijos de la mano de las chicas más experimentadas, y por ello puso diez chicas bajo el mando de Valerie: tres del Primer Grupo, tres del Segundo Grupo y cuatro del Tercer Grupo. Durante la pausa para el almuerzo, y con el objetivo de conocerlas, Valerie invitó a las cuatro novatas a comer con ella en el Jambon et Deux Œufs, un café cercano que se había convertido en el local favorito de las chicas del Cuerpo de Señales. Cuando acabaron de comer, Valerie estaba encantada de que aquellas chicas hubieran sido destinadas a París, y a su sección en particular. Parecían mujeres inteligentes, capaces, valientes y orgullosas de servir a la causa; dos eran estadounidenses, otra canadiense francesa y la cuarta había nacido en Francia, pero había emigrado con sus padres a los Estados Unidos siendo una niña. Tenían muchas preguntas relacionadas con el papel que iban a desempeñar y con el lugar de trabajo, y Valerie les respondió con total sinceridad. Sí, París vivía bombardeos de vez en cuando; no, ella, personalmente, no tenía miedo de que la ciudad acabara siendo invadida. Sí, podía ser complicado trabajar con las operadoras francesas, pero no, no eran tan malas como afirmaban los peores rumores.

En el transcurso de los días siguientes, durante los cuales las más antiguas y las recién llegadas se fueron conociendo mejor, las chicas del Primer y Segundo Grupo se quedaron sorprendidas cuando se enteraron de que, a partir del Tercer Grupo, las reclutas estaban acuarteladas en Nueva York durante todo el proceso de instrucción y que no cruzaban el río para ir a Hoboken hasta el día del embarque.

—¿Así que se acabó eso de sufrir en Hobo House, sin calefacción, con aquellos camastros endebles y con treinta chicas compartiendo una sola ducha? —preguntó Millicent indignada—. ¡Os lo han puesto muy fácil!

Al ver que las recién llegadas se sentían molestas, Valerie intervino, diciendo:

—Nos alegramos por vosotras, de verdad. Solo estamos un poco celosas.

—Eso lo dirás por ti —dijo Drusilla, con una sonrisa—. Yo no cambiaría nada de nada. Pasarlo mal juntas nos sirvió para generar camaradería y fortalecer el carácter.

Pero las chicas del Tercer Grupo se habían endurecido en el mar. A pesar de que nadie a bordo había contraído la gripe, su barco, el Baltic, se había enfrentado a tormentas y un gran oleaje durante toda la travesía, y el convoy había sido atacado durante su aproximación a las islas británicas. Forzados a alterar la trayectoria y rodear la costa norte de Irlanda para evitar el submarino alemán que había estado acechándolos, creían haber dejado por fin atrás el peligro cuando el convoy puso rumbo sur y empezó a navegar entre las costas de Irlanda y Escocia con una escolta de destructores y torpederos. Pero un día, mientras las chicas descansaban en los camarotes después de comer, el Baltic se zarandeó de forma impresionante como consecuencia de un impacto terrible. Las operadoras subieron corriendo a cubierta, a tiempo de ver que los destructores británicos estaban disparando contra un periscopio que acababa de emerger entre las olas. De pronto, una explosión en proa levantó una oleada enorme de espuma que las dejó empapadas, la superficie del agua se tiñó de negro y emergió un géiser de aceite y burbujas de aire, la indicación de que la carga de profundidad de un destructor acababa de impactar contra un objeto a escasos centenares de metros de ellos, un submarino, probablemente, aunque no se veían restos para confirmarlo.

—Es un alivio estar sanas y salvas en tierra —dijo una de las chicas nuevas, estremeciéndose y envolviéndose con los brazos como si estuviera muerta de frío.

Valerie, Millicent y Drusilla intercambiaron miradas cautelosas. Los bombardeos alemanes sobre París se habían apaciguado en los últimos días, pero nadie esperaba que aquella pausa durara eternamente. Valerie sabía que tenía la responsabilidad de informar a las recién llegadas de lo que tenían que hacer en caso de que los ataques continuaran, como a buen seguro sucedería.

Y el temido día no estaba muy lejos, sospechaba Valerie. Por lo que había deducido a partir del número cada vez mayor de llamadas urgentes entre París y Chaumont, estaba segura de que, en cuestión de días, el general Pershing quería lanzar una ofensiva importante junto con sus homólogos aliados. Sería la primera batalla importante para los Estados Unidos, y por lo que Valerie había podido deducir, parecía que la ofensiva se llevaría a cabo con una fuerza norteamericana cohesionada y no con una fuerza dispersa entre las unidades francesas y británicas, tal y como el general Pershing siempre había querido. No tenía ni idea de dónde ni cuándo las fuerzas del general se enfrentarían al enemigo, pero sí sabía que el objetivo era detener el avance alemán sobre París.

Valerie combatía la turbadora sensación de que algo terrible estaba a punto de suceder zambulléndose de lleno en sus nuevas responsabilidades, y poner a las chicas nuevas al corriente de todo formaba parte importante de ello. Un obstáculo menor, sobre todo para las chicas que no tenían el francés como su lengua materna, era la diferencia entre cómo los clientes norteamericanos y los franceses proporcionaban los números telefónicos de cuatro cifras. Si un norteamericano quería llamar al número 7534, por ejemplo, pronunciaba cada dígito por separado, «siete cinco tres cuatro», pero los franceses preferían decir «siete mil quinientos treinta y cuatro». Para la mayoría de las chicas del Cuerpo de Señales, el cambio era simplemente una cuestión de recordar que debían seguir el formato preferido por el cliente, pero para las chicas estadounidenses que habían aprendido el francés en la escuela, componer mentalmente el número antes de decirlo en voz alta implicaba una pérdida de unos segundos preciosos. La diferencia era tan leve que nadie excepto las operadoras o un cliente especialmente impaciente se percataría del retraso, pero había muchos clientes impacientes, y las chicas, que se enorgullecían de proporcionar un servicio excelente, no soportaban decepcionar a nadie.

Pero a Valerie le gustaba más distraerse con otras cosas cuando no trabajaba. Era más divertido enseñar a las recién llegadas las cafeterías favoritas de las operadoras, los parques y los lugares históricos, así como acompañarlas a los bailes, las películas y las actuaciones que la Asociación Cristiana de Jóvenes organizaba en sus cabañas, como las llamaban los oficiales, por mucho que fueran edificios de piedra completamente sólidos.

El entretenimiento y el turismo servían para aliviar el estrés del exigente trabajo que desempeñaban, pero a veces no bastaba con esas medidas tan simples. «Siempre que os sea posible, deberíais intentar encontrar relajación y belleza en el mundo que nos rodea», les decía Valerie a las chicas cuando la triste realidad de la guerra amenazaba con superarlas. Sabía que el recorrido de ida y vuelta desde su alojamiento hasta su puesto de trabajo las sumergía inevitablemente en las imágenes y los sonidos de la guerra —pilas de escombros allí donde en su día había habido comercios y edificios encantadores, refugiados desesperados que hacían cola en las tiendas de la Cruz Roja para conseguir comida y ropa, camiones cargados de soldados heridos de camino hacia los hospitales—, y que por ello la melancolía y el miedo podían acabar consumiéndolas si no se andaban con cuidado.

A menudo, incluso a ella misma le costaba seguir sus propios consejos. A veces, cuando acudía a su cafetería favorita, en vez de relajarse con el eterno pasatiempo turístico de observar a los parisinos que pasaban por delante de su mesita en la acera, empezaba a pensar en las ventanas tapiadas y en el irrisorio contenido de la carta, restringido por la tremenda escasez de leche, mantequilla, huevos y azúcar. Cuando paseaba con sus amigas por un parque, en vez de agradecer la luz benevolente del sol, la brisa suave, la hierba verde y las aromáticas flores, solo veía los cráteres que habían abierto las bombas en el césped y los vacíos dejados por los magníficos castaños que habían sido talados para conseguir leña. Un día, estando en un concierto organizado por la Asociación Cristiana de Jóvenes, observó a los sonrientes y animados soldados que acababan de llegar en barco desde los Estados Unidos, que pataleaban y daban palmas al ritmo de la música, y el corazón le dio un vuelco. Sabía lo que les esperaba mucho mejor que ellos, sabía que los soldados que se estaban divirtiendo en aquellos momentos podían acabar muertos en manos de la artillería alemana antes de que terminara la semana, tal vez en aquella batalla inminente que sabía, aunque ellos no, que el general Pershing estaba decidido a iniciar en los próximos días.

Pero ahora Valerie tenía un motivo más fuerte para mantener la moral alta. Ahora era supervisora, y las chicas a su mando esperaban de ella que estableciera las pautas. Si se mostraba valiente y optimista, a ellas les resultaría más fácil serlo también.

Un lunes de finales de mayo por la mañana, después de un domingo especialmente agradable y tranquilo, Valerie se despertó a las seis en punto y empezó a prepararse para su turno de trabajo. Media hora después, vestida con un uniforme recién planchado, hizo la ronda por su planta y fue llamando a la puerta de las más dormilonas para asegurarse de que estaban levantadas.

Se disponía a bajar a desayunar, cuando una estruendosa explosión sacudió el edificio.

Las sirenas empezaron a sonar en el exterior y las alarmas lo hicieron a su vez en todas las plantas, y Valerie, sin aire en los pulmones, se sujetó a la barandilla de la escalera para mantener el equilibrio. Se abrieron de golpe las distintas puertas del pasillo y las chicas, unas vestidas y otras todavía no, salieron corriendo de las habitaciones, pálidas y aterradas. Valerie echó a correr por donde había venido y empezó a aporrear puertas.

—¡Vamos! —gritó, una y otra vez, señalando la escalera a todas las chicas que pasaban corriendo por su lado—. ¡Es un bombardeo! ¡Vamos!

Cuando estuvo segura de que todas las operadoras de su planta habían sido evacuadas, bajó por la escalera tras ellas.

La escalera estaba colapsada con otros huéspedes, que corrían y daban tumbos, algunos cargados con maletas, mantas y niños pequeños. En las plantas inferiores los huéspedes se apiñaban en pequeños grupos, manteniendo las espaldas pegadas a la pared, o se acurrucaban en las esquinas y se protegían la cabeza con los brazos.

—¡Seguido bajando! —gritó Valerie a sus chicas, y aunque no podía ver mucho más allá, confiaba en que la oyeran por encima del bramido de las sirenas y las alarmas.

Consiguieron llegar por fin a la planta baja y salieron del edificio para acceder a un patio cubierto, lo que se conocía como un *abri*. Estaba ya lleno de huéspedes nerviosos que no paraban de dar vueltas y mirar con cautela hacia arriba. Valerie vio a varias de sus chicas en un extremo y corrió hacia ellas. Y con el paso de los minutos, se les sumaron otras operadoras.

—No me parece un lugar seguro —dijo Drusilla, moviendo la cabeza en un gesto de preocupación—. Este refugio no aguantaría un impacto directo. Apenas podría protegernos de una tormenta, parece.

Valerie estudió el fino tejado metálico y se mostró de acuerdo con ella.

—Intentemos llegar al sótano —dijo—. No os separéis.

Entraron de nuevo en el hotel y por un pasillo de servicio llegaron a otra escalera, que no era para los huéspedes. Bajaron por allí hasta el sótano, que estaba lleno de barriles de vino, telarañas, varias chicas del Cuerpo de Señales, entre ellas Inez Crittenden, y numeroso personal uniformado, que parecía más fastidiado por haber visto su trabajo interrumpido que asustado por el ataque. El personal no puso objeciones cuando el grupo de Valerie entró en el sótano, sino que se hizo a un lado para dejar espacio a las chicas.

Y justo en aquel momento, otra potente sacudida hizo temblar las estanterías. Varias de las chicas gritaron, y cuando el techo empezó a desprender una nube de polvo, se agarraron al brazo de la persona que tenían al lado. Instantes después, al comprobar que estaban ilesas, las chicas rieron nerviosas y se soltaron.

—Eso no ha sido un Big Bertha —dijo Inez, ladeando la cabeza para escuchar mejor—. Sino más bien un Paris Gun.

Valerie se preguntó cómo podía notar la diferencia. Desde el sótano, era más difícil captar el sonido de las sirenas y las alarmas, pero se seguían oyendo, lo que daba a entender que el peligro aún no había pasado. Quince minutos más tarde se produjo una explosión, pero esta vez las chicas apenas se sobresaltaron. En la siguiente ocasión en que una bomba lejana sacudió las estanterías, Valerie miró el reloj y confirmó su corazonada.

—Disparan cada cuarto de hora —dijo en francés, porque no sabía si el personal hablaba inglés y no quería que nadie se sintiera excluido.

—Los alemanes aspiran a desmoralizarnos —dijo Inez—. Su intención no es destrozar la ciudad, sino nuestro estado de ánimo.

Valerie miró a su alrededor en busca de un lugar donde sentarse. Le dio la vuelta a una cesta de gran tamaño y se instaló con cautela sobre ella hasta que estuvo segura de que soportaría su peso.

—Pero por lo que se oye, están destrozando igualmente una buena parte de la ciudad.

Pasó otra hora. Y cada quince minutos, los cañones alemanes de largo alcance lanzaban otra bomba.

—¿Señorita Crittenden? ¿Señorita DeSmedt? —dijo entonces Martina—. Se supone que debemos estar pronto en nuestros puestos. ¿Qué hacemos?

—Deberíamos ir —sugirió una de las chicas—. ¿Quién conectará las llamadas si no estamos en las centralitas?

Al oír un murmullo de preocupación entre las chicas, Valerie levantó la mano para pedir silencio.

—Los operadores del turno de noche seguirán en sus puestos hasta que los relevemos —dijo—. Todo irá bien.

—Pues yo preferiría estar en mi puesto que aquí —declaró otra chica, una réplica que suscitó un coro de asentimientos.

Valerie miró a Inez y arqueó las cejas en expresión interrogativa. Inez se encogió de hombros y dio unos golpecitos a su reloj, un gesto que Valerie interpretó como que debían esperar a ver qué pasaba. Transcurrió media hora más, con una explosión cada quince minutos. Al final, las sirenas y las alarmas guardaron silencio, pero sonó al instante otra bomba, como hecho exprofeso. En el otro extremo del sótano, un chef intercambió unas palabras con dos chicos con uniforme de cocinero, que hicieron un gesto de asentimiento antes de que los tres se levantaran y se fueran para volver a su trabajo. Sin interrumpir la conversación, las operadoras los vieron marchar. Unas pocas chicas miraron de reojo a Valerie e Inez, pero, aunque ninguna les preguntó si deberían irse también, Valerie estaba segura de que eso era lo que querían hacer. Ella también quería irse de allí.

Se levantó, se sacudió el polvo de la falda y corrió al lado de Inez, que estaba sentada sobre una caja larga de madera.

—Los cuarteles generales están a poco más de un kilómetro de aquí —dijo en voz baja—. Podríamos ir corriendo hasta allí sin ningún problema durante los quince minutos que hay entre explosión y explosión.

Inez se quedó dudando.

—Sería correr muchos riesgos.

—El riesgo está asegurado por el simple hecho de estar en Francia —contraatacó Valerie, bajando aún más la voz al ver que las chicas las observaban con interés—. Nadie nos garantiza que si vamos corriendo no vayamos a caer víctimas del siguiente ataque. Tampoco que la próxima bomba no vaya a caer en este hotel. Estamos tremendamente cerca de la residencia del presidente.

Inez se quedó pensando.

—Podríamos pedir voluntarias —dijo, después de que explotara otra bomba, esta vez más lejos que antes—. La que crea que no va a poder llegar corriendo o que no quiere intentarlo, que se quede aquí y no pasa nada.

Valerie hizo un gesto afirmativo e Inez se levantó y explicó el plan. Apenas había acabado de hablar, cuando todas las chicas levantaron la mano para presentarse voluntarias.

Subieron por la escalera hasta llegar a la planta baja y se reunieron de nuevo cerca de la entrada principal.

—Iré yo delante —anunció Valerie, tal y como Inez y ella habían acordado—. La señorita Crittenden cerrará por detrás. No os separéis del grupo, por mucho que seáis capaces de correr como una velocista olímpica.

—Ni pensarlo con este calzado —dijo Drusilla, y se oyeron algunas risillas nerviosas.

—Preparadas, listas… —Valerie miró a las chicas y luego consultó el reloj. Al cuarto de hora, levantó un dedo y segundos después retumbó una explosión a aproximadamente un kilómetro y medio de distancia en dirección este—. ¡Ya!

Salió fuera, siguió el recorrido de la acera y giró a la derecha al llegar al final de la manzana. Oyó pasos detrás de ella y confió en que todas las chicas fueran capaces de seguir su ritmo, en que Inez no permitiera que ninguna de ellas se quedara rezagada. Había imaginado que las calles estarían desiertas, pero vio pequeños grupos de soldados corriendo en formación, algunos vehículos circulando a toda velocidad por el bulevar y numerosos civiles aprovechando el momento de tranquilidad entre explosión y explosión, igual que estaban haciendo las operadoras, para trasladarse de un lugar seguro a otro.

—¡Cinco minutos! —gritó Inez desde la retaguardia cuando Valerie enfiló Rue de la Boétie y giró luego a la derecha, hacia la avenida de los Campos Elíseos.

Valerie vislumbró a lo lejos el Arco de Triunfo, siniestramente perfilado por el sol entre una nube de polvo y humo. A sus espaldas, oyó que alguna de las chicas tropezaba y soltaba una palabrota, pero viendo que nadie pedía ayuda, siguió corriendo.

—¡Diez! —gritó Inez, justo cuando la fachada estilo Beaux Arts del hotel Élysées Palace aparecía ante ellas.

Cuando Valerie llegó a la entrada, tiró de la puerta e indicó a las chicas que entraran antes que ella. Y después de que Inez entrara, inspeccionó rápidamente el bulevar para confirmar que todas lo habían logrado, entró corriendo y cerró con fuerza la puerta.

Se reunió con las demás en el centro del vestíbulo y, jadeante, dobló el cuerpo para apoyar las manos en las rodillas.

—Vayamos a trabajar.

Una explosión hizo traquetear los cristales de las ventanas. Las chicas saltaron, sobresaltadas, y empezaron a chillar.

—Quince —dijo Inez.

Valerie la miró y se echó a reír. Inez le respondió con una sonrisa, y algunas de las chicas sonrieron débilmente también.

—Millicent tiene razón —dijo Valerie, frotándose la pantorrilla—. Vamos.

Se alisaron las chaquetas, se recolocaron las blusas, se quitaron los sombreros para peinar los posibles mechones sueltos de pelo, y se dirigieron a la sala de teléfonos, donde un atónito oficial al mando las recibió.

—Sentimos llegar tarde —dijo Inez, indicando a las operadoras que ocuparan sus puestos.

—No esperábamos verlas por aquí —replicó el oficial al mando—. ¿Están todas bien?

—Por supuesto que estamos bien —respondió Inez—. No es nuestro primer bombardeo.

—Vengo a relevarle, cabo —dijo Valerie a su compañero del turno de noche.

—Me alegro de que lo hayan conseguido, señorita —dijo el cabo, entregándole los auriculares—. El Ejército no paga las horas extra. Es una suerte que hayan llegado a pesar de la granizada de bombas alemanas que está cayendo.

—Imaginábamos que estarían necesitados de un sueño reparador —replicó Valerie frívolamente mientras tomaba asiento—. Y vaya con cuidado al salir. Las bombas caen…

—Cada quince minutos —dijo el cabo, rematando la frase—. Sí, ya nos hemos dado cuenta. Escúcheme bien, llevamos toda la mañana con cortes intermitentes en Robin y en Cyclone. Están trabajando para repararlo, pero las comunicaciones son inestables.

—Bueno es saberlo. Gracias. —El cabo asintió y Valerie se puso el auricular y ajustó el micrófono—. ¡Y ándese con cuidado! —le gritó por encima del hombro, y se volvió hacia la centralita justo en el momento en que se encendía una bombilla que anunciaba una llamada entrante de la centralita francesa. Insertó rápidamente el cable en la clavija—. *J'écoute.*

El bombardeo continuó cada cuarto de hora a lo largo de toda la mañana; luego, curiosamente, hubo una pausa hacia mediodía, el ataque se reanudó a la una y siguió durante el resto del día. El cañón se quedó en silencio a última hora de la tarde, justo cuando las mujeres finalizaban su turno, de modo que pudieron volver a su alojamiento andando y no corriendo, con cautela y atentas por si acaso se producía otra descarga. Durante el trayecto, Valerie comprobó con alivio que los edificios de la ruta habían sobrevivido a la jornada sin sufrir daños. Y su corazón acompañó todo el rato a los agotados y asediados parisinos con los que se cruzaban, mujeres en su mayoría, que habían salido de sus casas para realizar rápidamente recados antes de que anocheciera de nuevo.

Por suerte, la noche fue tranquila, pero a las cinco y media de la mañana, una explosión lejana despertó de repente a Valerie. Con demora, la sirena empezó a sonar. Con cualquier esperanza de volver a conciliar el sueño totalmente desvanecida, Valerie se levantó de la cama y empezó a prepararse para la jornada, encogiéndose por instinto cada vez que sonaba una explosión, justo a cada cuarto de hora. Como esta vez las operadoras ya sabían cómo funcionaba la pauta, cronometraron a la perfección su carrera hasta el hotel Élysées Palace y llegaron a su turno de trabajo con minutos de antelación. Y como el día anterior, los bombarderos alemanes hicieron una pausa para comer, algo que a Valerie le resultaba oscuramente gracioso, y continuaron el ataque durante toda la tarde. El día siguiente fue más de lo mismo, aunque por la noche, su sueño se vio interrumpido por un ataque aéreo. A la mañana siguiente estaban todas grogui, pero la adrenalina y la determinación las mantuvieron alerta en las centralitas.

A finales de mayo, el oficial al mando les ordenó que se prepararan para una evacuación inmediata, pero las operadoras protestaron.

—Permaneceremos en nuestros puestos mientras los hombres sigan también en ellos, señor —declaró firmemente Inez—. Con todo lo que está pasando, si los chicos, que tienen menos experiencia, ocupan nuestros puestos, el resultado podría ser desastroso.

No era fanfarronería, sino hechos consumados, y el oficial del Cuerpo de Señales acabó claudicando.

Por entonces, Valerie ya se había enterado de que la primera división de infantería del Ejército de los Estados Unidos había lanzado la primera ofensiva totalmente norteamericana en Cantigny, un pueblo agrícola evacuado situado en una pequeña elevación de la región de la Picardía, en el norte de Francia. El 30 de mayo, los alemanes se habían batido en retirada, dando al general Pershing su primera victoria; aquel mismo día, el general había ordenado a la tercera división de infantería del Ejército, apostada en Château-Thierry, una pequeña ciudad industrial del Marne, que se sumara a las divisiones francesas para impedir que los alemanes pudieran cruzar el río. El primer día de junio llegó a través de las líneas la escalofriante noticia de que las tropas alemanas habían entrado en Château-Thierry, pero al final las fuerzas estadounidenses y francesas habían conseguido empujarlos de nuevo hacia el río y retenerlos allí.

Durante dos semanas, mientras las fuerzas aliadas combatían en el Marne, los bombardeos sobre París continuaron. Un día de principios de junio, los fragmentos de metralla rompieron un cristal de la sala de teléfonos y un oficial del Cuerpo de Señales instó a las operadoras a ponerse a salvo en el refugio antiaéreo del sótano del edificio.

—No abandonaremos nuestros puestos —replicó Valerie, conmocionada ante la idea de dejar sin responder tantas llamadas urgentes. ¿Qué terribles consecuencias sufrirían las fuerzas aliadas si las comunicaciones se cortaban de repente?—. Seguiremos aquí hasta que marche el último hombre.

Esperaba una amonestación, pero el oficial sabía que Valerie tenía razón y no repitió la orden. Sabía también que, con el caos y la destrucción de la batalla, el Cuerpo de Señales las necesitaba en las centralitas más que nunca. Las operadoras de guerra eran capaces de resistir en sus puestos mientras los hombres también resistieran, y así lo demostrarían.

15

Junio de 1918
Tours

MARIE

A principios de junio Marie dedujo, a partir de las llamadas que establecía entre determinadas divisiones del frente, las oficinas de tramitación de materiales y los depósitos de municiones, que los marines de los Estados Unidos se estaban enfrentando con fuerzas alemanas en Belleau Wood. El incremento en el número de llamadas daba a entender que la batalla era intensa, el número de bajas horripilante y la victoria incierta. Todos los oficiales con los que hablaba Marie se mostraban de acuerdo en que la guerra había entrado en su periodo más crucial, y que su conclusión podía depender del resultado de una única batalla. Aunque no sabrían de cuál hasta que todo hubiera acabado.

Aun así, cuando Marie paseaba por Tours y evitaba las instalaciones militares y las partes de la ciudad donde se congregaban los soldados, casi podía olvidar que Francia estaba en guerra. El sol seguía brillando en un cielo azulón, la belleza de las suaves colinas verdes era un consuelo para la vista, los tupidos bosques evocaban magia, el Loira y el Cher fluían con libertad y los campos de cultivo proyectaban hacia el cielo brotes verdes y dorados que se empapaban con la llovizna.

Pero luego, cuando salía por las afueras de la ciudad, veía soldados corriendo para cargar trenes con armamento y suministros con destino al frente, o soldados tullidos o conmocionados por la neurosis de guerra recuperándose bajo el ojo vigilante de las enfermeras de la Cruz Roja, o refugiados que llegaban a la ciudad cargando en la espalda con sus escasas posesiones, con la ropa hecha harapos y los zapatos gastados, con expresión sombría y mirada desafiante. Por instinto, Marie observaba aquellas caras demacradas en busca de un primo desaparecido o un amigo del que hacía mucho tiempo que no tenía noticias, pero nunca reconocía a nadie. Siempre compartía con ellos cualquier comida o moneda que llevara casualmente encima, y a menudo se veía recompensada con noticias de los territorios ocupados en el este. Cuando se cruzaba con familias con niños pequeños, les comentaba en voz baja que en el convento podrían encontrar un plato caliente, ropa limpia y tal vez incluso algo de calzado para los niños. Marie sabía que las hermanas eran generosas y nunca tenían un no para nadie.

Las monjas habían acogido al menos una veintena de huérfanos más desde el día en que Marie conoció a Gisèle y a los demás, y más de la mitad de los recién llegados se habían sumado al coro infantil después de oírlos cantar.

Las compañeras de Marie bromeaban cariñosamente con ella por las muchas horas libres que consagraba a su coro. Los martes y los jueves después de cenar, y durante una hora, entretenía a los niños con juegos musicales, y a los que les justaba mucho cantar, los reunía los miércoles después de cenar y los sábados después del almuerzo para ensayar canciones compuestas para coros de voces agudas. Marie había empezado con las melodías que habían cantado todos juntos el primer día y luego había pasado a instruirlos sobre solfeo y piezas con armonías simples a dos voces. Después de unas cuantas semanas de ensayos, el coro empezó a cantar en la misa que se celebraba cada domingo por la mañana en la capilla del convento, y las monjas estaban encantadas. La noticia llegó a oídos de un capellán del Ejército, que le preguntó a la hermana Agnès si los niños podrían cantar en una misa especial en honor a los soldados heridos. La hermana Agnès elevó la petición a Marie, que le expuso sus recelos.

—No quiero exhibir a los niños —dijo—. Hay algunos que siguen siendo muy tímidos.

Lo dijo pensando en Gisèle, por supuesto, pero la hermana Agnès no necesitaba explicaciones.

—¿Por qué no les pregunta a los niños si les gustaría cantar? —propuso—. No piense en ello como una actuación, sino como parte del sacramento. Porque muchos de esos hombres sufren heridas no solo en su carne, sino también en su espíritu. El sonido de las voces de los niños, el recordatorio de que la inocencia existe y de que todos somos hijos de Dios tal vez les aporte un gran consuelo.

Marie conocía bien el poder sanador de la música, y pensó que tal vez incluso las propias heridas de los niños podrían cicatrizar un poco si veían la alegría y el consuelo que sus voces aportaban a los demás. Cuando les preguntó a los niños si les gustaría cantar para los soldados heridos, todos se mostraron de acuerdo, algunos con emoción, otros con inquietud, pero ninguno quería quedarse atrás mientras los demás niños del coro cantaban.

El capellán del Ejército organizó vehículos para el transporte de los niños, Marie y varias monjas hasta un *château* del siglo xv situado en las afueras de Tours y que había sido reacondicionado como hospital de convalecencia. La finca disponía de una modesta capilla construida en piedra blanca que se llenó rápidamente, primero con los heridos que podían caminar, que entraron por parejas o solos, se sentaron en los bancos y se arrodillaron para rezar o se quedaron charlando con sus compañeros. La mayoría de los asientos estaban ya ocupados cuando llegaron las enfermeras que acompañaban a los pacientes con neurosis de guerra, hombres con mirada perdida y melancólica. Entraron a continuación auxiliares empujando sillas de ruedas con soldados lisiados y hombres quemados o cegados por el gas, envueltos en vendajes blancos y turbadoramente silenciosos.

Marie observó la llegada de los soldados por el rabillo del ojo mientras disponía a los niños en filas en el transepto, a la derecha del altar. Los niños estaban inquietos, miraban a los soldados heridos y murmuraban entre ellos. Pero en cuanto empezó la misa, adoptaron una actitud angelical y siguieron la liturgia tan obedientemente como lo hacían en el convento y como probablemente debían de hacerlo bajo la atenta mirada de sus padres en los pueblos de los que se habían visto obligados a huir. Sus dulces voces agudas inundaron la capilla con canticos sencillos en francés y en latín, una música bella no por estar inmaculadamente interpretada, sino porque mientras los niños pudieran ser amados y queridos y pudieran alzar la voz para cantar sin miedo, habría esperanza para un mundo mejor.

A Marie no le tomó por sorpresa que a muchos hombres se les llenaran los ojos de lágrimas.

Después de la bendición final, y mientras los asistentes se dispersaban, varios soldados se acercaron a conocer a los niños y a darles una caricia cariñosa en la cabeza, ofrecerles una sonrisa o unas palabras de agradecimiento en francés. Y a continuación, dos hombres con uniforme del Cuerpo de Señales con la insignia de la unidad de fotografía, uno cargado con una cámara y un trípode y el otro con cuaderno y pluma, le preguntaron a Marie si le importaría posar con el coro para una fotografía. Marie miró de reojo a la hermana Agnès, dubitativa, pero al ver que la monja asentía y sonreía, decidió aceptar. Y mientras el soldado del cuaderno le formulaba a la hermana Agnès unas cuantas preguntas sobre el coro, el soldado de la cámara ayudó a Marie a disponer a los niños en dos filas en los peldaños del altar y le pidió que posara también a un lado, y después de realizar unos cuantos ajustes aquí y allá para asegurarse de que se vieran bien las caras de todos los niños, disparó la foto.

—Me aseguraré de que se envíen unas cuantas copias al convento —prometió el soldado con una sonrisa.

Los niños empezaron a dar brincos y a lanzar grititos de emoción, pero Marie los calmó recordándoles que estaban en una capilla. Instó a los niños a dar las gracias a los dos soldados, y ella les dio las gracias también.

Marie y las hermanas acompañaron a los niños hasta los vehículos, donde el capellán entregó a la hermana Agnès una bolsita de cuero.

—Los soldados han hecho una recolecta —dijo con una sonrisa mientras subía al asiento del conductor del primer vehículo.

Marie se quedó pasmada. Incluso los heridos que habían llegado a la capilla andando iban con las prendas del hospital, excepto el calzado. ¿Dónde llevarían un billete o unas monedas?

—Tal vez el capellán se refería a otros soldados de su congregación, no solo a los pacientes que hemos visto hoy —reflexionó la hermana Agnès ya en el convento, mientras contaba las monedas y los billetes, estadounidenses y franceses—. Es la única explicación a esta abundancia. Este dinero será suficiente para mantener a los niños alimentados y vestidos durante todo el verano.

—A lo mejor podríamos organizarlo para que los niños cantaran en la catedral con motivo de la festividad de la Asunción —dijo Marie—. Para cubrir el otoño. Un concierto de Navidad en diciembre los ayudaría a pasar el invierno.

La hermana Agnès rio.

—A lo mejor sí, querida mía. —Lanzó a Marie una mirada de evaluación—. Siempre y cuando esté usted dispuesta a seguir como directora del coro.

—Ni se me pasa por la cabeza renunciar a mi batuta —le aseguró Marie, sonriendo—. Permaneceré aquí mientras dure la guerra. Es lo que me ha dicho el Ejército.

¿Cómo iba a dejar de trabajar con los niños cuando aquellas preciosas horas que pasaba con ellos eran un verdadero respiro para olvidar el malestar de la guerra?

Marie pasaba también su tiempo libre de otras maneras, claro, tomando sucedáneo de café en las cafeterías en compañía de sus amigas, dando paseos a solas a orillas del Loira, de excursión por los frondosos bosques de las cercanías y disfrutando del canto de los pájaros que le recordaban su infancia y de las vistas y los olores de los árboles y las flores que siempre asociaría con su casa. Sus amigas y ellas nunca volvieron a cruzarse con aquel equipo de leñadores, ni oyeron el sonido de sierras ni de árboles al caer al suelo. Marie imaginaba que los hombres debían de trabajar en las profundidades del bosque o habían terminado su trabajo y habían sido reasignados a otras labores.

Por las tardes, las chicas asistían a fiestas y cenas organizadas por la Asociación Cristiana de Jóvenes y a bailes y conciertos en el club de oficiales y en la Asociación Cristiana de Jóvenes. En la cabaña de esta había un piano, y un sábado por la noche las amigas que habían disfrutado de las canciones de Marie en Southampton la convencieron para que diera un concierto. Un sargento de uno de los batallones de ingeniería de servicios la acompañó al piano y Marie interpretó canciones militares conocidas, intercaladas con algunas melodías tradicionales francesas. El sargento no estaba familiarizado con ellas, pero era lo bastante hábil como para captar la tonada y tocar las notas adecuadas.

—¿Sabes la que habla sobre las soldados de las centralitas? —gritó un soldado cuando subieron de nuevo al escenario después de una pausa.

Marie negó con la cabeza.

—Lo siento, pero no.

—Seguro que la sabes —protestó el soldado—. Tienes que saberla. Eres una «chica hola».

—La cantó un tipo en la cabaña de la Asociación Cristiana de Jóvenes de Southampton —dijo otro soldado sentado a su lado—. Aunque no era ni la mitad de bueno que tú. Era algo así.

Empezó a tararear una melodía terriblemente desafinada. Le dio entonces un codazo a su compañero, que se le sumó, malbaratando aún más la canción. De vez en cuando intentaban sustituir el tarareo con parte de la letra, pero lo único que se sabían era lo de «soldados de centralita».

—La melodía me suena un poco, pero la canción no la he oído nunca —dijo Marie, conteniendo una sonrisa—. ¿Es de Gershwin?

El pianista evitó una carcajada, pero el primer soldado se limitó a negar con la cabeza.

—No, aquel tipo la había escrito personalmente.

—Ya, por eso no la conozco —dijo Marie.

Aunque le habría gustado conocerla, pues, al parecer, era un tributo hacia ella y sus compañeras. Les haría gracia a todas saber —y se sentirían además aduladas— que su fama se había propagado hasta el punto de que había admiradores que componían canciones en su honor.

Después de la actuación, Marie se sentó con sus amigas en la mesa donde las chicas estaban bebiendo limonada y charlando con un trío de oficiales. Y justo cuando acababa de tomar asiento en la última silla que quedaba libre, se acercó un cabo del Cuerpo de Señales. Su cara le sonaba de algo, aunque no conseguía ubicarlo.

—Disculpe, señorita —dijo el cabo. Se quitó la gorra y dejó al descubierto una cabeza llena de rizos rubios—. Le he oído decir al soldado que es usted una «chica hola».

De pronto, Marie recordó de dónde lo tenía visto y después de estirar el cuello para ver la insignia que llevaba en la manga, estuvo segura del todo. Era el fotógrafo que había hecho la foto del coro infantil en la capilla del hospital de convalecencia.

—Cualquier chica que trabaje en una centralita es una «chica hola» —dijo Cordelia, sonriendo al atractivo joven de ojos azul oscuro—. Pero nosotras somos las operadoras telefónicas del Cuerpo de Señales.

—Por supuesto. No era mi intención faltarles al respeto. —El cabo esbozó una sonrisa de disculpa y miró a su alrededor para abarcar a todas las chicas, que habían interrumpido sus conversaciones para escuchar—. Veo por sus uniformes que son todas operadoras. Mi hermana también lo es y confiaba en que supieran si está destinada aquí. Se llama Valerie DeSmedt.

—Entonces, usted es Henri —dijo Marie, atónita, mientras las demás chicas sonreían también al reconocer el nombre.

—Así es —replicó el cabo con impaciencia. Tiró de una silla de la mesa contigua para tomar asiento al lado de Marie—. ¡Conoce a mi hermana! ¿Está por aquí?

—Pues claro que conocemos a Valerie. Hicimos juntas la formación en Nueva York. —Y entonces, Marie sacudió la cabeza, apenada—. Pero lo siento mucho, no está aquí. No la destinaron a Tours.

El cabo perdió la sonrisa.

—¿Y sabe dónde está?

—Me temo que no. Su grupo zarpó después del mío y, en consecuencia, no estuve presente cuando le asignaron destino. Lo único que puedo decirle es que llegó a Francia a primeros de abril. —Miró a su alrededor con un gesto interrogativo, pero las demás chicas se limitaron a negar con la cabeza y encogerse de hombros—. Ojalá supiéramos algo más.

—No pasa nada. —Consiguió esbozar una sonrisa—. Solo saber que consiguió llegar sana y salva a Francia es un alivio. —Se levantó y volvió a ponerse la gorra—. Estoy en la Sección de Fotografía y viajamos mucho, lo que dificulta que nos llegue el correo, pero también facilita la posibilidad de que pueda tropezarme casualmente con ella.

—*Bonne chance* —dijo Marie—. Si por casualidad hablara con Valerie, le diré que nos hemos conocido y que le manda todo su amor.

—Lo tendremos todas en cuenta —dijo Cordelia, y las demás chicas asintieron.

—Gracias, señoritas. Que acaben de pasar muy bien la tarde.

Henri inclinó la cabeza a modo de despedida y se fue.

—Pobrecillo —dijo Cordelia—. Al menos podemos intentar transmitirle su mensaje. No será complicado averiguar dónde está destinada Valerie.

—Está en París —dijo Martina, y bebió un sorbito de limonada.

Todas se volvieron hacia ella.

—¿Lo sabías y no has dicho nada? —dijo Marie, desconcertada.

—Se supone que no debemos divulgar detalles sobre el destino de nadie —le recordó Martina—. No hay nada más importante que el secretismo, ¿lo recuerdas? No sabemos nada, y no decimos nada.

—¡Pero se trata del hermano de Valerie!

—Podría ser un espía —dijo Cordelia, encogiéndose de hombros.

—No, es su hermano, sin lugar a dudas —dijo Martina, asintiendo para subrayar sus palabras—. Valerie tiene varias fotos de su familia en una carpetita que lleva siempre en el bolsillo de la chaqueta. Y durante todo el tiempo que estuvimos en alta mar, enseñaba cada día la foto de su hermano a todas las chicas del Segundo Grupo. Bueno, quizá no con tanta frecuencia, pero la bastante como para que lo haya reconocido.

—Podría ser su hermano y también un espía —reflexionó Cordelia.

—Oh, Martina. —Con un suspiro, Marie empujó la silla hacia atrás y se levantó—. ¿Cómo es posible que seas tan excesivamente cautelosa?

Echó a correr tras Henri, pero los uniformes masculinos eran tan similares que no tardó en perderlo entre el gentío. Llegó a la puerta sin haberlo visto; salió y miró hacia un lado y otro de la calle, pero había anochecido y, en caso de estar por allí, la oscuridad obligada lo había engullido.

Marie entró de nuevo en el local e inspeccionó con la mirada a la gente desde un espacio algo despejado que encontró al lado de la cantina, pero no se le veía por ningún lado. Suspiró, se sentó en un taburete junto a la barra y se preguntó qué hacer.

—Se la ve muy apesadumbrada por acabar de animar a centenares de soldados con su encantadora voz —comentó una mujer desde detrás de la barra—. ¿Puedo ayudarla en algo?

Al volverse, Marie vio que era una de las camareras de la Asociación Cristiana de Jóvenes. La observaba con compasiva curiosidad.

—Acabo de hablar con el hermano de una amiga —dijo Marie—. Y en cuanto se ha ido, he caído en la cuenta de que tenía una cosa importante que decirle. Pero ahora no lo localizo.

—Una lástima —dijo la camarera—. Aunque nunca se sabe. A lo mejor vuelve. Muchos de los soldados que están destinados aquí pasan por el local dos o tres veces por semana.

—Pues ese es en parte el problema. No está destinado en Tours. Y no tengo ni idea de cuánto tiempo se quedará en la ciudad ni de cómo contactar con él una vez se haya marchado. —A lo mejor porque estaba exasperada con Martina, o a lo mejor porque la pregunta llevaba semanas incordiándola, Marie añadió—: ¿Pero podría ayudarme con otra cosa? Como acaba de decir, el local de la Asociación Cristiana de Jóvenes es un lugar muy popular entre los chicos, pero nunca he visto soldados norteamericanos negros por aquí. Sé que en Tours hay algunos, pero tampoco los he visto por la ciudad. ¿Acaso no se sienten bienvenidos… o se trata de algo peor? ¿Se sienten inseguros o tienen quizá prohibida la entrada?

—Bien… —La camarera se enderezó, frunciendo los labios y adoptando una expresión precavida—. No puedo hablar por toda la ciudad, por supuesto... Y tampoco soy de aquí, es evidente, no soy francesa. Pero por lo que a nuestra organización se refiere, sí que puede decirle que los hombres de color tienen sus propias cabañas más cerca de sus cuarteles, y que las llevan mujeres también de color. Pero esté tranquila, sus cabañas están tan bien surtidas y mantenidas como las nuestras.

—Entiendo —dijo Marie, sin alterarse—. Nosotros y ellos. Iguales, pero separados.

La camarera se ruborizó.

—No lo entiende. Está hecho así para que todo el mundo se sienta lo más cómodo posible. Estoy segura de que ellos prefieren tener sus propios lugares de encuentro, donde puedan relajarse y divertirse entre los suyos, como nosotros.

—¿Se lo ha preguntado si de verdad lo prefieren así?

—Bueno, en realidad no es decisión mía. —Aturullada, se frotó las manos y luego hizo un gesto suplicante—. Debe entenderlo...

—Gracias —dijo Marie con frialdad—, pero me parece que lo entiendo perfectamente.

Bajó del taburete y volvió a la mesa de sus amigas.

—¿Ha habido suerte? —preguntó Cordelia.

—En absoluto —respondió Marie—. No lo he encontrado. Decidme una cosa, ¿sabíais que aquí en Tours hay destinados soldados norteamericanos negros y que al parecer no son bienvenido en esta cabaña?

—Que están en Tours, sí —dijo Cordelia, que estaba con ella aquel día en el bosque—. Que no son bienvenidos aquí, no. Creía que la Asociación Cristiana de Jóvenes estaba abierta a todos los soldados.

—Los soldados de color tienen su propia cabaña —dijo uno de los oficiales, un tipo robusto de mejillas coloradas. Lo dijo con la intención de tranquilizarlas, pero Marie, Cordelia y las dos otras chicas lo fulminaron con la mirada.

—Su propia cabaña y un trato injusto —dijo frunciendo el entrecejo otro oficial, el más joven de los tres. Se inclinó hacia delante y apoyó los codos sobre la mesa—. Miles de hombres de color se alistaron pensando que viajarían hasta aquí para luchar contra el alemán. Hicieron la instrucción como tropas de combate y al llegar se han encontrado con que los han destinado a trabajos manuales rutinarios para toda la duración de la guerra.

—No todos —dijo el tercer oficial, que tenía la voz grave de un bajo—. El trescientos sesenta y nueve de infantería lleva asignado desde mayo a una división francesa, la dieciséis, creo. Entraron en batalla en Château-Thierry y siguen combatiendo desde entonces.

—Por los Mamba Negra —dijo el oficial más joven, levantando su copa.

—Por los Guerreros del Infierno de Harlem —dijo el de la voz de bajo, haciendo chocar su copa contra la de su compañero.

Marie levantó asimismo su copa, en la que apenas quedaban unas gotas de limonada, y repitió el brindis. Animadas, sus amigas siguieron su ejemplo.

El oficial más robusto se puso más rojo si cabe y miró a los reunidos en la mesa.

—Alguien tiene que hacer el trabajo sucio en esta guerra —dijo—. Y eso lo sabemos mejor que nadie los de Servicios de Suministros. La guerra no se puede ganar sin hombres que descarguen los barcos, que tiendan vías de ferrocarril y que trabajen como leñadores y estibadores…

—Sí, pero piensen cómo se sentirían de estar en su lugar —dijo Marie, interrumpiéndolo—. Porque yo sé perfectamente bien cómo me sentiría si me hubiese alistado al Cuerpo de Señales porque soy una operadora telefónica con experiencia y al llegar a Francia me hubiera encontrado con que me destinaban a pelar patatas por el mero hecho de ser mujer.

Las chicas asintieron y Cordelia incluso aplaudió, pero el oficial robusto meneó la cabeza.

—Apuesto a que de haber sucedido esto —dijo, clavando la mirada en Marie—, seguiría usted haciendo una colaboración a la causa, porque estaría pelando patatas por su patria.

—Seguro que estaría colaborando —replicó Marie—, igual que esos soldados negros, que son compañeros norteamericanos de todos nosotros, están colaborando a la causa. Y como soldados norteamericanos que son, cuando están de permiso deberían estar autorizados a poder relajarse aquí, o en cualquier lugar donde puedan relajarse todos los demás soldados.

—Somos muchos los que estamos de acuerdo con lo que está usted diciendo —dijo el oficial con voz grave de bajo, y el oficial más joven asintió, muy serio.

El oficial robusto esbozó una sonrisa tensa, como si de repente hubiera adivinado el motivo de la indignación de Marie.

—Usted es francesa, ¿verdad, *mademoiselle*? Es por eso por lo que no entiende cómo funcionan las cosas en los Estados Unidos.

Marie estaba a punto de decirle lo bien que lo entendía cuando, de pronto, su fuego interno se extinguió. Había disfrutado cantando para los soldados y sus compañeras, pero no sabía si sería capaz de hacerlo otra vez sabiendo que había tantos hombres valientes que quedaban excluidos simplemente por su raza. Y no solo eso, sino que no soportaba seguir en la cabaña ni un segundo más.

—Si me perdonan, por favor —dijo, y dirigió una sonrisa de disculpa al oficial más joven y al de la voz grave de bajo—. Creo que he echado a perder el buen estado de ánimo de lo que había sido una velada muy agradable. Les doy las buenas noches.

Se levantó, los tres oficiales lo hicieron también de inmediato y el más joven fulminó con la mirada a su compañero robusto. Al ver que sus amigas también se disponían a levantarse, Marie las instó a quedarse y seguir divirtiéndose. Lo hicieron todas excepto Cordelia, que insistió en acompañarla al convento para que no tuviera que andar sola con tanta oscuridad. Como buena amiga que era, soportó además amablemente las palabras de enojo y de menosprecio que Marie fue murmurando en francés durante todo el camino.

A la mañana siguiente, refrescada después de una buena noche de sueño, Marie decidió que si no podía solucionar todas las injusticias del mundo, sí podía al menos tranquilizar a una compañera. Llegó a su turno de trabajo como era habitual, y en cuanto hubo una pausa en el flujo de llamadas, estableció una comunicación con los cuarteles generales del Cuerpo de Señales en París.

—Al habla la operadora Cuatro de la Madriguera —dijo rápidamente cuando la otra operadora cogió el teléfono—. Si tenéis por ahí una operadora llamada Valerie, decidle que su hermano está aquí, sano y salvo.

Sin esperar ningún tipo de acuse de recibo, desconectó la llamada. Era lo máximo que podía hacer, y probablemente más de lo que debería haber hecho, según el protocolo. Esperaba que Valerie recibiese el mensaje.

Unos días más tarde, acababa de terminar una llamada entre un intendente de Tours y su homólogo en Neufchâteau, cuando una de las chicas gritó:

—¡Operadora Cuatro, conecta la clavija siete-dos-uno!

El corazón le dio un vuelco. Seguro que era Valerie desde París, respondiendo su mensaje. Estableció la conexión a toda velocidad.

—Número, por favor.

—*Cherubino* —dijo una cálida voz de barítono—. ¿Eres tú?

—Giovanni —musitó Marie—. ¿Có-cómo?

—Recibí tu carta.

—Sí. —La sangre le bañó las mejillas al recordar el beso—. ¿Dónde estás? No, no lo digas, no puedes decírmelo. —Miró la centralita. Pas-de-Calais. El 307 debía de estar vinculado a alguna división británica para el periodo de instrucción—. ¿Estás bien?

—Sí, sí, estoy bien. ¿Y tú cómo estás?

—Yo también estoy bien. —¿Bien? ¡Qué banal sonaba todo aquello! No entendía cómo no le había colgado aún de puro aburrimiento. Se sentía superada por la sensación de alivio, contenta, pero ¿cómo podía decirle aquello?—. No temas por mí. Estoy totalmente alejada de cualquier peligro.

—No tienes ni idea de lo aliviado que me siento al oírte decir eso —dijo él—. Mira, no tengo mucho tiempo para hablar, y no sé si podré volver a llamarte otro día. Si lo he conseguido ahora es porque un colega me debía un favor.

Marie, con el corazón retumbándole en el pecho, soltó una carcajada temblorosa.

—Pues ahora se lo debes tú.

—Solo quería oír tu voz.

—Pues oír la tuya es maravilloso. —Marie inspiró hondo para tranquilizarse e intentó mantener un tono de voz neutral. Ninguna de las chicas podía saber que aquello era algo más que una llamada normal y corriente—. Me alegro mucho de que hayas llamado. Escríbeme. Intenta pasar desapercibido. Cuídate mucho.

—Lo haré. Y tú también.

Se encendió una lucecita. Tenía que desconectar, pero no antes de…

—Si consigues un permiso, vuelve a llamarme —dijo Marie a toda velocidad—. Y nos veremos, no sé cómo, en París, donde sea…

—Lo haré. Marie…

—Lo siento mucho. Tengo que cortar.

—Lo entiendo. No pasa nada. Cuídate mucho, mi *cherubino*.

—*Au revoir*, Giovanni. —Marie tiró de la clavija y la línea se quedó en silencio. Temblorosa, insertó una clavija para conectar la siguiente llamada—. ¿Número, por favor?

Consiguió terminar su turno con el corazón dolorido y rebosante de felicidad. Giovanni estaba vivo. Pero corría peligro. Lo había notado en su voz. Estaba a cientos de kilómetros de ella.

Tal vez no volvería a tener noticias de él en semanas, o meses, pero no podía permitir que aquello la distrajera. Había muchas cosas que dependían de que hiciera su trabajo, y de que lo hiciera bien, además. Sus jóvenes cantores la necesitaban y se merecían toda su atención cuando estuviera con ellos.

Debía intentar no pensar en él, por mucho que el simple hecho de que ambos estuvieran vivos en el mundo al mismo tiempo le pareciera un milagro.

Pasaron los días. Siguió cantando con los niños. Le escribió a Giovanni una carta muy larga. La rompió y escribió otra.

Una semana después de la llamada de Giovanni, la supervisora de Marie la paró en la puerta cuando estaba a punto de marcharse una vez finalizado su turno.

—El mayor Rodríguez quiere hablar con usted —le dijo—. La espera en su despacho.

Le cayó el alma a los pies. El mayor debía haberse enterado de sus llamadas ilegales: de la que ella había hecho a Valerie y de la que Giovanni le había hecho a ella. Sería despedida con deshonor e incluso sometida a un consejo de guerra. Se vería obligada a regresar con deshonra a los Estados Unidos o, al no ser ciudadana norteamericana, tal vez la expulsaran y la dejasen abandonada en una Francia asolada por la guerra, sin posibilidad de volver con su familia.

Pero si aquel era su destino, que lo fuera. Confiaba en que las monjas le permitieran quedarse en el convento para ayudarlas con los niños. Y si no era así, volvería al apartamento de la familia en París y buscaría otra manera de luchar contra los alemanes. No se arrepentía de nada.

Murmuró una respuesta a su supervisora y se dirigió al despacho del mayor. Le temblaban las manos y las unió para que no se movieran tanto, pero fue inútil; finalmente, las cerró en puños e intentó mantenerlas pegadas a los costados. El Cuerpo de Señales la necesitaba, y esa posibilidad era su única salvación. Reconocería sus errores, prometería no ignorar nunca más el protocolo y esperaría la misericordia del mayor. Era su única posibilidad.

—¿Mayor Rodríguez? —dijo, desde el umbral de la puerta—. ¿Me ha hecho llamar?

—Ah, señorita Miossec —dijo el mayor a modo de saludo, mostrándose sorprendentemente agradable. Le indicó una silla que había delante de la mesa y, después de cruzar el despacho con piernas temblorosas, Marie tomó asiento—. ¿Qué tal funcionan las chicas nuevas?

Marie se quedó sin habla unos instantes.

—Muy bien, señor —respondió con cautela—. Todas ellas son operadoras muy capaces, con actitudes excelentes y espíritu de equipo. —Dudó un momento—. Algunas necesitan mejorar su nivel de francés, pero estoy segura de que su fluidez aumentará en cuanto lleven más tiempo entre nativos.

—Su supervisora me ha dicho más o menos lo mismo —dijo el mayor—. Lo cual nos lleva al motivo por el que la he hecho llamar. Ahora que en el Servicio de Suministros tenemos más operadoras, aunque menos expertas, considero que sus habilidades excepcionales y su fluidez bilingüe son más necesarias en otro lado. Sentiremos mucho perderla, pero va a ser transferida a un destino más próximo al frente.

Marie se quedó mirándolo, aturdida.

—¿A Chaumont?

—Más cerca del frente —repitió el mayor, sonriendo y sacudiendo la cabeza, una advertencia para no preguntar más detalles—. Cuando estén en ruta, su escolta les proporcionará las órdenes, a usted y a las otras dos chicas que la acompañarán. —Se levantó y rodeó la mesa de despacho para estrecharle la mano a Marie, que se levantó para aceptar el saludo—. Haga la maleta. El tren parte mañana a las ocho en punto de la mañana.

—¿Tan pronto? —preguntó, mientras el mayor la acompañaba hasta la puerta.

—Las necesitan de inmediato —replicó el oficial—. Buena suerte, señorita Miossec.

Marie le dio las gracias y marchó corriendo, pasmada, aliviada y con el corazón destrozado.

No habían descubierto su error con el protocolo. No la despedirían del Cuerpo de Señales, ni la someterían a un consejo de guerra, ni la devolverían con deshonra a casa. Sino que la trasladaban más cerca del frente, el destino que todas las chicas anhelaban. Incluso era posible que de este modo estuviera más cerca de Giovanni.

Pero sus dulces cantores…, ¿cómo iba a ser capaz de despedirse de ellos?

16

Junio de 1918
Chaumont

GRACE

A mediados de junio la batalla en Belleau Wood parecía haber llegado a una situación de *impasse* despiadada. Durante la primera semana del mes, las tropas estadounidenses habían sido masacradas por las ametralladoras alemanas mientras cruzaban campos en los que el trigo les llegaba hasta la cintura o ascendían colina arriba, intentando pasar del cobijo de un grupo de árboles al siguiente, pero aun así habían avanzado y al final habían asegurado su posición en la densidad del bosque. Había seguido a aquello una semana entera de ataques y contrataaques durante la cual los alemanes habían descargado una nube de gas mostaza tras otra, habían segado la vida de muchos hombres con el fuego de su artillería y los bellos árboles verdes habían acabado destrozados y sin follaje. A medida que pasaban los días, Grace y sus operadoras habían gestionado numerosas llamadas sobre ataques y contrataaques, de las que sacaban la conclusión de que ninguno de los dos bandos conseguía retener su ventaja por mucho tiempo. Entretanto, el agua empezaba a escasear, las raciones de comida se habían vuelto rancias y los intentos para rescatar a los heridos solo habían producido más víctimas.

La trituradora, como llamaban los soldados a aquella batalla, le parecía a Grace insostenible, tan asombrosamente destructiva que parecía imposible que hubiera hombres y material suficientes para continuar con ella. Pero no cesaba. El único consuelo de Grace era saber que su hermano no estaba cerca de allí.

A finales de mayo, había recibido una carta de Eugene en la que le daba la noticia de que la Batería C del 77.º Regimiento de Artillería de Campaña acababa de llegar a Liverpool. Le decía que el regimiento partiría pronto hacia Francia y que acamparía en la retaguardia para seguir

285

formándose en técnicas de combate. Eugene no tenía permiso para mencionar por su nombre las localizaciones en Francia, pero después de poner en práctica sus labores detectivescas, Grace se enteró de que el 77.º estaba realizando su instrucción en Camp de Souge, al oeste de Burdeos, en la costa atlántica, a más de setecientos kilómetros al sudoeste de Chaumont, más lejos aún del frente que la mayoría de las bases de Servicios de Suministros. Y aunque sabía que lo de mantenerse alejado del peligro solo duraría hasta que la compañía de su hermano fuera desplegada hacia el frente, Grace se sentía tremendamente agradecida. Ella deseaba estar lo más cerca posible del frente, independientemente del peligro que supusiera, lo cual no significaba que quisiera tener a su hermano menor allí.

Cuando el verano llegó a Chaumont y las lluvias torrenciales y las calles embarradas se empezaron a alternar con días con una belleza tan gloriosa que cortaba incluso la respiración, Grace y sus operadoras siguieron ganando elogios de sus oficiales superiores. Un día el teniente Riser casi estalla de orgullo mostrándole a Grace un informe del Cuerpo de Señales sobre sus logros, una crítica excelente que el capitán Wessen, que seguía en Nueva York, había compartido con la prensa. «Sin estas chicas sería imposible comandar una tropa —había declarado el capitán—. Están asombrando a todo el mundo con la eficiencia con la que trabajan». Las chicas del Cuerpo de Señales eran capaces de gestionar trescientas llamadas por hora, destacaba el artículo, y conectaban aproximadamente cinco llamadas en el tiempo en que un hombre llegaba a completar solo una. Tal y como el oficial jefe de Señales había informado al Congreso, las conexiones locales se habían multiplicado por tres desde la llegada de las mujeres y las llamadas de larga distancia se habían quintuplicado. A pesar de todos los retos a los que se enfrentaban por tener que trabajar en una zona de guerra, las operadoras del Cuerpo de Señales conseguían tiempos de conexión más rápidos que sus homólogas de las grandes ciudades de los Estados Unidos. Era una gesta asombrosa, y Grace comunicó a sus operadoras que deberían sentirse orgullosas del papel crucial que todas ellas estaban jugando.

Pero fue precisamente aquel mismo orgullo lo que hizo que Grace se sintiera más inquieta y disgustada de lo que debería cuando fue informada de que una de sus operadoras más válidas había sido acusada de insubordinación y se enfrentaba ahora con la posibilidad de ser sometida a un consejo de guerra.

Grace ya había tenido problemas de disciplina con Louise LeBreton, algunos de ellos bastante graves. El primero se produjo poco después de la llegada de las once chicas del Primer Grupo a Chaumont. Grace recordaba que había sido durante un día especialmente ocupado y, como Louise había explicado después, se encontraba trabajando como siempre cuando una luz roja en su centralita le indicó la entrada de una llamada por la línea del general Pershing. Todas las clavijas estaban ocupadas, pero teniendo en cuenta que el protocolo garantizaba la prioridad del general por encima de todo el mundo, Louise desconectó aleatoriamente una clavija, cogió la llamada del general Pershing, y dijo:

—¿Número, por favor?

Una voz grave y autoritaria le preguntó:

—¿Qué hora es, operadora?

Aturullada, y esperándose una petición más importante, Louise respondió titubeando.

—¿Pe-perdone, señor?

—Operadora, le habla el general Pershing —dijo el hombre—. ¿Qué hora es, por favor?

Louise miró el reloj que colgaba encima de la puerta.

—Las nueve y veinte, señor.

El general le dio las gracias y colgó. Emocionada, Louise se volvió hacia las demás chicas y anunció a gritos:

—¡El general Pershing me acaba de preguntar la hora!

Las otras operadoras apenas tuvieron tiempo de levantar la cabeza para mirarla, pero algunas sonrieron con indulgencia e hicieron un gesto de asentimiento. Grace contuvo un suspiro. Se exigía a las operadoras comportarse de forma ordenada, disciplinada y comedida en todo momento. Interrumpir el trabajo de las compañeras para gritar a voces como si estuvieran en un partido de béisbol y molestar con ello a todo el mundo era una ruptura evidente del reglamento y Grace estaba obligada a abordarla.

—Señorita LeBreton, ¿quiere acompañarme, por favor? —le dijo.

Louise la miró con los ojos abiertos como platos. Hizo un gesto de asentimiento, se quitó los auriculares y siguió sumisamente a Grace. Ya en el pasillo, segura de que las otras chicas no pudieran oírla, Grace regañó a Louise por interrumpir el trabajo de las demás con aquel grito y por difundir falsos rumores sobre el paradero del general Pershing.

—El general no está en el campamento esta semana —le recordó Grace—. No sé qué la ha empujado a decir lo contrario, pero esto no debe volver a suceder.

—La persona que llamaba me ha dicho que era el general —replicó protestando Louise.

—Señorita LeBreton, por favor —dijo Grace, exasperada—. Quedará confinada en su alojamiento treinta días. No podrá salir de allí excepto para cumplir con sus turnos de trabajo.

Louise hizo pucheros, pero asintió y bajó la vista, y cuando Grace le señaló la puerta, volvió a su puesto y siguió trabajando.

Aquella misma tarde, cuando Grace informó del incidente al teniente Riser, el oficial puso muy mala cara.

—Ha tomado usted la decisión correcta —le dijo a Grace—, pero lo más probable es que su chica no mintiera. El general Pershing ha vuelto hoy a Chaumont brevemente, y se sabe que ha llamado a la centralita para preguntar la hora.

—Me alegra saber que la señorita LeBreton ha dicho la verdad —replicó Grace—. Aunque hubiera preferido que no la hubiera proclamado de forma tan escandalosa.

—No debería haber revelado nada sobre la llamada, ni a gritos ni en voz baja —comentó el teniente.

Grace sabía que tenía razón, pero redujo la amonestación de Grace a solo una semana con la confianza de que aprendiera de su error.

Y luego sucedió lo de las cartas indiscretas de Louise. Poco después del incidente con el general Pershing, Grace fue llamada al departamento de correo, donde un indignado censor le enseñó una carta que había escrito Louise a su familia. En ella, Louise utilizaba palabras y frases en francés para insinuar dónde estaba apostada.

—Se trata de una violación flagrante del protocolo militar —le recordó indignado el censor a Grace a la vez que rompía la carta—.

Aquel día, las centralitas estaban tan ocupadas que Grace tuvo que esperar a que Louise acabase su turno para hablar con ella.

—Si su carta hubiese caído en manos indeseadas, los alemanes podrían haber descubierto la localización de los cuarteles generales del Primer Ejército —le dijo, reprobando su conducta—. Lo sabe de sobra. No vuelva a hacerlo.

—Consideré que era una carta totalmente inocente —replicó Louise—. Una breve misiva para mi madre y mis hermanas.

Incrédula, Grace le explicó con paciencia por qué las insinuaciones «totalmente inocentes» que contenía la carta eran potencialmente desastrosas, y cuando Louise le aseguró que nunca más volvería a suceder, Grace la reprendió verbalmente en vez de confinarla en su alojamiento.

Unas semanas después, cuando el censor jefe la convocó de nuevo en su despacho para informarla, según sus palabras, de «otra ruptura flagrante de la seguridad por parte de la pluma de la señorita LeBreton», Grace se arrepintió de haber sido tan indulgente. Los rumores de que el Cuerpo de Señales podría abrir una nueva oficina en Langres, una ciudad al sur de Neufchâteau, llevaban varios días circulando por Chaumont. Louise había escrito a su hermana Raymond, apostada en Tours, hablándole sobre esa posibilidad y para sugerirle que pidieran las dos un traslado allí para poder estar por fin juntas.

Como todo soldado sabía perfectamente, en las cartas que escribían no estaban autorizados a ser más específicos sobre su localización que mencionar que estaban «en algún lugar de Francia». Y esta vez, Louise había ido más lejos de lo que Grace estaba autorizada para gestionar. En consecuencia, Grace le dio las gracias al indignado censor por haberle notificado la incidencia y, con todo el dolor de su corazón, fue a informar del asunto al teniente Riser.

—Es la segunda violación de las reglas de la censura que comete la señorita LeBreton —dijo muy serio el teniente mientras estudiaba el contenido de la carta—. Y su tercera falta en total, si no recuerdo mal.

—Así es, señor —dijo Grace.

—No podemos dejarlo pasar. —El teniente suspiró y esbozó un gesto de preocupación—. Deberá informarla de que puede elegir entre castigo disciplinario o un juicio ante un consejo de guerra. Si decide aceptar el castigo disciplinario, no tendrá que ir a juicio.

—Entendido, señor.

En cuanto salió del despacho del teniente, Grace fue directamente a la habitación de Louise, en la casa de Rue Brûle. Grace se encontró a Louise tumbada en la cama llorando, pero al verla se sentó enseguida, aceptó el pañuelo que Grace le ofrecía e intentó controlar sus sollozos mientras Grace le explicaba muy seria cuáles eran sus dos opciones y las consecuencias que podía tener cada una de ellas.

—Prefiero el castigo disciplinario —respondió Louise con voz trému- la, con la barbilla temblorosa y las lágrimas rodándole por las mejillas.

—Informaré al respecto al teniente Riser —dijo Grace, aliviada. Un consejo de guerra habría sido una deshonra para Louise y habría sido malo para la imagen del grupo femenino del Cuerpo de Señales, además de ha- ber dado un argumento de peso a aquellos que defendían que las mujeres no pertenecían al Ejército—. Quedará confinada en su alojamiento duran- te treinta días. No se le ocurra poner un pie en la calle, ni siquiera en el jardín. Sus turnos de trabajo quedarán asignados a otras operadoras.

La expresión conmocionada que tenía Louise cuando Grace se mar- chó le dio a entender que la prohibición de atender la centralita era el peor castigo posible.

A medida que fueron pasando los días, la actitud obediente y disciplina- da de Louise le sugirió a Grace que por fin había aprendido la lección. Con poco más que hacer, Louise le había pedido a la señora Ivey si podía ayudarla en la casa, fregando suelos, lavando platos, cambiando sábanas, lo que fuera que pudiera resultar más útil. Después de consultarlo con Grace, la anfitriona accedió y cada mañana le daba a Louise la lista de tareas que quería que hicie- se. Al cabo de una semana, la señora Ivey le confesó a Grace que jamás habría esperado que una chica tan linda y menuda trabajara tan duro y sin quejarse, que los platos estaban inmaculados y que los suelos brillaban de limpios. Gra- ce estaba tan impresionada que, como consecuencia de aquella buena conduc- ta, decidió terminar con antelación el castigo del confinamiento que le había impuesto a Louise. Louise le dio efusivamente las gracias y le prometió seguir las normas al pie de la letra a partir de aquel momento.

Grace la creyó, lo que hizo que la nueva acusación, más grave incluso que las anteriores, resultara especialmente problemática, aunque en esta ocasión, después de que Louise le explicara lo sucedido, Grace consideró que la joven operadora había hecho lo correcto.

Con la incorporación de las operadoras del Tercer Grupo en mayo, las centralitas estaban tan bien cubiertas que Grace dedicaba prácticamente todo el tiempo a la supervisión de las chicas —a gestionar horarios, resolver pro- blemas, coger las llamadas más complicadas en caso necesario— y pocas ve- ces estaba conectando llamadas en la centralita. Una tarde, las centralitas estaban continuamente iluminadas y las operadoras lidiaban con un sinfín de llamadas, resultado, sabían, de la nueva ofensiva que los alemanes habían lanzado sobre el Marne. Grace estaba ayudando a otra operadora cuando entró una llamada en la centralita de Louise, de manera que Grace pudo oír la mitad de la conversación que le correspondía a Louise y se enteró después de la otra mitad.

Se iluminó una bombillita y Louise insertó rápidamente la clavija.

—Número, por favor.

Se oyeron los gritos de una voz bronca.

—Póngame inmediatamente con los cuarteles de avanzadilla del general Pershing.

—Sí, señor —replicó Louise—. ¿Podría facilitarme el código, por favor?

—Sabe muy bien dónde se encuentran, operadora —le espetó el hombre.

Y lo sabía, por supuesto, pero la localización de oficiales, ejércitos, cuerpos, artillería y divisiones era estrictamente confidencial. Según el protocolo, si alguien llamaba y pedía que le pusieran con una localización en concreto, pero no proporcionaba el código necesario, la operadora tenía que responder que nunca había oído hablar de ese lugar.

—No facilitamos esa información, señor —replicó Louise, tal y como estaba obligado a hacerlo—. ¿Podría facilitarme el código, por favor?

—Eso es ridículo —dijo el hombre, furibundo—. ¿Cómo se llama, operadora?

—No estoy autorizada a darle mi nombre, señor. Soy la operadora veintidós.

—¡Se trata de una urgencia! ¿Acaso no sabe que estamos en guerra? ¡Conécteme enseguida!

—Lo siento, señor, pero…

—¡Póngame con un hombre!

—Puedo ponerle con mi operadora jefe —dijo Louise, levantando la mirada hacia Grace, que se había acercado a la centralita al percibir que la llamada estaba dando un vuelco hacia peor—. Pero también es una mujer, señor.

Grace se dispuso a coger el auricular, pero en aquel momento, Louise se quedó callada y prestó atención a la línea.

—¿Señor? —repitió—. ¿Sigue usted ahí, señor? —Pasados unos momentos, negó con la cabeza, suspiró y desconectó el cable—. Ha desconectado —le dijo a Grace, encogiéndose de hombros. Le resumió a Grace la llamada y su descripción encajó a la perfección con lo que Grace había podido oír.

—A lo mejor vuelve a intentarlo si recuerda el código —dijo Grace.

—O a lo mejor he cortado las alas a un destacado espía alemán —replicó alegremente Louise, que reaccionó enseguida cuando vio que se encendía otra luz en la centralita—. ¿Número, por favor?

Grace se quedó por allí hasta que estuvo segura de que se trataba de un nuevo cliente, y no de aquel tipo irascible que tantos problemas había causado. Le dio unos golpecitos a Louise en el hombro para animarla y siguió con lo suyo.

A la mañana siguiente, Suzanne y ella se disponían a bajar a desayunar, cuando Esther llegó corriendo a buscarla.

—Louise acaba de recibir una carta y está angustiada —dijo, nerviosa—. Dice si puedes ir a verla enseguida.

—¿Dónde está? —preguntó Grace, bajando corriendo las escaleras y preguntándose si Raymonde, que estaba en Tours, a más de cuatrocientos kilómetros al oeste, habría tenido algún accidente.

—En el salón. Kathleen está con ella.

Grace las encontró sentadas en el sofá que había al lado de la ventana. Louise contenía las lágrimas llevándose un pañuelo a la boca, Kathleen le daba la mano, le acariciaba el hombro y le murmuraba palabras de consuelo.

—¿Qué ha pasado? —preguntó Grace.

—Esto ha pasado —respondió Louise con voz ahogada. Le tendió un papel.

Grace lo cogió enseguida, lo leyó por encima e inspiró hondo.

—No puede ser correcto. —Era una citación para Louise, que debía presentarse ante el oficial jefe de Señales a las dos en punto para responder a un cargo de insubordinación—. ¿Insubordinación por ese hombre que se enfadó tanto ayer? El que lo hizo mal fue él.

—Es lo que yo digo —dijo Kathleen, indignada—. Louise lo gestionó tal y como dice el manual que debemos hacer si la persona que llama no conoce el código. En ningún momento le alzó la voz ni desconectó la llamada, ni tan siquiera cuando empezó a gritarle y a exigir que le pusiera con un hombre.

—Esta vez no hice nada mal —dijo Louise, llorando—. No puedo creer que me haya metido en problemas por seguir las reglas. Pero ¿para qué va a servir mi palabra contra la de un coronel? ¿Qué hago?

Grace pensó con rapidez.

—Se presentará delante del oficial jefe, tal y como se le ordena, y le contará su versión de lo sucedido. La acompañaré —añadió, al ver que el labio inferior de Louise empezaba a temblar—. Respaldaré su lado de la conversación. Todo irá bien.

—¿De verdad lo cree? —dijo Louise, secándose los ojos.

—Por supuesto —dijo Grace, con más seguridad de la que en realidad sentía—. No es más que un oficial enojado que aprovecha su influencia porque no pudo intimidarla para que quebrantara las reglas y hacerle un favor. Lo solucionaremos.

Louise inspiró hondo, temblorosa, pero asintió.

La noticia circuló rápidamente entre las operadoras, que habían acabado de desayunar y se estaban congregando en el vestíbulo para emprender su marcha diaria hacia el cuartel. Grace observó complacida que Louise, que había ocupado ya su lugar en la doble fila, se había secado las lágrimas y estaba serena. Partieron unos minutos antes de lo previsto, con una postura tal vez algo más orgullosa de lo habitual, con un paso más marcado, como si por un acuerdo tácito, y en solidaridad con Louise, hubieran decidido presentarse en el campamento dando lo mejor de sí mismas. Louise era una de ellas, y a pesar de que en el pasado había cometido algunos errores, no estaban dispuestas a abandonarla ante una acusación injusta. Si un oficial enojado podía condenar a Louise a un consejo de guerra por el simple hecho de haber obedecido el protocolo, cualquiera de ellas estaba sujeta a sufrir la misma injusticia.

Cuando estaban aproximadamente a un kilómetro y medio del cuartel, Grace vio un vehículo peculiar que se acercaba a ellas en dirección contraria y, cuando estuvo más cerca, lo reconoció como el Locomobile Modelo 48 en verde oscuro del general Pershing, un elegante coche deportivo que reservaba para su uso personal. La capota estaba bajada, un chófer manejaba el volante y al cruzarse con el vehículo, las operadoras, sin intercambiar una sola palabra ni esperar ninguna señal, saludaron de forma inmaculada y al unísono. El general devolvió enseguida el saludo.

—Buena señal —dijo Suzanne, y Grace oyó el comentario.

Ojalá pudiera creerlo. Pero no podía ser literalmente cierto, puesto que lo más probable era que el general Pershing no estuviera al corriente del juicio al que iba a enfrentarse Louise y, en consecuencia, el saludo no podía ser una muestra de su apoyo. Más que darle valor a aquel encuentro como un presagio de buena suerte, Grace prefería encontrar esperanza en cosas reales, como el hecho de que la verdad estaba del lado de Louise, y de que el deber exigía al oficial jefe de Señales juzgar en consecuencia, por mucho que el demandante tuviera un rango superior.

A pesar de que las centralitas estuvieron muy ocupadas durante toda la mañana, las horas se hicieron eternas. Poco antes de las dos, Grace escoltó a Louise, que exteriormente parecía serena, hasta la oficina del oficial jefe de Señales. Cuando el oficial le pidió a Louise que le explicara lo que había pasado, Louise ofreció su versión, de forma sencilla y directa, con voz clara, la barbilla levantada, con una postura erguida y elegante y las manos unidas a la espalda, como si fuese una colegiala a la que le preguntan la lección y está segura de que todas sus respuestas son correctas.

En cuanto hubo terminado, el oficial jefe le preguntó a Grace si tenía alguna cosa que añadir.

—Solo que la descripción que acaba de hacer la señorita LeBreton sobre su lado de la llamada es justo lo que yo oí —respondió Grace—. Y estoy segura de que su relato sobre la mitad correspondiente al coronel es igualmente correcto.

—Muy bien, pues —dijo el oficial jefe—. Señorita LeBreton, rechazo los cargos interpuestos contra usted.

Louise contuvo un grito y se llevó la mano al corazón.

—Gracias, señor.

—Lo hizo usted correctamente y no tiene nada que temer —dijo el oficial con amabilidad—. Siga siendo una defensora acérrima del protocolo y todo irá bien. Vuelva a su centralita, que allá la necesitan. Pueden irse.

Louise estaba resplandeciente cuando volvió a la sala de teléfonos.

—Gracias a Dios que todo ha terminado —dijo con pasión—. ¿Ha oído lo que ha dicho? Que lo hice todo correctamente.

Grace reprimió una sonrisa.

—Lo he oído. Sí.

—Y ha dicho que soy una defensora acérrima del protocolo.

—Bueno, a decir verdad, tampoco es que la conozca tan bien.

—¡Señorita Banker! —exclamó Louise, en tono de protesta.

Grace se echó a reír sin poder evitarlo. Pasados unos instantes, Louise se permitió esbozar una leve sonrisa y acabó riendo también.

El teniente Riser le había pedido a Grace que lo mantuviera informado sobre la vista, y por la tarde, al finalizar su turno, Grace fue a su despacho y le explicó lo sucedido. Cuando se iba, uno de los ayudantes del general Pershing la paró en el pasillo y se presentó.

—El general se ha quedado encantado de la vida cuando usted y sus operadoras lo han saludado tan perfectamente esta mañana —le comentó—. Y me ha dicho textualmente lo siguiente: «Esas chicas son soldados regulares».

—Y lo somos, señor —replicó Grace, con una sonrisa.

—Después de esto, creo que mostrará un interés más activo por ustedes.

—Estamos en Francia por la petición expresa que hizo el general al Departamento de Guerra, y ya participamos en los pases de revista generales —dijo Grace—. No sé cómo podría mostrar incluso más interés. No esperamos recibir ningún trato especial.

El ayudante sonrió misteriosamente a modo de respuesta, se dio unos golpecitos en la nariz y se marchó.

Grace se preguntó a qué podría referirse con aquello, pero enseguida le restó importancia y pensó que habría sido un comentario casual, de esos que van cargados de buenas intenciones, pero que pronto caen en el olvido.

Pero Grace rememoró las palabras del ayudante dos semanas más tarde cuando, justo cuando las operadoras se sentaban a cenar, llegó un mensajero con una nota del despacho del general. Grace leyó el contenido y se quedó pasmada.

—El general Pershing vendrá a pasar inspección de nuestros alojamientos hoy mismo a última hora.

Las chicas gritaron y lanzaron exclamaciones. Una visita del general era un gran honor, pero debía de estar ya de camino y apenas tenían tiempo para prepararse. Una de las más sensatas corrió a avisar a la señora Ivey, mientras que todas las demás acabaron de cenar apresuradamente, ayudaron a retirar los platos y recogieron el comedor. Corrieron luego a poner orden en sus habitaciones, refrescarse y ponerse un uniforme limpio.

Grace y la señorita Ivey esperaron luego en el vestíbulo mientras las operadoras formaban fila en el salón, después de dejarlo todo listo para la inspección cuando apenas quedaban unos segundos para la llegada. Grace oyó el motor del Locomobile Modelo 48 antes de, a través de un espacio que se abría entre las cortinas, ver cómo se detenía delante de la casa. Grace inspiró hondo para calmar los nervios, abrió la puerta y salió a recibir al general Pershing, que estaba enfilando ya el camino de acceso. Pero se quedó en el umbral, paralizada al ver que el general llegaba acompañado por un séquito de seis oficiales más, incluyendo entre ellos el ayudante que hacía unos días había conocido delante del despacho del teniente Riser.

Se tranquilizó rápidamente y saludó.

—Buenas tardes, general —dijo. Hasta aquel momento, Grace solo había visto al general de lejos, y era más alto y más atractivo de lo que imaginaba, con ojos azules de mirada penetrante, mandíbula cuadrada, físico potente y apenas un rastro de plateado en su pelo rubio muy corto—. Soy Grace Banker, operadora jefe. Bienvenido a la residencia de las operadoras en Rue Brûle.

—Buenas tardes, señorita Banker —dijo el general, devolviendo el saludo—. Gracias por permitirme molestarla sin apenas previo aviso.

—No pasa nada, señor. Es un honor.

—Verá que traigo compañía —dijo. Las comisuras de sus ojos se marcaron con una sonrisa cuando inclinó la cabeza para señalar a sus acompañantes—. Cuando se han enterado de que iba a inspeccionar el alojamiento de las mujeres, la curiosidad ha podido con ellos y han insistido en venir.

—Son todos ustedes muy bienvenidos —dijo Grace, sonriendo a los oficiales y los ayudantes—. Por aquí, por favor.

Los guio hasta el vestíbulo y presentó el general a la señora Ivey, que se ruborizó; deslumbrada, le estrechó la mano y tartamudeó unas palabras de bienvenida. A continuación, Grace acompañó al general al salón, donde las operadoras formaban firmes con sus uniformes limpios y planchados y la mirada brillante de orgullo y emoción. Mientras iba recorriendo la fila, Grace fue presentando todas las chicas al general, que habló brevemente con cada una de ellas, preguntándoles de dónde eran, si les gustaba Francia, qué opinaban del equipamiento telefónico que tenían en Chaumont o haciendo otros comentarios. Cuando hubo conocido a todas las operadoras, el general se volvió hacia Grace y dijo:

—Estoy muy impresionado con sus tropas, señorita Banker. Y ahora, ¿por qué no me enseña toda la residencia para de este modo poder comprobar personalmente cómo las están tratando las Fuerzas Expedicionarias?

Grace obedeció al instante y, escoltada por los otros seis oficiales, guio al general hasta la tercera planta y a partir de allí fue bajando. Le mostró la habitación que compartía con Suzanne —la habían dejado en perfecto orden militar, pensando en que el general querría ver un ejemplo— y luego otra de la segunda planta, igualmente impoluta, para que viese que el primer cuarto no era una excepción. En la primera planta, Grace le enseñó la biblioteca y el salón, donde el general se percató de la presencia del piano y preguntó si alguna de las operadoras tocaba. Cuando Grace le respondió que algunas de ellas sí, el general asintió y comentó que su difunta esposa también tocaba, pero que en las diversas residencias de oficiales que su familia y él habían denominado «hogar», rara vez había habido un piano disponible.

—Tengo entendido que circula por ahí una canción sobre ustedes, las operadoras, que se está haciendo muy popular —añadió—. Oí a algunos de los chicos cantándola cuando pasaron junto a mi ventana, cuando fui a inspeccionar otro campamento. Creo que se refieren a ustedes como las «soldados de las centralitas».

—Un título que llevamos con orgullo —dijo Grace—. No he oído la canción, aunque sí he oído hablar de ella. Confío en que sea halagadora para nosotras.

El general sonrió.

—Por lo poco que pude captar, lo es y mucho, sí.

Siguieron por el pasillo y llegaron a la cocina.

—Y aquí está la cocina —dijo Grace al pasar por delante señalando, pero sin detenerse allí y aliviada al ver que la puerta estaba cerrada. No quería ni imaginarse el caos que reinaba detrás, teniendo en cuenta las prisas con que las operadoras habían despejado el comedor y que habían dejado los platos apilados de cualquier manera en las encimeras antes de subir corriendo a prepararse para la inspección.

Pero el general Pershing se detuvo delante de la puerta.

—¿No vamos a entrar?

—No creo que le interese, señor —dijo Grace.

—Oh, yo siempre quiero ver las cocinas —replicó el general—. Como dicen, todos los ejércitos marchan según marcha su estómago.

Grace asintió y consiguió esbozar una sonrisa.

—Por supuesto, señor.

Abrió la puerta y acompañó al general y su séquito. Contuvo un grito. Vestidas con delantales y mandiles inmaculados, la cocinera francesa y sus dos ayudantes estaban firmes y rodeadas por una escena de perfecto orden culinario. Todas las cacerolas, sartenes, platos y bandejas estaban lavados y guardados, el suelo barrido, las superficies limpias y los grifos frotados hasta quedar relucientes.

El general Pershing deambuló por la estancia, abriendo ahora un armario, luego un despensero, y asintiendo con satisfacción. Finalmente, se dirigió a la cocinera, que se enderezó con orgullo a la espera de oír su opinión.

—Mis felicitaciones por la pulcritud de su territorio —dijo—. Creo que jamás en la vida había visto una cocina en funcionamiento tan inmaculada.

La cocinera se puso colorada como un tomate.

—*Merci, mon général* —replicó, inclinando la cabeza con deferencia y dignidad.

—Estoy muy impresionado —le comentó el general a Grace cuando volvieron a salir al pasillo—. Este alojamiento está entre los mejores de Chaumont.

—Estamos muy contentas aquí, la verdad —le aseguró Grace—. De hecho, a veces decimos que es imposible considerarlo como un acuartelamiento, ya que incluso estamos demasiado cómodas. Me imagino que su campamento en la frontera mexicana no tendría nada que ver con esto.

—Se imagina correctamente —dijo el general, sonriendo al ver que Grace conocía su carrera—. Me da la impresión de que está impaciente por enfrentarse a retos más duros.

—Estamos listas y dispuestas a servir allí donde se nos necesite, señor —dijo Grace.

El general asintió nuevamente, complacido y satisfecho y, si Grace se atrevía a pensarlo, quizá incluso impresionado.

Finalizada la inspección, el general Pershing volvió al salón para despedirse de las operadoras.

—Sigan trabajando con la excelencia con la que lo hacen, señoras —dijo—. Este ejército no podría funcionar sin ustedes.

Le dieron las gracias con respeto, aunque profundamente halagadas y apenas capaces de contener su júbilo. Grace acompañó al general y su séquito hasta la puerta, donde les dio las gracias por la visita e invitó al general a volver siempre que lo deseara. Los oficiales se marcharon y Grace cerró la puerta. Oyó el motor del vehículo al ponerse en marcha y siguió escuchando hasta que el sonido se perdió en la distancia; y no fue hasta entonces cuando cerró los ojos, se apoyó en la puerta y exhaló un suspiro de alivio. Habían sobrevivido con brillantez a su primera inspección, sin un solo comentario negativo.

En el salón, los murmullos de las operadoras se transformaron en una conversación a viva voz salpicada por estallidos de risas, de modo que Grace se serenó rápidamente y corrió a sumarse a las chicas. Les indicó con un gesto que guardaran silencio, las elogió por la excelente inspección, impresionante además porque lo habían arreglado todo sin apenas previo aviso.

—No podría sentirme más orgullosa de todas vosotras —dijo, viendo amplias sonrisas y ojos brillantes por todas partes.

—¿Por qué imaginas que habrá venido a inspeccionar nuestra residencia? —preguntó Suzanne más tarde, mientras se preparaban para acostarse—. No creo que tenga tiempo para visitar todos los alojamientos.

—Ten en cuenta que no somos un grupo de soldados cualesquiera —le recordó Grace—. Somos las primeras mujeres que servimos en el Ejército de los Estados Unidos y estoy segura de que en casa hay tanto políticos como población civil que siguen defendiendo que no deberíamos estar aquí. No me extraña que quiera asegurarse de que se nos trata con respeto y con todas las consideraciones necesarias en cuanto a confort y seguridad.

—No me quejo en absoluto por lo que al confort se refiere —dijo Suzanne, recostándose sobre la almohada de plumas con un suspiro.

Grace soltó una carcajada y se tumbó en su cómoda cama.

Sabía que la preocupación del general Pershing por el bienestar de las operadoras telefónicas podía ser simplemente un reflejo de su profundo conocimiento de los servicios esenciales que estaban llevando a cabo. El hecho de ser las primeras mujeres que entraban en el Ejército, un caso que sentaría precedente y que sería examinado con lupa tanto por el Departamento de Guerra como por el Congreso y el público en general, debía de incrementar además su interés. Al fin y al cabo, el Cuerpo de Señales había reclutado mujeres porque el general Pershing, haciendo prevalecer su opinión ante la de muchos detractores, así lo había solicitado. El éxito o el fracaso de las mujeres acabarían afectando la reputación del general, y podía ser tanto que aumentara la estima que el público tenía hacia él como que lo desacreditara por completo.

Pero Grace se preguntaba si su interés era algo más profundo que todo eso.

Durante el otoño del año anterior, después de presentar su solicitud, pero antes de recibir el telegrama por el que se la invitaba a una entrevista, Grace había estudiado la figura del general John Joseph «Black Jack» Pershing. Sentía curiosidad por aquel hombre capaz de desafiar las convenciones y romper barreras a favor de las mujeres con su determinación de reclutar al mejor personal posible para un trabajo de vital importancia. Y así había averiguado que, siendo instructor en West Point, los cadetes hostiles que llevaban mal su carácter estricto e inflexible le habían puesto aquel apodo como referencia peyorativa a uno de sus anteriores destinos, el mando de una tropa del 10.º de Caballería, uno de los regimientos originales de los Buffalo Soldiers. Como la mayoría de los apodos, había acabado asentándose, por mucho que a él no le gustara y nunca lo utilizara. «Black Jack» era en realidad una versión modificada del alias original, que incluía un insulto racial.

Grace se había enterado de que el general Pershing era viudo, y se había quedado muy afectada al conocer lo trágica que había sido su pérdida. Tres años antes, mientras el general estaba comandando tropas en El Paso, un espantoso incendio había devorado las viviendas de los oficiales en el Presidio de San Francisco, donde residía la familia. Su esposa y sus tres hijas habían perdido la vida en aquel suceso y solo había sobrevivido su único hijo varón, Francis, de cinco años.

Tal vez el general Pershing viera las hijas que había perdido en las chicas que tenía ahora bajo su mando, jóvenes mujeres cuyas habilidades necesitaba con tanta urgencia que les había hecho cruzar un océano para desplazarse hasta un país en guerra, donde quizá ni siquiera pudiera garantizar su seguridad.

17

Julio de 1918
París

VALERIE

A finales de junio, después de casi un mes de feroces y sangrientos enfrentamientos, los marines de los Estados Unidos despejaron totalmente el bosque de tropas alemanas y la batalla de Belleau Wood tocó a su fin. Pero, por mucho que aquella costosa victoria a noventa kilómetros al este de París supuso un alivio tremendo, siempre que las chicas del Cuerpo de Señales se alejaban de sus centralitas y se aseguraban de que sus superiores no pudieran oírlas, comentaban que la situación en la capital empeoraba a cada día que pasaba. A pesar de que los bombardeos no eran tan puntuales y enloquecedoramente implacables como los de finales de mayo y principios de junio, seguían siendo perturbadores y espantosos. Y mientras las fuerzas aliadas combatían con valentía el avance alemán, los rumores que corrían en la calle alertaban de que los defensores no tardarían mucho en ser superados y que la invasión de París era inminente. Y, más preocupante si cabe, los informes oficiales se hacían a menudo eco de aquellos rumores, aunque en términos menos alarmistas.

Aun así, cuando Valerie paseaba por la ciudad y disfrutaba de placeres tan sencillos como el sol de verano y el aire fresco, observaba que, a pesar de que las peluqueras, los comerciantes y los propietarios de las cafeterías estaban seguros de que los alemanes marcharían muy pronto por los Campos Elíseos, nadie se estaba preparando para huir.

—Mi padre fundó esta tienda hace cincuenta años —le explicó el propietario de una librería, sorprendido por su pregunta. Valerie había entrado para comprar un libro y unas cuantas postales para enviar a su madre y a Hilde, y no había podido resistir la tentación de preguntarle al hombre acerca de sus planes—. Llevo trabajando aquí desde que era un colegial. Mi esposa y yo criamos a nuestros hijos en el apartamento que hay en la planta de arriba. ¿Qué sería de este lugar si decidiéramos huir? ¿Qué harían mis clientes? ¿Y adónde iríamos? —Resopló y, con cara de preocupación, contó el cambio—. No quiero ver a los *boche* por aquí, pero si al final llegan, dejarán al menos de bombardearnos con sus cañones de largo alcance.

—No creo que los alemanes acaben tomando París —dijo Valerie, recogiendo la compra—, pero si lo hace, espero que les cobre todo bien caro.

—Esa será mi intención —dijo el hombre, con tanta rabia que a Valerie le supo casi mal por los alemanes, aunque pensándolo bien, no, en absoluto.

El 3 de julio, Inez reunió a sus operadoras al finalizar su turno de trabajo y les explicó con solemnidad que el oficial jefe del Cuerpo de Señales les había ordenado estar preparadas para, en caso de necesidad, abandonar París con un aviso de solo veinticuatro horas de antelación. Al ver que murmuraban palabras de protesta, llamó de nuevo al silencio.

—La orden no es solo para nosotras —dijo con sequedad—. Sino que incluye a cualquier ciudadano estadounidense destinado en París, tanto hombres como mujeres. No es opcional. Pueden retirarse.

El grupo se dispersó. Valerie tenía la moral por los suelos e intercambió con Millicent y Drusilla miradas de desolación. La amenaza de invasión era mucho más real y peligrosa de lo que se habían imaginado.

A pesar de que Valerie y sus amigas tenían intención de pasear por los Campos Elíseos con la esperanza de poder comer algo apetecible en algún restaurante que les quedara por descubrir, ninguna estaba de humor para pasar una velada por la ciudad. De modo que, desanimadas, volvieron al hotel, especulando por el camino cuándo recibirían la orden de evacuación, cuál sería su próximo destino, si las separarían, si el Cuerpo de Señales tendría intenciones de destruir las centralitas antes de huir para que no cayeran en manos del enemigo, y si perder París significaba que la derrota era inevitable.

Valerie paseaba cabizbaja, con una postura que era el puro reflejo de su estado de ánimo, pero de pronto vio un movimiento por el rabillo del ojo que le llamó la atención. Enderezándose, vio que se trataba de una mujer que estaba colgando banderitas rojas, blancas y azules en el escaparate de su tienda. En la sombrerería contigua, un caballero estaba adornando la puerta y el escaparate de forma similar.

—Me gusta ver que los parisinos no han perdido su espíritu patriótico —comentó Valerie, contemplando la escena—. Me parece muy bien eso de engalanarlo todo de cara a la invasión y despreciar a los invasores.

—De hecho, creo que lo del rojo, blanco y azul es por nosotros —dijo Drusilla.

Le dio un codazo a Valerie y señaló el edificio de un banco que había en la otra acera. En la segunda planta, cuatro banderas de barras y estrellas colgaban de cuatro mástiles colocados equidistantemente.

—¡Qué detalle por su parte! —exclamó Millicent, mirando de un lado a otro de la calle.

Valerie se quedó maravillada al comprobar la gran cantidad de negocios y hogares que, en honor del Día de la Independencia, estaban adornados con los colores que compartían la tricolor y la bandera de las barras y estrellas. Sabía que se celebraría un desfile y que habría otros festejos —claudicando a sus súplicas, Inez había programado para el 4 de julio pausas para el almuerzo más largas y escalonadas, para que las operadoras pudieran ver el desfile por turnos cuando pasara por delante de sus cuarteles generales—, pero Valerie nunca habría esperado que los ciudadanos de París acogieran de esa manera la fiesta nacional de los Estados Unidos.

Caminó el resto del trayecto de vuelta con la cabeza bien alta y una sonrisa dibujada en los labios. ¿Cómo iban a evacuar París los norteamericanos después de un gesto tan cálido de amistad y solidaridad por parte de sus aliados franceses?

A la mañana siguiente, cuando Valerie y sus compañeras volvieron al hotel Élysées Palace para cumplir con sus turnos de trabajo, se quedaron pasmadas y encantadas al descubrir una abundancia de decoración en rojo, azul y blanco por donde quiera que miraran. La bandera de los Estados Unidos colgaba de mástiles y ventanas por todas partes e incluso los taxis y los carros de reparto estaban decorados con versiones en tamaño inferior. Escuelas, bancos y otros negocios estaban cerrados en cumplimiento de la festividad, y a pesar de la siniestra presencia del Ejército alemán a menos de setenta kilómetros al este de París, todo el mundo estaba de humor festivo. Las chicas del Cuerpo de Señales, con sus inconfundibles uniformes, llamaban la atención más de lo habitual, y durante el recorrido hasta sus cuarteles generales recibieron muchos buenos deseos, apretones de manos e incluso algunos ramos de flores.

Las operadoras se perderían prácticamente todos los festejos de la jornada; la guerra decidió no hacer una pausa para celebrar el Día de la Independencia y las centralitas estuvieron tan ocupadas como siempre. Aun así,

Valerie disfrutó pensando lo furiosos y ofendidos que debían de sentirse los alemanes al saber que franceses y estadounidenses lo estaban celebrando juntos, y que incluso muchos oficiales británicos, que tenían motivos de sobra para considerar el 4 de julio un día de ignominia, se habían sumado a la diversión. La primera ceremonia de la jornada, o al menos así informaban los periódicos de la mañana, fue una misa temprana en el Hospital Americano de Neuilly, donde varios cantantes famosos interpretaron los himnos nacionales de los Estados Unidos y Francia. Después, una delegación de los Hijos de la Revolución Norteamericana depositaría coronas de rosas en la tumba de Lafayette, en el cementerio de Picpus, en la estatua de Lafayette que se erigía en el patio del Louvre, y en la estatua de George Washington en Place d'Iéna. Luego, a las nueve y media de la mañana, Poincaré, el presidente francés, lideraría la ceremonia durante la cual la hasta ahora Avenue du Trocadéro pasaría a llamarse Avenue du Président-Wilson. En una plaza de la avenida, después de los discursos, la música y la fanfarria, daría comienzo el gran desfile. Miles de soldados franceses y estadounidenses marcharían por Avenue du Président-Wilson hasta Avenue Montaigne y de allí hacia los Campos Elíseos, pasarían por delante del Élysées Palace y seguirían hasta la estatua de Estrasburgo, en la plaza de la Concordia.

Ninguna de las operadoras pudo ver todo el desfile, pero al solapar las pausas para el almuerzo, sí pudieron disfrutar al menos de una parte. En cuanto empezó la pausa de Valerie, Drusilla y ella subieron corriendo al quinto piso y salieron al balcón, que ofrecía unas vistas maravillosas de la avenida. Columnas de soldados estadounidenses marchaban acompañados por la animada música de una banda, los siguieron varias compañías de marines franceses, un aeroplano resplandeciente bajo el sol, más soldados, otra banda de música y después, una sorpresa, docenas de enfermeras con el uniforme de la Cruz Roja formando en cuatro largas columnas detrás de una guardia de honor, con una de las enfermeras llevando flores y tres portando las banderas de los Estados Unidos, Francia y la Cruz Roja.

—¿Has visto eso? —dijo Drusilla, plantándose las manos en las caderas—. ¿Por qué a ellas las ha invitado a participar en el desfile y a nosotras no?

—Porque el general Pershing no puede sobrevivir tantas horas sin nosotras en el momento más ocupado del día —respondió Valerie. Era el motivo menos insultante que le vino a la cabeza.

—Oh, y sus pobres pacientes ¿pueden sobrevivir sin ellas? —replicó Drusilla, moviendo el pulgar en dirección a las enfermeras—. ¿Cuántas debe de haber ahí? ¿Habrán vaciado todos los hospitales de París?

—No eches a perder el día con tus celos —le suplicó Valerie. El cielo estaba nuboso, pero la brisa era agradable, las aceras estaban repletas de gente festejando la jornada y los Campos Elíseos rebosaban color y música. El ambiente festivo suponía un agradable respiro de la sensación dominante de miedo que le había provocado a Valerie tantas horas de insomnio últimamente—. Deja que las enfermeras disfruten de los aplausos y la atención. Se lo han ganado.

—Y nosotras también nos lo hemos ganado.

—No creo que ninguna de nosotras se haya alistado al Cuerpo de Señales para recibir aplausos —le recordó Valerie—. Míralo de la siguiente manera: si estuviéramos abajo en el desfile, no podríamos estar aquí arriba disfrutando de él.

Drusilla la miró fijamente, con incredulidad, pero al final se echó a reír y volcó de nuevo la atención en el espectáculo.

—Supongo que lo que dices es cierto.

Minutos antes de tener que reincorporarse a su turno, Drusilla volvió a hablar.

—¿Piensas hacer lo que nos ha dicho la señorita Crittenden y hacer la maleta por si acaso tenemos que evacuar la ciudad?

—Por supuesto que no —respondió Valerie—. Creo que sería una pérdida de tiempo. En pocos días tendríamos que volver a deshacerla. Estoy totalmente segura de que los alemanes no nos echarán de París.

—¿Y cómo puedes estar tan segura?

Valerie se encogió de hombros y meneó la cabeza.

—No sé cómo explicarlo. Pero me resulta imposible imaginarme que los alemanes acaben superando las defensas aliadas y consigan entrar en París. Con todos los soldados norteamericanos que tenemos ahora por aquí, la marea acabará girando a favor de los aliados, y pronto, además.

—Imagino que pienso lo mismo —reconoció Drusilla, riendo un poco—. Llámalo ignorancia o llámalo típica petulancia americana, pero cuando veo a nuestros chicos marchando por las calles, tan valientes, tan elegantes y tan fuertes…, me pregunto cómo he podido dudar en algún momento de ellos. No quiero creer que tengamos que vernos obligadas a evacuar París.

Era hora de volver a las centralitas. Salieron del balcón, bajaron por la escalera y oyeron otras chicas riendo y charlando mientras se apresuraban para disfrutar de su turno como espectadoras.

—Tal vez sea que soy una supersticiosa —reconoció Valerie cuando Drusilla y ella se hubieron cruzado con sus compañeras—, pero me niego a hacer la maleta, y lo veo como una señal de la fe que tengo depositada en todos los chicos que están ahora ahí defendiendo la ciudad. Soy plenamente consciente de que este optimismo puede ser contraproducente y que puedo acabar viéndome obligada a huir de París solo con la ropa que llevo encima, de modo que si sigues mi ejemplo hazlo por tu propia cuenta y riesgo.

—Imprudente pero firme. Me gusta —dijo Drusilla por lo bajo cuando llegaron a la sala de teléfonos, saludaron respetuosamente a Inez y ocuparon de nuevo sus puestos.

A medida que fue transcurriendo la semana, la confianza de Valerie en que París continuaría libre se mantuvo inalterable, sin disminuir en absoluto a pesar de los informes que afirmaban que las tropas enemigas se estaban reagrupando a orillas del Marne. Diez días más tarde, su fe en las fuerzas aliadas subió como la espuma cuando todo París —toda Francia, de hecho, y todas las naciones aliadas del mundo— celebró el Día de la Toma de la Bastilla con discursos, festejos y un glorioso desfile que dejó el del Día de la Independencia como un modesto ensayo para el principal acontecimiento.

El presidente Wilson envió por telegrama al presidente Poincaré su saludo y sus buenos deseos en nombre del pueblo de los Estados Unidos, y sus comentarios salieron publicados en todos los periódicos de París. «América saluda a Francia en este día de emotivos recuerdos con el corazón rebosante de amistad y devoción a la gran causa en cuya defensa nuestros dos pueblos se encuentran felizmente unidos», empezaba el mensaje del presidente. Valerie tal vez hubiera elegido un adverbio distinto a «felizmente» —«decididamente», quizá—, pero no era ella quien tenía que redactar el mensaje.

«El 14 de julio, como nuestro 4 de julio, ha adquirido un significado nuevo, no solo para Francia, sino para el mundo —continuaba Wilson—. Igual que Francia celebró nuestro 4 de julio, nosotros celebramos su 14, profundamente conscientes de una camaradería en las armas y en el objetivo de la que nos sentimos intensamente orgullosos». Y concluía destacando que la bandera francesa ondearía aquel día en el mástil de la Casa Blanca y que el pueblo de los Estados Unidos la honraría, igual que honraba «la noble empresa de paz y justicia» que los unía.

Pershing había enviado un mensaje más sucinto y, en opinión de Valerie, más elocuente, al primer ministro Clemenceau. «En este día, 14 de julio, una fecha que tan bien simboliza la voluntad y la determinación de Francia —había escrito el general—, deseo renovar ante usted mi admiración por la espléndida valentía de su pueblo y la gallardía de sus soldados. Los integrantes de la Fuerza Expedicionaria Americana encontramos en el coraje de Francia una fuente constante de inspiración y de estímulo».

Otros líderes mundiales habían enviado mensajes similares, una lectura incitante e inspiradora para acompañar el desayuno. Valerie imaginó que el káiser debía de sentirse terriblemente excluido y celoso al ver a su enemigo tan repetidamente elogiado. Pero la culpa era solo suya. Si quería disfrutar de amistad a nivel internacional, no haberse enemistado con sus vecinos.

Los elogios y las felicitaciones de todo el mundo no fueron más que el anticipo de un día espléndido. A pesar de que lloviznaba, los parisinos salieron a miles de sus casas para asistir al gran desfile. Abarrotaron las aceras de la Avenue du Bois de Boulogne, se encaramaron en lo alto de las estatuas y los tranvías para poder ver mejor los soldados, la caballería y las bandas de música que desfilaron por delante del presidente Poincaré, el primer ministro Clemenceau, el general Guillaumat y numerosos dignatarios franceses, generales aliados y embajadores de todo el mundo. Se sumaron al desfile de las tropas francesas soldados, marineros y marines de los Estados Unidos, Bélgica, Gran Bretaña, Italia, Polonia, Serbia y Checoslovaquia. Los escoceses marcharon orgullosos con sus kilts y sus estridentes gaitas. Elegantes caballos de batalla desfilaron en perfecta formación portando a la caballería. La sección correspondiente a cada país iba enmarcada por *poilus*, con sus uniformes en azul horizonte, descoloridos y maltrechos por mil batallas. Muchas de las tropas habían llegado directamente del frente, y los vítores y los aplausos que los recibían a cada paso estaban a menudo salpicados por sollozos. Cuando había recorrido aproximadamente la mitad de la Avenue du Bois de Boulogne, el desfile giró hacia Avenue Malakoff y siguió por Faubourg St. Honoré y Boulevard Haussmann hasta la Madeleine y la plaza de la Concordia. Los espectadores lanzaban flores a los soldados, con gran generosidad independientemente de que fueran soldados extranjeros o tropas francesas, hasta que en muchos lugares las alfombras de flores llegaron a tener varios centímetros de grosor.

Fue una exhibición magnífica, y Valerie y Millicent se consideraron afortunadas por poder presenciar finalmente la última parte del desfile; había habido que trabajar bastante con Inez para convencerla de que les diera permiso para partirse el turno con otras dos chicas con el fin de que las cuatro pudieran ver al menos la mitad del desfile. El ambiente festivo se prolongó hasta después de que pasaran los soldados, cuando las melodías de las bandas de música empezaron a perderse a lo lejos y las multitudes se fueron dispersando. La lluvia había cesado por fin y los rayos dorados del sol se filtraban entre las nubes, bañando París con su luz y haciendo que las gotas de lluvia brillaran como diamantes.

Valerie y Millicent estaban de tan buen humor que no les apetecía volver aún a su alojamiento y decidieron visitar una de sus cafeterías favoritas, donde en sus horas libres solían tomar café aguado acompañado por pastas de tamaño minúsculo, fingiendo ignorar los efectos del racionamiento, y donde siempre acababan entablando conversación con otros clientes, normalmente soldados aliados de permiso o ciudadanos franceses. Cuando llegaron aquel día, la cafetería estaba llena de espectadores del desfile, pero al final consiguieron dos sillas en una mesa compartida y pidieron su merienda. Valerie se sumergió en una conversación sobre funciones racionales con un matemático francés, un veterano de guerra que había resultado herido y que llevaba media cara cubierta con una cinta de cuero para esconder la pérdida de la nariz. Millicent se entretuvo coqueteando con un oficial francés tras otro, pero al final, un escocés la encandiló hasta tal punto que accedió a dar un paseo con él, después de prometerle a Valerie que no tardaría mucho en volver. Llevaba ausente una media hora, cuando reapareció corriendo.

—¡Valerie! —exclamó, prácticamente sin aliento—. ¡Acabo de ver a tu hermano!

—¿A Henri? —replicó Valerie, perpleja—. ¿Aquí? No creo que sea él. Por lo que sé, sigue todavía en Tours.

Tampoco estaba del todo segura de que su hermano hubiese estado en Tours. Hacía cosa de un mes, Drusilla había recibido una llamada críptica para una operadora llamada Valerie, sin apellido, con un mensaje informándola de que su hermano estaba sano y salvo en Tours. Valerie era la única operadora del Cuerpo de Señales con ese nombre destinada en París, y por eso Drusilla le había transmitido el mensaje. Pero cuando Valerie había intentado devolver la llamada unos días más tarde, le habían dicho que la Operadora Cuatro no estaba disponible. Cuando lo había vuelto a intentar al día siguiente, la chica que le había respondido la llamada le había dicho que ya no tenían ninguna Operadora Cuatro. ¿Qué hacer? Valerie deseaba poder creer que su hermano estaba sano y salvo en la base de Servicios de Suministros y, por otro lado, sabía que no podía utilizar las líneas militares para llamadas personales, de modo que decidió no preguntar más.

—Estoy segura de que era tu hermano. —Millicent le hizo un gesto impaciente para indicarle que la siguiera—. ¡Vamos! ¡A ver si aún podemos pillarlo!

Dubitativa, Valerie se levantó de la silla.

—No has visto a Henri en tu vida. ¿Cómo ibas a reconocerlo?

Millicent esbozó una mueca de exasperación.

—Desde que partimos de Chicago, me has enseñado su foto al menos cien veces. Sé que era él. ¡Y además llevaba una cámara de cinematógrafo!

—¿Por qué no lo has dicho antes?

Valerie se disculpó con el matemático, salió detrás de Millicent y echó a correr por la acera. Consiguió atrapar a su amiga cuando se detuvo en la esquina antes de cruzar la calle.

Juntas siguieron corriendo toda una manzana, serpenteando entre el gentío. De pronto, Millicent se paró delante de otra cafetería, una muy popular entre soldados norteamericanos de permiso.

—Estaba justo aquí —dijo Millicent, señalando con frustración una mesa del exterior, detrás de la cual acababa de sentarse un caballero de pelo canoso con un perrito blanco—. En esta mesa había tres soldados del Cuerpo de Señales, y tu hermano era uno de ellos. Te lo juro.

—Te creo —dijo Valerie, enlazando el brazo con su amiga—. Anímate. No puede haber ido muy lejos. A menos que esté camino de la estación de tren en estos momentos, tal vez aún podamos encontrarle la pista.

Volvieron corriendo a su alojamiento, donde se dividieron los listines telefónicos y empezaron a llamar a hoteles para preguntar por Henri De-Smedt. En el quinto intento de Valerie, un recepcionista la informó de que Henri DeSmedt estaba hospedado allí, pero en su habitación nadie respondía al teléfono. Valerie dejó un mensaje con su número para que Henri pudiera devolverle la llamada.

—*C'est très urgent* —le dijo al recepcionista.

—*Tout est urgent, mademoiselle* —replicó el hombre, y colgó.

Su indiferencia no le inspiró confianza, y Valerie empezó a dar vueltas por la habitación, animando al teléfono a que se decidiera a sonar. Después de veinte minutos, se dejó caer en la cama, desanimada, pero se incorporó al instante. Nada le impedía acercarse hasta el hotel donde se alojaba su hermano y esperar en el vestíbulo a que volviera.

Acababa de ponerse el sombrero, cuando sonó el teléfono.

Descolgó a toda velocidad el auricular.

—¿Diga?

—¿Valerie? ¿De verdad eres tú?

—¡Henri! —exclamó Valerie, riendo y con los ojos llenos de lágrimas—. Sí, soy yo. ¡Qué alegría oír tu voz!

—¡Y qué alegría para mí oír la tuya! No tenía ni idea de que estabas en París. —La voz de Henri sonaba más grave de lo que la recordaba Henri, más madura, pero maravillosamente familiar—. Por donde quiera que vaya, siempre que veo chicas del Cuerpo de Señales pregunto por ti. He conocido varias chicas que han reconocido que te conocen, pero ninguna que quisiera decirme dónde estabas.

—Claro —dijo Valerie con cierta ironía, pensando en la chica de tan buen corazón que igualmente había llamado desde Tours para dar una pista—. La normativa, la seguridad. Ya sabes cómo van esas cosas.

—Lo sé.

Rieron a la vez.

—Mañana por la mañana a primera hora marcho de París —dijo Henri—. ¿Qué te parece si quedamos en quince minutos delante de donde estés alojada?

—Que sean diez —dijo Valerie, y su hermano rio de nuevo y accedió a la propuesta.

Estaba ya caminando nerviosa arriba y debajo de la acera cuando su hermano dobló corriendo la esquina y la atrapó con un abrazo que casi la tira al suelo.

—¡Henri! —exclamó, con lágrimas en los ojos y sin poder parar de reír—. No puedo creer que seas tú.

Y lo dijo literalmente. Los ojos azules de su hermano y sus rizos rubios eran los mismos de siempre, pero había crecido al menos tres centímetros durante el año que llevaban separados, sus brazos delgados y su torso habían aumentado de volumen, y cuando dejó de cogerla en brazos y dar vueltas con ella en la acera parisina, Valerie se dio cuenta de que se comportaba con una nueva madurez.

Sonriendo, Henri la depositó en el suelo y la observó.

—Mírala —dijo, admirándola—. Parece un uniforme de verdad.

Vaya con la madurez. Valerie le dio un bofetón cariñoso en la espalda.

—Es que es un uniforme de verdad, hermanito, y soy un soldado de verdad. Pero, Henri, cuéntame, ¿qué estás haciendo aquí?

—¿En París?

—¡En Francia! ¿Cómo es que llegaste antes que yo? ¿Qué pasó con lo de la escuela de fotografía aérea?

—Las órdenes cambiaron en el último minuto. El Cuerpo de Señales necesitaba otro operador de cámara cinematográfica para completar una unidad que zarpaba de inmediato, y me eligieron a mí. Me embarqué al cabo de solo una hora de recibir la orden. —Arrugó la frente—. Supongo que no recibiste mi carta.

Valerie dijo que no.

—Di por sentado que seguías en Rochester hasta que una camarera de una Asociación Cristiana de Jóvenes de Southampton me dijo que ya habías pasado por allí de camino a Francia. Te conocía por tu apodo: «Hollywood Hank».

Henri echó la cabeza hacia atrás y rio a carcajadas.

—¡Oh, no! ¿Y no podías haberte callado y fingir que nunca habías oído esa tontería de nombre?

Valerie hizo ver que se lo estaba pensando.

—Lo siento, pero creo que no. De modo que fue así como llegaste antes que yo a Francia. ¿Cuánto tiempo llevas en París? Pensaba que estabas en Tours.

La sonrisa de Henri se intensificó.

—Así que recibiste mi mensaje.

—En cierto sentido, sí. Todo fue muy clandestino y muy críptico. —Lo enlazó por el brazo y echaron a andar por la calle; por costumbre,

Valerie eligió la ruta que seguía a diario para ir a trabajar—. ¿Estuviste mucho tiempo en Tours?

—Solo una semana, para filmar operaciones en el Servicio de Suministros. Antes de eso estuve en Burdeos. Me muevo mucho…

—Supongo que esa será la excusa para no escribir.

Henri le dio un codazo en broma.

—Escribo. Cuando puedo. Como estaba intentando explicarte, viajo mucho con la unidad de fotografía, a veces vinculado a una división en concreto, otras desplegado para cubrir un hecho concreto. En estos momentos, estoy en París para cubrir las celebraciones del Día de la Toma de la Bastilla.

—¿Y mañana? —preguntó Valerie, sintiendo ya una punzada de añoranza.

—Vamos a Chaumont, creo. Mañana por la mañana recibiré las órdenes.

Giraron hacia Rue La Boétie y se quedaron unos instantes en silencio. Y entonces, animado por las preguntas de Valerie, Henri le explicó más cosas sobre su trabajo, que su papel consistía en documentar los distintos aspectos de la guerra, a veces para tener un registro histórico de los hechos, otras para recopilar información para su posterior análisis militar. En algunas ocasiones, sospechaba que estaba filmando escenas que luego se editarían para formar parte de películas que se proyectaban en los Estados Unidos, bien para subir la moral, bien para persuadir a la gente de que adquiriera más Bonos Liberty, bien para convencer al pueblo norteamericano de que sus hijos, hermanos y novios luchaban por una causa noble.

Al cabo de un rato, Henri declaró que estaba cansado de hablar solo de él y que ahora le tocaba a Valerie. Le explicó todo lo que pudo sobre su trabajo sin divulgar información clasificada, que era bastante, sobre todo cuando añadió varias anécdotas llenas de humor sobre los soldados que se quedaban estupefactos cuando oían la voz de una mujer en la línea, y sobre los momentos emocionantes y aterradores en los que se habían negado a abandonar sus puestos por mucho que las bombas alemanas estallaran sin cesar a su alrededor.

Henri se quedó impresionado.

—Eres un soldado de verdad —comentó, pasándole el brazo por el hombro y estrechándola contra él—. Mi hermana mayor, una auténtica soldado de centralita. —Viendo que Valerie se echaba a reír, añadió—: ¿Qué pasa? ¿No te gusta ese apodo?

—No, más bien al contrario. Me gusta mucho. La verdad es que es mucho mejor que ser conocida como una «chica hola» o con ese nombre tan horroroso que nos puso un escritorzuelo en un artículo que salió publicado el mes pasado en *Stars and Stripes*.

—¿Y qué nombre es ese?

—Me resulta imposible repetirlo. Es espantoso.

—Pues tendrás que hacerlo. Es de justicia. Ya que estás al corriente de lo de *Hollywood Hank*.

Valerie suspiró, exasperada.

—Nos llamó *Telephonettes*.

—¿Qué? —Henri se paró en seco y se dio un palmetazo en la frente, riendo y gruñendo al mismo tiempo—. Tienes razón. Es espantoso.

—Lo sé. —Valerie tiró del brazo de su hermano para que se moviera—. Espero que el nombrecito no se haga famoso.

Siguieron andando y compartiendo anécdotas divertidas sobre su trabajo, confesándose preocupaciones y miedos, y recordando su hogar, su familia y tiempos pasados. Había anochecido, y cuando el paseo los llevó de nuevo al alojamiento de Valerie, la hora del toque de queda rondaba peligrosamente cerca. Empezaron a despedirse en la acera; ninguno de los dos sabía cuándo volverían a verse.

—Escúchame bien, Valerie —dijo Henri—. Cuando la guerra acabe, tienes que volver a la universidad y acabar tus estudios.

—Henri, todo esto ya lo hemos hablado. Nuestra familia no puede permitirse costear la carrera de los dos.

—Nuestra familia no tendrá por qué hacerlo. Cuando vuelva a casa, me meteré en el negocio del cine. Con la formación y la experiencia que habré conseguido aquí, sé que podré encontrar un trabajo.

—Pero, Henri…

—Ni una palabra más. Está decidido. —Tiró del ala del sombrero de su hermana bromeando, pero su sonrisa se desvaneció a continuación—. Una cosa más. —Sacó del bolsillo de la chaqueta un sobre, lo bastante grueso como para contener varias hojas de papel, y lo depositó en las manos de Valerie—. Si no lo consigo…

—No digas eso —protestó Valerie—. Todo irá bien. Tú no haces más que dar vueltas por el país filmando películas de desfiles y esas cosas. La que está bajo amenaza constante de bombardeo e invasión soy yo.

—Si no lo consigo —empezó de nuevo, con paciencia—, he escrito cartas para ti, para mamá y para Hilde. No leas la tuya a menos que…, bueno, ya sabes. ¿Te asegurarás, por favor, de que Hilde y mamá leen las suyas?

—No será necesario —refunfuñó Valerie. Guardó el sobre en el bolsillo; pesaba como si estuviese hecho de plomo—. Volverás a casa con un montón de historias emocionantes y ni un solo rasguño en el cuerpo. Si alguno de los dos tuviera que escribir cartas «por si acaso», esa tendría que ser yo.

Henri la miró, muy serio.

—Pues a lo mejor deberías hacerlo, Valerie.

Valerie suspiró y echó hacia atrás la cabeza.

—No seas ridículo —replicó en tono burlón, aunque pensando en las cartas que había escrito a principios de junio, cuando los bombardeos estaban en sus momentos más intensos, y que tenía guardadas en su maletín—. Ni tú ni yo estamos en las trincheras.

—No —dijo dubitativo Henri—. No por el momento.

Valerie sintió un escalofrío. Era como si Henri supiese algo que no estaba contándole, pero cuando lo miró a los ojos, no captó ningún engaño en su mirada. Simplemente especulaba sobre una posibilidad, decidió. Ninguno de los dos sabía dónde decidirían destinarlos las Fuerzas Expedicionarias a la semana siguiente.

Había llegado la hora de separarse. Se abrazaron, se prometieron mutuamente escribirse pronto y a menudo, y se dijeron adiós.

Después de darle a su hermana un último beso en la mejilla, Henri sonrió y echó a andar por la calle. Valerie se quedó unos momentos más en la acera, viéndolo con el corazón encogido, hasta que desapareció en la oscuridad.

18

Julio de 1918
Neufchâteau

MARIE

De todas las tareas que el Cuerpo de Señales le había exigido realizar a Marie desde que se alistó, despedirse de los niños del coro, y muy en especial de Gisèle, fue la que más le partió el corazón. La habían avisado del traslado con tan poca antelación que no había habido tiempo de preparar correctamente a los niños, por lo que le pidió a la hermana Agnès que la ayudara a dar la noticia con delicadeza. Intentando encontrar las palabras adecuadas, Marie deambuló con nerviosismo de un lado a otro de la capilla donde había pasado tantas horas felices dirigiendo el coro durante los ensayos y las misas de los domingos por la mañana. Las pocas frases que consiguió enhebrar con cierto sentido abandonaron su cabeza en el instante en que la hermana Agnès y otra monja entraron en la capilla con los niños y les ordenaron que se sentasen. Gisèle y los coristas llegaron con una sonrisa, imaginándose que iba a pasar algo divertido de carácter musical, pero en cuanto vieron la cara desencajada de Marie, las sonrisas se esfumaron.

Marie comprendió entonces que nada de lo que pudiera decir haría que la despedida fuese más fácil. De modo que se limitó a explicarles la verdad, de forma clara y simple: la trasladaban a otro destino, lo que significaba que al día siguiente por la mañana se marcharía y no sabía si volvería. Muchas niñas lloraron abiertamente, y algunos de los niños dieron la sensación de querer hacerlo, pero fruncieron el entrecejo con fuerza y cerraron las manos en puños.

—Me hubiera encantado ser vuestra profesora —les dijo Marie, luchando también por no llorar—. Espero que sigáis cantando y disfrutando de la música toda la vida.

Con un sollozo, Gisèle saltó de su silla y corrió a abrazarla. Instantes después, Marie estaba rodeada de una multitud de niños que intentaban abrazarla a la vez, algunos de ellos declarando que la echarían eternamente de menos, otros suplicándole que no se fuera. Fue desgarrador, pero Marie se obligó a esbozar una sonrisa, abrazarlos y prometerles que volvería a visitarlos si podía hacerlo.

El único consuelo de Marie era que Martina había accedido a ocuparse del coro y de las clases de música. Martina era muy buena cantante y pianista, hija de un renombrado clarinetista y director de orquesta belga que se había trasladado a los Estados Unidos como cónsul belga en Wisconsin y había aceptado un puesto de profesor en el conservatorio de Green Bay. Además de su experiencia musical, Martina era también muy bondadosa y paciente, de modo que era un consuelo saber que los niños se beneficiarían tanto de su cariño como de su tutelaje.

De nuevo en el dormitorio del convento, mientras Marie recogía sus cosas, sus compañeras se acercaron a darle un beso en cada mejilla y desearle *bon voyage*. Algunas de ellas lamentaron cómicamente quedarse en la retaguardia mientras ella se marchaba al frente para estar más cerca del peligro, la emoción y la aventura que todas anhelaban. Marie rio y bromeó con ellas para disimular el gran dolor que sentía su corazón.

Abandonó el convento el día siguiente muy temprano, una hora antes del cambio de turno de trabajo, pero algunas de sus amigas se arreglaron para poder ir a despedirla en la estación antes de sentarse delante de las centralitas. Un teniente del Cuerpo de Señales la recibió en el andén, la ayudó a subir a bordo y le presentó a dos operadoras más que también estaban siendo transferidas hacia el oeste desde otra base de Servicios de Suministros. Sonó el silbato, el tren abandonó lentamente la estación y unos quince minutos después, el teniente entregó a cada operadora un sobre con sus órdenes. Marie descubrió entonces que había sido destinada a Neufchâteau, en el departamento de los Vosgos. Apenas sesenta kilómetros al nordeste de Chaumont, la oficina de Neufchâteau era la centralita telefónica más próxima al frente.

Meses atrás, Marie se habría emocionado al conocer su nuevo destino, pero ahora se limitó a aceptarlo con triste resignación.

El viaje fue largo y arduo, e igual que sucedió cuando viajaron de París a Tours, el tren se vio obligado con frecuencia a pararse en una vía secundaria de alguna estación para ceder paso a otro tren en misión más urgente. Llegaron a París a media tarde, pero permanecieron allí solo el tiempo necesario para cambiar de trenes. Y mientras las tres operadoras aceleraban el paso para seguir el ritmo que marcaban las grandes zancadas del teniente y pasar de un andén a otro, Marie fue observando a todas las personas que se cruzaba, con la esperanza de ver una cara conocida, pero no reconoció a ninguno de sus parientes ni amigos de los que hacía tanto tiempo que no tenía noticias. Había tantísima gente en la estación que a buen seguro tenía que conocer a alguien entre la multitud, pero pensó que quizá había mirado en la dirección opuesta justo en el momento de cruzarse y por eso no los había visto. Tal vez sus seres queridos estuvieran inspeccionando la muchedumbre igual que ella, con la esperanza, siempre con la esperanza…, aunque ellos no tenían ningún motivo para prestar atención a una mujer con uniforme del Cuerpo de Señales de los Estados Unidos, por lo que tan improbable encuentro era prácticamente imposible.

Marie y sus compañeras llegaron al otro tren con tiempo de sobra, y mientras el teniente se ocupaba de su equipaje, las operadoras compraron *ficelles* y queso a un vendedor ambulante y subieron a bordo justo cuando sonaba el último silbido. Marie observó el paisaje mientras comía y charlaba un poco con sus compañeras, una de ellas una chica canadiense francesa de Montreal y la otra una estadounidense nacida en Míchigan, hija de inmigrantes franceses. A pesar de que no comentaron las órdenes que acababan de recibir, Marie dio por sentado que todas se dirigían a Neufchâteau, por lo que se llevó una sorpresa cuando el tren paró en Chaumont y sus compañeras se levantaron, recogieron su equipaje y se dispusieron a desembarcar.

—Viajará bien usted sola, ¿verdad? —le preguntó el teniente, mirándola con atención—. Tengo órdenes de presentarme en los cuarteles generales de la ciudad, pero puedo buscar a alguien para que la escolte el resto del trayecto.

Marie le aseguró que viajaría perfectamente bien. ¿Qué podía hacer un escolta por ella, se preguntó, mientras el teniente recorría el pasillo hacia la salida, que no pudiera hacer ella sola durante la última y breve etapa del viaje? Había pasado gran parte de su infancia en Lorena, y cuanto más se acercaba al paisaje de su niñez, más en casa se sentía. Las armas alemanas guardaban silencio por el momento, y en Neufchâteau la recibiría otro oficial, de modo que un escolta le parecía superfluo, a menos que ese escolta fuese Giovanni, en cuyo caso desearía que el viaje durara un centenar de kilómetros más.

Debía escribir a Giovanni lo antes posible para contarle lo de su traslado, aunque sabía que tenía prohibido informar sobre dónde la habían destinado. Si lo intentaba, el censor retendría su carta. Pero debía comunicarle que había abandonado Tours antes de que intentara llamarla de nuevo allí. ¿Qué pensaría si preguntaba por ella y le decían que la Operadora Cuatro no estaba? ¿O si habían asignado su número a su sustituta y la chica nueva informaba a su supervisora de una llamada extraña? Marie no sabía qué consecuencias podía sufrir Giovanni si lo sorprendían utilizando las líneas militares para una llamada personal, aunque no se arrepentía, ni siquiera por un momento, de que hubiese corrido aquel riesgo.

Sonrió para sus adentros al recordar el sonido de la voz de Giovanni a través de los cables. Qué maravillosamente inesperada había sido su llamada. De pronto, una oleada de soledad y deseo se apoderó de ella, y lo echó de menos con una intensidad tan inesperada que tuvo la sensación de que se le habían quedado los pulmones sin aire. Inspiró hondo, temblorosa, se volvió hacia la ventana y se llevó la mano a los labios, allí donde él la había besado, intentando contemplar, pero sin verlo, el paisaje crepuscular. La fuerza de sus sentimientos hacia aquel hombre no tenía sentido. Por muchas horas que hubiera consagrado a pensar, preguntarse y soñar con Giovanni, la verdad era que apenas lo conocía. Tal vez fuera antipático. Tal vez fuera aburrido. No lo sabía, no podía saberlo, y no podía imaginar que lo sabía.

Pero cuando comprendió que Giovanni no podría volver a llamarla, puesto que ella no podía mencionar en una carta su nuevo destino, el alma le cayó a los pies. No sabría dónde buscarla, a menos que llamara a todas las centralitas que el Servicio de Señales tenía repartidas por Francia y preguntase por Cherubino pensando en la remota posibilidad de que ella cogiera la llamada.

Sonrió por lo fácil que le resultaba imaginárselo haciendo exactamente eso.

Cuando el tren se paró por fin en Neufchâteau era muy tarde, y la orden de mantener la oscuridad se cumplía tan a rajatabla que desde la ventana apenas se veía el edificio de la estación, al otro lado del andén. Marie bajó del tren con su equipaje y se estremeció cuando el aire frío le rozó la cara, una sorpresa para los sentidos después del ambiente cargado del interior del tren. Dejó en el suelo la bolsa y el maletín, recorrió con la mirada el andén en busca de su escolta y levantó la cabeza hacia el cielo, atiborrado de estrellas que brillaban con intensidad sin las luces de las granjas y los pueblos. Porque incluso en medio de la campiña, en la que podría ser una tranquila noche de verano, los habitantes de los pueblos debían esconder el resplandor de sus luces y sus hogares detrás de cortinas opacas para no poner en peligro a toda la comunidad.

Cuando el revisor asomó la cabeza por el vagón y la miró con perplejidad, se dio cuenta de que el resto de los pasajeros ya se había dispersado y que estaba sola en el andén.

—¿Está usted bien, señorita?

—Sí, estoy bien, gracias. Estoy… —Miró a su alrededor, el andén estaba vacío, y reflexionó sobre sus alternativas. Las órdenes que había recibido no mencionaban nada sobre su alojamiento, de manera que si el escolta no aparecía, le costaría encontrar adónde tenía que ir—. Vienen a buscarme —le dijo al revisor, con un gesto de asentimiento para asegurarle que todo iba bien. Pero el hombre no se quedó muy convencido.

De pronto, oyó que se acercaban unos pasos acelerados y al volverse vio un joven y larguirucho teniente que corría hacia ella.

—¿Señorita DeSmedt?

—Estoy aquí —respondió, y levantó la mano, un gesto totalmente innecesario porque no había necesidad de distinguirla entre una inexistente multitud.

Incluso en la penumbra, Marie se dio cuenta de que el teniente tenía las mejillas encendidas.

—Siento llegar tarde —dijo, cogiendo la bolsa y el maletín del suelo—. Confío en que no lleve mucho rato esperando.

—Acabo de llegar —le aseguró Marie—. Estaba disfrutando de la tranquilidad de la noche.

—La disfrutamos todos, cuando tenemos una noche tranquila. —Inclinó la cabeza en dirección al final del andén, apenas visible a pesar del resplandor débil de la pintura fluorescente—. Por aquí.

Marie lo siguió por una pequeña pero precaria escalera y emergieron del edificio central, delante del cual vio que había estacionado un Winton Six. Mientras el teniente cargaba el equipaje en el vehículo, Marie miró a lo lejos, donde destellos intermitentes de luz iluminaban brevemente las colinas boscosas. Cuando se oyó un retumbo, preguntó:

—¿Se supone que la tormenta viene hacia aquí o se aleja?

—Espero que no se acerque más, señorita —respondió el teniente. Cerró el maletero y le abrió la puerta del lado del acompañante—. Es la artillería alemana.

Marie experimentó un escalofrío.

—Claro —dijo con voz débil. Se sentó en el coche, el teniente cerró la puerta y pasó a ocupar el asiento del conductor—. ¿Suelen sufrir bombardeos?

—Con bastante frecuencia —dijo el teniente—. Entiendo que en su anterior destino no vio usted mucha acción, ¿no?

—Nada de este estilo —reconoció Marie, incapaz de apartar la mirada de aquellas luces en la distancia.

—Se acostumbrará —dijo el teniente—. Los alemanes están solo a veinte kilómetros, así que nunca hay que bajar la guardia. Cuando oiga una sirena avisando de un ataque aéreo, jamás imagine que se trata de un simulacro. Póngase de inmediato a cubierto. ¿Ha recibido entrenamiento para el uso de la máscara de gas?

—Todavía no.

—Su supervisora ya debe de habérselo programado, pero en caso contrario, asegúrese de pedirlo. Las otras chicas le dirán a quién debe preguntar.

—Gracias por el consejo.

Continuaron viaje en silencio, solo interrumpido cuando el teniente señalaba algún edificio importante que Marie debería conocer, aunque estaba todo tan oscuro que Marie estaba segura de que le costaría reconocerlo todo a luz de día. El cansancio empezó a superarla, y estaba a punto de recostar la cabeza en el reposacabezas e intentar adormilarse un poco, cuando el automóvil aminoró la velocidad y se detuvo delante de una casa de dos plantas con muros estucados, con tejado a dos aguas y mansardas.

El teniente cargó con el equipaje y guio a Marie por el camino adoquinado de acceso que conducía hasta la puerta principal, que se abrió en cuanto se acercaron lo suficiente.

—Pasen, pasen —dijo una mujer en inglés con acento norteamericano, haciéndoles señas y con la figura perfilada por la tenue luz del interior—. Soy la señorita Macarthur, y usted debe de ser la señorita Miossec. ¡Pobrecilla, debe de haber tenido una jornada larga y agotadora!

Marie se dejó compadecer mientras la señorita Macarthur la hacía pasar a un estrecho vestíbulo con suelo embaldosado, paredes enlucidas y un pequeño nicho donde quemaba una lamparita de latón de queroseno. El teniente entró el equipaje, miró a su alrededor y estiró el cuello para vislumbrar el pasillo, en el fondo del cual se oían voces y risas amortiguadas, y de donde provenía también un agradable aroma a *ratatouille* y pan de romero.

—Tengo que irme —dijo, mirando de nuevo a Marie—. Si necesita cualquier cosa durante su estancia, recuerde que estoy a su servicio.

—Gracias, teniente —dijo Marie con una sonrisa—. Seguro que estaré bien.

—Gracias a usted —replicó el teniente, retrocediendo un paso hacia la puerta y a punto de tropezar con el maletín—. Hasta pronto.

Partió apresuradamente y cerró la puerta a sus espaldas.

—Santo cielo —dijo la señorita Macarthur, levantando las cejas—. Me parece que se ha enamorado locamente. «A su servicio», ha dicho.

—Solo intentaba ser amable —dijo Marie—. Ni siquiera me ha dicho cómo localizarlo si realmente lo necesitara.

—Oh, seguro que la encontraría antes él a usted. —La señorita Macarthur cogió el asa de la bolsa—. Si puede usted con el maletín, le mostraré su habitación. A menos que antes quiera cenar algo.

Marie estaba tan cansada que no tenía ni hambre.

—No, simplemente me gustaría asearme y meterme en la cama.

—Pues por aquí, entonces.

La señorita Macarthur la guio por el estrecho pasillo, pasó de largo una puerta a la izquierda donde Marie vio de refilón unas cuantas chicas leyendo, charlando, escribiendo cartas y jugando al ajedrez a la luz de la lamparita, con las cortinas opacas firmemente cerradas. Más adelante, justo después de una escalera que quedaba a la derecha, empezaba otro pasillo, pero la señorita Macarthur enfiló la escalera y Marie la siguió.

—La cocina, el comedor y el salón están en la planta baja —dijo la señorita Macarthur, que subió las escaleras resoplando—. El lavadero queda detrás, si es que prefiere ocuparse personalmente de su colada, aunque las chicas confían sus cosas a dos lavanderas del pueblo que vienen dos veces por semana. Son hermanas y viudas, y cobran un precio muy razonable. —Al llegar a lo alto de la escalera, hizo una pausa para recuperar el aliento y señaló un pasillo largo que se prolongaba hacia la derecha y luego un tramo de pasillo más corto, hacia la izquierda—. Dos cuartos de baño, uno en cada extremo, y con cuatro chicas por habitación, la regla no escrita dicta que las visitas sean lo más rápidas posible, sobre todo en horas punta.

La señorita Macarthur siguió el recorrido hacia la parte más larga del pasillo, y al llegar a la mitad, dejó la bolsa en el suelo delante de una puerta ligeramente entreabierta, por donde se filtraba una débil luz.

—Se alojará aquí. —La señorita Macarthur llamó dos veces—. ¿Señoritas? Su nueva compañera de habitación acaba de llegar.

Marie oyó el crujido de los muelles de una cama y la puerta se abrió segundos después, dejando al descubierto un rostro conocido, redondo, con gafas, y una figura robusta en camisón y batín.

—¡Marie! —exclamó Berthe, abriendo por completo la puerta y adelantándose para estamparle un beso en cada mejilla—. ¡No puedo creerlo! ¡Cuando nos dijeron que íbamos a tener una chica nueva, pensé que se referían a una chica nueva de verdad, no a una vieja amiga de Hobo House!

—Berthe Hunt —dijo Marie, encantada—. No sabes cuánto me alegro de verte. Daba por sentado que iba a estar entre desconocidas.

—¿Quién es una desconocida? —preguntó otra chica en pijama, que apareció por detrás de Berthe. Debía de tener unos veinte años, pelo corto de color castaño claro, ojos marrones y una sonrisa pícara—. Oh, hola. Debes de ser la nueva. Pasa, pasa. Siéntete como en tu casa.

—Ya nos ocupamos nosotras, señorita Macarthur —dijo Berthe, cogiendo el maletín de Marie mientras la otra chica cogía la bolsa.

Entraron en la habitación, que era más larga que ancha, con paredes rústicas cubiertas con tablas de madera oscura y una ventana abuhardillada en el extremo. Debajo de la ventana había un escritorio, encima del cual había un despertador y una lámpara de queroseno, prácticamente idéntica a la que Marie había visto en el vestíbulo. En cada lado había dos camas y las paredes laterales estaban decoradas con fotografías, recortes de revistas y un cartel de Juana de Arco. La cama situada justo a la derecha de Marie estaba pulcramente hecha, y la pared lateral correspondiente estaba vacía, lo que le dio a entender que estaba todavía libre. Y, efectivamente, sus compañeras de habitación colocaron sus cosas justo debajo de aquella cama.

Berthe hizo las presentaciones. La chica que la acompañaba se llamaba Adele Hoppock y era de Seattle; había llegado a Neufchâteau directamente desde El Havre, cuando el Tercer Grupo había desembarcado en Francia en mayo.

—¿Estaba mi hermana contigo en Tours? —preguntó esperanzada—. Se llama Eleanor. Salió de Nueva York con el Cuarto Grupo a finales de junio.

Marie negó con la cabeza.

—Lo siento, pero no —respondió. Se descalzó y se dejó caer en la cama. El colchón era más fino que el del convento, la almohada más plana, la manta más áspera, pero estaba todo bien—. En la base de Servicios de Suministros donde yo estaba no había llegado aún nadie del Cuarto Grupo.

—Es posible que estén todavía en alta mar —reflexionó Berthe—, o en Southampton.

—Lo que es evidente es que a Eleanor no la destinarán aquí —dijo con tristeza Adele—. A las hermanas siempre las separan.

La tercera compañera de habitación, le explicaron a Marie, se llamaba Alice, era de Chicago y formaba también parte del Tercer Grupo. En aquel momento estaba abajo en el salón, jugando al ajedrez con alguna compañera, si había conseguido convencer a alguien para que jugara con ella, o contra sí misma si no.

—Es divertido jugar contra ella si te gustan los retos —dijo Adele—, pero si te dice si quieres hacerlo un poco más interesante…

—Declina la invitación —dijo Berthe, interrumpiéndola—. A menos que te guste perder el dinero.

—Gracias por la advertencia. —Marie pensó con cariño en Valerie, a la que no había vuelto a ver desde Hoboken; también a ella le gustaba una partida competitiva de ajedrez—. Berthe —dijo, tentativamente—, no has mencionado a tu marido. ¿Tienes noticias?

—No sé nada de Reuben desde finales de marzo. —Berthe se mordió el labio, forzó una sonrisa tensa y se encogió de hombros—. Los hombres no pueden enviar cartas cuando están en alta mar, claro, así que la verdad es que tampoco espero nada. Confío en que envíe un par de cartas cuando su barco finalmente llegue a puerto.

—A veces, no tener noticias son buenas noticias —le recordó Adele.

—Es lo que me repito continuamente. Tampoco he tenido noticias de ataques contra el Moccasin, por lo que me veo obligada a asumir que Reuben está sano y salvo, donde quiera que esté. —Berthe se quitó las gafas, las limpió con el pañuelo y volvió a colocarlas sobre el puente de la nariz—. Cuando nos despedimos sabíamos que no podríamos mantener una correspondencia regular, por eso decidimos escribir un diario. Terminada la guerra, nos los intercambiaremos y conoceremos las experiencias de cada uno.

—No te habíamos oído comentar nunca esto —dijo Adele, que se tumbó en la cama y dobló los brazos debajo de la cabeza.

Debido al potencial que tenía de convertirse en un grave problema de seguridad si caía en manos enemigas, escribir un diario iba totalmente en contra de la normativa. A Marie le sorprendió que alguien tan diligente y con tantos principios como Berthe pudiera quebrantar las reglas; aunque la verdad era que también Grace Banker era tremendamente escrupulosa y Marie la había visto escribir en un cuaderno con fundas de tela cuando pensaba que nadie la observaba. Mientras un diario no fuera más que un registro de experiencias e impresiones personales, y no un catálogo de secretos militares, Marie no entendía que hiciera daño a nadie escribirlo.

Animada por el cariñoso recibimiento de sus compañeras de habitación, Marie fue al cuarto de baño a lavarse y cepillarse los dientes, y cuando regresó, sus tres compañeras ya estaban acostadas. En voz baja, se presentó a Alice, que le ofreció una alegre aunque adormilada bienvenida. Después de ponerse el pijama, Marie colgó el uniforme en la percha que había cerca de los pies de su cama y cruzó con cuidado la habitación para apagar la lámpara. Pero antes de que le diera tiempo a hacerlo, Berthe, que era la que dormía en la cama más próxima a la luz, se incorporó hasta apoyarse sobre un codo y buscó el interruptor.

—Ya lo hago yo —dijo en voz baja—. Métete primero en la cama, para que no tropieces a oscuras.

Marie le dio las gracias y se acostó, pero cuando la oscuridad inundó la habitación, recordó una pregunta importante.

—¿Berthe? ¿A qué hora empieza nuestro turno por la mañana?

—Tenemos tres turnos de ocho operadoras cada uno —dijo Berthe, con un bostezo—. Tú eres la veinticuatro. Pensando en que nos falta una operadora, probablemente estarás en el turno de día con nosotras, de ocho de la mañana a cuatro de la tarde.

—Seguro que estás en el turno de día —añadió adormilada Adele—. Porque nunca ponen chicas de turnos distintos en la misma habitación, para no estar despertándose las unas a las otras continuamente.

A Marie le sorprendió que, como recién llegada, le dieran el mejor turno.

—Es un alivio que no me asignen pues al turno de noche —confesó, recostándose en la almohada—. Me imagino que es el menos popular.

—No necesariamente —dijo Berthe, en un murmullo—. Hay chicas que prefieren estar en las centralitas cuando llegan los ataques aéreos a ser despertadas de golpe por la sirena. Hemos tenido temporadas largas en las que las chicas del turno de noche estaban mucho más descansadas que las demás.

Marie inspiró hondo, inquieta, aunque estaba tan agotada que ni siquiera el miedo a las bombas alemanas podía mantenerla despierta. Cayó dormida instantes después, olvidando por completo todos los fallos que le había encontrado antes a la cama.

A la mañana siguiente, mientras Marie y sus compañeras de habitación se preparaban para la jornada, Adele le explicó que en aquella residencia no tenían muchas modernidades, pero sí una cocinera excelente, por lo que comían muy bien. Y Marie descubrió que ambas cosas eran ciertas cuando, después de asearse con la esponja y ponerse un uniforme limpio, disfrutó de un desayuno a base de crujientes *croissants* con miel, frambuesas y café de verdad con leche.

La abundancia resultaba incongruente con las miserables condiciones de los refugiados del este de Francia que habían huido hacia Tours.

—¿De dónde sale todo esto? —preguntó maravillada mientras untaba con miel un *croissant*.

—Las frambuesas crecen en el bosque, aunque en todos los jardines del pueblo hay un rinconcito donde las cultivan —respondió Berthe—. Y la leche y la mantequilla son de las granjas de por aquí.

—Todo lo demás es gentileza del Tío Sam —dijo Adele. Se acercó la taza de café a la nariz, cerró los ojos e inspiró hondo, saboreando el aroma.

Marie confiaba en que eso significara que los campesinos también estuvieran comiendo bien, aunque resultaba difícil imaginar cómo eran capaces de mantener unos cultivos decentes con todas las bombas alemanas que caían. Confiaba asimismo en que el Ejército no adquiriera toda la producción local y no dejara nada para la gente de los pueblos.

La oficina de teléfonos estaba a un kilómetro y medio de distancia de su residencia en Neufchâteau, y se accedía a ella por un camino rural que iba hasta los cuarteles generales de la división que las Fuerzas Expedicionarias habían construido al sur del pueblo. La mañana era aún fresca y neblinosa cuando Marie, sus compañeras de habitación y otras cuatro chicas más del turno de día emprendieron la marcha, aunque el sol prometía calor veraniego hacia el mediodía.

—No te dejes engañar por este tiempo tan agradable —le alertó Alice—. Aquí llueve mucho y, cuando lo hace, este camino se convierte en un barrizal.

Durante el trayecto, Adele y Berthe, con alguna que otra interjección de las demás, le hablaron sobre su nuevo destino. Desde finales de 1917, el recinto de las Fuerzas Expedicionarias había servido como lugar de entrenamiento para la infantería y los ingenieros, y comprendía barracones, oficinas, hospitales, cabañas de la Asociación Cristiana de Jóvenes y otros edificios esenciales. Parte de la instrucción de la infantería tenía lugar en las colinas que había más allá de Fréville, a unos diez kilómetros al sudoeste de Neufchâteau, pero los ingenieros habían construido además una red de trincheras de entrenamiento en el campo, cerca de la base, con un sistema de prácticas de tiro, protección y trincheras de apoyo lo bastante grande como para que un batallón entero practicase maniobras de defensa y ataque.

—Naturalmente, toda esta actividad fascina a los alemanes —dijo Berthe—. Es raro el día en que no tenemos aviones de observación volando sobre nuestras cabezas.

—Somos además el objetivo favorito de sus armas de largo alcance y de sus bombas —dijo Adele—. Nuestros soldados no se atreven a andar en grandes formaciones y hemos aprendido a evacuar todo tipo de edificios rápidamente para no quedarnos atrapadas en un momento de colapso.

—Tú mantente en todo momento cerca de nosotras hasta que le cojas el truco —le aconsejó Berthe—. Cuidaremos de ti.

Cuando llegaron a la base de las Fuerzas Expedicionarias, Marie descubrió una auténtica ciudad con estructuras de madera sobre cimientos de hormigón, un ejemplo de eficiencia y funcionalidad sin tener en consideración elementos estéticos, plantada incongruentemente en medio de la encantadora campiña francesa. En las calles de tierra que se abrían entre las estructuras, centenares de oficiales, soldados, enfermeras y empleados civiles iban de un lado a otro ocupados en asuntos urgentes y dejando paso a automóviles, camiones y carros de reparto tirados por caballos. El edificio del Cuerpo de Señales, distinguible de lejos por la abundancia de cables de telégrafo y teléfono que salían de él, estaba cerca del corazón administrativo de la base, junto a los cuarteles generales de la división. Las compañeras de Marie la hicieron pasar a la oficina de teléfonos, una sala de gran tamaño situada en la primera planta, donde una rápida inspección visual le sirvió para distinguir dos centralitas de campo antiguas y una centralita magnética de dos posiciones de fabricación francesa y que, por su aspecto, debía de ser como mínimo de 1880. El sistema parecía alarmantemente engorroso de utilizar, aunque a tenor de los movimientos ágiles, firmes y controlados de las operadoras del turno de noche y el tono bajo de sus voces, todo parecía estar en perfecto orden.

Berthe le presentó a Elsie Hunter, la operadora jefe y compañera del Primer Grupo. Elsie saludó cordialmente a Marie y la invitó a recorrer los pasillos y observar las chicas del turno de noche antes de sentarse en su puesto.

—Por si acaso hay diferencias importantes entre nuestros equipos y los de Tours —le explicó.

—Las hay, pero me entrené con este modelo en Chicago —le aseguró Marie.

—Este tiene algunas peculiaridades. Si estalla una bomba lo bastante cerca como para hacer temblar paredes y ventanas, las llamadas activas se cortan y luego puede resultar imposible conectar llamadas nuevas. —Elsie meneó la cabeza en un gesto de exasperación—. Eso siempre y cuando puedas oír a la persona que llama por encima del sonido de las explosiones. Ah, y cuando caen esas bombas, la onda expansiva te sacude también. Ya lo descubrirás por ti misma.

Marie rio débilmente.

—Espero que no sea hoy.

—Yo también lo espero. —Elsie miró el reloj—. Hablando de ataques, deberías presentarte al entrenamiento para la utilización de la máscara de gas en cuanto acabes tu turno. ¿Sabes dónde está el departamento de químicos?

—Ya se lo enseñaremos nosotras —dijo Adele—. Y después la escoltaremos también hasta nuestro alojamiento.

Elsie hizo un gesto de aprobación y fue a ayudar a otra operadora. Marie dispuso aún de unos minutos para familiarizarse con la centralita antes de sustituir al turno de noche. Luego, desde el momento en que se sentó en su estación de trabajo y se puso los auriculares, las llamadas entraron a un ritmo tan rápido e implacable, que tuvo poco tiempo para atemorizarse pensando en el entrenamiento para el uso de la máscara de gas o preguntarse por qué necesitaría después que la acompañaran a casa. Unos días antes, el Ejército alemán había lanzado una ofensiva para expandir su destacamento en el Marne y rodear Reims, abriéndose paso entre las unidades mixtas francesas y norteamericanas desplegadas allí. Como respuesta, numerosas divisiones del Ejército de los Estados Unidos se habían sumado a la campaña con el objetivo de forzar a los alemanes a retirarse del Marne hacia el Vesle, debilitar su posición y eliminar la amenaza sobre París.

La centralita bullía de actividad. Las operadoras apenas podían mantener el ritmo de las llamadas —llamadas a través de las que se transmitían órdenes militares, noticias sobre avances y retiradas, solicitudes de evacuación de heridos— y era como si no hubiera cables y clavijas suficientes para gestionar tanto volumen. Marie estaba agotada cuando una operadora del turno de tarde la relevó horas después, aunque sospechaba que aún tenía por delante la peor tarea del día.

—El entrenamiento para aprender a utilizar la máscara de gas no es agradable —reconoció Berthe mientras Adele y ella la acompañaban hasta el departamento de químicos, un edificio construido mayoritariamente en hormigón que se encontraba en un extremo del recinto—. Tú sigue las instrucciones y todo irá bien.

—Te esperaremos aquí —dijo Adele, después de que Marie se armara de valor y se decidiera por fin a entrar.

Las flechas la guiaron hasta una pequeña sala donde dos enfermeras y al menos una decena de hombres de distintos departamentos de las Fuerzas Expedicionarias estaban ya esperando, repartidos en parejas o tríos entre las distintas filas de sillas plegables. Marie tomó asiento cerca de las otras dos mujeres, lo bastante cerca como para mostrarse agradable pero no como para molestar, y esperó a que entraran unos cuantos hombres más. Finalmente, hizo su entrada un sargento de expresión seria seguido por dos soldados cargados con un montón de mochilas de tela de color caqui. Marie había visto que las operadoras telefónicas llevaban unas mochilas idénticas, pero no había preguntado qué eran. Ahora ya lo sabía.

—Esta es su máscara de gas —anunció el sargento mientras los soldados empezaban a distribuirlas entre los asistentes—. Llévenla siempre con ustedes. Si la utilizan correctamente, puede salvarles la vida.

Los soldados, que conservaron cada uno de ellos una mochila, regresaron a la parte delantera de la sala y se situaron flanqueando al sargento, de cara a los asistentes.

—Observen con atención —gritó el sargento.

Y entonces empezó a explicar las instrucciones para utilizar la máscara de gas mientras sus dos ayudantes iban haciendo la demostración práctica. A continuación, el sargento dio orden a los asistentes de levantarse y de seguir sus instrucciones mientras él los acompañaba durante el proceso.

—Colóquense la mochila en el lado izquierdo, con la correa colgando del hombro derecho y la solapa junto al torso —ordenó.

Marie obedeció al instante y observó su mochila y luego la del ayudante que le quedaba más cerca para asegurarse de estar haciéndolo correctamente.

—Utilicen la hebilla del lado izquierdo para ajustar la longitud de la correa. No, repito, no cuelguen absolutamente nada de esa hebilla. Esto no está pensando para cargar con ningún tipo de material. —El sargento los miró fijamente, frunció el ceño y continuó cuando consideró que todo el mundo estaba preparado—. Pónganse firmes, colóquense la mochila a la altura del pecho y pongan el cierre, ajustándola a la altura correcta mediante la hebilla del lado derecho. Del lado derecho —repitió, mirando a un ingeniero que había en primera fila—. Ahora, saquen la cuerda de la mochila, pásenla por el anillo de la derecha de la parte inferior de la mochila, luego alrededor de su cuerpo y pásenla luego por el anillo del lado izquierdo para que quede asegurada.

Marie imitó al resto de los presentes. Los asistentes siguieron con más o menos torpeza las instrucciones, consiguiendo distintos niveles de éxito.

—Es más sencillo que un corsé —dijo en voz baja una enfermera a una de sus compañeras; Marie disimuló una sonrisa.

—Cuando ya estén, abran la solapa, pero manténganla pegada a su cuerpo para evitar que entre humedad —continuó el sargento—. O lluvia, o nieve, o barro, lo que sea según el caso. —Echó un vistazo general a los presentes—. Intenten seguir el ritmo —dijo con sequedad a un par de operarios del Cuerpo de Señales—. Muy bien. Ahora, cuando suene la alarma, extraigan la máscara de la mochila. Utilicen ambas manos, con los pulgares señalando hacia arriba por debajo de la banda elástica. Coloquen la barbilla en la parte inferior de la máscara, ejerciendo presión, y pásense la banda elástica por la cabeza, tirando lo máximo posible.

Marie obedeció y esbozó una mueca de disgusto al capturar el olor extrañamente ácido de la tela de caucho. Los movimientos de los ayudantes eran más difíciles de observar a través de las lentes de cristal de la máscara, pero lo consiguió.

—Ahora, pónganse la pieza de caucho de plástico en la boca, coloquen los labios por encima del reborde de caucho y aprieten fuerte con los dientes.

Marie intentó obedecer, acomodándose con cuidado la boquilla sin intentar forzarla. Era enorme y temía atragantarse. Obligó a su corazón a bajar el ritmo mientras el sargento les describía como ajustar el clip de la nariz para sellar los orificios nasales pellizcando el alambre circular de la parte exterior de la máscara.

—Si tienen que hablar —dijo el sargento—, inspiren hondo antes. No se quiten los clips de la nariz, retiren la boquilla, digan lo que tengan que decir y vuelvan a colocarse la boquilla de inmediato. Y, sobre todo, repito, no se quiten los clips de la nariz.

Marie decidió no intentar hablar en ningún momento si se producía un ataque con gas. Con gestos sería suficiente.

—Y eso es todo —dijo el sargento, poniéndose las manos en las caderas y mirando a la audiencia—. Probémoslo de nuevo, esta vez a un ritmo lo bastante rápido como para no acabar muertos.

Repitieron el proceso una y otra vez mientras los ayudantes seguían haciendo la demostración, aumentando cada vez el ritmo.

—Tiene que salirles como algo natural —dijo el sargento mientras iba caminando por los pasillos, corrigiendo a un alumno, dirigiendo un gesto de aprobación a otro. Finalmente, cuando quedó satisfecho, les dijo que se quedaran con las máscaras puestas y lo siguieran por el pasillo. Se detuvo delante de una puerta cerrada, sólida, sin ventanillas—. En esta sala han lanzado latas de humo —les dijo—. Tienen que entrar y cuando oigan que doy unos golpes en la puerta, quítense las máscaras. Permanezcan sin ellas hasta que golpee una segunda vez la puerta, y entonces vuélvanse a poner las máscaras.

Marie sintió palpitaciones. Se retiró un momento la boquilla y preguntó:

—¿Es gas mostaza lo que hay dentro, sargento?

El sargento se quedó mirándola con una expresión que podría ser de conmiseración.

—No, señorita. No es gas mostaza. Los alemanes tienen a su disposición diversos tipos de gas mortal. Este es el menos dañino y lo utilizamos con una concentración débil. No queremos hacerles ningún daño. Lo único que queremos es que entiendan por qué son tan necesarias las máscaras.

Marie asintió y se puso de nuevo la boquilla; a continuación, comprobó con las manos que las diversas partes de la máscara siguieran bien colocadas. El sargento evaluó a sus alumnos con la mirada, se puso su máscara, abrió la puerta, les indicó que entraran rápidamente y los encerró.

Marie se esforzó por mantener un ritmo de respiración lento y regular, pero el corazón le aporreaba el pecho y lo único que ansiaba era salir corriendo de allí. Respirar con la máscara puesta era complicado y solo olía y sabía a caucho, pero, aunque el ambiente estaba cargado y brumoso, no notaba nada extraño en la piel.

Se oyeron dos golpes en la puerta.

Todo el mundo se quedó inmóvil unos instantes, hasta que uno de los oficiales se despojó de la máscara y los demás siguieron su ejemplo. En cuanto Marie notó el contacto del aire en la cara, aspiró un olor acre y empezó a toser y estornudar. Sin poder evitarlo, se le llenaron los ojos de lágrimas, como si estuviera llorando, y empezó a moquear. La sensación era terrible, incontrolable, y por mucho que cerrara los ojos con todas sus fuerzas, no podía parar de llorar.

Dos golpes más en la puerta. Con manos temblorosas Marie volvió a ponerse la máscara, pero, incluso teniéndola bien colocada, le escocían los ojos y le ardía la garganta. El gas debía de haber contaminado el interior de la máscara durante el momento que había pasado sin ella. ¿Le estaría sirviendo ahora de algo?

Justo entonces oyó un zumbido metálico potente por encima de su cabeza y, cuando miró a su alrededor, vio que el aire brumoso se estaba despejando, lo suficiente como para ver dos grandes ventiladores girando en el otro extremo de la sala. Se abrió la puerta y apareció el sargento.

—Ya pueden salir —les dijo, haciendo un gesto para indicárselo—. Esperen a quitarse las máscaras hasta estar fuera en el pasillo.

Marie siguió las instrucciones, se retiró la máscara y se apoyó en la pared para coger aire y secarse los ojos. Aun con la visión borrosa, vio que todos los demás estaban tan desorientados como ella. Si este era uno de los gases menos nocivos, se estremeció solo de imaginarse lo que las tropas del frente debían de sufrir con un ataque real, lo que Giovanni podía llegar a sufrir.

El sargento los condujo de nuevo a la primera sala. Y allí, mientras los ayudantes seguían haciendo las labores de demostración, les explicó cómo limpiar las máscaras después de su uso. Cuando terminó la explicación, los síntomas de Marie ya habían empezado a disiparse.

—Lo que acaban de experimentar no es nada en comparación con lo que tendrían que soportar con un ataque de gas real —dijo el sargento—. Algunos de los venenos del káiser producen ampollas y queman la piel. Imagínense el daño que pueden llegar a causar a los pulmones. Su mochila nunca debería estar lejos de su alcance, tanto si están en el frente como en una oficina.

Los asistentes hicieron un solemne gesto de asentimiento. El sargento les pidió si tenían alguna pregunta, pero nadie tenía ninguna, con lo que se dio por finalizada la sesión de formación. Marie salió, y Berthe y Adele la estaban esperando. Berthe le pasó un pañuelo empapado en agua fría y Marie se lavó con cuidado los ojos, aliviando de este modo el escozor.

—¿Qué tal ha ido? —preguntó Adele.

—Ha sido espantoso, la verdad —respondió Marie.

Logró esbozar una leve sonrisa. Seguía aún con la visión borrosa y no podía parar de llorar. Cualquiera que la viera pensaría que acababa de sufrir una pérdida devastadora.

—Llevémosla a casa —le dijo Berthe a Adele. Y dirigiéndose a Marie, añadió—: Apóyate en nosotras si lo necesitas.

La inundó una oleada de gratitud.

—Gracias —dijo, carraspeando un poco—. Lo haré.

No sabía si algún día podría llegar a referirse a Neufchâteau como su «casa», como acababa de hacer Berthe, ni siquiera si podría llegar a referirse así a su alojamiento por mera cuestión de comodidad, pero sí sabía que las amigas amables y consideradas harían que aquel lugar desconocido y peligroso pudiera parecer un poco menos horripilante.

Veían a lo lejos su residencia cuando la sirena que anunciaba un ataque aéreo empezó a sonar.

Adele agarró a Marie por la mano.

—Vamos —dijo, y aceleró el paso—. Vamos a enseñarte el refugio antiaéreo.

Berthe le cogió a Marie la otra mano y las tres echaron a correr.

19

Julio-Agosto de 1918
Chaumont y Ligny-en-Barrois

GRACE

El 20 de julio el comandante alemán ordenó una retirada, y en los días que siguieron, los Ejércitos alemanes se vieron obligados a replegarse a las posiciones desde las que habían lanzado la Ofensiva de Primavera unos meses antes. A finales de julio, después de semanas de lucha brutal, la contraofensiva aliada, liderada por el comandante supremo aliado, Ferdinand Foch, consiguió finalmente expulsar a los alemanes de la región del Marne.

Desde finales de julio hasta principios de agosto, los aliados siguieron machacando las líneas defensivas alemanas, asaltos que dieron como resultado bajas masivas a cambio de pocas ganancias. El 6 de agosto el contraataque aliado se detuvo cuando las potencias centrales renovaron sus ofensivas. Incluso así, el frente se había trasladado unos cuarenta y cinco kilómetros al este, y el enemigo había quedado contenido detrás de una línea que seguía los ríos Aisne y Vesle. Y, por muy importantes que fueran esas victorias en cuanto a mejorar posiciones estratégicas en el territorio, Grace pensaba que su efecto sobre la moral de los combatientes era igualmente importante. La victoria aliada en la segunda batalla del Marne había acabado con una racha de victorias alemanas y Grace se atrevió a imaginar que la tendencia de la guerra había cambiado por fin de sentido.

Parecía ahora que la atención de las Fuerzas Expedicionarias había pasado de Amiens a determinadas regiones del Somme, aunque las intenciones del general Pershing siempre eran difíciles de adivinar. Hubo un día en Chaumont, sin embargo, en el que de repente fue como si la guerra se hubiese interrumpido, y el motivo no fue otro que la visita del presidente Poincaré a la ciudad para condecorar al general Pershing con la Gran Cruz de la Legión de Honor, la distinción más elevada y distinguida que Francia podía otorgar.

El día antes de la ceremonia, las líneas telefónicas echaron humo con los preparativos para la visita del presidente francés. El general Pershing no estaba en los cuarteles generales, pero tenía previsto regresar en tren a primerísima hora de la mañana del día siguiente para estar presente y poder recibir al presidente Poincaré cuando llegara a las nueve en punto. Desde la estación, el general escoltaría al presidente hasta el cuartel y le presentaría a sus oficiales, después de lo cual, se desplazarían juntos hasta la plaza de armas, donde tendría lugar la ceremonia de la condecoración.

Cuando se anunciaron los planes finales para la ceremonia, las operadoras del Cuerpo de Señales se emocionaron al ver que estaban incluidas entre las tropas a las que se pasaría revista.

A las nueve de la mañana del 6 de agosto Grace y sus compañeras, con sus uniformes perfectos hasta el último detalle, se colocaron en formación en la plaza de armas, entre otras unidades y batallones. A pesar de ser tan temprano, el día prometía ser el más caluroso del verano hasta la fecha; el cielo estaba despejado y el sol caía ya con fuerza sobre los representantes militares de los aliados y las tropas francesas, que habían formado de forma ordenada alrededor del perímetro. Un toque de trompeta anunció la llegada de los dignatarios, pero por lo que Grace vio, todo el mundo siguió en posición de firmes, con la mirada fija al frente y la espalda erguida, resistiendo a la tentación de estirar el cuello y mirar. El famoso Locomobile Modelo 48 de color verde oscuro hizo su entrada en el cuadrángulo y salieron de él el general Pershing y el presidente Poincaré, el general espléndido con su uniforme y el presidente muy elegante con traje oscuro y sombrero. Acompañados por sus ayudantes, los dos líderes se separaron y echaron a andar en direcciones opuestas, y mientras una banda militar estadounidense interpretaba *La marsellesa*, el general y el presidente accedieron a la formación en cuadro desde lados opuestos y caminaron con dignidad y determinación para reencontrarse en el centro.

El presidente Poincaré fue el primero en dirigirse a los reunidos, utilizando un inglés con acento muy marcado, y se declaró encantado de tener el honor de condecorar con la Grand-Croix de la Légion d'Honneur al organizador y líder de los valientes aliados de Francia. Dijo sentirse especialmente satisfecho de poder aprovechar la oportunidad para dar las gracias al general Pershing y al bravo Ejército que tenía bajo su mando, por el valeroso trabajo realizado durante las últimas semanas en el campo de batalla. Y entonces, poniéndose de puntillas, el presidente, que medía poco más de un metro sesenta de altura, pasó la cinta roja por la cabeza del general, que medía un metro ochenta, dejó la cruz colgando sobre su pecho y le estampó un sonoro beso en cada mejilla. En el último momento, el general Pershing se agachó ligeramente para que el tradicional beso fuera más fácil para el hombre de menos altura, pero el rubor que cubrió sus mejillas dejó claro que no esperaba aquel gesto tan francés.

El general recuperó la compostura a tiempo de realizar unos breves comentarios y dar las gracias al presidente por aquel honor, que valoraba como un símbolo de amistad y respeto de Francia para todo el Ejército de los Estados Unidos. A continuación, mientras la banda de música interpretaba una animada marcha, el general Pershing y el presidente Poincaré pasaron revista a las tropas. Grace estaba tan emocionada y honrada por poder formar parte de aquel momento histórico, que ni siquiera era consciente del calor abrasador del sol ni de la tensión de su musculatura forzada en posición de firmes. La República Francesa no podía ofrecer mayor distinción militar que la Gran Cruz de la Legión de Honor, que acababa de serle concedida al general Pershing no solo como símbolo de la gran estima en que le tenía aquel país, sino también como símbolo de la estima hacia el país que lo había elegido para liderar sus Ejércitos.

En cuanto la ceremonia hubo acabado, el general Pershing, el presidente Poincaré y sus ayudantes partieron en el coche del general para escoltar al presidente y su séquito hasta la estación. Las tropas rompieron filas y las operadoras, independientemente de que marcharan corriendo a sus puestos en las centralitas, volvieran a la casa de Rue Brûle o se fueran a pasear por Chaumont, lo hicieron rebosantes de orgullo y con la sensación de haber colaborado en el éxito del general Pershing.

Como consecuencia del gran acontecimiento, el estado de ánimo de Grace seguía por las nubes la tarde siguiente, cuando asistió a una reunión en el despacho del teniente Riser para discutir los preparativos para la llegada inminente de una remesa de operadoras nuevas del Grupo Cuarto. Los oficiales se mostraron claramente de acuerdo en todo con ella y, cuando acabaron de hablar sobre el tema que los había llevado hasta allí, siguieron charlando sobre la ceremonia y sobre lo bien que el Cuerpo de Señales había quedado representado durante el pase de revista.

—Señorita Banker, ¿podría quedarse un momento más? —le pidió a Grace el teniente Riser cuando el grupo se dispersó.

—Por supuesto —respondió ella, y cuando los oficiales se retiraron del despacho, Grace tomó asiento en una de las dos sillas libres que había delante de la mesa—. ¿En qué puedo ayudarle, teniente?

El teniente empezó a hablar, dudó unos instantes y entonces se inclinó hacia delante y descansó los codos sobre la mesa.

—Me preguntaba si estaría libre para cenar el sábado por la noche.

Grace se quedó un momento mirándolo, incapaz de hacer nada más y esforzándose por disimular su decepción. En el transcurso de los meses que llevaban trabajando juntos, el teniente y ella se habían convertido en buenos camaradas, pero lo consideraba un amigo y un compañero de trabajo, nada menos, pero tampoco nada más. Quería que el teniente la respetara como un soldado, no que la cortejara.

Pensó en Mack. Pese a que llevaba ausente de Chaumont unas semanas, siempre que volvía a los cuarteles se veían, y eran vistos juntos, absolutamente todos los días. El teniente Riser debía de haberlos observado a menudo en cenas, fiestas, bailes y paseos por Chaumont. Y mientras que procuraban que sus besos fueran rápidos, discretos y lamentablemente escasos, el teniente Riser debía ser plenamente consciente de que Grace prefería a Mack.

A menos que… el teniente supiera alguna cosa sobre las preferencias de Mack que Grace tal vez no supiera.

Grace y Mack no habían vuelto a hablar desde primeros de julio, cuando él se había pasado por casa de las operadoras para despedirse antes de partir en una misión importante. Y a pesar de que no le había podido revelar a Grace adónde iba, a medida que habían ido llegando por cable detalles sobre los movimientos de las tropas aliadas en el norte de Francia a los pocos días de su partida, Grace había asumido que lo más probable era que Mack hubiera viajado al sur del Somme y estuviera en las cercanías de un pueblo llamado Hamel, donde varias compañías de tropas estadounidenses se habían unido a divisiones australianas para llevar a cabo una operación conjunta con el apoyo adicional de divisiones de tanques británicas. Desde hacía más de un año, un destacamento alemán apostado cerca de aquel pueblo había dejado expuestas a las tropas aliadas al desenfreno del fuego enemigo, y el objetivo del comandante australiano era recuperar el pueblo, eliminar el destacamento alemán y reforzar la línea de defensa aliada.

Grace sospechaba que Mack estaba implicado en aquella misión, aunque saberlo con total seguridad era imposible. Por desgracia, conectaba tan pocas llamadas hacia la región que no había oído prácticamente nada sobre la batalla después de que esta empezase, y sabía que era mejor no preguntar al respecto a sus superiores, que no le contarían nada e incluso podrían reprenderla por fisgonear en cuestiones militares clasificadas que quedaban fuera de su ámbito. Grace comprendía la necesidad de secretismo, y jamás provocaría intencionadamente una filtración que pudiera poner en peligro a las tropas. Pero incluso así, le gustaría saber si Mack estaba realmente en Hamel, puesto que aquella incertidumbre le hacía imaginarse lo peor.

Tal vez el teniente Riser creía que Grace había perdido el interés en Mack por llevar tanto tiempo ausente.

—El sábado —repitió con cautela, fingiendo que estaba reflexionando sobre la propuesta—. No sé seguro si tendré libre.

—Haré otro intento —dijo el teniente, molesto—. He invitado a la señorita Langelier a cenar el sábado al Hôtel de France. Ha aceptado, pero hemos acordado que para ambos sería muy apropiado tener una acompañante. Hemos pensado que, al ser su supervisora, y una compañía excelente además, sería usted la persona ideal.

—Entiendo. —Grace sonrió y exhaló un suspiro de alivio—. En ese caso, estaré encantada de acompañarlos a usted y a la señorita Langelier a cenar.

—Estupendo. Gracias. —El teniente Riser sonrió y luego rio entre dientes—. Pero si fuera solo yo…

—No —dijo Grace, riendo también—. Lo siento, pero la respuesta habría sido un no.

—No diga más —dijo el teniente, sentándose de nuevo y despidiéndola—. Se lo digo sinceramente. No diga más, por favor. Mi ego ya está suficientemente dolido.

—No sea ridículo. No lo dice en serio. —Grace se secó los ojos y dejó poco a poco de reír—. Pero por un momento me ha puesto muy nerviosa.

—Lo siento de verdad —dijo el teniente, avergonzado—. Viéndolo ahora en retrospectiva, pienso que tal vez debería haber sido la señorita Langelier la que se lo pidiera.

—Sí, habría sido mejor —coincidió Grace, levantándose también de la silla—. Hasta el sábado, pues.

Seguía sonriendo para sus adentros cuando salió del despacho y se dirigió a las escaleras. Había sido un día agotador en la centralita y tenía ganas de reunirse con Suzanne y Esther en su cafetería favorita para picar algo antes de relajarse con un paseo pintoresco bajo la refrescante sombra del bosque.

Estaba a punto de salir del edificio, cuando se abrió la puerta e hizo su entrada Mack.

Grace se paró en seco en el mismo momento que él. Durante un segundo, Mack la miró fijamente, pasmado, antes de que una sonrisa iluminara su rostro.

—Señorita Banker —dijo, y avanzó hacia ella con la mano extendida—. Esperaba encontrarla por aquí.

—Capitán Mack —dijo ella, casi sin aliento y estrechándole la mano. Era como si los recuerdos hubieran conjurado su presencia, porque allí estaba, por fin, tal vez excesivamente bronceado, pero por lo demás, bien. Mejor que bien: ileso, sano, sonriente y tan guapo como lo recordaba—. ¿Cuándo has llegado?

—Hará cosa de una hora. —Aún no le había soltado la mano y sus ojos no se habían apartado de su rostro desde que la había visto tan solo abrir la puerta—. He ido a Rue Brûle y me han dicho que seguías todavía aquí. Oye, ¿podríamos… ir a dar un paseo?

—Claro —respondió ella.

Consciente de que mucha gente podía estar observándolos, le presionó rápidamente la mano antes de soltársela. Mack le abrió la puerta, salieron del edificio y, con un acuerdo tácito, se dirigieron hacia la parte vieja de la ciudad, uno de sus lugares de paseo favoritos.

—Me temo que no voy a estar en Chaumont por mucho tiempo —dijo Mack, después de caminar unos minutos en silencio.

Grace unió las manos a su espalda.

—¿No tendrás tiempo para cenar juntos, pues?

El capitán negó con la cabeza.

—Mi tren sale en treinta minutos.

A pesar de la decepción, Grace no pudo evitar una carcajada.

—En ese caso, vamos en dirección contraria. —Se paró y le tocó el brazo para que dejase también de andar—. ¿Por qué no te acompaño, mejor, a la estación?

El capitán miró hacia la ciudad vieja, con pena.

—Por aquí es mucho más bonito, y me trae mejores recuerdos.

Pero igualmente dio media vuelta y echaron a andar hacia la estación.

Grace se ruborizó ante el vago cumplido —se referiría a recuerdos de sus paseos juntos, ¿no?—, pero siguió mirando al frente.

—¿Puedes decirme adónde vas?

Vio por el rabillo del ojo que fruncía el ceño con desgana y meneaba la cabeza.

—Me gustaría, pero ya sabes que no puedo decírtelo.

—Da igual —replicó Grace, restándole importancia—. No necesito tu ayuda en este sentido. Miraré en qué dirección marcha el tren y ya lo averiguaré. —Le dirigió una sonrisa para demostrarle que simplemente bromeaba, una sonrisa que se esfumó con rapidez—. Ojalá supiera que marchas a algún lugar tranquilo y calmado.

—Ojalá pudiera decirte que sí.

Con un nudo en la garganta, Grace asintió. Era la única pista que podía darle, suficiente para saber que se dirigía al frente.

—Me gustaría tener más tiempo —murmuró Mack, como si estuviese pensando en voz alta. Se paró de repente—. Señorita Banker..., Grace, espero que sepas lo mucho que he disfrutado del tiempo que hemos pasado juntos, y lo mucho que me importas.

Grace se quedó unos instantes sin poder hablar.

—Yo siento lo mismo —consiguió decir—. Espero que la próxima vez que pases por Chaumont, tengamos tiempo para mantener una conversación como Dios manda acompañada por una buena comida.

—Me encantaría, pero mientras estoy ausente... —Buscó en el bolsillo del pecho de la chaqueta y extrajo un estuche plano del tamaño de la palma de su mano, de cuero marrón oscuro con cierres de latón—. Me preguntaba si podrías guardarme esto en lugar seguro.

Le pasó el estuche, que ella aceptó con cuidado. Cuando lo abrió, descubrió en su interior una medalla, una cruz de bronce de unos cinco centímetros de longitud y un ancho algo menor, con un águila en el centro por encima de una inscripción en la que podía leerse «Al valor». La cinta de la que colgaba tenía una franja ancha azul en el centro flanqueada por una franja estrecha blanca a un lado y una roja al otro.

—Mack —dijo Grace, con voz entrecortada—, ¡te han concedido la

Cruz por Servicio Distinguido! —Había visto ilustraciones de la nueva medalla que el presidente Wilson había creado por petición del general Pershing, pero jamás la había visto en persona. Era la segunda condecoración militar en importancia que concedía el Ejército de los Estados Unidos y el Gobierno de los Estados Unidos la otorgaba como reconocimiento de actos de heroísmo extraordinario y servicios meritorios—. ¿Cómo…? ¿Qué…?

—No puedo decirte por qué he recibido este honor —dijo Mack, disculpándose—. Todavía no. Cuando acabe la guerra, sí, pero por el momento no.

Grace asintió, abrumada, y sintió miedo por él *a posteriori*. Ahora estaba segura de que había estado en la batalla de Hamel y de que allí se había jugado la vida.

—Tengo muchas ganas de que me cuentes toda la historia —replicó, con voz temblorosa—, cuando acabe la guerra.

Cerró el estuche, pero cuando intentó devolvérselo, Mack hizo un gesto negativo y lo rechazó.

—Me gustaría que la llevaras tú.

—¿Llevarla? —repitió Grace, pasmada—. No podría. No tengo ningún derecho. Lo que quiera que hicieras para ganar esto…

—Pues entonces, guárdamela al menos a buen recaudo. —Lo dijo en voz baja y convincente, pero aun así con una nota de humor—. Lo más probable es que donde voy acabe perdiéndola o estropeándola, y no creo que el presidente Wilson quiera darme luego una copia.

Grace contuvo una carcajada.

—De acuerdo, la guardaré a buen recaudo, si lo quieres así, pero solo hasta que tú puedas guardarla debidamente.

—Trato hecho. —Sonrió con cariño—. Con esto bastará por el momento.

Grace le devolvió la sonrisa, pero, de pronto, la mirada de Mack se le volvió insoportable y tuvo que apartar la vista, y la necesidad de guardar el estucho en el bolsillo le ofreció la excusa perfecta. De repente, sin embargo, recuperó la inspiración.

—Ten —dijo, quitándose de la solapa la insignia del Cuerpo de Señales para entregársela—. Acepta esto, por favor, con mis felicitaciones.

Mack aceptó la insignia, frunciendo levemente la frente, pero enseguida sonrió.

—¿Es a modo de garantía por la medalla?

Grace abrió las manos y se encogió de hombros.

—No llevo encima papel para hacerte un recibo.

—De acuerdo, pues. —Se colocó la insignia en la camisa, justo encima del corazón, en un lugar donde la chaqueta del uniforme pudiera esconderla—. Me parece un trato justo.

—Se trata de un intercambio temporal —le recordó Grace—. Cuando vuelvas —«tiene que volver, debe volver»—, cada uno recuperará lo que es suyo.

Mack asintió con solemnidad.

—Estoy totalmente de acuerdo.

Grace se ruborizó de nuevo y se preguntó si Mack habría escuchado en sus palabras más cosas de las que ella pretendía decir.

—Cuídame mucho la insignia —dijo, sin que se le alterase la voz—. Espero recuperarla en perfecto estado.

—Te prometo que me esforzaré para que sea así.

Le cogió la mano justo cuando se oyó el silbido del tren.

—Ya llega —dijo Mack, mirando por encima del hombro.

—Oh, Dios. —Grace deseó tener aunque fueran solo unos segundos más a solas para poder disfrutar de un beso maravilloso—. Ahora tendrás que correr.

Mack le dio la mano, dudó, y por un instante Grace pensó que la atraería hacia él. Pero él se limitó a presionarle la mano una vez más y a soltársela a continuación.

—Volveré —dijo, retrocediendo dos pasos antes de echar a andar a paso rápido—. Cuídese mucho, señorita Banker.

—Usted también, capitán Mack —gritó ella al ver que empezaba a correr.

Con la mano descansando sobre el bolsillo donde había guardado la medalla, siguió observándolo hasta que desapareció al doblar la esquina. Inspiró hondo y decidió ir a reunirse con sus amigas en la cafetería.

—Has estado toda la tarde muy callada —le comentó Suzanne por la noche, ya de vuelta a su residencia y mientras se preparaban para acostarse—. ¿Algo que te ronde la cabeza?

—Sí, de hecho sí. —Grace extrajo el estuche del bolsillo, levantó la tapa y le enseñó a su amiga la medalla que contenía—. Es un peso mayor de lo que parece.

—Dios mío. —Suzanne se inclinó para examinarla—. Felicidades, Grace. Siempre he dicho que eres la mejor operadora jefe del Cuerpo de Señales. Ya era hora de que el general Pershing te lo reconociera.

—No es mía, tonta —dijo Grace, dándole un palmetazo en el brazo—. Es del capitán Mack.

—¡Oh! —Suzanne se enderezó y arqueó las cejas—. ¿Te la ha dado?

Grace asintió.

—Para que se la guarde en lugar seguro, ha dicho, antes, cuando ha pasado un momento por Chaumont. No he tenido ni tiempo para pensármelo y ahora que se ha ido, ya no puedo devolvérsela.

—¿Y querrías devolvérsela?

—No lo sé. —Grace volvió el estuche hacia ella y contempló la medalla. Todo el mundo conocía su importancia como honor militar, pero ¿qué significaba como presente del hombre al que se la habían concedido hacia una chica a la que admiraba?—. Me ha pedido que me la ponga. Me parecería totalmente inadecuado, por supuesto, pero le he prometido que se la guardaría a buen recaudo.

Suzanne se quedó mirándola, perpleja.

—¿Y qué piensas que significa todo esto?

—No tengo ni idea.

—Pues a mí me parece evidente —dijo Suzanne, pensativa—. Te ama y esto es un símbolo del acuerdo que hay entre vosotros.

—Pero entre nosotros no hay ningún acuerdo, que yo sepa, y nunca me ha dicho que me ama.

—¿Y le has dicho tú alguna vez que lo amabas?

—Por supuesto que no. —Una dama jamás confesaba sus sentimientos hacia un caballero a menos que antes él le expresara los suyos y dejara muy claras sus intenciones. De hecho, lo más prudente para una dama era no permitirse albergar demasiados sentimientos hacia un caballero hasta estar segura de sus intenciones. ¿Y qué seguridad tenía ella con respecto al capitán Mack? Sus intenciones eran opacas, y decir que le gustaba pasar su tiempo libre con ella y que la apreciaba no podía considerarse como una declaración de amor—. No sé si le amo. —Suspiró, frustrada—. Todo sería mucho más fácil si supiera lo que él siente.

—¿Y por qué crees que no te lo ha comentado?

—No lo sé. Tal vez porque no siente nada por mí.

—Es evidente que alguna cosa siente —dijo Suzanne, señalando la medalla—. Si lo único que quisiera fuera que alguien se la guardara mientras estaba ausente, podía habérselo pedido al teniente Riser. ¿Quieres mi consejo?

—Sí, por favor.

—Cuando el capitán Mack regrese a Chaumont, dile lo que sientes.

—No podría —replicó Grace, horrorizada—. No sin conocer antes sus intenciones. Jamás se me ocurriría ser tan descarada.

—Si estuvieras en Nueva Jersey, no, seguro, pero tal vez en Australia no hacen las cosas así. A lo mejor en Australia el hombre espera a que la dama muestre un claro interés hacia él antes de agobiarla con atenciones indeseadas.

Suzanne era su mejor amiga en el Cuerpo de Señales, pero Grace nunca le había comentado los besos robados y los breves abrazos que habían compartido en las raras ocasiones en las que Mack y ella habían estado totalmente a solas. Grace estuvo a punto de confesarle toda la verdad, pero en el último momento, recordó que era la oficial superior de Suzanne y que no sería justo cargarla con el peso de aquel secreto.

—Estoy segura de que sabe que estoy interesada por él —decidió decir, confiando en que su amiga no le pidiera que desarrollara un poco más su afirmación.

¿Pero hasta qué punto estaba interesada? No lo bastante como para correr el riesgo de perder el respeto de sus operadoras —y posiblemente incluso su puesto en el Cuerpo de Señales— desarrollando abiertamente una relación romántica con un guapo oficial australiano. ¿Y hasta qué punto estaba interesado él? Era posible que Mack la viera simplemente como un devaneo de tiempos de guerra, una diversión y un coqueteo inofensivo para aplacar la soledad y el miedo a la muerte. Si Grace decidía expresar sentimientos más profundos, podía incluso generar su repulsa y acabar humillándose.

—Tiene que ser él quien muestre antes sus cartas —dijo con firmeza.

—No tienes que decidir nada esta noche —dijo Suzanne, y suspiró antes de meterse en la cama—. Tal vez, lo mejor que puedes hacer es no pensar nada al respecto. Solo esperar a ver qué hace el capitán Mack a su regreso.

Grace supuso que eso era lo mejor. Apagó la lámpara y cuando se acostó, y después de ahuecar la almohada e intentar ponerse cómoda, no pudo evitar pensar en otra posible explicación a la reticencia de Mack con respecto a aquel tema, teniendo en cuenta que los australianos tenían fama de ser simpáticos y abiertos.

Tal vez se hubiera encariñado de ella, y mucho, pero en su casa le esperaba una chica.

Aquella terrible posibilidad le pareció incluso más factible el sábado por la noche, después de acompañar al teniente Riser y a la señorita Rose Langelier durante la cena y observar la chispa que se encendía entre ellos y que se hacía evidente en cada risa y sonrisa, en cada mirada interminable. El teniente era el perfecto caballero, pero era obvio que se había enamorado de aquella guapa y encantadora operadora. El teniente Riser era transparente. ¿Por qué sería tan inescrutable el capitán Mack? Tal vez su trabajo en la inteligencia militar le hubiera entrenado a esconder sus sentimientos. O tal vez estuviera reprimiéndolos expresamente: permitiéndose disfrutar de la compañía de Grace, acercándose a ella pero sin cruzar nunca esa línea, consciente de que su corazón estaba comprometido con otra persona.

Grace contuvo un suspiro y forzó una sonrisa cuando Rose rio del pequeño chiste autocrítico que el teniente Riser contó. Estaba pensando demasiado en todo aquello. Porque aun en el caso de que el capitán Mack no tuviera ninguna relación previa y regresase a Chaumont, le cogiera la mano y declarara que deseaba adorarla toda la eternidad, ¿qué haría ella? El capitán Wessen y el señor Estabrook habían dejado perfectamente claro que las operadoras jefe debían ser un ejemplo de máxima discreción y contención para las operadoras que tenían bajo su mando. Inez Crittenden había insistido en que sería inadecuado que una operadora jefe iniciara cualquier tipo de noviazgo y permitiera que la frivolidad del romanticismo la distrajera de sus deberes. Grace estaba de acuerdo con todos ellos. Como las primeras mujeres que entraban a formar parte del Ejército de Estados Unidos, las operadoras del Cuerpo de Señales debían mantener una conducta irreprochable, sobre todo sus líderes. Había muchos ojos escépticos observándolas, deseosos de ver si el osado experimento de guerra del general Pershing acababa en éxito o fracaso. Por el momento, y gracias a su rendimiento ejemplar, la opinión pública estaba del lado de las operadoras, pero cualquier escándalo podía arruinarlo todo, no solo para las jóvenes que lucían ahora el uniforme, sino también para sus hijas y sus nietas de generaciones venideras.

Suzanne estaba cargada de buenas intenciones, pero Grace no se atrevía a animar al capitán Mack a declarar sus sentimientos por si acaso no los tenía o era reacio a confesarlos. Había demasiadas cosas en juego, no solo para sí misma, sino para muchísimas mujeres más. Si le decía que la amaba, no lo rechazaría, pero tendrían que ir despacio y con discreción.

Aunque todo carecería de importancia si para él no era más que un romance de tiempos de guerra.

A medida que fueron pasando los cálidos días de agosto, Grace tuvo mucho en qué ocupar sus pensamientos, lo que se tradujo en carecer de tiempo para reflexionar sobre su relación con el capitán. La primera distracción llegó en forma del enorme volumen de trabajo al que las operadoras debían enfrentarse a diario. El general Pershing había convencido al mariscal Foch de que aprobara un osado plan para reclamar el territorio de Lorena que los alemanes llevaban ocupando desde 1914. Por lo que Grace había oído en las líneas telefónicas, la atención estaba concentrada en un destacamento alemán próximo a Saint-Mihiel, una población a orillas del río Meuse, en el nordeste de Francia.

La segunda distracción fue una curiosidad, tal vez relacionada con la primera, tal vez no. Varias veces por semana, por las calles de Chaumont, y con más frecuencia por los pasillos del cuartel, Grace se cruzaba con el coronel Parker Hitt, el oficial de Señales del general Pershing. E invariablemente, el coronel decidía acompañarla un rato y entablaba con ella una conversación repleta de despreocupadas preguntas que a Grace le parecían totalmente incongruentes: ¿quiénes eran sus cinco mejores operadoras? ¿Cuáles de sus chicas sobresalían en el trabajo en la estación de codificación? ¿Había alguna de ellas que fuera especialmente fuerte y atlética, capaz de soportar las adversidades mejor que las demás? Pero teniendo en cuenta que el coronel Hitt era su superior y que sus preguntas no tenían nada que ver con secretos militares, Grace las respondía sin problemas, aunque sospechaba que aquellos encuentros casuales no eran en absoluto fruto de la casualidad, y que escondían alguna cosa.

Y lo tercero que sucedió fue demasiado devastador como para ser calificado de distracción.

El 17 de agosto llegó un telegrama, y si Grace no hubiera estado tan ocupada con sus obligaciones se habría parado a pensar lo extraño que era que el teniente Riser la llamara a su despacho para leerle un telegrama en vez de pedirle a un mensajero que se lo entregase, y por qué había recibido un telegrama y no una carta. Y cuando lo abrió, y mientras asimilaba las palabras que contenía, su garganta se cerraba y la cabeza empezaba a darle vueltas, comprendió con claridad por qué el teniente no había querido que estuviese sola cuando leyese aquellas líneas tan tensas y devastadoras.

Su padre había muerto hacía un mes en su residencia familiar en Passaic, Nueva Jersey.

La terrible noticia la golpeó con una fuerza casi física, la dejó sin aliento y aturdida por el dolor. El teniente Riser le expresó sus condolencias y le explicó por qué había tardado tanto en llegarle la noticia, pero Grace apenas escuchó lo que le estaba diciendo.

—¿Ha sido informado mi hermano? —se oyó preguntar a sí misma.

El teniente no lo sabía, pero le prometió que lo averiguaría. Grace llevaba semanas sin recibir carta de su hermano y lo último que había oído era que el 77.º Regimiento de Artillería de Campaña estaba en Fismes, a unos veinticinco kilómetros al oeste, al noroeste de Reims. En aquel momento, conmocionada por la pérdida, temía más que nunca por la vida de su hermano.

El teniente la animó a tomarse unos días libres. Pero cuando llevaba un día de descanso en la casa de Rue Brûle, comprendió que no podía hacer nada para ayudar a su padre, pero que, si hacía bien su trabajo, sí podía ayudar a Eugene. Volvió a su puesto, y agradeció aquel ritmo implacable que hacía imposible sucumbir al dolor, agradeció que sus queridas amigas le brindaran su apoyo y no le permitieran hablar sobre su pérdida cuando le resultaba insoportable hacerlo.

El trabajo le proporcionaba tanto un objetivo como consuelo, pero por mucho que se centrara en sus deberes, en la periferia era consciente de los rumores que llegaban a Chaumont y que aseguraban que el general Pershing pretendía trasladar el centro de mando a algún lugar más próximo al frente. Una semana después de recibir el devastador telegrama, el coronel Hitt volvió a tropezarse casualmente con ella cuando salía del despacho del teniente Riser.

—Señorita Banker —dijo, bajando la voz—, ¿ha oído decir que es posible que el general Pershing establezca un nuevo cuartel general más cerca del frente?

—No he oído nada —replicó Grace, fingiendo sorpresa—. Aunque debería preguntárselo a usted, puesto que está en una posición mucho mejor que la mía para saberlo.

El coronel hundió las manos en los bolsillos y se inclinó hacia delante para mirarla a los ojos.

—¿No ha oído ni siquiera algún rumor?

—¿Rumor? —Grace arrugó la frente—. ¿Y quién hace caso a los rumores? Se contradicen constantemente y casi siempre son erróneos.

El coronel asintió, pensativo, le deseó buenos días y se marchó. Grace lo observó marchar con curiosidad. Sí, allí se cocía algo.

A la mañana siguiente, mientras Grace estaba fuera de la sala de teléfonos revisando las notas del turno de noche antes de que sus operadoras pasaran a ocupar las centralitas, un mayor del Cuerpo de Señales al que conocía de las reuniones de dirección le dijo:

—Ando un poco liado, señorita Banker, y me preguntaba si podría ayudarme.

—Por supuesto.

—La semana pasada llegó a Francia un quinto grupo de operadoras telefónicas. La mayoría han sido destinadas a Servicios de Suministros, pero puedo pedir que nos transfieran algunas, en caso de necesitarlas. —Se rascó la mandíbula—. El problema es que no sé cuántas necesitaríamos.

—Entiendo. —Grace sujetó su carpeta contra el pecho—. Tendría que verificar los listados de turnos, pero así, haciendo un cálculo mental rápido…

—Me temo que, por desgracia, los listados de turnos actuales no nos servirán de gran cosa. —Bajó la voz y miró por encima del hombro—. He oído decir que algunas de sus chicas van a ser reubicadas a los nuevos cuarteles generales que Pershing piensa instalar más cerca del frente. Me ayudaría mucho saber cuántas de ustedes van a ir y cuándo.

Grace se quedó mirándolo y fingió perplejidad.

—¿Nuevos cuarteles generales? Que yo sepa, la única central más próxima al frente que la nuestra es la de Neufchâteau.

—No, no, no. —El mayor negó con la cabeza, impaciente—. No me refiero a Neufchâteau, sino a las nuevas instalaciones.

—Lo siento, pero no tengo ni idea de qué me habla.

—Oh, venga. —Sonrió, como si quisiera conectar su encanto—. Ustedes, las chicas, se enteran de todo.

—Pues yo no, me temo, y de esto mucho menos. —Se encogió de hombros, como queriendo disculparse—. Pero si pudiera pedir seis operadoras adicionales del Grupo Cinco, creo que sería ideal.

—Veré qué puedo hacer —replicó, y se marchó.

Grace contuvo un suspiro y acabó de leer el informe justo a tiempo de que sus operadoras relevaran al turno de noche. Si aquella curiosa conversación había sido una prueba, confiaba en haberla superado.

Cuando apenas llevaban un cuarto de hora de trabajo, el coronel Hitt entró en la sala de teléfonos y le pidió a Grace que saliera un momento. Grace dio rápidamente instrucciones a una de sus operadoras y siguió al coronel hasta una esquina del vestíbulo del cuartel.

—El general Pershing va a trasladar los cuarteles generales del Primer Ejército más cerca del frente y necesitará una centralita telefónica —la informó el coronel en voz baja—. Usted y sus dos mejores operadoras partirán en una hora. Elegiremos a tres operadoras más en Neufchâteau, que nos queda de camino.

—Mis dos mejores operadoras son Suzanne Prevot y Esther Fresnel —replicó Grace con voz firme por mucho que el corazón le estuviera aporreando el pecho.

—Informaré al respecto al teniente Riser —dijo el coronel—. Vaya a comunicárselo a sus operadoras y luego marchen a preparar la maleta, lo más rápidamente posible. Cojan solo lo más esencial, lo que puedan llevar en una bolsa pequeña. El coche vendrá a recogerlas a su residencia en una hora.

—Entendido, señor —dijo Grace, y volvió enseguida a la sala de teléfonos.

Grace dedicó unos minutos a despedirse antes volver corriendo a su alojamiento en compañía de Suzanne y de Esther. Prácticamente sin aliento, recogieron apresuradamente su equipaje más esencial y confiaron los maletines con la mayoría de sus pertenencias a la señora Ivey, que les prometió cuidar de sus cosas todo el tiempo que fuera necesario. Al salir de la casa vieron que ya las estaba esperando junto a la acera un turismo de gran tamaño, con un conductor al volante. Cargaron las bolsas en el automóvil, subieron a bordo y el coche arrancó sin que apenas les diera tiempo a cerrar las puertas.

—¿Está autorizado a decirnos adónde vamos? —le preguntó Grace al chófer en cuanto dejaron atrás Chaumont.

—A Ligny-en-Barrois —respondió el hombre, sonriendo por encima del hombro—. Es una pequeña localidad a treinta y cinco kilómetros al sudoeste de Saint-Mihiel. Tardaremos unas cuatro horas en llegar, contando la parada que haremos en el camino para recoger a tres chicas más.

Durante más de una hora, circularon en dirección nordeste por la campiña francesa en dirección a Neufchâteau. Cuando el coche se detuvo delante de una casa de dos plantas con muros de estuco, Grace y sus compañeras salieron a estirar un poco las piernas mientras esperaban a las otras chicas. Cinco minutos antes del tiempo previsto, se abrió la puerta de la casa y salieron por ella Berthe Hunt, Marie Miossec y otra chica que Grace no reconoció, todas cargadas con una sola bolsa. Después de guardar el equipaje en el maletero y subir rápidamente a bordo, Berthe les presentó a la tercera chica como Helen Hill, de New Haven, Connecticut, que había llegado con el Cuarto Grupo.

Mientras el coche avanzaba hacia el noroeste, las chicas de Chaumont tuvieron tiempo suficiente para conocerse con Helen y renovar la amistad con Berthe y Marie, de las que no habían tenido noticias desde que el Primer Grupo se dividió en París. Incluso con Helen y Marie sentadas delante, en el asiento de atrás iban bastante apretadas y chocaban entre ellas a cada socavón y cada curva. El chófer aminoraba la velocidad siempre que se cruzaban con civiles caminando en dirección contraria, empujando carromatos cargados de maletas, ropa de cama y niños; más excepcionalmente, se cruzaban con un escuálido caballo viejo que tiraba trabajosamente de un carro de heno cargado con refugiados con su escasa ropa envuelta en un hatillo.

Más a menudo, el automóvil atrapaba a tropas aliadas que marchaban en su misma dirección. Al oír el motor, los soldados se hacían a un lado y sus rostros exhaustos se iluminaban al ver que los adelantaba un coche lleno de muchachas jóvenes. Y cuando reconocían el uniforme del Cuerpo de Señales, los chicos, quemados por el sol y cubiertos de polvo, las vitoreaban y agitaban los cascos a modo de saludo. Las telefonistas les devolvían con alegría el saludo, los aplaudían y les decían adiós con la mano. Suzanne y Helen les lanzaban besos.

Era ya mediodía cuando llegaron a Ligny-en-Barrois, un pueblo situado en un valle rodeado de colinas, a orillas del mismo canal de la Marne au

Rhin que pasaba por Chaumont. El chófer las dejó en la oficina de teléfonos, una antigua vivienda de la calle principal del pueblo.

—No se acomoden demasiado —les aconsejó el chófer con una sonrisa mientras ponía de nuevo en marcha el motor antes de partir.

—¿Por qué debe de haber dicho esto? —preguntó Esther—. ¿Porque no vamos a estar aquí mucho tiempo o porque sería un esfuerzo inútil?

—Seguramente solo intentaba hacerse el listillo —dijo Helen.

Se volvieron todas para observar la erosionada fachada de su nuevo lugar de trabajo. Los sacos de arena apilados junto a los muros hablaban ominosamente sobre el pasado o anticipaban futuros bombardeos. En el interior, Grace y sus compañeras encontraron una sala grande, desprovista prácticamente de mobiliario y unas pocas centralitas en estado ruinoso. Detrás de ellas, había rollos de cable y barriles con clavos, lo que sugería que el equipamiento había llegado recientemente. Una caja de cartón grande parecía estar allí para hacer las veces tanto de silla como de mesa.

Delante de la centralita había sentados varios chicos del batallón de Señales, que al oír que entraban las chicas, se quitaron los auriculares y se levantaron, impacientes por saludarlas. Distraída por las luces encendidas y las clavijas que colgaban de la centralita, Grace apenas captó ningún nombre, pero sí se enteró de que en el pueblo no había más operadores que los que estaban allí. Y que ahora que acababan de llegar chicas cualificadas, los chicos del batallón de Señales empezarían a trabajar en el turno de noche, aunque ni siquiera con los dos grupos tendrían personal suficiente para proporcionar servicio las veinticuatro horas y que solo tendrían que hacerlo en caso de emergencia.

Los chicos les mostraron las instalaciones, una visita que terminó enseguida, puesto que no había más que aquella única sala, con un sistema de telefonía con el que ellas ya se habían entrenado en Nueva York. Una diferencia importante, sin embargo, era lo que los chicos del batallón de Señales denominaban «líneas operacionales», unos cables instalados recientemente, nuevos y relucientes, que debían utilizarse única y exclusivamente para gestionar llamadas relacionadas con la inminente ofensiva. Luego, cuando los chicos se hubieron marchado para comer algo caliente y dormir un poco, Grace y sus operadoras dejaron sus bolsas junto a la pared, ocuparon sus puestos y agradecieron las bolsas con comida que las camareras de la Asociación Cristiana de Mujeres Jóvenes les habían preparado, puesto que la centralita no paraba y eran tan pocas que no podían ni permitirse una pausa para comer.

Cuando los chicos del batallón de Señales las relevaron a última hora de la tarde, su operador jefe, un cabo, se ofreció a escoltar a las seis chicas hasta la cantina para que pudieran cenar algo y luego hasta su alojamiento. Muertas de hambre, aceptaron el ofrecimiento y el cabo las acompañó durante el breve trayecto, ofreciéndoles entre tanto una animada narración. Se veía obligado a hablar casi a gritos, puesto que las estrechas calles adoquinadas eran un desfile continuo de soldados y camiones cargados con suministros y artillería. Después de una sencilla pero reconfortante cena con estofado de conejo y pan duro, el cabo las acompañó hasta la pensión de la Asociación Cristiana de Mujeres Jóvenes, o mejor dicho, hasta el cartel que colgaba en lo alto de un callejón que les prometió que las llevaría desde la calle principal hasta la entrada de la pensión.

Grace pasó entonces a encabezar el grupo, y se adentraron por un pasaje estrecho y oscuro que las condujo hasta un pequeño patio adoquinado abierto a un cielo azul oscuro repleto de estrellas. Y mientras las seis chicas miraban a su alrededor y se preguntaban cuál de las diversas puertas sería la entrada principal, una mujer de unos treinta años, con el pelo oscuro peinado en una media melena ondulada, emergió de una de ellas y las saludó agradablemente en inglés con acento norteamericano y también en francés. Les indicó que la siguieran y las llevó hasta el otro extremo del patio, donde dos escaleras gastadas ascendían en direcciones opuestas, una hasta dos habitaciones situadas sobre una tienda y las otras dos habitaciones situadas sobre un granero utilizado como secadero y almacén. Berthe y Grace tendrían una habitación individual para cada una y las otras cuatro chicas compartirían dos dobles. La encargada enseñó a Grace su habitación en último lugar, una estancia situada sobre la parte posterior del granero. Y Grace disimuló su sorpresa cuando la mujer le mostró con orgullo una gran cama con dosel, con cortinajes de color bermellón, en la cabecera de la cual colgaba una cruz hecha con flores secas de al menos treinta centímetros de altura. Como la espada de Damocles, pensó Grace mientras dejaba la bolsa en el suelo, al lado de un maltrecho armario, y deseaba buenas noches a su anfitriona.

Cerró la puerta y evaluó su cuarto, que olía débilmente a almidón, lejía y cera para los suelos, un aroma que prometía pulcritud y limpieza. En una mesa baja había una jarra de agua y una jofaina. Las dos ventanas que se abrían en la pared debían de dar a la calle y no al patio, pero Grace resistió la tentación de retirar las cortinas opacas para echar un vistazo.

Agotada, se preparó para acostarse, consciente de que a la mañana siguiente tendría que levantarse antes del amanecer. Se sumergió bajo las sábanas, que eran viejas pero estaban escrupulosamente limpias, y cuando se tumbó descubrió que la almohada era mullida y con plumón, aunque el colchón estaba lleno de bultos extraños y rascaba, como si estuviese relleno de paja, y que algún tipo de vara de madera horizontal le presionaba incómodamente la espalda. Cambió de postura, se puso de lado y dobló las rodillas para pegarlas contra el pecho, pero por mucho que lo intentara, aquella vara rígida seguía molestándola por un lado u otro.

Volvió a ponerse bocarriba, cerró los ojos y recordó que en cuanto cayera dormida ya no la molestaría nada. Y cuando recordó las palabras de despedida del chófer, no pudo evitar reír. Le habría gustado decirle que no tenía de qué preocuparse. Que no le costaría nada seguir su consejo de no acomodarse demasiado.

20

VALERIE

A pesar de que las victorias aliadas en la zona del Marne habían aliviado París de la amenaza de invasión inminente, los ataques aéreos ocasionales seguían interrumpiendo las noches y obligaban a Valerie y sus compañeras a bajar corriendo y a oscuras al sótano o a protegerse en el *abri* del patio, mientras escuchaban el zumbido de los aviones o las explosiones de los cañones de largo alcance y se armaban de valor para prepararse para un posible impacto directo contra su hotel que, por suerte, nunca llegó. Valerie se preguntaba si sus atacantes estarían al corriente de que, a cerca de doscientos ochenta kilómetros al este, el general Pershing estaba preparando en Saint-Mihiel una ofensiva masiva con el objetivo de romper las líneas alemanas y capturar Metz, una ciudad fortificada a orillas del río Mosela.

Cuando Valerie oyó decir que el general Pershing comandaría ciento diez mil soldados franceses, además de las Fuerzas Expedicionarias de los Estados Unidos, pensó que lo había entendido mal. No era ni estratega militar ni psicóloga, pero le parecía muy poco probable que el comandante supremo de los aliados, el mariscal Foch, accediera a ese plan. Porque a pesar de los éxitos de las Fuerzas Expedicionarias Estadounidenses en Belleau Wood, Hamel y el Marne, los comandantes aliados seguían escépticos en cuanto a la capacidad del Primer Ejército de los Estados Unidos para combatir como una fuerza independiente y hasta el momento siempre habían preferido incorporar a las tropas norteamericanas en el seno de divisiones francesas y británicas. Sus recelos hacían que aquella misión en concreto fuera de lo más improbable. Los batallones franceses habían llevado a cabo numerosos intentos para expulsar a los alemanes de Saint-Mihiel y siempre habían fracasado; en 1915, una ofensiva desastrosa había acabado en una situación de *impasse* y había producido ciento veinticinco mil muertos y heridos franceses. Valerie era consciente de que solo oía fragmentos de los planes militares y de que desconocía la estrategia que los respaldaba; sin embargo, un ataque liderado por los norteamericanos sobre Saint-Mihiel le parecía tan imposible que acabó llegando a la conclusión de que o bien todo era un amago para distraer a los alemanes mientras otras fuerzas aliadas se preparaban para atacar en otra parte, o bien el general Pershing había expuesto sus argumentos extraordinariamente bien y había logrado convencer al comandante Foch para que le permitiera realizar aquel osado intento. Lo primero, por forzado y complicado que fuera, le parecía mucho más probable que lo segundo.

Pero si Valerie hubiera apostado, habría perdido. A primera hora de la mañana del 12 de septiembre, las tropas norteamericanas se lanzaron al ataque al mando del general Pershing. La ofensiva para tomar Saint-Mihiel y Metz estaba en marcha.

La batalla se prolongó durante tres días. En el ataque inicial, los norteamericanos sorprendieron sin quererlo a los alemanes mientras estaban en retirada, con las tropas desprevenidas y la artillería descolocada, razón por la cual los aliados empezaron con más éxito del esperado. Pero rápidamente, su avance se ralentizó cuando los vehículos de transporte se quedaron encallados en las carreteras enfangadas y hubo que abandonar artillería y alimentos por el camino. Las ametralladoras alemanas dispararon contra las tropas norteamericanas desde los bosques, acabando con la vida de más de cuatro mil quinientos hombres e hiriendo de gravedad a dos mil quinientos. Cuando Valerie oyó aquellas cifras por el teléfono, le parecieron devastadoras. No se atrevía ni a imaginar lo que debía de ser estar cerca del escenario de aquella masacre.

No obstante, a pesar de tan terribles pérdidas, la batalla quedó declarada como una victoria aliada, una prueba esencial del liderazgo del general Pershing superada con brillantez. Los aliados hicieron quince mil prisioneros alemanes y liberaron más de quinientos kilómetros cuadrados de territorio francés que los alemanes habían ocupado durante los primeros meses de la guerra.

Durante los días siguientes, los periódicos de París publicaron artículos y fotografías de ciudadanos franceses que habían quedado atrapados tras las líneas enemigas durante cuatro terribles años y que salían de sus viviendas destrozadas y abrazaban a sus liberadores aliados. Las campanas de las iglesias tañeron, desfiles improvisados llenaron calles horadadas por las bombas, la tricolor roja, blanca y azul ondeó en ventanas y balcones, colores que se repetían en las corbatas de los hombres, en las bandas de los sombreros de las mujeres y en las cintas del pelo de las jóvenes.

Tal vez por venganza, tal vez por odio, el 16 de septiembre los alemanes bombardearon París con el peor ataque aéreo de toda la guerra. Valerie y sus amigas se refugiaron en el sótano del hotel, bromeaban sin cesar para disimular el terror, decididas a seguir comportándose como verdaderos soldados hasta el final, si acaso aquella noche acababa siendo su final. Y al amanecer, se asearon, se peinaron, se vistieron con uniformes limpios y salieron del hotel Élysées Palace, saludaron a los parisinos de camino al trabajo, a los comerciantes que abrían las tiendas, a las mujeres que salían de casa temprano para hacer los recados. Por atribuladas que se sintieran, ya nadie hablaba de evacuar de la ciudad, al menos que Valerie supiera.

Más tarde, cuando Valerie volvió al trabajo tras la pausa del almuerzo, Inez Crittenden la esperaba fuera de la sala, cargada con un montón de carpetas y dosieres.

—El oficial responsable de la formación de las centralitas magnéticas para los hombres del Cuerpo de Señales acaba de ser hospitalizado por gripe —anunció Inez—. Me han dicho que le busque una sustituta, y la he elegido a usted.

—¿A mí? —replicó Valerie, sorprendida. Y sin más, Inez le depositó en las manos las carpetas y los dosieres, y a Valerie no le quedó más remedio que aceptarlos si no quería que cayeran al suelo—. ¿Por qué yo? No tengo ninguna experiencia como instructora.

—Tampoco la tiene ninguna de las demás operadoras que trabajan aquí, pero sí que ha hecho un trabajo excelente formando a las chicas nuevas desde que la nombraron supervisora. Posee además el aspecto autoritario y el temple necesario para mantener a raya un aula llena de hombres.

Valerie se quedó satisfecha con el cumplido, lo cual no significaba que quisiera demostrar que se lo merecía.

—¿Sabe quién sería estupenda para este trabajo? —dijo, haciendo una mueca de dolor cuando el canto de una carpeta se le clavó en el brazo—. Grace Banker. Antes de alistarse al Cuerpo de Señales era instructora en AT&T. Oh, no, mejor aún, Berthe Hunt. Era profesora de secundaria. Para ella, sería prácticamente lo mismo.

—El trabajo es suyo, señorita DeSmedt —replicó Inez—. Tanto la señorita Banker como la señorita Hunt son absolutamente esenciales para el puesto que ocupan en el frente. Y aun en el caso de que solicitara su traslado aquí, sus superiores jamás lo concederían.

—Pero merecería la pena intentarlo —murmuró Valerie.

Inez enarcó las cejas a modo de leve reprimenda y señaló la carga que acababa de depositar en brazos de Valerie.

—Esto es el material para las clases, incluye el temario del curso. Sus alumnos ya tienen el cuaderno de ejercicios. Su predecesor los distribuyó durante el primer día de clase, que fue justo ayer. ¿No cree que es una suerte poder incorporarse a principios del curso y no cuando ya está a medias?

—Sí, una auténtica suerte —respondió Valerie—. Pero espere un momento. ¿Me está diciendo que mi predecesor, que está ingresado en el hospital por gripe, estuvo ayer mismo en esa aula y con esos alumnos?

—Me han asegurado que el aula ha sido convenientemente fregada y ventilada.

—¿Y los alumnos? ¿También los han fregado y ventilado?

—Póngase una mascarilla, si tanto le preocupa. Yo en su lugar lo haría. —Inez le lanzó una mirada a medio camino entre la súplica y la exasperación—. Por favor, no me lo ponga aún más difícil. Esos hombres necesitan aprender y alguien tiene que enseñarles. ¿Quiere que vayan al frente sin saber cómo realizar una llamada?

Por supuesto que no.

—De acuerdo, pero me reservo el derecho de expulsar a cualquiera que tosa o estornude.

—Si lo hace, en nada tendrá media clase fingiendo que está enferma. —Inez se llevó la mano a la frente y cerró un instante los ojos, suspirando—. Y debo advertirla de lo siguiente: según me han dicho, algunos de esos hombres llevan muy mal haber sido asignados a trabajos telefónicos, igual que hay otros a los que no les gusta tener como destino Servicios de Suministros.

—No me extraña —dijo Valerie—. No se pueden pasar décadas despreciando un trabajo y diciendo que es cosa de mujeres y luego fingir que te llevas una sorpresa cuando los hombres no quieren hacerlo. ¿Entenderán que estarán en el campo de batalla esquivando balas y bombas como cualquier otro soldado de Infantería?

—Tal vez debería subrayar esto. Pestañear y decirles lo grandes, fuertes y valientes que son.

Valerie resopló.

—No, gracias. No es mi estilo. Tal vez debería decirles lo mucho que a las chicas nos encantaría ocupar su lugar en las trincheras, tal como hemos hecho en todas las demás centralitas de Francia.

—Muy buena idea. Avergonzarlos para que aprendan.

—Ya le he dicho que no era la persona adecuada para este trabajo.

—Pero igualmente es suyo. La clase empieza a las dos.

—¿A las dos de hoy?

—Sí, de hoy. Le sugiero que dedique el tiempo hasta entonces a repasar los materiales del curso.

—¿Y quién se ocupa de cubrir mi turno?

—Me ocuparé yo. Usted ya tiene bastante de lo que preocuparse.

Valerie rio débilmente y casi se le cae una carpeta al suelo.

—Eso no es verdad.

—A las dos en punto —dijo Inez subrayando sus palabras—. En la sala de conferencias del segundo piso.

Valerie refunfuñó unas palabras de asentimiento y se marchó con todo el material.

La sala ya estaba dispuesta en formato de aula, con una mesa, una silla y una pizarra con ruedas en la parte delantera, varias filas de mesas y sillas en el centro y las centralitas instaladas al fondo. Con un suspiro, tomó asiento detrás de la mesa y empezó a repasar el plan de clase y las ilustraciones. La buena noticia era que el material era prácticamente idéntico a los manuales de instrucciones que había utilizado para su formación. La mala, la noticia terriblemente mala, era que quienquiera que hubiera diseñado aquel temario había condensado un programa de formación de dos semanas en solo tres días.

—Esto es de locos —dijo en voz alta Valerie justo en el momento en que hacía su entrada el primer alumno.

El hombre se detuvo en seco, miró por encima del hombro para ver si el comentario iba dirigido a alguien y, a continuación, la saludó y tomó asiento en primera fila.

Valerie estaba tan exasperada que ni siquiera se puso nerviosa cuando el resto de los alumnos fue haciendo su entrada. Todos la miraron dos veces cuando la vieron ocupando el lugar del instructor. Algunos se recompusieron rápido y la saludaron con educación, mientras que otros sonreían y la miraban de los pies a la cabeza. Algunos pusieron muy mala cara, dieron un codazo a sus compañeros, murmuraron para sus adentros y se instalaron en los asientos de la última fila con una actitud tan impropia de un soldado que por un momento Valerie se sintió como si estuviera de nuevo en su instituto en Los Ángeles.

A las dos en punto, Valerie cerró la puerta y comenzó la clase.

—Buenas tardes —dijo con voz clara y firme—. Soy la operadora supervisora DeSmedt. Como ya deben ustedes de saber, su anterior instructor se ha visto obligado a dejar el puesto por razones médicas y yo me encargaré de sustituirlo. Tienen mucho que aprender y muy poco tiempo para dominar la materia, de modo que empezaremos de inmediato. Cojan, por favor, los cuadernos de ejercicios y ábranlos por la página cuatro.

La mayoría de los soldados obedeció de inmediato, pero un sargento sentado en la última fila estiró las piernas, se cruzó de brazos y dijo:

—Señorita profesora, si voy a ser operador telefónico, ¿podría decirme dónde está mi falda?

Se presionó la mejilla izquierda con el dedo índice de la mano izquierda, tiró del pantalón a la altura del muslo con el pulgar y el dedo índice de la mano derecha e hizo una pequeña reverencia. Sus colegas rieron a carcajadas, y algunos sonrieron con suficiencia. Unos cuantos, incluido el primero que había entrado en la sala, estaban claramente incómodos.

—En mi sección no, sargento —respondió Valerie sin alterarse—. Si necesita un uniforme de recambio, comuníqueselo a su intendente. ¿Alguna otra pregunta antes de empezar?

El primer soldado levantó la mano.

—¿Sí, soldado? —dijo Valerie.

—¿Cuándo nos traerán las palomas?

Valerie se quedó unos instantes mirándolo con perplejidad.

—¿Perdón?

—¿Que cuándo tendremos las palomas? —Lo dijo con expresión esperanzada y pronunciando las vocales planas, con un acento típico del Medio Oeste—. Mi compañero de habitación las recibió hace dos días.

¿Palomas? Valerie lo entendió de repente.

—Oh. Me imagino que se refiere a las palomas mensajeras del

Cuerpo de Señales. Entiendo que su compañero debe de estar en el Servicio de Palomas del Ejército.

—Sí, así es, señorita. Se crio en una granja y ahora se ocupa de las palomas. Su favorita es una azulada preciosa que se llama Lola.

Algún hombre de la parte de atrás rio con disimulo, pero Valerie lo ignoró por completo.

—Lo siento, soldado. Pero aquí no trabajamos con palomas, solo con centralitas, cables y clavijas. —Al ver que al soldado le cambiaba la cara, añadió—: Pero siempre puede ponerle nombre a su centralita si le apetece.

El rostro del soldado se iluminó.

—¿Puedo?

—Sí, por supuesto. ¿Por qué no? Los pilotos ponen nombre a sus aviones, ¿verdad? —Cambió su punto de vista para dirigir la mirada a toda la clase—. No se confundan, lo que hagan en el frente con sus centralitas será tan esencial como cualquier cosa que los pilotos puedan hacer en el cielo. ¿Cómo creen ustedes que reciben los pilotos las órdenes? ¿Cómo creen que informan a los comandantes de otras bases sobre lo que han observado desde arriba o sobre cómo ha ido un bombardeo? —Esperó respuesta, pero viendo que nadie decía nada la proporcionó ella—: Por teléfono.

El soldado levantó la mano.

—Y por paloma mensajera.

—Sí, también con la ayuda de esas palomas mensajeras tan valientes, osadas y magníficas. —Inspiró hondo. Al menos ahora empezaban a prestarle atención—. Miren. Cualquier soldado puede llevar un arma, pero el éxito de una misión o la seguridad de toda una división pueden depender de la centralita de esa unidad y de la habilidad del hombre que la gestiona. —Fijó la mirada en cada uno de ellos—. Desde que estoy aquí he conectado miles y miles de llamadas de esta importancia, y, créanme, sé muy bien de qué hablo.

El sargento se inclinó hacia el pasillo para decirle algo en voz baja a un compañero, quien rio entre dientes y le dio un codazo.

—¿Desea decir alguna cosa con la que contribuir a la discusión, sargento? —preguntó Valerie, incorporando a su voz su sonrisa más melosa.

El sargento se encogió de hombros.

—No, nada. Solo que me parece que no sabe usted de lo que habla.

Un escalofrío de interés recorrió la sala: sorpresa, fastidio, anticipación, regocijo y malicia. Valerie comprendió que, si no recuperaba de inmediato el control de la situación, se habría acabado. Y no aprenderían nada de ella.

—¿Cuánto tiempo lleva en el Cuerpo de Señales, sargento? ¿Cinco minutos? —preguntó, permitiendo que su voz adquiriera un matiz de arrogante escepticismo—. Yo llevo meses aquí, de modo que tengo más experiencia y más conocimiento que usted. ¿Por qué no *taisez-vous, s'il-vous-plaît*, escucha e intenta aprender alguna cosa? —Viendo que se quedaba confuso, Valerie añadió—: Eso en francés quiere decir «Cállese, por favor». Memorice bien la frase. Sospecho que la oirá con frecuencia.

Los demás hombres sonrieron, contuvieron la risa, miraron por encima del hombro al sargento sonrojado y luego a Valerie, con una nueva expresión de respeto.

Sin embargo, el sargento no se había dado por vencido.

—No pienso reportar a ninguna mujer —explotó, aporreando la mesa.

Valerie se quedó mirándolo en sereno silencio durante unos instantes.

—En ese caso, no aprenderá lo que necesita para llevar la centralita, y morirán hombres por culpa de su incompetencia. Tal vez usted —dijo, y fijó la mirada en el hombre sentado a la izquierda del sargento, que bajó la vista avergonzado—. Tal vez usted —se dirigió ahora al hombre sentado a su derecha, que parecía medio enfermo—. Usted no, indudablemente —continuó, sonriendo con aprobación al soldado de la primera fila, que se sonrojó—. Adivino que usted aprenderá rápido. —Cogió el libro y repasó fijamente a toda la clase—. Si alguno de ustedes quiere sumarse a este bravo soldado en la tarea de ayudar al general Pershing a ganar esta guerra, abran sus cuadernos, por favor, por la página cuatro.

Todos obedecieron, excepto el sargento, que frunció el entrecejo, furioso, y no tocó el cuaderno, aunque al menos mantuvo la *bouche* cerrada.

Durante cuatro horas, con una única pausa de diez minutos, Valerie enseñó a los hombres el funcionamiento de las anticuadas centralitas magnéticas, sus distintas partes, cómo hacer una llamada, cómo recibirla y todo lo que necesitaban saber. El sargento no regresó después de la pausa, pero sí todos los demás, que practicaron con diligencia en las centralitas mientras Valerie controlaba lo que iban haciendo. Cuando la clase terminó y despidió a los hombres, estaba agotada. Pero también aliviada por haber sobrevivido a su primer día como profesora, satisfecha por la generosa cantidad del plan de lecciones que habían podido cubrir y bastante impresionada

360

con la rapidez con la que los hombres habían ido captándolo todo. Tal vez su pequeño discurso los hubiera motivado.

Estaba a punto de terminar de ordenar el aula cuando apareció en el umbral de la puerta uno de sus superiores.

—¿Qué tal ha ido? —preguntó el capitán Pederson.

—Bien —respondió Valerie, fingiendo lamentarse—, siempre y cuando no tenga en cuenta que todos y cada uno de mis alumnos han declarado que preferirían tenerlo a usted como instructor. Les he dicho que vería qué podía hacer.

El capitán soltó una carcajada.

—Estoy seguro de que todos y cada uno de ellos prefieren tener a una joven guapa como usted dirigiendo la clase antes que pasarse el día aguantando un careto tan feo como el mío.

—Tal vez piense eso —dijo con cautela Valerie—, pero se equivoca.

Le contó lo sucedido con el sargento, y a cada frase que pronunciaba se acentuaba más la expresión de incredulidad del capitán.

—¿Y dice que se ha marchado cuando la pausa y luego no ha vuelto?

—Así es, señor. Me temo que ha sido así.

—Esto no tiene nada que ver con un puesto de trabajo civil que se puede abandonar cuando a uno le apetece. Su comandante le ha ordenado asistir a este curso de formación. No tenía otra elección. ¡Estamos en el Ejército!

Valerie suspiró y se apoyó en la mesa.

—Lo más probable es que fuera un alumno más que dispuesto de contar con otro instructor.

—Tampoco puede elegir instructor. —El capitán Pederson puso mala cara y meneó la cabeza—. Mañana estará presente en clase, se lo garantizo.

Valerie no estaba muy segura de querer volver a verlo entre sus alumnos.

—¿Y si se niega a participar?

—Lo envía de soldado de cocina, a pelar patatas.

Valerie se quedó unos instantes pensando. Como supervisora, solo se había visto obligada a amonestar a sus operadoras en contadas ocasiones, y nunca había pasado de un sermón serio o una amonestación escrita en el expediente. Enviar a un soldado a las cocinas estaba considerado como el castigo más humillante.

—¿Puedo hacer eso?

—Por supuesto, ¿por qué no? Las operadoras telefónicas tienen estatus de oficiales, ¿no es así?

—Eso es lo que nos dijeron, pero el título de «operadora» es bastante ambiguo. Nunca he estado del todo segura de mi rango.

—Pues le aseguro que, como oficial, tiene usted un rango más alto que el de un sargento. Si ese elemento conflictivo no cumple con su deber, envíelo a las cocinas. Y si intenta discutir su decisión, dígale que se pase por mi despacho. Estaré encantado de repasar con él el reglamento militar.

Dudosa, Valerie accedió a hacer lo que el capitán le recomendaba, pero en el fondo confiaba en que el sargento fuera reasignado a una tarea menos desagradable que la de tener que aceptar instrucciones de una mujer…, limpiar los excrementos de las palomas, por ejemplo.

Al día siguiente, Valerie trabajó por la mañana en la central telefónica y se presentó en el aula por la tarde. El sargento fue el último alumno en llegar, esbozando una mueca fanfarrona y con cara de contrariedad. Se dejó caer en el asiento, cruzó los brazos por encima de su abultado pecho y miró a Valerie con desdén cuando inició la clase con un repaso de la lección del día anterior. Luego, cuando pidió a los alumnos que abrieran los cuadernos, el del sargento permaneció cerrado en la mesa, delante de él, y le lanzó una mirada desafiante.

—Sargento, ¿quiere que le ayude a localizar la página? —le preguntó Valerie.

—No necesito su ayuda, tampoco sus lecciones —replicó con sorna—. Ya se lo dije ayer: no pienso responder a una mujer.

—Siga así y encontraré a alguien a quien pueda responderle y que le gustará mucho menos que yo —contestó Valerie sin alterarse—. Última oportunidad, sargento. Abra el cuaderno y siga la clase. Si se aplica, podrá ponerse enseguida al nivel del resto.

El sargento murmuró por lo bajo a su compañero, quien lo miró de reojo y no le respondió.

—Muy bien, sargento —dijo Valerie secamente—. Preséntese en la cantina. Queda destinado al servicio de cocinas.

El sargento la miró boquiabierto.

—¿Qué?

—Servicio de cocinas. Váyase. —Movió la cabeza en dirección a la puerta—. Por ahí. Márchese.

—No…, usted no puede destinarme a las cocinas —tartamudeó—. ¡No es más que una chica!

—Sí, pero no soy una chica cualquiera. Soy su instructora, y tengo un rango superior al suyo. —Valerie se dirigió hacia la puerta, la abrió e hizo un gesto elegante para mostrarle la salida—. Si se siente realmente confuso, el capitán Pederson se ha prestado amablemente voluntario para refrescarle la memoria en todo lo referente a cierta reglamentación militar que, al parecer, ha olvidado.

—Pero…, pero… —Sonrojado, empujó la silla hacia atrás, pero no se levantó—. No puede…

—Mírelo de la siguiente manera. No le apetecía estar aquí, ¿verdad? Pues ahora tiene ante usted la oportunidad de aprender a pelar patatas de forma rápida y eficiente, y, lo mejor de todo, tendrá un instructor masculino. —Sonrió, sin perder la compostura—. Que tenga usted muy buenos días, sargento.

Furioso, el sargento se levantó de la silla, regaló a Valerie una feroz diatriba con todas las profanidades de su vocabulario y salió en estampida de la sala, cerrando de un portazo.

—Muy bien —dijo animada Valerie, uniendo las manos y sonriendo a sus alumnos—, ¿continuamos?

El resto de las clases, durante aquel día y el siguiente, se desarrolló sin ningún problema. Valerie hubiera preferido disponer de una semana más para formar a los hombres hasta que todas las tareas que tuvieran que llevar a cabo con las centralitas magnéticas se convirtieran en algo intuitivo, pero no podía ser. Una vez terminado el curso, despidió a sus alumnos bastante segura de que se desenvolverían bien, aunque, antes de que empezara el segundo curso, convenció a sus superiores de que ampliaran las sesiones de formación de cuatro horas diarias a ocho, con una pausa para el almuerzo. La práctica ayudaba a conseguir la perfección, les explicó, y cuánto más tiempo pasaran los hombres delante de las centralitas en clase, mejor sería su rendimiento en el frente bajo el fuego.

El segundo curso fue mucho mejor que el primero, gracias a las horas adicionales, a la experiencia que había acumulado y a la ausencia de sargentos beligerantes. Cuando empezó la tercera sesión de cursos, se sentía totalmente cómoda delante de la clase y orgullosa de sus logros como docente, aunque echaba de menos la emoción y la energía de la centralita telefónica y la camaradería entre chicas.

El primer día de su cuarto curso, se quedó pasmada cuando vio entrar en el aula al sargento malcarado de su primera sesión. El hombre tomó asiento en la parte central del aula, dejó sobre la mesa el cuaderno de trabajo y el lápiz y levantó la cabeza a la espera de recibir instrucciones, escarmentado y atento. Valerie no sabía qué esperar de él, pero decidió imaginar que era un alumno nuevo que empezaba de cero las clases como cualquiera de sus compañeros. Y se llevó una sorpresa cuando el sargento resultó ser uno de sus mejores alumnos.

A finales de agosto, su predecesor recibió el alta hospitalaria, y a pesar de no haber recuperado por completo las fuerzas, se reincorporó a su puesto de instructor. Valerie sabía que Inez había estado machacando a sus superiores para conseguir que volviera a la centralita. Su periodo como instructora nunca había pretendido ser permanente y la centralita llevaba demasiado tiempo con una supervisora menos.

Durante su primer día de nuevo en la centralita, Valerie supo por qué Inez había solicitado con tanta insistencia su reincorporación. Debido a la ofensiva del general Pershing en Saint-Mihiel, el volumen de llamadas había aumentado como la espuma y el número de operadoras seguía siendo el mismo, lo que las había puesto a todas al límite de su resistencia. Peor aún, la llegada de aquellas operadoras adicionales que con tanta urgencia necesitaban y que llevaban semanas esperando se había retrasado indefinidamente.

—¿Y qué pasa con el Grupo Seis? —preguntó Valerie cuando Inez la avisó de que no había ninguna ayuda a la vista—. Tenía entendido que su barco había zarpado de Southampton la semana pasada.

—Y zarpó —dijo Inez, bajando la voz y mirando por encima del hombro para asegurarse de que no la oyera nadie—. El Olympic llegó a puerto, pero no permitieron que nadie desembarcara. Había un brote de gripe a bordo.

Valerie sintió un escalofrío.

—¿Y tan grave era?

—No dispongo de cifras oficiales, pero corren rumores de que centenares de soldados cayeron enfermos durante la travesía. —La mirada de Inez se oscureció de aprensión—. Se ve que la gripe ha cambiado. Que es diferente de la que vivimos en el Carmania. Que jóvenes robustos que están perfectamente sanos por la mañana pueden caer muertos por la noche.

Parece salido de una pesadilla. Los pulmones de los enfermos se llenan con una especie de espuma sanguinolenta que les sale por la boca y la nariz y acaban ahogándose con sus propios fluidos. Cuando la muerte se acerca, la piel de las víctimas se vuelve azulada o morada por la falta de oxígeno.

Conmocionada, Valerie se llevó la mano al pecho y descubrió que el corazón le latía acelerado.

—Es…, es horroroso. Si la enfermedad llega a París…

—No se trata de «si», sino de «cuando».

Valerie inspiró hondo para tranquilizarse.

—Cuando llegue a París —dijo—, tendremos que tomar precauciones para evitar a cualquiera que caiga enfermo. Tendremos que volver a utilizar mascarillas, igual que hicimos a bordo del barco.

Le sorprendió que Inez se mostrase dubitativa; Inez, que había ordenado a las chicas del Segundo Grupo coser montañas de mascarillas hasta que no encontraron más tela para seguir confeccionándolas, que había luchado contra las que no defendían su utilización hasta el punto de que algunas operadoras habían estado cerca del motín.

—No sé si los oficiales al mando nos lo permitirán, sobre todo cuando estemos en las centralitas. Lo que digamos por las líneas tiene que entenderse perfectamente.

—De modo que sigamos hablando fuerte y pronunciando bien. Aunque una operadora embozada siempre es mejor que ninguna. —Y no disponer de ninguna era lo que podía acabar sucediendo si una de ellas contraía la enfermedad, sobre todo teniendo en cuenta lo juntas que las chicas vivían y trabajaban. El virus podía entrar en cualquier centralita o en cualquier pensión y acabar segando sus vidas igual que la guadaña hacía con el trigo—. ¿Y las chicas del Grupo Seis? ¿Ha habido alguna víctima?

—Ninguna que yo sepa —respondió Inez—. Pero de las treinta y cinco operadoras del grupo, quince se han quedado guardando cuarentena en Southampton, puesto que no estaban en condiciones de cruzar el Canal. Ninguna de las veinte que llegaron a El Havre ha sido asignada a París.

Hacía apenas unos minutos, Valerie se había exasperado al enterarse de que no habría incorporación de nuevas operadoras a su central. Y ahora se sentía culpablemente aliviada al saber que ninguna chica que hubiera estado a bordo del desafortunado Olympic fuera a trabajar codo con codo con ella y sus amigas. Sabía que aquel recelo era ilógico y estaba fuera de lugar, porque a buen seguro aquellas veinte chicas estaban sanas, pues, de lo contrario, habrían quedado retenidas en Southampton junto con las demás. Era mucho más probable que quien trajera la temida enfermedad a París acabara siendo un viajante o un soldado de permiso. Una enfermedad que tal vez ya estuviera en la ciudad.

Cuánto tiempo tardaría en derrumbarse su frágil seguridad, se preguntó Valerie.

21

MARIE

Mientras el general Pershing se preparaba para atacar a las fuerzas alemanas que retenían Saint-Mihiel, sus tropas fueron accediendo a Ligny-en-Barrois a pie y en camiones hasta que la población se llenó de soldados y las tiendas de los campamentos inundaron los campos de los alrededores. Un vagón de tren estacionado junto al bosque hacía las veces de cuartel general del general Pershing. Y durante largas y agotadoras jornadas, Marie y sus cinco compañeras se encargaban de ponerlo constantemente en contacto con sus oficiales y sus homólogos aliados; las manos les volaban por las centralitas, sus voces sonaban siempre claras, seguras y determinadas. Los ingenieros del Cuerpo de Señales verificaban varias veces al día las líneas del general para garantizar que no fallaran en un momento crítico. Nada podía quedar en manos del azar.

La inmensa mayoría de las llamadas que pasaban por la central telefónica eran comunicaciones con el campo de batalla, y cuando los preparativos para el ataque se aceleraron, los ingenieros instalaron una centralita exclusiva con los enchufes pintados de blanco y una gran letra «A» etiquetando todas las clavijas que conectaban con la unidad de artillería. Grace asignó a Berthe a aquella estación, y a pesar de que aceptó sin rechistar el nombramiento, cuando aquella tarde iban de camino de regreso a su alojamiento, le confió a Marie que estaba nerviosa.

—No comentes con nadie lo que te digo —murmuró pensativa—, pero creo que la responsabilidad es excesiva para una sola persona.

—Ojalá pudiera ayudarte a compartir esta carga —replicó Marie, dándole la mano a Berthe y presionándosela para tranquilizarla—. Intenta no preocuparte. La señorita Banker confía en que estarás a la altura de la tarea, y yo pienso en lo orgulloso que se sentirá Reuben cuando se lo cuentes.

Aquello la animó. Berthe le dirigió una sonrisa de agradecimiento y le presionó también dos veces la mano antes de soltársela.

Durante las breves pausas para comer, Marie y sus amigas cogían las raciones de los mismos barriles que los soldados: barras de pan duro, un poco de mermelada de frutas, una loncha pequeña de carne, un puñado de ciruelas y café. Si hacía buen tiempo, subían a alguna de las colinas que rodeaban el pueblo y se turnaban para mirar con los prismáticos hacia Saint-Mihiel, a unos diez kilómetros de distancia, donde los destellos de luz daban a entender que los cañones aliados estaban disparando contra las fortificaciones alemanas. Pero casi siempre llovía, y los chubascos se sucedían día tras día, dejando los adoquines resbaladizos y transformando los caminos rurales en riachuelos de fango. Cuando la jornada estaba lluviosa, las operadoras pasaban su pausa junto a la ventana o en el exterior, en la terraza de piedra que recorría el edificio en toda su longitud, protegidas del diluvio por los robustos aleros. Y siempre que pasaba por delante de ellas algún grupo de soldados —los chicos felices, sonrientes y entusiastas que habían conocido durante su travesía por mar transformados en hombres exhaustos, endurecidos y quemados por el sol—, las chicas los saludaban, los vitoreaban, los aplaudían y les dedicaban palabras de ánimo y apoyo. Al oír sus voces, las cabezas de los hombres se giraban hacia ellas, las sonrisas iluminaban rostros sucios y sudorosos y su expresión pasaba del asombro a la alegría cuando veían que las mujeres llevaban el uniforme del Cuerpo de Señales de los Estados Unidos.

Marie supo que el lanzamiento del ataque era inminente cuando el oficial superior de las operadoras les ordenó someterse a un curso de formación para el uso de la pistola. Durante una semana, una vez terminado el turno de trabajo, las chicas se encaminaban hasta una cresta situada a cierta distancia del pueblo y practicaban la carga de las armas y la puntería hasta que la luz del atardecer complicaba la visualización de la diana. Marie y Helen resultaron ser tiradoras estupendas, y Grace no era menos. Iban a todas partes con las mochilas de las máscaras antigás y con cascos metálicos de trinchera, que dejaban colgados del respaldo de las sillas mientras trabajaban en las centralitas. Estaban preparadas para un posible ataque aéreo, como el que recientemente había destruido una parte de los barracones del Cuerpo de Señales en Neufchâteau, sin causar bajas, por suerte. Por el momento, siempre que los bombarderos alemanes sobrevolaban Ligny, los cañones antiaéreos estadounidenses conseguían ahuyentarlos, pero Marie sospechaba que los pilotos del káiser se volverían más agresivos en cuanto se iniciara el asalto sobre Saint-Mihiel.

Las tropas continuaban pasando a diario por delante de la central telefónica de camino hacia el escenario de la batalla, filas y filas de hombres, durante horas interminables. Un día, durante la pausa para el almuerzo, Marie estaba observando el paso de los hombres desde la ventana cuando el coronel Hitt se presentó inesperadamente para anunciar un cambio en el reparto de turnos.

—Los chicos del batallón de Señales siempre se han ocupado de los turnos de noche —dijo—, pero con la inminente ofensiva estamos esperando un aumento de llamadas. Y, francamente, me preocupa que no estén a la altura.

El coronel Hitt hizo una pausa, lo que les dio tiempo a Marie y a Berthe para poder intercambiar una mirada de cautela. Si los chicos no cubrían el turno de noche, las mujeres eran la única alternativa, a menos que transfirieran a Ligny operadoras de otras centrales…

—A partir de hoy mismo, las seis estarán en servicio las veinticuatro horas del día: ocho horas de trabajo, ocho horas de descanso, en un sistema de equilibrio de turnos que mantendrá a cuatro operadoras en las centralitas en todo momento —explicó el coronel—. Entiendo que esta organización no tiene nada de ideal, pero es de vital importancia.

—Lo entendemos, señor —dijo Grace.

—Sí, señor —dijo Marie, mientras las otras chicas repetían lo mismo y disimulaban la consternación que pudieran sentir.

Sabía que el nuevo horario acabaría resultando extenuante en cuanto la fatiga empezara a acumularse, pero estaba decidida a mantener aquel nuevo ritmo de trabajo sin disminuir la precisión ni la eficiencia. Se negaba a ser la pieza del engranaje que hiciera fallar el motor hasta detenerlo.

Y la orden llegó justo cuando pensaba que no podría soportar ni un momento más la tensión de los preparativos. Antes del amanecer del 12 de septiembre, el Ejército de los Estados Unidos atacó las líneas alemanas en Saint-Mihiel.

Desde el momento en que se inició el ataque, las llamadas fluyeron como un torrente por la central telefónica, cada una de ellas más esencial y urgente que la que la precedía. Marie y sus compañeras trabajaron a un ritmo implacable y vertiginoso, animadas por los informes que afirmaban que las fuerzas aliadas seguían avanzando y las alemanas retrocedían. Y el ritmo frenético continuó, con ocho horas en la centralita, una comida rápida, una cautelosa caminata por las calles embarradas hasta el alojamiento, un aseo ligero, unas pocas horas de sueño, la alarma del despertador, otro lavado, un uniforme limpio, un desayuno veloz y de vuelta a la central telefónica. Marie perdió la noción del paso de los días cuando un turno empezó a fusionarse con el siguiente, hasta que, justo cuando pensaba que había alcanzado el límite de su resistencia, llegó a través de las líneas la información de que los alemanes habían sido aplastados. Aliviadas y exultantes, las operadoras celebraron la maravillosa noticia en las centralitas: la batalla había terminado y la victoria del general Pershing estaba en el bolsillo. El coste había sido espantoso, aunque, tras cuatro años de guerra y ocupación, Saint-Mihiel había sido por fin liberado.

Después de la batalla, el ritmo implacable de la central telefónica se ralentizó lo suficiente como para que los chicos del batallón de Señales retomaran el turno de noche y las chicas recuperaran su rutina anterior. Agradecidas por el descanso, intentaron compensar la falta de sueño, hicieron la colada, escribieron cartas a casa y se ocuparon de las pequeñas tareas que habían dejado de lado durante la ofensiva. Grace recibió un visitante inesperado, un capitán australiano muy guapo, aunque a Marie le pareció que su superior se sentía más aturullada que feliz de verlo. Después de trabajar salieron a pasear juntos, y cuando Grace volvió a su alojamiento, lo hizo ruborizada pero con una sonrisa tensa. Cuando las chicas bromearon con ella para pedirle detalles sobre su paseo al atardecer, lo único que comentó fue que se alegraba de que hubiera dejado de llover y de que los caminos no parecieran un lodazal, y que el capitán Mack la había alertado de que los cielos despejados incrementaban la probabilidad de sufrir ataques aéreos alemanes.

—Cuando la luna sale por detrás de las nubes —explicó—, los bombarderos alemanes lo tienen más fácil para vislumbrar sus objetivos en tierra.

—¿Y habéis hablado de eso después de tantas semanas separados? —dijo Suzanne, con incredulidad—. ¿De ataques aéreos y caminos enfangados?

—No solo hemos hablado de eso —replicó Grace, sin mirar a los ojos a nadie mientras cogía una galleta de la lata que había sobre la mesa—. La verdad es que me quedé tan pasmada al verlo que apenas recuerdo una palabra de nuestra conversación. Debe de ser un auténtico Sherlock Holmes para conseguir dar con nosotras.

—No nos buscó a nosotras —dijo Esther muerta de risa—. Sino que te buscó a ti.

Grace se encogió recatadamente de hombros y mordisqueó la galleta. Marie la estudió con curiosidad. Le costaba creer que la siempre equilibrada Grace hubiera olvidado la gran mayoría de su conversación con el apuesto capitán, pero su afirmación impidió más preguntas en ese sentido que, de lo contrario, sus amigas a buen seguro le habrían hecho. Ojalá Giovanni fuera oficial de los Servicios de Inteligencia, pensó Marie, y dispusiera de los recursos y la libertad de movimientos de los que al parecer disfrutaba el capitán Mack. Qué maravilloso sería responder a una llamada a la puerta y descubrir a Giovanni allí, en el umbral, sonriente y con los brazos abiertos para abrazarla. Pero esperar una visita era esperar demasiado. Sería feliz con solo una segunda llamada telefónica, con volver a oír su voz y saber que estaba sano y salvo.

Por la noche, todas recordaron la predicción del capitán Mack sobre los cielos despejados al sonar la sirena avisando de la proximidad de un ataque aéreo. Se despertaron de golpe y corrieron a refugiarse. A pesar de la interrupción, durmieron luego mejor que durante el periodo de turnos de veinticuatro horas, y Marie se despertó con fuerzas renovadas y con curiosidad por descubrir qué les traería el nuevo día. La gente de Saint-Mihiel no había tenido apenas tiempo de celebrar su liberación cuando en Ligny-en-Barrois empezaron a correr rumores sobre cuál sería la próxima acción del general Pershing. Había chicos del batallón de Señales que eran de la opinión de que pronto habría un nuevo traslado, ya que el general querría recolocar su cuartel general para estar cerca de la nueva ubicación del frente. Era la opción que le parecía más probable a Marie, pero, en el caso de que sus superiores le hubieran comentado algo al respecto a Grace, ella no había dejado entrever ni la más mínima pista. Por el momento, a Marie le bastaba con esperar a ver qué pasaba. Tenían que seguir cumpliendo con su trabajo, y, a pesar del cansancio, estaban todas con la moral muy alta, pues sabían que el duro trabajo había colaborado en hacer posible la victoria del general Pershing.

El coronel Hitt estaba tan impresionado con el rendimiento de las operadoras en circunstancias tan extremadamente exigentes como las que habían vivido, que había empezado a sentarse con ellas en la cantina a la hora de comer y a preguntarles sobre su trabajo, sobre los retos a los que se enfrentaban y sobre los ajustes de equipos o procesos que podrían facilitarles el trabajo. Escuchaba con respeto las discretas sugerencias, y, siempre que la conversación se desviaba hacia el trabajo que desempeñaban en su vida civil o hacia la familia que habían dejado en casa, parecía sinceramente interesado en sus explicaciones. Para Marie era excepcional que un hombre la considerara una colega, por muy subordinada que fuera, un soldado más y no simplemente una «chica hola».

El segundo día de sol después del fin de la batalla, Marie estaba paseando por la calle principal de Ligny-en-Barrois en compañía de Berthe y de Helen, cuando vieron al coronel Hitt y al general Pershing caminando por la otra acera. Los oficiales se percataron al mismo tiempo que ellas de su presencia, y después de que las chicas les ofrecieran un ágil saludo, los hombres intercambiaron unas palabras y cruzaron la concurrida calle para ir hacia ellas.

—¿Qué hacemos? —preguntó Berthe en voz baja al ver que los oficiales se abrían paso hacia ellas entre las tropas y los camiones que circulaban por la calzada.

—Esperemos a ver qué quieren —respondió Marie—. Es evidente que quieren hablar con nosotras. Sería de mala educación, eso sin mencionar que sería también insubordinación fingir que no los hemos visto venir.

Por instinto, las chicas hicieron una minúscula y discreta comprobación de sus uniformes para asegurarse de que estaban en perfecto orden. Marie enderezó la espalda al ver que el general se aproximaba, y cuando los oficiales llegaron a su lado, tanto ella como sus compañeras habían adoptado la posición de firmes y el porte militar de un soldado antes de pasar revista.

—General, permítame que le presente a tres de las mejores operadoras telefónicas del Cuerpo de Señales —dijo el coronel Hitt, dispuesto a presentarlas de una en una—. La señorita Miossec, la señorita Hill y la señora Hunt. Señoras, es un honor poder presentarles al comandante de las Fuerzas Expedicionarias, el general Pershing.

—Felicidades por el ejemplar trabajo que han llevado a cabo durante esta última ofensiva —dijo el general, haciendo un gesto de aprobación al estrechar la mano de cada operadora—. No podríamos haber conseguido esta victoria sin ustedes.

Marie y sus amigas, complacidas y orgullosas, le dieron respetuosamente las gracias. Era evidente que el Ejército no podría haber alcanzado la victoria sin el trabajo de las operadoras, que se habían encargado de conectar todas las llamadas que transmitían órdenes e informes, pero estaba muy bien que el general lo reconociera.

—Su rendimiento sobresaliente es más impresionante si cabe dadas las circunstancias —continuó el general. Miró de reojo al coronel Hitt para ver si estaba de acuerdo con sus palabras, y este sonrió con orgullo y asintió—. Llevo mucho tiempo siendo soldado y me siento cómodo en estas lides, pero sé que no todo el mundo disfruta con esta vida tan dura. —El general Pershing lanzó una mirada evaluadora a su alrededor, sacudió la cabeza al observar las calles embarradas y se volvió de nuevo hacia Marie y sus compañeras—. ¿Les gusta estar tan cerca del frente?

—No desearíamos estar en ningún otro lugar, mi general —declaró Helen.

—Y nos gustaría estar aún más cerca, señor —dijo Marie, a eso Berthe hizo un gesto de asentimiento.

El general se quedó mirándolas un buen rato, pensativo, antes de volverse hacia el coronel Hitt.

—Bien, coronel —dijo—, llévelas allí donde quieran ir.

Los hombres dieron las buenas tardes a las mujeres y prosiguieron su camino.

—¿Qué creéis que habrá querido decir el general? —preguntó Marie cuando ella y sus sorprendidas compañeras reemprendieron su paseo.

—Lo más probable es que no haya sido más que un comentario de pasada —respondió Helen encogiéndose de hombros.

Pero Berthe negó con la cabeza.

—Creo que significa que los rumores son ciertos y que piensa trasladar sus cuarteles generales más cerca del frente. Y si lo hace, parece que tiene intención de llevarnos con él.

Marie pensó que Berthe tenía razón, y la idea la emocionaba y la preocupaba a la vez.

A la mañana siguiente, el coronel Hitt estaba esperándolas en la central telefónica cuando Marie y sus compañeras llegaron a trabajar, e, incluso antes de que tomara la palabra, Marie supo que se disponía a confirmar tanto sus sospechas como sus esperanzas. El general Pershing estaba haciendo preparativos para trasladar su cuartel general a treinta y dos kilómetros al norte de donde se encontraban, al pueblo de Souilly, la última población habitada antes del bosque de Argonne, desde donde el Primer Ejército lanzaría una gran ofensiva aliada aprovechando el terreno accidentado y boscoso. Las seis operadoras de Ligny establecerían su central telefónica en los nuevos cuarteles generales, y una séptima chica —Adele Hoppock, compañera de habitación de Marie y Berthe en Neufchâteau— se sumaría a ellas en cuanto llegaran allí.

El 20 de septiembre, mientras otros oficiales y soldados subían a trenes y camiones para emprender viaje hacia el norte, Marie y sus compañeras se embarcaron en un turismo para desplazarse a la máxima velocidad que las maltrechas carreteras permitían. Para Marie, la urgencia de tener las operadoras instaladas era señal de que la ofensiva empezaría en pocos días, quizá tal vez en solo unas horas.

Cuando atravesaron Bar-le-Duc y empezaron a encontrarse señales de tráfico llenas de agujeros de bala que indicaban la dirección de Verdún, la conversación en el coche quedó silenciada, y Marie y sus compañeras trataron de asimilar las escenas de devastación y destrucción que inundaban el desolado paisaje. Los campos de cultivo estaban secos y quemados; las granjas y graneros, en ruinas. Los árboles sin hojas ni corteza se alzaban desnudos, alzando sus ramas partidas hacia el cielo encapotado. Los cráteres que las bombas habían dejado en la carretera obligaron al chófer a reducir la velocidad y a subir con el turismo al arcén o circular por la cuneta hasta reincorporarse a un firme más sólido. Marie supo que se hallaban cerca de Souilly cuando vislumbró, a cierta distancia de la carretera, depósitos de munición disimulados mediante montículos de tierra. Al cabo de un rato y al alcanzar la cola de un convoy de camiones y artillería que parecía prolongarse muchos kilómetros, el vehículo se vio obligado a disminuir la velocidad.

Llegaron por fin a Souilly, donde descubrieron enseguida que el Primer Ejército había establecido sus cuarteles no en robustos edificios de piedra dentro del pueblo, como en Chaumont y Ligny, sino en los antiguos barracones de la Armée Adrienne, en las afueras de la población, unas instalaciones desatendidas desde hacía tiempo, y por razones evidentes. Las endebles estructuras eran poco más que cobertizos de madera levantados sobre una llanura embarrada, reliquias abandonadas desde 1916, cuando los franceses lucharon por defender la fortaleza de Verdún contra los feroces ataques alemanes.

Las operadoras habían salido de Ligny con tanta prisa que Marie se había imaginado que serían de las primeras en llegar a los nuevos cuarteles generales, razón por la cual se llevó una sorpresa al comprobar que el campamento era ya un hervidero de tropas, enfermeras y personal civil. Uno de los edificios más grandes había sido transformado en hospital y los camilleros estaban transportando enfermos y heridos hacia su interior. Un cartel en la puerta de una estructura de menor tamaño la identificaba como la cabaña de la Asociación Cristiana de Jóvenes, mientras que la puerta siguiente era la de acceso a la Asociación Cristiana de Mujeres Jóvenes. Marie le tocó el brazo a Berthe e inclinó la cabeza hacia la ventanilla.

—¿Cómo es posible que hayan llegado antes que nosotras? —preguntó, perpleja—. Si ni siquiera están en el Ejército.

Una mujer morena que estaba en la puerta del edificio de la Asociación Cristiana de Mujeres Jóvenes vio que estaban mirando hacia allí, sonrió de oreja a oreja y las saludó con la mano. Helen y Berthe le devolvieron el saludo.

El chófer se detuvo delante de un edificio alargado de madera que formaba parte de una hilera de barracones, el edificio número ocho, donde descargó el equipaje, les indicó la entrada y se marchó rápido para cumplir otra misión. Marie y sus compañeras entraron y se encontraron en una sala grande y rectangular, desprovista casi por completo de mobiliario con la excepción de dos centralitas portátiles colocadas contra la pared opuesta a la entrada y cuatro sillas. Una pequeña estufa de leña les proporcionaría calor, aunque seguramente no sería suficiente. En la parte central de cada una de las paredes más cortas, a izquierda y derecha, había una puerta cerrada.

—Dejemos las cosas y veamos qué tenemos para trabajar —dijo Grace, que dejó la bolsa en medio de la sala y se acercó a las centralitas observándolas con mirada especulativa.

Marie y las otras chicas incorporaron sus bolsas al equipaje de Grace y se acercaron para estudiar el modelo y el estado de los equipos. Cuando se pusieron los auriculares para verificar las líneas, descubrieron que en algunas estaciones no había señal, mientras que otras conectaban con el G3, la sección de Operaciones del Ejército de los Estados Unidos. Acababan de calcular que cada operadora tendría que ser responsable de cincuenta líneas, cuando un oficial del Cuerpo de Señales hizo su entrada por una de las puertas interiores. Visiblemente sorprendido al verlas tan pronto allí, se presentó como el capitán Keller y les garantizó que la central telefónica estaría totalmente operativa en cuestión de una hora.

—Entretanto, podrían instalarse en su alojamiento —dijo, y les indicó la puerta del extremo opuesto de la sala— o ir a la cantina de los oficiales del Cuerpo de Señales y comer algo. —Entonces señaló con el pulgar por encima del hombro, en dirección a la puerta por donde acababa de entrar.

Por la expresión de sus compañeras, Marie adivinó que no era la única sorprendida de enterarse de que dormirían, comerían y trabajarían en el mismo edificio.

—Gracias, señor —dijo Grace, respondiendo por todas—. Dejaremos las cosas, comeremos algo rápido y estaremos a punto para ponernos a trabajar en cuanto nos comunique que podemos hacerlo.

Recogieron las bolsas y siguieron a Grace hacia la habitación contigua, que era más o menos de la mitad del tamaño que la central telefónica e incluso más austera. En el centro de la estancia, había diez camastros dispuestos en dos hileras exactas de cinco, aunque desprovistos de ropa de cama. No había más mobiliario. Capas de periódicos viejos y mapas recubrían las tablas de madera de las estructuras, un aislamiento improvisado que de poco debía de servir en cuanto a contener el frío. Sutiles manchas de agua en el techo delataban un auténtico historial de goteras. Cuatro ventanas traslúcidas en las dos paredes perpendiculares a la puerta permitían el paso de luz desde el exterior, pero, cuando Marie se dispuso a abrir una de ellas para ventilar un poco, vio que en vez de cristal los marcos sujetaban papel parafinado. Una bisagra en lo alto permitía empujar las ventanas hacia fuera y abrirlas, como las de un gallinero, y encima de cada ventana había un cilindro con una tela negra y opaca enrollada que debía desplegarse a la que caía la noche.

Suzanne dejó su bolsa a los pies de un camastro, se llevó las manos a las caderas y dio una vuelta sobre sí misma para inspeccionar el nuevo territorio.

—Bueno —dijo—, al menos no hay mucho polvo.

—Y sin armarios ni nada —comentó Grace con una sonrisa—, no tendremos que perder el tiempo deshaciendo el equipaje.

—No habría estado de más tener un par de perchas en la pared —dijo Helen—. Me gustaría poder colgar el uniforme de recambio.

—Podríamos inventar alguna cosa —sugirió Marie—. Unos cuantos clavos en esas tablas de madera servirían.

Pero no lo dijo en voz alta, porque más preocupante le parecía la delgadez de las paredes. El ruido de la central telefónica del otro lado de la pared interior le perturbaría el sueño, y el aislamiento improvisado que habían montado los anteriores ocupantes sugería que la habitación sería más incómoda a medida que el otoño fuera dando paso al invierno.

Justo en aquel momento, llamaron a la puerta que daba al exterior, y, antes de que a cualquiera de las chicas le diera tiempo a responder, la puerta se abrió y vieron que era la mujer morena que Helen y Berthe habían saludado desde el automóvil.

—Muy buenas, señoras —empezó la mujer, saludándolas alegremente y haciendo su entrada sin esperar a ser invitada—. Bienvenidas a Souilly. Soy Julia Russell, encargada de la Asociación Cristiana Mundial de Mujeres Jóvenes de aquí al lado. Dios mío, había oído decir que este alojamiento era espartano, pero no me había imaginado hasta qué punto. —Se acercó de nuevo a la puerta y llamó a alguien que estaba fuera—: ¡Por aquí, chicas!

Tres mujeres vestidas con los abrigos de color caqui con cinturón y la falda larga del uniforme de la Asociación hicieron su entrada cargadas con bultos que repartieron entre las operadoras.

—Esto es solo para empezar —dijo Julia, mientras Marie y sus compañeras aceptaban agradecidas los paquetes—. En cada uno de estos encontrarán una manta, una toalla, un hule, un par de calcetines de lana y un gorro para dormir. Si necesitan cualquier otra cosa con urgencia, pásense por la cabaña y dígannoslo. A menudo, podemos conseguir cosas a través de nuestra organización mucho más ágilmente que cuando los intendentes del Ejército lo piden a Servicios de Suministros.

—Muchas gracias —dijo Grace, dejando su paquete en un camastro y cruzando la estancia para coger la mano de Julia entre las suyas—. Ya me siento casi como en casa.

Marie apreció también la generosidad de las mujeres de la Asociación, pero echaba de menos el confort y la seguridad del convento de Tours, con sus muros de piedra, sus chimeneas siempre encendidas y sus mullidas almohadas. De pronto, el fuego de artillería rugió a lo lejos y las paredes se estremecieron. El descanso tranquilo y la seguridad relativa eran también lujos que había dejado atrás en Tours. Incluso Neufchâteau le parecía ahora un lugar encantador, en comparación.

Cuando las chicas de la Asociación se marcharon, las operadoras pasaron por la central telefónica, donde varios ingenieros del Cuerpo de Señales estaban ocupados en las centralitas conectando cables y apretando tornillos.

—Quince minutos más, como máximo —les prometió muy animado un cabo, que levantó por un instante la cabeza de su trabajo.

Le dieron las gracias y pasaron a continuación a la cantina de oficiales, que resultó ser una sala de tamaño y aspecto similar a la que albergaba la central telefónica, pero con una única mesa alargada hecha con tablas de madera de pino montadas sobre caballetes que ocupaba la zona central y con bancos de madera flanqueándola por ambos lados. Marie creyó detectar olores de cocina procedentes de algún lugar no visible, aunque, como no era hora de comer, la cantina estaba vacía con la excepción de un soldado negro que barría el suelo. Cuando Grace se acercó a él y le preguntó dónde podrían encontrar algo rápido para poder aguantar hasta la hora de la cena, el soldado salió por otra puerta y regresó al poco rato con una bandeja con pan, queso y manzanas. Hambrientas, las chicas le dieron efusivamente las gracias y empezaron a servirse, y volvieron a dárselas cuando el soldado reapareció instantes después con una bandeja con tazas y una jarra con chocolate caliente.

—Es lo menos que podemos hacer por nuestras operadoras de guerra —dijo con una sonrisa—. Como dice la canción, son ustedes los ángeles valientes que custodian las líneas.

Marie y sus amigas intercambiaron una sonrisa.

—Ya tenemos una frase más —comentó Esther—. Al final sabremos la canción entera.

—¿La conoce bien? —le preguntó Marie al soldado esperanzada—. La verdad es que se ha convertido casi en un mito para nosotras. Sabemos que existe, pero ninguna de nosotras la hemos oído cantar.

—La siento, señorita —dijo el soldado compungido—, pero solo la he oído una vez, cuando estuve de permiso. No tengo una gran voz, pero sí sé que la primera frase dice: «Mi operadora de guerra, un ángel valiente

378

que custodia las líneas». Y que acaba más o menos así: «Operadoras de guerra, nuestros amores del Cuerpo de Señales, juntos ganaremos la guerra». No dice exactamente eso, pero se le parece.

Marie y sus compañeras aplaudieron, el soldado volvió a sonreír y las saludó con una cómica reverencia.

La melodía les sonaba, aunque no se parecía en nada a lo que dos soldados habían intentado interpretar en la Asociación Cristiana Mundial de Mujeres Jóvenes de Southampton.

—Si volviese a escucharla o se acordara de algún fragmento más, ¿me lo dirá, por favor? —pidió Marie, señalando la puerta que daba a la central telefónica—. Estaré trabajando allí, y si por casualidad no es mi turno, cualquiera de las otras chicas me pasará el mensaje.

Al soldado le cambió la cara.

—Lo siento mucho, señorita, pero no estoy autorizado a entrar ahí. Solo en la cocina y en esta sala, y únicamente cuando limpio o sirvo los platos.

—Entiendo —dijo Marie, notando que en su interior prendía con fuerza una chispa de indignación. No necesitaba preguntar por qué—. En ese caso, ¿mirará si me ve a la hora de las comidas?

Cobró de repente conciencia del silencio de las demás chicas, de las miradas furtivas que estaban intercambiando.

El soldado consiguió esbozar una sonrisa tensa.

—Por supuesto, señorita —dijo—. Si oigo esa canción, se lo comunicaré de la manera que pueda. Buenos días, señoras.

Inclinó la cabeza para dirigir un educado saludo a las chicas y se marchó con la bandeja vacía.

—«Un ángel valiente que custodia las líneas» —repitió Esther, pensativa, para romper el silencio—. Me gusta.

—Y a mí —dijo Helen, y todas se mostraron de acuerdo con ella.

Las chicas estaban terminando el tentempié cuando entró el coronel Hitt y se sentó en uno de los bancos.

—Me ha llegado el rumor de que estas soldados no tienen mobiliario —dijo.

—Tenemos camas —replicó Beth encogiéndose de hombros—. Y eso ya es más de lo que tienen los chicos de infantería.

—Aun así, daré órdenes para que algunos muchachos del 27.ª de Ingenieros les construyan cuatro cosas que puedan serles de utilidad. —El coronel miró a su alrededor y esbozó una sonrisa desalentadora—. No es necesario que les diga que el volumen de llamadas siempre se incrementa terriblemente antes de cualquier ofensiva, mientras las tropas ocupan sus posiciones y las unidades de suministros se apresuran para equiparlas.

—Sí, señor —dijo Grace, mientras las demás asentían—. Sabemos lo que nos espera y estamos listas para empezar cuando se nos ordene.

—Haremos turnos de doce horas durante todo el día —prosiguió el coronel—. Señorita Banker, usted se encargará de determinar quién ocupa cada puesto a nivel individual. Empiece con turnos de tres y tres, y en cuanto llegue nuestra séptima operadora, asígnela al turno de día o de noche, como considere más conveniente.

—Sí, coronel —dijo Grace.

Marie intercambió una mirada con Berthe, y supo que estaban pensando lo mismo: el coronel no quería dejar mal a los chicos del batallón de Señales, pero no los había incluido en la rotación, lo cual hablaba por sí solo. Una vez más, cuando la experiencia, la actitud, la precisión y la eficiencia eran lo más importante, el coronel Hitt —y el general Pershing— quería en las centralitas a las operadoras más capaces, y eso significaba que quería a las mujeres del Cuerpo de Señales, a Marie y sus compañeras.

Durante los días siguientes, mientras los chicos del 27.º de Ingenieros construían estanterías, mesas, lavamanos, bancos y otro mobiliario para que el alojamiento fuese más tolerable, las mujeres trabajaron incansablemente en las centralitas, conectando llamadas a un ritmo vertiginoso. Cuando no estaban en las centralitas, estaban aprendiendo de memoria los nuevos códigos: Souilly era «Widewing», y una llamada para «Widewing Diez» quería decir que era una llamada para el oficial jefe de Señales. Los cañones retumbaban ominosamente a lo lejos y las ambulancias pasaban a menudo por delante del barracón número ocho de camino al hospital de campaña, instalado en el bosque. El coronel Hitt se encargó de que aprendieran el camino más rápido para llegar hasta el *abri* subterráneo, donde tendrían que refugiarse en caso de que se produjera un ataque aéreo, y Grace les hizo practicar la evacuación de su alojamiento totalmente a oscuras. No lejos de su refugio había otro *abri*, construido incluso a más profundidad, donde habían instalado una única centralita para utilizar en caso de emergencia extrema. Marie confiaba en no tener que utilizarla nunca.

Marie no tardó nada en entender por qué el coronel Hitt había insistido en tener continuamente mujeres en las centralitas y no había confiado a los chicos del batallón de Señales los turnos de noche, que en condiciones normales se desarrollaban a un ritmo más lento y eran menos críticos. Durante el día, los convoyes militares aliados permanecían escondidos en el bosque y mantenían allí su posición, se volvían de este modo invisibles para cualquier avión de exploración alemán que surcara los cielos. Pero por la noche, el ejército avanzaba, con todo el sigilo con el que podían hacerlo medio millón de hombres armados y la consiguiente artillería, un depredador nocturno de quince kilómetros de ancho por cincuenta de longitud que acechaba de manera despiadada a su presa. De noche, las llamadas eran rápidas e ininterrumpidas, prácticamente todas en clave, hasta el punto de que a veces las setenta y cinco clavijas estaban ocupadas y quedaban conexiones en espera. A veces, Marie pensaba que la centralita empezaría a chisporrotear y a humear en cualquier momento por su uso excesivo.

A primerísima hora de la mañana del 25 de septiembre, Marie estaba en su puesto cuando oyó que el Ejército francés descargaba una auténtica cortina de fuego sobre las fortificaciones alemanas, una estratagema pensada para distraer la atención del enemigo y alejarlo de las maniobras del Primer Ejército. Los cañones alemanes no tardaron en responder. Un bombardeo siguió a otro, sin cesar, y entretanto el cielo nocturno cedió paso al amanecer.

Hacia las cinco de la mañana Marie estaba en línea con el general Pershing, gestionando una conexión con la Sección de Operaciones, cuando el general le gritó de repente al oído, una exclamación aguda y sin palabras.

—¿Señor? —preguntó Marie, alarmada—. ¿Sigue usted ahí, señor?

—Sí, operadora, sigo aquí —respondió el general—. No era mi intención gritarle, pero es que acaba de pasar un proyectil rozando mi ventana.

A Marie se le aceleró el corazón.

—Me alegro de que siga bien, señor. Le pongo en conexión.

Marie se retiró cuando comprobó que las dos partes quedaban conectadas y retiró la clavija con manos temblorosas. Si aquel proyectil hubiese impactado contra el vagón del general, no quería ni imaginarse lo que las Fuerzas Expedicionarias habrían hecho sin él.

El bombardeo constante continuó durante toda la mañana.

—Esto es peor que el oleaje del Atlántico durante una tormenta —dijo Grace cuando se cruzaron en la puerta de la cantina de oficiales.

Marie entraba corriendo, con el estómago rugiéndole de hambre, para desayunar algo rápido, mientras que Grace volvía a entrar en la central.

Cuando las operadoras del turno de día las relevaron a las once de la mañana, Marie, exhausta, hizo entrega de los auriculares a su sustituta y corrió a su alojamiento, agradecida de tenerlo tan cerca. Se lavó, se desnudó, y estaba tan agotada que ni siquiera se encogió de miedo cuando las paredes y la ventana cubierta con papel parafinado siguieron temblando como consecuencia de las explosiones. Durmió de un tirón y se despertó a tiempo para lavarse, ponerse un uniforme limpio y reunirse con Berthe y Helen para cenar en la cantina. Allí, las otras chicas del Cuerpo de Señales entraban y salían para comer cualquier cosa y reincorporarse al trabajo. Desesperadas por disfrutar de una bocanada de aire fresco, Marie y Berthe decidieron salir un poco y caminar hasta una colina próxima, ansiosas por ver lo que pudiera ser visible desde aquella distancia, pero reacias a convertirse en blancos fáciles. Sin los prismáticos, lo único que consiguieron distinguir fueron destellos rojos y amarillos por debajo de una gruesa capa de humo.

Volvieron al barracón en cuanto oscureció y comprobaron que las cortinas opacas estaban bien cerradas. A las once de la noche, se sumaron a Helen para relevar a las chicas del turno de día, quienes las pusieron al corriente de los intercambios y acontecimientos más destacados de la jornada. Grace Banker ya estaba allí, trabajando, igual que cuando Marie había terminado su anterior turno. Se preguntó si habría dormido algo.

Marie llevaba en su centralita poco más de una hora cuando de repente, poco después de medianoche, una feroz explosión de fuego de artillería retumbó por encima de sus cabezas, como si un millón de cañones hubiera disparado a la vez, una sacudida tan gigantesca que a Marie le temblaron incluso los huesos. Durante un momento aterrador, las llamadas se desconectaron de la centralita, pero tanto Marie como sus compañeras consiguieron restablecer la mayoría. Unos desgarradores minutos más tarde, la central telefónica volvía a funcionar con normalidad, le pareció a Marie, aliviada al ver que la explosión no había causado daños permanentes.

Se había evitado la crisis justo a tiempo. La gran ofensiva de los aliados sobre el bosque de Argonne había empezado.

22

GRACE

Mientras la artillería seguía disparando y el barracón ocho temblaba constantemente, Grace no paró ni un instante, daba órdenes a sus operadoras, actuaba como enlace con sus superiores y, la mayor parte del tiempo, conectaba también llamadas en una de las centralitas, puesto que estaban tan escasas de personal que no podía mantenerse al margen y limitarse a supervisar. Una mañana de septiembre, durante sus primeros cinco minutos en la centralita, Grace respondió a una llamada de un oficial del Cuerpo de Señales que solicitaba un contrataaque para contener una enorme descarga de fuego de artillería, otra de una operadora francesa que alertaba a sus homologas norteamericanas de la aproximación de aviones alemanes y una tercera del comandante de una división de artillería que solicitaba el tiempo exacto, incluso a nivel de segundos, para poder calibrar sus disparos con otra unidad.

Y durante todo aquel tiempo, entre las prisas, el ajetreo y el peligro creciente, Grace tenía presente la inquietante certeza, confirmada en reuniones confidenciales que había mantenido con el coronel Hitt y otros oficiales, de que la ofensiva de Meuse-Argonne no era simplemente ambiciosa, sino también audaz. El plan, tal y como lo tenía entendido, consistía en limpiar por completo el tupido bosque de tropas alemanas, que estaban firmemente asentadas en una cadena de trincheras interconectadas y reforzadas con hormigón, fortines y puestos de ametralladoras, detrás de centenares de kilómetros de alambradas que en algunos puntos tenían varios metros de espesor y superaban la altura de un hombre. En la siguiente etapa del ataque, el Ejército pretendía avanzar hacia el este, cruzar el río Meuse, expulsar las tropas alemanas asentadas en una colina de la orilla opuesta y adentrarse en la llanura de Woëvre, en la Lorena, que se extendía desde la ciudad de Luxemburgo, en el norte, hasta la ciudad francesa de Toul, en el sur.

El coronel Hitt le había explicado a Grace la cruda verdad de que aquella ofensiva sería la primera confrontación prolongada de las Fuerzas Expedicionarias con las divisiones alemanas, endurecidas con tantas batallas, y que, a pesar de que los norteamericanos estaban frescos y descansados, era poco probable que aquello jugara a su favor. Trasladar tantos hombres y tanto material desde Saint-Mihiel hasta el Argonne a tiempo para lanzar otro ataque importante solo días después de que hubiera concluido la importante batalla anterior había sido una auténtica hazaña. Y otro problema era que de las nueve divisiones estadounidenses que se habían lanzado al ataque aquella mañana, cinco no habían vivido nunca un combate y se enfrentaban a tropas alemanas experimentadas, luchadores tenaces que sabían cómo explotar la debilidad de una unidad inexperta. Las líneas de suministro eran muy cortas, y la niebla y el mal tiempo interferirían la navegación en terreno accidentado y desconocido. Grace y sus operadoras hacían todo lo que estaba en sus manos para que las comunicaciones fueran rápidas y precisas, pero era el único aspecto de la batalla que podían controlar. Y, a veces, incluso esto era complicado por culpa de cables cortados, la pérdida de equipamiento vital debido a los bombardeos y la imposibilidad de entender a quien llamaba porque sus palabras quedaban ahogadas por el rugido del fuego de artillería.

Julia Russell, de la Asociación Cristiana Mundial de Mujeres Jóvenes, pasaba varias veces al día por la central telefónica para cuidar de las operadoras, servirles café, encontrar un cojín para una silla, recordarles que debían hacer una pausa de vez en cuando para picar alguna cosa y llevarles comida cuando les era imposible abandonar ni por un momento las centralitas. En una ocasión, durante un inesperado instante de calma, el capitán Keller invitó a Grace y a Julia a salir al exterior para observar desde lejos la batalla. Grace solo disponía de unos momentos, pero fueron suficientes para asimilar lo horrible y conmovedor que era el espectáculo. Los cañones rugían y en el horizonte se vislumbraban grandes destellos de luz que parecían una aurora boreal amenazante e insólita. Pero incluso aquellos escasos minutos lejos de la centralita le parecieron a Grace peligrosamente negligentes, de modo que entró corriendo de nuevo a la sala y volvió a sumergirse en la oleada de trabajo. Enseguida perdió la noción del tiempo y las horas acabaron quedando marcadas por el avance de una determinada división y el asalto de otra sobre algún atrincheramiento alemán crucial. Acababa de desconectar una llamada y se había levantado de la silla para masajearse un poco el hombro, cuando notó una mano en el brazo.

—¿Señorita Banker? —dijo Julia—. ¿Se encuentra bien?

—No es nada. Simplemente me siento un poco rígida —respondió Grace—. Pensaba que había vuelto a la cabaña de la Asociación para dormir un poco.

—Lo he hecho. Y ya he vuelto. —Julia la estudió con detenimiento—. ¿Cuánto tiempo lleva sin dormir?

—No lo sé —dijo Grace sorprendida—. ¿Qué hora es? —Sin decir palabra, Julia señaló el reloj de la pared. Grace parpadeó varias veces, cerró los ojos con fuerza y volvió a abrirlos. Aliviada, comprobó que lograba enfocar las manecillas, pero se quedó perpleja al leer la hora—. Llevo veintiuna horas seguidas de servicio. No puede ser.

—No, no puede ser, pero no en el sentido en que usted lo dice —replicó Julia—. No sé en qué estará trabajando en estos momentos, pero acábelo, coma algo y luego váyase a dormir.

Al ver que Grace empezaba a protestar, la bondadosa pero firme responsable de la Asociación Cristiana Mundial de Mujeres Jóvenes insistió en acompañarla de la central a la cantina y luego a su habitación para asegurarse de que obedecía.

—Tiene que cuidarse —le instó Julia en voz baja, no querían regañarla delante de las otras operadoras—. Si se derrumba por agotamiento sobre la centralita, no podrá serles de utilidad a las chicas que tiene a su cargo.

Grace estaba demasiado agotada para ponerse a discutir, sobre todo sabiendo que Julia tenía razón, al menos en parte. Grace habría dejado de trabajar al terminar su turno habitual si no la hubieran necesitado con tanta urgencia, pero había demasiadas cosas que hacer y no disponían de la cantidad suficiente de chicas para sacar todo el trabajo adelante. Las líneas que los conectaban con el frente estaban siempre ocupadas y muchas de las llamadas que pasaban por las centrales telefónicas francesas sufrían retrasos interminables, lo que exigía tener que camelar continuamente a las operadoras francesas para que les abrieran las líneas. Las llamadas desde el frente a los hospitales de campaña aumentaban a cada hora que pasaba, un presagio preocupante de la enorme cantidad de bajas que se estaban produciendo. Cuando Grace regresó a su puesto el segundo día de batalla, comprendió que los aliados se habían topado con una resistencia férrea y que no estaban avanzando como se esperaba. El estado de ánimo en el barracón ocho era sombrío, y no hizo más que empeorar cuando las lluvias gélidas y torrenciales empujadas por fuertes vientos azotaron el edificio.

—Si aquí estamos mal, imaginaos lo espantoso que debe de ser para los chicos que están en el frente —dijo Berthe, mientras comían rápidamente en la cantina antes de volver corriendo a las centralitas.

Grace no se sorprendió más tarde, aquella misma noche, cuando oyó que Berthe dedicaba las excepcionales pausas que se producían entre llamadas a charlar con los chicos que seguían metidos en sus penosos refugios, empapados por la lluvia, e intentaba subirles los ánimos. La moral de las chicas mejoró cuando Adele Hoppock llegó por fin de Neufchâteau y se puso a trabajar de inmediato. Grace habría aceptado media docena de operadoras más, pero las otras centrales telefónicas no podían prescindir de nadie.

En el transcurso del segundo día de la batalla, el Primer Ejército capturó Montfaucon, un altiplano estratégico que los alemanes habían estado utilizando como puesto de observación. Grace y las chicas habían oído en boca de sus homólogas francesas que los comandantes franceses, seguros de que aquella posición no podría tomarse en muchos meses, estaban tremendamente impresionados por el éxito de los norteamericanos. Las esperanzas de alcanzar una victoria inminente aumentaron entre las operadoras, pero durante los días siguientes el avance aliado se ralentizó hasta acabar deteniéndose por completo. Y más desalentador si cabe fue saber que, a veces, el general Pershing se veía obligado a ordenar el retroceso de sus tropas, nunca demasiado lejos y jamás como consecuencia de una derrota, pero la ausencia de avances resultaba devastadora.

Una tarde, hacia finales de mes, el sonido de la lluvia que aporreaba sin cesar el tejado empezó a aminorar y el sol se filtró débilmente a través del material parafinado de las ventanas. Parecía imposible creer que a Souilly se le hubiera concedido un respiro de aquel tiempo tan horrible, pero cuando llegó el momento de la pausa de media tarde, Grace emergió al exterior, parpadeó para protegerse del sol y contempló extasiada un cielo totalmente azul, interrumpido tan solo por algunos cúmulos profusamente inflados. Inspiró hondo, saboreó el aire fresco, se protegió los ojos con la mano y echó a andar por la calle, pero se detuvo en seco cuando vio un aeroplano alemán surcando el cielo azul. Volaba tan alto que ni siquiera se oía el ruido de los motores, y desde aquella distancia parecía tan inofensivo como una libélula revoloteando sobre un prado.

Entonces oyó los disparos de los cañones antiaéreos estadounidenses, vio nubecillas blancas alrededor del avión alemán, similares a bolitas de algodón, y se quedó helada al ver que de repente empezaba a llover metralla.

Con el corazón en un puño, dio media vuelta y echó a correr hacia los barracones. De pronto, se abrió una de las puertas y apareció el coronel Hitt, gritando y gesticulando como un loco, pero, antes de que a Grace le diera tiempo a llegar a los pies de la escalera, un fragmento de metal impactó contra el suelo a poco más de un metro a su derecha. Levantó las manos por instinto para protegerse la cabeza, tropezó, aunque consiguió recuperar el equilibrio para subir a toda velocidad la escalera y entrar como un rayo en la cantina. El coronel Hitt cerró al instante de un portazo.

—Pero ¿en qué demonios estaba pensando? —vociferó el coronel, reaccionando enojado mientras la metralla seguía aporreando el suelo embarrado del exterior—. ¿Dónde está su casco?

—Está… —Falta de aire, Grace señaló la puerta de entrada a la central telefónica—. Está colgado en mi silla.

—Sabe perfectamente que no se puede salir sin casco —la reprendió el coronel, furioso—. Podríamos haberla perdido.

—Lo siento mucho, señor —dijo Grace, intentando recuperar la compostura—. No tengo excusa. Jamás volverá a suceder.

—Más le vale que sea así. —El coronel Hitt inspiró hondo y le clavó una mirada gélida—. Se enfrentará a una amonestación oficial por esto, señorita Banker. Es usted demasiado valiosa para el Ejército para andar por ahí poniendo su vida en riesgo de forma tan temeraria.

Grace no había sido nunca una persona temeraria, y aunque tal vez se la mereciera en aquel momento, la reprimenda le dolió.

—Lo entiendo, señor.

El coronel le ordenó que volviera a su puesto y Grace se marchó corriendo, abochornada.

El primer día de octubre, el kilométrico frente entró en una inesperada situación de punto muerto; inesperada para Grace y sus operadoras, aunque no para el general Pershing y sus comandantes. Sin fiarse mucho de que la paz indefinida hubiera llegado por fin a Souilly, Grace, Suzanne y Esther se aventuraron por la Voie Sacrée, la carretera que conectaba Bar-le-Duc, en el sur, con Verdún, en el norte, y que llevaba ese nombre porque en un momento anterior de la guerra había jugado un papel esencial por ser la única ruta viable para el suministro de tropas, armamento y suministros hasta el campo de batalla durante la batalla de Verdún. Se cruzaron con cuatro soldados franceses que caminaban en dirección contraria y las saludaron respetuosamente. Poco después, un oficial norteamericano de caballería pasó al trote por su lado y las saludó tocándose la gorra.

No llevaban mucho rato andando cuando encontraron, a escasos metros de la carretera, una pequeña cruz de madera con un pedazo de tela colgando del larguero. Al acercarse, Grace y sus compañeras vieron que la tela había sido en su día una bandera tricolor francesa que el sol había acabado decolorando, hasta el punto de que el rojo, el blanco y el azul apenas se distinguían entre sí. La cruz tenía grabada una frase: *Mort 1914*. Siguieron su recorrido y encontraron más cruces, en su mayoría con epitafios grabados a mano. Una de ellas señalaba el lugar de descanso eterno de tres *cannoniers*. A Grace se le formó un nudo en la garganta al pensar en tantas y tantas tumbas, con inscripciones y sin ellas, que había repartidas por lo que en su día fueron los campos verdes y los bosques de Francia y Bélgica. Era imposible no imaginarse a su querido hermano enfrentado a un final similar.

Se oyó un retumbar a lo lejos, y Grace confió en que no fuera más que un trueno.

—Deberíamos regresar —dijo a sus amigas.

En silencio y con solemnidad, enlazaron los brazos y desanduvieron lo andado para volver a su cuartel general.

A la mañana siguiente, el coronel Hitt se dirigió a todas las operadoras aprovechando el cambio de turno:

—Los alemanes están oponiendo más resistencia de lo esperado —les explicó, confirmando lo que ellas ya imaginaban. A diferencia del ataque sobre Saint-Mihiel, en el que los alemanes habían acabado batiéndose en retirada, ahora parecían decididos a obligar a los aliados a luchar por cada centímetro de territorio, porque si no lo hacían, los aliados podían acabar invadiendo directamente Alemania—. En consecuencia, esperamos permanecer aquí en Souilly por más tiempo de lo que teníamos planeado —continuó el coronel—. Los equipos y los bienes personales que dejaron en Chaumont y Neufchâteau les serán enviados próximamente. Tendrían que trabajar también con el intendente y con la Asociación para solicitar las prendas adicionales que puedan necesitar, así como todo aquello que precisen para soportar un largo y frío invierno.

—Sí, señor —dijo con voz firme Grace, y las operadoras repitieron sus palabras.

A pesar de que Grace estaba segura de que sus chicas estarían a la altura de las dificultades que pudieran tener por delante, pensar en la posibilidad de que la guerra se alargara tanto tiempo le destrozó el corazón. Las ambulancias pasaban a diario por delante del barracón ocho llevando heridos al hospital de campaña, y cada día que se prolongaba la batalla significaba que más jóvenes perdían la vida o resultaban heridos de gravedad. Llevaba meses sin tener noticias de Eugene. Sabía que el 77.º Regimiento de Artillería de Campaña había sufrido importantes bajas durante el ataque a Saint-Mihiel y que sus efectivos estaban ahora repartidos para ayudar a las divisiones Tercera y Quinta, pero si su hermano seguía estando entre ellos, o languidecía en un hospital de la retaguardia, o había…

Inspiró hondo para serenarse. Desconocía el paradero o el estado en el que se encontraba su hermano y debía estar preparada para soportar la preocupación y el miedo que de forma inevitable acompañaban la incertidumbre. Porque, a pesar de que se pasaba el día rodeada de los equipos de comunicación más sofisticados del mundo, no podía hablar con su hermano. Y ni siquiera podía utilizarlos para localizarlo.

Cuando terminó la reunión y Grace se puso los auriculares para empezar a trabajar, pensó que, si las operadoras iban a quedarse indefinidamente en Souilly, tendría que hacer lo posible para que su alojamiento fuera más confortable. Teniendo en cuenta que las noches de otoño serían cada vez más frías, la protección contra las inclemencias del tiempo debía ser el primer punto en el orden de prioridades. Esperaba conseguir que repararan las goteras del tejado antes de que cayeran las primeras nieves, así como que rellenaran los huecos entre las tablas de madera de las paredes con algo más duradero que papel de periódico antes de que las temperaturas cayeran bajo cero. Sin embargo, debía tener presente que su vivienda era un auténtico lujo en comparación con las duras trincheras donde los chicos dormían, comían y vivían a diario y con todo tipo de clima, y lo entendería a la perfección si las reparaciones que deseaba no eran prioritarias.

En cuanto conectó las primeras llamadas del día, Grace supo que aquella pausa momentánea en la batalla era agua pasada y que la segunda fase de la ofensiva se había iniciado con tremenda brutalidad. Varias compañías de la 77.ª División habían recibido órdenes de prescindir de todo su equipo de lluvia, tiendas, mantas y raciones para poder avanzar con rapidez por el terreno accidentado del bosque de Argonne y hacerse con las posiciones alemanas antes de que al enemigo le diera tiempo a reaccionar. Dos unidades adicionales norteamericanas, incluyendo el 92.ª de Infantería, apoyarían el flanco izquierdo, mientras que tropas francesas los apoyarían por el derecho.

Moviéndose a un ritmo tan rápido, era casi inevitable que las tropas avanzaran más allá del alcance de las líneas telefónicas del Cuerpo de Señales, y hasta que no pudieran asegurar la zona y los ingenieros del Cuerpo de Señales pudieran instalar el cableado necesario, tendrían que confiar en palomas mensajeras y corredores para comunicar con los cuarteles generales. Para Grace, que había llegado a considerar los cables telefónicos como auténticas líneas de vida, aventurarse tan cerca del enemigo sin esa conexión le parecía similar a andar por la cuerda floja sin red, aunque, evidentemente, nada podía malbaratar más un avance sorpresa que una unidad de ingenieros del Cuerpo de Señales corriendo por delante de la infantería para instalar cables. Todos los batallones iban acompañados por unidades del Cuerpo de Señales, que tendían cables a medida que avanzaban, pero durante los preciosos minutos que se tardaba en establecer una central de transmisiones en el frente, podían salir mal muchas cosas.

La lucha enfebrecida continuó a lo largo de todo el día, no solo en los lugares donde el 77.º seguía avanzando por el desfiladero de Argonne, sino en la totalidad del bosque de Argonne y a lo largo del río Meuse. Grace experimentó un escalofrío de inquietud cuando se enteró de que nueve compañías de la 154.ª Brigada de Infantería estaban avanzando a mayor velocidad que las demás, pero recordó que el 77.º acabaría alcanzándola y que las demás fuerzas aliadas estaban también con ellos, protegiéndoles los flancos.

Pasaron las horas. Grace y sus operadoras siguieron trabajando con su habitual ritmo vertiginoso y recopilando información fragmentada sobre el avance del 77.º a partir de los detalles que obtenían de las llamadas que conectaban. Horas después de que anocheciera, y mientras Grace preparaba una lista de comprobación para el cambio de turno, se oyó un grito y un estrépito. Se volvió rápidamente y vio que Helen estaba en estado de *shock*, con los ojos abiertos de par en par, una mano cubriéndole la boca y la otra buscando a tientas un cable que al parecer había dejado caer al suelo.

Grace corrió hacia ella, recogió el cable y se lo devolvió a Helen.

—¿Qué ha pasado? —preguntó.

—Las tropas francesas no han podido avanzar —respondió desolada Helen—. Los alemanes han lanzado un contraataque masivo y han obligado a los franceses a retirarse. Todo el flanco izquierdo del 308.º ha quedado expuesto.

A Grace se le cayó el alma a los pies. El 308.º de Infantería era uno de los regimientos del 77.º que habían avanzado a mayor velocidad que los demás.

—¿Y saben que las tropas francesas ya no los respaldan?

Helen negó con la cabeza.

—No podemos contactar con ellos. Los ingenieros del Cuerpo de Señales sospechan que los alemanes les han cortado las líneas telefónicas.

No había manera, entonces, de avisarlos, a no ser que fuera enviando un mensajero a pie. Grace inspiró hondo para tranquilizarse.

—¿Y alguien tiene noticias del 92.º de Infantería? —preguntó a la sala.

Esther levantó la mano, acabó de conectar una llamada y se apartó ligeramente de la centralita para responder.

—Se han detenido —dijo con aprensión—. Ninguna de las unidades norteamericanas que tenía que apoyar al 77.º por el flanco derecho ha conseguido avanzar.

—¿Qué? —exclamó Suzanne, mientras Helen miraba alarmada a Esther—. ¿Quieres decir que el 308.º está rodeado por tres de sus lados por los alemanes?

—No nos desconcentremos, chicas —dijo Grace, al ver que en las centralitas no paraban de parpadear luces—. No conocemos la historia completa y la única manera que tenemos de ayudarlos es procurando que no fallen las comunicaciones.

Todas asintieron y volvieron de inmediato a las centralitas, a responder con voz serena y clara a las conexiones de los cuarteles generales con el frente, del frente con los hospitales de campaña, llamada tras llamada, confiando con todas sus fuerzas en que las órdenes que estaban conectando ayudaran a los hombres que tanto peligro corrían. Pero los informes eran cada vez peores. El comandante del 308.º debía de haber comprendido que se habían quedado solos, puesto que al parecer se habían atrincherado en un saliente rocoso, conocido como Colina 198 en los cuarteles generales, y habían adoptado una postura defensiva. Entretanto, los alemanes habían cerrado filas por detrás de ellos y los habían rodeado por todos lados. Seis compañías del 308.º, una del 307.º y dos del 306.º se habían quedado completamente aisladas del resto del Primer Ejército.

Grace confiaba en que se hicieran todos los esfuerzos posibles para rescatar a los hombres, pero estaba tremendamente preocupada por aquellos más de quinientos cincuenta soldados norteamericanos que debían de estar agazapados en la oscuridad y el frío en trincheras excavadas a toda prisa. Los suministros de comida, agua y munición de las tropas debían de ser limitados, puesto que habían recibido órdenes de prescindir prácticamente de todo el equipamiento con el fin de avanzar con celeridad. Si la ayuda no llegaba pronto, la deshidratación y el hambre acabarían resultando tan mortales como la artillería alemana.

Sabía que las otras chicas compartían su preocupación, pero no estaba preparada para la reacción que tuvo Marie cuando se produjo el cambio de turno, momento en el cual Grace siempre informaba de los acontecimientos más importantes de la jornada y avisaba a las operadoras entrantes de cualquier asunto al que debieran prestar especial atención. Cuando Grace mencionó los números de los tres regimientos a los que pertenecían las compañías que habían quedado aisladas, Marie se quedó blanca.

—¿Qué compañía del Tres-Cero-Siete? —preguntó con voz tensa—. ¿Qué compañía?

—La Compañía K —respondió Grace, estudiándola—. La Compañía K del Tercer Batallón. ¿Estás bien, Marie?

—Sí, claro —dijo Marie, temblorosa, con los ojos llenos de lágrimas y llevándose la mano al pecho—. Estoy bien. Perdóneme.

—¿Conoces a alguien en la Tres-Cero-Siete?

Marie se mordió el labio e hizo un gesto afirmativo.

—Tengo un… un amigo en la Compañía B.

—¿Cómo se llama?

—Cabo Giovanni Rossini. Aunque es posible que se haya alistado como John Rossini.

Para provocar aquella sensación de terror, se dijo Grace, el cabo Rossini tenía que ser algo más que un amigo. Bajó la voz para que las demás chicas no pudieran oírla y dijo:

—A lo mejor harías bien tomándote unos momentos para serenarte antes de relevar a Esther.

—Gracias, pero no será necesario. —De hecho, ya había recuperado un poco el color—. Estoy lista para empezar.

Grace la dejó ir. Sabía perfectamente que, a veces, el único remedio para aliviar el dolor y el miedo era trabajar duro.

Dejó la central en manos del turno de noche —Marie, Berthe y Adele— y se dirigió a la cantina para cenar algo antes de ir a su habitación y acostarse. Rezó para que las tropas que habían quedado aisladas pudieran ser rescatadas en el transcurso de la noche, pero cuando Suzanne, Esther, Helen y ella se presentaron en sus puestos de trabajo poco antes del cambio de turno, se enteraron de que los hombres seguían atrapados en el «bolsillo», como se había acabado conociendo el lugar, pero que, curiosamente, los alemanes no los habían atacado. Algo los estaba reteniendo, algo que a buen seguro no era ni misericordia ni un sentimiento de juego limpio. O bien pensaban que los norteamericanos aislados los superaban en número, o bien sospechaban que era una trampa sofisticada para que atacaran, o bien algo totalmente distinto. Lo único que podía hacer Grace eran especulaciones.

A media tarde, los alemanes se olvidaron por fin de su contención y desataron una ofensiva feroz sobre el bolsillo, atacándolo desde todos los flancos. Con todas las líneas de comunicación cortadas, era imposible conocer la cifra y la gravedad de las bajas, pero teniendo en cuenta hasta qué punto estaban acorralados los norteamericanos, era seguro que el precio a pagar debía de ser horripilante. Los observadores remotos aliados informaron de que las fuerzas alemanas en la zona se habían duplicado a lo largo del día y estaban rodeando el bolsillo. Entre tanto, el resto de la Brigada 154.ª y la totalidad de la 77.ª División habían lanzado una serie de terribles ataques en un intento de llegar hasta los hombres, pero habían sido contenidos una y otra vez.

A la mañana siguiente, cuando Grace fue a la cantina para desayunar, todas las conversaciones giraban en torno a las tropas aisladas, que al parecer creían que las órdenes que habían recibido al inicio del ataque seguían vigentes, puesto que en vez de intentar retirarse con sigilo aprovechando la oscuridad de la noche, mantenían tercamente su posición. La prensa se había enterado de la crisis y en los periódicos de los Estados Unidos habían empezado a aparecer artículos sensacionalistas en los que se referían al 308.º como el «Batallón Perdido». Grace experimentó una oleada de indignación al enterarse de aquel apodo. Aquellos hombres no estaban perdidos, en el sentido de que su localización fuera un misterio, ni tampoco en el sentido de que hubieran sido abandonados y todas las esperanzas de rescatarlos se hubieran esfumado. En aquel mismo momento, estaban luchando contra el enemigo que los tenía rodeados, mientras que las brigadas restantes del 307.º y el 308.º seguían trabajando empecinadamente para evitar un ataque violento alemán y decididas a llegar hasta ellos. Cuando Grace se incorporó a su puesto, se enteró de que la Brigada 152.ª de Artillería de Campaña tenía planes de apoyar los ataques por tierra disparando una «barrera de fuego de artillería de protección» alrededor del bolsillo con el objetivo de alejar de allí a las tropas alemanas.

Por la tarde, cuando Grace regresó de una reunión con el coronel Hitt, Suzanne se quitó los auriculares, dirigió una mirada afligida a Grace y le hizo señas para que se acercase.

—Acabo de conectar una llamada entre los cuarteles generales de la División 77.ª y la Artillería —murmuró, blanca como el papel—. Los chicos aislados en el bolsillo han conseguido enviar una paloma mensajera. En el mensaje suplicaban detener las descargas de artillería. ¡Se ve que las bombas les estaban cayendo justo encima!

—¡Oh, no! —Grace tuvo que sujetarse al respaldo de la silla de Suzanne para no caer redonda—. Las brigadas de artillería debieron de recibir coordinadas erróneas.

—Las armas de su propio Ejército haciéndolos pedazos —dijo Suzanne con voz temblorosa, los ojos llenos de lágrimas y sacudiendo la cabeza en un gesto de incredulidad—. ¿Te imaginas la agonía?

—No te derrumbes, Suzanne —murmuró Grace, presionándole el hombre para consolarla—. Has conectado la llamada. Se ha recibido el mensaje. Seguro que a estas alturas ya han detenido el ataque. Seguro que se ha acabado.

Suzanne cerró la boca con fuerza y asintió. Inspiró hondo, dio unos golpecitos cariñosos a la mano de Grace, que seguía posada en su hombro, se puso de nuevo los auriculares y volvió a prestar atención a la centralita. Ambas sabían que aquello no estaba acabado, excepto para los muertos. Para los que seguían con vida, y muy en especial para los soldados gravemente heridos, solo el rescate acabaría con su insoportable agonía.

Pasaron los días. Las brigadas que intentaban llegar hasta el bolsillo hicieron pocos avances. En diversas ocasiones, el Escuadrón Aéreo 50.º intentó lanzar suministros con paracaídas a los hombres aislados, que debían de haber agotado sus raciones y no tenían acceso a otra agua que no fuese la del torrente que corría por el fondo del desfiladero, que sin la menor duda debía de estar vigilado por francotiradores alemanes, a la espera de cazar uno a uno a los norteamericanos a medida que la sed desesperada acabara superando su buen juicio. Pero, a pesar de la habilidad y la osadía de los pilotos, el follaje y la niebla que inundaban el desfiladero dificultaban la tarea de localizar la posición exacta de los soldados. Cuando se decidió cancelar la operación, el escuadrón había perdido tres aviones víctimas del fuego de tierra de los alemanes y todos los paquetes que habían lanzado habían acabado cayendo en manos enemigas.

Durante la sesión informativa del cambio de turno de la noche del 6 de octubre, Grace informó sobriamente a las chicas de que el Batallón Perdido había sufrido aquel día el peor ataque hasta la fecha y que al parecer había agotado casi por completo su escasa munición. Y a pesar de todo, los norteamericanos habían combatido con energía, igual que llevaban haciendo durante todo aquel calvario, y las brigadas restantes del 307.º y el 308.º seguían avanzando y ejerciendo una presión intensa sobre los alemanes desde el sur y el sudeste. Teniendo presente la preocupación de Marie, y queriendo prevenir una posible crisis si llegaba la noticia, se encargó de añadir:

—Al parecer, la Compañía B del Tres-Cero-Siete es la que lidera la operación.

—Quienesquiera que estén en la cabecera, confiemos en que sean capaces de atravesar las líneas alemanas y liberar a esos chicos tan valientes —dijo Adele, cruzando los brazos sobre el pecho.

Mientras las demás hacían gestos de asentimiento, Marie miró a Grace a los ojos y asintió también. Su expresión era seria, pero su mirada era transparente y sin lágrimas, y Grace comprendió que seguiría bien.

Al día siguiente llegó por fin la noticia que todos esperaban con tanta ansiedad: la Compañía B del 307.º había conseguido llegar hasta el Batallón Perdido. Los valientes que habían mantenido su posición durante cinco días de tortura, habían recibido comida, agua y alivio. Los heridos estaban siendo tratados y evacuados, los fallecidos estaban siendo enterrados. Cuando llegaron los partes de bajas, las cifras definitivas resultaron horripilantes. De los quinientos cincuenta y cuatro hombres que se habían adentrado en el desfiladero el 2 de octubre, apenas un tercio había conseguido salir de él seis días después. Habían perdido la vida más de cien hombres, casi doscientos habían resultado heridos y más de sesenta seguían desaparecidos, capturados o fallecidos sin identificar.

En el recuento no estaban incluidos los soldados que habían sacrificado su vida en el intento de rescatar al Batallón Perdido.

Y aun a pesar de las tristes pérdidas, y de las críticas y las acusaciones que empezaban a circular, fue también un día de alegría, alivio y agradecimiento. A la hora de la cena, Grace oyó que había celebraciones al otro lado de la fina pared de madera que separaba la central telefónica de la cantina, y su estado de ánimo mejoró cuando empezó a conectar llamadas para ayudar a los heridos a llegar a los hospitales o para enviar suministros esenciales a las unidades del frente que con tanta urgencia los necesitaban. Su trabajo era difícil, pero sabía que era absolutamente esencial. Sus chicas eran maravillosas y se sentía infinitamente orgullosa de ellas. Sus superiores, desde el coronel Hitt hasta el general Pershing, las respetaban y las hacían sentirse valoradas, como profesionales y como soldados. Por improbable que pudiera parecerle a quien pensara en sus largas jornadas de trabajo, su incómodo alojamiento, el frío, la suciedad, el ruido y el peligro, Grace era feliz. No quería que la guerra durara ni un solo día más de lo absolutamente necesario, pero se alegraba y se sentía agradecida de poder estar justo donde estaba, sirviendo a su país, demostrándose a sí misma que era más valiente y capaz de lo que jamás habría imaginado cuando era una «chica hola» normal y corriente en Nueva York.

La celebración continuaba pasados unos minutos de las once de la noche, cuando Marie, Berthe y Adele, riendo a carcajadas, entraron por la puerta que daba a la cantina. Pero en el instante en que cerraron la puerta a sus espaldas, su expresión cobró seriedad y se prepararon para ocupar sus puestos de trabajo, aunque sus bocas siguieran esbozando una sonrisa y sus ojos brillaran con júbilo.

Grace confiaba en que aquella felicidad las ayudara a soportar la noche, puesto que el volumen de llamadas era todavía muy elevado después de la batalla y la guerra seguía lejos de estar terminada, por mucho que aquella noche el final pareciera mucho más cerca. Mientras comunicaba su informe habitual, Grace se fijó en que Marie estaba escuchando sus explicaciones mucho más concentrada de lo habitual e imaginó sin problemas lo que Marie quería saber por encima de todo.

—Ha habido algunas bajas entre los rescatadores, incluyendo los chicos de la Compañía B del Tres-Cero-Siete —le dijo Grace—. Lo siento, pero no dispongo de más detalles.

—*Ne t'inquiète pas* —dijo Marie, suspirando y esforzándose por esbozar una sonrisa trémula—. Creo que aquí todas estamos ansiosas por alguien, ¿no?

—Mi filosofía es que si no hay noticias son buenas noticias —dijo Adele, dándole unos golpecitos tranquilizadores en la espalda—. No te preocupes por nada hasta que no sea absolutamente necesario.

—Lo intentaré —dijo débilmente Marie.

El turno de noche relevó al turno de día, y Grace, Suzanne, Berthe y Helen cruzaron la puerta para sumarse a la celebración que había tardado tanto en llegar. Varios oficiales lanzaron vítores cuando entraron las mujeres, provocando las risas de los demás, y en poco rato Grace se sumergió por completo en la fiesta, en una cantina que se había transformado en un refugio de camaradería y júbilo que ni la tormenta de muerte y destrucción que los rodeaba era capaz de destruir.

Sin embargo, siempre le resultaba imposible alejar de sus pensamientos las necesidades de las mujeres que tenía a su mando.

Cuando vio al coronel Hitt hablando con algunos oficiales en una mesa próxima, Grace tiró de un banco para acercarlo y tomó asiento.

—Señor, ¿podría hablar un momento con usted? —preguntó, durante una pausa de la conversación.

—Evidentemente —respondió el coronel. Se volvió hacia ella y su sonrisa se esfumó cuando miró más allá de Grace, en dirección a la puerta de acceso a la central telefónica—. ¿Qué sucede?

—En las centralitas todo va bien —le garantizó rápidamente—. Se trata de un favor personal.

—Por supuesto. —Se inclinó hacia delante y descansó los brazos sobre la mesa—. ¿Qué puedo hacer por usted?

—Una de mis operadoras tiene un amigo en la Compañía B del Tres-Cero-Siete y…

—¿Un amigo? —dijo el coronel, interrumpiéndola y enarcando las cejas.

—Un novio, creo —admitió Grace—. Está preocupada por él, y es comprensible. Al no ser familia, si le hubiera ocurrido alguna cosa, no sería notificada.

—Tal vez sea mejor no saberlo —replicó el coronel, y arrugó la frente—. A menos que suceda lo peor, la esperanza es lo último que se pierde.

—Una buena teoría, señor, pero que no funciona en la práctica. La incertidumbre provoca angustia. Estar preparada constantemente para lo peor, sin permitirte esperar demasiado…, resulta agotador, y además distrae.

El coronel se rascó la mandíbula.

—Entiendo, por lo que me dice, que su operadora rendiría mejor en el trabajo si pudiéramos proporcionarle un poco de paz mental.

—Simplemente saber qué ha pasado, sea lo que sea, resultaría de gran ayuda.

—Veamos qué puedo hacer. ¿Cómo se llama el soldado?

Grace le dio el nombre, se levantó y le dio las gracias de antemano por todo lo que pudiera hacer.

La tarde siguiente, el coronel Hitt se pasó por la central y le explicó a Grace lo que había podido averiguar con su homólogo del 307.º y de la Cruz Roja. Grace no esperó al cambio de turno, sino que salió corriendo hacia su habitación, donde encontró a Marie sentada en su camastro, con un libro sobre las rodillas para que le hiciese las veces de mesita, escribiendo una carta. Cuando Grace entró, Marie levantó la cabeza y se quedó paralizada, con la pluma sobrevolando la hoja y expresión cautelosa.

—El cabo John Rossini no consta entre los fallecidos, heridos o desaparecidos —le dijo Grace—, tampoco ningún Giovanni Rossini. No puedo decirte exactamente dónde está, pero lo demás sí lo sabemos con certeza.

—Con eso ya me basta —dijo Marie. Sus hombros se relajaron como si le hubiesen quitado un peso enorme de encima—. Eso ya lo es todo. *Merci*. Muchísimas gracias, con todo mi corazón.

—Es lo mínimo que podía hacer —dijo Grace, quedándose un momento más para compartir el alivio de Marie antes de volver corriendo a su centralita.

La guerra continuó encarnizada durante los días siguientes, pero el rescate del Batallón Perdido sirvió para que las operadoras albergaran nuevas esperanzas de que la victoria no solo era posible, sino que además llegaría en solo unos meses. El invierno sería duro, sin lugar a dudas, y los contratiempos serían inevitables, pero todo el mundo se atrevía a confiar en que la primavera traería consigo sol, calor y paz.

Una mañana, entre el desayuno y el inicio de su turno de trabajo, Grace estaba de camino de vuelta al barracón ocho después de dejar unas cartas para su casa en la oficina de correos, cuando la adelantó un camión que acabó deteniéndose delante de la central telefónica.

—Buenos días, señorita Banker —la saludó alegremente el mayor Bruce Wedgewood, apeándose del asiento del acompañante—. ¡Llega justo a tiempo para recibir una entrega especial para las operadoras de guerra!

Picada por la curiosidad, Grace corrió para alcanzar el camión.

—¿Una centralita nueva? —preguntó.

—¡Algo incluso mejor! —le aseguró el mayor, abriendo la trasera del camión con la ayuda del conductor.

Grace estiró el cuello para ver qué era cuando los hombres subieron y retiraron la lona que cubría un objeto grande y rectangular. Vio de refilón un poco de madera pulida, un taburete...

—¡Un piano! —exclamó—. ¿Pero de dónde demonios han sacado un piano?

—Un grupo de chicos del 77.º lo liberaron de una fortificación alemana especialmente ostentosa —respondió el mayor sonriente—. Y uno de los oficiales se acordó de que las chicas tenían un piano en su residencia de Chaumont y pensó que igual les gustaría tener también uno aquí.

—¡Claro, por supuesto! —exclamó Grace—. ¿Está diciéndome que un alemán se trajo un piano hasta el frente?

—¿Por qué no? —replicó con sarcasmo el mayor Wedgewood mientras el conductor y él maniobraban el piano para colocarlo en el borde de la trasera del camión—. Los alemanes llevaban atrincherados allí desde que empezó la guerra y supongo que jamás se imaginaron que acabaríamos echándolos. —Dirigió entonces un gesto a unos soldados que pasaban por allí y se habían parado a mirar—. Chicos, ¿os importaría echarnos una mano?

Los chicos se acercaron corriendo, y con algo de esfuerzo y muchos comentarios chistosos, los seis hombres consiguieron descargar el piano del camión y colocarlo sobre una plancha de madera para impedir que se hundiera en el barro. Atraídos por el jaleo, varios oficiales del Cuerpo de Señales salieron de la cantina para ver qué pasaba, y Esther y Suzanne aparecieron también en la puerta de su dormitorio.

—¿Es nuestro? —preguntó Esther, mirando a Grace, que estaba dirigiendo el traslado.

—Sí, siempre y cuando tengamos espacio para ubicarlo —respondió muy risueña Grace, levantando el taburete para apoyárselo en la cadera—. Si no, siempre podemos ponerlo en la cantina.

—Le haremos sitio —declaró Suzanne, abriendo la puerta por completo.

Esther y ella desaparecieron unos momentos, y cuando Grace acompañó a los seis hombres y el piano hasta el umbral de la puerta, descubrió que sus amigas habían despejado la esquina menos húmeda de la habitación, donde normalmente almacenaban los maletines.

—Aquí será nuestro salón —proclamó Esther, haciendo un gesto exagerado con el brazo para abarcarlo.

Con cuidado, los hombres colocaron el piano en el lugar que se les indicó. Grace instaló el taburete delante y Helen y Suzanne le sacaron brillo con unos paños limpios. Uno de los soldados tomó asiento y empezó a tocar una melodía de *ragtime,* que el reducido público recibió con aplausos y gritos de alegría. Casi de inmediato, se abrió la puerta que daba acceso a la central telefónica y Marie y Adele se plantaron en el umbral. Contuvieron un grito de asombro.

—¿De dónde ha salido? —pregunto Adele.

—¡Marie toca muy bien el piano! —Radiante, Suzanne le indicó con un gesto que se acercara. El soldado sonrió y le dejó espacio—. ¡Vamos, Marie, pruébalo a ver qué tal!

—Sí, pero es que… —Marie miró por encima del hombro hacia las centralitas.

—¡Adelante! —oyeron que decía Berthe desde la otra sala—. Puedo apañarme perfectamente yo sola durante unos minutos.

La mirada de Marie se encontró con la de Grace, y Grace dudó apenas un instante antes de encogerse de hombros con humor e indicarle con un gesto que tocara. Marie tomó elegantemente asiento en el taburete, recorrió con las manos las teclas y levantó la vista, sonriente.

—Necesita un buen afinado, pero es un instrumento estupendo.

—Toca algo —la animó Suzanne—. Canta para nosotros, como hiciste en Southampton.

—Sí, por favor —le imploró Esther, y lo que siguió a su petición fue un auténtico coro de súplicas.

Sin poder parar de reír, Marie sacudió la cabeza y levantó las manos para silenciar a su público.

—Tocaré —dijo—, pero si cantamos todos.

—Solo una canción por el momento —sugirió Grace—. No podemos dejar sola a Berthe por mucho tiempo.

—¡Tranquilas, voy bien! —gritó Berthe desde la otra sala, y todo el mundo estalló en carcajadas.

Marie tocó unas notas, pensando.

—Esto es en honor del generoso mecenas alemán que nos ha proporcionado este encantador obsequio musical —dijo con ironía—. Que el káiser nos oiga y se encoja de miedo mientras espera su inevitable derrota.

Y empezó a tocar *La marsellesa*. Las operadoras, el mayor Wedgewood y varios soldados se animaron a cantar, elevando la voz, con la cabeza bien alta, cantando como si aquellas palabras de orgullo y osadía pudieran llegar a oírse en el campo de batalla, para animar a los aliados y hacer que todos los enemigos de la democracia se pusieran a temblar.

23

Octubre de 1918
París

VALERIE

Nadie podría acusar jamás a Valerie de tomarse a sí misma excesivamente en serio. Comprendía a la perfección el poder de un comentario frívolo para aliviar una situación tensa. No le importaba ser la protagonista de una broma afable y disfrutaba con los apodos cariñosos siempre que fueran bienintencionados. Sin embargo, cuando las chicas del Cuerpo de Señales destinadas a las centrales telefónicas francesas empezaron a reconocer entre ellas lo mucho que les fastidiaba el mote de «chicas hola», comprendió muy bien lo que sentían.

Para empezar, el apodo se venía utilizando para referirse a las operadoras telefónicas desde que se inventaron las centralitas. Era un apelativo genérico que no transmitía de ninguna manera la categoría de soldados del Ejército de los Estados Unidos que tenían las mujeres del Cuerpo de Señales. Por otro lado, el nombrecillo era precisamente eso: un diminutivo, y además tenía cierto matiz sarcástico. A pesar de que las «chicas hola» nunca había sido el título oficial de las operadoras del Cuerpo de Señales, el apodo aparecía cada vez con más frecuencia en comunicaciones oficiales. Había operadoras a las que todo esto las traía sin cuidado, pero en su mayoría opinaban que, si aquella fastidiosa costumbre no se cortaba pronto por lo sano, tanto el Ejército como el público en general acabarían olvidando que en su día habían sido conocidas como las operadoras telefónicas del Cuerpo de Señales, un título mucho más distinguido.

Mucha gente se refería cariñosamente a los soldados de la Infantería de los Estados Unidos como los *doughboys*, un apodo de origen desconocido que, sin embargo, nunca constaba ni en documentos oficiales ni en insignias a modo de rango o título. Pero, aun así, no era la palabra «chicas» lo que más molestaba a las operadoras; de hecho, la frase que más a menudo utilizaban para describirse a sí mismas era la de «chicas del Cuerpo de Señales», que transmitía tanto la dignidad de su unidad como el sentido de camaradería y amistad que las caracterizaba. Como muchas de sus compañeras, Valerie había aceptado en su día el término «chicas hola» como una expresión cariñosa, pero había madurado mucho desde que se había alistado en el Ejército y, como mujer adulta, quería ser valorada más por sus cualidades profesionales y menos por sus encantos. «Chicas hola», como denominación oficial, le parecía más una forma de expresar cariño que de ponerla profesionalmente en su lugar, una palmadita condescendiente en la espalda cuando lo que quería era un saludo o un apretón firme de manos.

En consecuencia, cuando una de las operadoras jefe de Chaumont propuso presentar una protesta formal al Departamento de Guerra para solicitar que dejasen de perpetuar el apodo «chicas hola» antes de que se acabase adoptando como su título oficial —el resultado inevitable de tanta repetición—, Valerie la firmó sin pensárselo dos veces. El Consejo de Trabajo de Guerra de la Asociación Cristiana de Mujeres Jóvenes aceptó la gestión de la causa y varios oficiales de alto rango del Cuerpo de Señales expresaron su apoyo a una denominación más respetuosa para las mujeres soldado que tanto habían contribuido a la guerra con su trabajo como operadoras.

Valerie estaba en la sala de teléfonos del hotel Élysées Palace, enseñando a una operadora nueva los secretos para conectar una llamada de larga distancia, cuando Inez entró corriendo con un telegrama.

—El Departamento de Guerra ha aceptado nuestra petición —declaró, triunfante—. ¡A partir de ahora se nos conocerá oficialmente como la Unidad Telefónica Femenina del Cuerpo de Señales de los Estados Unidos!

—¡Hurra! —exclamó Valerie, y su grito fue repetido en todas las centralitas, dejando confusos a todos los que pretendían establecer una conexión en aquel momento, hombres apostados desde Burdeos hasta Souilly.

Pero más tarde, Valerie se quedó pasmada al enterarse de que, a pesar de lo mucho que había luchado Inez para que las operadoras telefónicas recibieran el título respetuoso que se merecían, ella no lo utilizaría durante mucho tiempo.

Después de un turno de trabajo agotador, las operadoras estaban de camino de vuelta a su alojamiento, cuando Inez cogió a Valerie por el brazo y le indicó con un gesto que se quedara un poco más retrasada. Valerie obedeció, y cuando el resto del grupo avanzó lo suficiente como para no poder oírlas, Inez le dijo en voz baja:

—Quería que fueses la primera en saberlo, y además iré directa al grano. Dejo el Cuerpo de Señales.

—¿Qué? —exclamó Valerie. Drusilla miró hacia atrás por encima del hombro para ver qué sucedía, pero Valerie le indicó que siguiera adelante sin ellas. Se volvió entonces rápidamente hacia Inez y dijo—: No lo dirá en serio.

—Lo digo muy en serio. —Inez soltó una carcajada—. Dime tú alguna vez que no haya hablado yo en serio.

Tenía razón.

—Pero ¿cómo es posible que haya decidido volver a casa antes de que ganemos la guerra? Con tantísimas bajas por culpa de la gripe, la necesitamos aquí más que nunca.

—No vuelvo a casa —dijo Inez, sonriendo a la vez que meneaba la cabeza—. Ni siquiera voy a irme de París. Simplemente me transfieren a la oficina del Comité de Información Pública de los Estados Unidos.

Valerie se quedó mirándola sin entender nada.

—¿Me está diciendo que deja la Unidad Telefónica Femenina para trabajar en propaganda?

—En relaciones públicas —la corrigió Inez, poniéndose de repente a la defensiva—. ¿Tanto cuesta creer que otro departamento quiera mis servicios?

—Por supuesto que no.

—Lo crea o no, muchos de nuestros superiores son de la opinión de que he realizado un trabajo excelente gestionando la central telefónica de París. Esto no es como el Carmania. Aquí en París se me valora. He recibido una mención por mi eficiencia. El director de la sucursal del CPI en París me ha reclutado personalmente y le ha pedido al general Russel que me licencie del Cuerpo de Señales para poder aceptar la oferta. El general ha tenido que obtener un permiso oficial del secretario de guerra para...

—Sí, sí, ya veo que está muy solicitada. —Pero entonces, Valerie se paró un momento a pensar—. ¿Qué ha querido decir con esto de que París no es como el Carmania?

—Oh, venga. No finja ahora que no lo sabe. —Inez se cruzó de brazos y la fulminó con la mirada—. Hubo operadoras que se quejaron al oficial al mando que llevábamos a bordo porque consideraban que mis órdenes eran demasiado estrictas. El oficial escribió al general al mando de la 77.ª División diciéndole que para el mejor interés del servicio habría que reubicarme a otro puesto por mi supuesta falta de tacto en la gestión de otras mujeres.

—No estaba al corriente.

—Todo el mundo estaba al corriente.

—Pues yo no —dijo con firmeza Valerie—. Y probablemente no soy la única, por lo que quizá sería mejor que dejara de difundir este relato. Nadie ha hablado nunca de esto.

Inez se quedó mirándola, recelosa, pero al final suspiró.

—De acuerdo. No estaba usted al corriente. Las chicas llevan meses sin chismorrear sobre el tema a mis espaldas.

—No han chismorreado nunca sobre nada —insistió Valerie—. ¿Y es por esto por lo que deja el Cuerpo de Señales? Porque en ese caso…

—No es el único motivo —dijo Inez, cortándola. Su voz había abandonado el anterior tono irascible—. Me halaga que el CPI haya puesto tanto empeño en reclutarme y me emociona tener ante mí un nuevo reto. Haré trabajo importante y fascinante.

—El trabajo que hace ahora también es importante y fascinante —refunfuñó Valerie, aunque sabía que intentar hacer cambiar de postura a Inez era imposible—. ¿Cuánto tiempo más seguirá con nosotras?

Inez echó a andar de nuevo y Valerie corrió para ponerse a su altura.

—Empiezo el lunes.

—¿El lunes? ¿Tan pronto?

—Nuestros superiores lo saben desde hace semanas. —El tono defensivo reapareció—. No dejo a nadie en la estacada. Lo que me lleva a otra cosa. Quiero que sepa que la recomendé para sustituirme como operadora jefe, pero que al final eligieron a Nelly Snow.

—Es evidente. Tiene más experiencia.

—Sí, pero usted trabaja mejor. Y me gusta más, además.

—Gracias —dijo Valerie, sorprendida—. No sé qué decir.

—No es que ella no me guste, pero… —Inez se encogió de hombros—. Usted siempre ha sido más cooperadora y dispuesta.

Valerie arqueó las cejas, pero no dijo nada. Había recibido cumplidos peores.

—A las chicas les dolerá que se vaya. —Al ver que Inez soltaba una breve carcajada y echaba la cabeza hacia atrás, Valerie añadió—: No, lo digo en serio. Les dolerá. Tendrá que permitirme que organice una fiesta de despedida.

—No vendrá nadie.

—Pues claro que vendrá gente si la celebramos en La Buvette de Simone.

Inez la miró de reojo con escepticismo.

—¿Podría conseguir celebrarlo en Simone's? ¿Es amiga suya, quizá?

—Conozco a un chico que toca en la banda. Un trombonista que se llama Guillaume. Está encaprichado conmigo.

—Usted y sus admiradores. —Inez suspiró—. De acuerdo. Si es en Simone's, me apunto.

—¿Por qué está tan compungida? —dijo Valerie, riendo—. Será una fiesta en su honor, no un funeral. Será divertido.

—Lo más probable es que un ataque aéreo acabe interrumpiendo la fiesta.

—Pues entonces nos trasladaremos a la bodega. —Valerie enlazó a Inez por el brazo, un gesto al que la quisquillosa operadora jefe solía resistirse, y tiró de ella para caminar a paso ligero y alcanzar a las demás—. ¿Se imagina un lugar mejor donde pasar un bombardeo?

De nuevo en sus habitaciones, Valerie hizo correr rápidamente la voz entre las chicas para que se reservaran el sábado por la tarde, y la invitación dobló el número de asistentes al anunciar que sería la fiesta de despedida de Inez. Consiguió hacer una reserva en Simone's después de que Guillaume moviera algunos hilos a cambio de la promesa de un baile, e Inez pidió un último favor a su superior para que los chicos del batallón de Señales cubrieran el turno de tarde de las chicas para que todas pudieran asistir a la fiesta.

Tal y como Valerie había previsto, la fiesta fue muy divertida. La música fue estupenda, el baile desenfrenado, la comida y la bebida de lo mejor que se podía conseguir en tiempos de guerra. Las chicas hicieron un fondo común y regalaron a Inez flores, vino y un dulce de leche casero, y a lo largo de la velada todas encontraron un momento para darle a Inez un beso en ambas mejillas, desearle lo mejor y decirle con sinceridad que la echarían de menos. En alguna ocasión, Inez se quedó perpleja al descubrir que al final resultaba que era del agrado de todas las chicas.

Soldados y civiles franceses llevaban toda la tarde admirando al alegre grupo de chicas y la fiesta estaba en pleno apogeo, cuando un grupo de oficiales se aproximó a ellas y les pidió permiso para invitarlas a una ronda de copas como agradecimiento al servicio que estaban prestando. Valerie aceptó elegantemente en nombre de sus amigas, y estaban haciendo circular las botellas de vino cuando vio que dos de los oficiales estaban hablando con la orquesta.

—Están tramando algo —le dijo a Inez, dándole un codazo y ladeando la cabeza en dirección al escenario.

—No pienso hacer ningún discurso —le advirtió Inez, claramente.

Pero los oficiales no tenían en mente ningún discurso. Cuando terminó la canción, y mientras el público aplaudía y vitoreaba a la orquesta, subió al escenario un capitán.

—Damas y caballeros —empezó diciendo—, sin duda se habrán dado cuenta de que tenemos aquí un grupo de soldados muy especial. Y probablemente también habrán escuchado la canción que habla de ellas y que se ha convertido en un gran éxito. La compuso un compañero del Noventa y Dos…

—¡Del Setenta y Siete! —gritó una voz grave entre el público.

Todo el mundo estalló en carcajadas y el capitán, con buen humor, hizo un gesto para que el público se calmara.

—Bueno, independientemente de la insignia que luzca el autor, el caso es que se trata de un orgulloso soldado norteamericano que quería rendir tributo a las encantadoras damas sin las cuales ninguno de los que estamos aquí sería capaz de decirle a nadie adónde tiene que ir ni qué tiene que hacer cuando llegue a ese lugar donde tenía que ir. —Más carcajadas—. Así pues, esta noche, en honor a las chicas del Cuerpo de Señales de los Estados Unidos, les ofreceremos… Bueno, la verdad es que no sé cómo se titula.

—¡Se titula *Operadoras de guerra*! —gritó la misma voz grave.

Más risas.

—*Operadoras de guerra* —repitió el capitán—. Si les apetece, pueden cantar si conocen la letra.

Y en cuanto la orquesta empezó a tocar una melodía alegre con ritmo de marcha, Valerie y sus compañeras intercambiaron risas y miradas de satisfacción. Orgullosas y sonrientes, se pusieron en pie en cuanto el capitán entonó la canción con una voz de tenor de lo más agradable.

Mi operadora de guerra,
un ángel valiente que custodia las líneas,
siempre que escucho tu voz
mi corazón se siente mejor.
Y cuando me preguntas: «¿Número, por favor?»,
mi corazón se siente mejor.
Cuando el fuego de artillería ilumina la noche,
cuando cae como lluvia,
acudes a mi rescate,
una y otra vez.
Nuestras operadoras de guerra,
leales, valientes y auténticas,
salvan la situación en las líneas,
y ondean el rojo, el blanco y el azul,
cuando dicen: «Allô, j'écoute».
Juramos que ganaremos la guerra por vosotras.
Operadoras de guerra, nuestros amores del Cuerpo de Señales,
¡ganaremos la guerra con vosotras!

La sala estalló en vítores y aplausos. A Valerie le dolían incluso las mejillas de tanto sonreír y vitoreó al cantante con la misma energía que todos los demás. Cuando la orquesta recuperó su repertorio habitual, el capitán abandonó el escenario, se sumó a sus compañeros y se acercaron luego todos para presentarse a las chicas del Cuerpo de Señales.

—¿No echará esto de menos? —le preguntó Valerie a Inez—. ¿La fama, la gloria y los oficiales guapos que componen odas en nuestro honor?

—Esto también puede pasar en el CPI —replicó Inez sonriendo, aunque algo pensativa.

Justo en aquel momento, el capitán le pidió un baile a Valerie, que aceptó encantada. Después le interrogó sobre la canción; pero, aunque era evidente que al capitán le habría gustado poder impresionarla con sus conocimientos, acabó reconociendo que solo sabía la parte que había compartido con el público desde el escenario. Valerie confiaba en poder enterarse de más detalles con el tiempo. Nunca había escuchado aquella letra, pero la melodía le resultaba familiar. ¿La habría oído antes, aunque con una tonalidad, un ritmo o un tempo distintos? ¿Sería una canción folclórica tradicional adaptada a gustos modernos? Marie a buen seguro lo sabría, pero Valerie carecía de la formación musical formal de su compañera. Aunque si la canción era tan popular como el capitán aseguraba que era, y como la respuesta del público confirmaba, quizá la volvería a escuchar algún día. O tal vez en *Stars and Stripes* publicaran algún artículo sobre su compositor, donde se le reconocieran los méritos y quedaran revelados todos los misterios.

Cuando terminó la velada, Inez le dio las gracias a Valerie por haber organizado una despedida tan encantadora.

—No me marcho de París —le recordó Inez—. A lo mejor podríamos quedar para comer algún día y así aprovechar para picarme por toda la diversión que me estoy perdiendo.

—Y aprovechar también para que usted pueda contarme las estrategias retorcidas que se utilizan para vender la guerra al público norteamericano —replicó en broma Valerie.

Y en vez de dejar la cita al azar, establecieron una fecha para la semana siguiente. Pero, aunque Valerie estaba encantada de poder seguir en contacto, sabía que no sería lo mismo que compartir puesto de trabajo y alojamiento.

El lunes, el ambiente en la central telefónica fue diferente sin la presencia de Inez; era como si todas hubieran inspirado hondo, soltado el aire y se hubieran relajado, como si ya no estuvieran preparándose para recibir una reprimenda por cometer el más leve error. La calidad del trabajo no se vio en absoluto afectada por la ausencia del escrutinio palpable de Inez; si acaso, las chicas estaban más alegres y llenas de energía que nunca. Tal vez, pensaba Valerie, Inez había hecho bien cambiando de rumbo profesional.

Pero ni siquiera aquella revelación compensaba la dura realidad de que andaban muy escasas de recursos y de que la ausencia de Inez las perjudicaba en ese sentido. Las chicas del Grupo Seis habían acabado por fin su cuarentena y habían sido destinadas a centrales telefónicas del Cuerpo de Señales repartidas por toda Francia, pero la sombra de la pandemia seguía cerniéndose sobre todos sus movimientos. En París se habían contabilizado miles de casos, aunque concretar cifras exactas era imposible porque los periódicos rara vez informaban al respecto. Valerie había oído comentar a sus compañeras de El Havre, Saint-Nazaire y Burdeos que los buques que transportaban tropas desde los Estados Unidos a Francia habían desembarcado centenares de soldados enfermos en las ciudades portuarias, donde llenaban hospitales, barracones y cabañas de la Asociación Cristiana de Jóvenes, y que a veces se veían obligados a instalarlos en el suelo, en camastros improvisados confeccionados con mantas, porque no quedaban camas libres. Había oído asimismo rumores de índices de mortalidad impactantes a bordo de los transportes de tropas, y por lo que parecía, el número de víctimas en los campamentos, tanto en Francia como en los Estados Unidos, no era mucho mejor. Siempre que una de las operadoras de Valerie se quejaba de fiebre o escalofríos, no dudaba ni un instante, la separaba de sus compañeras de habitación y la confinaba hasta que se encontrara mejor o hasta que una enfermera recomendara su ingreso en un hospital. Solo una de las chicas había acabado ingresando en el hospital, y llevaba ya dos semanas en la sala de contagiados. Valerie tomaba todas las precauciones posibles, pero a menudo tenía la sensación de que, con la excepción de los médicos y las enfermeras con los que hablaba, era la única de su entorno que percibía que la amenaza no paraba de crecer a su alrededor.

Cuando intentaba comentar sus miedos con sus amigas, le decían que no se preocupara. Algunas de las que habían cruzado el océano con ella en el Grupo Dos le echaban la culpa a Inez, argumentando que había hecho una montaña de un grano de arena con su insistencia en llevar siempre mascarillas y lavarse constantemente las manos y que, en consecuencia, había sembrado una especie de fobia en la cabeza de Valerie. Drusilla creía que si los periódicos no publicaban nada sobre la gripe y sus superiores no comentaban nada al respecto era porque la enfermedad no era en realidad tan grave, sobre todo en comparación con todas las otras desgracias que provocaba la guerra. Valerie se mostraba tremendamente escéptica en relación a esta teoría. No esperaba que el Ejército fuera muy comunicativo, puesto que en la milicia las cosas eran siempre increíblemente confidenciales, pero lo de la prensa era otro cantar. Lo que querían era vender periódicos, y en opinión de Valerie, siempre tendían más a la exageración que a quedarse cortos. El hecho de que contaran tan poco en vez de levantar la alarma le parecía tremendamente problemático.

Durante la segunda semana de octubre, mencionó su preocupación al capitán Pederson, que siempre le había parecido un hombre honesto y racional.

—No entiendo esta falta de urgencia —dijo Valerie—. Los soldados están muriendo a miles. A veces da incluso la sensación de que los transportes

410

de tropas son incluso más peligrosos que el frente para los soldados. ¿Por qué en el Ejército nadie habla sobre este tema?

—Hablan sobre este tema —le respondió el capitán en voz baja, y miró a su alrededor para ver si había alguien que pudiera oírlos—. Pero no hablan de este tema con usted, ni con la prensa. No queremos iniciar una situación de pánico.

—¿Por qué no? —preguntó en un susurro, tentando a la suerte—. ¿No deberíamos hacer correr la voz?

—Nuestros médicos y enfermeras se encargan de eso —le aseguró—. Querer alertar a la gente de una posible amenaza es un instinto muy noble, pero debemos considerar las implicaciones que ello podría tener. No queremos que los alemanes crean que nuestra capacidad militar se está viendo perjudicada por una enfermedad generalizada. Si sospechan que nuestras tropas están enfermas o debilitadas, nos atacarán con tanta fuerza que todo lo que hemos ganado en los últimos meses podría irse al traste.

Valerie se paró un momento a pensar.

—Imagino que es un supuesto válido.

—Tenga por seguro, señorita DeSmedt, que, si un soldado informa de síntomas, le creemos y recibe el tratamiento que podamos proporcionarle. La ocultación es solo porque pensamos en los alemanes. Si intuyen una situación de ventaja y eso los incentiva, la guerra podría prolongarse y, con el tiempo, se perderían más vidas.

Valerie le dio las gracias por dedicar aquellos momentos a hablar con ella y se reincorporó a su trabajo, mejor informada y más inquieta incluso que antes.

Pero incluso consciente de que la gripe era una amenaza cada vez mayor, encontró motivos para la esperanza en las noticias que llegaban del frente, donde parecía que la inercia de la guerra había cambiado por fin y estaba ahora a favor de los aliados. Las fuerzas alemanas se estaban debilitando, y el 12 de octubre, el canciller alemán aceptó los Catorce Puntos del presidente Woodrow Wilson como las bases para la negociación de la paz. Aquel mismo día, a última hora, Valerie se enteró de que Berthe Hunt, que estaba destinada en Souilly, había sido la primera chica del Cuerpo de Señales que había oído aquella buena noticia, puesto que había sido la encargada de conectar la llamada crucial del G2 al despacho del general Pershing. Berthe y las demás operadoras de los cuarteles generales del Primer Ejército hicieron correr rápidamente la voz a las otras centrales del Cuerpo de Señales, enviando esperanza y júbilo a través de los cables. Que los alemanes hubieran decidido que estaban dispuestos a negociar una tregua era un reconocimiento asombroso de que habían dejado de estar seguros de su victoria. Por lo visto, no querían luchar hasta perder su último hombre. Resultaba irónico, pensó Valerie, que los aliados no desearan la destrucción total de su enemigo. Pero sabía que, si el Gobierno alemán quedaba destruido por completo, no habría con quién discutir los términos de su rendición y el resultado sería caótico.

Pero la esperanza de las operadoras de que el final de la guerra era inminente duró muy poco, puesto que al cabo de pocos días el comandante supremo de las fuerzas aliadas, Ferdinand Foch, declaró que los aliados no aceptarían nada que no fuese una rendición incondicional. Aun así, tanto Valerie como sus compañeras tenían la sensación de que la corriente de la guerra había cambiado de manera irrevocable, por mucho que, en el transcurso de los días siguientes, aliados y alemanes siguieran lanzándose feroces ataques de artillería. Una y otra vez, los rumores de que los alemanes se habían rendido resurgían de nuevo, aunque siempre acababan disipados rápidamente. Los cañones de largo alcance de los alemanes seguían sembrando la destrucción en los pueblos situados a lo largo del frente, incluido Ligny-en-Barrois, y parecía que sus comandantes estuvieran disparando a ciegas con la esperanza de dar algún día en la diana de los cuarteles generales del Primer Ejército. Hasta el momento, Souilly se había librado de los ataques, lo que sugería que los alemanes no sabían dónde estaba acuartelado el general Pershing. La insistencia en el secretismo más absoluto que regía en el Cuerpo de Señales había servido para proteger al general hasta el momento, pero todo podía derrumbarse en un instante devastador si el artillero alemán que parecía elegir poblaciones al azar en el mapa tenía su día de suerte.

Cuando los días otoñales se hicieron más fríos y los encantadores castaños de París pasaron del verde a un dorado bruñido, llegó a través de las líneas la noticia de que los británicos habían liberado Ostende, Bélgica, a orillas del mar del Norte.

El corazón de Valerie se aceleró y se le llenaron los ojos de lágrimas. Cuánto le gustaría poder estar con su madre, su hermana y su hermano en aquel momento, abrazarlos y poder celebrar con ellos la feliz noticia de que los ocupantes alemanes estaban siendo expulsados de su país natal.

Pero aquello no era más que el principio. El poder del káiser sobre su amada Bélgica se estaba debilitando, y los alemanes debían de saberlo. Los aliados los expulsarían muy pronto de allí, los obligarían a retirarse dentro de los confines de sus fronteras, de donde nunca deberían haber salido, y Bélgica y Francia volverían a ser libres.

24

Octubre de 1918
Souilly

MARIE

A mediados de octubre, Berthe habló en privado con Marie para decirle que cuatro oficiales y operadoras del Cuerpo de Señales, Grace entre ellos, iban a cumplir años antes de final de mes. A Berthe se le había ocurrido la idea de celebrar una fiesta en su honor, con buena comida, decoraciones festivas y excelente compañía, y le pidió a Marie que la ayudara a organizarla. Marie accedió encantada a la sugerencia, sobre todo porque Berthe ya había estado trabajando mucho en la gala y en realidad solo necesitaba una colaboración mínima. A Marie se le hizo la boca agua cuando se enteró del ambicioso menú que tenía pensado Berthe, repleto de exquisiteces que nadie en Souilly había saboreado desde hacía años. Y ahora podrían hacerlo gracias al mayor Wedgewood, uno de los invitados de honor, que había estado negociando con París para conseguir todo lo necesario. Berthe, por su lado, había obrado otro milagro al localizar un chef excelente en un aeródromo francés cercano y contratar sus servicios para preparar la comida.

Entre tanto, Marie reclutó voluntarios del batallón de Señales para ocuparse de las centralitas con el fin de que todas las chicas del Cuerpo de Señales pudieran asistir a la fiesta. Pidió además a varios electricistas del 27.º de Ingenieros que instalaran un entoldado de luces por encima de la mesa de la cantina, y entrelazó flores verdes de angélica a modo de decoración. La mañana de la celebración, salió al campo a recoger más flores, preciosas margaritas con pétalos amarillos y botones dorados, que dispuso en varios centros que repartió por la larga mesa de madera. Uno de los coroneles le prestó varias banderas semáforo en rojo y blanco, un toque festivo para adornar las paredes.

La cantina quedó bellamente transformada, pero cuando los invitados se reunieron en torno a la mesa, el lujoso banquete superó todo lo demás: langosta, caviar, un surtido de quesos, frutos secos, un ganso asado relleno y con salsa de champiñones, patatas asadas y coliflor, todo regado con *champagne* y, de postre, un *gâteau Basque* relleno con crema pastelera y mermelada de frambuesas.

—¡No puedo creer lo que ven mis ojos! —exclamó Grace, pasmada, desde su asiento en uno de los extremos de la mesa, cuando vio los platos que tenían delante—. Es realmente *magnifique*.

La celebración se prolongó hasta bien entrada la noche, acompañada de risas, camaradería y gratitud por aquel maravilloso banquete. Marie tenía la sensación de que no estaban celebrando los cumpleaños de sus amigos, sino un final anticipado de la guerra, una victoria aliada, una paz conseguida con mucho esfuerzo después de años de lucha. En aquel momento, todo aquello parecía al alcance de la vista, aunque no totalmente al alcance de la mano.

Unos días más tarde, el día del cumpleaños de Grace, las operadoras la obsequiaron con regalos, una muestra del cariño y el respeto que sentían hacia ella. Marie le regaló un precioso ramo de crisantemos de otoño y le cantó un repertorio de sus canciones favoritas. Berthe le regaló una cesta de fruta fresca, la comida que más le gustaba a Grace, algo que en su país era fácil de conseguir, aunque muy complicado en el frente. Esther y Suzanne obsequiaron a su operadora jefe con un regalo que hizo sonrojar a algunas y reírse a carcajadas a todas: un sujetador francés de encaje, coqueto y femenino, una prenda que no tenía nada que ver con sus austeros y dignos uniformes y un nostálgico recordatorio de los vestidos bonitos que habían dejado en casa.

—Ojalá las modistas francesas hubieran diseñado nuestros calzones —dijo Grace, un comentario que fue recibido con muestras de aprobación y risas de todas las chicas.

Las operadoras habían sorprendido a Grace con sus regalos tan bien pensados, pero a la mañana siguiente, hubo una sorpresa mayor para todas: el teniente general Hunter Liggett, a quien el general Pershing había delegado el liderazgo del Primer Ejército para poder concentrarse en sus obligaciones como comandante en jefe, quería trasladar de nuevo sus cuarteles generales para poder seguir el ritmo del rápido avance de las Fuerzas Expedicionarias.

415

—Nosotras siete los acompañaremos a los nuevos cuarteles generales —anunció Grace—. Cinco operadoras de Chaumont, Langres y Neufchâteau vendrán para sustituirnos. Está previsto que lleguen mañana y, antes de partir, las ayudaremos a que estén debidamente orientadas en todos los sentidos.

—¿Y adónde vamos? —preguntó Adele.

Grace se encogió de hombros e hizo un gesto negativo con la cabeza.

—No lo sé.

—Y si lo supieras, tampoco podrías decírnoslo.

—Exactamente —replicó con una sonrisa la operadora jefe—. Supongo que nos lo comunicarán cuando estemos ya de camino.

Las informó también de que los oficiales al mando habían preparado dos hojas con códigos nuevos, razón por la cual cuando las operadoras no estuvieran trabajando o durmiendo, tendrían que dedicarse a estudiarlos para memorizar las nuevas frases lo más rápidamente posible. Estaba en marcha una nueva ofensiva y debían estar preparadas.

A última hora de la mañana, el coronel Hitt las sorprendió con la noticia de que, antes de la llegada del invierno, el Cuerpo de Señales había decidido realizar todas las mejoras necesarias en la central telefónica y el alojamiento de las operadoras. Las centralitas serían trasladadas a los barracones contiguos, se instalarían nuevas líneas, se desviarían las conexiones eléctricas y se traerían nuevas centralitas procedentes de toda Francia. Las modificaciones empezaron al momento, y Marie y sus compañeras se pusieron a trabajar con la música de fondo de la ensordecedora cacofonía de los martillos y las sierras. En el barracón ocho, su habitación quedaría ampliada y ocuparía la sala de la central telefónica para que las operadoras tuvieran más espacio.

—Justo ahora que nos trasladamos a otro sitio —murmuró Adele entre llamada y llamada, y Marie no pudo evitar reír.

El 28 de octubre, el día posterior a la llegada de las cinco operadoras sustitutas, se conoció a través de los cables la noticia de que Austria se había rendido. Dichosas, las operadoras lanzaron vítores y se abrazaron, y cuando volvieron rápidamente a sus puestos, siguieron oyendo los ecos de otras celebraciones tanto en los barracones como en las calles. Y la decepcionante noticia que llegó después —que Alemania no se había dado aún por vencida y seguía peleando— no sirvió para bajarles la moral. Sin el respaldo de su aliado más fiel, los alemanes capitularían pronto.

Dos días más tarde, cuando terminaron su turno, Marie, Adele y Esther comieron juntas en la cantina y luego salieron a dar un paseo para disfrutar de un excepcional día de sol. El viento era frío e incesante y levantaba las hojas secas que cubrían las calles embarradas, y el bosque, más allá del campamento, lucía intensas tonalidades otoñales. Subieron a una colina para contemplar la vista y, mientras, estuvieron hablando sobre cómo preparar a las operadoras nuevas que tenían que sustituirlas y especulando sobre su próximo destino y su fecha de partida. De camino de vuelta, vieron a varios oficiales del Cuerpo de Señales entrando y saliendo del barracón ocho ocupados en diversos recados. Uno de los oficiales destacaba por su inmovilidad; estaba apoyado en uno de los postes de las escaleras de la cantina, con los brazos cruzados, mirando expectante a su alrededor.

—Mirad quién es —dijo Esther, dándole un codazo a Adele—. El teniente Mills.

—¿No os parece curioso la frecuencia con la que los recados lo traen desde Ligny-en-Barrois a Souilly? —reflexionó Marie.

—Para —murmuró Adele, y el rubor cubrió sus mejillas.

Justo en aquel momento, el teniente Mills las vio, sonrió de oreja a oreja y echó a andar hacia ellas.

—Tendrás que ocuparte tú de hacer de acompañante, Marie, porque yo tengo mucho trabajo que hacer —dijo Esther con una sonrisa. Se marchó corriendo y saludó al teniente Mills cuando pasó por su lado—. ¡Hola, teniente! ¡Qué pronto estamos de vuelta!

—Sí —replicó encantado el teniente, devolviéndole el saludo—. Recados. Ya sabe cómo van siempre estas cosas.

—Sí, lo sé —dijo Esther, riendo, y cruzó la puerta para acceder a la central telefónica.

El teniente Mills se quedó perplejo al verla marchar, pero su sonrisa se intensificó cuando se acercó a Adele.

—Hola, señorita Hoppock —dijo, mirándola fijamente, y al momento recordó añadir—: Y señorita Miossec.

—Hola, teniente —respondió alegremente Adele.

Marie repitió sus palabras, pero intentó mantenerse al margen de la conversación, sabiendo que la pareja solo tenía ojos y oídos el uno para el otro. Empezaba a preguntarse si haría bien atreviéndose a entrar en la habitación para intentar dormir un poco antes de que empezara su turno, cuando de pronto olió a quemado. Instantes después, divisó una columna de humo negro que salía del edificio contiguo al barracón ocho: las oficinas del G2, la inteligencia del Ejército.

Alarmada, agarró a Adele por el brazo y señaló hacia allí.

—¡Me parece que hay fuego en el G2!

Adele miró en aquella dirección y se quedó boquiabierta; el teniente Mills se volvió hacia allí, vio el humo y echó a correr hacia el edificio.

—¡Quédense aquí! —les gritó.

Por un momento, se quedaron tan conmocionadas que no pudieron hacer otra cosa que obedecer, pero entonces Marie vio que el coronel Hitt salía corriendo del barracón ocho y se dirigía hacia el incendio. Instantes después, Grace y Suzanne salieron por la puerta de la nueva central telefónica.

—¡Fuego! —gritó Suzanne, ahuecando las manos alrededor de la boca—. ¡Fuego!

Al ver que tanto Grace como Suzanne echaban a correr hacia el edificio en llamas, Marie siguió su ejemplo.

Empezaron a sonar las alarmas. Justo en el momento en que las llamas asomaban ya por el tejado, oficiales y soldados salieron corriendo del G2 cargados con cajas de documentos. A Marie le dio un vuelco el corazón cuando vio que las endebles paredes de madera se ennegrecían, las ventanas con papel parafinado se chamuscaban, igual que el tejado de tela asfáltica… Aquello era como una caja de fósforos, imposible de salvar, por mucho que los soldados estuvieran intentándolo. Siguiendo órdenes, formaron una brigada de cubos para poder arrojar agua a las llamas. Gruesas columnas de humo y fuego se elevaban hacia el cielo y el viento proyectaba por los aires brasas que giraban sobre sí mismas, volaban sin rumbo y muchas acababan cayendo sobre los tejados adyacentes. Uno de ellos prendió, luego otro.

Marie llegó hasta donde estaban Grace y Suzanne, que se habían detenido a escasos metros del edificio en llamas del G2 y buscaban frenéticamente alguna forma de poder ayudar. Adele se les sumó al poco rato.

—¡Mirad! —gritó, tirando del brazo de Grace y señalando en otra dirección—. ¡El barracón ocho está ardiendo!

Marie se volvió hacia allí y le cayó el alma a los pies al ver que las lenguas de fuego bailaban por la pared que daba al G2.

—¡Salven todo lo que se pueda! —gritó el mayor Wedgewood cuando pasó corriendo por su lado en dirección al alojamiento de las chicas.

Las operadoras salieron corriendo tras él, conscientes de que disponían solo de unos instantes para salvar lo que pudieran. Ayudadas por otros soldados que habían llegado corriendo desde todas direcciones, cogieron todo lo que encontraron a su alcance, lo sacaron del edificio incendiado, depositaron las pertenencias rescatadas en la calle, en dirección contraria a la que soplaba el viento, y volvieron a entrar a por más. Durante el segundo viaje, Marie gritó al caer en la cuenta de una cosa importante.

—¡El piano! —chilló a quien fuera que pudiera oírla. Se situó a un lado del instrumento y lo empujó con todas sus fuerzas hacia la puerta. Pero apenas se movió—. ¡Por favor, que alguien me ayude!

Plantó con energía los pies en el suelo y volvió a empujar. El humo la estaba envolviendo y comenzó a toser—. ¡El piano! —repitió, con los ojos inundados de lágrimas de frustración—. ¡Ayudadme, por favor!

De pronto, aparecieron a su lado dos soldados robustos.

—¡Lo tenemos, señorita! —gritó uno de ellos, haciéndose oír por encima del rugido de las llamas—. ¡Salga de aquí mientras pueda!

Tosiendo sin parar, llorando sin poder evitarlo, Marie dudó un instante mientras los soldados empujaban el piano para acercarlo a la puerta. Se les sumó entonces un tercer soldado, y entre los tres consiguieron levantarlo y moverlo hacia la salida. Marie miró a su alrededor, localizó el taburete del piano, lo cogió y siguió a los hombres a toda velocidad.

Ya en el exterior, cruzó la calle, sin parar de toser para intentar aclararse la garganta. De pronto, Grace y Adele aparecieron a su lado, una de ellas cogió el taburete y la otra la enlazó por el brazo para apartarla de allí. Y no se detuvieron hasta llegar al barracón situado delante del ocho, desde donde contemplaron, con el corazón destrozado y conmocionadas, como el humo y las llamas devoraban el lugar al que habían llegado a considerar su casa. Repartidas a su alrededor estaban las mantas que Julia Russell les había entregado el día de su llegada y que ahora envolvían objetos de todo tipo que habían logrado salvar a toda prisa del incendio. Uniformes, blusas, zapatos, cepillos, documentos, fotografías y otras posesiones descansaban sobre sus colchones, empapados ahora de barro.

De pronto, como si hubiera explotado una bomba, el barracón ocho quedó totalmente envuelto por las llamas.

—Hemos salido justo a tiempo —dijo Suzanne, con un hilo de voz—. Porque ha salido todo el mundo, ¿no?

Todas asintieron, temblorosas y confiando en que fuera así.

—Gracias a Dios que hemos trasladado la central al otro edificio —dijo Grace, haciendo una pausa para carraspear antes de poder seguir hablando—. Eso sí que ha sido un golpe de suerte.

—Tal vez no —dijo Adele con aprensión y señalando hacia otro lado—. ¡Mirad!

Nubes de humo de los edificios en llamas empezaban a filtrarse por las ventanas abiertas de la nueva oficina telefónica. Y sobre el tejado caían sin cesar ascuas encendidas. A la vez, todas las operadoras empezaron a gritar y a hacer señas a los soldados de la improvisada brigada de cubos, que vieron enseguida hacia dónde señalaban las chicas, reconocieron el peligro y de inmediato reencauzaron sus esfuerzos para correr a salvar la central.

—¿Ha visto alguien a Berthe, Helen y las demás? —preguntó de repente Grace, examinando con la mirada el gentío que se había congregado.

—Siguen dentro —se imaginó Marie, horrorizada—. No han abandonado las centralitas.

Ella tampoco lo habría hecho, de haber sido aquel su turno de trabajo. Las operadoras jamás cortaban de forma voluntaria el contacto con los regimientos enzarzados en batalla en el frente. Todas sabían que toda llamada que estuviera conectada podía salvar la vida de un soldado, y que toda llamada que quedara ignorada podía significar la pérdida de una compañía entera.

Impulsada por la estremecedora imagen de sus amigas sentadas delante de sus centralitas y rodeadas por las llamas, Marie echó a correr hacia la brigada de los cubos y se sumó a la cadena que estaba pasando los cubos vacíos hacia la bomba de agua para llenarlos de nuevo. Grace, Suzanne y Adele se colocaron detrás de ella. Los hombres gritaban, las nubes de humo se elevaban hacia el cielo, el agua empapaba sus faldas y sus zapatos, pero siguieron pasando cubos de mano en mano. La mirada de Marie viajaba constantemente entre los cubos y las puertas del edificio, esperando en vano que las operadoras saliesen, y se desplazaba a continuación hacia el tejado, donde dos oficiales —sonrojados y sudorosos por el calor, tosiendo y con los uniformes tiznados por el hollín— arrojaban cubos de agua sobre la tela asfáltica y la madera. Marie supuso que el agua debía de estar filtrándose por las rendijas y cayendo sobre las centralitas del interior. Había que salvar la central telefónica. Los generales tenían intención de lanzar una nueva ofensiva al día siguiente y si los teléfonos no funcionaban, serían incapaces de emitir las órdenes necesarias para que la artillería y la infantería pudieran avanzar por el tupido y accidentado bosque.

El humo era cada vez más espeso. Tosiendo y con los ojos llenos de lágrimas, Marie detuvo su actividad el tiempo suficiente como para poder cubrirse la boca y la nariz con un pañuelo antes de seguir pasando cubos en dirección a la bomba de agua. El calor del fuego le estaba abrasando la cara y las manos. Y se le aceleraba el corazón cada vez que visualizaba a sus amigas sentadas en su puesto de trabajo, manteniendo la calma y conectando llamadas mientras el humo llenaba la sala y caían ascuas a su alrededor. Tenían que salir de allí antes de que el edificio se derrumbara, antes de que murieran asfixiadas por el humo.

—¡Grace! —gritó, para hacerse oír por encima del rugido del fuego. Zarandeó por los hombros a la operadora jefe—. ¡Grace, tenemos que…!

Se interrumpió cuando vio que Grace tenía la mirada clavada en la puerta trasera de la nueva central. El coronel Hitt acababa de entrar e, instantes después, las operadoras salieron corriendo del edificio, seguidas muy de cerca por el coronel, que les indicaba con gestos que siguieran corriendo. Marie vio que el coronel daba órdenes a un equipo de ingenieros, que entraron acto seguido en el edificio y reaparecieron poco después cargados con las centralitas, que tenían claramente los cables cortados, pero que, por lo demás, parecían intactas. Los ingenieros depositaron las centralitas en el campo y formaron una segunda brigada de cubos.

Marie echó un vistazo rápido para asegurarse de que Berthe y las demás estaban sanas y salvas y luego observó con desasosiego las centralitas, con sus cables colgando, las luces apagadas y los timbres silenciados. Adele, que estaba a su izquierda, captó la expresión de Marie y movió la cabeza en un gesto de preocupación. Por primera vez desde que las Fuerzas Expedicionarias habían llegado a Francia, los cuarteles generales del Primer Ejército estaban totalmente desconectados de las tropas del frente, de los comandantes de otras bases y de todos sus aliados.

Con rápida precisión militar, los soldados acabaron extinguiendo el incendio. Por increíble que pareciera, el edificio de la nueva central telefónica se había salvado, pero había siete estructuras que habían quedado reducidas a cenizas, incluyendo entre ellas el barracón ocho.

Los operarios del Cuerpo de Señales volvieron a entrar las centralitas y se apresuraron a reinstalar los equipos y reparar las líneas cortadas. Entre tanto, las operadoras repasaron las montañas de objetos salvados del incendio en busca de sus pertenencias. Milagrosamente, Marie localizó su maletín y descubrió que todo su contenido —cartas de casa, fotografías familiares, su uniforme de repuesto, algunas partituras— estaba intacto, aunque su bolsa y toda la ropa que contenía habían quedado reducidas a cenizas. Pero no quería llorar por nada que hubiera podido perder. Porque el piano se había salvado. Todo lo demás era sustituible.

Berthe encontró parte de sus pertenencias en una bolsa, incluyendo su diario ilegal, un pequeño fajo de cartas de su marido y tres huevos que había comprado en una granja el día anterior con la intención de preparar un bizcocho.

—No tienen ni siquiera una raja —dijo, maravillada, cogiendo uno de los huevos y exponiéndolo a la luz del sol.

Grace localizó también su maletín, después su cepillo de dientes dentro de un zapato a varios metros de distancia, y finalmente su libro de oraciones, que encontró en una sartén encima de un trozo de carne.

Todas consiguieron localizar algunas cosas, pero la mayor parte de sus pertenencias había quedado destruida junto con su alojamiento. Las operadoras fueron reubicadas a otro edificio, que estaba solo parcialmente acabado, y mientras ellas seguían buscando entre los restos del incendio cualquier otro objeto que aún pudiera salvarse, el 27.º de Ingenieros se apresuró a colocar tablas de madera en su nuevo barracón y a llevar a cabo las reparaciones más esenciales para que el edificio estuviera habitable por la noche. Julia Russell y las voluntarias de la Asociación Cristiana de Mujeres Jóvenes les proporcionaron a las operadoras camastros, mantas, almohadas y toallas a una velocidad asombrosa, y Julia les prometió encontrar cualquier otro objeto esencial que necesitasen en tan solo un par de días. Los hombres de la Artillería invitaron a las chicas a compartir con ellos su cantina, pero los de Logística se lo habían ofrecido primero y Grace ya había aceptado. Cuando los chicos de Logística se ofrecieron además a encontrar espacio para el piano, un oficial de Artillería protestó y dijo:

—¡No pueden quedarse con las chicas y también con el piano!

A prácticamente todas las operadoras les pareció de lo más gracioso, pero Marie pasó unos minutos de tensión mientras observaba el debate, hasta que llegó el mayor Wedgewood y puntualizó que debían recordar que el piano había sido entregado a las operadoras de guerra por petición específica de las tropas que lo habían rescatado y que las acompañaría siempre al lugar donde residieran en Souilly.

Justo una hora después de que las operadoras la evacuaran a regañadientes —o, tal y como lo expresaron algunas de las chicas, después de que el coronel Hitt las sacara de allí a la fuerza—, la central telefónica estaba parcialmente recuperada. Las operadoras del turno de día volvieron rápidamente a sus puestos para conectar todas las llamadas posibles mientras los trabajos de reparación continuaban a su alrededor.

Después de llegar de mala gana a la conclusión de que seguir peinando las ruinas del barracón ocho no iba a descubrirles nada más que mereciera la pena ser salvado, Marie, Adele y Esther levantaron el campamento para trasladarse al edificio de Logística, donde se lavaron, se peinaron y se dirigieron a la cantina para comer. Los oficiales del G4 las recibieron con cariño. Y hubo tantos de ellos que bromearon diciendo que los hombres del Cuerpo de Señales estaban celosos por haber perdido la compañía de las mujeres, que Marie sospechó que los comentarios escondían tanto humor como verdad.

Mientras comían, un teniente del G4 se acercó a su mesa, les dio la bienvenida a Logística y les expresó sus condolencias por la pérdida de sus pertenencias y su alojamiento.

—Ya hemos averiguado cómo se inició el fuego, por si les apetece saber a quién echarle la culpa —añadió con ironía.

—Sí, cuéntenoslo, por favor —dijo Adele. Se cruzó de brazos y se inclinó hacia delante—. Quiero empezar a tramar mi venganza.

El teniente esbozó una mueca e hizo un gesto negativo.

—No creo que el Ejército permita esas cosas.

Y les explicó entonces que un prisionero de guerra alemán que realizaba trabajos forzados en el edificio de Inteligencia había volcado una estufa para intentar una maniobra de sabotaje. Sería castigado por la destrucción de la propiedad y por las lesiones menores que su acto había causado, ya que, por suerte, no había habido víctimas mortales. Marie no entendía por qué a alguien se le podía haber ocurrido poner a un prisionero alemán a trabajar precisamente en las oficinas de Inteligencia, pero llevaba tiempo suficiente de servicio en el Ejército como para saber cuándo era mejor reservarse sus opiniones.

Tanto Marie como sus compañeras del turno de noche estaban exhaustas. De modo que decidieron ir a descansar a su nuevo dormitorio, donde encontraron a Julia Russell y su equipo preparando los camastros y la ropa de cama, mientras que un grupo de ingenieros se ocupaba de cerrar los huecos entre las tablas de madera e improvisaba alguna pieza rudimentaria de mobiliario, igual que habían hecho cuando las operadoras llegaron en su día a Souilly. A través de una puerta abierta, que de estar en el barracón ocho las habría conducido directamente a la central telefónica, Marie vio de refilón el piano, cuyo aspecto era el de siempre a pesar de la terrible experiencia que acababa de vivir. Al cruzar el espacio, se fijó en que entre los tablones del suelo asomaban briznas de hierba, pero vio también que las voluntarias de la Asociación Cristiana de Mujeres Jóvenes estaban colocando alfombras, gastadas y descoloridas pero limpias, lo que sumaba un toque de color al espacio e impediría un poco el paso del frío. O eso al menos esperaba Marie. El inicio del invierno, para el cual faltaban pocas semanas, sería la prueba de fuego.

Al ver las caras ojerosas de sus compañeras y la postura de agotamiento de sus cuerpos mientras elegían cama y se dejaban caer en ella, Marie pidió a los ingenieros y a las voluntarias de la Asociación Cristiana de Mujeres Jóvenes, con amabilidad aunque con firmeza, si les iba bien seguir con su trabajo en otro momento, después de que las operadoras hubieran podido dormir un poco. Turbados por no haber tenido esta ocurrencia, ingenieros y voluntarias se disculparon y se marcharon rápidamente. Marie y Adele se encargaron de cerrar las cortinas opacas mientras sus compañeras se desvestían, se ponían el pijama y se metían en la cama, algunas tapándose los oídos con bolas de algodón antes de cubrirse con las mantas hasta la barbilla. Marie no tardó mucho en acostarse en su nuevo camastro, debajo de una manta también nueva, y cerrar los ojos para conciliar el sueño.

Cuando Marie se despertó horas después, seguía oliendo a humo. Se sentó en la cama y vio enseguida que alguien había dejado sus pertenencias perfectamente apiladas a los pies de su cama. Encima del montón había dos sobres. Marie retiró las mantas y salió de la cama.

—Es una suerte que hayan repartido el correo después del incendio y no antes, ¿verdad? —dijo Adele, que estaba tumbada bocarriba en el camastro contiguo, leyendo una carta—. Las noticias de casa podrían haberse evaporado como el humo.

—Un golpe de suerte siempre es mejor que ninguno —dijo Marie.

Cogió las dos cartas y se metió de nuevo en la cama. Sus ojos se llenaron de lágrimas de felicidad cuando vio la caligrafía de su madre en el primer sobre y pensó que en nada la lectura la transportaría de nuevo a su casa y con su familia, aunque fuera solo en espíritu, aunque fuera solo por unos minutos. La caligrafía de la segunda carta, un sobre más grueso, le resultaba totalmente desconocida, y durante un breve momento, el corazón le dio un vuelco al pensar que quizá por fin tenía noticias de Giovanni. Pero entonces vio que la carta estaba enviada desde Tours. Con curiosidad, abrió en primer lugar aquel sobre y se echó a reír al descubrir que contenía una carta de la hermana Agnès, varias cartas y dibujos de los niños y una fotografía de ella con el coro. Qué dulces y circunspectos se veían los niños mirando a la cámara, excepto Gisèle, que había sido sorprendida intercambiando una sonrisa con la niña que tenía a su lado y a la que le daba la mano.

Dejó la fotografía y los dibujos en la cama, delante de ella, y se quedó mirándolos con una sonrisa, llevándose la mano a la boca y parpadeando para contener las lágrimas. Había olvidado por completo que el fotógrafo del Cuerpo de Señales, el hermano de Valerie, había tomado aquella fotografía. El chico le había prometido que enviaría copias al convento y le estaba inmensamente agradecida por haber cumplido con su palabra. ¡Qué detalle por parte de la hermana Agnès haberse acordado de enviarle una copia! La monja, tan bondadosa y compasiva, sabía de sobra lo mucho que la animaría tener aquel recuerdo de la actuación de los niños, además de poder ver a través de sus cartas y sus dibujos que estaban todos sanos, salvos y contentos.

En un día en el que tantos objetos y recuerdos de casa se habían perdido para siempre, aquella fotografía, y el amor, la bondad y la amistad que representaba, era un auténtico regalo.

25

Octubre-Noviembre de 1918
Souilly

GRACE

Durante el día y la noche posteriores al incendio, Grace y sus operadoras se vieron sujetas a un aluvión de quejas de operadoras de otras bases, que las reprendían por haber cometido la negligencia de permitir que su central telefónica se quedase en silencio durante una hora entera. Grace contuvo su sentimiento de frustración e intentó en vano apaciguar a la nueva operadora jefe de Chaumont, que la reprobó despiadadamente, recordándole sus responsabilidades, describiéndole con todo detalle las molestias que las operadoras de Souilly habían causado a todo el mundo y regañándola con gráficas hipótesis sobre las terribles consecuencias que las tropas podrían haber sufrido mientras Grace y sus chicas ignoraban por completo sus centralitas.

Grace soportó con estoicismo la reprimenda, y le garantizó a su homóloga, que tenía menos experiencia que ella, que aquello no volvería a suceder jamás. Le habría gustado poder silenciar la bronca explicando la razón por la que la central telefónica de Souilly se había desconectado de forma tan repentina, pero no podía hacerlo. Sus superiores habían prohibido a Grace y a sus operadores explicar lo del incendio, ya que, si la noticia se difundía y los alemanes captaban algún detalle de la historia, podían acabar atando cabos y llegar a la conclusión acertada de que los cuarteles generales del Primer Ejército estaban instalados en Souilly. Era un riesgo que no podían atreverse a correr y por ello soportaron críticas inmerecidas sin defenderse de ellas.

—Cuando acabe la guerra, cuando la verdad salga a la luz, nos veremos reivindicadas —les aseguró Grace a sus chicas—. En el futuro, los que ahora nos reprenden, harán cola para pedirnos perdón.

—Eso espero, la verdad —dijo con sequedad Suzanne, cruzándose de brazos.

—La verdad es que las chicas que están en la retaguardia no entienden lo complicadas que llegan a ser las condiciones aquí en el frente, o los retos a los que nos enfrentamos —dijo Marie—. Yo no lo entendí hasta que me transfirieron a Neufchâteau. Sus días transcurren en paz. Pero nosotras vivimos en medio de la guerra. Aun así, ¿acaso no preferimos todas estar aquí en el frente, a pesar de tantas adversidades, que trabajar en la comodidad de la retaguardia?

Grace y las otras operadoras asintieron y murmuraron dando su conformidad, a pesar de que las adversidades eran muchísimas. Habían hecho caso justo a tiempo de la advertencia del coronel Hitt de prepararse para un invierno largo y duro. Incluso antes de que el incendio las obligara a levantar el campamento e instalarse en unos barracones más desvencijados, nunca habían pasado hambre, pero la limpieza, el calor y las comodidades las habían eludido a menudo. Había barro y suciedad por todas partes, arrastrados desde las carreteras hasta el dormitorio, la central telefónica y la cantina por mucho cuidado que tuvieran de secar y limpiar el calzado. A pesar de las lluvias frecuentes, con frecuencia había escasez de agua corriente. Las bañeras no eran más que un recuerdo lejano, por mucho que un ingeniero muy listo hubiera apañado una ducha en un cobertizo. El día que por fin le llegó a Grace el turno de utilizarla tembló de frío bajo el hilillo de agua mientras se enjabonaba de la cabeza a los pies, y a pesar de que salió de la ducha satisfecha y refrescada, volvió a sentirse sucia en cuanto se secó con la toalla. En los baldes que tenían en el dormitorio y que utilizaban a modo de lavabos, se formaba una capa de hielo durante la noche, lo que hacía que los aseos con esponja y el cepillado de dientes se convirtieran en auténticos ejercicios de resistencia. La piel cortada era tan común como excepcional era la ropa limpia. Las operadoras llevaban sus blusas blancas varios días seguidos, y si no encontraban tiempo o agua limpia suficiente para hacer la colada, las volvían del revés y las llevaban unos cuantos días más.

Dos semanas antes, Grace había eludido por los pelos una lesión grave en los pies cuando se había acostado después de un turno extenuante, tremendamente agotada, había dormido profundamente toda la noche y al despertarse había descubierto que en el techo había una gotera que goteaba justo a los pies de su cama y había dejado la manta empapada. El tejido se había congelado y le habían quedado los pies tan entumecidos que ni siquiera los sentía. Cuando había retirado la manta, tenía los pies blancos e hinchados. Con el corazón acelerado, había empezado a frotárselos con fuerza para activar la circulación y el miedo que la había embargado no había desaparecido hasta que había empezado a sentir un dolor tremendo. Se había quedado con los pies tan hinchados que le había resultado imposible calzarse y había pasado días moviéndose de un lado a otro con un par de botas enormes que le había prestado el intendente. Si durante la noche las temperaturas hubieran caído más, habría sufrido congelación. «Vaya con mucho cuidado, señorita», le había dicho el médico.

Había movido la cama para que el agua de la gotera no le cayese encima. ¿Qué más podía hacer?

—Entiendo que las operadoras que están en la retaguardia no puedan ni siquiera imaginarse lo que estamos viviendo aquí, pero saber que todo el mundo cree que no hemos cumplido con nuestro deber… —Adele sacudió la cabeza, con muy mala cara—. Me resulta insoportable.

—Hemos soportado cosas peores —les recordó Grace—. Confiemos en que lo peor ya haya pasado.

Todas estuvieron de acuerdo con esto.

Dos días después del incendio, mientras pequeños copos de nieve caían sobre Souilly, Grace volvía a la central telefónica después de una reunión en las nuevas instalaciones de las oficinas de Inteligencia, cuando oyó que un hombre la llamaba por su nombre. Se volvió con cuidado para no torcerse el tobillo con los surcos de fango helado, y experimentó un escalofrío de sorpresa y felicidad al ver que el capitán Mack caminaba hacia ella, con el cuello envuelto en una bufanda y las manos hundidas en los bolsillos de su abrigo de lana.

—Buenos días, señorita Banker —dijo, sonriendo.

—Caramba, pero si es nada más y nada menos que mi australiano errante favorito —replicó Grace—. ¿Qué te trae de vuelta por nuestro humilde pueblo?

—Me enteré de lo del incendio —respondió, deteniéndose delante de ella. Su sonrisa era cálida, pero su rostro se había afinado y demacrado y lucía ojeras de puro agotamiento—. Quería comprobar por mí mismo que seguías bien.

—Estoy bien, como puedes ver —dijo Grace, entrando en calor con sus palabras, pero preocupada por su fatiga evidente—. El barracón ocho desapareció por completo, pero conseguimos salvar la central telefónica y todas las centralitas.

—Fue una verdadera suerte.

—Y estate tranquilo, porque tu Cruz por Servicio Distinguido está a salvo y no ha sufrido ningún daño.

El capitán Mack frunció el ceño. Levantó entonces las manos como si su intención fuera posarlas sobre los hombros de Grace y atraerla hacia él, pero en el último momento, se contuvo y las dejó caer a ambos lados.

—Espero que no pusieras tu vida en peligro para salvarla.

—En absoluto —dijo, lo cual era cierto—. Aunque la señorita Miossec sí que se jugó la vida para salvar el piano.

El capitán enarcó una ceja.

—Un riesgo que merecía la pena correr.

Grace rio, ya que estaba de acuerdo, y estudió su expresión mientras examinaba el entorno y observaba los cambios que había producido el incendio.

—¿Quieres ver nuestros nuevos alojamientos? —preguntó Grace, con indecisión—. Esta vez nos hemos decantado por una decoración sutil, minimalista. El resultado es bastante impresionante. —El capitán sonrió, transmitiendo la sensación de que estaba tan exhausto que no podía ni reír—. Tú primero.

Grace asomó la cabeza antes para asegurarse de que no había ninguna chica en situación comprometida y luego lo invitó a pasar. El capitán saludó a las operadoras, que estaban relajándose en los camastros, leyendo y escribiendo a casa, jugando a las cartas o charlando entre ellas. Grace cogió una barra de pan y un tarro de mermelada de la reserva de provisiones que guardaba en el maletín, y lo condujo hasta la estancia contigua, a la que algunas de las chicas denominaban el salón y otras el conservatorio, por el piano. Le preparó un bocadillo de mermelada, que el capitán devoró hambriento mientras Grace le preparaba un segundo.

—He oído rumores de que los cuarteles generales volverán a trasladarse pronto —dijo, después de agradecerle la comida y tocándose la barriga con satisfacción.

—Yo también he oído rumores —replicó Grace sin darle importancia y encogiéndose de hombros con indiferencia.

—Y he oído también que me perdí un banquete magnífico en tu honor con motivo de tu cumpleaños.

Grace sonrió.

—Ese rumor sí puedo confirmártelo, aunque no fui más que una de los cuatro homenajeados. Te habría invitado, pero no sabía adónde enviar la invitación.

—Eso es culpa mía —dijo el capitán Mack con remordimiento. Hundió la mano en el bolsillo del abrigo y extrajo de su interior un paquete envuelto en papel marrón, sujeto con cuerda, y se lo ofreció—. Feliz cumpleaños con retraso, señorita Banker.

Sin habla por la sorpresa, Grace desenvolvió el paquete y descubrió un bolsito precioso, confeccionado en seda negra bordada y con cuentas dispuestas siguiendo un elegante dibujo en rojo, blanco y azul.

—Es exquisito —murmuró.

—Lo encontré en Domrémy-la-Pucelle, y pensé en ti.

—El lugar de nacimiento de Juana de Arco. —Recorrió el dibujo con el dedo—. Y es perfecto…, con los colores de los Estados Unidos y Francia.

—Y Australia —dijo el capitán protestando y fingiendo sentirse herido—. No nos dejes fuera.

—Eso jamás —replicó ella con una sonrisa—. Muchas gracias.

—De nada. Pero siento de verdad haberme perdido la fecha real de tu cumpleaños.

—No te preocupes —dijo Grace—. Yo no lo siento. El cumpleaños fue antes del incendio y seguro que este regalo tan precioso se habría perdido junto con todo lo demás.

—En ese caso, me alegro por el retraso, aunque me haya mantenido lejos de ti. —La miró a los ojos y le sostuvo la mirada—. Hemos visto ya demasiadas pérdidas.

Grace notó que el calor le subía a las mejillas y apartó la vista.

—Pero la verdad es que te perdiste un banquete estupendo —dijo, concentrándose en admirar las cuentas de colores, la excusa perfecta para evitar los ojos del capitán—. El pan con mermelada no es nada en comparación.

—Pues no sé qué decirte. La mermelada era excelente. —Siguiendo el ejemplo de Grace, recorrió el dibujo de las cuentas y el bordado con la punta de un dedo. Sus manos eran grandes, fuertes y hábiles—. Rojo, blanco y azul.

—Los Estados Unidos y Francia.

—Y Australia —insistió él con firmeza, sonriendo y entrelazando los dedos con ella—. Es un país magnífico, lleno de maravillas y con un potencial tremendo. ¿Te has planteado alguna vez visitarlo?

—No puedo decir que me lo haya planteado —respondió Grace, esforzándose para que no le temblara la voz—. Está muy lejos de Nueva Jersey.

—Pero merecería el viaje.

—Tal vez. Si es un lugar tan maravilloso como dices.

—Lo es. Y la gente es muy agradable. Te gustaría, sobre todo mis hermanas y mi madre. Te harían sentirte como en casa.

Se le aceleró el corazón. ¿Qué estaba intentando decirle?

—Imagino que echas mucho de menos tu tierra natal.

—Sí. Jamás me habría imaginado que la añoraría tanto. —Le soltó la mano y se sentó en la silla. Suspiró y de repente perdió la mirada en la nada—. Creo que cuando acabe la guerra solicitaré de nuevo el traslado a Melbourne. Y si no me lo dan, tal vez me retire del servicio activo.

—Melbourne —repitió Grace.

Se le cayó el alma a los pies. Era normal que quisiera volver a su país. ¿Acaso no deseaba ella lo mismo? Unas pocas operadoras de pequeñas ciudades del Medio Oeste soñaban con la posibilidad de quedarse en París después de la guerra, pero casi todas las chicas hablaban con nostalgia de su hogar, su familia y de los amigos que habían dejado atrás y que anhelaban volver a ver.

Mack le había hecho un regalo de cumpleaños precioso, le había dicho que le dolía haber estado tanto tiempo alejado de ella, pero no había sido directo ni le había explicado por qué la echaba de menos cuando estaban separados. Grace le tenía cariño, mucho cariño, pero estaba cansada de preguntarse qué sentía realmente el capitán por ella. No podía confesarle sus sentimientos si antes él no le declaraba los suyos, aunque también cabía la posibilidad de que él no tuviera nada importante que declarar. Y si su intención era volver a Australia y lo que quería ella era volver a casa, a los Estados Unidos...

Tal vez Mack hubiera reconocido aquella disyuntiva inevitable tiempo atrás y fuera esa la razón por la que se contenía.

Grace se obligó a recordarse que estaba disfrutando de su compañía y que se le veía agotado y necesitado de descanso, no de más conflicto. Por eso le preguntó si le apetecía otro bocadillo y le pidió que le contara más cosas sobre Australia. No tardaron en llegar más operadoras y otros oficiales, puesto que el conservatorio se había convertido en un lugar de reunión popular entre los antiguos ocupantes del barracón ocho. Algunos empezaron a charlar con Grace y con Mack, mientras que otros se reunieron alrededor del piano donde un operario del Cuerpo de Señales empezó a tocar *ragtime*. Grace miró el reloj, y cuando vio que ya había pasado una hora, le dijo a Mack que tenía que ir a la central telefónica.

—¿Nos vemos para cenar? —le dijo, al levantarse—. Los de Logística nos han invitado a compartir con ellos su cantina. Estoy segura de que no pondrán ninguna pega si llevo un invitado.

Con pena, el capitán Mack hizo un gesto negativo.

—Tengo reuniones hasta muy tarde. ¿Qué tal si quedamos para desayunar?

—Para el desayuno, perfecto —dijo Grace—. ¿A las siete en el G4?

—Trato hecho.

Le tendió la mano y Grace rio al estrechársela. Mack la retuvo más tiempo de lo necesario, más tiempo de lo que era prudente en una sala llena de amigos y compañeros. Fue ella quien finalmente la retiró, sintiéndolo mucho, para irse corriendo a trabajar.

La centralita estuvo muy activa toda la tarde, con llamadas entrantes relacionadas con las batallas que seguían desarrollándose en Valenciennes y el Sambre, lo que mantuvo a Grace ocupada y le evitó pensar. A la mañana siguiente, después de una buena noche de sueño, se sintió más serena con respecto a la situación confusa en la que estaba inmersa, más receptiva a aceptar la reticencia del capitán Mack. La consideraba una persona importante para él, eso lo sabía. Y acabaría diciéndoselo en algún momento, o no. Entre tanto, disfrutaría de su compañía y no albergaría expectativas de futuro. Como se había dicho a sí misma muchos meses atrás, se había alistado al Cuerpo de Señales para servir a su patria y derrotar al káiser, no para encontrar marido. Lo único que importaba ahora era ganar la guerra y cuidar de sus operadoras. Y sospechaba que Mack sería el primero en estar de acuerdo con su postura.

Durante el desayuno, Mack estuvo mucho más relajado, riendo y bromeando como cuando se conocieron en Chaumont. Era increíble lo que una noche de descanso, un uniforme limpio y una comida decente eran capaces de hacer. Grace, ahora que había dejado de dar vueltas a las expectativas de futuro de aquella relación, pasó un rato divertido. Estando tan cerca del frente como estaban, nada era seguro, ni la victoria, ni el techo que tenían sobre sus cabezas, ni seguir con vida al día siguiente. Disfrutaría, por lo tanto, del tiempo que ahora pudieran pasar juntos y no pensaría en el mañana.

Se despidieron estrechándose la mano, deseándose buena suerte y con el deseo de volver a verse muy pronto.

Por la noche, después de cenar, Grace llegó a su habitación justo en el momento en que Berthe estaba repartiendo el correo del día.

—Aquí hay una para ti, jefa —dijo, entregándole un sobre a Grace cuando esta pasó por su lado.

Grace miró el sobre por encima y gritó de alegría en cuanto reconoció la letra.

—¡Es de mi hermano!

—Gracias a Dios —dijo Suzanne. Miró a Grace desde su cama, donde estaba tumbada leyendo una carta que también había recibido—. Hacía semanas. ¿Cuándo la envió? ¿Dónde está?

—Espera, dame un minuto —respondió Grace, riendo y dirigiéndose a su cama, que estaba colocada entre la de Suzanne y la de Esther.

Se descalzó, se sentó y abrió con cuidado el sobre. «Querida Grace —empezaba la carta—. En primer lugar, las buenas noticias: estoy vivo y los médicos esperan que me recupere por completo». Debió de gritar o algo, porque Suzanne acudió de repente a su lado.

—¿Grace? ¿Qué pasa?

—Eugene... —murmuró, estrechando la carta contra su pecho, con el corazón acelerado—. Ha resultado... herido, creo...

Siguió leyendo.

«La mala noticia —continuaba diciendo— es que mi unidad fue gaseada durante nuestra última ofensiva. A pesar de que llevaba la máscara puesta, inhalé más gas de lo necesario y los pulmones me están dando algunos problemas. Pero ahora, más buenas noticias: tengo los ojos perfectos. Algunos de mis colegas no tuvieron tanta suerte».

—Lo gasearon —explicó a sus amigas, que se habían congregado a su lado y estaban claramente afectadas. Siguió leyendo—. Dice que está en Tours, recuperándose en un hospital de convalecencia. Y dice también que está bien y que las enfermeras lo cuidan de maravilla. —Soltó una risilla temblorosa y miró a Marie—. Dice que un coro de niños los obsequió recientemente con un concierto delicioso de canciones tradicionales francesas.

—Conozco ese hospital —dijo Marie, con expresión solemne y compasiva—. Está instalado en un castillo bellísimo del siglo xv, en plena

433

campiña. Es un lugar seguro y tranquilo donde poder recuperarse y las enfermeras siempre me parecieron muy competentes y atentas.

—Seguro que Eugene está en buenas manos —dijo Suzanne. Tomó asiento al lado de Grace y le pasó el brazo por los hombros—. Mira. Es su letra, ¿verdad? —Grace asintió—. Si está lo bastante fuerte como para escribir cartas sin necesidad de dictárselas a una enfermera, significa que está curándose, ¿no te parece?

Grace asintió de nuevo y se encogió de hombros, reconociendo que su amiga tenía razón.

—Mi hermana Eleanor está en Tours —dijo Adele. Se levantó de la cama—. La llamaré ahora mismo y le pediré que vaya a visitar a Eugene en cuanto pueda, para animarlo y encargarse de que tenga todo lo que necesita.

—Las líneas son…

—Solo para asuntos militares, sí, lo sé —remató Adele, dándole una palmada en el hombro—. Y la moral de nuestra operadora jefe es un asunto militar.

—¡Eso, eso! —confirmó Suzanne.

Al ver que las demás chicas estaban de acuerdo, Grace accedió.

—Que se asegure de que está contándome la verdad sobre su estado —le dijo a Adele, puesto que sería típico de Eugene hacerse el duro para no preocupar a la familia.

La familia. El corazón le dio un vuelco. ¿Habría escrito Eugene a su familia? Grace se imaginó a su madre viuda con la carta en la mano, llorando, a sus ansiosas hermanas disimulando su preocupación para intentar consolarla. Y su padre había fallecido y Grace estaba a miles de kilómetros de distancia.

Dos días más tarde, mientras Grace, cargándose de paciencia, ayudaba a una de las chicas nuevas a gestionar una llamada complicada de larga distancia, Adele, con una sonrisa luminosa, la llamó haciéndole señas.

—Eleanor acaba de llegar de visitar a Eugene —le informó—. Dice que está con un estado de ánimo excelente, que respira bien y que puede pasear por el jardín sin ayuda de nadie. Ha mencionado también que es muy guapo y que tiene un sentido del humor muy chistoso que le ha parecido de lo más encantador.

—Ese es el Eugene más auténtico, sí —dijo Grace, sonriendo y sin poder evitar las lágrimas de alivio.

Confiaba con todo su corazón que su hermano siguiera en Tours el tiempo suficiente para recuperarse por completo, despacio y sin altibajos, y que no lo enviaran precipitadamente de vuelta al frente. Sabía que a él no le gustaría, pero para Grace sería una bendición que pudiese continuar en Tours hasta que terminara la guerra.

Unos días más tarde, el 8 de noviembre, el coronel Hitt llamó a Grace a su despacho para darle nuevas órdenes: el inminente traslado de los cuarteles generales del Primer Ejército que llevaban esperando desde finales de octubre.

—La semana que viene, usted y cinco de sus operadoras se encargarán de instalar una nueva central telefónica en Dun-sur-Meuse —le comunicó—. La señorita Hunt permanecerá aquí como operadora jefe y deberá usted elegir las cinco operadoras que considere más adecuadas para las condiciones difíciles que nos esperan.

—Sí, señor —dijo Grace. Dun-sur-Meuse, un pueblo situado a unos cincuenta kilómetros al norte de Souilly, era el lugar donde, solo tres días antes, la 5.ª División había avanzado a campo abierto bajo una cortina de fuego y había conseguido cruzar el río Meuse—. ¿Entiendo que deberemos viajar ligeras de equipaje?

—Sí. Una bolsa por persona, solo lo esencial. —El coronel esbozó una mueca—. Por lo que tengo entendido, nuestro nuevo cuartel general hará que este lugar parezca un lugar de vacaciones en la Riviera.

—Preparé un equipo —dijo Grace.

Confiaba en que los rumores sobre las condiciones de su nueva base fueran exagerados, aunque sospechaba que no lo eran, teniendo en cuenta el mucho tiempo que había estado sufriendo la región bajo la ocupación alemana. Y con el Ejército alemán cada vez más desesperado al verse empujado detrás de la Línea Hindenburg y la 5.ª División preparada para cruzar el Meuse en su totalidad, su nuevo destino sería el más peligroso y difícil al que las operadoras se habían enfrentado hasta la fecha.

Grace cayó en la cuenta, aunque demasiado tarde, de que debería haberle devuelto al capitán Mack su Cruz por Servicio Distinguido, y no solo porque ella nunca se había merecido aquel honor, sino porque después del traslado de los cuarteles generales, la medalla estaría más segura con él que con ella.

26

Noviembre de 1918
París y Souilly

VALERIE, MARIE Y GRACE

Durante semanas, los informes de inteligencia que Valerie gestionaba en la central telefónica de París describían una Alemania con creciente malestar. Ciudadanos y trabajadores protestaban en las calles por la escasez de alimentos y agua. La gripe asolaba las ciudades. En Múnich, Baviera, una facción política había forzado la abdicación del rey Luis III y había declarado Baviera como república independiente. A principios de noviembre, marineros de la Hochseeflotte se habían amotinado en Kiel, contraviniendo las órdenes de zarpar rumbo al canal de la Mancha para iniciar una batalla final contra la Royal Navy. Y justo el día anterior había llegado a París el rumor de que el káiser Guillermo II había abdicado después de que sus líderes militares le informaran de que habían perdido la confianza que tenían depositada en él. A última hora del día, los rumores habían quedado confirmados por informes que aseguraban que dos destacados líderes políticos se habían declarado, cada uno por su cuenta, a cargo del gobierno provisional. Y mientras las dos facciones discutían en el Reichstag para alcanzar un acuerdo que alejara a su tambaleante nación del borde del colapso, sus seguidores se manifestaban en las calles y luchaban entre ellos.

Justo aquella mañana, las líneas telefónicas del hotel Élysées Palace habían recibido otro asombroso informe: el depuesto emperador había abandonado Alemania en tren y había cruzado la frontera con Holanda, que se había mantenido neutral durante toda la guerra. La noticia era tan sorprendente, y sus implicaciones tan esperanzadoras y emocionantes, que Valerie no había podido salir a la hora para hacer su pausa para comer. Y cuando por fin consiguió desengancharse de las líneas, casi tuvo que correr por los Campos Elíseos para no llegar tarde a su cita semanal con Inez.

Cuando Valerie llegó al Jambon et Deux Œufs, esperaba encontrar a su antigua compañera sentada ya en la mesa y mirando la carta. Y pensó que cuando viera que llegaba tarde, levantaría sin duda la vista, arquearía las cejas y daría unos golpecitos a su reloj con ironía, como había hecho ya tantas veces. Pero Valerie se quedó extrañada al ver que Inez no estaba por ningún lado. Por si la mañana no hubiera tenido ya sorpresas suficientes, la despreocupada Valerie había llegado puntual y la escrupulosa Inez iba con retraso. Valerie pidió una mesa para dos y se preguntó sobre la posible razón del retraso de su amiga. Tal vez el Comité de Información Pública estuviera trabajando a toda velocidad en la creación de carteles y notas de prensa para cubrir los asombrosos sucesos de las últimas horas e Inez, concentrada en su trabajo, no hubiera visto pasar las horas.

Valerie esperó, pero después de que transcurriera un cuarto de hora y en vistas de que Inez seguía sin presentarse, pidió una sopa de cebolla, pan y sucedáneo de café. Empezó a comer, mirando de vez en cuando en dirección a la puerta. Inez estaba muy orgullosa de su puntualidad. En su puesto de trabajo tenía que haber sucedido algo sumamente interesante para que fallara en su cita. Valerie siguió esperando que Inez irrumpiera en el local en cualquier momento, disgustada, pero cuando acabó de comer, no había aún ni rastro de ella.

Valerie pagó la cuenta, y se disponía a volver al trabajo antes de la hora, cuando la curiosidad la empujó a desviarse hacia la oficina de Inez. A pesar de que el cielo estaba encapotado y un viento gélido arremolinaba las hojas secas que se acumulaban en el bulevar, el sentimiento de anticipación que se evidenciaba en el rostro de los peatones era fresco como la primavera. Casi todo el mundo creía que la victoria de los aliados era segura, inevitable, solo cuestión de tiempo. Los veteranos de guerra heridos caminaban con cuidado por las aceras y los ciudadanos cubiertos con mascarillas de tela iban de un lado a otro con sus recados, insinuando en su postura pérdidas en el pasado y peligros en el futuro, pero la esperanza inundaba también el ambiente y animaba a todo el mundo a resistir un poco más. La paz llegaría, pregonando, para muchos, reencuentros largo tiempo esperados con los seres queridos ausentes y el regreso a los hogares de los que el miedo los había obligado a huir.

Consciente de que disponía de poco tiempo, Valerie siguió corriendo hacia el edificio del CPI, organización identificada mediante un cartel discreto en la entrada principal. Subió por la escalera hasta la segunda planta, se acercó a la mesa de recepción, se presentó como amiga de la señora Crittenden y pidió hablar con ella.

—Habíamos quedado para comer —sonrió—. Es muy poco propio de ella que olvide una cita, por eso he pensado en venir para poder avergonzarla como es debido, en persona.

—Le pido disculpas, señorita —dijo la recepcionista, contrariada—. Creía que nos habíamos puesto en contacto con todas las citas de la agenda de la señora Crittenden. Lleva toda la semana ausente por enfermedad. —Bajó la voz hasta convertirla casi en un susurro—. La gripe española.

Valerie sintió un escalofrío.

—¿Está segura?

La mujer asintió.

—¿Dónde está?

—En casa, creo.

Valerie se mordió el labio, saludó a la recepcionista y salió corriendo. Por lo que parecía, ninguno de los nuevos compañeros de trabajo de Inez había pensado en comprobar qué tal seguía. De haber seguido en el Cuerpo de Señales, las operadoras habrían cuidado fielmente de ella, como habían hecho siempre con cualquier operadora que cayera enferma. Pero al parecer, Inez estaba sufriendo la enfermedad completamente sola.

Por suerte, el piso donde Inez se había instalado después de dejar la pensión donde se alojaban las operadoras estaba solo a dos manzanas de las oficinas del CPI, y Valerie conocía la ruta más corta. El portero, un veterano minusválido, le abrió sin problemas y Valerie subió corriendo las escaleras hasta que llegó delante de la puerta del piso de Inez y llamó.

—¿Inez? —dijo. Al ver que no había respuesta, volvió a llamar con más fuerza y subió la voz hasta gritar—: ¿Inez? ¡Responde si puedes!

No hubo respuesta. Valerie probó de abrir. Estaba cerrado con llave.

—*Mademoiselle n'est pas chez elle* —dijo una voz joven a sus espaldas.

Valerie se volvió y vio que acababa de hablarle una niña de unos trece años, que la observaba desde el otro lado del rellano.

—¿Sabes dónde está? —preguntó Valerie en francés—. Es una buena amiga y estoy preocupada por ella.

—Oí que los hombres decían que la llevarían al Hospital Americano.

Valerie se quedó pensando unos instantes.

—¿Te refieres al del Lycée Pasteur?

La niña esbozó una mueca, no estaba en absoluto segura.

—Creo que sí. ¿Es que hay otro?

Valerie le dio las gracias, bajó corriendo las escaleras y salió del edificio. Lanzó una mirada rápida a derecha e izquierda, hizo una búsqueda en su memoria, vio de reojo que se acercaba un tranvía y tomó una decisión. Subió al tranvía en cuanto disminuyó de velocidad. Impaciente, animó en silencio al conductor para que acelerara y se apeó una manzana antes de la parada que le correspondía, convencida de que corriendo llegaría antes.

Llegó jadeante al Lycée Pasteur y encontró la entrada a la sala de enfermos de gripe, o lo que originalmente había sido la entrada. La sala se había ampliado con tantísimos departamentos que era imposible encontrar el principio o el final. Y mientras recorría un pasillo tras otro en busca de Inez, el alcance real de la pandemia que aquella escena le estaba revelando la dejó horrorizada, aunque no tenía motivos para sorprenderse. Durante el mes de octubre, habían fallecido semanalmente casi dos mil parisinos, o al menos esa era la cifra que había oído a través de las líneas. Debería haber imaginado que los hospitales estarían saturados.

Encontró por fin lo que parecía ser un despacho de admisiones. Un soldado en silla de ruedas estaba sentado detrás de una mesa, con la nariz y la boca cubiertas con una mascarilla de tela blanca. Al oír pasos, levantó la vista, meneó la cabeza y levantó ambas manos colocando las palmas de cara a Valerie, una clara advertencia de que no debía acercarse más.

—*Mademoiselle*, no está permitido estar en esta planta sin mascarilla —dijo—. Es una sala de cuarentena. Solo puede acceder el personal médico.

—He venido a ver a una amiga —dijo Valerie, y cogió la mascarilla que llevaba siempre en el bolsillo, se la puso y se regañó en silencio por no haberlo hecho antes.

La mirada del soldado por encima de su mascarilla era de incredulidad.

—No se permiten visitas.

—Pues entonces le diré que vengo a ver a mi hermana. La señora Inez Crittenden. Es norteamericana.

El soldado ladeó la cabeza con escepticismo.

—Tampoco se permiten visitas de familiares. Lo siento, pero estoy obligado a pedirle que se vaya.

—¿Podría, por lo menos, decirme qué tal se encuentra la señora Crittenden? —le imploró Valerie—. ¿Incluso informarme de si está realmente ingresada aquí? ¿Cuál es su diagnóstico? ¿Si necesita alguna cosa, algo que yo pudiera traerle? Si no puedo verla, ¿puede hablar por teléfono? —Inspiró hondo temblando—. Por favor. Aquí no tiene familia. Dígame, por favor, todo lo que pueda decirme.

El soldado dudó.

—Ya que es usted su «hermana» —respondió, subrayando la palabra—, puedo anotar su nombre como el de su familiar más allegado y entonces tendrá permiso para llamar y preguntar por su estado. Pero no puedo prometerle que consiga hablar con nadie. Tenemos todas las camas ocupadas y cualquier llamada de un familiar preocupado se traduce en tiempo que no se dedica a los pacientes.

—Lo entiendo —replicó Valerie—. Gracias.

El soldado le pasó un formulario y un lápiz. Valerie anotó el nombre completo de Inez, su dirección en París, luego su nombre y su dirección, y los números de teléfono tanto de su alojamiento como de la central telefónica, además de su número de operadora. El soldado le prometió que la llamaría alguien cuando tuvieran información que compartir, pero la alertó de que tal vez no sería muy pronto.

Valerie llegó a los cuarteles generales del Cuerpo de Señales con casi media hora de retraso, pero nadie se dio cuenta. La centralita echaba chispas de tanta actividad; había llamadas entrantes de los cuarteles generales del Primer Ejército, de las ciudades portuarias, de Servicios de Suministros, de las centralitas francesas y de todas partes de Francia, puesto que todo el mundo, desde el mariscal Foch hasta el general Pershing, pasando por los escalafones inferiores, estaba revisando sus planes para responder a la abdicación del káiser y a la lucha de poder que se estaba librando en el seno del gobierno provisional alemán. Valerie esperó, nerviosa e impaciente, a recibir noticias del hospital. Al ver que no la llamaba nadie, sintió tentaciones de llamar ella, pero se contuvo, puesto que no quería molestar al personal del hospital y que luego se mostraran más reacios a ayudarla. Decidió dejar de lado sus preocupaciones y se zambulló en el trabajo en un vano intento de que el tiempo pasara más rápido.

Cuando terminó el turno, fue directa a su alojamiento con la esperanza de que la hubieran llamado desde el hospital y le hubieran dejado un mensaje allí, pero se llevó un disgusto al ver que no la había llamado nadie. Cenó en la pensión con algunas de las chicas, que respondieron alarmadas y con compasión cuando les explicó que Inez había caído enferma. Estaban terminando de cenar cuando una de las mujeres del Asociación Cristiana de Mujeres Jóvenes se acercó a la mesa y le dijo a Valerie que llamaban del Hospital Americano preguntando por ella. Valerie estuvo a punto de tumbar la silla al levantarse corriendo para ir a responder al teléfono.

Inez Crittenden estaba ingresada en la sala de los pacientes afectados de gripe, le confirmó una enfermera. Estaba grave, y todo lo que se podía hacer por ella ya se había hecho. En aquel momento no tenía la lucidez necesaria para poder hablar por teléfono, pero si recuperaba la conciencia, le dirían que Valerie había ido a visitarla. Si su estado cambiaba, tanto para mejor como para peor, volverían a ponerse en contacto con Valerie.

—*Mademoiselle*, si me permite que le sea sincera… —La enfermera dudó—. Lo único que puede hacer por ella es rezar.

Abatida, Valerie le dio las gracias y finalizó la llamada.

Los rumores de que la guerra estaba a punto de terminar llevaban días circulando por Souilly, pero no fue hasta la segunda semana de noviembre cuando Marie escuchó referencias fiables sobre un armisticio inminente que estaría basado en los Catorce Puntos propuestos por el presidente Wilson, y entre cuyas estrictas peticiones destacaba el derecho de los aliados a ocupar Alemania. Justo cuando las chicas estaban comentándolo en voz baja entre ellas, casi sin atreverse a creer que la paz estaba por fin al alcance de la mano, el coronel Hitt entró en la central telefónica para dirigirse a todas las operadoras aprovechando el cambio de turno.

—No es necesario que les recuerde que cualquier mensaje que puedan oír por casualidad sobre los términos del armisticio es estrictamente confidencial —dijo, mirándolas muy serio a todas—. Cualquier filtración tendrá como consecuencia el despido inmediato.

Marie intercambió una mirada con Berthe, y enarcó las cejas. Berthe reprimió un suspiro y miró hacia el techo, una versión contenida de un gesto de exasperación. El coronel era del agrado de todas y merecía su respeto, pero a aquellas alturas, las chicas consideraban que habían demostrado su lealtad infinidad de veces. El coronel podría dedicar su tiempo a otra cosa que no fuera cuestionar su lealtad y su discreción.

El tráfico en las centralitas siguió siendo intenso durante toda la jornada, en el transcurso de la cual el frente se acercó algo más a la frontera alemana, los comandantes alemanes movieron sus tropas y siguieron adelante los trabajos para transferir los cuarteles generales del Primer Ejército a Dun-sur-Meuse. Marie acababa de reincorporarse a su centralita después de cenar a toda velocidad cuando, a las ocho en punto, entró en la sala un teniente de artillería y habló brevemente con Berthe.

Y en cuanto el teniente marchó, Berthe convocó a todas las operadoras.

—Es para mí un gran honor y una enorme satisfacción anunciar que el armisticio está oficialmente a la vuelta de la esquina —declaró, con una sonrisa de oreja a oreja iluminándole la cara—. Los enfrentamientos se detendrán de aquí a quince horas, a las once en punto de mañana por la mañana.

Marie lanzó un grito de alegría y sus compañeras se quitaron los auriculares y derribaron las sillas al levantarse para correr a abrazarse. Y con un telón de fondo de gritos y exclamaciones de satisfacción y de alivio, Marie inclinó la cabeza, cruzó las manos sobre el pecho y musitó una oración de agradecimiento. Entonces se levantó también para sumarse a la celebración. Llenó de besos a sus amigas, unieron las manos y se felicitaron, sin dejar de reír y llorar a la vez.

Al cabo de un rato, Berthe dio unas palmadas para reclamar de nuevo su atención.

—Aún estamos de servicio —les recordó—. La guerra todavía no ha acabado y las comunicaciones rápidas y precisas son tan importantes como siempre.

Sonriendo y secándose las lágrimas de alegría, las operadoras volvieron corriendo a sus centralitas, se pusieron de nuevo los auriculares y se ajustaron los micrófonos. Poco después, oyeron soldados fuera de la central gritando y lanzando vítores: la noticia del inminente armisticio había empezado a propagarse.

La puerta se abrió de repente cerca de una hora después, y como arrastrados por una ráfaga de gélido viento invernal, un grupo de operadores de comunicaciones franceses irrumpió en el barracón cantando, riendo y bailando.

—*La guerre est finie!* —proclamó con júbilo un sargento mientras sus compañeros daban brincos por la sala e intentaban estampar besos en las mejillas de las operadoras, que seguían conectando llamadas y traduciendo mensajes.

—¡Me siento tan feliz que creo que si me pusiera a saltar llegaría hasta el techo! —gritó un cabo en un inglés con acento muy marcado.

—Nos parece estupendo, muchas gracias —dijo Berthe, haciendo gestos de asentimiento y sonriendo, a la vez que intentaba empujar a los exultantes soldados hacia la puerta.

Cuando por fin se libró de ellos, tanto Berthe como las operadoras, sin dejar de sonreír, pudieron continuar con su trabajo sin más interrupciones.

Entrada la noche, mientras Marie y sus compañeras conectaban las últimas llamadas de la guerra, escucharon aún el rugido lejano de las descargas de artillería.

Cuando Grace se presentó a trabajar a primera hora de la mañana del 11 de noviembre, lo primero que le dijo el coronel Hitt fue que las órdenes de trasladarse a Dun-sur-Meuse habían sido revocadas. Y fue aquella decisión, más que cualquier otro rumor, más que las celebraciones que se veían al otro lado de la ventana del barracón, lo que le confirmó que la guerra estaba realmente a punto de tocar a su fin.

El mariscal Ferdinand Foch había firmado el Armisticio de Compiègne a las 05:45 de la mañana, le informó el coronel, un pacto que daba oficialmente fin a las hostilidades por tierra, por mar y por aire entre los aliados y Alemania, los últimos adversarios que quedaban de las Potencias Centrales. Y a pesar de que el acuerdo significaba una victoria para los aliados, no exigía la rendición formal de Alemania. Muchos de los oficiales con los que Grace había comentado el tema albergaban serias dudas al respecto, mientras que otros le habían asegurado que esta solución serviría para poner fin al derramamiento de sangre e impediría que Alemania volviera a tomar las armas y precipitara de nuevo al mundo hacia una guerra.

—El Armisticio será efectivo a las once en punto de esta misma mañana —añadió el coronel—. Hasta entonces, no baje en absoluto la guardia.

—Y usted tampoco —replicó con solemnidad Grace.

Estaban muy cerca de sobrevivir a la guerra. Y sería una desgracia perecer en las últimas horas del conflicto.

Después de salir del despacho del coronel Hitt, Grace fue directa a trabajar a la central telefónica, donde no pudo evitar mirar constantemente el reloj y contar los minutos que faltaban para que acabara la guerra. A lo lejos seguía oyéndose el estruendo y el rugido de la artillería, algo tan ilógico llegado aquel punto que Grace no pudo evitar sacudir la cabeza repetidamente por pura frustración y perplejidad. Se imaginó a los hombres de las unidades de telégrafos de todas las compañías del frente, pegados a los receptores a la espera de que llegara la señal que anunciase que la Gran Guerra había acabado. Solo entonces sería oficial. Solo entonces dejarían los soldados las armas y sus líderes empezarían el duro trabajo de construir una paz duradera.

De pronto, minutos antes de las once de la mañana, se abrió de golpe la puerta de la central telefónica y entró como un rayo un capitán de la oficina de telégrafos del Cuerpo de Señales. Tenía los ojos abiertos de par en par, presa del pánico.

—¡Se han caído las líneas! —gritó—. ¡No podemos telegrafiar la noticia al frente! ¡Necesito que el anuncio oficial se emita antes de las once en punto!

—Venga aquí, capitán —dijo Grace.

Le pasó sus propios auriculares y lo acompañó a una de las centralitas. El capitán se puso los auriculares, se ajustó el micrófono y entonces, mientras Grace lo conectaba rápidamente a una central tras otra, el capitán fue comunicando su mensaje a cualquiera que pudiera escucharlo. Las manos de Grace volaron por la centralita y el capitán empezó a quedarse ronco. El campo de batalla era tan inmenso, y las centrales telefónicas tan numerosas, que resultaba imposible comunicar de forma simultánea con todas ellas. En un momento dado, los sonidos de las celebraciones obligaron a Grace a levantar la cabeza y mirar el reloj. Y el corazón le dio un vuelco cuando vio que ya eran las once y cinco y que, a pesar de que la guerra había terminado, no todo el mundo lo sabía. Había soldados que seguían luchando y seguían muriendo, y continuarían haciéndolo hasta que el mensaje del capitán se recibiera en todos los puntos del frente.

Al final, el capitán consiguió acabar. Se quitó los auriculares, se secó la frente con el dorso de la mano, devolvió los auriculares a Grace y le dio las gracias con voz ronca.

—Espero que haya sido suficiente —dijo agotado y levantándose de la silla—. Y espero también que no haya muerto ningún hombre por culpa de este retraso.

Se marchó, y cuando la puerta se cerró a sus espaldas, Grace, exhausta, se dejó caer en la silla que el capitán acababa de dejar.

—¿Por qué no nos han confiado a nosotras esta tarea desde un buen principio? —preguntó Adele, nerviosa—. Si cada una de nosotras hubiera estado autorizada para transmitir la señal, podríamos habernos dividido las llamadas y habríamos hecho correr la voz en apenas un minuto.

—La pregunta no es esta —dijo Marie con un matiz de malicia en la voz—. Lo que deberíamos preguntarnos es por qué el general Pershing no ordenó a sus comandantes suspender todos los ataques y ofensivas durante las horas finales de la guerra. El general sabía que el Armisticio era inminente. Podría haber ordenado el fin de todos los combates a medianoche, o incluso al amanecer. ¿Cuántos miles de hombres habrán muerto esta mañana por haber permitido que la lucha continuase hasta el último minuto?

Grace no tenía respuesta para ninguna de sus dos operadoras.

Pero la guerra había terminado por fin. Después de soportar adversidades y preocupaciones inenarrables durante largos meses, parecía imposible que el final del conflicto hubiera llegado de un modo tan sencillo y discreto, pero había llegado.

A las once de la mañana del undécimo día del undécimo mes del año, la Gran Guerra había acabado por fin.

Al mediodía las celebraciones en el exterior del hotel Élysées Palace habían ido *in crescendo* hasta convertirse en una desenfrenada y jubilosa *fête* en la que miles de parisinos y soldados aliados se habían echado a las calles con gritos de júbilo y risas, ondeando banderas de Francia y de sus fieles aliados, y tirando petardos. Un grupo de soldados franceses pasó por delante de las ventanas de la central telefónica, con los brazos enlazados y cantando *La marsellesa* a pleno pulmón. Cuando al mirar por las ventanas vieron a las operadoras trabajando delante de sus centralitas, les sonrieron, les silbaron y gesticularon para animar a las chicas a salir a la calle y sumarse con ellos a la feliz celebración.

—No tan rápido —dijo Valerie con una sonrisa, al ver que algunas de las chicas se levantaban de sus asientos—. Estamos aún de servicio. Hay que seguir conectando llamadas. Creedme si os digo que la fiesta seguirá cuando acabemos el turno.

Por lo que parecía, la fiesta continuaría como mínimo durante lo que quedaba de mes, y esto llenaba a Valerie de felicidad.

En cuanto acabó el turno, Valerie mantuvo una breve reunión con la supervisora que la relevaba y, acto seguido, se reunió con Drusilla en el vestíbulo y salieron juntas a sumarse a la fiesta.

—¡La ciudad se ha vuelto loca de alegría! —exclamó Drusilla, riendo y gritando para hacerse oír por encima de los vítores, los chillidos y las canciones.

A Valerie no se le ocurría una descripción más adecuada para la escena que tenía ante sus ojos. Todas las tiendas y las viviendas del bulevar habían desplegado de nuevo sus banderas rojas, blancas y azules y las habían colgado de ventanas y balcones, y la tricolor francesa y la bandera de barras y estrellas ondeaban tanto en postes y mástiles como en las manos de los ciudadanos eufóricos. Bandas de música improvisadas desfilaban por los Campos Elíseos, donde los vehículos circulaban a escasa velocidad haciendo sonar los cláxones. Niños y niñas, con los uniformes del colegio, paseaban aporreando sartenes con cucharas de madera y haciendo todo el ruido posible. Soldados franceses besaban a todas las mujeres con las que se cruzaban, y con su característico uniforme, Valerie y Drusilla inspiraban entusiastas muestras de cariño y agradecimiento.

—Los norteamericanos han combatido a nuestro lado y por eso hay que besarlos… siempre que sean tan agradables —declaró un atractivo *capitaine* que cogió a Valerie en volandas.

La sentencia era de una lógica aplastante, pensó Valerie.

—Oh, pues me parece que soy muy agradable —le aseguró al capitán, y le devolvió el beso.

Habían anunciado que a las cuatro y media de la tarde tañerían a la vez todas las campanas de Francia para celebrar la liberación del país y la victoria que los aliados habían conseguido con tanto esfuerzo. Y cuando las campanas de todas las torres y de la catedral empezaron a sonar, la emoción embargó a la muchedumbre y los gritos y los vítores se fundieron con lágrimas de alegría y llantos de dolor. La guerra había terminado. La población de Francia y de Bélgica podría recuperar por fin su vida, sus hogares, su patria. Los vivos recordarían a los muertos y honrarían sus sacrificios.

Cuántas víctimas, pensó Valerie, y su euforia se esfumó de repente. Cuánta muerte sin ningún sentido. Cuántas vidas jóvenes segadas de golpe.

Cuántas víctimas inocentes sin hogar y desamparadas. Tal vez esta acabaría siendo, como había dicho el escritor H. G. Wells años antes, «la guerra que acabe con todas las guerras». Había que confiar en que fuera así.

Cuando empezó a anochecer, y a pesar de que la fiesta seguía más viva que nunca, Valerie y Drusilla emprendieron camino de vuelta a su pensión, hambrientas, afónicas, sin poder parar de reír y medio mareadas por tanta locura. Apenas habían cruzado el umbral, cuando la responsable de la Asociación Cristiana de Mujeres Jóvenes se acercó corriendo a Valerie, la sujetó por los hombros y la miró con sincera compasión.

—Han llamado del Hospital Americano preguntando por usted, querida —dijo—. Y me temo que con muy malas noticias. ¿Le importaría acompañarme al salón?

Valerie pensó rápidamente en Henri, y por un momento tuvo la sensación de estar tambaleándose, como si el suelo bajo sus pies hubiera desaparecido de repente. Sin decir palabra, hizo un gesto de asentimiento y se dejó guiar. Drusilla la siguió y juntas tomaron asiento en el sofá. Se dieron la mano y, con mucha amabilidad, su anfitriona les dio la noticia de que Inez había fallecido por la mañana víctima de la gripe, justo cuando las calles empezaban a llenarse de felices parisinos y aliados.

—¿Sabe si fue consciente de que la guerra había acabado? —Valerie se oyó a sí misma formular esa pregunta—. Cuando falleció, ¿sabía que los aliados habían ganado?

Su anfitriona se encogió de hombros con impotencia.

—Lo siento. No lo sé.

—Seguro que lo sabía —dijo con voz temblorosa Drusilla, y le presionó la mano a Valerie—. La señorita Crittenden siempre iba dos pasos por delante de todo el mundo, ¿verdad?

Sí, así era. Siempre había sido así.

Valerie inspiró hondo y las lágrimas empezaron a rodar por sus mejillas. Esperaba que Inez lo hubiera sabido. Inez había dado su vida por la victoria aliada y se merecía saber que su sacrificio no había sido en vano.

A pesar de que en Souilly seguía imperando el orden militar, los soldados paseaban por las calles gritando, cantando y ondeando banderas. Oficiales que normalmente guardaban una compostura estoica sonreían, estrechaban manos y se daban mutuamente palmadas en la espalda. Marie vio que había varios oficiales de Logística compartiendo coñac y puros con otros de Inteligencia, lo que le dio a entender que las diferencias que habían tenido por culpa del piano y la compañía de las chicas del Cuerpo de Señales habían quedado olvidadas. El trabajo en los cuarteles del Primer Ejército continuaba, pero todo el mundo se había quitado de encima el peso de una tremenda carga emocional. Habían expulsado a los ocupantes. Habían conseguido la paz. Marie oyó que algunos refunfuñaban hablando de exigir una retribución y una reparación al enemigo, pero solo como ruido de fondo de la oleada abrumadora de espíritu de triunfo y agradecimiento que inundaba el campamento.

Once horas después del inicio del Armisticio, las siete operadoras que llegaron originalmente a Souilly entregaron la central telefónica a las cinco recién llegadas y corrieron a sus barracones, donde solo dispusieron de unos minutos para realizar los preparativos antes de que los oficiales del Cuerpo de Señales y de Logística llegaran al conservatorio para la celebración de la fiesta de la victoria. Berthe llenó la estufa con leña suficiente para sacar el frío de la estancia a pesar de los vientos gélidos que soplaban en el exterior. Marie y las demás dispusieron las sillas y despejaron el espacio para improvisar una pista de baile. Los asistentes empezaron a llegar, todos con algo de comida que poder compartir, hasta que la mesa se llenó con las exquisiteces que tenían reservadas para aquella ocasión especial. Animada por sus amigas, Marie tocó el piano y cantó su repertorio entero de canciones de guerra. Todo el mundo se le sumó alegremente en la interpretación de las animadas marchas y ella cantó sola las canciones más melancólicas sobre los seres queridos que tanto echaban todos de menos.

Terminada su actuación, se levantó, saludó y declinó amablemente la petición de algún bis.

—Tengo que descansar la voz —objetó con una sonrisa—. Ahora debería reemplazarme otro cantante.

Al instante, un teniente de Logística pasó a ocupar el taburete, entrelazó y flexionó los dedos con cómica exageración y empezó a tocar *Mary Had a Little Lamb* con un solo dedo. El público estalló en carcajadas, y después de que el teniente sonriera con picardía e hiciera una inmaculada transición al *Vals del minuto*, Opus 64 Número 1 de Chopin, todo el mundo rio con más fuerza si cabe ante la sorpresa.

El teniente tocó varias piezas clásicas más y fue relevado por cuatro chicos del batallón de Señales. Uno de ellos se sentó al piano y los otros intercambiaron unas palabras en voz baja y sonrieron al llegar aparentemente a un acuerdo. Uno de los miembros del cuarteto, un teniente segundo, dio un paso al frente.

—Mis compañeros y yo escuchamos una canción nueva magnífica cuando estuvimos en París de permiso el mes pasado —dijo. Inspeccionó con la mirada el público y su rostro se iluminó cuando localizó a Marie, Berthe y Helen en un grupo, luego a Grace, Helen, Esther y Suzanne en otro—. Se trata de un homenaje a algunos de los mejores soldados que tenemos por aquí, y sin duda alguna a las mujeres soldado más bellas del mundo, sin las cuales no estaríamos celebrando nuestra victoria esta noche. Aunque las chicas del Cuerpo de Señales se merecen mucho más que nuestros humildes esfuerzos.

Algunos de sus compañeros rieron a carcajadas, y uno de ellos gritó:

—¡Eso seguro!

El teniente segundo ignoró con un gesto cómico a los espectadores pesados y siguió sonriendo.

—Efectivamente, todos estamos de acuerdo en que se merecen algo mejor que nosotros. Pero igualmente, dedicaremos esta actuación a nuestras operadoras de guerra.

Dirigió un gesto al muchacho del piano, que empezó a tocar una marcha animada y rápida en la mayor. Las primeras notas le resultaron familiares a Marie, aunque no estaba segura de por qué.

El teniente segundo y sus dos compañeros empezaron a cantar:

Mi operadora de guerra,
un ángel valiente que custodia las líneas,
siempre que escucho tu voz
mi corazón se siente mejor.
Y cuando me preguntas: «¿Número, por favor?»,
mi corazón se siente mejor.

A cada nota, la melodía emergía como algo nuevo pero maravillosamente familiar. Era Mozart, pero no como él la había compuesto.

—«*Voi che sapete*» —murmuró Marie, y la alegría y el asombro emergieron de su corazón hasta llegar a su cabeza y provocarle una sensación mareante.

Estaba transportada a un tono inferior, reconvertida en una marcha —o quizá en una risueña canción de borrachos— y la letra era totalmente nueva, pero la melodía era inequívocamente el aria de Cherubino de *Las bodas de Fígaro,* la canción que ella había interpretado a bordo del 20th Century Limited, la canción que había atraído a Giovanni hasta la puerta del vagón para escucharla.

Rio a carcajadas y se llevó la mano al pecho sin poder evitar que las lágrimas comenzaran a rodar por sus mejillas. Giovanni debía de haber compuesto la canción. ¿Quién, si no, habría emparejado aquella melodía con aquella letra? Solo Giovanni, y aunque era un homenaje a todas las chicas del Cuerpo de Señales, Marie sabía que estaba dedicada especialmente a ella.

Giovanni había proyectado aquella canción al mundo con la esperanza de que acabara llegando hasta ella y ahora, por fin, lo había hecho. Marie deseó con todo su corazón poder llegar a decírselo algún día.

A las veinticuatro horas de la entrada en vigor del Armisticio, las tropas norteamericanas empezaron a llegar a Souilly procedentes del frente. Grace las veía pasar por delante del barracón y la central telefónica. Los muchachos lucían grandes sonrisas y saludaban con la mano a las chicas, con una alegría y una sensación de alivio evidente a pesar de la suciedad y el cansancio que llevaban encima. Grupos y grupos de muchachos, los vencedores, los supervivientes. Grace no había visto en su vida tanta felicidad.

Grace disponía, sin embargo, de poco tiempo para observar a los soldados triunfantes, puesto que las centralitas estaban tan ocupadas como siempre. Las divisiones seguían necesitando recibir tanto órdenes como suministros. Pero en vez de coordinar ataques, los generales necesitaban ahora planes para la ocupación de Alemania. El traslado de los cuarteles generales del Primer Ejército a Dun-sur-Meuse había quedado cancelado, pero Grace sospechaba que no continuarían indefinidamente en Souilly. Los franceses ya habían empezado a retirar sus unidades del campamento para desplegarlas en otras partes. Los oficiales de comunicaciones franceses, con quienes Grace y sus chicas habían trabajado tan estrechamente durante los últimos meses, ya se habían pasado por la central telefónica para despedirse.

Había habido sonrisas y lágrimas, y un oficial, el sargento Alexandre, había estrechado la mano a todas las operadoras y les había deseado solemnemente *bonne chance* y *bon voyage*. Después, se había quitado la gorra, se la había llevado al corazón y había dicho *Au revoir, mesdemoiselles*. Se había vuelto a poner la gorra, había girado sobre los talones y se había marchado. Grace estaba segura de que nunca más volvería a verlo.

Bon voyage, les había deseado, pero Grace no tenía ni la más mínima idea de adónde irían sus operadoras y ella a continuación ni de cuándo se marcharían de allí. Algunas chicas ya habían empezado a pensar en voz alta sobre el regreso a los Estados Unidos, pero se habían alistado para toda la duración del conflicto y era evidente que sus servicios seguían siendo necesarios... y que lo serían aún durante varios meses, creía Grace.

También ella echaba de menos su casa, mucho más de lo que se había imaginado que la echaría, puesto que se había acabado acostumbrando a la vida militar. Las heridas que Eugene había sufrido en el frente le habían hecho cobrar conciencia de lo frágil y efímera que era la vida y de que no podía dar por sentado ni un solo día que pudiera pasar con su querida familia. El fallecimiento repentino de su padre se lo había hecho entender claramente. ¿Cómo podía imaginarse irse a vivir al otro lado del mundo para estar con Mack y no poder volver a ver nunca más a su madre y a sus hermanos? Él no le había hecho ninguna propuesta de matrimonio —aún no, pero en su última carta insinuaba que podía hacerlo en su siguiente encuentro—, pero si se la hacía, tendría que rechazarla. Pensarlo le resultaba doloroso, y quizá en años venideros se arrepentiría de haberlo dejado marchar, pero de lo que estaba segura era de que se arrepentiría de abandonar a su familia.

Suponía que lo correcto era lo que había hecho, avanzar con cautela en vez de dejarse arrastrar por la pasión. Tal vez siempre habían sabido que aquello no podía ser, y ambos se habían contenido expresamente, para no arriesgarse a sufrir una congoja inevitable.

A última hora, llegó un mensajero con una carta a la atención de la central telefónica remitida por el brigadier general Edgar Russel, oficial jefe de Señales de las Fuerzas Expedicionarias. Durante un momento de pausa, Grace la leyó para todas en voz alta.

—«A los miembros de la Unidad Telefónica Femenina del Cuerpo de Señales, Fuerzas Expedicionarias —empezaba—. Número uno: En ocasión de la entrada en vigor del armisticio con el enemigo, deseo aprovechar la oportunidad para expresarles la satisfacción con la que yo mismo y los oficiales que colaboran conmigo hemos observado la calidad del trabajo que han desarrollado estos últimos meses y felicitarlas por el importante papel que han desempeñado en la consecución de nuestra gloriosa victoria».

—¡Tres hurras por nosotras! —exclamó Suzanne.

Las chicas rieron y aplaudieron.

—«Número dos —prosiguió Grace, levantando dramáticamente la hoja de papel—. El desplazamiento de operadoras telefónicas a Francia para servir como parte de las Fuerzas Expedicionarias de los Estados Unidos no tenía precedentes, y por esta razón el experimento ha sido observado con excepcional interés. Me complace mucho poder decir que su capacidad, su eficiencia y su dedicación al deber, así como la irreprochable y profesional gestión de todos sus asuntos, tanto a nivel personal como oficial, ha justificado no solo el acto de su reclutamiento, sino que además ha establecido un estándar de excelencia que costaría mejorar y que ha sido responsable, en gran medida, del éxito de nuestro sistema de comunicación telefónica local y de larga distancia».

—Vaya, qué amable —dijo Helen satisfecha.

Todas las chicas estaban radiantes de orgullo y murmuraron palabras de asentimiento.

—¿Y por qué tendría que decir lo contrario? —dijo Adele—. Todo lo que dice es verdad.

—Pero no solo lo ha dicho, sino que además lo ha plasmado por escrito —dijo Suzanne—. ¿No pensáis que sería un buen momento para pedir un aumento de sueldo?

—«Número tres —siguió leyendo en voz alta Grace, alzando un poco la voz para hacerse oír por encima de los alborozados comentarios—. Mientras que esta es la ocasión apropiada para expresar el agradecimiento por su trabajo durante el complicado periodo que acaba de finalizar, estoy seguro de que pasará un tiempo antes de que las llamadas telefónicas que soporta nuestro sistema muestren signos de disminuir. Queda fuera de toda duda que la brillante reputación que ha cosechado su unidad será mantenida hasta el final y continuarán, individual y colectivamente, manteniendo los elevados estándares de servicio que ustedes mismas han establecido. —Grace bajó la hoja y sonrió a sus operadoras—. Firmado: E. Russel, brigadier general, C. S. O.».

—Espera un momento —dijo de pronto Suzanne—. ¿Qué es todo esto de que las llamadas telefónicas no van a disminuir durante un tiempo?

—Creo que simplemente está reconociendo lo que nosotras ya hemos estado observando —respondió Marie—. Que los soldados habrán abandonado las armas, pero que nuestro trabajo continúa.

Algunas chicas asintieron.

—Creo —dijo Berthe, con cierta indecisión— que nos está avisando también de que no nos hagamos ilusiones de volver pronto a casa.

Grace observó la reacción de sus chicas al asimilar aquella realidad.

—Bueno, a mí ya me va bien —dijo Adele, muy animada—. Tampoco estaba preparada para volver a Seattle, la verdad.

—Lo que no quieres es dejar aquí al teniente Mills —dijo bromeando Esther.

Adele se sonrojó y le dio un manotazo.

Marie miró a su alrededor con expresión serena y decidida.

—Me alisté para toda la duración del conflicto —dijo—. Y me quedaré aquí mientras el Cuerpo de Señales me necesite.

La mayoría de las chicas asintieron con solemnidad, pero Suzanne se echó a reír.

—Es que no te queda otra elección —bromeó—. Estamos en el Ejército. Esto no es ni la Asociación Cristiana de Mujeres Jóvenes ni la Cruz Roja. No se trata de presentarse a la fiesta y luego volver a casa cuando ya te has divertido lo suficiente. Hay que quedarse y dejarlo todo bien limpio.

Las chicas gruñeron y la abuchearon, aunque sin parar de reír, y a Grace no le pasó por alto el sentimiento de orgullo que brillaba en los ojos de todas.

—Me alegro de que todas tengáis planes de seguir en vuestros puestos —dijo con ironía—. Dicho esto, creo que os habéis ganado un poco de tiempo libre. No puedo prometer nada, pero voy a presentar una solicitud de permiso para todas vosotras.

Las chicas lanzaron vítores y volvieron a reír.

Grace se guardó en el bolsillo la carta del general y ordenó a las chicas volver a las centralitas. Llevaban meses trabajando sin parar, en turnos largos y agotadores y casi sin días libres. Si alguien se merecía unas vacaciones, eran sus operadoras. Y estaba segura de que el general Russel accedería a su petición.

Era realmente maravilloso saber que valoraban el trabajo duro que habían realizado. No solo habían ayudado a los aliados a ganar la guerra, sino que habían demostrado además que las mujeres podían formar parte del Ejército de los Estados Unidos, que eran tan capaces como cualquier hombre de servir a su patria con distinción y honor.

Eran las primeras, Grace lo sabía, pero su éxito significaba que no serían las últimas.

Dos días después del Armisticio, dos días después del fallecimiento de Inez, Valerie y Drusilla fueron al piso de su antigua operadora jefe para recoger sus efectos personales. Inez había adquirido varios objetos desde su llegada y el orgullo que sentía por el orden militar y la eficiencia se hacían evidentes en la ropa perfectamente doblada en los cajones de la cómoda y en los uniformes inmaculadamente planchados que guardaba colgados en el armario.

Valerie estaba doblando los uniformes y apilándolos con esmero sobre la cama, cuando Drusilla emitió un grito y la llamó para que se acercase al escritorio. Después de retirar una montaña de pañuelos de cuello y guantes, Drusilla había descubierto varios fajos de cartas, separados por remitente y sujetos con una cinta blanca de grogrén. Según la dirección que constaba en el remitente, los dos fajos más gruesos eran cartas de Emily Murphy y Blanche Teale, que según sabía Inez eran la madre y la hermana mayor de Inez, respectivamente. Uno de los fajos más finos, con cartas enviadas a través del servicio de correos militar, contenía misivas remetidas por Nathaniel Crittenden.

—Inez estaba en contacto con su exmarido —dijo Valerie, pasmada—. Jamás mencionó una palabra al respecto.

—Y por lo visto, está aquí —dijo Drusilla, tirando de un extremo de la cinta—. Me pregunto si deberían verse durante los permisos.

Valerie arrancó el fajo de las manos de Drusilla.

—Ni se te ocurra. No podemos leer esto. Es correspondencia privada.

—¿Y qué mal haríamos leyéndolas? —dijo Drusilla, protestando—. Inez ya no está.

—Pero Nathaniel puede que siga con vida —observó Valerie—. Sea como sea, lo que sucediera entre ellos no es asunto nuestro.

—¿Y no sientes ni un mínimo de curiosidad?

Por supuesto que sentía curiosidad, y cuando Drusilla empezó a tentarla y suplicarle, notó que su determinación se debilitaba. Al final, accedió a examinar el exterior de cada sobre, pero no las cartas que contenían. Y con esto bastó para deducir que Nathaniel estaba en la Compañía C del 165.º y que, como mínimo, llevaba en Francia el mismo tiempo que Inez. Al parecer, había resultado herido a finales de julio, después de lo cual había sido trasladado desde un hospital de campaña a París. Si Inez había ido a visitarlo y si se habían reconciliado o planeaban reconciliarse después de la guerra era algo que Valerie jamás llegaría a saber. Le dolía pensar que, a pesar de que estaba segura de que era la amiga más íntima que Inez había tenido en Francia, nunca le hubiera confiado todo aquello.

Muy serias, Valerie y Drusilla empaquetaron todos los efectos personales de Inez, incluyendo los fajos de cartas sujetos con cintas, en una única caja que el Cuerpo de Señales había accedido a enviar a su madre en Oakland. Valerie adjuntó una carta explicando cómo había fallecido Inez y, con mucho más detalle, cómo había servido con honor como operadora jefe de la Unidad Telefónica Femenina. A Valerie no le cabía la menor duda de que la profesionalidad y el amor al deber de Inez había salvado vidas, no solo las de las operadoras bajo su mando, sino de muchísimos soldados aliados.

A pesar de que Inez había terminado su carrera en el CPI, Valerie insistió, y sus superiores accedieron, en que debía recibir honores como una de los suyos. Con la ayuda del capitán Pederson, Valerie lo gestionó todo para que Inez fuera enterrada en el cementerio militar norteamericano del bulevar Washington, en Suresnes. El ataúd de metal luciría la inscripción: «Fallecida sirviendo a su patria en París, Francia, el 11 de noviembre de 1918».

Y en la lápida constaría su rango de «operadora jefe».

A Valerie no se le ocurrió mejor tributo para que Inez fuera recordada siempre como una auténtica operadora de guerra.

27

Noviembre de 1918-Junio de 1919
París y Coblenza

MARIE

Tras el Armisticio, las operaciones en Souilly fueron bajando gradualmente de volumen a medida que los diversos departamentos fueron transferidos a otros lugares, pero no fue hasta finales de noviembre cuando Marie y las operadoras fueron reubicadas en el campamento de descanso del Primer Ejército en Bar-sur-Aube, a unos ciento veinticinco kilómetros al sudoeste. A las pocas horas de su llegada, antes incluso de que les diera tiempo a deshacer el equipaje, les fue concedido el tan ansiado y esperado permiso. Marie decidió sumarse a Grace, Suzanne y algunas chicas más e irse de vacaciones a Niza, pero Berthe tenía otros planes. El barco de su esposo había atracado en Brest y tenían pensado reencontrarse en casa de su tío en París y pasar dos estupendas semanas juntos.

—*Bon voyage* —le dijo Marie al despedirse, y le dio un beso en cada mejilla.

Nunca había visto a Berthe tan feliz; resplandecía de alegría y sentimiento de anticipación. Era una suerte que Reuben y ella se hubieran conocido y se hubieran enamorado, que hubieran sobrevivido a la guerra y fueran ahora a reencontrarse. De haber sabido Marie dónde estaba Giovanni, ni siquiera la Riviera la habría tentado para alejarse de su lado. Pero ni siquiera sabía si seguía con vida. Podía estar en cualquier lugar de Francia, Bélgica o Alemania, o perdido para siempre.

Tenía sus cartas, su canción, y esperanza. Debía seguir confiando en que estaba vivo y en que, de un modo u otro, acabarían encontrándose.

En Niza, Marie y sus compañeras disfrutaron de dos días gloriosos de paseos por las playas de la Baie des Anges, buenas comidas y turismo. Pero entonces, Grace recibió un telegrama urgente.

—El permiso ha quedado cancelado —anunció a regañadientes—. Tenemos que presentarnos de inmediato en París. El Departamento de Guerra nos necesita para operar la central telefónica de la conferencia de paz que se celebrará en Versalles.

A todas les supo muy mal tener que marchar de Niza tan pronto, pero la paz entre naciones era un objetivo noble y era un honor colaborar en su consecución.

—El deber antes que la diversión —dijo Esther, hablando en boca de todas, cuando volvieron a sus habitaciones para hacer la maleta.

De vuelta en París, Marie y sus compañeras se presentaron en los cuarteles generales de la Comisión Norteamericana para la Negociación de la Paz, instalados en el Hôtel de Crillon, una de las dos mansiones de la plaza de la Concordia que el Gobierno de los Estados Unidos había alquilado para albergar a los comisionados norteamericanos y otros miembros de la delegación, incluyendo personal administrativo, militares y agregados navales, así como las esposas de varios funcionarios civiles. Cuando las operadoras se enteraron de que también ellas se alojarían en aquel lujoso hotel, se quedaron tan pasmadas que, de entrada, pensaron que era un error.

—No digas nada —le suplicó Suzanne a Grace, cuando vio que se disponía a preguntar al respecto—. No está nada bien poner en una situación incómoda a la gente sacando a relucir sus errores.

Pero al cabo de un rato vieron encantadas que Grace reaparecía acompañada por personal uniformado, que se encargó de su equipaje y las acompañó hasta sus *suites*. Cuando el botones se fue, Marie, con un nudo en la garganta, se quedó un rato en la puerta para contemplar la bellísima habitación. La idea de dormir con sábanas limpias, en una cama blanda, de disfrutar de deliciosas comidas, agua caliente y un baño, y de noches en paz no interrumpidas por bombardeos, le resultaba tan abrumadora que tuvo que sentarse a los pies de la cama para serenarse.

—He oído decir que cuando el presidente Wilson llegue la semana que viene, se alojará en otro lugar —comentó Esther, tumbándose bocarriba en la otra cama—. ¿Te imaginas lo maravilloso que debe de ser el hotel de un presidente, si nos ponen aquí a nosotras, las telefonistas?

—Pues la verdad es que me cuesta imaginarme algo más lujoso que esto —replicó Marie. Cerró los ojos y hundió la cabeza en la almohada—. Pero ¿por qué las operadoras del Cuerpo de Señales no podrían tener un alojamiento tan confortable como el del presidente? Creo que hemos hecho tanto como el presidente Wilson para ganar la guerra.

Esperaba que Esther se mostrase de acuerdo con ella, pero su compañera de habitación le lanzó una almohada a modo de respuesta.

—Hablas como nuestro comandante en jefe.

—*Merci*. Quería otra almohada. Y me parece que esta no vas a recuperarla. —Marie sonrió y abrazó la almohada contra su pecho—. Pensaba que Wilson no te gustaba. Recuerdo lo contenta que te pusiste cuando te enteraste de que Alice Paul quemó su efigie delante de la Casa Blanca.

—Me gusta mucho más desde que empezó a exigir al Congreso que aprobase la enmienda del sufragio. —Los muelles crujieron cuando Esther se levantó de la cama—. Ha elogiado a las mujeres por el rendimiento ejemplar que hemos tenido en la guerra. Y además ha dicho: «El mínimo tributo que podemos rendirles es equipararlas a los hombres en cuanto a sus derechos políticos».

—¿Ha dicho eso?

—Eso ha dicho.

—Mmm... —Marie abrió los ojos y se sentó de nuevo en la cama, porque sabía que si no lo hacía no tardaría nada en quedarse dormida en aquella cama tan maravillosamente confortable—. ¿Sabías que las mujeres alemanas hace años que tienen derecho a voto? —Esther cogió la mano de Marie y tiró de ella para levantarla—. Razón de más para que las mujeres de los Estados Unidos tengamos también derecho a voto. Si estamos luchando por la democracia en el extranjero, creo que también deberíamos practicarla en casa.

«Soy francesa, no estadounidense», estuvo a punto de recordarle Marie, pero al final no dijo nada. En el transcurso del último año, aquellas distinciones se habían difuminado entre las operadoras que habían trabajado codo con codo en condiciones extremadamente complicadas. Y le pareció absurdo sacarlo ahora a relucir.

Cuando las operadoras bajaron para empezar a trabajar, Marie se llevó una sorpresa al descubrir que la famosa y lujosa Sala de la Barbacoa había sido transformada en una central telefónica, con ocho centralitas de última generación apoyadas en las paredes y ocultando, por lo tanto, gran parte de los paneles de clara madera de arce, los gigantescos espejos con suntuosos marcos dorados y los cortinajes de terciopelo. Los turnos de las operadoras quedaron establecidos después de una breve reunión con su nuevo comandante. Marie, Helen, Suzanne y Esther empezarían a trabajar de inmediato junto con cuatro chicas más que habían sido trasladadas a París desde otras bases. Su operadora jefe sería Merle Egan, de Helena, Montana, que había llegado a Francia como parte del Grupo Cinco.

Dos días después de que Marie y sus compañeras llegaran a París, se les sumó Berthe, que estaba radiante de felicidad tras el reencuentro con su marido. Igual que todas las demás, trabajó con la misma diligencia y profesionalidad de siempre, pero a medida que fueron pasando los días de diciembre y los preparativos para la conferencia de paz se intensificaron, Berthe le confío a Marie que había solicitado un traslado a Brest, donde seguía anclado el barco de su marido.

—Reuben puede ir y venir como le plazca y elegir dónde quiere estar instalado —le explicó—. Si pudiesen destinarme allí, podríamos vivir juntos de nuevo.

Berthe le confesó además que el trabajo para la conferencia de paz le resultaba aburrido después de todas las emociones que conllevaban sus deberes en los cuarteles generales del Primer Ejército.

—Esto no es más que el trabajo habitual de una «chica hola»: buscar habitación de hotel para los oficiales que se han quedado perdidos por algún lado, hacer reservas de cenas… —dijo frustrada—. Me alisté para servir como soldado en el Ejército de los Estados Unidos. Y todo esto me parece monótono e irrelevante después de todo el trabajo importante que hemos llevado a cabo.

—Este trabajo también es importante a su manera —dijo Marie, consolándola.

Pero ella también albergaba ciertos recelos. Echaba de menos a su familia del Cuerpo de Señales, que se había disgregado a raíz del Armisticio. El coronel Hitt y los demás oficiales del Cuerpo de Señales habían sido transferidos a otros destinos y las ochenta y cuatro operadoras telefónicas que habían sido reagrupadas en París procedentes de las diversas bases repartidas por toda Francia habían quedado distribuidas entre varias centrales telefónicas de la ciudad. Incluso Grace había recibido destino como operadora jefe de la nueva central que se había instalado en la mansión del príncipe Joachim Murat, en Rue de Monceau, espacio que el príncipe y la princesa habían brindado generosamente al Gobierno francés para que pudiera ofrecerlo al presidente Wilson como residencia mientras durara la conferencia. Igual que le sucedía a Berthe —e igual que debía de suceder-les a muchas de las chicas, imaginaba Marie—, también ella echaba de menos la camaradería de Souilly y la certidumbre de que su trabajo era esencial y estaba lleno de propósito. En parte, echaba de menos aquella emoción, e incluso el peligro. Pero cuando caía en el desánimo, se recor-daba lo que se decía a menudo cuando estaba en Servicio de Suministros, en Tours: que aunque la tarea realizada pareciera insignificante, era esencial para el éxito de la misión y, en consecuencia, merecía todo el respeto.

Y cuando pensaba en las chicas del último grupo de operadoras del Cuerpo de Señales, que ya había embarcado en Nueva York y se disponía a zarpar hacia Francia justo cuando llegó el Armisticio, y la consecuente cancelación de su despliegue, recordó lo afortunada que era por haber po-dido servir en el Ejército.

El horario de trabajo de las operadoras era mucho menos apretado en la conferencia de paz de lo que lo había sido en los cuarteles generales del Primer Ejército, y Marie disponía de horas libres suficientes para visitar la ciudad con sus compañeras o para reunirse con los amigos y familiares franceses que hacía tanto tiempo que no veía. A finales de diciembre, jus-to antes de Navidad, le fue concedido un permiso para ir a visitar el con-vento de Tours. Se alegró mucho de poder ver de nuevo a la hermana Agnès y al resto de bondadosas monjas, así como de poder abrazar de nue-vo a los niños, aunque se quedó pasmada cuando vio que su cantidad se había reducido como mínimo a la mitad.

De entrada temió que hubieran sucumbido a la gripe o hubieran per-dido la vida como consecuencia de los bombardeos alemanes, pero la her-mana Agnès le aseguró que todo iba perfectamente. Por lo visto, la fotografía que había hecho el hermano de Valerie de Marie y los niños del coro había salido en muchos periódicos franceses, y poco después, la histo-ria había sido publicada también en *Stars and Stripes* y en la prensa britá-nica. Los padres desesperados que se habían visto separados de sus hijos en Lorena habían reconocido en la fotografía a sus propios hijos e hijas y a los niños de muchos amigos, y habían corrido al convento para recuperar su custodia. Marie se había perdido por dos días el reencuentro de Gisèle con su madre, pero no se sintió defraudada, sino contenta de saber que la fa-milia de la pequeña la había localizado por fin.

Antes de volver a París, Marie visitó el hospital de convalecencia instalado en el *château* a las afueras de Tours para visitar al hermano de Grace, consciente de que a Grace le gustaría tener noticias de sus progresos. Y se quedó sorprendida cuando una enfermera le informó de que Eugene había recibido el alta hacía ya quince días. Marie imaginó que le habían asignado uno de los primeros barcos que habían empezado a transportar heridos a los Estados Unidos después de que la firma del Armisticio volviera a garantizar una travesía segura del océano. Sin duda alguna, Grace debía de estar al corriente, pero como ya no trabajaban en la misma central, Marie no se había enterado. La excursión, no obstante, no fue una pérdida de tiempo. El *château* era bellísimo, incluso en invierno, y repartió los bombones, las pastas y las revistas que había traído para Eugene entre otros soldados, que se lo agradecieron con sinceridad.

Marie pasó los dos últimos días de permiso visitando a las amigas que había hecho durante su periodo en Servicios de Suministros, y no le sorprendió encontrarlas tan atareadas como siempre. El Ejército de Ocupación necesitaba envíos de suministros y de material, los hospitales estaban llenos hasta los topes de heridos, lisiados y enfermos, y había que repatriar a los Estados Unidos a casi dos millones de soldados y oficiales. Nada de todo esto podía llevarse a cabo sin un servicio telefónico eficiente.

—Creo que las chicas del Cuerpo de Señales nos quedaremos aquí hasta el final —le dijo Cordelia.

Marie se mostró de acuerdo.

—Resérvame una litera en el último barco que zarpe hacia Nueva York —le pidió, y ambas rieron sin poder evitarlo.

Aunque miles de soldados empezaban a volver a casa, las doscientas veintitrés operadoras telefónicas destinadas a Francia seguían todavía en servicio activo. Sabía de unas pocas, como Berthe, que habían solicitado traslados a otras bases, y de varias más que habían pedido la licencia para regresar a los Estados Unidos, peticiones que habían sido denegadas en su totalidad. A Marie le habría gustado quedarse indefinidamente en Francia, pues era su país natal, pero sus padres le escribían a menudo preguntándole cuándo estaría autorizada a volver a casa, y con ello se referían a Cincinnati. Aquellas cartas de súplica hacían que los echara cada vez más de menos, pero había hecho un juramento para seguir en servicio mientras durara el conflicto, y su intención era cumplirlo.

El día de Navidad, la Asociación Cristiana de Mujeres Jóvenes organizó una gran fiesta para las operadoras, con un banquete que podría haber rivalizado perfectamente con el que Marie y Berthe organizaron dos meses antes en Souilly. Las Fuerzas Expedicionarias ofrecieron a todas las operadoras un regalo encantador, un álbum de recuerdos encuadernado en tela de pana de color lavanda. Adornados con fotografías del general Pershing y el general Russel, los álbumes contenían fotografías de otros oficiales y, lo mejor de todo, docenas de cartas en las que los oficiales expresaban a las chicas del Cuerpo de Señales su profundo y sincero reconocimiento por el «desempeño profesional del trabajo esencial de comunicaciones que ha contribuido en gran medida a la victoria», según había escrito un agradecido oficial.

Marie sabía que guardaría con cariño aquel álbum toda la vida. El recordatorio de los logros de las chicas del Cuerpo de Señales le despertó inesperadamente la nostalgia de los cuarteles generales del Primer Ejército, donde todas las llamadas eran tremendamente críticas y donde servía a diario segura de que el trabajo que desempeñaba era muy importante. Razón por la cual cuando, a finales de diciembre las Fuerzas Expedicionarias solicitaron voluntarias para desplazarse a Alemania y operar la central telefónica del Ejército de Ocupación, Marie dio de inmediato un paso al frente.

El día de Año Nuevo, Marie se presentó en la estación de tren con su equipaje y con el deseo de servir totalmente renovado. Era la única voluntaria del Hôtel de Crillon, de modo que no fue hasta que vio a las otras mujeres congregadas en el andén cuando descubrió quién la acompañaría a Alemania: Grace, Valerie, Millicent y varias chicas más con las que no había coincidido nunca.

Saludó en primer lugar a Grace, dándole un beso en ambas mejillas.

—Sabía que te presentarías voluntaria para este trabajo —dijo—. La mansión del príncipe Murat debe de haberte parecido de lo más aburrida en comparación con Ligny-en-Barrois y Souilly, por mucho que tuvieras al presidente Wilson rondando por allí.

—Tampoco diría que fuese aburrida, la verdad —replicó Grace con diplomacia—. Al fin y al cabo, nos dedicábamos a conectar llamadas para el presidente, y ahora que todos los teatros y restaurantes están abiertos y la ciudad ya no tiene que quedarse a oscuras durante la noche, ¿qué mejor lugar para pasar mis horas libres que la Ciudad de la Luz?

Marie le lanzó una mirad cargada de intención.

—Aun así, te has presentado voluntaria para ir a Alemania.

—Sí —reconoció Grace, sonriendo—. Así es.

A continuación, Marie le dio dos besos a Valerie.

—Meses atrás conocí a tu guapísimo y encantador hermano menor en Tours —dijo—, y tengo una historia que contar que te hará sentirte muy orgullosa de él.

Valerie enarcó las cejas.

—Me siento ya orgullosísima de él. ¿Qué más puede haber hecho?

Cuando subieron al tren, Marie le explicó a Valerie lo de la foto del coro y que los niños que aparecían en ella habían conseguido reencontrarse con sus familias gracias a que había salido publicada en la prensa. Y mientras el tren abandonaba despacio la estación, Valerie no pudo evitar reír encantada.

—Pensaba que no podía sentirme más orgullosa de Henri de lo que ya me sentía —declaró—, pero lo has conseguido, Marie.

Desde París, el tren las condujo más de trescientos kilómetros en dirección este, pasando por pintorescos pueblos, que a Marie le recordaron su infancia, así como por grandes extensiones de terreno devastadas por la guerra. En Metz, una ciudad que incluso antes de la guerra combinaba rasgos franceses con alemanes, Marie y sus compañeras cambiaron de tren y pusieron rumbo hacia el norte, hacia Luxemburgo, y a continuación rumbo nordeste para entrar en Alemania. Muchas horas y más de seiscientos kilómetros después de salir de París, llegaron a Coblenza, una ciudad a orillas del Rin que de forma inexplicable a Marie le recordó Cincinnati. La estación estaba muy limpia y era moderna, y cuando su escolta las condujo hasta su alojamiento, vieron que las calles estaban rebosantes de tráfico y de gente que paseaba por las aceras y se deleitaba mirando los productos atractivamente expuestos en los escaparates de las tiendas.

De pronto, en el pecho de Marie prendió una chispa de indignación. Mirando todo aquello casi podía pensar que aquel país nunca había ido a la guerra. Y cuando pensó en la devastación y la ruina que las Potencias Centrales habían causado en los pueblos de Francia y de Bélgica, deseó volver corriendo a la sede de la conferencia de paz, irrumpir en la sala donde los dignatarios estaban negociando una paz duradera, aporrear con fuerza la mesa y exigir compensaciones de todo tipo. Los agresores derrotados nunca podrían recuperar las vidas que les habían quitado, pero sí podían, y debían, disminuir el sufrimiento de los supervivientes.

Su expresión debió de traicionar visiblemente la rabia que la embargaba, puesto que Marie se dio cuenta de que Valerie la observaba con curiosidad y preocupación. Marie se recompuso, cubrió su rostro con una máscara de serenidad y obligó a sus pulsaciones a recuperar el ritmo normal. Una calle lujosa en una ciudad no significaba que el país no estuviera también sufriendo, se recordó, y tampoco podía decirse que Coblenza no hubiera cambiado en absoluto debido a la guerra. A medida que siguieron circulando, la presencia del Ejército de Ocupación se hizo más patente y vieron soldados de los Estados Unidos, Gran Bretaña y Francia marchando por las calles y montando guardia en algunos lugares. Las banderas de los Estados Unidos y de los países aliados ondeaban en numerosos edificios y nadie podía ignorar la inquietante ausencia de hombres alemanes en edad militar.

—¡Mira, Grace! —exclamó de pronto Valerie, señalaba un grupo de soldados que entraba en una taberna—. Fíjate en la insignia. ¿No es la del 77.º de Artillería de Campaña?

Grace estiró el cuello para mirar, pero llegó tarde.

—No he podido verlo —dijo—. Pero, en cualquier caso, Eugene no estaría con ellos. Sigue convaleciente en el hospital de Tours.

—No, no está allí —dijo Marie, sorprendida—. Fui a visitarlo cuando estuve de permiso y la enfermera me informó de que ya le habían dado el alta.

—Qué detalle por tu parte —replicó Grace, pero entonces frunció el ceño—. Espera un momento. ¿Estás diciéndome que le dieron el alta?

—Eso es lo que me dijeron. Daba por sentado que ya lo habían enviado de vuelta a los Estados Unidos.

Grace movió la cabeza en un gesto de preocupación.

—De ser así, me habría escrito para decírmelo. Teníamos pensado vernos en París antes de que cualquiera de los dos volviera a casa.

—Es aquí —dijo su escolta, interrumpiendo la conversación. Aminoró la velocidad del automóvil—. Su nuevo hogar lejos del hogar.

El coche se detuvo junto a la acera delante de un edificio de piedra con la segunda planta con entramado de madera y un modesto jardín flanqueado por árboles sin hojas. Habían retirado la nieve del camino de acceso que conducía hasta una entrada cubierta, detrás de la cual esperaba un soldado norteamericano con las manos hundidas en los bolsillos y el cuello del abrigo subido hasta la barbilla. Cuando vio a través de las ventanas que llegaban las chicas del Cuerpo de Señales, su rostro se iluminó.

—¿Eugene? —exclamó Grace, saliendo a toda velocidad del vehículo.

Echó a correr hacia él, que la recibió a medio camino de entrada, y se abrazaron, sin poder parar de reír.

Luego, cuando las lágrimas de alegría cesaron y después de hacer las presentaciones de rigor, Eugene explicó cuando recibió el alta médica, se reincorporó al 77.º de Artillería de Campaña, 4.ª División, que había quedado adscrito al Ejército de Ocupación. El día anterior, uno de los superiores de Eugene, sabiendo que tenía una hermana en la Unidad Telefónica Femenina, había mencionado que a la mañana siguiente estaba programada la llegada a la ciudad de un grupo de operadoras del Cuerpo de Señales. Eugene había recordado que la Asociación Cristiana de Mujeres Jóvenes se ocupaba normalmente de gestionar el alojamiento de las operadoras, y después de formular unas cuantas preguntas a la gente adecuada, había localizado cuál sería su residencia.

—No sabía seguro si tú estarías entre estas operadoras —le explicó Eugene a su hermana sin dejar de sonreír—, pero me pareció que era el tipo de cosa para la que te presentarías voluntaria.

Grace rio a carcajadas y volvió a abrazar a su hermano.

Mientras Grace estaba reunida con su hermano, y después de ocuparse del equipaje de Grace y subirlo a la habitación que compartiría con Suzanne, Marie y el resto de las operadoras se instalaron en sus cuartos. Eugene se quedó a cenar con ellas en la pensión y las entretuvo con divertidas historias de sus compañeros o con sus desventuras como cabo de artillería inexperto. No mencionó nada sobre los horrores que había presenciado en el frente, ni sobre el ataque con gas que a punto estuvo de acabar con su vida, y las chicas sabían que era mejor no preguntar al respecto. Algunas de aquellas historias saldrían a la luz más adelante, pensó Marie, tal vez cuando Grace y él estuvieran a solas y a salvo al otro lado del Atlántico.

Durante las semanas siguientes, Grace se vio a menudo con su hermano, puesto que sus obligaciones, aun siendo más atractivas que en la conferencia de paz, eran mucho menos agotadoras que antes del Armisticio. Las mujeres se ocupaban de la central telefónica y cubrían dos turnos durante el día, mientras que los hombres del batallón de Señales gestionaban las noches, relativamente más tranquilas. Y en cuanto a los oficiales del Cuerpo de Señales, e incluso a soldados como Eugene, sus agendas eran también más relajadas, por tratarse del Ejército. Oficiales y operadoras estaban albergados en la misma zona residencial elegante de Coblenza, en casas agradables y modernas que habían pertenecido en su día a familias acomodadas. Marie desconocía el destino de sus antiguos ocupantes, pero imaginaba que habían huido al este a medida que la línea del frente se había ido acercando a la frontera alemana, igual que los ciudadanos franceses habían huido en su día hacia el oeste anticipándose al Ejército invasor alemán.

Marie se había imaginado que tendrían más contacto con los ciudadanos de Coblenza, pero el trabajo de las operadoras y sus actividades sociales durante su tiempo libre las mantenían casi por completo dentro del enclave norteamericano que envolvía su residencia. Rara vez se cruzaba con alemanes en las calles durante el recorrido que realizaba dos veces al día entre su alojamiento y la central telefónica, aunque de vez en cuando ella y un par de amigas se aventuraban hacia el centro de la ciudad para ir de compras o a cenar y mantenían alguna que otra seca y superficial conversación con algún comerciante alemán cuando compraban un recuerdo o pagaban una cuenta. A pesar de que Marie nunca tuvo que enfrentarse a ningún tipo de hostilidad, los comerciantes y los camareros con los que coincidía aceptaban su dinero a regañadientes, mientras que el resentimiento hacia los ocupantes era tan tangible que a veces pensaba que irradiaba de ellos como el aire caliente que proyectaba el asfalto caliente en verano.

Cuando la primavera llegó a Alemania, Marie empezó a pensar a menudo en Giovanni y a preguntarse dónde estaría. Le escribió a su brigada y compañía con la menguante esperanza de recibir una respuesta. A finales de abril, cuando se enteró de que el 307.º de Infantería había zarpado de Brest hacia Nueva York a bordo del USS América, se le partió el corazón. Sabía que debería sentir solo alegría y alivio por saber que Giovanni viajaba por fin rumbo a casa, pero había confiado desesperadamente en que volvería a verlo antes de que se marchara de Francia, y estaba perpleja y herida porque no había intentado verla antes de zarpar y no la había ni llamado ni escrito. Solo se le ocurrían dos razones para justificar su silencio: o bien que sus sentimientos hacia ella habían cambiado tremendamente o bien, lo impensable, que había fallecido en el bosque de Argonne durante el intento de rescate del Batallón Perdido. Prefería creer que seguía con vida, aunque le resultaba imposible imaginarse que ya no la amara.

A aquellas alturas, cientos de miles de soldados habían vuelto ya a los Estados Unidos. Muchas operadoras telefónicas, no solo en Coblenza, sino también en toda Francia, habían solicitado licenciarse del Ejército para poder volver a casa y reemprender su vida anterior a la guerra. Marie había oído decir que Louise LeBreton había solicitado licenciarse para llegar a California a tiempo de matricularse para la temporada de verano de Berkeley y finalizar sus estudios. Berthe Hunt ya estaba allí; había partido de Brest el 15 de marzo y seguramente se había reencontrado ya con su marido, que había zarpado hacia los Estados Unidos el 3 de febrero. La necesidad de operadoras bilingües disminuía a cada día que pasaba, y por ello, las súplicas de sus padres para que volvieran a casa eran cada vez más urgentes, y con su única y loca esperanza de un reencuentro inesperado con Giovanni en algún lugar de Francia totalmente extinguida, Marie decidió presentar la solicitud y licenciarse del Ejército.

El día después de presentar la documentación pertinente, Marie recibió la noticia de que había sido galardonada con una mención especial firmada por el general Pershing en persona. En la condecoración podía leerse: «Otorgada por los servicios prestados en los cuarteles generales del Primer Ejército en Ligny-en-Barrois durante la ofensiva de St. Mihiel, agosto de 1918, y en Souilly, durante la campaña de Meuse-Argonne, septiembre-noviembre de 1918».

Era una de las treinta operadoras del Cuerpo de Señales que recibía aquel tipo de reconocimiento, y poco después, Grace Banker se enteró de que recibiría el honor más grande de todos: la Medalla por Servicio Distinguido.

El 22 de mayo, y después de un pase de revista militar, el general Hunter Ligget, comandante del Primer Ejército, colocó en el uniforme de Grace la medalla de oro y esmaltes, mientras sus leales operadoras y su querido hermano presenciaban orgullosos el acto. La ceremonia, que tuvo lugar en el Schlossgarten durante un precioso día primaveral y bajo un cielo desprovisto de nubes, fue grabada en formato de película por una unidad fotográfica del Cuerpo de Señales. Después de la presentación y mientras las operadoras felicitaban a Grace, le estampaban besos en sendas mejillas y admiraban la medalla, uno de los fotógrafos se acercó corriendo hasta ellas

467

y levantó a Valerie en volandas. Valerie chilló, él rio a carcajadas y cuando le cayó la gorra al suelo y aparecieron unos rizos rubios, Marie lo reconoció como el hermano de Valerie.

—¡Hollywood Hank! —gritó Valerie cuando su hermano la depositó de nuevo en el suelo, y lo estrechó con todas sus fuerzas.

Cuando la emoción del reencuentro entre hermanos se apaciguó, Marie le pidió a Grace que leyera en voz alta la distinción que le habían otorgado. De entrada, su modestia la llevó a poner reparos, pero, al ver que tanto las operadoras como Eugene y Henri insistían, obedeció.

—«Por los servicios excepcionalmente meritorios y distinguidos —leyó Grace—. Sirvió con excepcional profesionalidad como operadora jefe de la central telefónica del Cuerpo de Señales en los cuarteles generales de las Fuerzas Expedicionarias de los Estados Unidos y posteriormente, con aptitud similar, en los cuarteles generales del Primer Ejército. Por su incansable dedicación a sus exigentes deberes en condiciones complicadas, hizo todo lo posible para garantizar el éxito del servicio telefónico durante las operaciones del Primer Ejército contra el puesto de Saint-Mihiel y las operaciones desarrolladas al norte de Verdún».

—¡Tres hurras por Grace! —anunció Valerie.

—¡Hurra! —gritó Marie, al unísono con sus amigas—. ¡Hurra! ¡Hurra! Grace se ruborizó de vergüenza.

—Creo que la gloria que acompaña esta medalla —dijo, mirándolas a todas— pertenece en gran medida al reducido pero tremendamente leal y dedicado grupo de chicas del Cuerpo de Señales que ha servido a mi lado. —Dirigió una sonrisa y una mirada de admiración a todas ellas—. ¡Sois geniales, fieles y siempre estáis tan dispuestas que me siento muy orgullosa de todas vosotras!

Rieron e irrumpieron en aplausos, y a Marie se le llenó el corazón de cariño y orgullo. Por un momento, se arrepintió de haber solicitado la licencia del Ejército, aunque al ver a Grace con su hermano y a Valerie con el suyo, echó de menos a sus hermanas menores con tantísimo dolor, que se vio obligada a parpadear para contener las lágrimas.

Al día siguiente, Valerie y Grace volvían a su alojamiento después de ir a despedir a Henri en la estación, cuando vieron a Grace en la entrada cubierta de su residencia en compañía de un hombre vestido con el uniforme de las fuerzas imperiales australianas.

—Es el capitán Mack —murmuró Marie.

Agarró a Valerie por el brazo para obligarla a detenerse.

—¿Quién?

—El amigo de Grace, o su novio, nadie lo sabe con seguridad.

Sin ganas de interrumpir lo que a todas luces estaba siendo una conversación difícil, Marie y Valerie se mantuvieron a una distancia discreta, sin poder oír nada y observando la escena de reojo. No se acercaron a la casa hasta que vieron que Grace y el capitán se estrechaban la mano y el capitán partía solo. Grace se había quedado en la entrada, perdida en sus pensamientos, envolviéndose el cuerpo con los brazos como si quisiera protegerse del frío, aunque su expresión triste cambió rápidamente a una sonrisa tensa cuando levantó la vista al oír pisadas en el camino de gravilla.

—¿No era ese el capitán Mack? —preguntó Marie, como si no quisiera darle importancia al asunto y ladeando la cabeza en dirección al oficial, que pronto se perdió de vista entre otros peatones.

—Sí…, sí, era él —respondió Grace con los ojos brillantes por las lágrimas no derramadas—. Se enteró de lo de mi galardón y ha venido a felicitarme. Me había confiado su Cruz por Servicio Distinguido para que se la guardara mientras él andaba de un lado a otro del frente, pero ahora que ha terminado la guerra… —Se encogió de hombros y consiguió esbozar una sonrisa temblorosa—. Está tan segura en su maletín como puede estarlo en el mío, y pronto se la llevará a Melbourne, a su casa.

Marie la miró con lástima y le posó la mano en el hombro, un gesto de consuelo para un desamor o un desengaño que Grace no estaba dispuesta a reconocer en voz alta. Grace lloraba la pérdida del amor, sí, pero por debajo de tanta tristeza, Marie detectó en los ojos de su amiga tanto alivio como aceptación. Grace tenía el corazón dolorido, pero no destrozado. Volvería a encontrar el amor algún día.

—No necesitas para nada su medalla —dijo Valerie, haciendo un gesto con la mano para restarle importancia al asunto—. Has ganado una tú solita.

La sonrisa de Grace se acentuó un poco más.

—Gracias, chicas. —Buscó en el bolsillo, extrajo de su interior un objeto pequeño y brillante y se lo puso en la solapa. Cuando dejó caer las manos sobre los costados, Marie se dio cuenta de que era la insignia del Cuerpo de Señales. Hasta aquel momento, ni siquiera se había fijado en

469

que Grace no lo llevaba puesto—. ¿Alguna de vosotras está interesada en tomar un café antes de entrar a trabajar?

Marie intercambió una mirada rápida con Valerie.

—Por supuesto —dijo Marie. Sonrió y enlazó el brazo con el de Grace—. Conozco el lugar perfecto.

Y echaron juntas a andar, brazo con brazo.

Dos semanas más tarde, Marie recibió la noticia de que su solitud para licenciarse del Ejército había sido aprobada. El barco zarpaba en tres días. Esther y ella, que también había obtenido la licencia, recorrerían juntas en tren, vía París, los más de mil cien kilómetros que las separaban de Brest.

Tuvieron que hacer la maleta con tantas prisas, que sus amigas no pudieron ni prepararles una fiesta de despedida. Apenas si tuvieron tiempo para intercambiar las direcciones de casa, abrazarse y darse un beso. Y antes de que Marie pudiera asimilar que se iba de verdad, Esther y ella se despidieron por última vez de sus compañeras y subieron al tren.

Marie y Esther se instalaron para emprender el largo viaje; charlaron, leyeron y contemplaron el paisaje de Alemania, luego de Luxemburgo, hasta que por fin llegaron a su querida Francia. Marie confiaba en poder volver en mejores tiempos, tal vez en solo dos años, en cuanto la pandemia mejorara y el país empezara a recuperarse de los destrozos de la guerra. En las cartas que Marie había intercambiado con su madre desde el Armisticio, habían revivido el plan que en su día habían abandonado de realizar una gira por Europa para que Marie pudiera presentarse a las audiciones de distintas compañías de ópera. La idea de viajar con su madre le resultaba muy atractiva, pero ya no estaba tan segura como antes de que su futuro estuviera en la ópera. Sabía que siempre adoraría la música clásica, pero había obtenido tanta alegría y satisfacción con la experiencia de cantar melodías populares para las operadoras, los oficiales y los soldados, que le intrigaba mucho la posibilidad de componer sus propias canciones y explorar estilos innovadores.

Sabía que sus padres necesitarían un argumento algo más convincente, pero debía tener en cuenta que le habían concedido permiso para servir en el Cuerpo de Señales durante la Gran Guerra. Después de eso, le resultaría fácil que le dieran su bendición para cambiar de género musical. Y si se le presentaba la oportunidad de dirigir un coro de niños, la aceptaría encantada.

470

Pasaron muchas horas hasta que llegaron por fin a las afueras de París. Empezaba a anochecer y se vislumbraban a lo lejos las luces de la ciudad. Cuando el tren paró en la estación, Marie y Esther se levantaron de sus asientos, estiraron un poco los músculos, alisaron el uniforme y recogieron el equipaje. Se apearon del tren y fueron a mirar los horarios para realizar el trasbordo. El andén estaba lleno a rebosar de soldados uniformados, civiles y familias con niños.

—Tenemos veinte minutos —dijo Esther, dándole un codazo a Marie y manteniendo la mirada fija en el cartel con los horarios que colgaba de la pared.

—Lo conseguiremos —replicó Marie.

Levantó la barbilla para indicarle la dirección que debían seguir. Guio a su compañera por el andén para pasar al edificio de la estación y localizar otra puerta, desde la que se accedía al andén desde el que partían las líneas que iban hacia el oeste. La correa de la bolsa le molestaba en el hombro, de modo que Marie se paró un momento, dejó el maletín en el suelo y ajustó correctamente el peso de la bolsa. Y mientras se organizaba, vio de reojo un soldado estadounidense que caminaba apoyado en un bastón, con el equipaje colgado del hombro, y se dirigía cojeando hacia las puertas que Marie y Esther acababan de cruzar.

Se le cortó de pronto la respiración. Lo había visto solo de lejos y de espalda, pero su parecido con Giovanni era tan asombroso que se quedó clavada sin poder moverse, mirando al soldado hasta que desapareció tras la puerta.

—¿Marie? —dijo Esther—. ¿Va todo bien?

—Sí, solo que… —Marie hizo un gesto de negación con la cabeza y recogió su equipaje—. Nada. No es nada.

—¿Estás segura?

—Sí, vamos.

Siguieron caminando hacia el andén, pero Marie se paró de repente.

—Lo siento. Continúa tú. Tengo que estar segura.

Dio media vuelta y echó a correr por la estación.

—¿Marie? —gritó Esther alarmada—. Perderás el tren. ¡Lo cual quiere decir que también perderás el barco que te tiene que llevar de vuelta a casa!

—¡Enseguida vuelvo! —gritó Marie por encima del hombro, y aceleró el paso—. No me esperes. Pero resérvame un asiento en el tren.

No volvió la vista atrás para comprobar si Esther la había obedecido, y siguió andando a paso ligero todo lo rápido que le permitía su equipaje. Al otro lado de las puertas, se oyó el silbido de un tren.

Con el pulso acelerado, cruzó las puertas y accedió al andén justo en el momento en que el revisor daba el último aviso. Y mientras el vapor se incrementaba y la locomotora empezaba a moverse, estudió frenéticamente todo el andén y a los pasajeros que subían a bordo. Uno de los últimos que vio fue el soldado moreno que caminaba ayudándose con un bastón y se disponía a subir con su macuto al vagón que tenía enfrente.

—¡Giovanni! —gritó, en el momento en que otro pasajero le tendía al soldado una mano para ayudarlo a subir. El soldado la agarró para subir a bordo—. ¡Giovanni! ¡John!

Marie soltó el equipaje y echó a correr, pero el gentío le impidió el paso. Enloquecida, serpenteó entre la muchedumbre, pero el tren ya había empezado a moverse. No recordaba en qué vagón había subido el soldado, pero a buen seguro ya había pasado por delante de ella. Con el corazón en un puño, siguió buscándole al otro lado de las ventanillas, pero aunque el tren seguía avanzando tan despacio que le permitía ver a los soldados del interior, Giovanni no estaba entre ellos. El dolor, la rabia y la frustración se apoderaron de ella cuando vio pasar por delante el último vagón. Lo más probable era que el soldado que había visto ni siquiera fuera Giovanni, se dijo, cerrando los ojos con fuerza para contener las lágrimas.

Qué tonta había sido por dedicarse a perseguir un recuerdo. Y además, estaba casi segura de que había perdido el tren hacia Brest.

—Cherubino!

Abrió los ojos de golpe. Con el corazón retumbándole en el pecho, se volvió rápidamente y vio un soldado moreno al final del andén, con un macuto a sus pies, mientras el tren se perdía en la distancia.

—Giovanni —murmuró.

El soldado sonrió y le tendió la mano. Marie echó a correr hacia él con un nudo de lágrimas en la garganta.

Y de pronto él la abrazó y la llenó de besos, y entre sus brazos, Marie se atrevió a imaginar que la guerra se había acabado por fin para ellos.

Nota de la autora

Después del Armisticio, las mujeres del Cuerpo de Señales del Ejército de los Estados Unidos fueron de las últimas en abandonar Europa, puesto que sus servicios eran necesarios para gestionar las llamadas y las traducciones relacionadas con la conferencia de paz. Meses después de la firma del Tratado de Versalles, se ocuparon de gestionar las comunicaciones telefónicas del Ejército de Ocupación y todas las relacionadas con la repatriación de casi dos millones de oficiales, soldados y empleados civiles. Durante los dos años que las mujeres estuvieron en servicio, conectaron más de veintiséis millones de llamadas y contribuyeron de forma inconmensurable a la victoria aliada en la Gran Guerra.

A su regreso a los Estados Unidos, las operadoras de guerra, orgullosas por los servicios prestados y ansiosas por reemprender la vida que llevaban en tiempos de paz, solicitaron los beneficios correspondientes a los veteranos de guerra, así como su incorporación a los grupos de veteranos de guerra. Cuando se les solicitó la presentación de la documentación correspondiente a su licenciamiento del Ejército, las mujeres se pusieron en contacto con el Departamento de Guerra, que las informó de que no eran veteranas. A pesar de haber llevado el uniforme y la insignia militar, de haber rendido cuentas a sus superiores, de haber servido en escenarios de combate y de no haber tenido libertad para renunciar a sus puestos como sí podía hacerlo cualquier ciudadano civil, el Gobierno insistió en que nunca habían sido más que empleadas civiles a sueldo y que habían servido al Ejército bajo las condiciones de un contrato laboral.

Todas aquellas mujeres habían realizado un juramento militar por el cual se comprometían a servir a su patria como miembros del Cuerpo de

Señales del Ejército de los Estados Unidos, un juramento que algunas de ellas realizaron en múltiples ocasiones durante el proceso de selección o cuando fueron promocionadas durante la guerra. Ninguna de ellas había firmado nunca un contrato de trabajo.

Sorprendidas y desconsoladas, las mujeres comprendieron que la nación a la que habían servido con tanta distinción les estaba negando la realidad de que habían sido soldados. Al parecer, no cumplían los requisitos para recibir un licenciamiento honorable. No podían recibir beneficios médicos, ni medallas, ni bonos. No podían participar en los desfiles del Día de los Caídos ni en las reuniones que se celebraban en los salones de los Veteranos de Guerras en el Extranjero. No podían ni siquiera denominarse «veteranas». Antes de que Inez Crittenden partiera hacia Francia, había contratado un seguro contra riesgos de guerra, una transacción de la que había sido testigo un teniente seguro del Cuerpo de Señales. En mayo de 1919, un familiar realizó la solicitud para cobrar el importe asegurado por la póliza, pero un gestor de reclamaciones del Tesoro de los Estados Unidos decretó que Crittenden nunca había sido miembro del Ejército y consideró la póliza nula y carente de vigor.

Horrorizados ante tales injusticias, directivos de AT&T apelaron al Departamento de Guerra en nombre de las operadoras. Durante años, muchos de los oficiales del Cuerpo de Señales que habían servido junto a las mujeres, incluyendo entre ellos el general George Squier, el mayor Robert B. Owens, el mayor Roy Coles, el capitán Ernest Wessen y el mayor Stephen Walmsley, ejercieron presión sobre el Ejército de los Estados Unidos, la Legión Norteamericana, el Departamento de Guerra y el Congreso para conseguir que las operadoras obtuvieran el estatus, el reconocimiento y los beneficios que se merecían. Sin embargo, sus esfuerzos fueron en vano. Tal y como un congresista le confió al capitán Wessen: «El mundo no tiene la menor duda de que sus operadoras telefónicas fueron combatientes, y como tales deberían haber sido miembros de pleno derecho del estamento militar, pero si ahora acomodamos a este grupo minúsculo, nos veremos obligados a reabrir los casos de miles de solicitantes más».

Durante los años siguientes, algunas integrantes de la Unidad Telefónica Femenina, lideradas por la indómita Merle Egan Anderson, emprendieron una nueva misión con el objetivo de conseguir que el Congreso reconociera su categoría de veteranas de guerra. Finalmente, en 1977, más de sesenta años después del final de la Primera Guerra Mundial, el presidente Jimmy Carter firmó un proyecto de ley por el que se concedía a las mujeres del Cuerpo de Señales del Ejército de los Estados Unidos un licenciamiento honorable y las medallas de la Victoria de la Primera Guerra Mundial, con lo que quedaban reconocidas oficialmente como veteranas de guerra. Sin embargo, en aquella fecha, y para celebrar la victoria final, solo seguían con vida cincuenta mujeres de la totalidad de operadoras del Cuerpo de Señales, entre ellas, Cordelia Dupuis, Merle Egan, Esther Fresnel y Louise LeBreton.

Por desgracia, Grace Banker, quien en su día fue galardonada con la Medalla al Servicio Distinguido, ya no estaba entre ellas. Grace siguió sirviendo en el Cuerpo de Señales hasta que el último grupo de operadoras zarpó de Brest el 24 de agosto de 1919 a bordo del USS Mobile. El censo federal de los Estados Unidos de 1920 indica que Grace vivía en casa de sus padres con sus dos hermanas y que trabajó como secretaria en la Asociación Cristiana de Mujeres Jóvenes, aunque en los directorios telefónicos de Passaic, Nueva Jersey, fechados entre 1919 y 1923, consta como operadora telefónica. El 4 de marzo de 1922, Grace contrajo matrimonio con Eugene Hiram Paddock, un ingeniero civil neoyorquino, con quien tendría cuatro hijos. Grace falleció el 17 de diciembre de 1960, después de una larga batalla contra el cáncer.

Marie Miossec y Valerie DeSmedt son personajes de ficción cuya vida está inspirada en las experiencias de diversas operadoras del Servicio de Señales. A pesar de que Grace Banker mencionaba al capitán Mack en el diario que escribió durante la guerra, nunca reveló su nombre completo y su identidad no ha podido ser determinada de forma concluyente. Por lo tanto, el capitán Mack que aparece en esta novela es en su práctica totalidad un personaje de ficción.

Igual que los millones de hombres que sirvieron en «la guerra que tenía que acabar con todas las guerras», las mujeres del Cuerpo de Señales del Ejército de los Estados Unidos respondieron a la llamada al deber de su patria, sirvieron con honor y jugaron un papel esencial en la consecución de la victoria aliada. Su perseverancia, valentía y dedicación ayudaron a convencer a un presidente, un Congreso y un público escépticos de que las mujeres también se merecían tener derecho a voto. Después de haber aceptado con valentía sus responsabilidades como ciudadanas, incluyendo entre ellas la disposición a sacrificar sus vidas por defender la causa de la democracia, demostraron sin ningún atisbo de duda que eran también merecedoras de los derechos fundamentales de todo ciudadano.

Con el servicio a su país, las valientes operadoras de guerra de la Unidad Telefónica Femenina rompieron muchas barreras y despejaron el camino para las generaciones de mujeres que llegarían después que ellas no solo en el Ejército, sino también en todos los ámbitos de la vida pública y profesional.

Agradecimientos

Quiero expresar mi enorme agradecimiento a todo el personal de William Morrow y Massie McQuilkin que ha contribuido en que *Trincheras de cable* viera la luz, y muy en especial a Maria Massie, Rachel Kahan, Ariana Sinclair, Emily Fisher, Kaitie Leary, Laura Cherkas y Elsie Lyons. Me considero muy afortunada por tener un equipo tan maravilloso trabajando para esta novela y para la labor de investigación que he desarrollado a lo largo de los años.

Geraldine Neidenbach, Heather Neidenbach y Marty Chiaverini fueron mis primeros lectores, y sus comentarios y preguntas sobre los primeros borradores de la novela fueron siempre muy valiosos. Mi hermano Nic Neidenbach acudió en mi rescate siempre que la tecnología me falló. Mi hijo, Michael Chiaverini, compuso la canción original *Operadoras de guerra*, de la que es autor Giovanni en la novela. Mi querida amiga y compañera de confección de quilts, Valerie Langue, me ayudó amablemente en todo lo relacionado con el idioma francés. Muchas gracias a todos.

Trincheras de cable es una obra de ficción inspirada en la historia. Las fuentes que me han resultado más útiles para su redacción son:

Bell Telephone News, vols. 7-9, agosto 1917-julio1919.

Cobbs, Elizabeth, *The Hello Girls: America's First Women Soldiers*. Cambridge, MA, Harvard University Press, 2017.

Congreso de los Estados Unidos, Comité del Senado sobre los Asuntos de los Veteranos de Guerra, Subcomité sobre Salud y Rehabilitación. *Physician and Dentist Special Pay and Other Pay Amendments: Hearing Before the Subcommittee on Health and Readjustment of the Committee on*

477

Veterans' Affairs, United States Senate, Ninety-Fifth Congress, First Session, on S. 1775 and Related Bills, July 1ˢᵗ 1977. Washington D. C., U. S. Government Printing Office, 1977.

Dumenil, Lynn, *The Second Line of Defense: American Women and World War I.* Chapel Hill, University of North Carolina Press, 2017.

Gavin, Lettie, *American Women in World War I: They Also Served.* Niwot, University Press of Colorado, 1997.

Lavine, Abraham Lincoln, *Circuits of Victory.* Garden City, NY, Doubleday, Page & Company, 1921.

Lipartito, Kenneth, «When Women Were Switches: Technology, Work, and Gender in the Telephone Industry, 1890-1920», *American Historical Review* 99, n.º 4, octubre de 1994, págs. 1074-1111.

Martin, Millicent, «My Great Adventure», *The Green Book Magazine* 22, n.º 4, octubre de 1919, págs. 30-34, 102-104.

Pacific Telephone Magazine, vols. 11-12, julio de 1917-junio de 1919.

Raines, Rebecca Robbins, *Getting the Message Through: A Branch History of the U. S. Army Signal Corps.* Washington D. C., Centro de Historia Militar, Ejército de los Estados Unidos, 2011.

Durante la investigación y la redacción de *Trincheras de cable*, consulté también diversos y excelentes recursos *online*, entre los que me gustaría destacar los archivos digitalizados de periódicos históricos de Newspapers. com (*www.newspapers.com*); la página web de la Biblioteca del Congreso de los Estados Unidos (*www.loc.gov*); también registros censales, directorios y otros archivos históricos en Ancestry (*ancestry.com*).

Y por encima de todo, quiero dar las gracias a mi esposo, Marty, y a mis hijos, Nick y Michael, por su amor eterno, su apoyo inquebrantable y sus constantes palabras de ánimo. *Trincheras de cable* es la segunda novela que escribí durante la pandemia, y no podría haberlo conseguido sin todos vosotros. Gracias por la Bear Patrol, la música y las representaciones teatrales, por los chistes que solo entendemos nosotros, por esas tazas de té tan perfectas, por el pan recién horneado, por la pasta y las *pizzas* caseras, por las noches de pelis y por vuestro suministro interminable de abrazos y risas. Estoy eternamente agradecida al coraje, el optimismo, la resiliencia y el humor que habéis demostrado en estos momentos difíciles. Siempre os querré.